Wilhelm Kuehs
Kein Mensch ist eine Insel

Wilhelm Kuehs

# *Kein* MENSCH *ist eine* INSEL

Historischer
Roman

Dachbuch
Verlag

Dachbuch Verlag

1. Auflage: September 2022
Veröffentlicht von Dachbuch Verlag GmbH, Wien

ISBN: 978-3-903263-45-1
EPUB ISBN: 978-3-903263-46-8



Autor: Wilhelm Kuehs

Lektorat: Nikolai Uzelac
Korrektorat: Rotkel e. K.
Satz: Daniel Uzelac
Umschlaggestaltung: Katharina Netolitzky
Druck und Bindearbeiten: Rotografika, Subotica
Printed in Serbia

Besuchen Sie uns im Internet:
www.dachbuch.at

*No man is an island, entire of itself;*
*every man is a piece of the continent, a part of the main.*
*If a clod be washed away by the sea, Europe is the less,*
*as well as if a promontory were,*
*as well as if a manor of thy friend's or of thine own were.*
*Any man's death diminishes me, because I am involved in mankind;*
*and therefore never send to know*
*for whom the bell tolls; it tolls for thee.*

*Kein Mensch ist eine Insel, nur für sich;*
*jeder Mensch ist ein Stück des Kontinents, ein Teil des Festlandes;*
*Wenn eine Scholle ins Meer gespült wird, wird Europa weniger,*
*genauso, als wäre es eine Landzunge*
*oder ein Landgut deines Freundes oder dein eigenes;*
*Jedes Menschen Tod ist mein Verlust, denn ich bin Teil der Menschheit,*
*Und darum verlange nie zu wissen,*
*wem die Stunde schlägt; sie schlägt dir selbst.*

John Donne, »Devotions upon Emergent Occasions«, 1624

# Kapitel 1

## I

»Singe mir, Muse, die Taten der heldenhaften Griechen, welche sich ohne Furcht für die Freiheit opferten, viele Schlachten schlugen und sich großen Ruhm erwarben.«

Die Verse fanden einen Moment der Stille zwischen den Rufen der Spieler und Zuschauer, die sich an diesem Sonntagvormittag am Dionysios-Solomos-Platz versammelt hatten, und drangen bis zu Anastasios Tetradis, der mit verschränkten Armen dastand und das Fußballspiel der italienischen Soldaten beobachtete. Anastasios hatte gar nicht vorgehabt, hier haltzumachen. Eigentlich wollte er weiter auf den Markusplatz und dann linker Hand bis zum alten Judenviertel, wo sich der Laden seines Freundes Avraam Matzas befand. Aber jetzt stand er neben dem Podest mit der Statue des Dichters Dionysios Solomos und folgte dem Hin und Her der Männer, die sich erst vor dem Tor drängten und dann wieder dem Ball nach auf die Gegenseite hasteten.

Auf den Gesichtern glitzerte der Schweiß. Körper prallten aneinander. Von einem Ellbogen im Magen getroffen, stöhnte einer der Spieler auf und ging zu Boden. Der Schiedsrichter pfiff und konnte sich in all dem Geschrei kaum durchsetzen. Einer von der gegnerischen Mannschaft hielt dem Gestürzten die Hand hin und half ihm hoch. Am Boden blieb ein Schweißfleck für Momente sichtbar.

Der Ball schlitterte über das Pflaster und wurde von einem Spieler gestoppt. Mit der Fußschaufel kickte er den Ball hoch und beförderte ihn in die andere Spielfeldhälfte. Dort erwartete ein Mitspieler den Ball, brachte ihn durch eine geschickte Bewegung seiner Beine unter Kontrolle und ließ ihn mit Wucht auf das aus Eisenstangen zusammengeschweißte Tor zurasen. Die Zuschauer warfen die Hände in die Höhe und raunten, als der Torwart den Ball mit den Fingerspitzen berührte und ihn so ablenkte, dass er knapp an der Torstange vorbeizischte.

In die wenigen Sekunden hinein, die es brauchte, damit die Spieler wieder Atem schöpfen konnten und einer sich aufmachte, dem Ball hinterherzulaufen, drängte sich eine Stimme. »Kotzioulas, das ist ein wunderbarer Anfang«, sagte jemand, und Anastasios glaubte, den Sprecher zu erkennen. Er drehte sich um, und tatsächlich saß Graf Alexander Roma mit einem jungen Mann auf der Terrasse des Cafés. Gerade beugte sich Roma vor, um das kleine Glas Cognac mit Daumen und Zeigefinger hochzuheben. Er prostete Kotzioulas zu. »Mein Lieber, es kommen stürmische Zeiten auf uns zu. Ja, wir stecken schon mittendrin. Da brauchen wir …« Der Rest des Satzes ging im Gejohle unter. Einer der Soldaten hatte den Ball gleich nach dem Abstoß per Kopfball zurückbefördert, und diesmal erreichte ihn der Tormann nicht. Der Ball stieg hoch und beschrieb eine Kurve, flog durchs Tor und blieb in der Hecke dahinter hängen.

Der Soldat an der Schiefertafel radierte den Sechser aus und schrieb eine Sieben hin. Die Mannschaft ohne Leibchen führte jetzt mit zwei Toren Vorsprung. Nicht nur die Kinder feuerten die Spieler an, auch die Leute, die gerade aus der Kirche kamen, und ein paar andere Passanten wie Anastasios waren stehen geblieben und verfolgten das Match, das nun in die zweite Halbzeit ging. Ein Soldat hatte sich nach hinten fallen lassen und den Ball mit gestrecktem Bein aus der Luft gefischt. Anstatt mit dem Rücken auf dem Pflaster aufzuschlagen, stützte er sich im Fallen mit einer Hand ab, drehte sich und landete auf den Füßen. Die akrobatische Einlage brachte ihm anerkennende Pfiffe ein. Er richtete sich auf, deutete eine Verbeugung an und spielte weiter.

Unter all den Rufen und dem Klatschen, das wie Sturmböen über den Platz ging, verwehte die Unterhaltung des Grafen Roma mit dem Schriftsteller Giorgos Kotzioulas beinahe, und Anastasios wandte sich nun um, weil er doch neugierig geworden war und wissen wollte, ob Kotzioulas noch mehr Verse zum Besten geben würde oder ob es sonst etwas Besonderes zu hören gab. Anastasios hatte so eine Ahnung, als er die beiden Männer an dem Tisch sitzen sah. Er vermutete, dass Kotzioulas vom Festland kam. In Zeiten des Krieges und der Besatzung aber wagte man diese Reise nicht ohne triftigen Grund. Es musste jedenfalls mehr dahinterstecken als ein Gedicht zu Ehren der tapferen Griechen. Doch im Moment konnte Anastasios kein Wort verstehen, denn schon wieder stürzte ein Spieler. Er blieb verkrümmt liegen, hielt den Arm, als sei er gebrochen. Der Schiedsrichter rannte zu ihm hin und winkte ein paar Soldaten herbei, die am Rand des Spielfeldes standen. Sie halfen dem Mann hoch. An seinem Unterarm wurde eine große Schürfwunde sichtbar, und noch ehe der Schiedsrichter den Ball aufnehmen konnte, um das Spiel fortzusetzen, gerieten die Spieler aneinander.

Ein durchdringender Pfiff. Die Spieler hielten sich immer noch an den Hosen und Leibchen fest, hatten die Fäuste erhoben, aber sie wandten die Köpfe und verstummten.

»Glauben Sie mir. Niemand kann uns befreien, außer wir selbst«, sagte Kotzioulas und ballte die Faust. »Wer auch immer …« Ein Schrei verschluckte den Rest des Satzes.

Anastasios verließ seinen Platz am Podest des Dichters und drängte sich durch die Reihen nach hinten. Nur ein paar Schritte, ganz unauffällig, sodass er in der Nähe des Cafés zu stehen kam. Von hier aus konnte er zwar das Spielfeld nicht sehen, aber vielleicht noch ein paar Fetzen der Unterhaltung aufschnappen. Alexander Roma hob kurz den Blick. Es schien Anastasios für einen Moment, als würde ihn der Graf direkt ansehen. Sein Herz schlug wie wild. Es war gar nicht auszudenken, wenn der Graf ihn bemerkte. Aber Romas Blick glitt an ihm ab, als stünde hier nicht Anastasios Tetradis, sondern nur ein Topf mit einer Palme.

## II

Giorgos Kotzioulas erhob sich und reichte Graf Roma die Hand. Die Unterhaltung war beendet, und Anastasios hatte sich ganz umsonst nach hinten durchgekämpft. Es gab nun nichts anderes mehr zu belauschen als Graf Romas Schweigen.

Das Spiel war weitergegangen, aber Anastasios konnte von hier nicht einmal die Schiefertafel mit dem Spielstand ausmachen. Nun, eigentlich war es gut so. Er war nicht wegen des Spieles in die Stadt gekommen, sondern wegen seines Tabaks. Sollten die Italiener doch ihren Ball über den Solomos-Platz kicken und glauben, sie hätten den Krieg gewonnen.

Anastasios wollte sich abwenden, ließ seinen Blick noch einmal über die Menge streifen. Er sah hinauf zur Statue des Dichters. Dionysios Solomos, der 1823, mitten im Krieg gegen die Türken, die Freiheitshymne verfasst hatte. Anastasios summte die Melodie vor sich hin, und wie von selbst formten sich die Verse in seinem Mund.

*»Aus der Achaier Asche bist du*
*nun wutentbrannt entsprossen*
*schüttelst ab das Sklavenjoch*
*Heil dir, Freiheit, sei gegrüßt.«*

Genau so würde es am Ende kommen. Sie würden die Italiener davonjagen, und auch die Deutschen, die sich in Athen und Thessaloniki breitgemacht hatten. Vielleicht dauerte es ein paar Monate, vielleicht sogar ein Jahr oder länger. Aber am Ende würden die Griechen wieder frei und stolz die Herren in ihrem eigenen Land sein. Davon war Anastasios überzeugt, und er sah hinauf zum Standbild des Dichters. Dabei irritierte ihn etwas.

Anastasios kannte die Statue ganz genau. Jedes Mal, wenn er in die Stadt kam und über den Solomos-Platz ging, betrachtete er das Lockenhaupt des Dichters, das von einem Lorbeerkranz gekrönt wurde. Eben damit stimmte aber heute etwas nicht. Der Lorbeer war an seinem Platz, doch darunter klaffte ein Loch. Das Ohr des Dichters fehlte.

Wie von selbst senkte sich Anastasios' Blick. Natürlich, wenn das Ohr abgebrochen war, musste es auf den Boden gefallen sein. Wirklich entdeckte Anastasios Marmorstaub auf den Stufen des Podests und darunter auf dem Pflaster ein Fragment des abgeschlagenen Ohres. Für Anastasios bestand kein Zweifel, was sich hier zugetragen hatte: Die italienischen Soldaten hatten dem großen Dichter Dionysios Solomos ein Ohr abgeschossen.

Er hob das Fragment auf, barg es wie einen verletzten Vogel in der Handfläche und verlor mit einem Mal jede Scheu. So trat er auf Graf Roma zu und hielt ihm das verstümmelte Marmorohr des Dichters entgegen.

»Das haben sie uns angetan«, sagte Anastasios.

Graf Roma nahm das Marmorfragment und besah es sich genau. Für einen Moment weilte sein Blick auf Anastasios' Gesicht, und jetzt sah er ihn wirklich, diesen Bauern, der mit Tränen in den Augen vor ihm stand, weil jemand die Statue des Nationaldichters beschädigt hatte.

»Es waren die Italiener«, sagte Anastasios laut, und nun drehten sich die Leute zu ihm um. Er streckte den Arm aus und zeigte auf die Statue des Dichters. »Sie haben ihm das Ohr abgeschossen. Seht nur her, der Graf hält es in seiner Hand!«

Einige Leute folgten seiner Geste, sahen zum Standbild des Dichters auf und bemerkten den hellen Fleck, die ausgebrochene Scharte, wo zuvor das linke Ohr des Dichters halb versteckt unter den Locken gewesen war. Sie zeigten mit den Fingern auf die Stelle, und sie murmelten. Dann tippte einer dem Schiedsrichter auf die Schulter und fragte ihn, ob er das gesehen hätte und was er denn dazu zu sagen habe, wenn seine Spieler, seine Soldaten, wie die Barbaren mit Fußbällen auf Statuen schossen. Sei das einer Nation wie der italienischen denn angemessen? Doch wohl nicht, wenn man sich damit brüste, das einzig wahre Kulturvolk Europas zu sein, und meinen, Griechenland nicht besetzt, sondern endlich gerettet zu haben.

Der Schiedsrichter, gleichzeitig Kommandant der Einheit, die das Fußballspiel austrug, blies in seine Trillerpfeife, dass sich der Ton überschlug, und brüllte über den Platz, die Soldaten hätten sich in Reih und Glied aufzustellen und auf weitere Befehle zu warten.

Nur Augenblicke später standen die Soldaten mit herausgedrückter Brust, immer noch nach Luft ringend, stramm und hielten den Blick geradeaus. Es war ihnen nicht anzusehen, ob sie ahnten, was hinter der Unterbrechung steckte, dem plötzlich harschen Ton des Offiziers.

Ohne seine Männer weiter zu beachten, ging der Schiedsrichter auf die Statue des Dichters zu. Die Menge wich vor ihm zur Seite, sodass nun Anastasios und Graf Roma dastanden wie ein Empfangskomitee.

»Die Soldaten haben …«, begann Anastasios. Aber als er den Gesichtsausdruck des Offiziers sah, verstummte er.

»Colonnello Francesco Sforza, Kommandant der 4. Abteilung der Divisione Acqui auf Zante«, stellte sich der Offizier vor und salutierte vor Graf Roma. »Ich habe mit Graf Alexander Roma die Ehre, wenn ich mich nicht irre?«

Roma neigte nur leicht den Kopf und lenkte damit Sforzas Blick auf das Marmorfragment in seiner Hand.

»Es ist abgebrochen«, sagte Anastasios leise.

»Das habe ich gesehen, Bauer«, antwortete Sforza scharf. »Und du behauptest, das seien meine Männer gewesen?«

Anastasios hielt dem Blick des Offiziers nicht stand.

»Das meinst du doch?«, setzte Sforza nach.

»Es ist aus logischen Gründen nicht ganz von der Hand zu weisen«, sagte Graf Roma. »Sehen wir uns die Situation doch einmal an. Wir haben hier ein abgebrochenes Stück Marmor, das sich vor Kurzem noch da oben an der Statue befand. Um diesen Schaden zu verursachen, muss ein Gegenstand mit großer Wucht gegen die Statue geprallt sein. Das könnte selbstverständlich sehr vieles gewesen sein. Ein Stein, der vom

Himmel fällt, eine Stange, die ein unachtsamer Arbeiter über den Platz getragen hat. Aber überlegen wir einmal: Haben Sie, mein lieber Sforza, heute schon einen Stein vom Himmel fallen gesehen? Oder einen Arbeiter mit einer fünf Meter langen Stange, der über den Solomos-Platz geht? Nein, ich glaube nicht. Doch wir alle haben das Fußballspiel gesehen. Also, was schließen Sie daraus?«

»Ist das überhaupt von Bedeutung?«, fragte Sforza.

»Nun, für uns ist es das«, antwortete Roma.

Ohne ein weiteres Wort drehte Sforza auf den Fersen um und ging zu seinen Männern zurück. Er baute sich vor ihnen auf. »Wer hat zu dieser Angelegenheit etwas zu sagen?«, fragte er in schneidendem Ton.

Die Männer rührten sich nicht.

»Kann es sein, dass ein Soldat der italienischen Armee so selbstvergessen und ehrlos ist, ein Kunstwerk zu beschädigen und darüber nicht sofort Bericht zu erstatten?«

Noch immer meldete sich niemand, aber die Zuseher am Rand des Spielfeldes wurden unruhig. Sie hatten jetzt alle verstanden, worum es hier ging, und keiner zweifelte daran, dass die italienischen Soldaten absichtlich auf den Nationaldichter der Griechen geschossen hatten. Um ihn zu verhöhnen, um zu zeigen, wie wenig er und seine Griechen sich gegen die Okkupation wehren konnten. Von Freiheit zu singen war das eine, aber sie zu besitzen etwas ganz anderes. Und nun, nach etwas mehr als hundert Jahren, in denen die Griechen die Freiheit gekostet hatten, kamen neue Herren und machten aus freien Männern Untertanen.

»Gebt es doch zu«, rief jemand vom südlichen Ende des Platzes.

»Genau«, stimmte ein anderer ein. »Zuerst die Helden spielen und dann zu feig, es zuzugeben.« »Es ist ein Skandal!«

Von irgendwo, man konnte es nicht genau sagen, erhob sich ein Summen. Eine Melodie, die immer lauter wurde. Anastasios stimmte ein und sang von Freiheit und von Tod. Sforza blies in seine Trillerpfeife, aber das schreckte die Männer nicht sehr. Nur kurz unterbrachen sie die griechische Nationalhymne, und als Sforza sah und hörte, dass auch Graf Roma, leise zwar, aber immerhin, mitsang, brüllte er los: »Verhaften! Auf der Stelle. Den«, er zeigte auf Anastasios, »und den dort auch. Los!«

Anastasios sah zwei Soldaten auf sich zustürmen. Er hatte gar keine Zeit zu reagieren, fand sich am Boden wieder, einen Stiefel im Genick.

## III

Der Tumult erfasste den Platz. Wer konnte, flüchtete in die Seitengassen oder hinaus auf die Mole. Nur Graf Roma blieb, wo er war, das abgeschlagene Ohr des Dichters in der Hand. Aber auch er hatte aufgehört zu singen.

Weder Graf Roma noch sonst jemand hatte den Jungen bemerkt, der mit anderen Kindern lange Zeit am Rand des Spielfeldes gestanden war. Jetzt waren der Junge und seine Freunde verschwunden. Aber er war nicht einfach blindlings davongelaufen wie die meisten Erwachsenen. Er flitzte den Hafen entlang auf dem schnellsten Weg zur Kirche des Heiligen Dionysios. Die Sonntagsmesse war schon seit mehr als einer Stunde zu Ende, aber wenn Demetrios Glück hatte, dann hielt sich Bischof Chrysostomos noch in der Kirche auf. Es musste schnell gehen, denn die Italiener zögerten nicht lange. Sie würden die zehn Männer einfach erschießen. Damit drohten sie schon, seit sie vor ein paar Wochen auf der Insel gelandet waren. »Wenn ihr euch gegen uns auflehnt, dann werden wir ein Exempel statuieren«, hatte ihr Kommandant Luigi Gianni verkündet, als er auf dem Solomos-Platz bekannt gab, dass Zakynthos nun nicht länger zu Griechenland, sondern zu Italien gehöre. Im Namen des Königs Vittorio Emanuele III. nehme er diese Insel nun in Besitz.

Demetrios hatte nicht verstanden, was ein Exempel sein sollte, nur dass es nichts Gutes war, das hatte er gleich begriffen. Er musste den Bischof verständigen, sonst gab es noch Tote. Tatsächlich fand Demetrios den Bischof und Pater Giorgos im Kloster hinter der Kirche. Wie immer wischte Demetrios einfach am Portier vorbei und rannte in den Aufenthaltsraum. Niemand kümmerte sich darum, denn jeder wusste, dass Demetrios der kleine Liebling des Bischofs war. Vor zwei oder sogar schon drei Jahren war der Junge aufgetaucht und nicht mehr von der Seite des Bischofs gewichen.

Bischof Chrysostomos hörte den Bericht nicht zu Ende, stand auf und hastete aus dem Kloster. Demetrios folgte ihm im Laufschritt. Der schwarze Umhang wehte um den massigen Körper des Bischofs, als er die Hafenstraße entlangrannte, seinen schwarzen Hut mit der Hand auf seinem Kopf festhielt und Demetrios schnaufend Anweisungen gab. Der Junge solle vorauslaufen und, wenn möglich, den Bürgermeister verständigen. Die Lage sei ernst, solle er ihm sagen, todernst. Die Italiener hätten nur auf eine Gelegenheit wie diese gewartet.

Als Chrysostomos auf dem Solomos-Platz eintraf, hatten die italienischen Soldaten die zehn Gefangenen schon von der

Menge isoliert, hatten sie ganz nahe beim Podest der Statue festgesetzt und hielten sie mit Gewehren in Schach.

Graf Alexander Roma unterhielt sich mit dem Offizier, der immer wieder auf die Gefangenen zeigte und seine Antworten schreiend erteilte. Sie bemerkten Bischof Chrysostomos erst, als er schon neben ihnen stand.

»Eure Exzellenz«, sagte Graf Roma und beugte sich vor, um die Hand des Bischofs zu küssen. »Welch Fügung Gottes, dass Sie gerade jetzt zu Hilfe eilen.«

Chrysostomos ließ die Huldigung über sich ergehen und sah dann den italienischen Offizier an. »Was werfen Sie den Leuten vor, die Sie verhaftet haben?«

»Wie ich schon Graf Roma erklärt habe, geht es nicht um das abgeschlagene Ohr, sondern darum, dass die Leute zum Widerstand gegen die Besatzungsmacht aufgerufen haben.«

»Die keine Besatzungsmacht sein möchte«, wandte Graf Roma ein. »Wenn ich das richtig verstanden habe, dann sind wir jetzt Teil des italienischen Königreichs.«

»Sie haben das verstanden«, sagte Sforza. »Aber diese Bauern hier nicht.«

»Und deshalb lassen Sie zehn Leute verhaften?«, fragte Chrysostomos. »Was soll nun mit ihnen geschehen?«

»Sie werden vor ein Kriegsgericht gestellt. Aber ich kann Ihnen jetzt schon sagen, wie die Sache ausgeht«, meinte Sforza. »Sie werden alle erschossen. Man wird sie hier auf diesem Platz aufstellen und am Ort ihres Verbrechens hinrichten.«

»Worin genau besteht das Verbrechen?«, fragte Chrysostomos. »Doch wohl nicht darin, dass die Vermutung aufkam, die italienischen Soldaten hätten dem großen Sohn unserer Insel, dem weithin bekannten und verehrten Dichter Dionysios Solomos, ein Ohr abgeschossen?«

»Darauf läuft es wohl hinaus«, sagte Graf Roma. »Wenn die Soldaten ihre Schuld eingestanden hätten, hätte niemand die Freiheitshymne angestimmt. Das aber will Colonnello Sforza nun wohl als Beweis für Hochverrat und Anstiftung zum offenen Aufstand auslegen.«

»Aber das ist doch ganz nebensächlich«, sagte Sforza. »Und außerdem haben meine Soldaten die Statue nicht beschädigt.«

»Das ist eine Frage, die man unbedingt klären sollte«, sagte Bischof Chrysostomos. »Denn an ihr hängt doch, ob sich die Männer schuldig gemacht haben oder ob ihre Empörung über eine Ungerechtigkeit und Lüge zu einer Reaktion geführt hat, die vielleicht etwas übertrieben war, aber keineswegs gleich als offener Widerstand gegen die Okkupation gelten kann.«

»Ich habe die Soldaten schon befragt. Sie leugnen es«, sagte Sforza.

»Aber irgendwer muss die Statue beschädigt haben«, insistierte Chrysostomos. »Das Ohr ist dem Dichter nicht von selbst abgefallen.«

»Das ist es doch, was ich die ganze Zeit sage«, sprang Graf Roma dem Bischof bei. »Aber Colonnello Sforza verweigert eine Befragung der Soldaten durch mich.«

»Das steht Ihnen auch nicht zu. Sie bekleiden kein offizielles Amt und haben daher kein Recht, eine Untersuchung zu führen«, sagte Sforza.

»Wir wollen doch nur höflich fragen, ob sich vielleicht jemand daran erinnert, was sich zugetragen hat. Ganz ohne Verhör oder Zwang.« Chrysostomos lächelte und breitete die Arme aus, als wolle er Sforza und seine Soldaten umarmen.

Mittlerweile war Demetrios zurückgekommen. Im Schlepptau hatte er Bürgermeister Loukas Karrer.

»Nun, hier haben Sie Ihren offiziellen Vertreter«, sagte Graf Roma an Sforza gewandt.

»Ich bin unterrichtet«, kam Karrer dem Offizier zuvor, der offensichtlich zu einer neuerlichen Erklärung ansetzen wollte. »Der Junge hat mir erzählt, was vorgefallen ist.«

»Wir wollten gerade die Soldaten befragen«, sagte Chrysostomos.

»Ja, dann machen wir das«, antwortete Karrer.

»Aber das ist keine Angelegenheit der zivilen Verwaltung«, wehrte sich Sforza.

»Da bin ich anderer Meinung«, sagte Karrer.

»Sie dürfen die Soldaten gar nicht offiziell befragen.«

»Dann plaudern wir nur«, sagte Karrer und folgte dem Bischof, der schon bei den Soldaten stand und sich mit ihnen unterhielt.

»Wir? Warum sollten wir auf die Statue schießen?«, hörte er einen Soldaten sagen.

»Es ist nicht die Frage warum, sondern ob«, sagte Chrysostomos. »Vielleicht war es ja ein Versehen. Jemand hat den Ball nicht richtig erwischt, und dann ist er in die falsche Richtung geflogen, und schon war das Unglück passiert.«

»Aber nein«, sagte der Soldat. »Wir haben nur hier auf dem Platz gespielt, und der Ball ist nie höher geflogen als drei Meter. Wir waren das nicht.«

»Es ist aber eine unbestreitbare Tatsache, dass dem Dichter nun ein Ohr fehlt.«

»Ach, um Himmels willen«, sagte ein anderer Soldat. »Jetzt rückt halt endlich heraus mit der Sprache. Ich verstehe überhaupt nicht, warum wir hier herumstehen und so tun, als wüssten wir nicht, was geschehen ist.«

»Also dann«, wandte sich Chrysostomos an den Soldaten. »Bringen Sie Licht in die Angelegenheit.«

»Es ist ja nicht besonders mysteriös«, begann der Soldat. »Bevor wir mit dem Spiel angefangen haben, haben wir uns ein bisschen aufgewärmt. Sind herumgelaufen und so, und währenddessen haben wir den Ball den Kindern überlassen. Die haben damit gespielt, und dabei ist es dann halt passiert. Keine Ahnung, wer es war. Ich habe nicht hingeschaut. Aber einer der Jungen hat den Ball wohl falsch auf die Fußspitze bekommen, und schon ist er abgezogen. Direkt auf die Statue zu. Ein Volltreffer.«

»Sie wollen sagen, die Kinder haben die Statue beschädigt?«, fragte Bürgermeister Karrer. »Ja, genau so war es.«

Die umstehenden Männer, Gefangene und Zuschauer, murrten. Einige traten vor, als wollten sie auf die Soldaten losgehen, aber Chrysostomos hob die Hand und gebot ihnen Einhalt. »Das ist eine Frage, die sich klären lässt«, sagte er und winkte Demetrios herbei. Er ging in die Hocke und fasste den Jungen an der Schulter. »Du warst doch die ganze Zeit über hier. Du hast die Messe vorzeitig verlassen, um das Spiel zu sehen, nicht?«

»Dafür entschuldige ich mich«, sagte Demetrios und senkte den Blick.

Chrysostomos strich dem Jungen über die Wange. »Manchmal locken die Dinge der Welt, und wenn es nur ein Fußballspiel ist, ist nichts Schlimmes geschehen. Vielleicht sogar im Gegenteil. Demetrios, du warst also schon ganz früh hier. Noch bevor das Spiel anfing?«

Demetrios nickte.

»Also hast du gesehen, was sich vor dem Spiel zugetragen hat?«

Demetrios nickte abermals.

»Stimmt es, dass die Soldaten ihren Ball euch Kindern überließen?«

»Ja«, sagte Demetrios jetzt aufgeregt. »Aber das mit dem Ohr waren wir nicht.«

»Sondern?«

»Die Soldaten werden böse, wenn ich die Wahrheit sage«, meinte Demetrios und schaute von unten herauf, ob ihn jemand bedrohte. »Sie haben den armen Mann zu Boden gerissen und ihn geschlagen. Ich habe Angst vor den Soldaten.«

»Du musst keine Angst haben«, sagte Chrysostomos. »Du weißt doch, du stehst unter meinem Schutz.«

Demetrios schien zu überlegen.

»Weißt du noch, welche Geschichten ich dir über die Märtyrer des wahren Glaubens erzählt habe?« Chrysostomos fasste die Schulter des Jungen fester. »Sie sind für die Wahrheit eingetreten und haben sich immer schützend vor jene gestellt, die zu Unrecht beschuldigt wurden. Möchtest du nicht ihrem Vorbild folgen?«

»Es waren die Soldaten«, sagte Demetrios nach einer Weile leise.

»Das ist eine Lüge«, rief Sforza. »Der Junge erzählt eine Geschichte, um die Männer vor dem Erschießungskommando zu retten. Noch ein Wort, und ich lasse auch ihn verhaften.«

»Nein«, sagte Chrysostomos und stand auf. »Der Junge lügt nicht. Das würde er nicht wagen. Ich kenne ihn, und ich vertraue ihm.«

»Das Wort eines kleinen Rotzlöffels gilt Ihnen also mehr als das eines italienischen Offiziers?«

»Wenn es so war, wie Demetrios erzählt, dann haben sich die Leute doch zu Recht empört«, sagte Chrysostomos.

»Aber es war nicht so«, beharrte Sforza. »Doch selbst wenn, gibt ihnen das noch lange nicht das Recht, sich offen gegen die Staatsmacht aufzulehnen.«

»Indem sie ein Lied singen?«, fragte Chrysostomos.

»Sie wissen sehr gut, dass die Freiheitshymne nicht einfach ein Lied ist. Sie ist ein Aufruf zu Verrat und bewaffnetem Aufstand.«

»Nun, sie ist aber auch, und vor allem, ein Gedicht, das Dionysios Solomos, der große Sohn unserer Insel, verfasst hat«, sagte Chrysostomos. »Ich finde jetzt nichts Aufrührerisches dabei, wenn die Leute es ihm zu Ehren singen.«

»Abführen«, befahl Sforza seinen Soldaten. »Sie können sich beim Inselkommandanten beschweren. Das Kriegsgericht wird morgen tagen, und bei dieser Gelegenheit werden mögliche Einwände der zivilen Verwaltung gebührend berücksichtigt.«

## IV

Anastasios Tetradis lehnte sich an die Wand der Gefängniszelle und schloss die Augen. Draußen auf dem Platz hatte er geglaubt, dies sei seine letzte Stunde. Selbst als der Bischof und der Bürgermeister aufgetaucht waren, hatte er keine große Hoffnung gehabt. Aber dieser Bengel, der dem Bischof immer hinterherlief, hatte sie alle gerettet. Ein mutiger kleiner Mann, ein richtiger Grieche, fand Anastasios. Auf den konnte man stolz sein. Es war nur die Frage, wie lange der Stolz andauerte. Wenn sie morgen vors Gericht gezerrt und verurteilt würden, war das wohl nicht mehr lang. Denn die Italiener würden nicht zögern, es war eine zu gute Gelegenheit, um ihre Macht zu demonstrieren.

»Wir haben sie noch diesen Winter zum Teufel gejagt, und jetzt glauben sie, sie können mit uns machen, was sie wollen«, sagte einer der Männer. Anastasios beugte sich ein wenig vor, um sein Gesicht besser sehen zu können.

»Vor ein paar Monaten noch, sind sie vor uns davongelaufen, die Siena, Ferrara und Centauri. Durch den Schlamm und die Kälte sind sie getürmt wie Diebe, die man im Hühnerstall erwischt hat.«

Jetzt sah Anastasios, wer da sprach. Es war Nikolaos Katevatis, und Katevatis wusste Bescheid. Immerhin hatte er selbst von Anbeginn des Krieges im Oktober 1940 an der albanischen Front gegen die Italiener gekämpft.

Nikolaos Katevatis war einer der Ersten auf Zakynthos, die sich freiwillig meldeten und mit der Fähre nach Mesolongi fuhren. Von dort reiste er mit dem Bus weiter nach Norden, um sich in Ioannina bei der 8. Infanteriedivision des griechischen Heeres unter Generalmajor Charalambos Katsimitros zu melden. Doch als er dort ankam, war die Einheit schon längst ausgerückt und befand sich auf dem Weg nach Kalpaki, einer kleinen Gemeinde weit im Norden des Epirus, direkt an der albanisch-griechischen Grenze.

»Die Italiener glaubten, das wird ein Spaziergang für sie«, sagte Katevatis. »Die Bauern haben mir erzählt, sie hätten die Soldaten auf ihren Motorrädern vorbeifahren gesehen, und einer hätte laut gerufen, den Nachmittagskaffee würde er schon in Ioannina trinken.«

Aus dem schnellen Vormarsch wurde nichts. Bereits an der Grambala, einer Anhöhe am Pindos-Gebirge, empfing die

8. Infanteriedivision der griechischen Armee das 25. Armeekorps der Italiener.

»Sie versuchten es mit Luftunterstützung. Die Italiener bombardierten unsere Stellungen, um uns mürbe zu machen. Aber als sie dann die Infanterie schickten, bekamen sie eine Antwort, mit der sie nicht gerechnet hatten«, fuhr Katevatis in seiner Erzählung fort. »Ich kam am 1. November an der Front an. Da hatten die Italiener die Anhöhe mit einem Überraschungsangriff erobert. Ein wütendes Gewitter war losgebrochen. Es stürmte, und eiskalter Regen wirbelte uns entgegen. Selbst wir, die wir wild entschlossen waren, den Italienern an die Kehle zu springen, konnten nicht weiter. Überall Schlamm und Dreck, und der Regen durchnässte unsere Kleider. Aber bei der ersten Gelegenheit schlugen wir los. An meinem ersten Tag an der Front jagten wir die Italiener zum ersten Mal zum Teufel.«

Das war nicht die einzige Geschichte aus dem Krieg, die Anastasios an diesem Sonntag hörte. Immer ging es darum, dass die Italiener eine Schlacht nach der anderen verloren hatten. Jede dieser Erzählungen war wahr. An keiner Front, in keinem Kampf konnten die Italiener einen Sieg erringen, und dennoch hatten sie den Krieg gewonnen.

Aber eben nicht aus eigener Kraft. Erst als die 12. Armee der deutschen Wehrmacht am 6. April 1941 die bulgarisch-griechische Grenze überschritt und auf Thessaloniki marschierte, wendete sich das Kriegsglück der Griechen. Es dauerte keinen Monat, bis General Georgios Tsolakoglou am 20. April 1941 vor der deutschen Wehrmacht kapitulierte.

Ein paar Wochen später erreichte die neue Ordnung auch Zakynthos. Ein Schiff, mit Fahnen und Wimpeln geschmückt, hatte sich durch die Fahrrinne in den Hafen geschoben an jenem 1. Mai 1941. Anastasios war zufällig in der Nähe gewesen, hatte seinen Eselskarren angehalten und sich hingesetzt, um die Ankunft der italienischen Besatzer zu beobachten. Die Fischer, die an der Mole ihre Netze sortierten, waren die einzigen anderen Zeugen dieses angeblich so historischen Moments.

Wenn der Kommandant der Divisione Acqui ein Empfangskomitee erwartet hatte, wurde er jedenfalls enttäuscht. Er schritt in militärischer Haltung über die Landungsbrücke. Die anderen Offiziere zögerten. Einer machte ein paar Schritte nach vor, stand schon fast auf dem Steg, drehte aber wieder um, als wäre er sich nicht sicher, ob es erlaubt war, das Land zu betreten. Auch der Kommandant hielt kurz inne, als er sah, dass außer den Fischern und einem Bauern mit seinem Eselskarren niemand da war, um ihn zu begrüßen. Er fasste sich aber und steuerte auf das Rathaus zu.

So hatte die italienische Besatzung begonnen. Luigi Gianni, der neue militärische Befehlshaber auf Zakynthos, klopfte an die Tür des Rathauses und wartete, dass ihm jemand öffnete. Doch so höflich blieben die Italiener nicht. Auch wenn sie immer behaupteten, Zakynthos sei gar kein besetztes Gebiet, man habe die Insel lediglich zurück ins italienische Reich geholt, benahmen sich die Soldaten wie eine Kriegsmacht und konfiszierten Essen und Kleidung, fragten nicht, bezahlten nicht und drohten jedem, der ihnen entgegentrat, mit dem Kriegsgericht.

Wie konnte denn Kriegsrecht gelten, wenn die Insel gar nicht zu den besetzten Gebieten gehörte, hätte Anastasios den Kommandanten Gianni gern gefragt. Aber dazu würde er jetzt wohl keine Gelegenheit mehr haben. Die Verhandlungen des Bischofs und des Bürgermeisters waren gescheitert. Morgen würde er zum letzten Mal den Solomos-Platz betreten. Dieses Mal, um dort zu sterben.

## V

In der engen Zelle fand kaum jemand Schlaf. Hockend, mit dem Rücken zur Wand, dösten die Männer ein wenig. Zwei oder drei ließen ihr Komboloi durch die Finger gleiten. Die Kugeln klackten rhythmisch aneinander. Draußen spielten die Italiener Karten und johlten und schrien dabei. Um die Gefangenen kümmerten sie sich nicht. Sie hatten ihnen einen Blecheimer mit einem Deckel als Toilette hingestellt. Zu essen und zu trinken gab es nichts.

Anastasios dachte darüber nach, wie seine Frau sich wohl fühlen musste. Hoffentlich hatte ihr jemand Nachricht gebracht. Dann wusste sie wenigstens, dass er im Gefängnis saß. Aber dann wusste sie auch, was morgen geschehen würde. So oder so stellte sich Rubini sicher gerade das Schlimmste vor. Was würden sie und die Kinder ohne ihn machen? Sie würden das Haus verkaufen müssen und den wenigen Grund, den sie hatten. Den Vertrag mit dem Grafen Roma über die Bewirtschaftung der Olivenhaine konnte Rubini allein nicht erfüllen. Die Kinder halfen zwar mit, aber das würde niemals reichen, um die viele schwere Arbeit zu erledigen.

Hätte er besser den Mund gehalten und das Ohr dort liegen gelassen, wo es hingefallen war. Es konnte ihm doch egal sein, ob die Italiener die Solomos-Statue demolierten, und wenn sie sie mit Vorschlaghämmern zerkleinerten. Was musste er sich darüber aufregen?

Aber er konnte nicht anders. Die italienischen Soldaten machten ihn wütend. Jedes Mal, wenn er einen von ihnen sah, geriet er in Rage. Die Griechen hatten hart für ihre Freiheit gekämpft, und nun sollten sie sich einer Macht beugen, die den Krieg nur mit Hilfe der Deutschen gewonnen hatte?

## VI

Das Kriegsgericht tagte in der Morgendämmerung. Vom Meer her wehte der Geruch nach Salz und frisch gefangenen Fischen. Anastasios sog die Luft ein und blinzelte in die Sonne. Seine Hände waren hinter dem Rücken gefesselt, und er stolperte, als ein Soldat ihn von der Seite her anrempelte. Er sah in das Gesicht des Italieners. Es war das Gesicht eines jungen Mannes. Dem Anschein nach war er noch keine zwanzig Jahre alt. Auf seinen Wangen zeigte sich der erste dunkle Flaum, und auf seiner Stirn hatte die Welt noch keine Spuren hinterlassen.

»Wie heißt du?«, fragte Anastasios.

»Was geht es dich an?«

»Ich will es nur wissen. Was macht es schon aus, wenn du mir deinen Namen sagst?«

»Paolo.«

»Paolo also. Das werde ich mir merken.«

»Wozu? Du wirst kaum noch zwei Stunden leben.«

»Ich muss doch wissen, wer mir eine Kugel durch den Kopf jagt«, sagte Anastasios. »Und außerdem vertraue ich auf das Gericht und auf Gott. Ich habe nichts falsch gemacht.«

»Das interessiert niemanden, ob du etwas falsch gemacht hast. Es geht nur darum, euch zu zeigen, wer hier die neuen Herren sind.«

Damit war ihr Gespräch beendet, denn nun mussten die zehn Gefangenen vor das Kriegsgericht treten. Beim Rathaus hatte man einen großen Tisch aufgestellt, und dort saß in der Mitte der Inselkommandant Luigi Gianni, flankiert von ebenso bedeutend aussehenden Offizieren. Bischof Chrysostomos und Bürgermeister Loukas Karrer hatten nur zwei Stühle zur Verfügung. Sie mussten ohne Tisch auskommen.

Francesco Sforza verlas die Anklage. Sie lautete auf Aufruf zum offenen Widerstand und Hochverrat. Anastasios' Blick wanderte die ganze Zeit zwischen Sforza und Bischof Chrysostomos hin und her. Kaum hatte Sforza geendet, erhob sich Chrysostomos. Als sich der Bischof den Gefangenen zuwandte, lächelte er.

»Die Ausführungen unseres verehrten Colonnello Sforza waren überaus gelehrt, und sicher sind sie wohlüberlegt, und sicherlich kennt Colonnello Sforza die Gesetze des italienischen Staates ganz vorzüglich«, sagte Chrysostomos und drehte sich dabei zum Inselkommandanten Gianni um. »Aber glauben wir wirklich, dass diese Bauern und Arbeiter, diese einfachen Männer, einen Aufstand planten?« Chrysostomos runzelte die Stirn und schüttelte dabei leicht den Kopf. »Ich kenne sie alle. Jeden Einzelnen von ihnen.« Chrysostomos zeigte auf die Gefangenen. »Unter ihnen ist kein Achill oder Leonidas. Kein griechischer Krieger. Nein«, sagte er sanft. »Sie sind nur die Hüter der Erde. Sie sind es, die die Äcker bestellen und dafür sorgen, dass Männer wie Sie«, er verbeugte sich leicht vor Gianni, »ihre Heldentaten vollbringen können.«

»Und doch haben sie die Hymne Griechenlands gesungen«, sagte Gianni.

»Das berühmteste Gedicht von Dionysios Solomos, dem großen Sohn unserer Insel, und das sangen sie wohl nicht, weil sie einen Aufstand planten, sondern weil die Statue des Dichters beschädigt wurde.«

»Von spielenden Kindern«, meldete sich Sforza.

»Ja, so wird es wohl gewesen sein«, sagte Chrysostomos. »Müssen wir aus diesem kleinen Zwischenfall ein tödliches Drama machen? Ich bin sicher, die Männer haben ihre Lektion gelernt.«

»Sie meinen also, wir sollen sie laufen lassen?«, fragte Gianni.

»Eine Nacht im Gefängnis scheint mir angemessen«, antwortete Chrysostomos. »Sie zu erschießen, ist nicht nur übertrieben. Es könnte auch eine ganz und gar verheerende Wirkung haben. Sind die Menschen jetzt noch bereit, sich mit der neuen Situation abzufinden, werden sich nach einer Hinrichtung sicher einige fragen, wie gerecht und wie friedlich die neuen Machthaber wirklich sind und wie sehr sie uns tatsächlich als ihresgleichen und nicht als Gefangene ansehen.«

»Soll das eine Drohung sein?«, fragte Gianni und erhob sich.

»Aber nein.« Chrysostomos senkte beschwichtigend die Arme. »Nicht doch. Niemand droht hier. Aber seien Sie doch klug, verehrter Herr Kommandant. Bedenken Sie die möglichen Konsequenzen, die eintreten könnten.«

Die Debatte wogte noch eine Weile hin und her, und Anastasios versuchte, den Argumenten zu folgen. Er fühlte sich geehrt, dass der Bischof vor das Gericht trat, um ihn zu verteidigen. Selbst der Bürgermeister, den er doch gar nicht persönlich kannte, war gekommen, um für ihn zu sprechen. Immer wieder betonte der Bischof, dass niemand die italienische Herrschaft infrage stelle, und wenn auch die Freiheitshymne vielleicht Anstoß erregen könne, so sei doch der Dichter, um den es hier gehe, zweifellos ein Beispiel für die Jahrhunderte währende Bruderschaft des italienischen und des griechischen Volkes.

Wie aufs Stichwort setzte hier Bürgermeister Karrer ein. »Dionysios Solomos entstammt einer alten venezianischen Familie«, erzählte er. »Weit zurück in die Dunkelheit der Geschichte reicht dieser Stammbaum von Händlern, Politikern und Dichtern. Seine Wurzeln aber hat er in Venedig, und wie einst die venezianische Herrschaft, so trieb auch der Stammbaum dieser Familie Zweige und Äste, die das ganze Mittelmeer umfassen. Als die Osmanen 1669 Kreta eroberten, flüchtete die Familie Solomos nach Zakynthos und fand hier wie viele andere eine neue Heimat. Sie blieben aber weiterhin ihren italienischen Vorfahren verpflichtet. Ist es nicht so, dass Dionysios Solomos ohne seine italienischen Wurzeln niemals die Hymne an die Freiheit hätte schreiben können? Ist es nicht so, dass er, der die Hälfte seines Werkes auf Italienisch und die andere Hälfte auf Griechisch verfasste, uns alle hier eint? Die Italiener und jene, die von Italienern abstammen, wie auch meine Familie, und die Griechen? Hat er uns nicht, gleich einem Propheten, die neue Freiheit gewiesen?«

Anastasios war verwirrt. Er verstand nicht ganz, worauf der Bürgermeister hinauswollte, aber es war jedenfalls eine mitreißende Ansprache, die irgendwie auch den Inselkommandanten zu bewegen schien.

»Also lassen wir die Huldigung unseres großen gemeinsamen Dichters durch diese einfachen Männer nicht mit einer Hinrichtung enden«, setzte Karrer seine Rede fort. »Das würde unser gemeinsames Erbe entehren und wäre doch viel schlimmer als das abgeschlagene Ohr einer Statue. Nein, wir sollten froh sein und uns freuen, dass die Liebe zur Dichtung so tief in unseren Völkern wurzelt.«

Gianni kam auf Karrer zu und umarmte ihn. Er schüttelte ihm die Hand, und dann entließ er die Gefangenen mit einer Handbewegung. »Lasst sie frei«, sagte er. »Bürgermeister Karrer hat recht. Wir sind die Völker, aus denen Europas Zivilisation entstanden ist, und wir sind es, die Europa jetzt wieder erneuern. Die Männer haben nur ihrem wahren Empfinden nachgegeben. Das kann man ihnen nicht zum Vorwurf machen.«

Anastasios schnaufte vor Erleichterung, als ihm Paolo die Fesseln abnahm. Er lächelte und klopfte dem jungen Soldaten auf die Schulter. »Siehst du, nun musst du mich doch nicht erschießen.« Damit verließ er den Platz, drehte sich kein einziges Mal um und verschwand in den Gassen, die zum ehemaligen Judenviertel führten.

Er fand seinen Freund Avraam Matzas in seinem Geschäft und nahm dankbar die Zigarette, die Avraam ihm gleich anbot. Bei einer Tasse Kaffee plauderten sie ein wenig, aber keiner der beiden kam auf die Vorfälle des gestrigen Tages zu sprechen. Avraam schien davon nichts mitbekommen zu haben. Oder aber er schwieg darüber, um Anastasios nicht in Verlegenheit zu bringen. Auf dem Heimweg, er roch immer wieder an dem Tabak, den er gerade gekauft hatte, ließ Anastasios seine Gedanken schweifen. Er wollte im nächsten Jahr auch wieder einmal ein wenig Tabak anbauen. Das hatte er gerade mit Avraam besprochen. Nicht, dass er den Tabak verkaufen wollte, nur so aus Spaß und um herauszufinden, ob sie gemeinsam eine Tabakmischung kreieren konnten, die den Orienttabaken aus Thessaloniki nahekam.

Anastasios achtete nicht auf den Weg, seine Füße würden ihn schon in die richtige Richtung lenken. Aber sie brachten ihn zurück auf den Solomos-Platz, und das erkannte er erst, als er vor der Statue des Dichters stand.

Mit Schrecken sah Anastasios sich um. Das Gericht war verschwunden. Den Tisch und die Sessel hatte man längst wieder ins Rathaus getragen, und nur dort drüben an der Ecke standen noch ein paar Soldaten. Sie hatten eine Leiter dabei, und gerade eben lehnten sie sie an eine Hauswand. Anastasios sah zu, wie einer der Männer hochstieg und das Straßenschild abmontierte. Er reichte es dem Soldaten unter ihm und nahm ein neues Schild entgegen. Das schraubte er an die Hauswand und stieg wieder von der Leiter. Dieses Schauspiel wiederholte sich an der nächsten Hausecke und an der übernächsten. Anastasios fand das sehr kurios, und deshalb ging er auf die erste Hausecke zu und sah nach oben.

Anastasios stand auf dem Solomos-Platz und das Straßenschild hatte das auch immer bestätigt. Da hätte stehen müssen: Πλατεια Διονυσιου Σολωμου – Platia Dionysiou Solomou. Aber das stand dort nicht mehr. Auf dem neuen Schild war zu lesen: Piazza Benito Mussolini.

# Kapitel 2

## I

An diesem Morgen erwachte die Stadt nur langsam. Während sich sonst im ersten Dämmerlicht schon das Leben regte, die Frauen mit ihren Krügen zum Brunnen gingen und die Händler damit begannen, ihre Maulesel zu beladen, brütete heute die Stille über den Häusern. Noch war kein Hämmern aus den Werkstätten entlang der Straßen zu hören. Die Milchmädchen hatten sich verspätet, und das Werkzeug der Zinnschmiede ruhte in den Schubladen und Kästen. Im Ovriaki, dem ehemaligen jüdischen Ghetto, hätte schon längst das Gespräch der Mütter anheben müssen, das die Häuser über die Gassen hinweg in ein Netz aus Zurufen und Ratschlägen einwob. Auch von den Kindern war noch nichts zu sehen und zu hören. Kamen sie doch sonst schon mit den Mägden in aller Frühe heraus auf die Straßen und Plätze und erfüllten die Stadt mit ihrem Lachen und ihrem Geschrei.

Raphael Konstantini erwachte in der Stille und spürte sein Herz schlagen. Es pochte in seiner Brust, als ob ihn ein Schrecken erfasst hätte. Aber er fürchtete sich nicht. Erst als er sich aufsetzte und sein Hemd überstreifte, fiel ihm auf, dass etwas nicht stimmte.

Sein Bruder murrte, als Raphael ihn anstieß, drehte sich um und zog sich die Decke bis über die Nase. In der Küche begegnete Raphael seiner Mutter, die mit verschlafenen Augen die

Glut im Herd anfachte und vorsichtig einen Holzspan nach dem anderen auflegte.

»Musst du nicht längst zur Arbeit?«, fragte sie ihn, schöpfte Wasser aus einem Eimer und setzte den Kaffee auf.

»Ich weiß nicht«, sagte Raphael und streckte sich. »Ich glaube, es ist noch viel zu früh. Es schlafen doch noch alle.«

»Die Turmuhr hat schon sieben geschlagen.«

»Aber ist das nicht seltsam? Schon so spät, und kein Laut ist zu hören?«, fragte Raphael. »Heute ist doch nicht Sabbat, dass alle Leute in den Häusern bleiben.« Er trat vor die Tür und sah die Straße entlang. Zuerst auf die eine, dann auf die andere Seite. Es war niemand zu sehen.

»Der Sommer beginnt«, sagte die Mutter. »Also verkriechen sich die Menschen vor der Hitze.«

»Ja, zu Mittag«, sagte Raphael. »Aber doch nicht schon jetzt.« Er nahm seiner Mutter den Messbecher aus Blech ab, tauchte ihn in den Wassereimer und trank ihn dann leer. »Auf den Kaffee kann ich nicht warten«, sagte er schon im Gehen und winkte seiner Mutter noch zu.

Hätte er, wie noch vor ein paar Wochen, bei Ilias Mordos in der Werkstatt gearbeitet, hätte er es nicht so eilig gehabt. Wenn die ganze Stadt vor sich hin döste, war auch Herr Mordos sicher noch nicht auf den Beinen. Doch kurz nach der Ankunft der italienischen Soldaten war Raphael mit anderen jungen Männern auf dem Solomos-Platz gestanden und hatte die Panzerwagen bewundert, die vor dem Rathaus Aufstellung genommen hatten. Dabei hatte ihn ein Soldat angesprochen. Der Adjutant des Inselkommandanten, wie sich später herausstellte. Dieser Maggiore Stefano Lazzari suchte nach kräftigen Burschen, die den Soldaten zur Hand gehen konnten.

»Meldet euch freiwillig«, hatte Lazzari gesagt. »Jetzt zahlen wir noch etwas für eure Arbeit. Ein paar Lire werden es schon sein, und wenn etwas vom Essen übrig bleibt, könnt ihr es mit nach Hause nehmen. Aber bald werden andere Zeiten kommen.«

Raphael war unter den Ersten, die ihren Namen auf die Liste setzten. Sein Vater Jakob war damit nicht einverstanden. Er hatte als Marinesoldat gedient, hatte gegen die Italiener gekämpft. Er meinte, die Griechen hätten auch mit Leichtigkeit gewonnen, hätten sich nicht die Deutschen eingemischt. Er sehe es nicht gern, sagte er, wenn sein ältester Sohn diesen feigen Hunden nachlaufe und für ein paar Münzen seine Würde verkaufe.

Die Mutter hatte Raphael in Schutz genommen. Es gehe bei der ganzen Angelegenheit nicht um Würde, sondern ums Essen. Sein Vater hatte geschwiegen. Am folgenden Tag war er aufgebrochen. Er hatte oben in den Bergdörfern Arbeit gefunden. Seitdem hatte Raphael seinen Vater nicht mehr gesehen.

Wie jeden Morgen lief Raphael also auch heute die Straße hinunter Richtung Rathaus. Es war immer noch viel zu still. Nur hier und da regte sich in den Tiefen der Häuser etwas. Jemand hustete, eine Ziege scharrte mit den Hufen an einer Tür und meckerte leise. Es schien wie im Märchen, wenn ein Zauber über ein Schloss fällt und alle darin erstarren und erst wieder zu atmen beginnen, wenn ein Prinz die schlafende Prinzessin erlöst.

Der Platz vor dem Rathaus lag verlassen. Die Panzerwagen standen mit offenen Türen, und Raphael sah, wie das Metall im Inneren schimmerte. Dort im Halbschatten unter dem Verdeck lag die Munitionskiste. Man müsste sie nur mit einem

Brecheisen aufhebeln und das Band in das Maschinengewehr einlegen. Das war kinderleicht. Zu gern hätte Raphael das einmal ausprobiert. Doch die Soldaten ließen ihn nicht einmal in die Nähe.

Heute hätte er Gelegenheit gehabt, den Wagen ganz genau in Augenschein zu nehmen, aber viel dringender als die Inspektion des Maschinengewehrs schien Raphael nun die Suche nach einem menschlichen Wesen.

Vielleicht fand er jemanden im Rathaus. Bürgermeister Karrer kam pünktlich jeden Morgen um halb sieben, und damit schon alles für ihn bereit war, begann sein Sekretär seinen Dienst eine halbe Stunde früher. Zur gleichen Zeit, also um sechs Uhr morgens, fand sich auch Adjutant Lazzari ein. Normalerweise sollte eine Wache vor dem Rathaus stehen und im Eingangsbereich eine weitere. Aber als Raphael das Tor aufstieß, trat er in einen verlassenen Raum. Raphael war noch nie im ersten Stock des Rathauses gewesen. Dort befanden sich die Büros der Mächtigen. Diese Männer in ihren Anzügen und Uniformen flößten Raphael Respekt ein, und er blieb ihnen lieber fern. Doch jetzt wollte er herausfinden, was hier vor sich ging, und dazu musste er vielleicht sogar mit dem Inselkommandanten Gianni reden.

Bevor Raphael die Stiege in Angriff nahm, atmete er tief durch. Er konzentrierte sich, versuchte sich zu beruhigen. Dabei hörte er die Schritte nicht, die sich ihm näherten, und als der Mann vor ihm stand, fuhr Raphael wie von einer Wespe gestochen auf und begann zu schreien.

»Was machst du hier?«, herrschte Lazzari ihn an. »Du und alle anderen solltet schon längst draußen in Akrotiri sein. Hat dir das niemand gesagt?«

»Ich … ich …«, stammelte Raphael und versuchte, den Weg frei zu machen, strauchelte und fiel hin.

»Worauf wartest du?« Lazzari ging an Raphael vorbei und öffnete das Tor. »Wir haben nicht ewig Zeit.«

Raphael konnte sich vor Schreck immer noch nicht bewegen. Es war ihm, als hätten sich seine Arme und Beine in Luft aufgelöst. Alles, was er spürte, war dieses heftige Atmen und der Herzschlag, der ihm in der Kehle saß.

»Der Kommandant wartet.« Lazzari stampfte mit dem Fuß auf. Es hallte durch die Arkaden, und mit einem Mal, er wusste nicht wie, war Raphael auf den Beinen und rannte an Lazzari vorbei.

»So ist es gut«, sagte der und ließ das Tor hinter sich zufallen, klopfte sich mit der Reitgerte an die Stiefel und zeigte auf den Panzerwagen. »Wir nehmen gleich den.«

Raphael musste sich beeilen, um auf das Trittbrett zu springen, bevor der Wagen losbrauste, eine scharfe Kurve vor dem Denkmal des Dichters vollführte und dann auf die Küstenstraße einbog.

## II

Die Räder hinterließen kaum Spuren auf dem festgefahrenen Untergrund, aber der feine Staub bauschte sich in gelblichen Wolken hinter dem Panzerwagen. Raphael kniff die Augen zusammen und klammerte sich an den Überrollbügel, während ihm der Fahrtwind das Haar aus dem Gesicht blies.

Noch immer hatte er keine Ahnung, was hier vor sich ging, und er konnte Lazzari über den Motorlärm hinweg nicht fragen. Er hätte es auch nicht gewagt. Lazzari saß mit steinerner

Miene hinter dem Steuer, sah geradeaus und schien Raphaels Anwesenheit gar nicht zu bemerken. Als er scharf nach links lenkte, hätte Raphael beinahe das Gleichgewicht verloren und schrie vor Schreck auf. Aber selbst das hörte Lazzari nicht, oder er ignorierte es.

Als sie stehen blieben und Lazzari aus dem Wagen sprang, winkte er Raphael. Vor ihnen lag die Ebene von Akrotiri, ein Feld, vielleicht ein oder zwei oder sogar drei Kilometer lang und ein paar Hundert Meter breit. Hier gab es kaum Häuser, nur ein Olivenhain schloss sich an den anderen. Gerade schlangen Soldaten eine Kette um den Stamm eines Olivenbaumes, fixierten sie mit einem Karabiner und gaben dem Mann im Panzer ein Zeichen. Die Kette straffte sich, der Motor heulte auf. Ächzend gab der Olivenbaum nach. Seine Wurzeln knackten, als sie aus dem steinigen Boden gezogen wurden, und mit einem letzten Aufrauschen der Blätter sank der Hunderte Jahre alte Baum und starb.

Raphael blieb stehen und vergaß Lazzari und die wilde Fahrt im Panzerwagen. Erstarrt vor Schreck beobachtete er, wie Motorsägen gestartet wurden und sich die rotierenden Sägeketten in das Holz fraßen.

Wie konnten sie es wagen, einen Olivenbaum zu fällen? Nur wenn ein Baum so alt war, dass er von selbst die Blätter abwarf und keine neuen Triebe mehr ansetzte, durfte man sein Holz nehmen. Aber die Soldaten schlangen die Kette schon um den nächsten Baum. Stammabschnitte wurden an Seile gebunden und mit Maultieren weggeschleift, und kaum war der Platz frei, kamen Männer mit Harken und Schaufeln und gruben die Wurzeln aus.

Aus der Ferne konnte es Raphael nicht genau sagen, aber er glaubte, diese Männer zu kennen. Es waren Handwerker aus seinem Viertel, und dort drüben standen ein paar Fischer, die damit beschäftigt waren, Kies von einem Laster zu schaufeln.

»Bist du angewachsen?«, brüllte Lazzari. »Die Männer brauchen Wasser.« Er deutete mit der Reitgerte auf einen Kanister. »Lauf los und hol welches.«

Als Raphael ihn fragend ansah, zog Lazzari wütend die Brauen zusammen. »Ihr seid wirklich für alles zu blöd«, sagte er. »Dort drüben ist die Villa des Bürgermeisters, und dort ist ein Brunnen. Also, worauf wartest du noch?«

Den Kanister unter dem Arm lief Raphael los. Er wusste, wo sich die Villa des Bürgermeisters befand. Ein zweistöckiges Gebäude mit einer großen Terrasse zur Straßenseite und dahinter ein Olivenhain. Normalerweise war das schmiedeeiserne Tor verschlossen. Raphael hatte es schon oft bewundert. Die eleganten Schwünge des Metalls, die sorgfältig ausgeführten Lanzenspitzen an der Oberseite. So etwas wollte er auch einmal können. Oft stellte er sich vor, wie es wohl wäre, nicht nur das Blech zu Rohren und Bechern zu klopfen, wie er es in der Werkstatt von Herrn Mordos lernte, sondern Metall über dem Feuer zum Glühen zu bringen und dann mit gut gezielten Schlägen eine neue Form aus dem Eisen zu schmieden. Irgendwann würde er das lernen, das hatte er sich fest vorgenommen. Jetzt drückte er das Eisentor mit der Schulter auf, und nach wenigen Schritten stellte er den Kanister am Rand des Brunnens ab.

Die steinerne Einfassung war mit einem Holzdeckel versehen. Raphael musste die Klappe hochstemmen und oben an einem Querbalken fixieren. An der Winde über dem Brunnen fehlte das Seil, aber das Wasser stand hoch, und so brauchte sich Raphael nur vorzubeugen und den Kanister ins Wasser zu drücken. Das Wasser schwappte über den Rand, benetzte Raphaels Hand, und als der Kanister vollgelaufen war, zog Raphael ihn mit einem Ruck nach oben.

Zurück bei den Soldaten konnte Raphael den Kanister kaum abstellen, schon war er von Männern umringt, um ihre Blechtassen mit Wasser zu füllen. Er trat ein paar Schritte zur Seite, um nicht im Weg zu stehen, wischte sich den Schweiß von der Stirn und sah, dass während seiner kurzen Abwesenheit zwei weitere Olivenbäume aus dem Boden gezogen und mit Motorsägen zerteilt worden waren.

Lazzari schlug mit seiner Reitgerte auf die Motorhaube eines Geländewagens. Neben ihm standen der Inselkommandant Luigi Gianni und noch ein paar Offiziere. Raphael verstand nicht, worüber sie redeten, aber er konnte sehen, wie sie die Arme ausstreckten, einmal zum Meer hin zeigten und dann wieder ins Inselinnere.

Jemand klopfte Raphael auf die Schulter. Er drehte sich um. Vor ihm stand Nikolaos Katevatis, der für gewöhnlich in Frack und Zylinder die Mole entlangflanierte, der aber seit Kurzem auch für seinen Kampf gegen die Italiener an der albanischen Grenze bekannt war.

»Hast du Wasser für mich?«, fragte Katevatis, und Raphael sah ihm an, wie schwer ihm diese Worte über die Lippen kamen. Der Mann konnte sich kaum aufrecht halten, und als Raphael ihm eine Schale reichte, zitterten seine Hände so sehr, dass er das meiste verschüttete, bevor er trinken konnte.

»Trinken Sie langsam«, sagte Raphael und hielt ihm die Schale. »Wie kommen Sie hierher? Was passiert hier überhaupt? Und warum reißen die Soldaten die Olivenbäume aus dem Boden?«

Katevatis ließ sich an der Karosserie eines Geländewagens zu Boden gleiten und bedeutete Raphael, sich neben ihn zu setzen. Er trank noch einen Schluck und reichte die Tasse dann an Raphael zurück.

»Sie sind in aller Frühe gekommen. Von Tür zu Tür sind sie gegangen und haben alle Männer mitgenommen«, sagte er.

»Bei uns waren sie nicht.«

»Oh doch, sie waren auch im Judenviertel. Siehst du die Männer dort drüben?« Katevatis streckte seinen zitternden Arm aus. »Das sind Samolino Fortes und Avraam Matzas. Und da auf der anderen Seite, der Mann mit der Spitzhacke, das ist der Rabbi selbst. Eine Schande ist das. Neben ihm, in der schwarzen Kutte, das ist Pater Giorgos. Sie haben sie beide mitgenommen und zur Zwangsarbeit eingeteilt.«

»Den Rabbi und den Pater?«, fragte Raphael.

»Angeblich haben sie bis in die frühen Morgenstunden in der Synagoge miteinander diskutiert, und dann kamen die Soldaten.«

Raphael raffte sich auf, nahm den leeren Kanister und trabte los. Die Hitze hatte nun von der Ebene Besitz ergriffen, und der Wind war zur Ruhe gekommen. Der Schweiß sammelte sich in Raphaels Nacken und rann das Rückgrat hinunter, durchnässte sein Hemd und ließ es wie eine dünne Haut an seinem Rücken kleben.

## III

Nun, in der Hitze des Vormittags, stand die Terrassentür der Villa offen. Ein Vorhang verwehrte den Blick ins Innere, aber Raphael konnte hören, wie jemand Tassen auf eine harte Oberfläche stellte, und undeutlich drangen Stimmen ins Freie.

Diesmal hatte Raphael ein Seil dabei. Er untersuchte die Winde, die zentral über der Brunnenöffnung angebracht war, und fand ein Loch, das durch die Winde hindurchging. Hier fädelte er das Seil ein und zurrte es fest.

Das müsste halten, dachte er und knotete das andere Ende des Seiles um einen Eimer, den er im Olivenhain gefunden hatte. Er hoffte, das Behältnis war dicht.

Mittlerweile war eine Frau auf die Terrasse getreten. Sie stellte ein Tablett mit einer Karaffe und Gläsern ab, verschwand dann wieder hinter dem Vorhang und ließ das in der Sonne glitzernde Stillleben auf dem Tisch zurück.

Den Mann, der nun im weißen Sommeranzug ins Freie kam, kannte Raphael. Es war Bürgermeister Loukas Karrer. Hinter ihm wurde eine weitere Gestalt sichtbar. Ein breitschultriger Mann in Hemdsärmeln, der sich mit einem Taschentuch den Schweiß von der Stirn tupfte.

»Mein verehrter Kotzioulas«, hörte Raphael den Bürgermeister sagen. »Das sind ja schlimme Neuigkeiten, die Sie aus Athen zu berichten haben.«

»Am Sonntag, den 27. April haben die Deutschen die Hakenkreuzfahne auf der Akropolis gehisst. Ich habe es mit eigenen Augen gesehen.«

»Eine Schande«, sagte Karrer und bot seinem Gast Platz an.

»Aber in der Niederlage zeigt das griechische Volk noch, welche Ehre und welch Widerstandsgeist in ihm stecken.«

»Eine Niederlage ist eine Niederlage, und umso schändlicher ist die Kapitulation vor den Italienern, da wir sie ja eigentlich besiegt haben«, wandte Karrer ein.

»Ja, das ist eine Wunde, die noch lange bluten wird«, gab ihm Kotzioulas recht. »Aber Griechenland hat auch gezeigt, dass es zwar geschlagen, aber nicht ohne Hoffnung ist.«

In den Morgenstunden des 27. April fuhren die ersten Motorräder der deutschen Wehrmacht durch die Straßen Athens. Es war eine Einheit der Panzerjäger-Abteilung 47 der 6. Gebirgsdivision. Anders als erwartet, hielten die Fahrer nicht am Syntagma-Platz, sondern fuhren weiter nach Süden und schwenkten auf der Höhe des Olympieion nach Westen ab. Das war der schnellste Weg zur Akropolis. Die Wachen dort erwarteten die deutschen Soldaten schon und leisteten keinen Widerstand. Das wäre in dieser Situation auch völlig aussichtslos gewesen.

Einer der Evzones, der Elitesoldaten, die mit der Bewachung der Akropolis beauftragt waren, hieß Konstantinos Koukidis. Er hatte sein Gewehr geschultert, stand stramm, den Blick geradeaus gerichtet, und wartete, bis die deutschen Soldaten herangekommen waren. Auch als der deutsche Soldat sich über seine Fustanella, den weißen, gefalteten Rock, lustig machte, rührte sich Koukidis nicht von der Stelle. Erst als die Deutschen an ihm vorbeigingen und den Aufstieg auf die Akropolis begannen, machte er eine Kehrtwendung und folgte ihnen.

Seiner Aufgabe, der Bewachung der Akropolis und der griechischen Fahne auf dem Aussichtspunkt am östlichen Ende des Hügels, war er mit der Ankunft der Wehrmacht entbunden. Auch wenn es keinen offiziellen Befehl gab, bestand kein Zweifel, dass das griechische Heer kapituliert hatte. Es ging nur mehr darum, die Wache ordnungsgemäß an die Besatzer zu übergeben.

Mit steinerner Miene beobachtete Koukidis, wie die Deutschen am Parthenon vorbeimarschierten und zielstrebig auf die Plattform mit der Fahne zuhielten. Zwar konnte er es nicht sehen, aber er nahm an, dass sie in der Feldtasche, die der eine über der Schulter trug, die Hakenkreuzfahne des Deutschen Reiches bei sich führten.

Koukidis beschleunigte seinen Schritt, um vor den Deutschen beim Fahnenmast zu sein. Er löste die Schnur und holte die griechische Flagge ein.

Die Deutschen sahen ihm mit verschränkten Armen zu. Der Wind fuhr noch einmal in den Stoff, blähte ihn in der Mitte und ließ dann von der Fahne ab. Koukidis griff nach ihr, holte sie heran und legte sie sich über den Unterarm. Mit beiden Händen hielt er die Fahne fest und sah die deutschen Soldaten an. Dann begann Konstantinos Koukidis, sich im Kreis zu drehen. Sein weißer Faltenrock bauschte sich und die Quasten auf seinen Schuhen hüpften auf und ab. Der Stoff der Fahne legte sich um seinen Körper, und Koukidis drehte sich weiter und weiter. Mit zwei Schritten war er am Rand des Akropolishügels. Von hier ging es hundert Meter und mehr in die Tiefe.

Konstantinos Koukidis wandte sich nicht mehr um. Die Luft trug ihn nicht, und er stürzte wie ein flügellahmer Ikarus in die Felsen.

Noch am selben Tag erfüllten Stiefelpoltern und Motorenlärm die Stadt. Zwei Abteilungen der Leibstandarte SS Adolf Hitler marschierten in exakt abgezirkelter Formation durch die Panepistimiou-Straße auf den Syntagma-Platz zu. Alle Fenster entlang der Route blieben geschlossen, niemand winkte von den Balkonen, und die einzigen Sieg-Heil-Rufe kamen von den eigenen Soldaten.

Mit großer Schnelligkeit übernahmen die deutschen Besatzer die Büros und brachten die Verwaltung unter ihre Kontrolle. Sie schüchterten Beamte ein, verhafteten Leute, die sich ihnen widersetzten, und das Gefängnis begann sich mit jenen zu füllen, die es wagten, ihren Unmut auch nur anzudeuten.

In der Nacht des 30. Mai aber nutzten zwei Männer die Dunkelheit, um sich auf verborgenen Pfaden der Akropolis zu nähern. Manolis Glezos und Apostolos Santas, Studenten der Universität Athen, hatten schon Tage zuvor den Hügel ausgekundschaftet. Sie wussten, wo die Wachen standen, wann sie abgelöst wurden. So eine Wachablöse nutzten Glezos und Santas, um sich an den Deutschen vorbeizuschleichen.

Ein aufmerksamerer Beobachter als die deutschen Soldaten hätte die beiden Gestalten dunkel gegen die Felsen ausmachen können, hätte gesehen, wie sie an den Säulen der Propyläen vorbeihuschten und beim Heiligtum der Artemis Schutz suchten. Auf dem steinigen Untergrund waren ihre Schritte kaum zu hören. Nur wenn sie die Füße nicht sorgfältig auf die Felsen setzten und abrutschten, gab es ein wischendes Geräusch, das aber nicht bis zu den Wachposten drang.

Am Parthenon vorbei, geduckt im Schatten der Säulen, liefen sie auf die Plattform am äußersten Ende des Hügels zu. Dort stand der Flaggenmast, und dort wehte die Hakenkreuzfahne. Direkt an der Plattform hatten die Deutschen keine Wachen aufgestellt. Sie wähnten sich sicher, dass niemand am Posten bei den Propyläen vorbeikam oder den Aufstieg über die Felsen wagte.

Glezos und Santos blickten zur Fahne hinauf. Sie zögerten nicht länger. Das Seil quietschte kurz auf, und sie hielten inne. Sie sahen sich um. Kein deutscher Soldat war zu sehen. Kein Schuss fiel. Es dauerte nur Sekunden, die Fahne vollständig einzuholen und sie vom Seil zu lösen. Manolis Glezos schlang die Fahne um seinen Arm, und schon rannten beide los. Diesmal nahmen sie den steilen Pfad an der Ostseite der Akropolis, verschwanden in der Düsternis der Nacht und erreichten bald den Hain am Fuße des Hügels, wo sie fürs Erste in Sicherheit waren.

Noch in der Nacht bemerkten die Wachen das Fehlen der Hakenkreuzfahne. Sie schlugen Alarm, und mehrere Trupps durchkämmten die Stadt auf der Suche nach den Tätern.

Doch die Fahne blieb verschwunden. Das Gerücht über die Heldentat allerdings verbreitete sich von Mund zu Mund. Die Geschichte tauchte irgendwann auch am Omonia-Platz auf. Die Händler schwatzten miteinander und erzählten es ihren Kunden, und bald wusste ganz Athen Bescheid.

Manolis Glezos und Apostolos Santas, diese Namen kannte binnen Tagesfrist jeder in Athen, und bis nach Thessaloniki drang die Kunde. Dort verstand man die Botschaft, und wenige Tage später flog das erste Munitionslager der deutschen Wehrmacht in die Luft.

»Man verurteilte die beiden in ihrer Abwesenheit zum Tode«, schloss Kotzioulas seine Erzählung und wandte sich um, als er hörte, wie Raphael den Eimer aus dem Brunnen zog und Wasser in den Kanister goss. »Das ist die Heldengeschichte, die ich Ihnen mitgebracht habe.« Raphael hatte eigentlich schon viel zu lange am Brunnen gestanden und machte sich jetzt auf, um den Männern frisches Wasser zu bringen. Die Geschichte vom Raub der Fahne ging ihm nicht aus dem Sinn. Wirklich und wahrhaftig hatten es zwei Burschen geschafft, den Nazis einen Streich zu spielen, und nicht irgendeinen Streich, nein. Einer Armee die Fahne zu stehlen, war gleichbedeutend mit dem Verlust der Ehre. Man hätte dem Kommandanten auch die Eier abschneiden können.

Der volle Kanister zog ihn auf einer Seite zu Boden, und Raphael musste das ausgleichen, indem er sich auf die andere Seite neigte. So humpelte er auf die Baustelle zu und sah schon von Weitem, wie sich ein paar Männer über einen anderen beugten, der ausgestreckt neben einem der letzten Olivenbäume lag. Im Näherkommen erkannte Raphael den Mann am Boden. Es war Rabbi Jesaja Ganis.

## IV

»Steh auf«, herrschte Lazzari den Rabbi an, und als er Raphael bemerkte, wie er den Kanister heranschleppte, ging er gleich auf ihn los. »Das ist deine Schuld. Du verschwindest einfach, und die Männer fallen in Ohnmacht, weil sie nicht genug Wasser bekommen.« Er hob drohend die Reitgerte. »Wenn es nicht so heiß wäre, würde ich dich verprügeln.«

Raphael wich Lazzari aus und kniete sich neben Rabbi Ganis hin, hielt ihm eine Schale mit Wasser an die Lippen und sah zu, wie er in kleinen Schlucken trank.

»Es ist keine Arbeit für einen Rabbi«, sagte Pater Giorgos und stützte seinen Freund. »Wir haben bis in die Morgenstunden studiert.«

»Sie sehen auch nicht gut aus«, meinte Raphael und reichte dem Pater eine Tasse mit Wasser.

»Ich bin zum Umfallen müde, aber Gott sei es gedankt, kann ich mich noch auf den Beinen halten.«

»Redet nicht herum. Arbeitet weiter«, fuhr Lazzari dazwischen. »Der Junge soll dem Rabbi Wasser geben, und ihr anderen nehmt die Schaufeln und Spitzhacken und schaut, dass ihr wieder an die Arbeit kommt.«

Pater Giorgos stemmte sich hoch, blieb mit den Händen auf die Oberschenkel gestützt stehen und atmete heftig. »Du musst irgendwie den Bischof erreichen«, stieß er hervor. »Den Olivenhain können wir nicht mehr retten. Aber wir müssen dafür sorgen …« Er atmete ein paarmal durch, bevor er weitersprechen konnte. »Der Bischof muss die Italiener zwingen, die Männer besser zu behandeln.« Pater Giorgos nahm eine Schaufel und schleppte sich davon.

Natürlich, der Bischof, dachte Raphael. Er hatte die Erschießung von zehn Griechen verhindert, die angeblich zur Revolte gegen die Italiener aufgerufen hatten, und er funkte Inselkommandant Gianni immer dazwischen, wenn dieser versuchte, seine Macht mit Gewalt durchzusetzen. Warum war er nicht schon längst hier und stellte sich gegen diese Leuteschinder?

Langsam erholte sich der Rabbi. Er hob den Kopf und stützte sich mit dem Ellbogen auf. Raphael half ihm dabei. Dann hielt er dem Rabbi noch einmal eine Tasse mit Wasser an den Mund.

»Danke«, sagte Rabbi Ganis und ließ sich wieder gegen den Stamm des Olivenbaums sinken. Er schloss die Augen, und sein Atem ging sehr flach. Raphael befürchtete schon, der Rabbi könnte sterben.

Nach einer Weile streckte der Rabbi die rechte Hand aus. Raphael wollte ihm eine weitere Tasse Wasser geben, als er merkte, dass der Rabbi mit dem Finger auf etwas zeigte.

»Siehst du den Sturmwind kommen?«, fragte Rabbi Ganis. »Er kommt aus dem Norden, und er ist voll feuriger Räder, die sich donnernd durch die Wolken bewegen.«

Raphael folgte dem Fingerzeig des Rabbis mit seinem Blick, aber er konnte keinen Sturm erkennen. Dort war nichts weiter als die Männer mit den Panzern, die einen Olivenbaum nach dem anderen aus dem Boden rissen, das Holz mit Benzin übergossen und anzündeten. Vielleicht meinte der Rabbi die dunklen Rauchsäulen, die aufstiegen, die Flammen, die sich in das jahrhundertealte Holz fraßen.

»Sie sehen aus wie Menschen«, fuhr der Rabbi fort, »aber es sind Seraphim. Engel des Herrn, die gekommen sind, seine Botschaft zu verkünden, und sie fahren auf dem Wagen aus Licht und Feuer, und sie kommen auf uns nieder.« Die Stimme des Rabbis schwoll immer weiter an. »Mitten im Feuer ihre Gesichter wie Gold. Das Gesicht eines Adlers und das Gesicht eines Menschen und die Räder, die sich drehen.«

Als Pater Giorgos die wild herausgestoßenen Sätze vernahm, ließ er die Schaufel fallen und eilte herbei.

»Nicht«, sagte er. »Beruhige dich, Jesaja. Ich bin hier, und die Feuerräder sind noch fern. Wir haben unser Ziel noch nicht erreicht.«

»Was soll das Geschrei?« Lazzari stand nun ebenfalls wieder bei der kleinen Gruppe unter dem Olivenbaum. »Wenn er schreien kann, kann er auch arbeiten.«

»Er fantasiert«, sagte Pater Giorgos und tupfte dem Rabbi die Stirn.

»Vom Flughafen, den wir hier bauen?«, fragte Lazzari. »Sieht er schon die Flugzeuge, wie sie in der Sonne blitzen, wenn sie dröhnend zur Landung ansetzen?« Er lachte und beugte sich dabei nach hinten, als ob er einen guten Witz erzählt hätte und nun von seiner eigenen Heiterkeit übermannt würde.

»Nein, das ist es nicht«, sagte Pater Giorgos. »Er sieht die Vision des Propheten Ezechiel. Die beginnt genau so: Ein Sturmwind kam von Norden, in den Wolken sah ich ein glänzendes Feuer wie Gold.«

Raphael senkte den Blick und wich vor Ehrfurcht zurück.

»Was ist?«, fuhr ihn Lazzari an.

»Nichts«, sagte Raphael und schüttelte den Kopf.

»Du siehst aus, als hättest du einen Geist gesehen.«

»Nein.« Raphael nahm dem Rabbi die Tasse aus der Hand und füllte sie von Neuem.

»Große, goldblitzende Gestalten werden sich auf uns senken, und wir werden den Wagen des Himmels erblicken«, setzte der Rabbi fort.

»Er spricht von Flugzeugen. Das ist doch ganz klar«, sagte Lazzari. »Die Hitze hat ihn irregemacht. Bringt ihn weg. Ich möchte keinen toten Rabbi hier liegen haben. Aber du«, Lazzari zeigte mit der Reitgerte auf Raphael. »Du kommst zurück. Mit dir habe ich noch eine Rechnung zu begleichen.«

Mit zur Seite gewandtem Kopf nickte Raphael. Ja, er würde zurückkommen. Auch er war mit Lazzari noch nicht fertig.

»Wir bringen ihn am besten zur Villa des Bürgermeisters«, sagte Raphael und fasste Rabbi Ganis unter dem Arm. Mit vereinten Kräften hoben sie ihn hoch. Der Rabbi versuchte, selbst zu stehen, knickte aber immer wieder ein. So schleiften sie ihn mehr, als sie ihn trugen, von der Baustelle und mussten nach ein paar Metern schon anhalten, weil sie außer Atem waren.

»Es wäre besser, wir hätten ein Fahrzeug«, sagte Pater Giorgos.

»Wir sollten lieber nicht fragen«, meinte Raphael. »Es sind nur dreihundert Meter.«

»Du hast vermutlich recht«, sagte Pater Giorgos und packte den Rabbi fester.

Zwischendurch straffte sich der Körper des Rabbis, und manchmal schaffte er ein, zwei Schritte, bevor er wieder zusammensackte.

Raphael überlegte, wie er Pater Giorgos nach der Vision des Ezechiel fragen konnte. Wenn sie in der Nacht über dem Buch des Propheten gesessen hatten, dann war klar, was Pater Giorgos und Rabbi Ganis trieben. Sie studierten die Kabbala, die Geheimlehre über die Gottesschau.

»Ich habe schon davon gehört«, sagte Raphael und versuchte, Pater Giorgos anzusehen, aber er tat sich schwer damit, weil der Rabbi zwischen ihnen hing wie ein Sack Kartoffeln.

»Wovon hast du schon gehört?«, fragte der Pater.

»Der Rabbi hat von glühenden Gestalten gesprochen«, sagte Raphael.

Rabbi Ganis stolperte, und Raphael hatte Mühe, den Mann nicht fallen zu lassen.

»Das geht dich nichts an«, sagte Pater Giorgos. »Du bist viel zu jung. Wie alt bist du überhaupt? Fünfzehn?«

»Sechzehn.«

»Wer nicht mindestens vierzig Jahre alt ist und zwanzig davon dem Studium der Bibel gewidmet hat, braucht seine Nase nicht in kabbalistische Texte zu stecken.«

Also doch, dachte sich Raphael. Vielleicht wusste noch nicht einmal der Bischof von ihrem Geheimnis.

»Hast du mich verstanden?«, fragte Pater Giorgos. »Die Kabbala ist nichts für solche Grünschnäbel wie dich.«

Der Tisch auf der Veranda war verwaist. Noch stand da das Tablett mit der Wasserkaraffe und zwei Gläsern, aber die Stimmen der Männer drangen nun aus dem Inneren des Hauses. Die Mittagshitze brütete auf den Steinen, und auf den

Dachziegeln der Laube über dem Brunnen waberte die kochende Luft.

Raphael und Pater Giorgos griffen dem Rabbi unter die Achseln und stemmten ihn die Stufen der Veranda nach oben. Er stöhnte dabei, und sein Kopf sank zur Seite. Der Körper wurde schwer. Wieder hatte der Rabbi das Bewusstsein verloren.

Der Stuhl quietschte über den Verandaboden, als sie Rabbi Ganis ablegten. Das Geräusch ließ das Gespräch im Haus verstummen. Schon schob Bürgermeister Karrer den Vorhang beiseite und sah heraus.

»Kann ich helfen?«, fragte er und griff nach der Karaffe und einem neuen Glas. Er reichte es Raphael und rief über die Schulter zurück ins Haus: »Lilly, kommst du bitte?«

Die Frau in dem hellen Kleid, die Raphael vorher schon beobachtet hatte, erschien und erfasste die Situation mit einem Blick. Sie holte ein feuchtes, kaltes Tuch und presste es dem Rabbi in den Nacken.

Während Lilly Karrer dem Rabbi schluckweise Wasser einflößte, berichtete Pater Giorgos von der Baustelle und von der Ohnmacht des Rabbis. Kotzioulas trat ebenfalls ins Freie, und für einen Moment verstummte der Pater. Aber Bürgermeister Karrer nickte, es sei alles in Ordnung. Kotzioulas sei ein Freund, vor ihm brauche man sich nicht zurückzuhalten.

Kotzioulas hatte einige Erfahrung mit Erschöpfungszuständen, immerhin hatte er im italienisch-griechischen Krieg gekämpft und viele Soldaten gesehen, die im Hungerdelirium aus den Schützengräben gesprungen waren. Er hockte sich neben Rabbi Ganis hin und fühlte seinen Puls, legte ihm die Hand auf die Stirn, um seine Temperatur zu kontrollieren.

»Viel Wasser, viel Schlaf«, sagte Kotzioulas. »Dann wird er wieder.«

Der Rabbi fasste Kotzioulas' Hand und drehte den Kopf in seine Richtung. »Bist du gekommen, um uns zu retten?«, fragte er. »Bringst du Nachricht von den Engeln?«

Kotzioulas sah Pater Giorgos fragend an.

»Er redet immer noch von der Vision des Ezechiel. Ich glaube, er hält Sie für einen Engel.«

Kotzioulas lachte. »Zu viel der Ehre, auch wenn ich ein Bote bin, der zwischen hier und dem Festland Nachrichten hin- und herträgt.«

»Elias«, stieß der Rabbi hervor und zog Kotzioulas' Hand fester an seine Brust. Er richtete sich auf und sah hinüber zum Olivenhain, in dem die italienischen Soldaten wüteten.

»Wir können nichts dagegen tun«, sagte Bürgermeister Karrer. »Sie werden diesen Flughafen bauen.«

»Aber sie können dabei doch nicht die Leute zu Tode schinden«, sagte Kotzioulas.

»Ich werde versuchen zu intervenieren«, sagte Karrer, aber er klang nicht sehr hoffnungsvoll. »Die Italiener glauben offenbar, dass sie uns die Errungenschaften der neuen Zivilisation bringen, und wir ihnen dafür dankbar sein müssen.«

»Bist du der Prophet Elias?«, fragte der Rabbi und klammerte sich immer fester an Kotzioulas' Hand. »Bringst du die Kunde von der Apokalypse?«

Sie alle sahen jetzt Rabbi Ganis an, wie er sich aufrichtete.

»Du bist es«, sagte er leise. »Du hast es auch gesehen, nicht wahr? Die Soldaten graben den Boden um. Sie graben und pflügen mit ihren Schwertern.«

Er musste Atem schöpfen, hielt sich aber steif aufrecht und ignorierte das Wasserglas, das Lilly Karrer ihm reichte.

»Und siehe ein Feld voller Knochen«, fuhr der Rabbi fort. »Aus der Erde befreit durch die Schwerter der Soldaten. Sie werden sich erheben, die alten Helden, und Fleisch und Sehnen, Muskeln und Haut wird ihre Knochen bedecken. Sie werden aufstehen gegen den Feind und kämpfen für ihr Land und für ihr Volk, auch nach tausend Jahren und mehr ist es immer noch ihr Land, jeder Stein und jedes Körnchen Sand.«

»Er fiebert«, sagte Kotzioulas. »Wir brauchen mehr kaltes Wasser, sonst wird sein Gehirn zu heiß, und dann wird er sterben. Junge, lauf und hol Wasser.«

Raphael, der dem Sermon des Rabbis mit offenem Mund gelauscht hatte, rannte los und füllte abermals den Kanister. Kotzioulas nahm ihm das Wasser ab und goss es dem Rabbi über den Kopf. Der Schreck und die Kälte griffen wie eine Faust um die Brust des Rabbis und pressten ihm einen Schrei aus der Lunge. Er bäumte sich noch weiter auf, und dann verlor der Körper jede Spannung und fiel hin.

## V

Die Bilder, die der Rabbi beschwor, machten Raphael Angst. Knochen, die sich wieder zusammenfanden, sich mit Sehnen überzogen und mit Fleisch. Hieß es nicht im Lied der Freiheit des großen Dionysios Solomos, dass sich einst die Knochen aus den Gräbern erheben würden, um für die Freiheit Griechenlands zu kämpfen?

Während er den Wasserkanister ein ums andere Mal zwischen dem Brunnen und dem Olivenhain hin- und herschleppte, verselbstständigten sich diese Bilder in seiner Fantasie. Was wäre, wenn die Panzer nicht nur die Olivenbäume aus dem

Boden zerrten, sondern die Gräber der Helden darunter aufrissen? Hier auf Zakynthos hatten die Helden des Unabhängigkeitskrieges einen wichtigen Stützpunkt gehabt. Das hatte er in der Schule gelernt. Vielleicht war das die Vision des Rabbis. Die Helden aus alter Zeit standen samt ihrer verrosteten Säbel und ihrer mit Schutt und Erde bedeckten Kanonen wieder auf. Eine Geisterarmee, die die Italiener zum Teufel jagte.

Dann wurde sein Tagtraum durch die Erschöpfung ausgelöscht. Raphael mühte sich Meter um Meter, spürte, wie seine Arme vor Schmerz zu brennen begannen, und dann, als es Abend wurde, verlor er jedes Gefühl in den Händen. Sie schienen gar nicht mehr zu ihm zu gehören, wie sie den Eimer am Seil aus dem Brunnen zogen und das Wasser in den Kanister kippten.

Die Nacht brachte endlich Ruhe. Die Männer hockten unter Sträuchern oder an die gefällten Bäume gelehnt, tunkten Brot in Olivenöl und aßen schweigend. Auch Raphael hatte eine Ration zugeteilt bekommen. Er kaute lange an dem Brot und schloss dabei die Augen. Er döste ein, aber sein Schlaf war wie der Hauch des Abendwindes, und ein Rascheln, ein Räuspern verscheuchte ihn, und Raphael schlug die Augen auf.

Er sah, wie Lazzari vor den Panzern auf und ab ging. In gleichmäßigem Schritt, die Reitgerte immer wieder gegen den Schaft des Stiefels schlagend, so patrouillierte er bis zu den letzten Olivenbäumen, machte auf den Fersen kehrt und kam wieder zurück. Die Wachen saßen beim Feuer und unterhielten sich. Immer wieder glomm ein roter Punkt in der Nacht auf. Da stand einer und rauchte.

So verging der erste Teil der Nacht. Niemand durfte die Baustelle verlassen, das hatte Inselkommandant Gianni persönlich verfügt. Die Männer waren zwangsrekrutiert, und wer sich einem Befehl widersetzte oder die Arbeit verweigerte, war nach dem Kriegsrecht zu behandeln. In der Dämmerung waren Lastwagen angekommen. Sie hatten Männer aus den Bergdörfern gebracht, die nun drüben auf dem offenen Feld lagerten. Für sie hatte es kein Abendessen mehr gegeben. Jetzt standen ein paar auf und kamen auf Lazzari zu.

»Halt«, schrie Lazzari, als er die Männer sah, und zog seine Waffe. Die Männer streckten die Arme in die Luft.

»Geht zurück«, herrschte Lazzari sie an. »Ihr habt hier nichts verloren.« Er winkte eine der Wachen herbei. »Bring sie zurück«, sagte er zu dem Soldaten und sah zu, wie der die Männer mit dem Gewehr im Anschlag zwang, Schritt für Schritt zurückzuweichen. Raphael rieb sich die Augen, zog die Beine an und machte sich bereit. Es braute sich etwas zusammen.

Einer der Männer, die Arme immer noch hoch über dem Kopf, machte einen Schritt auf den Soldaten zu. Der lud sein Gewehr durch. Der Mann blieb stehen, ließ die Arme sinken und begann zu reden.

Die Stimme trug nicht weit. Raphael hörte nur die Melodie der Rede, wie die Worte am Ende des Satzes in die Tiefe zu kippen schienen. Ein Schauer durchfuhr ihn. Er kannte diese Stimme. Da war er sich augenblicklich sicher. Diese Gestalt, wie der Mann die Hände bewegte, die Haltung des Kopfes. Von der Dunkelheit geschützt, näherte sich Raphael der Gruppe, und nun gab es keinen Zweifel mehr. Der Mann, der mit dem Soldaten sprach, war sein Vater.

»Hör zu, ich war selbst lange genug beim Militär«, hörte er seinen Vater sagen. »Ich weiß, wie das ist, und du musst deinem Kommandanten gehorchen. Aber die Männer haben

Hunger, und wenn sie arbeiten sollen, dann müssen sie auch essen.«

Aus dem Schatten zwischen den Panzern schoss eine Figur auf die Gruppe zu. Es war Lazzari, und er hielt die Reitgerte zum Schlag bereit. »Es wird nicht diskutiert«, sagte er scharf. »Der Befehl lautet, ihr sollt dort drüben schlafen. Kein weiteres Wort.«

»Mein Name ist Jakob Konstantini«, sagte Raphaels Vater und streckte Lazzari seine rechte Hand entgegen. »Ich war Marinesoldat.«

»Und jetzt bist du der Anführer eines Aufstandes?« Lazzari ignorierte Jakobs Hand und kam ganz nahe an ihn heran. So nahe, dass sich ihr Atem mischte.

»Nein«, sagte Jakob sanft und senkte den Blick. »Aber wer arbeitet, muss essen.«

Er hatte kaum zu Ende gesprochen, als die Reitgerte niedersauste. Auf Jakob Konstantinis Wange blühte ein Riss. Schnell hob er die Arme, doch es war zu spät. Der zweite Hieb traf ihn an der Stirn, und schon überzog das Blut sein Gesicht wie eine Maske.

Mit geballten Fäusten stand Raphael da. Er hatte die Zähne so fest aufeinandergebissen, dass ihm die Wangenmuskeln schmerzten. Am liebsten wäre er losgelaufen, direkt auf Lazzari zu. Er sah es beinahe vor sich, wie er dem Mann die Reitgerte aus der Hand wrang und damit auf ihn einprügelte. Aber er bewegte sich nicht, sah zu, wie Lazzari seinen Vater mit Tritten und Schlägen immer weiter in die Finsternis trieb und dann in der Nacht verschwand.

Raphael dachte an Manolis Glezos und Apostolos Santas. Es gab keine Fahne, die er stehlen konnte. Aber etwas konnte er dennoch tun.

Der Tumult ebbte ab. Die Männer aus den Bergen sammelten sich wieder um das Feuer neben den gefällten Bäumen. Raphaels Vater kam aus der Dunkelheit, gebeugt zuerst, aber dann wischte er sich übers Gesicht und lachte. Er war Lazzari entkommen und setzte sich jetzt zu den anderen.

Auch Lazzari tauchte wieder auf. Raphael beobachtete ihn, wie er die Reitgerte an seiner Hose abwischte. Er ging an den gefällten Olivenbäumen entlang und murmelte und klopfte sich immer wieder mit der Gerte gegen die Stiefel.

Raphael beobachtete Lazzari eine Weile. Er schien zerstreut und abgelenkt. Gut so, dachte Raphael. Sein Schritt war trotz des Wasserkanisters leicht. Raphael verschmolz mit den Schatten, und niemand sah ihn, als er mit dem gefüllten Wasserkanister zurückkehrte und zwischen den Panzern hindurchschlüpfte.

Vorsichtig streckte sich Raphael. Er tastete an der Seite des Panzers nach dem Deckel des Einfüllstutzens, fand ihn und schraubte ihn auf. Das Wasser gluckste nur ganz leise, als es in den Tank rann. Es war Platz für den halben Kanister. Beim nächsten Panzer wiederholte Raphael die Behandlung, und als ihm das Wasser ausging, machte er sich auf den Weg zur Villa des Bürgermeisters.

# Kapitel 3

## I

Esther öffnete die Augen und versuchte, den Schlaf abzuschütteln. Das Tuckern eines Dieselmotors, das Schlagen von Türen. Schritte von Stiefeln hatten sie geweckt. Draußen vor dem Haus rief jemand. Es war ein Mann und ein zweiter, der ihm antwortete.

In der Küche legte Sultana Amar das Messer aus der Hand, wischte sich die Hände an der Schürze ab und trat ins Freie. Esther folgte ihrer Mutter und sah, wie Männer aus einem Geländewagen stiegen. Sie trugen Uniformen und kamen gestikulierend auf Sultana zu. Sie hoben die Arme und redeten in einer unverständlichen Sprache, zeigten zuerst auf das Haus und dann auf den Verschlag unter den Olivenbäumen.

Sultana versuchte, ihre Tochter wieder ins Haus zu scheuchen. Aber Esther rührte sich nicht. »Lauf«, zischte ihre Mutter.

Doch Esther konnte nicht. Der Soldat nahm ihr Kinn in seine Hand und sagte in gebrochenem Griechisch: »Du bist hübsch.« Erst jetzt kehrten Kraft und Gefühl in Esthers Beine zurück, und sie rannte los.

Der Soldat lachte, und als Esther kurz den Kopf drehte, sah sie, dass er ihr nachwinkte. Sie war jetzt außer Reichweite. Sollte dieser Mann oder ein anderer ihr folgen, so hatte sie genug Zeit, um sich in Sicherheit zu bringen.

Von ihrem Posten unter dem Baum, wo ihr Großvater im Schaukelstuhl vor sich hin döste, konnte Esther hören, wie die Soldaten Schränke aufrissen und einen Stuhl umwarfen. Dann erschien der Erste wieder im Freien. Er trug einen Sack Mehl. Ein zweiter hatte sich eine Pfanne unter den Arm geklemmt, und ein Kranz Knoblauch baumelte von seiner Armbeuge. Ein dritter und ein vierter Soldat kamen und gingen mit den letzten Vorräten der Familie. Nur den Sack Bohnen, den Esthers Großmutter unter dem Bett versteckt hatte, hatten sie noch nicht gefunden.

Als ob der bloße Gedanke an sie genügte, um sie herbeizurufen, tauchte Esthers Großmutter auch schon aus der Tiefe des Olivenhains auf. Sie hatte im Garten gearbeitet und das Rumoren zuerst nicht gehört. Aber etwas hatte sie aufhorchen lassen, und eine Unruhe hatte sie angetrieben nachzusehen, ob vielleicht mit ihrem Mann etwas nicht stimmte.

Aneta stemmte die Hände in die Hüften und verschaffte sich einen Überblick. Als sie sah, dass ihr Mann immer noch in seinem Schaukelstuhl schlief und ihre Enkelin ihn bewachte, marschierte sie los und riss dem ersten Soldaten, den sie erreichte, eine Flasche Tsipouro aus der Hand. Der Soldat krallte sich an der Flasche fest und trat nach Aneta. Aber sie war geschickter und schneller als er, und als sie die Flasche endlich hatte, drückte sie sie an ihren Busen und keifte den Soldaten an, er solle sich etwas schämen, eine alte Frau zu schlagen.

Der Soldat zog seine Pistole und zielte auf Anetas Kopf. Esther schlug die Hände vors Gesicht. Sie wartete mit zugekniffenen Augen auf den Schuss. Aber der kam nicht. Als sie die Hand von den Augen nahm, stand der Soldat immer noch mit gezogener Waffe vor ihrer Großmutter, doch der Lauf der Pistole zeigte nun nach unten. Aneta hielt die Schnapsflasche jetzt nicht mehr an ihrer Brust, sondern mit beiden Armen ausgestreckt vor sich, als wolle sie sie dem Soldaten schenken.

Ein anderer Soldat, ein Offizier vielleicht, trat an die beiden heran, nahm Aneta die Flasche ab und schob gleichzeitig die Pistole zur Seite.

Esther konnte nicht genau hören, was der Mann sagte. Er sprach jedenfalls Griechisch, und seine Arme zeigten einmal aufs Haus und dann wieder weit hinein in den Olivenhain. Aneta gab nur stockend Antwort. Sie schüttelte den Kopf, als der Mann auf den Unterstand deutete, aber als er sich umdrehte und darauf zuging, packte ihn Aneta am Arm und zog ihn mit sich. Esther wusste sofort, was ihre Großmutter vorhatte. Im Unterstand waren drei Ziegen angebunden, und Aneta wollte verhindern, dass die Soldaten das herausfanden.

Schon schloss sich Sultana dem Soldaten und Aneta an und sie winkte Esther, ihnen zu folgen. Sie führten die Soldaten zum Gemüsegarten. Der lag etwa hundert Meter entfernt in einer kleinen Senke. Vielleicht genügte den Soldaten das Beet mit Kürbissen, den Kartoffeln und den Maispflanzen. Sollten sie ihren Geländewagen bis oben hin mit Gemüse füllen, solange sie die Ziegen in Ruhe ließen.

Als Esther die Gruppe erreicht hatte, nahm ihre Mutter sie an der Hand und flüsterte ihr etwas zu. Doch Sultana presste die Worte so schnell und so leise über die Lippen, dass Esther kaum mehr verstand, als dass sie sich ruhig verhalten solle. Ihre Mutter und auch ihr Vater hatten sie vor den italienischen Soldaten gewarnt. Sie sollte weglaufen und sich verstecken, sobald sie eine Uniform von Weitem sah. Die Soldaten seien hinter den jungen Mädchen her, hatte ihre Mutter gesagt, und wenn die Mädchen nicht davonliefen, dann würde das Unaussprechliche passieren. Esther würde ihre Ehre verlieren, und niemand, aber auch wirklich niemand, würde sie dann noch ansehen, geschweige denn heiraten.

Zwar wusste Esther nicht genau, was mit dem Unaussprechlichen gemeint war, aber es musste etwas Schreckliches sein. Auch wenn die jungen Frauen, die mit den Soldaten am Abend an den Strand gingen, gar nicht so aussahen, als würden sie sich fürchten. Im Gegenteil. Sie lachten und ließen sich von den Männern mit Weintrauben füttern, tranken Wein aus Flaschen. Esther hatte sie ein paarmal beobachtet. Versteckt hinter dem Gestrüpp am Rand des Olivenhains war sie gekauert und hatte zugesehen, wie die Soldaten und die jungen Frauen am Strand lagen oder gemeinsam ein Stück hinausschwammen und einander küssten. Die Männer fassten die Frauen um die Taille und hoben sie hoch hinaus aus dem Wasser und ließen sie dann fallen. Dann umarmten und küssten sie sie wieder.

Dieser Anblick hatte Esther mit einer furchtsamen Neugier erfüllt. Sie hätte schon gern gewusst, wie es wäre, wenn ein Junge sie so berührte. Aber gleichzeitig hätte sie sich mit Händen und Füßen gewehrt, sie hätte gespuckt, gekratzt und getreten, hätte ein Soldat es gewagt, sich ihr zu nähern.

Als sie nun beim Gemüsegarten ankamen, hielt sich Esther nahe an ihrer Mutter. Der Soldat trampelte über das Gemüsebeet, pflückte eine Tomate von der Staude und biss hinein. Der Saft lief ihm übers Kinn, und er streckte den Kopf vor, damit nichts davon auf seine Uniform tropfte.

»Gut, nicht?«, sagte Aneta und lächelte den Soldaten an. »Nehmen Sie nur.«

Der Soldat nickte und sog den Tomatensaft ein.

»Sie werden uns alles wegfressen«, zischte Esthers Mutter.

»Sei still«, flüsterte die Großmutter zurück. »Er versteht uns doch.«

Der Soldat untersuchte die Kürbisse und riss ein paar Bohnenschoten ab. Die aß er gleich roh, und Esther dachte, dass er wahrscheinlich wirklich Hunger hatte. So, wie der das Zeug in sich hineinstopfte.

Der Verlust des Gemüses war leichter zu verkraften als drei gestohlene Ziegen. Immerhin ernährte die Milch sie alle, und die Tomaten, der Salat und was es sonst noch gab, waren nur die Beigaben. Im Notfall konnte die Großmutter auch eine Pita mit Wildkräutern backen. Das schmeckte fast noch besser als mit Spinat.

Aber für die Pita brauchte man Mehl, und das war jetzt weg, verladen in den Kofferraum des Geländewagens. Esther sah über die Schulter zurück. Es beschlich sie eine Angst. Nicht die Panik von vorhin, als der Soldat seine Pistole auf ihre Großmutter gerichtet hatte, auch nicht die Furcht vor dem Mann, der sie angefasst und ihr in die Augen gesehen hatte. Diese Angst kam von ganz innen. Eine Angst, die ihr sagte, dass gerade etwas furchtbar Schreckliches im Gange war. Zuerst dachte sie an ihren Großvater. Großvater saß fast Tag und Nacht in seinem Schaukelstuhl. Die meiste Zeit über schlief er, und wenn nicht, sah er schweigend in die Welt hinaus. Esther wusste nicht genau, was ihm fehlte. Nur dass er krank war und man auf ihn achtgeben musste und ihn nicht stören durfte. Manchmal schlug er die Augen auf und sah die Menschen um sich herum an. Aber er erkannte niemanden. Wenn nun einer der Soldaten den Großvater etwas fragte und der keine Antwort gab? Wenn der Soldat dann dachte, dass der Großvater schwieg, weil er etwas verheimlichte? Würde der Soldat den Großvater dann schlagen?

Esther rannte los, hetzte den Weg zurück, und gerade als das Dach des Hauses in ihrem Sichtfeld auftauchte, fiel ein Schuss. Dann ein Schrei. Wie von einem Kind. Aber das war kein Kind, das wusste Esther sofort. Es war auch nicht ihr Großvater. Der stemmte sich gerade aus seinem Schaukelstuhl, als sie den Hof erreichte. Esther starrte auf die Lache aus Blut, die sich neben dem Kopf der Ziege ausbreitete.

## II

Die Soldaten hatten nicht alles gefunden. Der Sack mit Bohnen unter dem Bett der Großmutter, ein kleiner Kanister Olivenöl, versteckt hinter einem Brett im Ziegenstall, und ein Topf mit Mehl waren der Familie geblieben. Doch diese Dinge gingen bald zur Neige, und die Großmutter schickte Esther jeden Tag in die Hügel nördlich des Dorfes, um nach Wildkräutern zu suchen. Sie kochte daraus Chorta, aber das füllte nur den Magen und gab keine Kraft.

Das letzte Mehl hatte die Großmutter für den Sabbat verbraucht. Zwei kleine Challabrote waren auf dem Tisch gelegen, und sie hatte darüber ihre Segenswünsche gesprochen, obwohl niemand mehr daran glaubte. Es würde keine gute Zeit kommen, jedenfalls für sehr lange nicht, und ihr Leben war nicht länger von Gott behütet.

Das war nun vier Tage her, und seitdem hatte Esther wenig mehr als gekochte Kräuter gegessen. Eine Zitrone, bitter und sauer, hatte sie von einem Baum am Wegrand gestohlen, und sie hatte unreife Oliven von den Zweigen gepflückt. Aber sie hätte genauso gut Steine essen können.

Jetzt, in der Stunde, in der die Nacht dem Tag zu weichen begann, lag sie mit knurrendem Magen auf ihrem Strohsack und beobachtete die Schatten, die allmählich blasser wurden und über die Wand zu wandern begannen.

»Steh auf«, sagte die Großmutter und schüttelte sie leicht an der Schulter. »Es ist Zeit. Ich habe dir Tee gemacht.«

Esther drehte sich und murrte, schloss noch einmal für Sekunden die Augen, als könnte sie das Aufstehen dadurch hinauszögern, und setzte sich dann auf.

»Du musst die frühen Stunden nutzen«, sagte die Großmutter und goss heißes Wasser in eine Tasse. Der Löffel klimperte, als sie umrührte. »Trink«, sagte sie und hielt Esther die Tasse hin.

Nach dem ersten Schluck lächelte Esther.

»Ich habe noch einen kleinen Vorrat Honig gefunden«, sagte die Großmutter. »Du brauchst Kraft, wenn du heute über die Berge gehst. Also trink aus.«

Der Tee schmeckte bitter und süß zugleich, und Esther trank ihn in kleinen Schlucken.

»Du musst vorsichtig sein«, sagte die Großmutter und überreichte ihr die in Papier eingeschlagenen Ohrringe. »Das ist der letzte Schatz, den wir haben. Also gib darauf acht und hüte dich vor den Italienern. Sie sind böse, und sie werden dir nicht nur die Ohrringe rauben, sondern auch deine Unschuld. Also pass auf, was ich dir sage.« Aneta hob einen Zeigefinger und sah ihre Enkelin konzentriert an. »Du hältst dich abseits der Straße, verstanden?«

Esther nickte.

»Und wenn sie dich doch entdecken, was machst du dann?«

»Ich laufe davon, so schnell ich kann«, sagte Esther und wusste doch, wie wenig das helfen würde. Sie nahm die Ohrringe und versteckte sie im Futter ihrer Tasche. Dort hatte sie eine Naht aufgetrennt und nun verschloss sie das Loch mit ein paar Stichen.

»Lieber würde ich selbst gehen«, sagte Aneta. »Mir können sie nicht mehr viel anhaben.«

»Das lässt du schön bleiben«, kam es aus dem Schlafzimmer. Esthers Mutter stemmte sich von ihrem Bett hoch. »Sie ist erwachsen.«

»Ja, das meine ich ja«, sagte Aneta.

»Hast du dir gut gemerkt, was dein Vater gesagt hat?«, fragte die Mutter.

»Jaa«, kam es langgezogen von Esther. »In Volimes soll ich zu Pater Lakis gehen. Er wohnt im Haus links neben der Kirche. Dort gibt es Mehl zu kaufen. Aber ich soll mich nicht von den Italienern erwischen lassen. Nicht ohne Mehl und mit Mehl schon gar nicht.«

## III

Zunächst folgte Esther der Straße, die sich von Lithakia über einen sanften Hang bis nach Mouzaki schlängelte. Die letzte Kühle des Morgens verwehte bald. Die Sonne stieg über die Baumwipfel und schon spürte Esther, wie ihr der Schweiß über die Stirn und die Brauen in die Augen rann.

Auf der Straße kam sie schnell voran, aber sie hatte Angst. Jeden Moment konnte ein Wagen um die Kurve kommen. Italienische Soldaten auf dem Weg zu den Steinbrüchen in den Bergen. Wenn sie Esther sahen, ein Mädchen ganz allein, dann würde das Unaussprechliche passieren. Deshalb wechselte Esther vom Straßenrand hinein in die Weide, die sich hier bis hinauf zu einem weiteren Olivenhain erstreckte. Das Gras knisterte unter ihren Tritten, und kleine Staubwolken wirbelten hinter ihren Fersen auf. Von irgendwoher drang der Schrei eines Esels, und Esther hob den Kopf, um zu sehen, ob jemand in der Nähe war.

Der Pfad zwischen den Olivenbäumen führte nun steil nach oben, umging einen Felsen und verschwand dann in der Phrygana. Bei jedem Schritt stob Thymiangeruch aus dem Strauchwerk auf. Als sie die Olivenhaine hinter sich ließ und über steinübersäte Wiesen weiter nach oben stieg, hatte sie beständig das Gefühl, jemand würde ihr auf den Rücken starren. Aber jedes Mal, wenn sie sich umdrehte, war da niemand. Kein italienischer Soldat hockte in den Büschen und lauerte ihr auf, nicht einmal die Ziegen folgten ihr.

Leise, durch die Entfernung geschwächt, drang das Brummen eines Motors zu ihr. Esther versuchte, das Geräusch zu orten, ließ ihren Blick über die Hänge gleiten und achtete auf jede Bewegung. Das war ein Laster, der sich eine Bergstraße hinaufquälte. Besser, sie blieb auf dieser Seite des Berges. Hier gab es für eine Weile nur trockene Felder und Steine. Nichts, was die Italiener interessieren könnte.

Esthers Mutter nannte die Italiener Barbaren, und damit hatte sie zweifellos recht. Sie benahmen sich, als ob die Welt ihnen gehörte, und sie rafften alles zusammen, was man nicht vor ihnen versteckte. Benahmen sich so zivilisierte Menschen? Nein, auf keinen Fall.

Gerade erst gestern war Esther auf dem Markt gewesen. Der Preis für Olivenöl war seit August, also in nicht einmal einem Monat, fast um das Zwanzigfache gestiegen, und wenn sie die Eier vor ein paar Wochen noch für zwei Drachmen das Stück verkauft hatte, verlangte sie jetzt schon dreißig. Das

Geld würde bald nur mehr zum Feuermachen taugen. Deshalb hatte sie Großmutters Ohrringe eingesteckt. Die würden hoffentlich genügen, um ein paar Kilo Mehl zu bezahlen.

So in Gedanken wanderte Esther durch die hüfthohen Büsche, stieg über Trockenmauern und querte einen Olivenhain um den anderen. Die Orte Kiliomenos und Agios Leon ließ sie links liegen. Wenn sie ein Geräusch hörte, das an einen Menschen erinnerte, duckte sie sich und verbarg sich, bis sie sich wieder sicher fühlte.

## IV

Am frühen Nachmittag erreichte Esther Volimes. Außer ihren eigenen Schritten hörte sie keinen Laut, als sie die Straße zur Kirche hinunterging. Dort musste sich das Haus von Pater Lakis befinden.

Die Haustür war nur angelehnt. Esther öffnete sie langsam und spähte in den Flur. Der Staub tanzte im Lichtstreifen, der nun ins Innere des Hauses fiel. Dort standen Schuhe, und an einem Haken hing eine Priesterrobe.

»Pater Lakis?«, sagte Esther laut. »Sind Sie hier?«

Eine Weile rührte sich nichts, dann kam ein Ächzen aus einem der Zimmer. Jemand bewegte sich. »Ich komme schon«, sagte Pater Lakis, und Esther sah seinen Kopf im Rahmen der Tür auftauchen. Der weiße Bart reichte dem Mann weit über die Brust, und das Haar hatte er zu einem Zopf zusammengebunden. Er rieb sich die Augen.

»Du bist ja ganz verschwitzt«, sagte er zu Esther. »Komm herein und trink etwas.«

Das Wasser aus dem Blecheimer war kühl, und Esther trank es in großen Zügen. Sie erzählte Pater Lakis, warum sie den weiten Weg von Lithakia gekommen war, und er machte ein betrübtes Gesicht.

»Sagen Sie nicht, das Mehl ist schon verkauft«, sagte Esther.

»Ah«, stöhnte Pater Lakis und hob mutlos die Hand. »Das ist eine schlimme Geschichte. Du musst wissen, wir können das Mehl nur in der Nacht übers Meer bringen und gestern … Na, gestern ist alles schiefgegangen. Ich bin mit meinem Esel losgezogen, wie jedes Mal, und ich habe im Schatten der Felsen gewartet, bis ich das Boot gesehen habe.« Pater Lakis seufzte. »Sie haben uns aufgelauert«, fuhr er fort. »Als wir das Mehl aus dem Boot auf den Esel laden wollten, standen sie schon vor uns. Die Gewehre im Anschlag. Wir haben sofort die Hände in die Höhe gerissen, und«, jetzt lächelte Pater Lakis, »irgendwie bin ich wohl am Hintern des Esels gestreift. Einen Satz hat er gemacht, und hü und hott ist er in die Nacht davongaloppiert. Der brave Esel. Weißt du, wie ich ihn nenne? Apostolos. Und weißt du auch, warum? Weil er mir folgt wie die Jünger dem Herrn. Er hat seinen eigenen Kopf, und manchmal macht er, was er will, aber am Ende kommt er immer zu mir zurück. Ja, und so war es auch diesmal. Als ich meine Verfolger abgeschüttelt hatte und nach Hause zurückkam, war er schon da, mein Apostolos, und stand mit dem Sack am Rücken im Stall.« Pater Lakis lachte und schenkte Esther noch einmal Wasser in ihr Glas. »Aber du bist ja nicht hergekommen, um eine Geschichte zu hören. Das Mehl ist leider aus, und ich weiß auch nicht, wann wir neues bekommen. Die Italiener haben den Mann verhaftet, der es von Kefalonia gebracht hat. Ob es einen Ersatz für ihn gibt, kann ich dir nicht sagen.«

»Ich brauche das Mehl aber wirklich dringend«, sagte Esther.

»Alle brauchen das Mehl.«

»Ja, aber nicht so sehr wie ich. Ich bin dafür verantwortlich, dass Großmutter genug Mehl hat, um die Challabrote zu backen.«

»Ah, du bist Jüdin«, sagte der Pater und nickte. »Ich verstehe.«

»Und der Herr sprach zu Moses: Wenn ihr in das gelobte Land kommt und wenn ihr das Brot dieses Landes esst, dann sollt ihr an den Herrn eine Abgabe entrichten«, zitierte Esther. »So ist es uns aufgetragen vom Höchsten. Am Sabbat weihen wir ihm die beiden Challabrote, und was mache ich jetzt, wenn ich kein Mehl dafür auftreiben kann?«

»Das ist eine ernste Sache«, sagte Pater Lakis. »Aber ich kann dir nicht helfen. Ich habe selbst kein Mehl mehr. Ich kann sogar das Abendmahl für meine Schäfchen nicht halten, weil meine Frau kein Brot backen kann.«

»Aber du hattest doch einen ganzen Sack.«

»Ja.« Pater Lakis lächelte wieder. »Aber was glaubst du, was ist Gott wichtiger? Ein Brot, oder in deinem Fall auch zwei, für den Gottesdienst oder kleine Kinder, die endlich etwas zu essen bekommen? Wenn ich mich entscheiden muss …« Er zuckte mit den Schultern. »Ich habe das Mehl hergegeben. Übrigens, die letzten beiden Kilo hat ein junger Mann geholt, auch ein Jude. Er heißt Raphael Konstantini. Es ist noch keine Stunde her. Vielleicht holst du ihn ein und er gibt dir etwas ab.«

Esther bedankte sich für das Wasser, sah noch, wie Pater Lakis wieder in das Zimmer ging und es sich in seiner Hängematte bequem machte, und schon war sie wieder draußen auf der Straße. Sie begann zu laufen. So heiß es auch war, sie musste Raphael einholen und wenigstens ein Kilo Mehl von ihm kaufen.

Sie kannte Raphael von früher, von ihren Sommern auf der Insel. Raphael hatte auch den Eselskarren geführt, als sie und ihre Familie vor zwei Monaten aus Korfu angekommen waren. Damals hatten sie nicht viel miteinander geredet. Es schickte sich nicht für zwei junge Menschen, die ihre Bar Mitzwa hinter sich hatten, und auch sorgte ihr Vater dafür, dass Raphael beschäftigt war und ihr nicht einmal einen verstohlenen Blick zuwerfen konnte. Überhaupt war diese Reise und besonders der letzte Teil, der Fußweg vom Hafen von Zakynthos bis zum Haus ihrer Großeltern in Lithakia, wie in einem Nebel entschwunden. Die Stunden auf dem Schiff hatte sie am Bug zugebracht, in den Ohren das Dröhnen der Maschinen. Dann die Ankunft, die Hektik beim Verlassen der Fähre, die Koffer und Taschen, die sie schleppen musste, ihr Bruder, der quengelte, und ihre Mutter, die auch lieber auf Korfu geblieben wäre.

Aber sie hatten keine Wahl. Großvater war krank und konnte nicht mehr arbeiten. Letztes Jahr hatte er es mit der Hilfe der Nachbarn noch geschafft, die Oliven zu ernten und bei der Ölmühle abzuliefern, doch im Laufe des Frühjahrs und Sommers war er immer schwächer geworden. Nun musste Esthers Vater die Arbeit übernehmen, sonst würden sie das Recht am Olivenhain verlieren, und dann hätten sie auch das Haus in Lithakia aufgeben müssen, und die Großeltern wären ohne alles dagestanden. So aber konnte Esthers Vater weiter als Kesselschmied arbeiten und über die Dörfer ziehen. Nur im Herbst zur Ernte musste er zu Hause bleiben.

Jetzt hörte sie den Motor eines Lastwagens. Das Geräusch war ganz nah. Hinter der nächsten Kurve musste es sein, und schon tauchte das Dach des Wagens auf. Esther hechtete von der Straße und blieb im Gras liegen.

Der Lastwagen kam näher, und mit jeder Sekunde erwartete Esther, dass er bremste und stehen blieb. Sie konnte förmlich sehen, wie die Soldaten über die Heckklappe sprangen und auf sie zukamen. Ihr Kleid hob sich zwar nicht besonders vom schmutzigen Grün der Vegetation ab, aber wer auch nur einen flüchtigen Blick in ihre Richtung warf, musste sehen, dass dort jemand lag.

Das Gesicht in den Staub gedrückt, wartete Esther auf das Unvermeidliche, doch der Lastwagen fuhr vorbei, das Motorgeräusch entfernte sich und ging bald unter im Wehen des Windes und dem Zirpen der Zikaden.

## V

Esther stieg durch die Olivenhaine höher und kam wieder in die karge Landschaft der Phrygana. Der Schopflavendel umspülte sie mit seinem Duft, als sie ein Büschel mit den Beinen streifte. Die harten Blätter der Sträucher stellten sich ihr entgegen und zerkratzten ihr die Arme. Sie hatte keine Zeit, vorsichtig zu sein.

Einige Male, so meinte Esther, erkannte sie Raphael zwischen den Büschen. Die heftige Bewegung eines Astes, ein Schatten, der schnell wieder verschwand. Sie holte auf, da war sie sich sicher. Er hatte das Mehl zu schleppen, und sie konnte die Ziegensteige entlanglaufen ohne weiteres Gewicht als die Tasche, die an ihrer Seite baumelte.

Die Hitze nahm am Nachmittag noch zu, und oben auf dem Vrachionas, dem höchsten Gipfel der Insel, rannte Esther über die Steinhalden. Hier konnte sie Hunderte Meter weit sehen. Ein Feuer hatte alles Strauchwerk verbrannt. Aber Raphael schien sich in Luft aufgelöst zu haben. Gerade passierte Esther eine Stelle, an der früher ein Olivenhain gestanden hatte. Jetzt ragten nur noch angesengte Stümpfe aus der mit Steinen besäten Erde. Bald hatte sie den Gipfel des Vrachionas überschritten, und vor ihr lagen die spärlich mit Bäumen bewachsenen Halden des Südhangs. Immer wieder klafften Löcher. Weiß leuchtende Bruchstellen im Stein zeigten an, dass hier vor nicht allzu langer Zeit Material abgebaut worden war. Zugehauen und gefügt verwendeten die Inselbewohner diese Steine zum Hausbau. Die Splitter und kleinen Brocken schaufelte man in Körbe und ließ sie von Eseln ins Tal bringen, um Straßen damit anzulegen oder sumpfige Stellen aufzufüllen.

Auch hier hatten die Italiener das Kommando übernommen. Der Fahrweg am Berghang war nun breiter, sodass ein Lastwagen bis zum großen Steinbruch kam. Keine dreihundert Meter entfernt, startete ein Mann einen Kompressor.

Esther rannte im Schutz der Büsche außer Sichtweite und hielt sich dann im Schatten einer Trockenmauer, die sich bis hinunter zu den Olivenhainen zog. Nur weit weg von den Italienern, dachte sie.

Eine Hand packte sie. Ein Arm legte sich um ihre Mitte, und aus dem Laufen heraus fiel sie, versuchte, ihren Kopf einzuziehen und sich abzustützen, bekam die Hände frei und schlug um sich. Sie wollte schreien, doch eine Männerhand verschloss ihr den Mund.

»Ruhig«, sagte eine Stimme. »Hör auf zu zappeln, sonst …«

Esther drehte sich und entwand sich dem Griff und schlug zu. Ihre Fingernägel hinterließen rote Striemen auf der Wange des Angreifers.

»Bist du verrückt?«, stieß Raphael hervor. »Schrei nicht.« Er hob beide Hände, als wolle er sich ergeben.

»Ich dachte, du bist ein Soldat«, sagte Esther und wischte sich den Schweiß aus dem Gesicht. »Mach das nie wieder.« Sie schlug nach seinem Arm. »Ich sterbe vor Angst, wenn du mich noch einmal so erschreckst.«

»Sterben hättest du können, das ist sicher«, sagte Raphael und wies mit dem Kinn nach rechts. »Still jetzt«, flüsterte er.

Im Spiel der Zweige erkannte Esther eine Bewegung, die nicht vom Wind verursacht wurde. Ein Tier, dachte sie zuerst, aber Tiere schleppten keine Gewehre, und dieser lange Gegenstand, den sie für einen Augenblick für den Teil eines Geweihs gehalten hatte, war ein Karabiner, den ein Soldat über der Schulter trug.

Jetzt konnte Esther auch das Gemurmel der Männer hören. Es waren mindestens fünf Soldaten, wahrscheinlich aber mehr, und sie kamen direkt auf Esther und Raphael zu. Raphael duckte sich, nahm Esthers Hand, und beinahe lautlos liefen sie bergab.

Sie hielten erst an, als sie das Dorf Giri zu ihrer rechten Seite auftauchen sahen. Die Soldaten hatten sie nicht bemerkt, waren höher hinaufgestiegen und konnten ihnen nun nicht mehr gefährlich werden. Außer Atem ließ sich Esther fallen, zog ihre Feldflasche hervor und trank.

»Durstig?«, fragte sie und reichte die Flasche, ohne eine Antwort abzuwarten, an Raphael weiter. »Du hast mich wirklich zu Tode erschreckt.«

»Du lebst noch.« Er gab ihr die Flasche zurück und lächelte sie an. »Jetzt aber los, wir müssen weiter. Der Trupp war nur die Vorhut.«

»Woher weißt du das?« Esther stand auf, steckte die Feldflasche ein und folgte Raphael.

»Ich habe für sie gearbeitet. Aber wenn sie mich jetzt finden, dann …« Er wackelte mit dem Kopf hin und her. »Jedenfalls werden noch mehr von ihnen kommen. Wir müssen die Dunkelheit abwarten. Vorher ist es einfach zu gefährlich.«

Esther folgte ihm über einen mit Steinen übersäten Hang. Einem halb verfallenen Haus, das wohl nur noch als Unterstand für Ziegen diente, wichen sie aus und gelangten über einen tief ausgetretenen Pfad zu einer Gruppe von Nadelbäumen. Daran schloss sich ein Wald an. Dort wuchsen wilde Feigen, und Raphael pflückte ein paar, prüfte ihre Reife und warf Esther eine davon zu.

Die Soldaten würden sich nicht in diesen Waldstreifen wagen, erzählte Raphael im Gehen, denn dieser Teil der Insel gehörte den Hirten und den Klephten. Diese Männer waren bewaffnet, und sie duldeten keine Einmischung in ihre Angelegenheiten, weder von den Italienern, noch von sonst jemandem. Sie hatten sich noch nie einer Staatsmacht gebeugt, weder zu Zeiten der osmanischen Herrschaft noch während der wechselvollen Geschichte des unabhängigen Griechenlands.

Raphael wusste, wohin er wollte. Ohne zu zögern, brach er durch die Büsche und hielt auf eine dunkle Stelle zu, die zwischen einer halb zerbröckelten Steinmauer und einigen Bäumen versteckt lag. Erst als sie auf einige Meter herangekommen waren, erkannte Esther den Eingang zur Höhle. Im Inneren herrschte matte Düsternis, und aus der Dunkelheit weit hinten wehte ein kühler Lufthauch. In einer Nische war eine Feuerstelle, daneben lagen Äste zu einem kleinen Haufen geschichtet, getrocknetes Moos als Zunder.

Ungelenk mit einem angekohlten Ast hatte jemand auf den Fels geschrieben. Ελευθερία ή θάνατος – Freiheit oder Tod – stand hier wüst hingekrakelt, und daneben eine Liste mit Namen, die kaum noch zu entziffern war.

»Das ist schon sehr alt«, sagte Raphael, der Esthers Blick gefolgt war. »Vielleicht sind das die Namen der Helden aus dem Unabhängigkeitskrieg. Wer weiß? Die Filiki Eteria hatten hier einen Stützpunkt, und ich habe gehört, die alte Geheimgesellschaft ist wieder aktiv. Sie sammeln alle, die gegen die Besatzer kämpfen wollen. Wie damals 1821, als es gegen die Türken ging.«

Esther hörte ihm nur halb zu. Sie war schon ein Stück weiter ins Innere der Höhle vorgedrungen. An dieser Stelle gab es mehr oder weniger kunstvolle Zeichnungen von Tieren zu bestaunen. Ein Schaf, und das daneben musste wohl ein Hirsch sein.

Weit hinten in der Höhle lagen Decken und Felle. Es roch streng nach Talg und Schweiß. Esther trat ein paar Schritte zurück. Hier würde sie auf keinen Fall schlafen, lieber lag sie auf dem harten Felsen als in diesem ranzigen Bett. Darüber, die Zeichnung war in der Düsternis kaum zu erkennen, prangte die Gestalt einer Frau an der Wand. Ihre üppigen Brüste lagen auf ihrem Oberkörper, und die Beine hatte sie schamlos gespreizt.

Esther spürte, wie ihr das Blut in den Kopf stieg. So etwas durfte man doch nicht zeichnen. Das war sündhaft und schmutzig.

Hinter ihr lachte Raphael auf, und sie drehte sich um. Als er ihr rotes Gesicht sah, lachte er noch mehr.

»Was glaubst du, woran Männer denken, wenn sie wochenlang allein sind?«, sagte er und lachte noch einmal. »Sieh einfach nicht hin und komm hierher, da ist es gemütlicher.«

Er hatte den Tisch am Eingang der Höhle abgeräumt und den Staub von den Stühlen geputzt. Mit einem Metalleimer hatte er Wasser aufgefangen, das aus dem Fels tropfte.

»Es ist gutes Wasser«, sagte er und reichte Esther einen Becher. »Trink. Und sag, was du hier in den Bergen verloren hast.«

Die Geschichte von der Wanderung nach Norden und dem Treffen mit Pater Lakis war schnell erzählt, und der Grund für die Mühe ebenso rasch erklärt.

»Ich bin also dafür verantwortlich, dass wir Mehl für die Challabrote haben«, sagte Esther. »Deshalb bitte ich dich um die Hälfte deines Vorrats.«

»Ja, du hast recht. Ich habe zwei Kilo Mehl hier in meiner Tasche. Aber warum sollte ich dir etwas davon abgeben? Es hat mich die goldene Uhrkette meines Großvaters gekostet. Noch vor ein paar Wochen hätte man davon glatt eine ganze Wagenladung Mehl kaufen können.«

»Ich biete dir die Ohrringe meiner Großmutter«, sagte Esther und wühlte in ihrer Tasche, begann die Naht, die sie sorgfältig gesetzt hatte, aufzutrennen.

»Was soll ich mit den Ohrringen deiner Großmutter?«, fragte Raphael. »Wie ich wohl damit aussehen würde?«

»Du kannst es ja ausprobieren«, sagte Esther und reichte ihm einen Ohrring auf der offenen Hand. Er nahm ihn und hielt ihn sich ans Ohr.

»Damit siehst du aus wie ein Pirat.« Esther lachte. »Aber wenn du die Ohrringe nicht willst, was willst du dann?«

»Oh, dazu fällt mir schon etwas ein«, sagte er und sah weg.

»Ja, was denn?« Es kam ihr so vor, als sei Raphael plötzlich verlegen.

»Ist das so schwer zu erraten?« Er zeigte vage in das Innere der Höhle.

Esther wusste genau, was er meinte. Das Bild der Frau mit den großen Brüsten und den gespreizten Beinen. Sie hatte ihrem Vater sehr gut zugehört, und was für die italienischen Soldaten galt, galt auch für Raphael und jeden anderen jungen Mann.

Sie schüttelte den Kopf und stand auf, nahm den Ohrring vom Tisch und steckte ihn wieder in die Tasche. Selbst wenn draußen die Soldaten lauerten, musste sie, so schnell es ging, von hier verschwinden.

»Du darfst jetzt nicht gehen«, sagte Raphael. »Es ist zu gefährlich.«

»Mir scheint, hier ist es ebenso gefährlich wie draußen«, sagte Esther heftig. »Du oder die Soldaten …«

»Aber nein.« Raphael stand ebenfalls auf. »So habe ich das nicht gemeint. Hier, nimm das Mehl.« Er streckte ihr den Sack entgegen. »Ich werde einfach sagen, das eine Kilo hat so viel gekostet.«

Esther rührte sich nicht.

»Ich wollte dich nicht beleidigen«, sagte Raphael. »Ganz im Gegenteil, weißt du? Und ich könnte dir auch nicht wehtun, wenn du das vielleicht glaubst. Das könnte ich nicht und will ich auch nicht.« Er setzte sich wieder hin, stellte das Mehl ab. »Hör zu, ich habe dich gesehen, als du von der Fähre gestiegen bist, und damals habe ich mir gedacht … Ich weiß nicht, was ich gedacht habe, aber ich habe etwas gespürt. Ich weiß auch nicht.«

Er rutschte verlegen auf der Bank hin und her und sah Esther an. In der Stille war nur das Tropfen des Wassers zu hören. Dann, zwei Wimpernschläge später, brachen die Äste, die den Eingang zur Höhle verdeckten. Uniformen tauchten auf, Gewehre mit aufgepflanzten Bajonetten.

Schnell drehte sich Esther um, wollte nach Raphaels Hand greifen. Aber er war verschwunden. In einem Augenblick, einem Kopfdrehen, hatte er sich in Luft aufgelöst, und sie stand allein fünf italienischen Soldaten gegenüber.

Sollte sie davonlaufen? Die Muskeln in ihren Beinen spannten sich. Losrennen, hinein in die Dunkelheit, sich verstecken in einer Nische? Esther kannte die Höhle nicht. Sie wusste nicht, wie weit sie in den Berg hineinreichte, ob es einen anderen Ausgang gab oder vielleicht Löcher im Boden, die gähnend in die Tiefe führten.

»Halt«, sagte ein Soldat auf Griechisch. Aber Esther hatte sich ohnehin nicht bewegt. »Name. Ausweis.« Der Soldat streckte ihr seine rechte Hand entgegen.

Esther schüttelte den Kopf.

»Sag deinen Namen, sonst prügle ich ihn aus dir heraus.«

Zwei andere Soldaten durchsuchten die Höhle, fanden das Mehl und brachten es dem Soldaten, der Esther in Schach hielt.

»Was ist das?«, fragte er.

Esther antwortete immer noch nicht.

»Bist du allein hier? Wo ist der Junge, der dich begleitet hat?«

Würden sie nun über sie herfallen? Sie waren zu fünft. Es hatte keinen Sinn, sich zu wehren. Nicht einmal gegen einen von ihnen hätte sie eine Chance gehabt. Darüber gab es keinen Zweifel. Sie mochte treten und schlagen und beißen. Doch am

Ende würde er sie niederringen und dann … Esther schloss die Augen.

»Du bist verhaftet. Los, beweg dich.« Die Spitze des Bajonetts berührte ihren Bauch. »Ich sag es nicht noch einmal. Los, gehen wir.«

Sie hielt den Blick gesenkt und die Arme an den Körper gepresst. Erst als sie die Höhle verlassen hatten, wagte sie es, sich umzusehen.

Etwa hundert Meter den Hang hinunter stand ein Mannschaftswagen. Die Soldaten halfen ihr hinein und setzten sich links und rechts von ihr. Gesprochen wurde nicht mehr. Auf der Fahrt hinunter in die Ebene und in die Stadt rauchten die Soldaten, einer aß einen Apfel, aber keiner sah Esther an.

Der Wagen rumpelte über Schlaglöcher, erreichte endlich die Schotterstraße, die in die Stadt und zum Hafen führte und hielt an der Anlegestelle des Gefängnisses. Mit einem Wink forderte der Soldat Esther auf auszusteigen. Sie sprang hinaus, überlegte kurz, ob sie versuchen sollte zu flüchten, sah die vielen Soldaten und ließ es bleiben.

Flankiert von zwei Wachen wurde sie abgeführt. An der Ufermauer sah sie noch den kleinen Jungen, der sonst immer dem Bischof hinterherlief. Dann verschwand sie in der Düsternis des Kerkers.

# Kapitel 4

## I

Den Kragen der Jacke hochgeklappt, die Schultern leicht angehoben und die Hände in den Taschen versenkt, so stand Loukas Karrer im Herbstwind und sah den Bauern zu, wie sie mit langen Stangen auf die Olivenbäume schlugen. Unter den Bäumen waren große Netze aufgespannt, und bei jedem Hieb gegen die Äste purzelten, schwarzen Perlen gleich, die reifen Oliven in die Maschen.

Das Wetter hatte in den letzten Tagen umgeschlagen. Noch vor einer Woche wehten die heißen Winde des Südens über die Insel. Sie hatten, wie es schien, den Sommer endgültig vertrieben und nun den Regen mitgebracht. Karrer griff in einen der Körbe, die am Boden standen, und prüfte die Qualität. Die Oliven waren klein und fest. Er hatte seine Hand kaum zurückgezogen, als ein italienischer Soldat den Korb aufhob und ihn auf einen Eselskarren verlud.

Die Männer unter den Bäumen murrten, wagten aber nicht, laut gegen die Beschlagnahmung zu protestieren. Karrer hatte ihnen eingeschärft, Ruhe zu bewahren, egal, was die Soldaten auch sagen oder tun würden.

Drüben, schon fast außer Sichtweite, hob ein Soldat sein Gewehr. Karrer ahnte, was der Mann vorhatte. Er wollte einen Bauern antreiben, der sich an den Stamm eines Baumes gelehnt hatte und Wein aus einer Korbflasche trank.

»Halt«, sagte Karrer laut und setzte sich in Bewegung. »Lassen Sie den Mann in Frieden.«

»Sie haben hier nicht zu befehlen«, sagte der Soldat.

»Aber natürlich habe ich das, ich bin der Bürgermeister. Und jetzt senken Sie das Gewehr und gehen Sie wieder auf Ihren Posten, sonst muss ich Meldung über Sie erstatten.«

Der Soldat zog sich zurück, und der Bauer nickte Karrer zu, bevor er wieder an die Arbeit ging.

Karrer blieb unter den Bäumen stehen und wartete. Sein Blick ruhte lange auf den silberflirrenden Kronen der Olivenbäume, wanderte zwischen den Stämmen zu den Unterständen. Dort hatten Frauen ein Feuer entfacht. Colonnello Sforza beugte sich gerade über den Kessel, der an einer Kette über den Flammen baumelte.

Die Wärme des Feuers lockte Karrer, und so schlenderte er durch den Olivenhain auf die Gruppe beim Unterstand zu. Er wich zwei Männern aus, die einen Leinensack voller Oliven hochstemmten und an die Leute auf der Ladefläche des Wagens weiterreichten. Dann roch er schon Oregano und Thymian und die bittere Schärfe des Knoblauchs, den die Frau am Feuer gerade klein schnitt.

»Eigentlich sollte ich sie alle hier sofort verhaften«, sagte Colonnello Sforza. »Es ist strengstens verboten, auf die Jagd zu gehen. Das ist den Offizieren vorbehalten.«

»Aber ich bitte Sie«, sagte Karrer und streckte beschwichtigend die Arme aus. »So ein Kaninchen wird doch nicht zum Casus Belli werden.«

»Ich sage ja, ich müsste eigentlich. Aber ich werde nicht«, antwortete Sforza und stach mit seinem Messer nach einer Kaninchenkeule, die im Sud schwamm.

»Herr Bürgermeister, möchten Sie einmal probieren?«, fragte die Frau, die das Gemüse schnitt, und hielt eine Karotte in die Höhe. »Frisch aus dem Garten.«

Karrer nahm ein Stück und bedankte sich. Noch während er kaute, zog er ein Etui hervor und bot Colonnello Sforza eine Zigarette an.

»Auch die sind mittlerweile Mangelware«, sagte Karrer und nahm sich selbst eine.

»Es sind die Deutschen«, meinte Sforza und gab dem Bürgermeister Feuer.

»Ah, die Deutschen sind schuld. Selbstverständlich.« Karrer nickte, und ein ironisches Lächeln spielte um seine Lippen.

»Sie glauben das nicht?«

»Ganz im Gegenteil«, sagte Karrer. »Im Grunde bin ich ganz Ihrer Meinung, Colonnello. Letztlich sind es die Deutschen, die das Land aussaugen. Haben Sie gewusst, dass so, wie wir hier stehen, täglich an die fünfhundert Menschen allein in Athen verhungern. Fünfhundert. Das muss man sich einmal vorstellen. Daran sind zweifelsohne die Deutschen schuld, immerhin haben sie in Athen das Sagen.«

»Da haben Sie recht«, pflichtete Sforza ihm bei. »Man hört so einiges.«

»Ja, das ist schlimm, was sich in Athen abspielt«, fuhr Karrer fort. »Aber sagen Sie mir eines, Colonnello. Sehen Sie hier irgendwo einen Deutschen?«

»Natürlich nicht. Die Ionischen Inseln sind Teil des italienischen Staates. Die Deutschen haben hier nichts verloren.«

»Dann frage ich mich, wie es sein kann, dass mich aus Exo Chora, aus Kampi, aus Galaro und vielen anderen Bergdörfern fast täglich Nachrichten über Hungertote erreichen. Die Alten opfern sich. Sie verlassen das Haus. Sie verkriechen sich irgendwo draußen und sterben, damit ihre Kinder und Enkelkinder noch ein paar Tage länger Nahrung haben.«

»Aber das ist doch unerhört«, fuhr Sforza auf. »Sie wollen uns die Schuld geben?«

»Nun, ich wüsste nicht, wer sonst die Verantwortung dafür übernehmen sollte«, sagte Karrer und sah Sforza in die Augen.

»Was glauben Sie, wie viele Nahrungsmittel die italienische Regierung schon an die griechische Bevölkerung ausgegeben hat?«

»Und wie viele Lebensmittel hat sie der griechischen Bevölkerung gestohlen?«, fragte Karrer zurück. »Diese Oliven, was geschieht mit ihnen?«

»Aber wir verteilen jede Woche Brot vor dem Rathaus.«

»Und dennoch sterben Menschen. Ich sage Ihnen, was hier geschieht …«

Doch Karrer kam nicht dazu. Demetrios, ganz außer Atem vom Laufen, unterbrach den Bürgermeister. »Es gibt Tote«, stieß er hervor. »Unten in Lithakia wird geschossen.«

## II

Colonnello Sforza achtete kaum auf die Schlaglöcher und die ausgebrochenen Stellen am Rand der Straße. Nur den allergefährlichsten wich er aus und nahm keine Sekunde den Fuß vom Gaspedal. Bürgermeister Karrer krallte sich am Sitz fest, und Demetrios konnte sich nur mit Mühe an den Stangen des Daches festhalten.

»Was genau ist passiert, Demetrios?«, schrie Karrer über die Schulter nach hinten.

»Sie haben geschossen.«

»Wer hat geschossen?«

»Die Soldaten.«

»Und? Was ist dann geschehen?«

»Ich glaube … Ich weiß nicht.«

Karrer warf dem Jungen noch einen Blick zu, fragte dann aber nicht weiter. Die Ölmühle in Lithakia war nicht mehr weit, und in ein oder zwei Minuten würde er selbst sehen, was vorgefallen war.

Doch als Sforza den Wagen mit einer heftigen Bremsung vor dem Gebäude zum Stehen brachte, war niemand zu sehen. Das Tor zur Halle stand offen, und Karrer sah die Ölpressen, die Tanks und die Mühle, in der die Oliven zu Brei zermahlen wurden, bevor sie in die Pressen kamen. Seine Schritte hallten in dem hohen Raum, als er eintrat, und sich umsah.

Die Bottiche mit den zermahlenen Oliven waren halb gefüllt, und daneben lehnten Säcke, die darauf warteten, auf Siebe geschüttet zu werden, damit man Zweige und Blätter aussortieren konnte. Aus einer Presse tropfte Öl in eine Wanne.

»Sieht aus, als seien sie geflüchtet«, sagte er zu Sforza. »Das ist doch mehr als seltsam.«

»Wo, sagst du, haben sie geschossen?«, wandte sich Sforza an Demetrios, aber der kleine Junge verstand ihn nicht. Also übersetzte Karrer. Dann zeigte Demetrios stumm auf eine Wand.

Sforza war mit einigen schnellen Schritten an der Mauer und untersuchte sie. Mit einem Messer hebelte er die Überreste einer Patrone aus dem Putz.

»Ja, hier wurde geschossen«, sagte er. »Aber ich sehe kein Blut.«

»Ist das ein gutes Zeichen?«, fragte Karrer.

»Das kann man so nicht sagen.« Sforza steckte die Kugelfragmente in seine Brusttasche. »Hier müsste irgendwo ein Feldtelefon sein. Sehen Sie bitte in der Halle nach.«

Vorsichtig drang Karrer weiter vor. Demetrios blieb am Eingang stehen und schaute dem Bürgermeister nach, der bald hinter einer Ölpresse verschwand, wieder auftauchte und endlich am Ende der Halle die Tür zu einem Büro öffnete.

Karrer fand das Telefon und rief im Rathaus an.

»Hier ist Bürgermeister Loukas Karrer«, sagte er. »Ich bin in der Ölmühle in Lithakia und habe hier niemanden vorgefunden. Können Sie mir erklären, was passiert ist?«

»Einen Moment bitte«, sagte der Soldat am anderen Ende der Leitung. »Ich verbinde Sie mit dem Kommandanten.«

»Gianni«, meldete sich der Inselkommandant.

»Karrer hier. Was ist bei der Ölmühle passiert?«

»Das ist nun einmal die Konsequenz, wenn Leute glauben, sie können tun und lassen, was sie wollen.«

»Was meinen Sie? Es ist geschossen worden, nicht wahr? Gibt es Verletzte oder gar Tote?«

»Kommen Sie ins Rathaus«, sagte Gianni und legte auf.

Karrer stand ein paar Augenblicke da, während vor seinem inneren Auge das Erschießungskommando aufmarschierte.

## III

Inselkommandant Luigi Gianni erwartete Bürgermeister Karrer auf den Stufen des Rathauses. Er hatte seine Uniformjacke bis oben hin zugeknöpft und den breiten Gürtel angelegt, als wolle er den offiziellen Charakter ihres Treffens betonen.

»Wo sind die Gefangenen und was wird ihnen vorgeworfen?«, fragte Karrer, noch während er aus dem Auto stieg.

»Es geht alles seinen geordneten Gang«, sagte Gianni und kam Karrer ein paar Schritte entgegen.

»Zum Protokoll gehört auch, dass ich umgehend über Verhaftungen und Zwangsmaßnahmen gegen die Bevölkerung informiert werde«, sagte Karrer mit scharfem Unterton.

»Sie waren nicht erreichbar, und jetzt sind Sie ja hier.« Gianni machte eine einladende Handbewegung, und sie traten gemeinsam in die Empfangshalle des Rathauses. »Es sind siebenundzwanzig Männer in Haft genommen worden«, fuhr Gianni fort. »Drei von ihnen müssen mit einer Anklage wegen Hochverrats und Anstiftung zum Aufruhr rechnen. Die anderen werden nach Athen gebracht und den Deutschen übergeben.«

Sie hatten inzwischen den ersten Stock erreicht, und Gianni blieb am Schreibtisch vor seinem Büro stehen. Dort sortierte ein Soldat Unterlagen und überreichte sie dann dem Inselkommandanten.

»Das sind die Hinrichtungsbefehle«, sagte Gianni. »Die drei Rädelsführer werden morgen Punkt zwölf Uhr erschossen. Alle Bewohner der Stadt haben am Mussolini Platz zu erscheinen und der Bestrafung beizuwohnen.«

»Keine Gerichtsverhandlung?«, fragte Karrer. »Ich bin sehr erstaunt über diese Vorgehensweise und protestiere aufs Schärfste.«

»Was wollen Sie?« Gianni überreichte ihm die Dokumente. »Die Sache ist erledigt. Beschweren Sie sich bei meinem Vorgesetzten, wenn Sie wollen. Aber glauben Sie mir, das wird gar nichts ändern.«

Bürgermeister Karrer nahm die Dokumente an sich und zog sich in sein Büro zurück, setzte sich an den Schreibtisch und starrte die Wand an.

Monatelang hatte er nun die italienischen Besatzer im Zaum gehalten, hatte manchmal schlichtend eingegriffen, dort abgewiegelt, und immer war es gut gegangen. Aber jetzt, mit den unterschriebenen Todesurteilen auf dem Tisch und einem Inselkommandanten, der entschlossen schien, ein Exempel zu statuieren, schien die Sache hoffnungslos.

Als Karrer ins Freie trat, hatte sich der kalte Wind gelegt. Unten an der Mole schwappten die Wellen gemächlich gegen die Steine, und bei den Booten standen ein paar Fischer. Sie fuhren nicht mehr hinaus, seit Wochen schon, aber sie besuchten jeden Tag ihre Boote. Manche hielten geradezu Wache.

Den Weg das Ufer entlang legte Karrer zu Fuß zurück. Er brauchte etwa eine halbe Stunde, bis er das Gefängnis erreicht hatte. Mittlerweile nutzten die Italiener nicht mehr nur das Festungsgefängnis auf der Anhöhe über der Stadt, sondern auch den Kerker der Stadtverwaltung. Dort hatte man die Arbeiter hingebracht, dann musste man sie morgen zu Mittag nicht erst mit einem Wagen von der Festung abholen, sondern konnte sie publikumswirksam den Kai entlang auf den Solomos-Platz treiben.

Es war gar nicht auszudenken, was dieses Schauspiel auslösen konnte. Die Menschen würden der Hinrichtung nicht tatenlos zusehen. Die Fischer zum Beispiel waren wütend, weil es ihnen verboten war, aufs Meer hinauszufahren. Die Händler protestierten fast jeden Tag bei ihm, weil sie die Insel nicht verlassen durften, und die Bauern hatten schon längst alle Geduld mit den Besatzern verloren. Nur die Androhung von Gewalt hielt die Leute noch davon ab, einen Aufstand anzuzetteln. Doch wenn die Italiener diese Drohung jetzt wahr machten, würde wohl die Wut über die Angst siegen.

Es hatte keinen Sinn, sich bei Giannis Vorgesetzten zu beschweren. Ein Bestechungsversuch kam auch nicht infrage. Lehnte Gianni ab, verlor Karrer sein Gesicht und seine moralische Integrität.

Nahm er an, öffnete sich die Büchse der Pandora. Dann würde jede Gefälligkeit, ja die bloße Einhaltung von Regeln und Gesetzen jedes Mal etwas kosten.

Trotz der Kühle stand Karrer der Schweiß auf der Stirn, als er das Gefängnis erreichte. Die Soldaten salutierten, und der Junge, der dort auf einem Felsen saß und auf einem Grashalm kaute, lächelte ihn an. Es war Demetrios.

»Was machst du hier?«, fragte Karrer und winkte den Jungen heran.

»Ich halte Wache«, sagte Demetrios.

»Das ist doch Aufgabe der Soldaten.«

»Aber denen traut der Bischof nicht«, sagte Demetrios verschwörerisch. »Ich soll ihm melden, wenn Sie hier auftauchen. Denn dass Sie kommen, so sagte er, daran gibt es keinen Zweifel.« Schon flitzte Demetrios los.

Karrer grüßte die Soldaten am Eingang und folgte dem Jungen. Seine Stimmung hatte sich in den letzten Minuten erheblich gebessert. Wenn Bischof Chrysostomos hier war, bestand vielleicht doch noch Hoffnung. Er duckte sich, als er den Eingang zu den Gefängniszellen passierte, und sah schon die schwarze Kutte des Bischofs und hörte, wie jemand lachte. Chrysostomos drehte sich zu ihm um und bot ihm Platz auf der schmalen Holzbank an.

»Ich habe den Männern etwas Brot gebracht«, sagte Chrysostomos. »Ich wollte mir selbst ein Bild machen und erfahren, was eigentlich vorgefallen ist. Nun, erzählt dem Bürgermeister, warum sie euch verhaftet haben«, wandte er sich an die Männer, die teils mit Stricken gefesselt, teils in eisernen Handschellen am Boden saßen.

Einer der Bauern räusperte sich. Karrer kannte ihn. Es war Nikolaos Sartopos. Er besaß ein Stück Land in der Nähe von Alikanas und bewirtschaftete dazu einen großen Weinberg, den er von Karrer gepachtet hatte. Die Abmachung lautete dahingehend, dass Sartopos ein Drittel des Ertrages behalten durfte und zwei Drittel an Karrer abzuliefern hatte. In diesem besonderen Fall war der Familie Sartopos aber nicht nur die Ernte, sondern auch das Vergären und Pressen des Weines übertragen.

»Also, Sartopos«, sagte Karrer. »Was hast du zu berichten?«

»Sie haben uns abgeholt, wie schon so oft«, begann Nikolaos seine Erzählung. »Ich habe beim Flughafen mitgeholfen, und als es darum ging, die Straße zu reparieren, war ich auch dabei. So oft haben sie mich geholt, dass ich keine andere Zeit als die Nacht fand, um im Weinberg zu arbeiten. Meine Frau und meine Kinder haben die meisten Trauben geerntet. Keine Sorge, mein Herr, der Wein wird auch heuer gelingen. Wenn auch keiner von uns viel davon haben wird, fürchte ich, denn die Fässer sind schon alle in den Listen der verdammten Italiener verzeichnet. Sie werden sie aufladen und wegbringen, wie sie es mit allem machen. Wir haben ja nicht einmal genug Brot. Aber davon wollte ich gar nicht anfangen.

Also, es war in aller Frühe. Wie immer schlugen sie mit den Gewehrkolben gegen die Tür, dass einem gleich das Herz in die Hose rutscht. Ich meine, ich bin kein Angsthase, das wissen Sie, aber das kann einem schon einen Schrecken einjagen. Rauf auf die Lastwagen und nach Lithakia zur Ölmühle.

Dort warteten schon die Säcke, fünfzig und mehr waren es. Wir haben gearbeitet, wie es uns aufgetragen war. Die Oliven aussortieren und waschen und so weiter und dann zerkleinern und in die Presse. Wie es sich eben gehört. Es gab kein Murren und keine Klagen so weit. Aber wir haben uns leise unterhalten. Das mögen die Soldaten nicht, und sie haben immer wieder dazwischengeschrien. Wie sie eben so sind, die Italiener. Mich kümmert das ja nicht. Sollen sie schreien, solange sie nicht schießen, ist mir das egal. Aber diesmal war das anders. Da war einer besonders nervös. Keine Ahnung, wie der heißt. Der ist immer gleich gekommen, wenn einer einen Witz erzählt oder eine Bemerkung gemacht hat. Wir sollen Italienisch reden, hat er gesagt. Was denn noch alles? Wir sind Griechen, oder etwa nicht?

Die sehen das jedenfalls anders, und das haben sie uns auch gesagt. Trotzdem werde ich nicht Italienisch reden, schon allein, weil ich es nicht kann. Die Kinder lernen es in der Schule, und das muss genug sein.

Dann haben wir das Olivenöl gepresst, und so, wie es aus der Presse herausgekommen ist, haben es die Italiener in Kanister gefüllt. Nichts haben sie uns gelassen, also habe ich zu dem Kommandanten dort gesagt, dass das nicht fair ist. Wir arbeiten hier und schuften, und dann haben wir nichts davon. So kann es ja dann auch nicht sein.

Den Mund soll ich halten, hat er gesagt. Aber wie kann ich still sein, wenn ich zu Hause Kinder habe und eine Frau, die nichts zwischen die Zähne bekommen? Ich muss doch etwas sagen. Was wäre ich sonst für ein Ehemann und Vater?

Die anderen haben sich auch gemeldet und gesagt, sie wollen wenigstens einen Liter Öl für ihre Arbeit. Einen Liter pro

Mann. Das merken die Italiener doch gar nicht. Aber nein, hat es geheißen. Nicht einen Tropfen.

Ich begreife es nicht. Hätten sie uns einfach ein bisschen von unserem eigenen Olivenöl abgegeben, hätte niemand etwas gesagt. Aber so gab das eine Wort das andere, und das, obwohl wir nicht dieselbe Sprache sprechen. Doch so viel haben sie verstanden, die Italiener, und ein paar Schimpfwörter lernt man schnell.

Ich habe eine leere Flasche genommen, unter den Auslauf gehalten und das Öl hineinrinnen lassen. Mehr habe ich nicht getan, ich schwöre es. Als ich die Flasche wegstellen wollte, hat mich der Soldat gepackt und niedergeworfen. Ich konnte mich gerade noch mit einer Hand abstützen, sonst wäre die Flasche zerbrochen, und was soll ich sagen, ich habe mich umgedreht und ihm eine Ohrfeige verpasst.

Was greift er mich auch an? Hätte er gesagt, stell die Flasche weg und benimm dich, ich hätte es getan. Aber so? Es war ein Reflex. Wenn man mich angreift, wehre ich mich. Das ist doch ganz normal.

Er ist auf mich los, der Soldat, hat mir mit der Faust ins Gesicht geschlagen, und da war dann auch Spiros, der hat mir geholfen, und wie das so geht bei einer Rauferei, hat jeder etwas abbekommen. Ein blaues Auge, eine aufgeplatzte Lippe. Aber muss man gleich schießen? Ich meine, das kann man ja auch anders lösen.

Gleich eine ganze Salve hat er losgelassen, der Soldat. Ratatatata, die Kugeln sind nur so geflogen, und den Putz hat es von der Mauer gefetzt. Sind wir also stillgestanden. Wer will sich schon erschießen lassen? Wirklich. Wegen einem Liter Olivenöl. Also haben wir die Hände nach oben gestreckt und uns ergeben. Was heißt ergeben? Dazu müssten wir ja vorher gekämpft haben. Richtig gekämpft haben, nicht bloß ein paar Fausthiebe.

Dann haben sie uns abgeführt, und jetzt sind wir hier. Eingesperrt, damit sie uns morgen erschießen können. Wegen nichts.«

## IV

Der Gesang schwappte aus der Kirche auf den Platz davor und vermischte sich mit dem Wind, der den eisigen Regen den Menschen fast waagrecht ins Gesicht trieb. Loukas Karrer hielt den Regenschirm wie einen Schild vor sich und seine Frau. Er zog den Kopf ein und betrat das von Kerzen erhellte Kirchenschiff. Der Weg vom Rathaus hatte keine zwei Minuten gedauert, und doch spürte er, wie sich die Nässe durch den Stoff seines Mantels gefressen hatte und sich nun kalt und klamm über seine Schultern legte.

Beim Altar stieg eine Weihrauchwolke auf, und die Priester im bunten, bestickten Ornat hielten Kerzen und Ikonen. Sie stimmten eine Hymne an und achteten nicht auf das Volk, das sich immer weiter nach vor schob und dort wie von einer unsichtbaren Barriere aufgehalten wurde.

Karrer verstaute den Regenschirm hinter einer Säule, putzte sich die Regentropfen vom Mantel und atmete auf. Wenigstens für eine Stunde wollte er hinter sich lassen, was ihn bedrückte, und sich auf die Rituale der Kirche konzentrieren.

Ein Priester präsentierte den Gläubigen eine Ikone. Einer nach dem anderen bekreuzigte sich, beugte das Knie und küsste das goldene Bild. Karrer trat vor und tat es den anderen gleich. Aber er glaubte nicht an die göttliche Hilfe, die der

Bischof herbeiflehte. Die Vernunft, auf die er vertraute, sagte ihm, dass die Dinge schlecht standen und keine Besserung in Sicht war. Wenigstens lebten die Männer noch, die vor gut drei Monaten in der Ölmühle verhaftet worden waren. Aber sonst wurde die Lage immer schlimmer. Anstatt auf die Not der Menschen mit Hilfslieferungen zu reagieren, hatte Inselkommandant Gianni eine weitere Durchsuchung der Dörfer angeordnet. Sie nahmen alles mit, was sie finden konnten. Jedes Stück Brot, jedes Kilo Mehl und vor allem jeden Kanister Olivenöl. Die Versprechen vom Sommer galten nicht mehr. Damals hatte es geheißen, man werde zwar eine strenge Abgabe erheben, den Menschen aber genug zum Überleben lassen.

Als die Soldaten das Olivenöl auf Schiffe verluden, war nicht nur Karrer an der Mole gestanden. Viele hatten ihm Gesellschaft geleistet und eine Art Mahnwache gehalten, bis Gianni befohlen hatte, die Menschenansammlung zu zerstreuen.

Auch heute hatten sich viele versammelt. Aber diesmal wagte es Gianni nicht, seine Soldaten zu schicken. Obwohl er wusste, dass der Weihnachtsgottesdienst in der Bischofskirche weit mehr war als eine religiöse Zusammenkunft, hatte er keine Einwände geäußert. Nur seinen Adjutanten Maggiore Stefano Lazzari hatte er geschickt, um die Feierlichkeiten zu überwachen. Karrer entdeckte Lazzari auf der anderen Seite der Kirche. Er stand, die Hände vor der Brust verschränkt, und schien ganz in die Beobachtung der heiligen Handlungen vertieft. Dabei, so wollte Karrer wetten, glaubte Lazzari noch weniger an die göttliche Vorsehung als er selbst. Er hatte den Mann als überzeugten Faschisten kennengelernt. Jemand, der sich ganz dem Fortschritt verschrieben hatte und Religion höchstens als Verirrung des Geistes betrachtete.

Die Priester traten zur Seite, und zwischen ihnen erschien Bischof Chrysostomos. Die Tiara auf seinem Kopf glitzerte, und der goldbestickte Umhang streute Lichtreflexe in den Raum.

»Ein harter Winter liegt hinter uns, und ein harter Winter liegt vor uns«, sagte Bischof Chrysostomos, und seine donnernde Stimme brachte die Menschen zum Schweigen. »Als die Israeliten unter der ägyptischen Knechtschaft litten, schickte Gott dem Pharao einen Traum, und der Pharao wusste ihn nicht zu deuten. Von sieben fetten und sieben mageren Kühen träumte er, aber keiner seiner Berater, keiner der Magier an seinem Hof konnte ihm sagen, was dieses Traumbild zu bedeuten hatte. Erst Joseph erkannte, dass die sieben fetten Kühe für sieben Jahre des Wohlstands und des Glücks standen und die sieben mageren Kühe für sieben Jahre des Hungers.

Diese sieben Jahre des Hungers sind nun auch für uns angebrochen. Wir darben, und viele haben Tote zu beklagen. Sie sind aber nicht nur Opfer des Hungers, sie sind auch Märtyrer. Denn sie haben sich für die Befreiung unseres Landes geopfert. Unser ist nun die Schmach, wir sind geschlagen. Aber wir werden unsere Fäuste erheben und die Ketten zerreißen, die uns heute noch binden. Wie einst die Israeliten in ägyptischer Knechtschaft zu Gott flehten, so flehen wir nun auch. Herr, erlöse uns von dem Joch der Feinde und führe uns in die Freiheit.

Aber noch ist es nicht so weit.« Chrysostomos hob die Hände, wie um die Zuhörer zu beschwichtigen. »Noch liegen die Jahre des Hungers vor uns, und Gott wird uns ein blutiges Zeichen geben, wenn er sein Werk der Befreiung beginnt.

Ich sage euch, wie einst die Ägypter, so wird Gott auch die Italiener mit Plagen heimsuchen, und das wird unser Zeichen sein.«

Karrer warf immer wieder einen Blick nach links, wo Maggiore Lazzari stand und der Rede des Bischofs folgte. Lazzari sprach leidlich Griechisch, und es war schwer zu sagen, wie viel von diesem kaum verhohlenen Aufruf zum Widerstand er verstand.

## V

Es war nur ein kleiner Kreis zum Neujahrsempfang des Bürgermeisters geladen, und so verteilten sich die Gruppen recht weit im Saal, der sonst für die Karnevalsveranstaltungen genutzt wurde. Hier und da hingen noch Lampions vom letzten Jahr.

Bürgermeister Karrer hätte den Empfang lieber abgesagt. Es war Krieg, und es gab nichts zu feiern. Aber Inselkommandant Gianni hatte ihn gedrängt. Mit dieser Veranstaltung solle er die Ballsaison eröffnen, und schon in zwei Wochen würde das Offizierskorps der Insel zu einem italienischen Fest laden. Man müsse die Normalität wiederherstellen, hatte Gianni gemeint, und dazu gehöre es eben auch, die Festfolge einzuhalten.

Lilly trat an ihren Mann heran und nahm ihm das Glas ab. Sie nippte und stellte es dann auf die Theke zurück.

»Der Wein ist ja grauenhaft«, sagte sie.

»Aus Armeebeständen. Unseren trinkt Mussolini«, antwortete Karrer.

»Sie haben Alexander Romas Boote beschlagnahmt«, sagte Lilly. »Sie werfen ihm vor, dass er die Schmuggler unterstützt.«

»Bellende Hunde beißen nicht«, sagte Karrer und hielt seiner Frau den Arm hin. »Dann wollen wir unseren Inselkommandanten einmal unterhalten.«

Gemeinsam stießen sie zu einer Gruppe rund um Inselkommandant Gianni. Da prosteten sich der Adjutant Lazzari und der Herzog Conti zu. Man sah es dem Herzog aus mehreren Metern Entfernung an, wie viel Überwindung ihn das Lächeln kostete. Auch seine Ländereien hatten die Soldaten geplündert und schlimmer noch, Lazzari hatte sich im Stadthaus der Familie eingenistet. Die Zimmer waren mit Soldaten belegt, das Personal arbeitete nun für die Armee, aber die Kosten trug immer noch der Herzog.

»Ich muss mich wirklich herzlich bedanken«, sagte Lazzari und beugte sich über die Herzogin Conti, um ihr die Hand zu küssen. »Sie haben mich aufgenommen wie einen Sohn.« Dabei starrte er ihr ins Dekolleté.

Karrer räusperte sich, aber sein dezenter Hinweis wurde von Lazzari ignoriert, und erst als die Gespräche rundherum verstummten, löste sich Lazzari von der Hand der Herzogin.

»Nun, ich sehe, auch die Kirche leistet ihren Beitrag zur heutigen Feier«, brach Gianni das Schweigen und deutete eine Verbeugung in Richtung Bischof Chrysostomos an, der es sich auf einem Sofa gemütlich gemacht hatte. »Ihre Musiker sind ja hervorragend.« Gianni nickte dem Streichquartett zu, das gerade eine Pause machte und am Nebentisch Platz genommen hatte. »Sie spielen Bach besser als jeder Deutsche, den ich jemals gehört habe.«

»Es sind ja auch Juden«, sagte Chrysostomos und reichte den Musikern einen Teller mit süßen Paximadia.

»Aber eines muss ich hier schon erwähnen«, sagte Gianni und setzte sich neben den Bischof. »Ich habe erfahren, welche aufrührerischen Reden Sie in der Kirche halten.«

»Ich habe Ihren Abgesandten bemerkt«, sagte Chrysostomos und trank von seinem Kaffee.

»Es kann durchaus gefährlich sein, sich so gegen die neue Macht im Land zu stellen.«

»Das mag sein«, antwortete Chrysostomos. »Aber es ist meine Pflicht, mich für meine Schäfchen einzusetzen. Was für ein Priester wäre ich, würde ich einfach zusehen, wenn Menschen in meiner Obhut verhungern?«

»Das lassen Sie ruhig meine Sorge sein.«

»Nun, seien Sie nicht gekränkt, wenn ich das so offen sage. Aber Sie sind nicht in der Lage, die Bevölkerung mit Nahrungsmitteln zu versorgen. Daher liegt es doch nahe, dass die Kirche eigene Wege findet.«

»Sie rufen dazu auf, Gesetze zu brechen. Ja, schlimmer noch. Sie missbrauchen den Gottesdienst dazu, die Menschen gegen uns aufzuhetzen.«

Bürgermeister Karrer beugte sich über Gianni und nahm ein Paximadi. »Aber Sie müssen zugeben, der Bischof hat recht«, sagte er. »Sie können nicht verlangen, als neue Macht anerkannt zu werden, ja mehr noch, nicht als Besatzer, sondern als Befreier gefeiert zu werden, wenn Sie die Menschen verhungern lassen.«

»Aber das rechtfertigt noch lange nicht den Aufruf zum offenen Widerstand«, sagte Gianni. »Haben Sie die Predigt gehört?«

»Natürlich«, sagte Karrer. »Es war eine beeindruckende Rede.«

»Und Sie haben das nicht gemeldet?«

»Warum sollte ich?«

»Als Bürgermeister sind Sie ein Organ des italienischen Staates und dazu verpflichtet, einen Aufruf zur Gewalt unverzüglich anzuzeigen.«

»Einen Aufruf zur Gewalt? Nun ja.«

»Wie soll man es denn sonst nennen? Wenn von bluttriefenden Schwertern und abgeschlagenen Köpfen die Rede ist?«

»Es macht doch keinen Unterschied«, sagte Chrysostomos und erhob sich. »Egal, was ich in meiner Predigt sage, am Ende wird genau das passieren. Die Griechen werden das Joch der Fremdherrschaft abwerfen. Daran besteht kein Zweifel.

Sie können nicht alle Inselbewohner ins Gefängnis stecken, und auch die Männer, die jetzt seit Oktober dort sitzen, werden Sie irgendwann freilassen. Wir brauchen nur Geduld.«

»Geduld«, echote Gianni. »Die Männer sitzen in Haft, weil sie Olivenöl gestohlen und sich Befehlen widersetzt haben.«

»Aber nein.« Chrysostomos hob mahnend einen Zeigefinger. »Gestohlen ist wohl der falsche Begriff. Sie wollten etwas von dem Öl abhaben, das im Grunde ihnen gehört. Außerdem wird es langsam Zeit, dass sie freikommen.«

»Eine Neujahrsamnestie?«

»Wenn Sie so wollen, verehrter Herr Inselkommandant, dann ja, eine Amnestie.«

»Soll so sein«, sagte Gianni und gab seinem Adjutanten einen Wink.

»Und nun entschuldigen Sie uns bitte. Wir haben wichtige Dinge zu besprechen.« Chrysostomos bedeutete Karrer, er möge ihm folgen, und gemeinsam verließen sie den Saal.

## VI

In einem angrenzenden Raum saßen ein paar Männer an einem Tisch und sprachen leise miteinander. Als die Tür aufging, erhoben sie sich und kamen einer nach dem anderen auf Bischof Chrysostomos zu und küssten ihm die Hand.

»Wir haben noch nichts von Bedeutung besprochen«, sagte Graf Alexander Roma und bot Chrysostomos einen Stuhl an. »Unser Freund Kotzioulas hat lediglich berichtet, was wir schon ahnten. Auf dem Festland, vor allem im Epirus und in Roumeli, formiert sich in den Bergdörfern allmählich der Widerstand. Ein Mann, der sich selbst Aris nennt, wir haben alle schon von ihm gehört, soll der neue Anführer dieser Bewegung sein.«

»Ich habe ihn getroffen«, sagte Kotzioulas. »Er ist die große Hoffnung unseres Volkes. Aber wenn wir nicht sofort etwas unternehmen, dann wird seine Armee keine Nation, sondern einen Friedhof befreien. Ich komme gerade aus Athen, und ich war auch in Piräus. Dort am Hafen ist es am schlimmsten. Die Menschen wühlen im Müll, um noch etwas Essbares zu finden.«

»Bei uns ist es nicht besser. Wie alle hier wissen«, sagte Graf Roma. »Beinahe jeden Tag kontrolliert eine Patrouille meinen Hafen im Süden. Bei den Brüdern Makris und meinem Freund Korianitis ist es nicht anders.«

»Am liebsten würde ich meine Männer bewaffnen«, sagte Leonidas Korianitis. »Mit einer Armee von Bauern und Tagelöhnern könnte ich die Italiener ganz allein von der Insel jagen. Ich weiß, dass das unklug wäre. Aber es juckt einen schon in den Fingern, wenn man sieht, wie diese Soldaten einem den letzten Liter Olivenöl aus dem Haus tragen.«

»Gemach«, sagte Chrysostomos. »Noch ist die Zeit der Waffen nicht gekommen. Bürgermeister?« Chrysostomos drehte sich zu Karrer um. »Sie haben den Überblick. Berichten Sie doch einmal.«

»Es gibt wenig zu sagen«, meinte Karrer. »Wenn die Lieferungen vom Festland ausbleiben, dann können wir nur auf ein baldiges Ende des Winters hoffen. Zurzeit essen die Menschen hauptsächlich Wildkräuter. Was wir brauchen, ist Brot. Aber Inselkommandant Gianni verweigert jede Unterstützung.«

»Wir müssten einen Weg finden, um die Italiener auszutricksen«, sagte Leonidas Korianitis. »Ich meine, die können doch nicht die ganze Küstenlinie überwachen.«

»Das versuchen wir ja«, sagte Graf Roma. »Aber sie erwischen jeden vierten oder fünften Transport, und damit verlieren wir nicht nur die Lebensmittel, es gibt auch immer weniger Männer, die sich dazu bereit erklären.«

»Wenn wir nur einen offiziellen Weg finden würden ...«, sagte Karrer. »Das Rote Kreuz oder eine andere Organisation müsste die Lebensmittel liefern. Bezahlen könnten wir das, aber wir brauchen jemanden, der das in die Wege leitet.«

»Wie wäre es mit Prinzessin Alice?«, fragte Giorgos Kotzioulas. »Ich habe sie in Athen getroffen. Sie betreibt dort eine Suppenküche für Kinder. Wie es aussieht, hat sie sehr gute Verbindungen zum Roten Kreuz.«

»Ich dachte, die königliche Familie befindet sich im Exil«, sagte Graf Roma.

»Nun ja, tatsächlich ist es so«, sagte Kotzioulas. »König Georg und alle seine Thronfolger haben das Land verlassen. Alle, außer Prinzessin Alice.«

Kotzioulas schenkte sich noch etwas Wein ein und begann zu erzählen.

Alice fuhr regelmäßig von Athen hinaus nach Piräus. Dort holte sie Milchpulver und Konserven, Mehl und Öl. Das Schiff des Roten Kreuzes war nicht extra gekennzeichnet. Eine Vorsichtsmaßnahme, damit die Nazis es nicht beschlagnahmten oder die Hungernden am Hafen über die Mannschaft herfielen. Alice brachte die Lebensmittel zur Suppenküche und machte sich dann auf, um jene Leute zu versorgen, die zu schwach oder zu verzweifelt waren, um sich in die Schlange einzureihen und auf einen Teller Essen zu warten.

»Es gibt sogar Gerüchte, dass die Prinzessin eine jüdische Familie versteckt«, sagte Kotzioulas.

»Ist die Frau denn vollkommen verrückt?«, fragte der ältere der Makris-Brüder. »Sie muss doch wissen, wie gefährlich das ist.«

»Man sagt, sie ist geheilt«, antwortete Kotzioulas.

»Das ist wahr«, sagte Karrer und lachte, weil die Makris-Brüder ungläubige Gesichter machten. »Vor vielen Jahren litt Alice wirklich an einer Geisteskrankheit. Es war in allen Klatschspalten. Es hieß, die Prinzessin von Griechenland habe mit Jesus gefrühstückt, und manchmal, so sagt man, hätte sie auch der Heilige Geist besucht. Aber das ist schon sehr lange her, und mittlerweile ist sie wieder zur Vernunft gekommen.«

# Kapitel 5

## I

In jenem Frühjahr blühten die Hyazinthen, denen die Insel ihren Namen verdankte, schon unter den wütenden Februarwinden. Die warme Luft aus Afrika reiste mit den Stürmen über das Meer und rastete in den Sanddünen der Insel, wo sie die Blumen weckte und zum Blühen brachte. Demetrios hatte keine Muße für die wogenden Blüten. Er sah hinaus aufs Meer und bemerkte im pfeifenden Wind und den rauschenden Wellen gar nicht, wie sich jemand anschlich, vorsichtig näher kam. Dann mit einem Mal legte sich eine Hand über Demetrios' Mund und der Junge wurde nach hinten gerissen.

Noch im Fallen wusste er, wer ihn überlistet hatte, und er entwand sich dem Griff und schimpfte in das Lachen hinein. »Esther, du erschreckst einen ja zu Tode, und jetzt ist der Fisch sicher fort.«

»Welcher Fisch?«, fragte Esther und putzte dem Jungen den nassen Sand von der Hose. »Bei diesem Wetter beißen sie nicht.«

»Sagt wer?« Demetrios wickelte die Leine auf ein Stück Holz.

»Na, hast du heute schon etwas gefangen?«

»Wenn du mich nicht so erschreckt hättest, vielleicht.« Der Haken am Ende der Leine baumelte leer in der Luft. »Den Köder haben sie gefressen.«

»Oder die Strömung hat ihn mitgerissen.«

»Was machst du überhaupt hier, am Vormittag? Musst du nicht in der Schule sein?«

»Und du?«

»Ich bin auf dem Weg zum Markt«, sagte Esther.

»Dort wirst du genauso viel finden, wie ich fange.«

»Was ist mit der Schule?«

Demetrios zuckte mit den Schultern. »Es ist noch Zeit«, sagte er und verstaute seine Angel in dem Sack, den er sich über die Schulter warf. »Wenn du willst, gehen wir zusammen.«

»Ganz verstehe ich das ja nicht«, meinte Esther, als sie gemeinsam den Strand Richtung Laganas entlangspazierten.

»Was meinst du? Jeder muss doch etwas essen, und du magst die Fische doch auch, die ich fange.«

»Nein, ich frage mich, warum du nicht schon längst in der Schule bist. Es ist nämlich schon nach acht Uhr. Das weiß ich genau.«

»Mhmm«, machte Demetrios und sah an Esther vorbei aufs Meer hinaus.

Die Bucht, im Osten von einer Landzunge begrenzt, war bis auf ein italienisches Patrouillenboot leer. Die bleigraue See, aufgeraut vom Wind, kräuselte sich zu schmutziger Gischt und donnerte gegen die beiden Felsinseln, die sich ein paar Hundert Meter vom Strand entfernt aus dem Meeresboden erhoben.

»Wenn du jetzt in der Schule auftauchst, wirst du Schwierigkeiten bekommen«, sagte Esther.

»Mhmm«, machte Demetrios wieder und ging schneller.

»Du hängst mich nicht ab«, sagte Esther. »Und wenn du heute nicht zur Schule gehst, dann eben morgen, und dann wird es noch viel ungemütlicher für dich.«

»Was geht dich das eigentlich an?« Demetrios drehte sich um und stemmte die Hände in die Hüften. »Ob ich zur Schule gehe oder nicht, das ist doch meine Sache. Du gehst doch auch nicht zur Schule. Also was willst du von mir?«

»Ich bin doch schon bald vierzehn«, sagte Esther.

»Ja und?«

»In diesem Alter geht man doch nicht mehr zur Schule, das weißt du genau. Außerdem dachte ich, du willst einmal Priester werden, Bischof vielleicht. Deshalb musst du lernen.«

»Ich lerne ja. Jeden Tag lese ich ein Stück in den Büchern, die mir der Bischof gegeben hat.«

## II

Auf dem weiteren Weg von Laganas über die Felder am ausgedehnten Moor vorbei und die Straße entlang in die Stadt war aus Demetrios nichts Weiteres herauszubringen. Alle Fragen beantwortete er entweder mit einem Brummen oder einem Schulterzucken. Esther gab es bald auf und hing ihren eigenen Gedanken nach. Der Spaziergang in die Stadt schien ihr heute besonders sinnlos. In ihrem Rucksack hatte sie nicht mehr als zwei Rüben, ein paar Eier und einen Liter Milch von der Ziege, die die Razzia durch die Italiener überlebt hatte. Großmutter Aneta meinte, sie solle versuchen, ein wenig Mehl aufzutreiben. Die Großmutter war geradezu besessen, wenn es um Mehl ging. Denn sie hatte Angst, eines Sabbats ohne Challabrote dazustehen. Als ob Gott sie dafür strafen würde, als ob er, der Allmächtige und Barmherzige, kein Einsehen hätte mit seinen armen Menschen. Aber da war nicht mit Großmutter zu reden. Selbst die vier Tage, die Esther wegen des Mehls im Gefängnis gesessen hatte, stimmten sie nicht um. »Was sind schon ein paar Stunden hinter Gittern, wenn wir nur Gottes Wort erfüllen?«, hatte sie gesagt, und das machte Esther wütend. Auch jetzt noch, Wochen und Monate später, stieg der Zorn in ihr hoch, wenn sie an die Worte ihrer Großmutter dachte. Sie hätte ihr gern eine Antwort entgegengeschleudert. Nicht der Gott Israels hatte sie aus dem Gefängnis befreit, sondern Bischof Chrysostomos. Wenn auch eher nebenbei und wie zufällig, denn eigentlich war er wegen ein paar Schmugglern gekommen. Also kam die Rettung zwar von Gott, aber nicht unbedingt von dem Gott, den ihre Großmutter fürchtete. So sah Esther das jedenfalls, und sie ließ sich von ihrer Großmutter nicht belehren, und überhaupt mochte sie darüber nicht mehr reden.

Wahrscheinlich gab es auf dem Markt nicht einmal einen Fingerhut voll Mehl, und der Weg war vergebens. Dann würde ihre Großmutter, wie schon in den Wochen zuvor, Bohnen mahlen und daraus Brot backen. Das waren dann keine richtigen Challabrote, aber vielleicht dachte sie, der Allwissende würde es nicht merken.

Überhaupt verstand Esther immer weniger, was es mit Gott auf sich hatte. Als Kind auf Korfu hatte sie kaum einmal über ihn reden gehört. Der Vater ging nicht in die Synagoge, weil er die meiste Zeit unterwegs war, draußen auf den Feldern, in den Dörfern, wo er den Bauern Blecheimer verkaufte oder Zinngeschirr flickte. Ihre Mutter hielt den Sabbat nicht regelmäßig ein, schon gar nicht, wenn ihr Mann nicht zu Hause war. Das alles spielte keine große Rolle. Nur wenn ihre Großmutter zu Besuch kam, wurde der Leuchter geputzt, und am Freitag versammelte sich die Familie um den Tisch und es wurde gebetet.

Erst jetzt, als sie wegen ihres Großvaters nach Zakynthos gezogen waren, schwirrte Gott durch die Gespräche und tauchte an Stellen auf, wo man ihn nicht vermuten würde. Gott war überall, das hatte auch Demetrios gesagt, und er erklärte ihr, der kleine Bengel, dass der Gott Israels und der Gott Jesu im Grunde genommen der gleiche Gott war und dass sie sich irrte, wenn sie meinte, der Bischof sei der Vertreter eines anderen, eines neuen Gottes.

Aber wie sich das auch immer verhielt, Gott hatte sie erst gefunden, als sie von Korfu nach Zakynthos kam. Irgendwo dort draußen auf dem Meer war sein Blick an ihr hängen geblieben und nicht mehr von ihr gewichen.

Vielleicht als ein Delfin neben der Fähre herschwamm und immer wieder aus dem Wasser sprang. Eine Möwe, die auf dem Schornstein saß und als blinder Passagier mitfuhr, nur aufflog, wenn das Signalhorn neben ihr ertönte. Hatten diese Tiere vielleicht etwas mit Gottes Aufmerksamkeit zu tun?

Sie fragte Demetrios danach und diesmal antwortete er zwar auch nicht, aber es hatte den Anschein, als würde ihn die Frage beschäftigen. Er wiegte den Kopf hin und her und merkte gar nicht, wie sie nach Gaitani kamen und sich ihnen ein Bauer anschloss, der ebenfalls Richtung Stadt ging.

»Das ist eine schwierige Frage«, sagte er nach einer Weile. »Ich glaube, ich muss den Bischof danach fragen.«

»Um was geht es denn?«, fragte Anastasios Tetradis.

»Darum, ob Tiere etwas mit dem Willen Gottes zu tun haben können«, sagte Esther.

»Aber natürlich«, sagte Anastasios. »Das sieht man doch immer wieder, nicht wahr? Da gab es die Schlange im Paradies, und dann natürlich den Esel, auf dem Jesus nach Jerusalem geritten ist. Gott beschützt auch die Tiere. Sonst hätte er doch nur Noah und seine Familie und nicht auch alle Tiere, die es gibt, auf der Arche gerettet.«

»Ich glaube, das meint sie nicht«, sagte Demetrios.

»Nein«, sagte Esther. »Ich wollte wissen …« Sie verstummte und schwieg auf eine Weise, die sich jede weitere Frage verbat. Das war eine Stille, die ihre Gedanken einhüllte und mit sich forttrug und andauerte, bis sie am Hafen angekommen waren.

## III

Anastasios Tetradis sah dort vor dem Kafenion, gleich neben der Hafenverwaltung, ein paar Männer aus seinem Dorf sitzen und verabschiedete sich von den Kindern. Heute hatte er es nicht besonders eilig, denn seinen Besuch bei Avraam konnte er auch später erledigen. Sie wollten besprechen, wie sie es heuer mit dem Tabakanbau halten sollten. Außerdem musste er noch ein paar Besorgungen für Rubini machen, und er hatte einen Termin in der Schule.

Sein ältester Sohn Lakis ging in die sogenannte Sekundarschule. Der Bischof hatte das veranlasst, nachdem er bemerkt hatte, wie klug der Junge war. Aus ihm sollte einmal ein Rechtsanwalt werden oder ein Lehrer.

Anastasios hatte nichts dagegen einzuwenden gehabt und hatte es im Grunde immer noch nicht. Sollte der Junge lernen. Wenn er den Kopf dafür hatte und die Kirche ihn unter ihre Fittiche nahm, dann konnte er als Vater dem wohl nicht die Zustimmung versagen. Aber seit die Italiener auf der Insel waren, hatte sich einiges geändert, und nun fragte sich Anastasios, ob es wirklich eine gute Idee war, wenn sein Sohn weiter in diese Schule ging.

Doch bevor er der Beantwortung dieser Frage einen Schritt näher kam und sich anhörte, was die Lehrer an seinem Sohn auszusetzen hatten, bestellte er ein Glas Tsipouro und rauchte eine Zigarette. Der Tsipouro half ein wenig, deshalb bestellte Anastasios gleich noch einen und rauchte dazu noch eine Zigarette. Von der Unterhaltung am Tisch bekam er nichts mit und auch das Anlegen des italienischen Kriegsschiffs ging an ihm vorbei wie Schatten und Traum, während er sich ausmalte, was sein Sohn angestellt haben könnte.

Lakis hatte nichts darüber gesagt. Gemurrt hatte er, als Anastasios nachfragte, nichts Besonderes sei vorgefallen, sagte er dann. Aber wenn nichts Besonderes vorgefallen war, warum musste Anastasios dann in die Stadt gehen und sich vor den Lehrern rechtfertigen?

Du sollst einfach nur hingehen, hatte Lakis gemeint. Es wird schon nichts Schlimmes sein, weil angestellt habe er ja nichts, er sei ja nicht dumm oder auf den Kopf gefallen, dass er sich mit den Italienern streite, die er im Übrigen für Verbrecher und Idioten halte.

Das wird es gewesen sein, sagte Anastasios zu seinem Sohn. Du wirst ihnen schon zu verstehen gegeben haben, welche Meinung du von ihnen hast. Selbst wenn du es nicht laut gesagt hast. Aber was einer denkt, das wird man ihm doch wohl noch nicht vorschreiben können, hatte Lakis geantwortet. Nur Anastasios war sich nicht so sicher. In Zeiten wie diesen waren auch die Gedanken nicht frei. Zumindest nicht, wenn sie einem, wie bei Lakis, an der Nasenspitze anzusehen waren.

Nach dem dritten Tsipouro stand Anastasios auf, zahlte und machte sich auf den Weg. Schon von Weitem hörte er, dass irgendetwas in der Schule nicht stimmte.

# IV

Demetrios hatte noch nach einem letzten Ausweg gesucht, aber Esther war nicht von seiner Seite gewichen, bis sie vor dem Eingang der Schule gestanden waren, und dann hatte sie gewartet, bis sich die Tür hinter ihm schloss. Da hatte ihn schon ein Lehrer erspäht, und was darauf folgte, war so unvermeidlich wie schmerzhaft.

Jetzt stand er im Freien. Links und rechts von ihm ein paar andere Jungen. Zehn oder zwölf. Er hatte sie nicht gezählt. Alle trugen sie den verkniffenen Gesichtsausdruck der Geprügelten. Man erkannte es nicht nur am Gang, an den ausgestellten Knien und dem leicht durchgedrückten Rücken. Wenn jemand geschlagen worden war, konnte man es noch Tage später in seinem Gesicht lesen.

Diesmal wusste er wenigstens, wofür er die Prügel kassiert hatte. Über eine Woche hatte er sich am Strand herumgetrieben. Dafür wurde er jetzt bestraft. Dennoch empfand er die Strafe als ungerecht. Man musste doch auch bedenken, warum er dem Unterricht ferngeblieben war. Das lag ja nicht daran, dass er nichts lernen wollte. Aber wie sollte man etwas lernen, wenn diese Soldaten selbst nicht wussten, wie man rechnete? Demetrios hatte den Soldaten darauf aufmerksam gemacht, und der Soldat hatte ihn geohrfeigt. Daraufhin war Demetrios davongelaufen.

Nun stand er wieder im Schulhof und der Soldat brüllte ihn an. »Auf den Boden«, befahl er.

Die Jungen ließen sich fallen.

»Auf und in einer Reihe aufstellen. Strammgestanden.«

Sie folgten seinem Befehl. Dann ging er vor ihnen auf und ab. Er blieb stehen und sah einem nach dem anderen ins Gesicht. Als er damit fertig war, schrie er sie wieder an: »Auf den Boden mit euch.«

Sie legten sich hin.

»Aufstehen und habt Acht.«

Das ging eine ganze Weile so, und auch wenn die Jungen vorsichtig waren, ihre Ärmel schleiften am Boden. Ihre Hemden bekamen Flecken von der feuchten Erde und ihre Schuhe glänzten bald nicht mehr, wie noch vor einer Stunde, als sie sie mit Fetzen und Spucke poliert hatten.

## V

Anastasios hatte das Geschrei des Soldaten schon auf dem Weg zur Schule gehört und sah nun die Abteilung junger Männer. Gerade als er am Zaun ankam, ließ der Soldat die Jungen unter dem Fahnenmast Aufstellung nehmen. Zwölf Burschen in den Uniformen der faschistischen Jugend Italiens. Wie alle Mitglieder der Gioventù Italiana del Littorio trugen sie schwarze Hemden und graugrüne Hosen, hellblaue Halstücher und einen Fez.

»Ihr seid die Avantgarde der faschistischen Bewegung Italiens«, sagte der Soldat und ging vor den Jungen auf und ab. »Ihr müsst jederzeit bereit sein, euer Heimatland vor den inneren und äußeren Feinden zu beschützen. Dazu müsst ihr hart werden, stark im Geist und im Körper. Deshalb ist das hier keine Bestrafung, sondern eine Belohnung. Ich forme aus euch die neuen Menschen der Zukunft.«

Nach dieser Ansprache riss er den rechten Arm hoch zum Römischen Gruß, und die Jungen taten es ihm gleich, wohl wissend, was sie erwartete, sollten sie diese Geste verweigern. Nur zwei Jungen standen still und ließen die Arme an den Seiten herabhängen. Es waren Demetrios und Anastasios' Sohn Lakis. Sie sahen geradeaus und rührten sich nicht.

Es dauerte nur Sekunden, bis der Soldat ihre Weigerung bemerkte. Noch während die anderen mit ausgestrecktem rechten Arm dastanden, trat er vor Demetrios und Lakis hin und verpasste jedem von ihnen eine Ohrfeige.

»Hoch mit den Händen«, brüllte er, aber die beiden Jungen standen ruhig und sahen geradeaus. »Hört ihr schlecht?« Der Soldat kam ganz nah an Demetrios heran und beugte sich zu ihm hinunter. Anastasios konnte sehen, wie Speichel von den Lippen des Soldaten in Demetrios' Gesicht sprühte. »Ich habe euch befohlen, die Fahne zu ehren. Ich sage es nur noch einmal: Hebt eure Arme!«

Demetrios und Lakis bewegten sich nicht, sagten nichts, sahen nur geradeaus. Der Soldat zögerte, gab ihnen ein paar Augenblicke Zeit, aber als sie immer noch nicht reagierten, schlug er zuerst Lakis und dann Demetrios mit der Reitgerte. Die Jungen duckten sich, aber sie wichen nicht zurück. Die Wut des Soldaten erlahmte nach ein paar Schlägen, und er ordnete eine neue Runde von Kniebeugen und Läufen im Hof der Schule an.

Die wenigen Augenblicke, die die Bestrafung gedauert hatte, hatten Anastasios die Luft abgeschnürt. Als die Reitgerte auf die Schultern seines Sohnes niederfuhr, wäre er vor Wut fast über den Zaun geklettert und hätte den Soldaten beim Kragen gepackt und geschlagen. Aber Anastasios beherrschte sich, krallte seine Finger um die schmiedeeisernen Zaunstäbe und atmete mit geschlossenen Augen. Er ließ das Zaungitter los und ging weiter. Es war besser, wenn er mit Colonnello Sforza sprach. Wenn er den Mann darauf hinwies, was seine Soldaten hier anstellten, dann würde er sicher eingreifen, und alles war gut.

Schon im Vorraum der Schule schlug Anastasios dieser Geruch entgegen, den er als Kind immer gehasst hatte. Damals hatte er keine Ahnung gehabt, woraus dieser Gestank bestand. Heute wurde ihm zum ersten Mal klar, was er da einatmete. Es war Angst.

Die Tür zur Direktion stand offen, und Anastasios hörte schon im Gang, wie Colonnello Sforza mit jemandem sprach. Die schneidende Stimme, der herrische Tonfall. Anastasios holte Luft, hielt sie kurz an und ließ sie dann langsam aus seinen Lungen entweichen. Das wiederholte er noch zweimal, dann fühlte er sich bereit.

Zuerst bemerkte Sforza gar nicht, dass Anastasios den Raum betreten hatte. Er stand mit einer Tasse in der Hand, den Rücken der Tür zugewandt und redete auf eine Frau ein, die, halb verdeckt von einem Regal, an einem Schreibtisch saß.

Als er Anastasios endlich bemerkte, winkte er ihm und kam auf ihn zu. Er versuchte, etwas auf Griechisch zu sagen. Anastasios verstand ihn nicht, vermutete aber, es handle sich um eine Begrüßung. Er ergriff die ausgestreckte Hand und jetzt erkannte er auch die Frau dort am Schreibtisch. Es war Vasiliki Stravolemou, die Schwester des Bischofs.

Das irritierte Anastasios einen Moment lang, denn er hätte doch eher Dionysios Stravolemos, also Vasilikis Mann, hier erwartet, war er doch der Direktor der Schule. Aber jetzt fiel ihm wieder ein, dass Dionysios seit Beginn der italienischen

Besatzung suspendiert war und nun als Sekretär des Bischofs arbeitete.

»Ich werde übersetzen«, sagte Vasiliki und reichte Anastasios die Hand. »Colonnello Sforza bemüht sich, aber sein Griechisch ist noch nicht sehr gut.«

Anastasios sah Colonnello Sforza an und machte einen Schritt zurück. Der Mann war ihm unheimlich, und nun spürte er nicht nur den Respekt, den er zu unterdrücken versuchte, sondern auch jene Angst, die er schon am Schuleingang gerochen hatte.

»Was wirft man denn meinem Lakis vor?«, fragte Anastasios. »Ich habe gesehen, wie man ihn draußen im Hof bestraft.« Er wies mit dem Arm vage in die Richtung, und Sforza folgte dieser Geste, als könne er durch die Wände sehen und erkennen, was gerade im Hof vor sich ging.

»Es handelt sich darum, dass Lakis sich weigert, den Römischen Gruß zu leisten«, sagte Vasiliki. »Er kommt ins Gefängnis, wenn er den Römischen Gruß während des Exerzierens nicht leistet.«

»Ins Gefängnis?«, fragte Anastasios.

»Allerdings«, mischte sich Colonnello Sforza ein. Er sagte etwas auf Italienisch zu Vasiliki. Anastasios verstand nur so viel, dass es eine ernste Angelegenheit sei und Anastasios auf seinen Sohn einwirken solle.

»Denn sonst könnte es sein, dass er nicht nur ins Gefängnis geht«, sagte Vasiliki.

»Was denn noch?«, fragte Anastasios, der immer nervöser wurde. »Will man ihn vielleicht erschießen, weil er seine Hand nicht heben will?«

»Das gerade nicht«, sagte Vasiliki. »Du weißt, wie ich zu der Sache stehe, nicht? Aber ich kann dir wirklich nur raten, mit

Lakis zu reden. Wegen so etwas riskiert man nicht sein Leben. Wenn er weiter so stur bleibt, dann schicken ihn die Italiener in den Krieg.«

»Das können sie nicht!«

»Und ob sie das können. Wir sind Bürger des italienischen Königreichs ...«

»Wir sind Griechen«, fiel ihr Anastasios ins Wort.

»Natürlich sind wir Griechen. Aber im Moment hilft uns das nicht. Unsere Männer sind wehrpflichtig und können in die italienische Armee eingezogen werden. Normalerweise würden die Italiener das nicht tun, weil sie wissen, dass sie uns nicht trauen können. Aber als Strafe ...«

Anastasios sah Colonnello Sforza entsetzt an. Dann wanderte sein Blick zu Vasiliki zurück.

»Sag ihm«, begann Anastasios. »Nein, lass mich überlegen. Sag mir Vasiliki, lernen die Kinder hier auch noch etwas anderes als Marschieren und Stillstehen? Ich meine, wenn mein Junge irgendwann einmal Rechtsanwalt werden soll, so Gott will, hat es dann überhaupt einen Sinn, wenn er weiterhin hierherkommt?«

»Rede mit ihm.« Vasiliki nahm Anastasios' Hand. »Der Unterricht ist vielleicht nicht mehr ganz so gut wie vorher, aber dafür lernen sie jetzt Italienisch. Er soll unbedingt in der Schule bleiben.«

»Ich dachte nur, wenn das alles nichts weiter als Schikane ist, kann er auch zu Hause sein und mir bei der Arbeit helfen.«

»Mach das nicht«, sagte Vasiliki. »Rede mit ihm und sag ihm, es wird vorbeigehen.«

»Aber wenn sie ihn schlagen? Das ist doch unerträglich.«

»Ich sehe es jeden Tag«, sagte Vasiliki. »Aber wir müssen klug sein.«

»Ich habe Demetrios draußen im Hof gesehen. Er wird auch geschlagen. Was sagt der Bischof dazu?«

»Es ist besser, zu lernen und ein paar Schläge einzustecken. Das sagt er. Also rede mit Lakis. Er soll den verdammten Römischen Gruß machen. Dann steht er das schon durch. Wir brauchen die jungen Leute, wenn das alles vorbei ist. Sie müssen das Land ja wieder aufbauen.«

## VI

Auf dem Markt war wie immer nicht allzu viel los, und Esther streunte zwischen den leeren Ständen umher. Sie kickte eine faule Zitrone aus dem Weg und sah den Katzen zu, wie sie sich um etwas balgten, das aussah wie der Schwanz einer Ratte.

Drüben unter dem Dach hatten ein paar Frauen Rüben auf den Verkaufspulten ausgelegt. Sie unterhielten sich lautstark, und eine von ihnen rauchte eine Pfeife. Esther kannte sie, erinnerte sich aber nicht an ihren Namen. Sie kam aus den Bergen, und es hieß, eigentlich sei sie gar keine richtige Griechin, sondern stammc aus Afrika.

Das mochte Esther nicht so recht glauben, hatte sie doch in der Schule gelernt, dass die Menschen in Afrika schwarze Haut hatten, und die alte Frau dort drüben war zwar ein bisschen dunkler als sie selbst, aber so viel nun auch wieder nicht.

Etwas weiter entfernt gab es geflochtene Körbe und Hemden und Seile. Der Händler trug einen großen Hut, an dem eine Hahnenfeder steckte, und als er Esther auf sich zukommen sah, ging er ihr entgegen.

»Na, schöne junge Frau«, sagte er und lächelte. »Ein neuer Korb gefällig? Aus Weidenzweigen, geflochten in Athen, oder lieber eine Tasche aus Schilfblättern, weich und dennoch haltbar?«

Esther lächelte zurück und schüttelte den Kopf.

»Aber Verehrteste …«

Esther musste lachen. So sprach sie sonst niemand an. Als ob sie eine dieser feinen Damen aus der Stadt wäre. Der Mann feixte und machte eine Verbeugung.

»So eine Schönheit wie Ihr braucht sicher einen Seidenschal«, schmeichelte er ihr und zog ein Seidentuch aus seinem Ärmel, als würde er ein Zauberkunststück vollbringen.

Esther war schon an seinem Stand vorbei, aber er ließ sich nicht abschütteln.

»Gnädigste, feine Seide aus dem Orient.«

»Nein«, sagte Esther laut.

»Aber Gnädigste.«

Er fasste sie am Arm, und im selben Moment, so schien es ihr, stand Raphael bei ihr und drängte sich zwischen sie und den Händler.

»Sie hat gesagt, sie möchte nichts«, sagte Raphael.

»Wo kommst du denn auf einmal her?«, fragte Esther und brachte einige Schritte zwischen sich und den aufdringlichen Verkäufer.

»Von dort unten.« Raphael zeigte auf einen Stand, kaum fünf Meter entfernt.

Erst jetzt bemerkte Esther die Kannen und Eimer, die Tassen und Kanister, die dort auf Schnüre gezogen waren. Die Blechteller und das Besteck, auf dem Pult ausgelegt.

»Du warst aber fleißig«, sagte sie und folgte ihm. Er räumte ein paar Blechrohre zur Seite und machte so den Weg frei, damit Esther mit ihm hinter das Verkaufspult treten konnte.

»Schon den ganzen Morgen belästigt er die Frauen. Vertreibt die Kundschaft«, sagte Raphael.

»Von der ohnehin kaum etwas zu sehen ist«, sagte Esther.

»Es wird immer schlimmer. Und du? Was hast du anzubieten?«

»Nur ein paar Eier und einen Liter Milch und ein paar Rüben.«

»Daraus kann man etwas kochen.«

»Möglich, aber ich muss es verkaufen oder eintauschen. Meine Großmutter besteht darauf.«

»Eintauschen wofür?«

»Mehl.«

»Es gibt kein Mehl«, sagte Raphael.

»Irgendwo sicher.«

»Aber nicht auf dieser Insel.«

Esther sah den Gang hinauf. Der aufdringliche Verkäufer hatte sich hinter seinen Stand verzogen, und sonst waren nur ein paar Frauen zu sehen, die weit entfernt, am Ende des Marktes, um irgendetwas feilschten. Vermutlich hatte Raphael recht, und es war ganz vergebens, noch weiter nach Mehl zu suchen. Sie konnte dort drüben an dem Stand die Frauen fragen, aber es war sehr unwahrscheinlich, dass die wussten, wo man Mehl herbekam. Vom Festland wurde kaum etwas geliefert. Nur solche Günstlinge wie dieser Händler mit seinen Körben und Seidentüchern durften noch auf die Insel.

»Glaubst du, dieser widerliche Kerl hat Mehl auf die Insel geschmuggelt?«, fragte sie.

»Ah«, machte Raphael abschätzig. »Höchstens Zigaretten. Aber wenn du willst, frage ich ihn.«

Er schlängelte sich zwischen Eimern und Kannen durch und machte sich auf den Weg. Esther begutachtete einen

Teller, hob eine Kanne hoch und sah dann doch in Raphaels Richtung. Der Verkäufer gestikulierte und redete laut. Er sagte etwas über seine italienischen Freunde, über irgendeinen Offizier, mit dem er befreundet sei und der ihn jedes Mal, wenn sie einander über den Weg liefen, zum Trinken einlud. Dann saßen sie stundenlang in einem Kafenion und rauchten und tranken, bis dem Wirt der Schnaps ausging.

Für ein paar Augenblicke hörte ihm Raphael zu, versuchte, ihn dann zu unterbrechen, um ihn nach der Schmuggelware zu fragen. Doch der Mann redete einfach weiter. Es schien, als hätte er nur einen Anlass gebraucht, um seine Suada vom Stapel zu lassen. Raphael stand da und sah den Mann an, dann hob er noch einmal die Hand, aber als auch das keinen Erfolg hatte, kam er zurück zu Esther. Der Verkäufer merkte erst drei oder vier Sätze später, dass ihm der Zuhörer abhandengekommen war, und verstummte.

»Er hat kein Mehl«, sagte Raphael.

»Woher weißt du das? Du hast ihn ja gar nicht gefragt.«

»Nein, aber wenn er so etwas unter dem Pult hätte, würde er nicht so daherschwadronieren. Er hat nichts. Ich bin mir sicher. Übrigens wollte ich dich etwas fragen.«

»Ja?«

Raphael schaute verlegen auf seine Fußspitzen. Esther bemerkte es und schwieg ebenfalls. »Du bist mir nicht mehr böse wegen der Geschichte im Herbst?«

»Dass du mich da allein hast stehen lassen?«

»Ich hätte dich mitnehmen sollen.«

»Hättest du. Aber dann wären wir vielleicht beide verhaftet worden. Und bei dir wäre die Sache nicht so glimpflich ausgegangen, schätze ich einmal. Oder haben die Italiener die Sache mit dem Wasser in ihren Tanks mittlerweile vergessen?«

»Vergessen nicht, aber sie suchen nicht mehr nach mir. Keine Ahnung, was passiert, wenn ich über den Solomos-Platz gehe. Aber das können wir ja in zwei Wochen ausprobieren, wenn du magst.«

»Was meinst du?« Esther wusste ganz gut, worauf er hinauswollte.

»In zwei Wochen ist doch Karneval, und ich wollte dich fragen, ob du mit mir zum Theaterstück gehst. Du weißt schon, das Theater am Markusplatz, da ist dann auch Musik, und am Solomos-Platz gibt es Stände mit Essen.«

»Wenn es noch etwas zu essen gibt …«

»Es wird sich etwas finden«, sagte Raphael. »Komm mit.«

»Ich überlege es mir«, sagte Esther und schulterte ihren Rucksack.

»Du musst ja noch nicht gehen, oder?«

»Wenn es hier kein Mehl gibt, werde ich in der Stadt fragen. Irgendwer wird mir schon weiterhelfen können.«

»Frag doch Anastasios«, sagte Raphael und zeigte mit dem Kinn den Gang hinunter. Dort kam gerade die gedrungene Gestalt des Bauern um die Ecke.

»Das ist gar keine schlechte Idee.«

Esther wollte schon losmarschieren, als sie sah, wie Anastasios beim Händler mit den Körben und Seidentüchern stehen blieb. Der Verkäufer beugte sich vor, nahm Anastasios am Arm und zog ihn mit sich hinter den Stand. Von dem Geschrei war nichts mehr übrig. Die beiden sprachen so leise, dass Esther nicht einmal ein Wispern hörte.

Als Anastasios wieder auftauchte, trug er einen Sack über dem Arm und wandte sich zum Gehen.

Doch Esther wollte die Gelegenheit nicht verstreichen lassen, lief ihm hinterher und tippte ihm auf die Schulter.

»Herr Tetradis«, sagte sie und wich einen Schritt vor ihm zurück.

»Ah, wir haben uns doch erst heute Morgen gesehen, nicht?«

Esther merkte, dass Anastasios ein wenig anders sprach, als noch vor ein paar Stunden. Er hatte etwas getrunken, und seine Augen waren rot unterlaufen.

»Ich möchte Sie nicht stören.«

»Aber nicht doch, du störst nicht. Kann ich dir helfen?« Anastasios sah sich um und erblickte Raphael und seinen Verkaufsstand. »Du hast Raphael besucht. Das ist aber nett. Ihr passt wirklich gut zueinander.«

Anastasios schüttelte den Kopf und griff sich an die Stirn. Was redete er? Der Tsipouro ließ Sätze aus seinem Mund purzeln, die er sonst nur gedacht hätte. Alle Leute wussten, dass Raphael hinter Esther her war und sie tat so, als wolle sie nichts von ihm wissen. Das war auch gut so, so sollte es sein.

»Entschuldige«, sagte er und stützte sich an eine Säule. Der Schnaps, oder besser gesagt die vier Gläser Tsipouro, die er getrunken hatte, nachdem er die Schule verlassen hatte, waren doch ein wenig viel gewesen. Sonst trank er ja höchstens Wein, und Schnaps nur, wenn er sich Mut antrinken musste. Doch die Unterhaltung mit Colonnello Sforza hatte ihn aus dem Konzept gebracht und er hatte sich danach wieder in das Kafenion bei der Hafenmeisterei gesetzt und getrunken und geraucht.

»Geht es Ihnen nicht gut?«, fragte Esther und stützte Anastasios.

Raphael kam ihr zur Hilfe und gemeinsam brachten sie Anastasios zu Raphaels Stand, wo er sich auf einen Hocker niedersetzte.

»Es geht schon«, sagte Anastasios und hob abwehrend eine Hand. Aber es war ihm anzusehen, dass er erschöpft und betrunken war und nicht weiter konnte.

»War es so schlimm in der Schule?«, fragte Esther.

»Ach, frag nicht«, sagte Anastasios. »Sie haben meinen Jungen geschlagen.«

»Und da haben Sie …«, begann Raphael.

»Gar nichts habe ich«, fiel ihm Anastasios ins Wort. »Gegangen bin ich, und mein Junge muss strammstehen und die Fahne grüßen.« Er versuchte aufzustehen, hielt sich mit einer Hand am Pult fest und reckte die andere in die Höhe. Dann sank er zurück auf den Hocker. »So müssen sie machen. Den Arm in die Höhe. So ein Unsinn, und wenn sie es nicht machen, werden sie mit der Reitgerte geschlagen. Aber du wolltest mich etwas fragen, Esther?«

»Nein, es ist nicht so wichtig, wirklich.«

»Wenn du mir extra nachläufst und mich aufhältst, ist es sicher wichtig.«

»Irgendwie schon. Aber das ist doch nichts gegen die Sache in der Schule.«

»Jetzt erzähl schon. Vielleicht können wir wenigsten deine Sorgen aus der Welt schaffen.«

»Es geht um meine Großmutter, oder besser gesagt, um den Sabbat.«

»Ja?«, sagte Anastasios, der nicht verstand, worauf das hinauslaufen sollte.

»Meine Großmutter hat Sorge, dass sie keine Challabrote backen kann.«

»Was fehlt ihr denn?«

»Mehl«, mischte sich Raphael ein. »Es ist immer das Gleiche. Ihr ist das Mehl ausgegangen, und dann schickt sie Esther los, um auf der ganzen Insel danach zu suchen. Im Herbst hat das Esther sogar einmal ins Gefängnis gebracht.«

»Das war doch nichts«, sagte Esther. »Jetzt jedenfalls kann ich kein Mehl finden. Also habe ich gedacht, dass Sie möglicherweise noch einen Vorrat haben oder wenigstens wissen, wo ich noch etwas bekommen kann.«

»Mhmm«, machte Anastasios und öffnete den Sack, den er über dem Arm trug. Er fuhr mit der Hand hinein und holte ein rundes Paket heraus. Esther dachte schon, er hätte Mehl versteckt, Schmugglerware vom Festland. Doch als Anastasios das Papier aufnestelte, sah sie, dass es ein Bund Zigaretten war.

»Hat jemand von euch Feuer?«, fragte Anastasios.

Raphael zog eine Schachtel mit Zündhölzern aus der Hosentasche.

»Danke«, sagte Anastasios, steckte sich eine Zigarette an und reichte sie samt der Zünder an Raphael weiter. »Klar kann ich dir helfen«, sagte er dann und blies Rauch aus. »Meine Frau hat sicher etwas Mehl für dich übrig. Sag ihr einfach, dass ich dich geschickt habe.«

»Ich kann auch bezahlen«, sagte Esther.

»Nicht doch.« Anastasios winkte ab. »Sag ihr einfach, dass ich dich geschickt habe. Das ist schon genug. Ich werde hier noch ein bisschen sitzen, und dann gehe ich in die Stadt.« Er klopfte auf den Sack mit den Zigaretten. »Ihr versteht.«

## VII

Nachdem Esther gegangen war, straffte sich Anastasios und stemmte sich hoch. Diesmal gelang die Übung, und er stand, immer noch etwas unsicher, vor Raphael. Langsam ließ die

Wirkung des Alkohols nach, aber Anastasios spürte, dass an einen Spaziergang in die Stadt noch nicht zu denken war. Den Sack mit den Zigaretten musste er noch heute bei Avraam abliefern. Aber heute war noch lang, und derweilen fühlte er sich hier auf dem Markt ganz wohl, auch wenn der Schmuggler, der mit den Weidenkörben und den Seidentüchern, langsam nervös wurde und immer wieder zu ihnen herüberschaute. Das kümmerte ihn nicht besonders. Wenn etwas geschehen sollte, eine Razzia zum Beispiel, dann war es Anastasios, der die Zigaretten bei sich hatte, und er würde in Schwierigkeiten geraten. Wobei er allerdings davon überzeugt war, dass die Probleme nicht allzu groß sein würden. Immerhin konnte er den Soldaten einen Sack voller Zigaretten anbieten.

»Weißt du, Raphael«, begann er. »Eigentlich sollte man sich immer betrinken. Wenn einem davon nicht so schlecht werden würde, natürlich. Das ist schon ein Grund, es nicht zu tun. Aber dann denkt man nicht daran, wie schlimm es schon geworden ist.«

»Das mag sein. Aber wenn wir uns nicht wehren, wird es bald noch viel schlimmer.«

»Kann sein. Aber alle sagen, die Italiener werden bald wieder verschwinden, und wir sollten nichts riskieren. Der Bischof selbst sagt das. Und du«, Anastasios tippte Raphael mit der Fingerspitze gegen die Brust, »du musst dich um dich selbst kümmern und dringend Esthers Vater fragen, ob du sie heiraten darfst, sonst geht es dir an den Kragen.«

»Was meinst du damit?«, fragte Raphael.

»Ganz einfach. Wenn du sie heiraten willst, musst du den Vater fragen.«

»Ja, schon, aber warum so eilig?«

»Weil es dir sonst an den Kragen gehen könnte, verstehst du? Es ist immer besser, mit dem Vater im Reinen zu sein, aber auf unserer Insel ganz besonders. Du hast sicher schon von der Geschichte der Familie Muza gehört.«

»Muza? Ich glaube nicht«, sagte Raphael.

»Das solltest du aber. Eine sehr berühmte Familie und überaus berüchtigt.«

»Berüchtigt?«

»Na, weißt du, es ist eine Sache, wenn man den Verehrer seiner Tochter zurechtweist, ihn vielleicht, was weiß ich, sogar verprügelt, oder wie im Fall der feinen Herren, von seinen Dienern verprügeln lässt. Aber was dieser Muza getan hat«, Anastasios pfiff durch die Zähne.

»Jetzt sag schon.«

»Nimm noch eine Zigarette und setz dich nieder. Ich werde dir sagen, wie das damals war. Also, es ist sicher schon hundert Jahre her, vielleicht auch länger. So genau weiß man das nicht, aber was sich damals zugetragen hat, das kann ich dir erzählen …«

Jeden Morgen kam ein junger Mann in das Stadthaus der Familie Muza, um den Hausherrn zu rasieren. Er war ein guter Barbier und er sah auch gut aus. Das, vor allem das Letztere, fiel auch der Tochter des Hauses auf. Die feinen Hände des jungen Mannes, sein gut geschnittenes Haar und seine Umgangsformen beeindruckten sie, und so verliebte sie sich in ihn.

Aber da gab es ein Problem. Die Tochter des Grafen Muza war adelig, von hoher Geburt und sollte bald einen entfernten Verwandten aus Malta heiraten. Sie war also vergeben, und selbst wenn nicht, hätte die Liebe zu dem Barbier keine Chance auf Erfüllung gehabt.

Der Vater bemerkte die Blicke seiner Tochter und auch das Geflüster zwischen den beiden, die flüchtigen Berührungen, und die heimlichen Treffen an der Hintertür blieben ihm nicht verborgen. So wartete er eine Weile und ließ manchmal eine Bemerkung fallen, wie sehr er doch den Barbier schätze, was für ein ausgezeichneter Arbeiter er sei und mehr noch ein nobler Mann. Nicht von Adel zwar, aber von großer Herzensbildung. Diese Worte weckten in seiner Tochter die Hoffnung, aus den gestohlenen Küssen in der Dunkelheit könnte doch eine feste Bindung, eine Ehe erwachsen. Als ihr Vater wieder von dem jungen Mann schwärmte, fiel seine Tochter vor ihm auf die Knie und gestand ihm die Liebe zu dem Barbier.

Nun gut, sagte der Vater, ich werde dieser Verbindung nicht im Wege stehen. Ganz im Gegenteil, schon am kommenden Tag wolle er den Barbier zu einer Bootsfahrt einladen, um mit ihm alles Nötige zu besprechen, sodass die Hochzeit schon am darauffolgenden Sonntag stattfinden könne. Am nächsten Morgen rasierte der Barbier den Grafen Muza, und dann begaben sie sich gemeinsam zum Hafen, bestiegen das Boot und fuhren Richtung Krio Nero hinaus aufs Meer. Einer der Diener spielte Gitarre, ein anderer schenkte Wein ein und reichte weißes Brot. Sie waren schon ziemlich weit draußen am Meer, hatten beinahe die Hälfte der Strecke zum Peloponnes zurückgelegt, als dem Barbier auffiel, dass hier etwas nicht stimmte.

In diesem Moment gab Muza seinen Dienern ein Zeichen. Sie packten den Barbier und schnitten ihm den Kopf ab. Um den Körper banden sie ein Seil und an das Seil einen Stein. So versenkten sie die Leiche im Meer. Den Kopf jedoch steckten sie in eine gläserne Vase und übergossen ihn mit Honig. Dann fuhren sie zurück in die Stadt und trugen den abgeschnittenen

Kopf mit einem schwarzen Tuch verdeckt ins Haus des Grafen.

Muza hatte keine Eile. Er ließ sich Kaffee bringen und setzte sich in den Salon. Mit einem Tuch bedeckt stand das Glasgefäß auf einem Tisch und man hätte meinen können, darunter verberge sich eine Kostbarkeit.

Seine Tochter hörte die Ankunft ihres Vaters, schlüpfte in ein Sommerkleid und lief barfuß die Treppe hinunter. Als sie ihren Vater allein im Salon sitzen sah, zögerte sie. Unsicher, was das zu bedeuten hatte, machte sie zwei Schritte vor, dann einen zurück. Doch ihr Vater lächelte und winkte sie zu sich. Er bot ihr Platz an, was er sonst nie tat, und erzählte ihr, wie schön die Fahrt übers Meer gewesen sei, wie herrlich der Wind einem ins Gesicht blase an einem so heißen Tag wie heute. Dann begann er über den Barbier zu sprechen, und er zeigte auf den verhüllten Glasbehälter. Dieses Geschenk habe er seiner Tochter mitgebracht, einen Gemahl, wie sie ihn sich gewünscht habe. Jetzt zog er das Tuch zur Seite.

»Das ist dein Gemahl. Den wolltest du. Jetzt lebe mit ihm«, schloss Anastasios seine Erzählung. »Das hat er ihr gesagt. Tatsächlich nahm sie den Kopf und ging damit in ihr Zimmer. Es heißt, sie hat das Haus nie wieder verlassen.«

»Was willst du mir damit sagen?«, fragte Raphael.

»Kann man so begriffsstutzig sein? Geh hin und rede mit Esthers Vater, bevor er dir den Kopf abschneidet. Das will ich damit sagen.«

# Kapitel 6

## I

An den Rändern des Markusplatzes tollten Kinder. Sie schlugen auf Trommeln, liefen zwischen den Erwachsenen hin und her und sangen Spottverse. Die meisten Erwachsenen, Männer wie Frauen, waren in Umhänge gekleidet, und ihre Gesichter verbargen sie hinter venezianischen Masken. Loukas Karrer hob den Blick, als er die ersten Geigentöne hörte. Eine fröhliche Melodie schwang sich auf, und in das Geigenspiel stimmte eine Posaune ein, eine Klarinette folgte, und Momente später tauchte die Kapelle bei der katholischen Kirche auf und schwenkte scharf nach links. Ein Harlekin stemmte einen Kaffeetisch in die Höhe und balancierte ihn bis zur Mitte des Platzes, setzte ihn dort ab und wischte sich theatralisch den Schweiß von der Stirn. Er verbeugte sich und rannte davon.

Das war der Auftakt zum Theaterstück, das alljährlich auf dem Markusplatz zur Aufführung kam. Eine Farce, eine Groteske im Stil der Commedia dell' Arte, die man hier Omilia nannte. Bürgermeister Karrer hatte wenig Lust, sich die Aufführung anzusehen. Ihm war nicht nach Lachen zumute angesichts der vielen Hungertoten. Aber es war eine gesellschaftliche Verpflichtung, und auch der Inselkommandant Gianni stand mit einer Abordnung von Offizieren am Rand des Platzes und harrte der Dinge, die da kommen sollten.

Auf der anderen Seite, in Respektabstand zum Militär, hatten sich die Bürger der Stadt und ein paar Bauern zusammengefunden. Dort stand Nikolaos Sartopos, dessen dürre Gestalt ihn auch unter dem speckigen Umhang verriet. Avraam Matzas' Bart ragte unter der venezianischen Maske hervor, und neben ihm stand sein bester Freund Anastasios Tetradis mit seiner Frau.

Der Harlekin kehrte zurück, katzbuckelte und kündigte mit großer Geste den ersten Akt an. »Zunächst möchte ich den hochwohlgeborenen Herrn Pantalone vorstellen. Er stammt aus dem goldenen Venedig und ist unendlich reich und mächtig«, rief er, verbeugte sich und wies mit beiden Armen auf einen hochgewachsenen Mann mit breiten Schultern, der jetzt auf den Platz stolzierte. Anders als sonst trug der Pantalone in diesem Jahr keinen Anzug, sondern eine Uniform. An der Brust steckten so viele Orden, dass er immer wieder das Gleichgewicht zu verlieren schien und sich mühte, nicht vornüberzukippen. Noch bevor er etwas sagte, lachten die Leute, denn sie erkannten in ihm eine Parodie auf den Inselkommandanten Gianni. Selbst den wirren Haarschopf, den Gianni kaum zu bändigen wusste und der ihm immer wieder unter der Offizierskappe hervorkroch, hatte der Maskenbildner nachgeahmt, indem er dem Pantalone eine Strähne aus Hanf an die Stirn geklebt hatte.

Pantalone hielt sich am Tisch fest, sah in die Runde und grüßte militärisch. Der Harlekin kam von hinten und lüpfte ihm die Rockschöße. Pantalone schlug nach dem Spaßmacher, erwischte ihn aber nicht.

»Wo ist denn Eure Frau, Hochwohlgeboren?«, fragte der Harlekin und brachte sich in Sicherheit. »Ist sie Euch vielleicht abhandengekommen, die Schöne?«

Den Fächer in der rechten Hand, mit der anderen das schon etwas zerschlissene Kleid haltend, kam La Signora auf den

Platz. Sie verteilte Kusshände nach links und rechts, aber als sie Pantalone, ihren Ehemann, sah, machte sie ein Gesicht, als hätte sie in eine Zitrone gebissen, und konnte vom Harlekin nur mit Mühe und viel Überredungskunst dazu gebracht werden, nicht gleich wieder zu verschwinden.

»Sag ihr«, wandte sich Pantalone an den Harlekin, »sag meiner Frau, sie möge sich sputen und sich das schönste ihrer Gewänder anlegen und dann geschmückt mit ihrem schönsten Diadem zu unserem Festessen kommen. Denn ich habe die noblen Herren des Landes zu mir geladen.«

Der Harlekin hoppelte wie ein Hase über den Platz, verbeugte sich vor der Signora und überbrachte ihr die Nachricht: »Euer Hochwohlgeboren, ich meine Euer Ehemann, Ihr wisst, der dort drüben, der meint, dass Ihr Euch das beste Kleid …«

Aber in diesem Moment unterbrach ihn die Signora mit einer unwirschen Bewegung der Hand. »Sag meinem Mann, dass ich gar nicht daran denke, vor diesem Pöbel zu erscheinen, schon gar nicht in meinem besten Kleid und mit meinem schönsten Diadem. Er mag seine Saufkumpanen selbst unterhalten. Ich werde es nicht tun.«

Als der Harlekin dem Pantalone die Nachricht überbringen wollte, fuhr ihm der Pantalone mit der Reitgerte über den Rücken, noch bevor er etwas sagen konnte. Die Attacke löste bei den Zusehern Gelächter aus, denn der Pantalone schwang die Gerte, ganz wie es Inselkommandant Gianni zu tun pflegte.

Bürgermeister Kärrer sah, wie Vasiliki Stravolemou sich eine Hand vor den Mund hielt und kicherte. Dabei blickte sie zur Seite und hatte die Gruppe um den Inselkommandanten im Visier. Dort standen auch Colonnello Sforza und der Maggiore Lazzari. Keiner von ihnen lachte. Auch als der Harlekin einen Purzelbaum schlug und dabei gegen die Signora stieß, sie umwarf und beide in einem Knäuel aus Kleidern, Armen und Beinen den Platz verließen, blieben die Italiener stoisch und es schien, als sähen sie das alles hier nicht als Beginn des Karnevals, sondern als eine potenzielle Gefahr. Dieser Eindruck verstärkte sich für Karrer noch, als er die Soldaten am Rand des Platzes bemerkte. Sie mussten eben erst ihre Stellungen bezogen haben, denn vor zehn Minuten war dort noch niemand gestanden.

Der Pantalone marschierte mit großer Geste über den Markusplatz und blieb beim Brunnen in der Mitte stehen. Er rieb sich das Kinn und kratzte sich die Schläfe, bis sich sein Blick aufhellte und er mit ausgestreckten Armen auf eine schwarz gekleidete Gestalt zuging, die sich durch die Menge drängte.

»Dottore«, sagte Pantalone. »Ihr kommt mir wie gerufen. Eine wichtige Frage treibt mich um.«

»Verehrter Pantalone.« Der Dottore verbeugte sich. »Ich bin Euch gern zu Diensten. Um welche Causa ist es Euch denn zu tun?«

»Ich weiß nicht, ob es Ehe- oder Liebessachen sind, die mich belasten.«

»Nun, wie unser verehrter Terenz schon sagte: Amantes amentes. Die Liebenden sind immer verrückt.«

»Mag sein, aber es geht um meine Frau, die Signora.«

»Die ist ganz sicher verrückt«, platzte es aus dem Dottore heraus.

»Wie meint Ihr das?«, fragte Pantalone indigniert.

»Verrückt nach Euch, wollte ich sagen.« Nebenbei, zum Publikum gewandt, sprach er weiter: »Oder wohl eher verrückt, weil sie nicht merkt, wie sich der feine Herr Pantalone seit Wochen mit einer anderen vergnügt.«

Wieder ging Karrers Blick zu Inselkommandant Gianni. Der Offizier verzog keine Miene, aber die Falten um seine Mundwinkel wurden tiefer und tiefer. Es schien Karrer auch, als würde sich die Haltung des Inselkommandanten immer mehr versteifen, als müsse er all seine Kraft zusammennehmen, um nicht loszubrüllen und den Auftakt des Karnevals durch seine Soldaten beenden zu lassen.

Wer auch immer das Theaterstück geschrieben hatte, und Karrer hatte so einen Verdacht, hatte direkt auf Giannis verletzliche Stelle gezielt und wie es schien auch getroffen. Der sonst so überkorrekte Inselkommandant, der sich kaum eine Blöße gab, verfügte nur über eine allgemein bekannte Schwäche: Er war hinter den Frauen her. Seine Affären dauerten nie besonders lange, aber dafür hatte er ein Talent, sich Töchter aus gutem Hause auszusuchen und so beinahe jeden Monat einen Skandal auszulösen. Die Väter wagten es meistens nicht, sich bei Gianni persönlich zu beschweren. Deshalb kamen sie zu Bürgermeister Karrer oder Bischof Chrysostomos, und die hatten dann Mühe, den wütenden Männern ihre geplanten Attentate auf das Leben des Inselkommandanten auszureden.

»Ich werde sie bestrafen«, sagte der Pantalone. »Meine Frau soll keine ruhige Minute mehr haben. Ich werde ihr alles wegnehmen, was ich ihr geschenkt habe. Auch das Diadem, denn ich lasse mich nicht von ihr verhöhnen. Schon gar nicht, wenn ein Fest bevorsteht.«

»Ein Fest?«, fragte der Dottore.

»Oh, Ihr habt es vergessen? Alle Vecchi sind geladen, und ich habe Euch doch eine Nachricht geschickt.«

»Ah, das …« Der Dottore griff sich an den Kopf. »Verzeiht, mein Lieber. Aber bei meiner Jagd nach Wissen und Weisheit habe ich doch vergessen, wie Ihr zum Carpe Diem gerufen habt. Oder doch nicht vergessen, sondern eher zur Seite geschoben in meinem Pflichtbewusstsein.« Und wieder zum Publikum gewandt setzte er fort: »Was interessieren mich die Saufgelage dieser rohen Gesellen? Aber ich will ihm zu Diensten sein – zu meinem eigenen Vorteil.«

»Also, was ratet Ihr mir?«, fragte der Pantalone.

»Wegen Eurer Frau?«

»Ja, was denn sonst?«

»Die alten Römer, und die wussten über so etwas sicher am besten Bescheid, die sagten also cum grano salis nichts anderes, als was ich Euch rate: Mulier nequidquam exornata est bene, si morata est male. Das soll heißen, selbst wenn sich Eure Dame mit dem Diadem schmückt, so ist sie doch hässlich, nicht äußerlich vielleicht, aber doch inwendig. Das hat sie Euch gezeigt.«

»Das hilft mir nun nicht weiter.«

»Es ist Euer Recht, verehrter Pantalone, Euch eine andere Frau zu suchen. Und wenn ich recht informiert bin, dann wird Eure Suche gut und süß sein.«

Musik beendete diesen ersten Akt, und die Vecchi und Zanni tanzten über den Platz, neckten das Publikum und verdeckten so den Auftritt Columbinas, die nach diesem Zwischenspiel neben dem Pantalone am Rand des Brunnens saß. Ihr geschecktes Kleid leuchtete im trüben Licht des Vormittags und hinter der Maske erkannte Bürgermeister Karrer deutlich Esthers Züge.

Pantalone setzte Columbina das Diadem aufs Haupt und präsentierte seine neue Gattin den Vecchi, die sich um einen Tisch versammelt hatten.

»Seht nur«, sagte er. »Mit meiner neuen Frau zieht neues Glück in mein Haus.« Er hob das Glas und prostete den Leuten zu.

Nun wechselte der Fokus der Handlung an den Rand des Platzes. Dort stand die Signora und unterhielt sich mit dem Dottore.

»Ist es nicht eine Schande?«, begann der Dottore. »Dieses junge Ding. Es hat ihm den Kopf verdreht und Euch um Eure Stellung gebracht, um Euer Ansehen und Eure Ehre.«

»Das sehe ich selbst«, sagte die Signora und fächelte sich wütend Luft zu.

»Wenn Ihr wollt, muss das aber nicht so blieben.«

»Nicht? Was kann ich schon gegen diese Columbina ausrichten?«

»Ihr könnt wenig tun. Aber mit meiner Hilfe werdet Ihr bald wieder herrschen, und dann könnt Ihr Rache nehmen an diesem jungen Ding.«

Der Dottore verbeugte sich und verschwand in der Menge. Die Signora gesellte sich zu den Zusehern, und sogleich übernahm der Harlekin, sprang auf den Tisch, um den sich die Vecchi versammelt hatten, und schlug ein Rad. Dann beugte er sich zu jedem der Vecchi hinunter, sah ihm ins Gesicht und gab ihm eine leichte Ohrfeige. Nur den Pantalone verschonte er zunächst, hüpfte vom Tisch, strich Columbina zärtlich über die Wange und versetzte dem Pantalone einen Schlag auf den Rücken.

Der Pantalone fuhr herum, aber da hatte der Harlekin Columbina schon hochgezogen und um die Mitte gefasst. Sie tanzten, und der Pantalone sah ihnen hilflos zu. Er bemerkte gar nicht, wie sich der Dottore von der Seite näherte. Erst als er ihn ansprach, wandte sich Pantalone um.

»Hört, mein hoher Herr«, sagte der Dottore. »Ich will Euer Glück nicht trüben. Carpe diem, wie der Lateiner sagt, nicht wahr? Aber mir ist etwas zu Ohren gekommen, das Ihr unbedingt hören müsst.«

Der Pantalone strich sich die gelbe Haarsträhne zurecht, was beim Publikum für Heiterkeit sorgte, vor allem, als sich der Hanf nach ein paar Berührungen von der Kappe löste und der Pantalone mit seinem Haarteil in der Hand dastand.

»An Eurem Tisch«, setzte der Dottore unbeirrt fort, »es sitzt jemand unter den Vecchi, der nicht dorthin gehört. Habet equum Seianum, wie die Lateiner sagen.«

»Was? Er hat das Pferd des Sejus«, fragte der Pantalone verwirrt. »Welches Pferd und welcher Sejus, und was geht mich das an?«

»Das sagt man so.«

»Aha. Was sagt man so?« Der Pantalone versuchte noch einmal, sich die Hanfsträhne an die Kappe zu heften, scheiterte aber, und jetzt kam eine Frau aus dem Publikum und nahm ihm Kappe und Haarsträhne ab.

»Ich sage ja nur, er hat sich Eure Gunst erschlichen«, sagte der Dottore.

»Was?«

Der Pantalone beobachtete die Frau, wie sie mit einer Haarspange die Hanfsträhne an der Kappe befestigte, beides schwenkte, um zu prüfen, ob die Verbindung auch fest genug war, und dann reichte sie die Kappe an den Pantalone zurück. Der nahm sie, hielt sie in Händen und wusste nicht, was er damit anfangen sollte. Der Harlekin turnte heran, entriss ihm die Kappe und setzte sie ihm mit Schwung aufs Haupt, sodass der Pantalone vor Schmerz das Gesicht verzog.

»Also, was wollte ich sagen?«, fragte der Dottore.

»Das weiß niemand«, antwortete der Harlekin. »Nicht einmal Ihr selbst.«

»Du sei schön still, sonst …« Der Dottore deutete einen Schlag an.

Der Harlekin brachte sich in Sicherheit und rief aus der Entfernung: »Wenn man Euch all das Latein aus dem Kopf ziehen würde, könnte man eine ganze Herde Esel damit füttern.«

»Ich werd es dir geben!«

»Aber gern doch, gebt mir etwas von Eurer Weisheit«, sagte der Harlekin und streckte seine Hände hin. »Oder nein, doch lieber nicht. Diesen Dreck bekommt man nie wieder von den Fingern.«

Der Harlekin lief davon, drehte am Brunnen um und umtanzte Columbina, die sich von seinen Scherzen betören ließ und ihm folgte. Er brachte sie auf jene Seite des Platzes, an der auch die Signora stand. Nun starrten die beiden Frauen einander wortlos an.

»Was wolltet Ihr mir sagen?« Der Pantalone hatte sich gefasst und fand wieder in seine Rolle zurück.

»Ach ja, was wollte ich sagen? Genau.« Der Dottore warf noch einen hasserfüllten Blick auf den Harlekin, der außer Reichweite seine Faxen machte. »Unter die Edlen an Eurem Tisch hat sich ein Betrüger geschlichen.«

Mit ausgestreckter Hand wies der Dottore auf die Festgesellschaft. Der Pantalone folgte dieser Geste. Er streckte den Kopf vor, kratzte sich am Kinn. Dann trat er an den Tisch heran und sah jedem Gast ins Gesicht.

»Der nicht«, sagte er, »und der auch nicht. Die gehören alle hierher.«

»Aber dieser nicht«, sagte der Dottore und versetzte einem der Gäste einen Schlag auf den Kopf. »Das ist der Brighella, und der hat hier nichts verloren. Für diesen Affront muss er hängen.«

Der Harlekin sprang über den Platz und führte eine Pantomime auf. Mit der einen Hand hielt er ein imaginäres Seil, und den Kopf legte er schief, die Augen weit aufgerissen, die Zunge herausgestreckt, als ob er in einer Schlinge baumeln würde.

»Brighella, was ist in dich gefahren?«, fragte der Pantalone und sah auf den Mann hinunter, der durch den Schlag des Dottore zu Boden gegangen war.

»Was ist das für eine Frage?«, meldete sich der Dottore. »Er hat sich hereingeschlichen, um am Festmahl teilzunehmen. Zugegeben: Die Leute hungern, und wir haben Brot und Wein. Aber ist das eine Entschuldigung? Nein, behaupte ich. Im Delirium tremens, sagen die Lateiner zwar. Aber hier spricht nichts für den Angeklagten. Er ist schuldig, das kann jeder sehen.«

»Brighella, erkläre dich«, forderte der Pantalone.

»Was gibt es zu erklären?«, sagte der Dottore. »Es ist doch alles ganz klar. Wir dürfen so ein Verhalten nicht dulden. Da könnte jeder kommen und sich einschleichen und zu uns an den Tisch setzen. Überlegt doch verehrter Pantalone ... Wenn jeder kommt, dann bleibt für uns nichts mehr übrig. Kein Schluck Wein, kein Krümel Brot. Also müsst Ihr ein Exempel statuieren.«

Die Vecchi stimmten dieser Rede zu, und als sie aufstanden und sich drohend um Brighella versammelten, konnte man sehen, dass sie auf ihren Jacken militärische Abzeichen trugen. Einige Zuschauer klatschten, andere wandten sich lachend den Soldaten zu und machten sie auf die Epauletten und Orden auf den Jacken der Vecchi aufmerksam.

»Wir müssen ein für alle Mal klarmachen, dass wir uns nicht vom gemeinen Volk unterdrücken lassen«, sagte der Dottore.

Der Harlekin purzelte über den Platz, erreichte den Dottore und hielt ihm den Mund zu.

»Verehrter Pantalone«, sagte der Dottore, aber man konnte ihn kaum verstehen.

»Was hast du zu deiner Verteidigung zu sagen?«, fragte der Pantalone den Brighella, der von den Vecchi festgehalten wurde.

»Ich wüsste nicht, dass ich eine Verteidigung brauche«, sagte dieser. »Der Tisch des Pantalone, ist der nicht für alle Eure Untertanen gedeckt?«

»Ihr seid nicht mein Untertan«, sagte Pantalone. »Ihr gehört zum niedrigen Volk und kommt weiß der Teufel woher. Wäret Ihr ein Bauer, einer, der meine Felder bestellt, dann würde ich vielleicht Gnade walten lassen, aber so …«

»Wenn ich auch ein fahrender Gesell bin, so verdiene ich mir mein Brot doch redlich und niemand darf mich eines Verbrechens bezichtigen.«

»Außer natürlich, dass du am Tisch des Herrschers sitzt, ohne eingeladen zu sein«, sagte der Dottore, der sich aus der Umklammerung des Harlekins befreit hatte.

»Wenn das ein Verbrechen ist …«

»Das will ich meinen«, sagte der Pantalone. »Das schlimmste Verbrechen von allen. Bindet ihn«, sagte er an die Vecchi gewandt und Augenblicke später lag Brighella am Boden und konnte sich nicht mehr bewegen.

Händeringend umtanzte der Harlekin die Gruppe und zupfte einmal diesen, einmal den anderen Vecchio an der Jacke. Als das keinen Erfolg hatte, kniete er vor dem Pantalone nieder und vollführte eine Pantomime der Unterwerfung.

Aber umsonst. Brighella wurde gebunden und zum Brunnen geschleift. Dort legten sie ihm eine Schlinge um den Hals, als wollten sie ihn erhängen.

Mittlerweile hatte der Harlekin seine Bemühungen aufgegeben, den Pantalone milde zu stimmen. Er lief zum Brunnen, flehte die Vecchi an und als das nichts half, wandte er sich dem Dottore zu. Sie unterhielten sich leise und schnell, sodass niemand im Publikum auch nur ein Wort verstand. Dann versetzte der Dottore dem Harlekin einen Schlag gegen die Brust. Der Harlekin fiel und vollführte einen Salto.

Nun schien es, dass die beiden Frauen, die Signora und Columbina, endlich ihr wütendes Starren aufgegeben hatten und die Handlung im Zentrum des Platzes wahrnahmen. Columbina schlug die Hände vors Gesicht und kam laut weinend angelaufen. Sie fiel vor den Vecchi auf die Knie und versuchte, etwas zu sagen, aber die Tränen liefen ihr übers Gesicht, und sie fand keinen Atem. Sie griff nach Brighella, zog sich an ihm hoch und umarmte ihn.

»Seht ihr diese Hure«, schrie einer der Vecchi, »ist sie nicht dem Pantalone versprochen? Und jetzt wirft sie sich diesem Streuner und Dieb an den Hals. Was hast du dem Pantalone geraten, Dottore?«

Der Dottore schüttelte die Vecchi ab und trat an den Brighella heran. Er versuchte, Columbina von ihm wegzuziehen. Aber sie hielt sich an den Seilen fest, die um Brighella geschnürt waren.

»Warum willst du diesen Dieb beschützen?«, fragte der Dottore. »Du gehörst zu uns, bist dem Pantalone versprochen, und du wirst die Konsequenzen tragen, wenn du nicht ablässt von diesem Verbrechen. Mitgefangen, mitgehangen, heißt es.«

»Ihr herzlosen Idioten«, sagte Columbina, »zu euch möchte ich gar nicht gehören. Ihr geht auf Brighella los, nur weil er nicht aus der gleichen Stadt kommt wie ihr. Was gibt euch das Recht dazu? Sagt mir das. Ihr geht auf ihn los, weil er zu den Zanni gehört und nicht zu den Vecchi. Was ist das denn für ein Unterschied? Atmet er nicht wie ihr? Lebt er nicht wie ihr? Warum soll er dann nicht auch essen und trinken wie ihr?«

»Aber das steht uns nun einmal zu und ihm nicht«, sagte der Dottore. »So lautet das Gesetz.«

»Und wer beschließt dieses Gesetz?«, fragte Columbina.

»Es gilt von alters her«, sagte der Dottore.

»Das glaube ich nicht«, erwiderte Columbina. »Ich jedenfalls habe gelernt, dass die Alten die Gäste mit Ehren empfangen haben.«

»Aber nicht jene, die sich einschleichen. Und wer sagt, dass Brighella ein Gast ist und nicht einfach ein Landstreicher? Um ein Gast zu sein, braucht man eine Einladung.«

»Nun gut«, sagte Columbina und ging auf den Pantalone zu. »Wenn das so ist, dann bitte ich dich, mein Herr Pantalone, Brighella zu deinem Festmahl einzuladen.«

»Warum sollte ich das tun?«, sagte Pantalone.

»Weil du, mein Lieber, ein nobler Herr bist und dir dein Fest nicht von solchen Kleinigkeiten verderben lässt. Außerdem ist Brighella dann eben kein Fremder mehr, sondern einer von uns.«

»Dann sei es so, wie Columbina es will. Lasst das Fest beginnen.«

Brighella wurde von seinen Fesseln befreit. Der Harlekin lief über den Platz und neckte die Zuschauer, und als er bei der Signora ankam, verbeugte er sich so tief, dass die Zipfel seiner

Mütze den Boden berührten. Er streckte ihr die Hand hin und zog sie mit in den Tanz.

## II

Als sich die Versammlung aufzulösen begann, wandte sich Loukas Karrer Richtung Solomos-Platz und strebte auf das Rathaus zu. Er spürte den Inselkommandanten in seinem Rücken, wusste, dass er ihn einholen und hier auf offener Straße zur Rede stellen würde. Doch Karrer wollte diese Konfrontation, wenn er sie schon nicht vermeiden konnte, wenigstens in sein Büro verlegen. Deshalb beschleunigte er seinen Schritt und nutzte die Gruppen, die sich ebenfalls vom Markusplatz entfernten, als Deckung.

Gleichzeitig hatten sich auch die anderen Zuschauer zerstreut. Anastasios Tetradis und Avraam Matzas gingen nebeneinander in Richtung des ehemaligen Ghettos, und ihre Frauen folgten im Abstand von gut drei Metern. Ein dritter und vierter Mann gesellten sich zu der Gruppe und bald waren es zehn Leute, dann zwanzig, die durch die Gasse spazierten, die Synagoge links liegen ließen und unter Gesprächen und Gelächter das Ende der Straße erreichten.

Die Soldaten beobachteten den Zug mit Besorgnis, und einer winkte einem Jungen, der sich anschickte, der Gruppe zu folgen. Es war Raphael, und nur zögernd, die Hände in den Hosentaschen, kam er zu dem Soldaten und stand mit gesenktem Kopf da.

»Was wird das, wenn es fertig ist?«, fragte der Soldat und zeigte auf die Gruppe, die sich durch die Gasse entfernte.

Raphael zuckte mit den Schultern.

»Stell dich nicht so an. Du weißt ganz genau, was die vorhaben.«

»Es ist Purim. Also Karneval«, sagte Raphael. »Außerdem ist Sabbat. Was werden die schon machen? Feiern, natürlich.«

»Schau, dass du weiterkommst«, sagte der Soldat und Raphael rannte davon.

Eigentlich hatte er auf Esther gewartet, aber die würde wohl auch so zu dem Fest kommen. Er musste nicht hier herumstehen und riskieren, dass ihn einer der Soldaten als Saboteur erkannte. Als er das Ende der Gasse erreichte, hatten sich Anastasios und seine Freunde schon auf den Bänken niedergelassen, die dort im Freien standen. Aus den offenen Haustüren kam der Duft nach gebratenem Fleisch und geschmorten Tomaten, nach Zimt und Basilikum. Raphael ließ seinen Blick schweifen, er suchte das weiße Kleid und das hochaufgetürmte Haar Columbinas. Doch jetzt trat Esther aus dem Haus der Familie Messina und trug nur ihre löchrigen Hosen und ein Hemd, das ihr viel zu weit war.

Sie kam auf ihn zu und nahm neben ihm Platz, bemerkte seinen fragenden Blick. »Was glaubst du, was los ist, wenn ich das Kleid schmutzig mache?«, fragte sie. »Es ist eines der besten Stücke, die Herr Messina hat. Darin wird die Tochter von … was weiß ich was für eine Tochter, aber ich auf keinen Fall, zur Hochzeit gehen.«

»Aber es steht dir ausgezeichnet«, sagte Raphael.

»Das Kleid kannst du auch einem Truthahn anziehen, und er sieht darin umwerfend aus.«

»Den Truthahn gibt es hoffentlich bald auf dem Tisch und nicht im Kleid«, sagte Raphael.

Kinder trugen Schüsseln mit Essen über die Gasse, und Vasiliki Stravolemou und Malvina Messina folgten ihnen.

»Das möchte ich einmal in Athen sehen oder in Thessaloniki«, sagte Anastasios so laut, dass es alle hören konnten. »Die Schwester des Bischofs kocht für die Juden, weil die am Sabbat den Ofen nicht einheizen dürfen.«

»Und wir alle haben dann etwas zu essen«, sagte Avraam und lachte. »Das gibt es eben nur bei uns.« Anastasios schenkte seinem Freund Wein nach. »Weil du am Sabbat ja nichts arbeiten sollst«, sagte er.

»Aber Wein einschenken darf ich schon, nur Feuer machen, das ist verboten«, sagte Avraam und wurde von einem kleinen Mädchen abgelenkt, das eine Schüssel mit dampfenden Bohnen vor sich her trug. Avraam nahm ihr die Schüssel ab und begann, das Essen auszuteilen. »Es ist einfach ein schöner Brauch, nicht wahr?«, sagte er. »Wenn wir alle zusammen feiern.«

Elias Messina kam an den Tisch, legte die eine Hand auf Avraams Schulter, die andere auf Anastasios, versicherte sich, dass genug Wein und Wasser bereitstanden, und kündigte das Hauptgericht an. Es gab tatsächlich Truthahn, und im Hinterhof hatte Dionysios Stravolemos, Vasilikis Ehemann, den Grill ausgeputzt, mit frischer Holzkohle gefüllt, und nun drehte sich ein Schaf über der Glut.

»Davon solltet ihr unbedingt ein Stück probieren«, sagte Elias und klopfte den beiden Freunden auf die Schultern. »Nachher gibt es Pasteli. Nicht sehr viele, aber ein paar haben wir noch auftreiben können.«

Keiner von ihnen beachtete die Abordnung von Soldaten, die, angeführt von Maggiore Lazzari, durch die Gasse kam.

# III

Der Sekretär brachte den Kaffee, verneigte sich kurz und ging wieder. Loukas Karrer konnte diese Geste der Unterwürfigkeit nicht ausstehen, aber er kommentierte das Verhalten schon lange nicht mehr. Er sah auf die Uhr an der Wand neben seinem Schreibtisch. Es war eine halbe Stunde nach zwei.

Er wunderte sich, wo Inselkommandant Gianni so lange blieb. Im Grunde hatte er damit gerechnet, dass er ihn spätestens am Eingang des Rathauses abfing und ihm eine Standpauke hielt. Aber Gianni hatte es sich anders überlegt, war weit zurückgeblieben und hatte das Rathaus erst zehn Minuten nach Karrer betreten. Seitdem hatte er von Gianni nichts gehört und nichts gesehen und das beunruhigte ihn weit mehr als das Geschrei und die Drohungen, die er erwartet hatte. Schon drängte es ihn, aufzustehen und hinunterzugehen ins Büro des Inselkommandanten, als sich die Tür einen Spalt öffnete und Demetrios den Kopf hereinsteckte.

»Was machst du denn hier? Solltest du nicht beim Fest sein?«

»War ich auch«, sagte Demetrios. »Aber ich habe gedacht, der Bürgermeister sollte vielleicht wissen, dass sie den Herrn Stravolemos verhaftet haben und noch ein paar andere.«

»Warum denn das?«, fragte Karrer. Aber Demetrios kam nicht mehr dazu zu antworten, von draußen ertönte Giannis Stimme. »Diese verdammten Schauspieler«, schrie der Inselkommandant so laut, dass man es im ganzen Rathaus hören konnte. »Ich lasse mich nicht von diesen dahergelaufenen Kesselflickern und Bauern verhöhnen.«

Schon riss er die Tür zum Büro des Bürgermeisters auf und schob Demetrios beiseite.

»Sie können sagen, was Sie wollen«, schrie er weiter. »Aber dieses Theaterstück war ein direkter Angriff auf mich.«

»Beruhigen Sie sich doch«, sagte Karrer und stand auf. Er trat hinter seinem Schreibtisch hervor und fasste Gianni am Arm. Doch dieser wehrte Karrer ab und stampfte mit den Füßen auf.

»Ich werde sie alle standrechtlich erschießen lassen. Und ich beginne mit diesem Stravolemos. Sofort, auf der Stelle jage ich ihm eine Kugel durch den Kopf. Der steckt doch hinter dieser beleidigenden Farce.«

Karrer rückte einen Stuhl zurecht und bot dem Kommandanten Platz an.

»Es war sicher nicht böse gemeint«, sagte Karrer und schenkte Gianni ein Glas Wasser ein. Mit einem schnellen Blick versicherte er sich, ob der Junge noch im Raum war. Aber Demetrios hatte schon das Weite gesucht. Vermutlich war er auf dem Weg zum Bischof, um ihm von der Katastrophe zu berichten, die gerade über sie alle hereinbrach.

»Diese Orden auf der Brust. Die Haarsträhne.« Gianni fuchtelte herum und verschüttete das Wasser. »Das war ein bösartiger Anschlag auf die Würde des Militärs. Auf meine Würde.« Er stand auf und hob das nun leere Glas wie eine Fackel in die Höhe.

»Ich würde das nicht so streng sehen«, sagte Karrer und nahm Gianni das Glas ab. »Im Karneval ist es üblich, sich ein bisschen über die Mächtigen lustig zu machen. Vor ein paar Jahren haben sie den Bischof zur Zielscheibe gemacht, und letztes Jahr war Graf Roma an der Reihe. Es kommt jeder einmal dran. Auch ich. Nehmen Sie es gelassen.«

»Aber das untergräbt die Autorität der Regierung«, schrie Gianni.

»Nur wenn sich die Autorität untergraben lässt«, sagte Karrer.

»Ja genau! Deshalb wird es Konsequenzen geben.« Gianni stützte sich am Schreibtisch ab. »Wir müssen zusammenarbeiten. Sie und ich und auch der Bischof natürlich. Verstehen Sie? Wir müssen gemeinsam auf die Menschen einwirken.«

»Aber wenn Sie Dionysios Stravolemos einsperren oder gar hinrichten lassen, wird das das Vertrauen der Bevölkerung nicht gerade stärken. Ganz zu schweigen vom Wohlwollen des Bischofs, das Sie sich doch unbedingt sichern sollten«, sagte Karrer.

»Wenn wir erst einmal einen hinrichten, sehen die Leute, dass wir es ernst meinen.«

»Das kann ja sein, aber müssen sie sich dazu ausgerechnet den Schwager des Bischofs aussuchen?«

Gianni erstarrte. Langsam drehte er sich zu Karrer um. »Was sagen Sie?«

»Dionysios Stravolemos, der Lehrer, den Sie verhaftet haben, ist der Ehemann der Schwester des Bischofs«, erklärte Karrer. »Wenn Sie also unbedingt ein Exempel statuieren wollen …«

Karrer kam nicht mehr dazu, den Satz zu beenden. Gianni hatte das Büro schon verlassen.

# Kapitel 7

## I

Niemand außer seiner Frau Lilly wusste, wohin Loukas Karrer die langen Spaziergänge am Nachmittag führten. Man sah den Bürgermeister oft mit dem Jackett über der Schulter das Ufer entlangschlendern. Manchmal tauchte er in einem Olivenhain auf, und ganz selten hielt er irgendwo weit im Inneren der Insel ein Militärfahrzeug auf und ließ sich zurück ins Rathaus bringen.

Oft hatten diese Spaziergänge kein Ziel. Sie dienten nur dazu, sich zu bewegen und nachzudenken. Aber gelegentlich, ja mittlerweile eigentlich regelmäßig, nahm er am Ende des Hafens eine Abzweigung und verschwand zwischen den Häusern. Wenn er den alten englischen Friedhof erreichte, schlug er sich in die Büsche und folgte einem Pfad hinauf in die Hügel. Dort, mit Blick auf das Meer, stand eine Hütte. Weiß getüncht, umschlossen die Mauern nur zwei Zimmer, und man konnte von der Eingangstür durch das Haus bis in den Garten dahinter sehen. Dort setzte sich Karrer auf die Bank, kniff die Augen gegen die Frühlingssonne zu und lauschte dem Wind.

Es dauerte meist nicht lange, bis über ebenso verschlungene Wege eine Gestalt auftauchte. Manchmal ins Schwarz der einfachen Priester gekleidet, aber viel öfter noch in den zerschlissenen Gewändern eines Bauern, setzte sich Bischof Chrysostomos neben Bürgermeister Karrer, und sie schwiegen gemeinsam.

Sie tranken Kräutertee und versuchten, mit dem Radiogerät den Sender der BBC zu empfangen. Durch das Rauschen und Krachen drangen Teile von Meldungen zu ihnen. Sie mussten die Zusammenhänge erraten und brüteten stundenlang über einer Nachricht, die ausgefranst und zerhackt übers Meer auf ihre Insel drang.

Das letzte Jahr hatte keine Hoffnung gebracht. Der Krieg überrollte die Welt. Im Sommer 1942 hatten Hitlers Truppen Sewastopol und Teile der Halbinsel Krim erobert. Die Wehrmacht stieß weiter vor, um auch das Gebiet um Grosny und somit die Erdölvorkommen im Kaukasus unter die Kontrolle des Deutschen Reiches zu bringen. Im Süden konnten Generalfeldmarschall Rommel und seine Panzerarmee die Alliierten bis El-Alamein, kaum hundert Kilometer vor Alexandria, zurückdrängen, und es sah so aus, als würde der Vormarsch erst am Suezkanal enden. Im Westen war Frankreich besetzt, und nur England bot noch Widerstand.

Jetzt im Frühjahr 1943 schien sich das Blatt zu wenden. Weit im Osten, in Stalingrad, verloren die Deutschen. Die sechste Armee war zerstört, ihr Befehlshaber General Paulus in sowjetischer Kriegsgefangenschaft. Die italienischen Besatzer wurden nervös, und die Andartes in den Bergen witterten schon den Sieg gegen den Faschismus.

Eines Abends saßen Chrysostomos und Karrer wieder vor der Hütte und schauten auf das Meer hinaus. Karrer erzählte, dass in den Bergdörfern auch die letzten gehorteten Vorräte zur Neige gingen.

»Was sagt Gianni dazu?«, fragte Chrysostomos.

»Nicht viel.« Karrer zuckte mit den Schultern. »Er verspricht eine Essenslieferung. Aber wenn ich ihn dann wieder darauf anspreche, meint er, es sei zu gefährlich wegen der Andartes.«

»Das ist seine Ausrede, ich weiß«, sagte Chrysostomos. »In Wirklichkeit können sich die Italiener einfach nicht gegen die Deutschen durchsetzen, und die stehlen und raffen alles zusammen und schicken es an die Front.«

Wie aus dem Nichts fiel ein Körper aus dem Gebüsch. Karrer sprang auf. Chrysostomos bewegte sich nicht. Auf ihren Gesichtern war der Schrecken deutlich zu lesen.

Die Gestalt am Boden stöhnte und drehte sich auf den Rücken. Es war der Dichter Giorgos Kotzioulas, der dreckverschmiert und aus einer Kopfwunde blutend vor ihnen lag. Chrysostomos und Karrer beugten sich über den Verletzten, halfen ihm auf und geleiteten ihn zur Bank an der Hauswand. Unter Stöhnen und mit schmerzverzerrtem Gesicht berichtete Kotzioulas, dass er einem Trupp Italiener entkommen war, die in Tragaki die Häuser nach Essen durchsucht hatten. Dort hatte er sich versteckt gehalten. Besser gesagt hatte er bei einem Bauern Unterschlupf gefunden und sich gar nicht versteckt, weil er darauf vertraute, dass die Soldaten sein Gesicht nicht kannten.

»Aber die wussten ganz genau, wer ich bin«, sagte Kotzioulas und ließ sich vom Bischof das Blut aus dem Gesicht wischen. »Sie zogen sofort ihre Pistolen, und dann lief ich, ohne nach hinten zu schauen, durch Hecken und Dornen … Ich hoffe, den Leuten in Tragaki ist nichts Schlimmes passiert.«

»Sie müssen zu einem Arzt«, sagte Karrer.

»Aber nein«, wehrte Kotzioulas ab. »Mir geht es gut. Ich muss wieder zurück in die Berge. Der große Angriff der Andartes steht bevor, und dabei werde ich gebraucht. Jetzt, da die Deutschen im Osten verlieren, müssen wir uns formieren und bereit sein.«

Er stemmte sich hoch, schaffte es aber nicht aufzustehen und sank wieder auf die Bank zurück.

»Sie müssen sich ausruhen«, sagte Karrer.

Bischof Chrysostomos kam mit einem Laib Brot und einer Flasche Wein aus dem Inneren des Hauses. »Mehr habe ich nicht hier. Sie müssen etwas essen, bevor Sie wieder gehen, und nehmen Sie eines meiner Hemden. Ihres besteht ja nur mehr aus Löchern.«

»In Kallithea werden wir uns sammeln«, sagte Kotzioulas und biss ein großes Stück vom Brot ab. »Es ist alles schon vorbereitet«, sagte er mit vollem Mund und trank gierig vom Wein.

»Aber so ein Aufstand wird nur noch mehr Leid über die Menschen bringen«, sagte Chrysostomos. »Ihr müsst noch warten. Im Augenblick konfiszieren die Italiener nur Lebensmittel. Aber ein Angriff der Andartes wird das vielleicht ändern. Dann wird es Tote geben.«

»Wir werden nicht warten, bis die Deutschen kommen und uns abschlachten«, sagte Kotzioulas. »Man hört es schon vom Peloponnes, aus dem Norden und aus Athen. Die Deutschen brennen ganze Dörfer nieder, nur weil jemand einen ihrer Transporte überfällt und sich zurückholt, was sie gestohlen haben.«

»Genau das ist es«, sagte Karrer. »Sie liefern das Argument selbst. Wir provozieren die Italiener nicht, dann gibt es auch keine Repressalien.«

»Aber wir müssen doch etwas unternehmen!«

## II

Auf Zakynthos ließ der große Schlag der Andartes auf sich warten. Außer ein paar Scharmützeln mit den Italienern gab es nur einen nennenswerten Zwischenfall. In Kampi, auf der Westseite der Insel, überfiel eine Gruppe Andartes einen Militärposten. Dort, knapp vor dem steilen Abhang, der zum Meer hinunterführte, hatten die Italiener eine Aussichtsplattform errichtet. Eher notdürftig mit ein paar Sandsäcken geschützt, stand hier eine Fliegerabwehrkanone und daneben eine aus Blech zusammengezimmerte Hütte.

Der Überfall dauerte höchstens fünf Minuten. Die Andartes entwaffneten die italienischen Soldaten, konfiszierten den Vorrat an Brot und Konservendosen und verschwanden wieder. Die Geschichte verbreitete sich schnell auf der Insel. Italienische Patrouillen wurden von Kindern mit Steinen beworfen, und wenn sie in ein Dorf kamen, lachten die alten Frauen sie aus. Das waren keine Soldaten, diese Italiener, sondern kleine Jungs, die sich nicht einmal gegen ein paar dahergelaufene Ziegenhirten wehren konnten.

Viel mehr waren die meisten Andartes nicht. Hirten und Bauern aus den Bergen, die ihre Schrotflinten geschultert hatten. Die wenigsten hatten richtige Schuhe. Oft waren es nur Fellteile, die sie sich mit Lederriemen um die Füße banden, und manche ihrer Gewehre waren so rostig und verbogen, dass sie höchstens als Prügel zu gebrauchen waren.

Jetzt aber hatten fünf Andartes gutes Schuhwerk und Pistolen. Sie verfügten über Munition, und auch ein paar Handgranaten hatten bei dem Überfall den Besitzer gewechselt. Mit den neuen Waffen überfielen die Andartes schon eine Woche später einen Militärtransport, der Steine vom Vrachionas nach Alykes zu den Salinen bringen sollte, um dort die Uferbefestigung zu verstärken. Wieder nahmen die Andartes den Soldaten die Waffen ab und ließen sie ohne Schuhe zurück.

Bürgermeister Karrer hörte die Berichte von den zurückkehrenden Soldaten, und er hörte immer häufiger das Gebrüll des Inselkommandanten, der seine Untergebenen Feiglinge schimpfte und sie anwies, sich endlich zur Wehr zu setzen, sich nicht länger zum Gespött der Zivilbevölkerung zu machen.

Giannis Wut steigerte sich mit jedem Übergriff der Andartes, und da er den Kämpfern in den Bergen nicht beikam, suchte er nach ihren Verbindungsleuten, ihren Unterstützern in der Stadt. Er wusste, dass es vor allem unter den Adeligen einige gab, die sich mit der konservativen Befreiungsarmee EDES solidarisierten und die Widerstandsgruppen in den Bergen mit Lebensmitteln versorgten.

Eines Morgens ließ Gianni mehr als ein Dutzend Rechtsanwälte verhaften. Als Bürgermeister Karrer davon erfuhr, suchte er den Inselkommandanten in seinem Büro auf. Schon vor der Tür hörte er, dass Bischof Chrysostomos ihm zuvorgekommen war.

»Ich sollte es so machen wie die Deutschen und einfach ein paar Leute erschießen, egal, ob sie schuldig sind oder nicht«, brüllte Gianni.

Karrer trat ein, ohne anzuklopfen. Solche Förmlichkeiten waren angesichts der gespannten Lage wohl nicht nötig.

»Sie kommen mir gerade recht.« Gianni zeigte auf Karrer. »Geben Sie es zu. Sie beide stecken mit den Aufständischen unter einer Decke. Kennen Sie den Sühnebefehl der Wehrmacht? Nein? Der sagt: Für jeden erschossenen Deutschen sind fünfzig Zivilisten zu erschießen. Fünfzig, haben Sie mich verstanden?«

»Noch ist niemand ums Leben gekommen«, sagte Karrer.

»Als ob die Deutschen das kümmert. Die erschießen schon fünfzig Leute, wenn jemand einen Laib Brot stiehlt.«

»Sie wissen so gut wie ich, dass das völlig sinnlos ist«, sagte Chrysostomos. »Mit Gewalt werden Sie nichts erreichen.«

»Meine Geduld ist erschöpft«, sagte Gianni und hieb mit der Faust auf den Tisch. »Sie stecken mit diesen Verbrechern unter einer Decke, und ich weiß, Sie können diese Überfälle, die Sabotage beenden. Sie wollen nur nicht.«

»Sie überschätzen unseren Einfluss«, sagte Chrysostomos. »Aber wenn Sie ihre Versprechungen wahr machen und den Menschen endlich Brot geben, dann wird sich vielleicht etwas ändern.«

## III

Wenige Tage später fuhr Maggiore Stefano Lazzari mit seinem Geländewagen bei der Klause des Bischofs vor und lud mehrere Kisten mit Lebensmitteln und einen Kanister Olivenöl ab. Wie bei einem Geschenkkorb steckte ein Brief zwischen einem Sack Mehl und einer Salami.

»Vergiftet wird es schon nicht sein«, sagte Chrysostomos, als er den Brief nahm und öffnete. »Aber es versteckt sich sicher eine Hinterlist in dem Geschenk.« Er klappte den Brief auf und runzelte die Stirn. »Diese kleine Aufmerksamkeit lasse ich Euer Hochwürden gern zukommen«, las er mit halblauter Stimme. »Sie ist ein Zeichen meiner Wertschätzung und soll ein Dankeschön für unsere gute Zusammenarbeit sein.« Chrysostomos schmunzelte. »Außerdem ersuche ich Euch, alles Mögliche zu unternehmen, um ein friedliches Zusammenleben auf der Insel zu fördern. Es wäre gut, wenn Ihr in einer Eurer nächsten Predigten die aufständischen Räuberbanden verurteilt und dazu aufruft, mit der legitimen Staatsmacht zusammenzuarbeiten.« Chrysostomos ließ den Brief sinken.

»Wir bringen das alles wieder zurück«, sagte er zu Karrer, der auf der Bank saß und auf das Meer hinausschaute, und an Demetrios gewandt meinte er: »Los, lauf und hol den Esel. Pater Giorgos soll mitkommen und beim Packen helfen.«

So geschah es dann auch. Pater Giorgos schnallte dem Esel die Kisten auf den Rücken, und den Kanister mit dem Olivenöl trug er selbst.

Es sprach sich schnell herum, dass Chrysostomos die Bestechung des Inselkommandanten zurückgewiesen hatte. Die Männer in den Kafenions grinsten, als sie sich ausmalten, was für ein Gesicht Gianni wohl gemacht hatte, als ihm Pater Giorgos die Kisten mit dem Essen auf den Schreibtisch stellte.

## IV

Die Kirche Agios Nikolaos an der Mole gegenüber dem Rathaus quoll vor Menschen über. Bis zum Denkmal des Dichters Dionysios Solomos standen die Leute und beteten. Ihre Stimmen erfüllten den Solomos-Platz und erreichten das offen stehende Fenster im ersten Stock des Rathauses. Dort standen Loukas Karrer und seine Frau und neben ihnen Inselkommandant Gianni. Sie beobachteten das Geschehen am Platz. Aber während Gianni große Hoffnungen in diese Aktion setzte, sah Karrer dem Kommenden mit Sorge entgegen.

»Ich hoffe, Chrysostomos übertreibt es nicht«, sagte Lilly Karrer.

»Es ist nur ein kirchlicher Feiertag. Der Tag der Verkündigung des Herrn«, sagte Gianni. »Und ich habe ihn gewarnt. Sehen Sie, da sind sogar meine Soldaten unter den Gläubigen.«

»Der 25. März ist aber auch der griechische Nationalfeiertag«, sagte Karrer. »Es wundert mich, dass ich Sie darauf aufmerksam machen muss.«

»Das haben Sie doch wohl bedacht?«, fragte Lilly Karrer. »Oder etwa nicht?«

Das Tor der Kirche öffnete sich, und an der Spitze der Prozession erschienen zwei Priester, die Weihrauchgefäße schwenkten. Dahinter ein weiterer Priester im golddurchwirkten Phelonion, der die Ikone mit der Darstellung der Verkündigung trug. Die Menschen fielen auf die Knie und streckten die Hände aus, als er an ihnen vorbeiging.

Bischof Chrysostomos folgte mit einem riesigen hölzernen Kreuz, das er mit beiden Armen hochstemmte. Er mühte sich ab, und obwohl er sehr langsam ging, musste er immer wieder anhalten, das Kreuz auf den Boden stellen und verschnaufen.

Das Kerzenlicht umgab ihn zunächst noch wie ein Heiligenschein, aber dann trat er hinaus in den trüben Tag. Er setzte mühselig einen Fuß vor den anderen, wirkte gebeugt und schwach. Dann, als er etwa die Mitte des Platzes erreicht hatte, richtete er sich auf, straffte sich, und die Priester in seinem Gefolge sangen das Kyrie eleison.

Mit diesen Worten der Lobpreisung schien die Gestalt des Bischofs zu wachsen, und er stimmte in den Gesang ein. Danach breitete sich Stille über den Platz. Da und dort war ein

Husten zu hören, das Rascheln von Kleidern, und alle sahen zu Chrysostomos, der das Kreuz nun einem Priester übergeben hatte.

»An jenem Tag stieg der Erzengel Gabriel aus den Himmeln und kam zu Maria, der Dienerin des Herrn. Er sprach zu ihr sanft wie der Frühlingswind: Erhebe dein Herz und juble, denn du bist die Begnadete, die vom Herrn Erwählte. Du bist gesegnet unter den Frauen. Fürchte dich nicht Maria, Dienerin des Herrn. Du wirst ein Kind empfangen, und du wirst es Jesus nennen. Dein Sohn wird groß sein unter den Menschen, und man wird ihn Sohn Gottes nennen. Er wird kommen als der Retter der Menschen, als der Messias, der die Sünde Adams auslöschen wird.«

Chrysostomos kniete vor der Ikone nieder und küsste sie. Dann bekreuzigte er sich und stand wieder auf.

»Ich sage euch: Wie einst der Engel zu Maria kam, so hat Gott auch immer wieder Boten zu uns, den einfachen Menschen, geschickt. Aber wir sind voller Sünde und nicht würdig, dass ein Engel zu uns spricht. Wie der Hauptmann von Kafarnaum können wir nur bescheiden murmeln: Herr, ich bin nicht wert, dass du unter mein Dach kommst, sondern sprich nur ein Wort, so werden unsere Seelen gesund.

So sprechen auch wir, und Gott hat uns eine Botschaft geschickt. Wie schon an einem anderen 25. März ist es auch jetzt wieder an der Zeit, für Freiheit und Vaterland zu kämpfen. Erzbischof Germanos segnete an diesem Tag im Jahr 1821 die griechische Fahne und hisste sie im Kloster Agia Lavra. Das soll uns Mahnung und Ermutigung sein. Denn auch damals gegen die Türken schien der Kampf aussichtslos, und dennoch sammelten sich die Griechen und kämpften für die Freiheit. Eint euch, steht zusammen und kämpft. Auch diesmal werden die Tyrannen verlieren. Habt Mut und seid klug. Langsam nur dämmert der neue Tag, und noch niemand weiß es, aber der Schatten der Tyrannei hat sich über das Land gelegt. Doch schon rühren sich die Geister der Toten. Sie stehen auf aus den Gräbern vergangener Zeit. Sie rüsten sich zum Kampf und rufen uns. Ihr Schlachtruf hallt weit. Freiheit, wir grüßen dich!«

Inselkommandant Gianni schnaufte vernehmlich und sah Bürgermeister Karrer vorwurfsvoll an.

»Was haben Sie erwartet?«, sagte Karrer und zuckte mit den Schultern.

»Ich habe ihn ausdrücklich gebeten …« Gianni machte eine abwehrende Handbewegung. »Ach, ich ärgere mich doch nicht über so eine Provokation.«

Die Soldaten am Rand des Platzes deuteten die Handbewegung als Zeichen, und Maggiore Stefano Lazzari trat vor und nahm das Mikrofon der auf dem Lastwagen montierten Lautsprecheranlage in die Hand.

»Meine Damen und Herren …« Seine Stimme wurde durch das Pfeifen der Rückkoppelung übertönt. »Meine Damen und Herren! Die Ausgabe der Lebensmittel beginnt in zehn Minuten. Stellen Sie sich bitte hintereinander auf und leisten sie den Anweisungen des Militärs Folge.« Die Durchsage wurde auf Griechisch wiederholt, und in der Zwischenzeit klappten die Soldaten die Bordwand der Ladefläche auf. Dann setzte Musik ein. Ein Marsch übertönte die Gesänge der Mönche. Aber Chrysostomos ließ sich nicht beirren, er betete weiter, nahm das Kreuz und ging gemessenen Schrittes wieder zurück in die Kirche.

Die Leute wussten nicht, wohin sie sich wenden sollten. Die Soldaten warteten vielleicht nicht, bis die Messe vorbei war, und der eine oder andere machte sich schon auf den Weg zum

Lastwagen. Manche zögerten. Einige folgten zuerst Chrysostomos, drehten dann aber um und gesellten sich zu jenen, die mit Säcken ausgestattet auf die Essensausgabe warteten. Als auch Demetrios auf den Lastwagen zustrebte, verlor die Prozession ihre letzten Teilnehmer.

Chrysostomos brach den Gottesdienst ab. Er lehnte das Vortragekreuz an die Wand der Kirche und verschränkte die Arme vor der Brust.

Vom Balkon des Rathauses sah es für Bürgermeister Karrer so aus, als sammle sich ein Schwarm Krähen am Rand des Platzes. Mitten in der Menge sah Karrer Demetrios, wie er zwei Säcke hinter sich herzog. Der Junge schien wild entschlossen. Er mochte vielleicht nicht sehr groß sein und besonders stark war er auch nicht, doch das machte er mit Hartnäckigkeit wett. Wenn er an einer Stelle nicht weiterkam, drängte er nicht nach vor, sondern zog sich etwas zurück und versuchte es andernorts noch einmal. Auf diese Weise schob er sich schneller als alle anderen bis zu den Lastwagen vor und hielt dem Soldaten seine Säcke hin. Der stopfte Mehl und Reis und getrocknete Bohnen hinein, stellte einen kleinen Kanister mit Olivenöl daneben und wandte sich dem Nächsten zu.

Karrers Blick wanderte über die Köpfe der Menge hinweg. Auf dem Platz drängten sich Familien aus der Stadt und aus den Dörfern weitum. Der Mann in der Priesterkutte, der gerade einen Schritt nach vor machte, war der Pope von Volimes, einem Dorf ganz im Norden. Karrer hatte ihn schon oft in Begleitung des Bischofs gesehen. Aber der Mann an der Seite des Popen irritierte Karrer. Auch er trug eine schwarze Soutane, aber irgendetwas stimmte nicht. Die breiten Schultern, der Gang, die Bewegung seiner Hände. Karrer konzentrierte sich.

Jetzt drehte der Mann seinen Kopf, und für einen Moment konnte Karrer sein Profil sehen. Das war kein Priester. Dieses Gesicht gehörte dem Dichter Giorgos Kotzioulas. Unwillkürlich hob Karrer den Arm ein Stück, als wolle er den Dichter grüßen, besann sich aber rechtzeitig und kratzte sich stattdessen am Kinn.

Die Soldaten auf dem Lastwagen gaben jedem, der zu ihnen kam, eine Ration. Sie nahmen Säcke und Körbe entgegen und füllten sie mit Mehl und Bohnen. Ihnen war nicht anzumerken, ob sie ein besonderes Auge auf die Männer hatten, die hier anstanden und die Lebensmittel wegschleppten. Es waren vermutlich noch mehr getarnte Andartes unter ihnen. In den Bergdörfern war es schwer, an Essen zu kommen, und das wenige ließen die Kämpfer den Familien und ernährten sich lieber von Wildkräutern. Oft konnten sie die Kräuter nicht kochen und aßen sie roh, dann blähte ihnen das Grünzeug den Bauch auf, und sie wanden sich in Krämpfen. Wenn also die Italiener Reis und Mehl verschenkten, dazu noch Olivenöl, waren die Andartes sicher zur Stelle, um ihren Teil einzustreichen.

Aus den Augenwinkeln sah Karrer, wie Gianni ein Zeichen gab. Beinahe im gleichen Augenblick setzten sich Soldaten in Bewegung. Sie hatten neben dem Lastwagen gewartet, hatten starr geradeaus geblickt, aber nun waren sie mit wenigen Schritten bei einem Mann, der seinen Hut tief in die Stirn gezogen hatte, und nahmen ihm seinen Sack wieder ab. Sie packten ihn am Kragen und schleiften ihn an den Rand des Platzes.

Der Mann protestierte, er versuchte, die Soldaten abzuschütteln, boxte um sich. Ein Soldat packte seinen Arm und zwang ihn zu Boden. Der Aufruhr war in Sekunden vorbei.

Karrer beobachtete, wie die Menschen zurückwichen. Aber einige traten nicht nur ein paar Schritte zur Seite, sondern duckten sich und versuchten, in der Menge zu verschwinden. Das fiel auch den Soldaten auf. Sie verfolgten die Männer, und zwischen empörten Ausrufen und gebrüllten Befehlen gingen Frauen und Kinder zu Boden. Ein Korb fiel um, und ein Mehlsack riss auf, weißer Staub rieselte auf die Steinplatten. Eine Frau weinte. Kinder versuchten, die verstreuten Lebensmittel einzusammeln. Ein Soldat, auf der Jagd nach einem angeblichen Andartis, stolperte und landete mit seinem Stiefel im verschütteten Mehl.

In diesem Getümmel verlor Karrer den Popen von Volimes und seinen Begleiter aus den Augen. Hier waren zu viele Uniformen, zu viele Arme und Beine, und zwischen den Sonntagshemden der Bauern und den Kopftüchern der Frauen waren die Soutanen wie Schatten, die bald auftauchten und wieder vergingen.

## V

Es gab dreißig Verhaftungen. Loukas Karrer ging die Liste durch und seufzte. Der Name Konstantinos Kasoura stand ganz oben. Wie Adjutant Lazzari dem Bürgermeister mitgeteilt hatte, hielt Inselkommandant Gianni den Rechtsanwalt Kasoura für den heimlichen Anführer der Andartes. Er solle von seinem Büro aus Verbindung zur ELAS-Führung auf dem Festland unterhalten und geheime Waffenlieferungen organisiert haben. Das war nun schon das vierte Mal, dass Kasoura verhaftet worden war, und Karrer gingen langsam die Ausreden aus.

Doch es half alles nichts, er musste es versuchen und ins Gefängnis gehen, um mit dem Inselkommandanten zu verhandeln. Dort befand er sich laut Auskunft seines Adjutanten, und dort würde er auch bis zum Abtransport der Gefangenen aufs Festland bleiben. Es sei mit Überfällen durch die Aufständischen zu rechnen, und deshalb habe man das Gefängnis mit Maschinengewehren und Panzern gesichert.

Bürgermeister Karrer grüßte die Soldaten mit einem Kopfnicken, und sie machten ihm den Weg frei, als er vom Ufer zum Gefängnis abbog. Vor dem Tor standen zwei weitere Wachen mit Sturmgewehren und aufgepflanzten Bajonetten. Sie hielten Karrer auf und schickten einen Boten ins Innere des Gebäudes, um die Ankunft des Bürgermeisters beim Kommandanten anzukündigen. Während er wartete, bot Karrer den Wachen Zigaretten an und sah sich um. Er war nur milde erstaunt, als er Demetrios an der nächsten Straßenecke bemerkte. Der Junge saß auf dem Kotflügel eines Geländewagens und lachte.

Der Bote kehrte zurück und winkte dem Bürgermeister. Gemeinsam gingen sie die Treppe hinauf und dann links durch einen hohen Gang bis zu einem großen Raum, in dem ein Schreibtisch stand. Gianni saß dort und rauchte. Vor ihm saß auf einem wackeligen Stuhl der Bischof, der gestikulierend auf den Inselkommandanten einsprach.

»Dann sind wir ja alle versammelt«, sagte Gianni.

»Ich höre, Sie wollen die Gefangenen aufs Festland bringen«, sagte Karrer.

»Die Deutschen brauchen Zwangsarbeiter. Zwar haben sie mit den Griechen nicht die besten Erfahrungen gemacht, aber die Deutschen sind nicht sehr wählerisch.«

»Aber ich habe Ihnen doch gesagt ...«, setzte der Bischof an.

»Von Ihnen habe ich genug«, brüllte Gianni los. »Ich habe mir von Ihnen lange genug auf der Nase herumtanzen lassen!«

»Wir müssen doch nicht unfreundlich werden«, sagte Karrer.

»Unfreundlich? Dass ich nicht lache«, sagte Gianni. »Kommen Sie einmal mit, dann zeige ich Ihnen beiden, womit wir es hier zu tun haben. Selbst die kleinen Kinder haben keinen Respekt vor unseren Soldaten.«

Er stürmte aus dem Saal, und Karrer und Chrysostomos hatten Mühe, mit ihm Schritt zu halten. Die Treppe hinunter und weiter in den Keller, vorbei an Wachen, durch eiserne Türen, bis in den untersten Zellentrakt führte Gianni seine Besucher. In einer der Zellen saß ein Mädchen mit zerzaustem Haar und dreckigem Gesicht und funkelte Gianni wütend an.

»Da sehen Sie, wie weit es mit dieser Insel gekommen ist. Diese Göre hat eine Handgranate aus einem Militärfahrzeug gestohlen und wollte sie nicht mehr hergeben. Vier Männer mussten sie festhalten, um sie daran zu hindern, die Granate zu zünden. Außerdem ist es nicht das erste Mal, dass wir sie verhaftet haben.«

»Esther? Du schon wieder?«, fragte Karrer.

Das Mädchen nickte.

»Sie müssen sich irren«, sagte Karrer zu Gianni. »Das ist doch ein harmloses Mädchen. Ich kenne ihren Großvater Moishe recht gut. Er bewirtschaftet einen Olivenhain und ist ein aufrechter Bürger. Seine Enkelin würde sich doch nie etwas zuschulden kommen lassen.«

»Nein? Sie hat eine Handgranate gestohlen. Ist das nichts? Wolltest du die Granate den Aufständischen bringen?«, fragte Gianni das Mädchen.

»Den Andartes«, sagte Esther. »Damit sie für dic Freiheit kämpfen.«

»Da sehen Sie es«, sagte Gianni.

»Aber ich bitte Sie«, mischte sich Chrysostomos ein. »Sie weiß doch gar nicht, was sie redet. Lassen Sie mich nur machen. Ich werde mit ihrem Vater reden und mit dem Rabbi. So etwas wird sicher nicht mehr vorkommen.«

»Sie haben ganz recht«, sagte Gianni. »So etwas wird nicht mehr vorkommen. Weil ich ein Exempel statuieren werde. Diese Göre kann von mir aus gehen. Aber Konstantinos Kasoura wird hingerichtet. Und noch etwas.« Er zeigte auf eine leere Zelle.

»Sie werden doch niemanden erschießen«, sagte Chrysostomos.

»Unterbrechen Sie mich nicht«, brüllte Gianni. »Ich sage Ihnen, ein paar Tote, das wird Ihr geringstes Problem sein, wenn wir hier richtig durchgreifen, und das werden wir. Unsere deutschen Verbündeten machen es vor. In Thessaloniki etwa. Haben Sie schon gehört, was dort geschieht?«

Chrysostomos schüttelte den Kopf.

»Ich werde es Ihnen sagen. Die Deutschen machen kurzen Prozess. Sie räumen auf. Wer nicht spurt, wird beseitigt. Thessaloniki liefert Olivenöl, Weintrauben und Getreide. Alles wird planmäßig gesammelt und per Bahn in den Norden gebracht. Da gibt es keine Nahrungszuteilungen für die Bevölkerung. Den Deutschen ist es völlig egal, ob die Griechen verhungern. Nur das Überleben der eigenen Leute zählt. Sie haben sogar den jüdischen Friedhof geschleift. Mit den Grabsteinen bauen sie Straßen und Schwimmbecken. Sehr effizient, die Deutschen.«

»Sie werden doch nicht daran denken, hier solche Barbareien zu veranstalten?«, sagte Karrer. »Das wird die Bevölkerung keinesfalls dulden.«

»Oh, Sie würden sich wundern, was die Leute alles hinnehmen, wenn man ihnen nur glaubhaft droht, und genau das haben wir bis jetzt verabsäumt. Ich habe immer wieder nachgegeben, wenn es darum ging, Schmuggler festzusetzen und zu bestrafen. Sogar offenen Aufruhr habe ich geduldet, weil Sie beide sich für die Menschen hier eingesetzt haben. Aber damit ist jetzt Schluss.«

»Wie haben wir das zu verstehen?«, fragte Karrer. »Ich habe unsere Zusammenarbeit bis jetzt als sehr freundlich empfunden.«

»Ha, freundlich?« Gianni lachte. »Verweichlicht trifft es wohl eher. Sehen Sie diese leere Zelle?« Gianni wies mit der Hand ins Innere. »Ich habe mich mit General Ernesto Chiminello beraten, und wir sind einer Meinung. Die Unruhen auf Zante können nur durch schärfste Maßnahmen unterbunden werden. Deshalb verfüge ich hiermit die Verhaftung des Bischofs Chrysostomos von Zakynthos und seine umgehende Deportation in das Militärgefängnis in Athen.«

# Kapitel 8

## I

In den Sommerwochen des Jahres 1943 stand das kleine Haus des Bischofs meist verlassen, und die Hitze füllte den Raum zwischen den Wänden, legte sich in das ungemachte Bett und döste vor sich hin. Nur gelegentlich kam Bürgermeister Karrer auf seinen Nachmittagsspaziergängen vorbei, setzte sich auf die Bank und sah auf das Meer hinaus.

Die BBC-Nachrichten sprachen vom Vormarsch der Alliierten, und Karrer brauchte keine große Fantasie, um sich vorzustellen, dass Hitler und Mussolini bald in Schwierigkeiten geraten würden. Die Besatzung der Insel konnte also nicht mehr lange dauern, doch bis zur Befreiung war höchste Vorsicht geboten. Die Andartes in den Bergen hielten sich zwar nach der Verhaftung des Bischofs etwas zurück, aber ganz aufgehört hatten die Scharmützel nicht.

An diesem Abend hatte Karrer ein Treffen mit Graf Roma vereinbart. Also schlenderte er durch die Olivenhaine und Gärten Richtung Stadt und besah sich dabei die Bäume, prüfte die Festigkeit der Oliven und entdeckte eine besonders schöne Rose an einer halb verfallenen Hütte etwas außerhalb der Stadt. Am Rückweg wollte er ein oder zwei Zweige abschneiden und seiner Frau mitbringen. Graf Alexander Roma wartete schon in Karrers Büro, hatte sich Kaffee bringen lassen und saß rauchend auf der Couch beim offenen Fenster.

»Es ist ein Wunder, dass Gianni mich nicht verhaften ließ, als ich das Rathaus betrat«, sagte Roma und stand auf, um Karrer zu begrüßen. »Er glaubt immer noch, die Freimaurer stecken hinter dem Krieg gegen Italien und Deutschland, und mich hält er für den geheimen Anführer des Widerstandes. Schön, wenn es so wäre.«

»Das mit dem Widerstand stimmt ja wenigstens zum Teil«, sagte Karrer und nahm die Zigarette, die Roma ihm anbot.

»Wenn es nach mir ginge, wäre der Widerstand zurzeit auf Eis gelegt«, sagte Roma. »Aber sie nehmen von mir keine Befehle entgegen.« Er zuckte mit den Schultern. »Ich hoffe, der Krieg ist vorbei, bevor die Deutschen auf die Insel kommen.«

»Man kann nur hoffen, dass uns das erspart bleibt. Ich habe gehört, was sie in Thessaloniki mit den Juden machen. Sie treiben sie zusammen, pferchen sie in Viehwaggons und verschicken sie nach Polen. Wir wissen alle, dass kein Einziger von ihnen zurückkommen wird. Die Nazis werden nicht zögern, dasselbe auch unseren Juden anzutun.«

»Glaube mir, so weit wird es nicht kommen«, sagte Graf Roma. »Mussolini wird fallen. Das ist nur eine Frage von Tagen, vielleicht Wochen. Die Briten verstärken ihre Truppen. Sie sind schon auf Sizilien gelandet, wie ich höre, und bald, du wirst sehen, dann sind sie hier, und wir sind befreit.«

Von draußen drangen Schreie ins Büro. Am Platz vor dem Rathaus wurden Motoren gestartet. Eine Sirene heulte.

»Siehst du?«, sagte Graf Roma unbeeindruckt. »Das sind die Briten. Sie schicken ihre Jagdbomber.«

Die Tür wurde aufgerissen, und ein Soldat brüllte etwas von Alarm und Deckung, knallte die Tür wieder zu und lief davon.

»Sie sind Angsthasen, die Italiener«, sagte Roma.

»Oder vernünftig. Es ist keine gute Idee, bei Fliegeralarm im Rathaus zu bleiben«, meinte Karrer und folgte dem Soldaten.

## II

Die Überflüge britischer Flugzeuge häuften sich in den kommenden Wochen, und die Flakstellungen der Italiener waren rund um die Uhr besetzt. Loukas Karrer konnte eine davon von der Terrasse seines Hauses aus sehen. Gleich neben dem Flugfeld hatten die Soldaten eine Betonplatte gegossen und darauf das Geschütz befestigt.

Nächtens, wenn er in der Hitze wach lag, hörte er zuerst das Brummen der Jagdbomber und dann das Jaulen der Geschosse. Selten gab es Treffer, aber manchmal machten die Jagdflieger das Mündungsfeuer der Kanonen am Boden aus, drehten um und gingen zum Angriff über. In so einer Nacht klopfte es an die Fensterläden, und das hartnäckige und rhythmische Geräusch erschreckte Karrer mehr als das Wummern der Fliegerabwehrkanonen. Er schlug die Decke zurück und schlüpfte in seine Hose.

Draußen unter dem jetzt nutzlosen Sonnenschirm saß jemand. Es war nicht schwer zu erraten, wer es sich auf dem Stuhl gemütlich gemacht hatte. Der Dichter Giorgos Kotzioulas öffnete die Augen, und das Mondlicht reflektierte bläulich auf seinen Augäpfeln.

»Ich dachte, Sie seien tot«, sagte Karrer. »Kommen Sie herein. Nicht, dass Sie jemand sieht.«

»Wie der Prophet Elias in der jüdischen Legende tauche ich dort auf, wo gerade gute Nachricht oder Hilfe gebraucht wird«, sagte Kotzioulas und wusch sich das Gesicht in einer Emailleschüssel, trocknete sich ab und grinste.

»Wie kommen Sie jetzt auf den Propheten Elias?«

»Na, hier bei Ihnen hat mich der Rabbi so genannt. Mittlerweile habe ich gelernt, dass der Prophet Elias dem Messias vorausgeht. Er kündigt die Erlösung aus der Verbannung an.«

»Machen Sie keine Scherze«, sagte Karrer und schenkte Kotzioulas Wein ein. »Das ist keine Nacht für poetische Anwandlungen. Sagen Sie mir lieber, wie es in den Bergen steht.«

»Oh, gerade diese Nacht ist voller Poesie«, sagte Kotzioulas und lächelte. »Die italienischen Dichter sind der Meinung, dass der Krieg Ausdruck höchster Ästhetik ist. Schönheit gibt es nur noch im Kampf, schreibt Marinetti in seinem futuristischen Manifest.«

»Aber am Ende bleibt nur ein Leichenberg«, sagte Karrer.

»Manchmal jedoch …« Kotzioulas hob mahnend einen Zeigefinger. »Hören Sie zu. Ich bin extra den weiten Weg gekommen, um Ihnen diese Geschichte zu erzählen.«

Letzte Woche erst hatte Kotzioulas Soldaten beobachtet, die schwere Balken mit einem Lastwagen nach Norden brachten. Ihr Ziel war das Dorf Elies in der Nähe von Volimes. Kaum mehr als ein paar Häuser und eine halb verfallene Kirche.

Der Lastwagen hielt vor der Kirche, und die Soldaten luden die Balken ab. Kotzioulas, der diesen Vorgang von einer Hügelkuppe aus beobachtete, konnte sich keinen Reim darauf machen. Es war doch überaus seltsam, dass Soldaten Holz in ein abgelegenes Dorf lieferten, um die Kirche zu renovieren.

Die Soldaten räumten die Überreste des eingestürzten Kirchendaches beiseite, hievten die Balken auf die Bruchmauern und verankerten sie dort. Die ineinander verschraubten Bohlen dienten als Basis für eine Fliegerabwehrkanone. Die Stahlteile wurden auf die dicken Balken gestellt, mit Bolzen gesichert, und so entstand der erste Flakturm im Norden der Insel.

Die Andartes beratschlagten, wie sie mit der Besetzung der Kirche in Elies umgehen sollten. Man konnte die Soldaten überfallen, ihnen Waffen und Kleidung abnehmen und sie in Unterwäsche zur Truppe zurückschicken. Aber so verlockend die Aussicht auf halb nackte Italiener, die zitternd über die Wiesen liefen, auch war, man entschied sich abzuwarten.

»Und das war eine gute Entscheidung«, sagte Kotzioulas. »Der Prophet Elias, dem diese Kirche geweiht ist, kann nämlich selbst auf sich aufpassen.«

Am Horizont tauchten die Silhouetten mehrerer Flugzeuge auf. Britische Aufklärer, die im Zuge des Angriffs auf Sizilien den weiteren Umkreis der Militäroperation beobachteten. Sie kamen näher, und schon war das Geräusch der Motoren zu hören.

Die italienischen Soldaten lagen in Deckung und beobachteten die Flugzeuge, und sie selbst wurden wiederum von den Andartes beobachtet, die kaum fünfzig Meter entfernt hinter einer Trockenmauer lauerten.

»Sie krochen aus ihren Löchern und richteten die Kanone aus. Doch ihr Schütze war so schlecht, der hätte ein Flugzeug auch dann nicht getroffen, wenn es direkt vor ihm gestanden wäre. Er schoss jedes Mal vorbei. Als hätte er es mit Absicht gemacht. Was weiß man schon?« Kotzioulas zuckte mit den Schultern. »Seine Flakhelfer schoben jedenfalls eine Patrone nach der anderen in den Lauf, und immer wieder krachte es, und der Mündungsblitz erhellte den Abend. Das ging sicher zehn Minuten so, und kein einziger Schuss traf irgendetwas. Nur die Balken knirschten, und die Wände zitterten. Dann, mit einem Mal, gab es einen Höllenlärm, und die Kanone mitsamt den Soldaten versank in einer Wolke aus Staub. Die Wände der Kirche, durch die Erschütterungen endgültig zermürbt, gaben nach und begruben die Soldaten unter sich. Das war die Rache des Propheten Elias.«

## III

Der Sommer brachte den Niedergang Mussolinis. Wie Graf Roma es vorhergesehen hatte, wurde der italienische Diktator noch im Juli abgesetzt, und Maresciallo d'Italia Pietro Badoglio übernahm die Führung des Staates.

Niemand sprach es aus, aber alle ahnten, was diese Wendung zu bedeuten hatte. Bürgermeister Karrer wartete darauf, endlich von der Kapitulation Italiens zu hören. Es konnte sich nur um Tage handeln, bis die Besatzer auch offiziell eingestanden, dass sie den Krieg verloren hatten.

Die Soldaten machten sich allmählich bereit für die Heimreise. Die Patrouillen fielen aus, und Inselkommandant Gianni bestand nicht mehr auf der Einhaltung der Dienstpläne. Statt in den Dörfern auf die Jagd nach Andartes zu gehen, saßen die Soldaten nun am Solomos-Platz, schwatzten und pfiffen den Mädchen nach.

Es herrschte eine ausgelassene Stimmung, und Bürgermeister Karrer hatte den Eindruck, als würde nun die lange Zeit des Krieges und des Hungers enden und einem Fest weichen. Die Stadtkapelle spielte am Sonntag auf, und Colonnello Sforza kam mit einer Abteilung Soldaten, alle herausgeputzt und gestriegelt, so gut es eben ging, um zum Tanz zu laden. Unter den Musikern war Erkanas Tsezanas, ein jüdischer Junge, der auch oft für den Bischof spielte.

Es war nun fast zwei Jahre her, damals hatte Erkanas seine Bar Mitzwa gefeiert, damals am Anfang des ersten Hungerwinters. Es war eine traurige Feier gewesen. Nur eine Handvoll Rosinen konnte der junge Mann seinen Gästen anbieten, und die Flasche Wein, mit der man nach der Lesung in der Synagoge angestoßen hatte, war ein Geschenk des Bischofs gewesen. Jetzt aber lachte Erkanas und ließ sich von einem der Soldaten eine Zigarette schenken. Er hustete, als er den ersten Zug nahm, nickte aber und versuchte tapfer, wie ein geübter Raucher zu wirken.

In der Mitte des Platzes hatten sich einige Paare zusammengefunden. Esther tanzte mit einem italienischen Soldaten. Sie ließ sich von ihm um die Mitte nehmen, beugte sich im Tanz weit nach hinten, und ihr Haar wehte wie ein Schleier um ihren Kopf. Wenn es ein Zeichen für den kommenden Frieden gab, dann dieses Paar. Esther hätte dem jungen Mann vor einer Woche noch ein Messer zwischen die Rippen gerammt.

Am Ende des Tanzes verneigte sich der Soldat und zog sich zurück. Ein anderer trat vor und forderte Esther auf, und sie ließ es sich gefallen. Sie wehrte sich nicht gegen die Hand, die sie nun an der Schulter berührte und sie enger an den Körper des Mannes zog. Es schien ihr zu gefallen, und auch ihr Vater, der auf der anderen Seite des Platzes saß, hatte dagegen nichts einzuwenden. Lilly Karrer, die erst jetzt zu ihrem Mann stieß, sah aber sofort, was hier wirklich los war.

»Siehst du, wie er sie anstarrt?«, sagte sie zu ihrem Mann.

»Wer? Der Soldat?«

»Aber nein. Der dort drüben, ist das nicht Raphael Konstantini? Der Junge, der vor den Italienern in die Berge geflüchtet ist?«

»Ich glaube, das ist er«, sagte Loukas Karrer. »Er sollte überhaupt nicht hier sein. Wenn ihn jemand erkennt, dann ist es schnell vorbei mit der Feierlaune, fürchte ich. Die Italiener haben ihm das Wasser in den Tanks immer noch nicht verziehen.«

Raphael saß im Halbdunkeln auf einer Bank. Inselkommandant Gianni und sein Adjutant Lazzari tranken nur drei Tische weiter mit Graf Roma Wein. Mitten im nächsten Lied stand Raphael auf, stieß einen Stuhl zur Seite und rannte auf den Platz. Er rempelte ein Tanzpaar an und geriet darüber aus dem Gleichgewicht. Mit ausgestreckten Armen balancierte er und vermied einen Sturz, bekam die Rockschöße eines Tänzers zu fassen, hielt sich daran fest. So zog er sich in die Höhe und stand nun zwischen Tänzer und Tänzerin.

»Komm mit«, forderte er Esther auf und nahm ihre Hand. Sie sträubte sich und schüttelte ihn ab.

»Du hast hier nichts verloren unter diesen Männern. Sie wollen nur das eine von dir.«

»Belästigt dich dieser Kerl?«, fragte der Soldat, den Raphael beiseite gedrängt hatte.

Esther antwortete nicht gleich, sah die beiden nur an.

»Misch dich nicht ein«, sagte Raphael und drehte sich zu dem Soldaten um.

»Wenn sich hier jemand einmischt, bist es wohl du. Ich weiß genau, wer du bist.«

»Ah, weißt du das?«

»Ja, allerdings. Und noch haben wir nicht kapituliert. Ich könnte dich jetzt und hier verhaften.«

»Dann mach doch, wenn du dich traust.« Raphael hob die Fäuste.

Anstatt auf Raphaels Provokation einzugehen, hob der Soldat nur das Kinn und musterte ihn abschätzig, drehte sich weg und ging.

Als Raphael sich umsah, war er allein. Esther hatte den Platz schon längst verlassen.

## IV

Am nächsten Vormittag saßen Bürgermeister Karrer und Inselkommandant Gianni vor dem Radiogerät im Rathaus, tranken Kaffee und rauchten. Der Lautsprecher krachte, und die Stimme war hinter dem Rauschen kaum zu verstehen. Aber so viel war klar, Maresciallo Badoglio bestätigte gerade, was der Oberbefehlshaber der alliierten Streitkräfte Dwight D. Eisenhower vor etwa eineinhalb Stunden schon über Radio Algier vermeldet hatte: Die italienische Armee hatte kapituliert. Mit sofortiger Wirkung war das Königreich Italien kein Teil kriegerischer Auseinandersetzungen mehr. Die Truppen außerhalb Italiens, vor allem im Bereich der Küstengebiete des unabhängigen Staates Kroatien und in Griechenland, sollten unverzüglich nach Italien zurückkehren.

»Das habe ich befürchtet«, sagte Inselkommandant Gianni und ließ sich schwer in seinen Sessel sinken.

»Es ist vorbei«, sagte Bürgermeister Karrer. »Das ist doch gut.«

»Ah, Sie wissen ganz genau, was jetzt geschehen wird. Sie verschließen nur die Augen davor.«

Karrer schwieg.

»Wir haben schon vor einer Woche eine Meldung abgefangen«, fuhr Gianni fort. »Die Wehrmacht hat einerseits ihre

Truppen auf der Peloponnes verstärkt und andererseits neue Truppen aus Deutschland angefordert. Die befinden sich schon auf dem Weg hierher. Direkt zu uns.«

»Und da haben Sie nicht reagiert?«

»Was hätte ich machen sollen? Ich habe meine Befehle.«

»Wie lauten die?«

»Wir werden die Deutschen hier erwarten. Auf Kefalonia sind sie schon im August gelandet. Eintausendachthundert Mann soll die Truppe stark sein. Und es werden mehr von ihnen kommen. Das wird ungemütlich.«

»Aber der Befehl lautet doch, dass alle italienischen Soldaten in ihre Heimat zurückkehren sollen.«

»Das ist nicht ganz richtig«, sagte Gianni. »Was wir im Radio gehört haben, ist lediglich ein Wunsch, eine Willensbekundung, wenn Sie so wollen. Der ausdrückliche Befehl lautet jedoch, wir sollen keine Waffengewalt anwenden, solange die Deutschen das auch nicht tun. Falls es aber zu einem Angriff der Deutschen auf uns kommt …«

## V

Am Morgen des 9. September stand Bürgermeister Karrer auf dem Balkon des Rathauses und sah hinaus aufs Meer. Jeden Moment erwartete er, die Silhouette eines Schiffes in der Ferne zu erkennen. Die Deutschen würden nicht aus Patras oder Mesolongi kommen, sondern von Kefalonia. Karrer hatte sich in der Nacht noch versichert, dass Giannis Angaben korrekt waren. Auf Kefalonia befand sich eine Truppe Deutscher, sogenannte Wehrunwürdige, die strafweise eingezogen worden waren. Allerdings sollte es sich bei diesem Verband um eine, wie es hieß, mittlerweile durchaus schlagfertige Gruppe handeln. Ihr Kommandant, Oberstleutnant Johannes Barge, galt als strammer Nazi. Die Meldungen des italienischen Militärs ließen darüber keinen Zweifel.

Im Hafen legten die letzten Fischerboote an. Mit der Kapitulation der Italiener war auch das Verbot, aufs Meer hinauszufahren, gefallen. Die Netze klatschten auf die Mole, und lachende Männer machten sich daran, die Haufen aus Stricken, Seetang und Resten von Krabben aufzudröseln, zu säubern und wieder auf die großen Winden zu ziehen.

Einige hievten Bottiche an Land. Das Wasser darin schwappte, und im Licht des Vormittags schimmerten Fischleiber auf. Die Fischer mussten ihren Fang nicht anpreisen. Schon seit Stunden kamen die Frauen und begutachteten die immer neu auf großen Tischen ausgelegten Fische, die Oktopusse, die mit ihren Krakenarmen über Langusten und Krabben hinwegturnten, und die kleinen silbrigen Sardinen, die zuckend in den Fächern lagen.

Besonders die Sardinen hatte Karrer in der Besatzungszeit vermisst. Scharf angebraten, nur mit etwas Salz, so schmeckten sie ihm am besten, und seine Frau hatte schon heute ganz in der Früh einen Korb voll davon gekauft. Er würde sich bald aufmachen, um dieses Festessen zu genießen. Doch bevor es so weit war, musste er die Ankunft der Deutschen abwarten, und wie es schien, konnte das dauern.

Inselkommandant Gianni trat zu ihm auf den Balkon. In den letzten Tagen rauchte Gianni fast unaufhörlich, und auch jetzt zog er hektisch an seiner Zigarette, rauchte, bis der Filter zu glühen begann, und warf sie dann in hohem Bogen über die Brüstung.

»Nun sind Sie mich bald los. Das muss Sie doch freuen«, sagte Gianni und zündete sich die nächste an. »Wollen Sie auch?« Er hielt Karrer die Zigarettenpackung hin.

»Nein.« Karrer schüttelte den Kopf. »Ich hatte gehofft, die Deutschen würden uns fernbleiben.«

»Wie haben Sie sich das vorgestellt?«

»Nun, ich dachte, der Krieg wäre vorbei.«

»Für mich ist der Krieg bald zu Ende«, sagte Gianni. »Für Sie … Das glaube ich nicht.« Er zeigte auf das Schiff, das gerade um die östliche Landspitze bog. Am Bug wehte eine Hakenkreuzflagge.

## VI

Als das Schiff anlegte und die Landungsbrücke auf die Mole schepperte, blieb Bürgermeister Karrer etwas abseits. Er überließ es Gianni und seinem Adjutanten, die Deutschen in Empfang zu nehmen. An den Rändern des Solomos-Platzes standen italienische Soldaten, die ihre Gewehre bereithielten. Bei der Kirche Agios Nikolaos an der Mole lugte der Lauf eines Maschinengewehrs hinter Sandsäcken hervor.

Inselkommandant Gianni und der Wehrmachtsoffizier unterhielten sich. Als oben am Schiff Soldaten auftauchten, hob der Wehrmachtsoffizier die Hand und die Männer wichen zurück. Noch war es nicht Zeit, die Insel zu betreten. Dann kamen Gianni und der Offizier auf Karrer zu.

»Hauptmann Alfred Lüth«, stellte Gianni den Deutschen vor. »Er spricht kein Griechisch, und sein Italienisch ist auch nicht besonders. Aber er möchte sich mit Ihnen ins Einvernehmen setzen und die weitere Vorgangsweise besprechen. Wenn ich das richtig verstanden habe.«

Karrer reichte dem Deutschen die Hand und verbeugte sich leicht. Gleichzeitig überlegte er, wo er einen Dolmetscher auftreiben konnte. Aber nun gesellte sich schon ein anderer Deutscher zu ihnen, der Karrer auf Griechisch ansprach.

Karrer lud die Männer ins Rathaus ein. Er versicherte sich, dass ihm die Deutschen folgten. Dabei sah er, wie schwer bewaffnete Soldaten das Schiff verließen.

Sie hatten sich noch kaum auf den Ledersesseln um den Verhandlungstisch niedergelassen, als draußen erste Befehle gebrüllt wurden. Karrer bestellte Kaffee für alle und trat ans Fenster, um zu sehen, was da vor sich ging.

Ein zweiter, sehr viel breiterer Landesteg rasselte herunter, und Geländewagen, ein Panzer und Motorräder wurden ausgeladen. Ein Trupp baute ein Maschinengewehr direkt an der Mole auf, und ein paar andere Soldaten sicherten die Zufahrten zum Solomos-Platz mit Maschinenpistolen.

»Sie verlieren keine Zeit«, sagte Karrer auf Italienisch, sodass ihn nur Gianni verstand. Ihm gefiel diese Aktivität aufseiten der Deutschen ganz und gar nicht. Wenn sich Soldaten gegenüberstanden, schwer bewaffnet und nervös, dann genügte eine falsche Bewegung.

»Können Sie das bitte noch einmal wiederholen?«, sagte der Deutsche, der den Dolmetscher spielte. »Ich muss mich erst an Ihre Aussprache gewöhnen. Wir hatten noch keine Zeit, einen richtigen Dolmetscher einzustellen.«

»Ich sagte, wir können durchaus schon beginnen«, meinte Karrer nun auf Griechisch. »Der Kaffee lässt auf sich warten.«

»Gut«, sagte der Deutsche. »Hauptmann Lüth informiert Sie hiermit über die militärische Übernahme der Insel Zakynthos durch die deutsche Wehrmacht. Wir lösen die italienische Armee ab. Von nun an ist Hauptmann Alfred Lüth Ihr Ansprechpartner. Haben Sie das verstanden?«

»Das ist noch nicht ausgemacht«, sagte Gianni auf Italienisch.

»Wie bitte?«, erkundigte sich der Dolmetscher.

»Nicht so wichtig«, sagte Gianni auf Griechisch.

»Was passiert mit den italienischen Soldaten?«, fragte Karrer.

Der Deutsche übersetzte die Frage, und Lüth antwortete barsch.

»Der Herr Hauptmann legt Ihnen nahe, sich nur um zivile Angelegenheiten zu kümmern.«

Der Kaffee wurde serviert, und Karrer nutzte die Unterbrechung, um einen weiteren Blick aus dem Fenster zu werfen. Die Wehrmachtssoldaten hatten die italienischen Wachen vor dem Rathaus verhaftet und an die Mauer der Kirche Agios Nikolaos gedrängt. Die Waffen der Italiener lagen verstreut daneben.

Gerade durchsuchte ein Wehrmachtssoldat einen italienischen Kollegen. Als der Italiener einen Schritt zurückweichen wollte, kam ein anderer Deutscher und hieb ihm den Gewehrkolben in die Rippen.

»Wenn wir bei den zivilen Angelegenheiten sind, dann muss ich doch fragen, was Hauptmann Lüth nun von der Bevölkerung erwartet. Ich möchte Missverständnisse vermeiden«, sagte Karrer.

Eine Frau wollte den Platz queren, wurde aber von den Soldaten aufgehalten und zurückgeschickt. An den Rändern sammelten sich Schaulustige. Kinder schlüpften durch die Reihen der Soldaten.

»Die Zivilbevölkerung hat den Anweisungen des Militärs Folge zu leisten«, sagte der deutsche Soldat, nachdem er sich mit Lüth unterhalten hatte. »Jedes Zuwiderhandeln wird scharf geahndet.«

»Können Sie das etwas genauer erklären?«, fragte Karrer.

»Da gibt es nichts zu erklären«, sagte der Deutsche. »Den Anweisungen der Soldaten ist unverzüglich Folge zu leisten. Aufständische Aktionen, Widerstand oder Verhalten, das dazu geeignet ist, die Würde der Wehrmacht oder des deutschen Volkes zu untergraben, werden mit dem Tod bestraft.«

»Und die italienischen Soldaten?«

»Das geht Sie nichts an.«

»Dann werden Sie mich jetzt entschuldigen«, sagte Karrer. »Ich habe Vorkehrungen zu treffen.« Er wartete keine Antwort ab, verließ den Raum und das Gebäude und strebte im Laufschritt seiner Stadtwohnung zu.

## VII

Der Solomos-Platz füllte sich mit Menschen. Loukas Karrer sah, wie die Wachen beiseitetraten und italienische Soldaten in voller Bewaffnung eingelassen wurden. Schon dachte er, es würde sich hier ein Kampf anbahnen, aber unter den Augen der Deutschen stapelten die Italiener ihre Waffen zu Garben und traten zurück. Drei Wehrmachtssoldaten schritten die Reihen ab und sammelten Handfeuerwaffen ein.

Durch die schmale Gasse beim Theater verließ Karrer den Platz und glaubte, der Aufmerksamkeit der neuen Besatzer entgangen zu sein. Aber schon nach ein paar Metern kam ihm eine Abteilung entgegen. Etwa zehn Wehrmachtssoldaten führten eine ganze Kompanie Italiener ab. Karrer stellte sich in eine Haustüre und ließ den Zug passieren. Er drehte um und ging über den Markusplatz in die Richtung des ehemaligen Ghettos. Dort gab es eine Abzweigung, die hinauf auf den Felsen führte und von dort durch Gärten und wilde Feigenschonungen, sozusagen im Rücken der Stadt, einen Schleichweg bildete. Über diesen Pfad wollte er, von den Deutschen unbemerkt, zu seinem Haus im Osten der Stadt gelangen. Aber die Deutschen waren überall. Es schien Karrer, als seien in der Stadt viel mehr Soldaten unterwegs als das Schiff im Hafen fassen konnte. Er wich einer Abteilung aus, die in diesem Moment von der Mole her in die Straße bog. Vorneweg gingen drei Männer in schwarzen Hemden. Sie gehörten zum Führungsstab der Italiener, eingeschworene Faschisten, die auch in den letzten Wochen, während die meisten ihre Tage lieber am Strand verbracht hatten, noch durch die Dörfer gezogen waren und Lebensmittel beschlagnahmt hatten.

Einer der Schwarzhemden blieb stehen. Der deutsche Soldat sagte etwas. Es klang unfreundlich, und er berührte den Italiener an der Schulter. Der im schwarzen Hemd griff nach der Hand des Deutschen, zog ihn an sich und trat ihm mit dem Knie ins Gesicht. Ein anderer deutscher Soldat hieb dem Schwarzhemd mit dem Gewehr in die Nieren und schlug ihm dann die Faust in den Nacken.

Eine Haustür öffnete sich und heraus stürmte eine Frau mit einem Buch in der Hand. Sie stürzte auf den Deutschen zu und hieb ihm den Buchrücken ins Gesicht.

»Nicht«, schrie Karrer und machte ein paar Schritte auf die Gruppe zu.

»Hört auf, ihr Barbaren«, schrie die Frau und kämpfte um ihr Gleichgewicht, weil ihr jemand in die Kniekehlen getreten hatte. Ein weiterer Schlag gegen die Schläfe fällte sie, und sie versank in Ohnmacht.

Karrer beugte sich über die Frau. Es war Vasiliki Stravolemou. »Helft mir«, sagte Karrer. »Wir bringen sie hinein.«

Der Wehrmachtssoldat, der Vasiliki niedergeschlagen hatte, wollte die Truppe antreiben. Aber der Italiener weigerte sich. Er und seine zwei Begleiter hoben die Frau hoch und trugen sie ins Haus.

Als Vasiliki erwachte, konnte sie ihre Arme kaum bewegen, und ihr Gesicht fühlte sich an, als wäre sie in einen Haufen Glasscherben gefallen. Mühsam setzte sie sich auf.

»Bleiben Sie liegen«, sagte Karrer.

»Mein Kopf dröhnt«, sagte Vasiliki und kniff die Augen vor Schmerz zusammen.

»Ein Gewehrkolben ist auch für einen Dickschädel wie den Ihren nicht leicht zu verkraften.«

Vasiliki versuchte zu lächeln und trank von dem Wasser, das Karrer ihr reichte.

»Du hattest Glück, dass der Bürgermeister gerade in der Nähe war«, sagte ihr Mann Dionysios, der gerade aus der Küche kam und ein Tuch und eine Schüssel mit Wasser brachte. »Der Doktor ist unterwegs. Die Wunde über deinem Auge muss sicher genäht werden. Was hast du dir dabei gedacht?«

»Die Männer waren in Gefahr«, sagte Vasiliki und zog scharf die Luft ein, als Dionysios ihr das Blut von der Stirn tupfte.

»In Gefahr«, echote Dionysios. »Ein Schwarzhemd und ein Nazi prügeln sich. Das sollen die Faschisten doch unter sich ausmachen.«

»Aber das siehst du ganz falsch. Aua!« Vasiliki zuckte zusammen. »Man muss doch helfen, wenn jemand in Gefahr ist.«

Loukas Karrer verabschiedete sich. Er war viel zu spät, und seine Frau würde sich schon Sorgen machen.

Jetzt sah Karrer ein, dass jeder Schleichweg, alle geheimen Pfade nichts nutzten, und so steuerte er auf dem direkten Weg auf sein Haus zu. Bei der Kirche Kyria ton Angelon blieb er stehen. Von hier aus konnte er den Eingang zu seiner Stadtwohnung sehen. Die Fensterläden, die jetzt wegen der Hitze des Nachmittags geschlossen sein sollten, standen offen. Der Vorhang hing über den Fenstersims. Auf dem Pflaster darunter türmten sich Scherben und Erde. Jemand hatte die Blumentöpfe aus dem Fenster geworfen.

Auf den Stufen zur Eingangstür saß Lilly und weinte.

Loukas half ihr hoch und schloss sie in die Arme. Sie brachte kein Wort heraus, schluchzte in seine Schulter, aber sie musste auch nichts sagen. Er sah selbst, was hier vorgefallen war.

»Haben sie dir wehgetan?«, fragte er.

Sie schüttelte den Kopf.

»Dann lass uns hineingehen.«

»Nein«, sagte Lilly unter Tränen. »Du sollst dir das nicht ansehen.«

»Aber ich muss.«

»Deine Fische. Ich habe mich so gefreut, dass du endlich nach über einem Jahr …« Sie konnte nicht weiterreden.

In der Küche standen alle Schubladen und Kästen offen. Das Geschirr lag zerbrochen auf dem Boden. Das letzte Säckchen Mehl, die Dose mit dem Zucker, die Nudeln. Alles war weg.

»Sie sind am Vormittag gekommen. Ich bin gerade dabei gewesen, die Fische auszunehmen. Du weißt, die kleinen Sardinen, die du so gernhast. Da sind sie gekommen und haben alles mitgenommen.« Lilly brach zusammen.

# Kapitel 9

## I

In den letzten Tagen hatte Raphael hinter Steinmauern geschlafen, sich tagsüber in den Wäldern versteckt und hier und da eine Orange, einen Granatapfel oder eine Feige gestohlen. Sein Hemd hatte die graue Farbe der ausgetrockneten Erde angenommen. Seine Hose war fleckig und voller Löcher.

Aufgeschreckt von Motorenlärm, war er heute Morgen aus seinem Unterschlupf oben am Vrachionas gekrochen. Weit unter ihm in den Steinbrüchen gab es einen Tumult. Zuerst dachte Raphael, die Italiener würden die Zwangsarbeiter antreiben, aber dann sah er die fremden Uniformen. Deutsche Soldaten führten Italiener mit vorgehaltenen Waffen ab, verluden sie auf Lkws und brachten sie weg.

Durch Olivenhaine und über Ziegenpfade rannte Raphael in Richtung Stadt. Seine Neugierde trieb ihn an, aber er blieb vorsichtig. In Gaitani, einem Dorf etwas außerhalb der Stadt, hatte jemand »Nazis sind Mörder« auf die Kirche geschmiert. Daneben prangte ein durchgestrichenes Hakenkreuz. Am Olivenbaum bei der Kirche hing ein Mann. Seine Augen waren aus den Höhlen gequollen, seine große violette Zunge ragte ihm zwischen den Zähnen hervor. Um den Hals trug er ein Schild. Darauf stand: Lügner.

Als er einen Wagen hörte, sprang Raphael über eine Mauer und verschwand im Dickicht eines kleinen Wäldchens. Aus seiner Deckung heraus sah er den Wagen auftauchen. Auf der

Ladefläche saßen Soldaten. Deutsche und Italiener durcheinander. Raphael konnte nicht erkennen, ob die Italiener Gefangene waren oder nicht.

Je näher Raphael der Stadt kam, desto stärker wurde der Verkehr. Zuerst wollte er über den Festungshügel klettern, um so den Deutschen auszuweichen. Aber schon auf dem Weg Richtung Bochali patrouillierte überall die Wehrmacht. An den Wegkreuzungen hatten die deutschen Soldaten Maschinengewehrnester und Kontrollpunkte eingerichtet. Es war unmöglich, sich der Stadt unbemerkt zu nähern. Der Weg durch die Felsen würde nur Misstrauen erwecken, und so entschloss sich Raphael, die Straße zu nehmen und sich nicht weiter zu verstecken.

Die Männer an den Kontrollposten musterten ihn, aber sie ließen ihn passieren. Ein dreckiger Junge in zerlumpten Kleidern, abgemagert, war keine Gefahr. So gelangte Raphael über Bochali hinunter in die Stadt und mischte sich unter die Leute, die vom Rand des Solomos-Platzes aus zusahen, wie die italienischen Soldaten ihre Waffen abgaben und in Zweierreihen über die Landebrücke auf ein Schiff marschierten. Niemand wehrte sich.

## II

In der Stadt und in den Dörfern rundum wollte Raphael nicht bleiben. Er fürchtete die neuen Soldaten und bald hörte er auch, dass sie Jungen und Männer zur Zwangsarbeit zusammentrieben. Deshalb machte er sich noch am selben Tag auf, um die Andartes über den Abtransport der italienischen Soldaten zu informieren.

Oben in Bochali fand Raphael auf einer Müllhalde Stofffetzen. Er wickelte sie um seine Füße, denn von seinen Schuhen war kaum mehr übrig als löchrige Sohlen. Dann wanderte er die Straße entlang bis nach Tsilivi. Die ganze Zeit über begegneten ihm Lastwägen mit Soldaten auf den Ladeflächen. Aber sonst war die Gegend wie ausgestorben. Nicht einmal die Hunde lagen vor den Häusern.

Das Hauptquartier der Andartes, falls man das so nennen konnte, wechselte fast täglich seinen Standort. Manchmal fand man sie in der Höhle in der Nähe von Giri, aber ebenso oft kampierten sie in Schafställen und Unterständen weit oben am Vrachionas. Angeblich gab es auch einen Bauernhof in der Gegend von Keri, der so versteckt in den Bergen lag, dass die Italiener nicht einmal von seiner Existenz gewusst hatten. Diesmal hatte Raphael aber sichere Nachricht, dass sich ein Trupp der Andartes westlich von Kallithea aufhielt. Irgendwo dort in den Hängen gab es ein Baumhaus, und von dort musste er einem steinigen Bachlauf folgen und dann durch das Loch in einer Steinmauer weiter und steil den Hang hinauf zu einem Unterschlupf aus Brettern und Teerpappe. So hatte es ihm ein Mann auf dem Markt in der Stadt zugeflüstert, und Raphael hoffte, dass die Angaben stimmten und er nicht stundenlang marschierte, um am Ende vor einem leeren Ziegenstall zu stehen.

Gegen Mittag verdunkelte sich der Himmel. Ein Sturm zog auf, saugte Wasser aus dem Meer, und bald stand ein Tornado über der Bucht von Alikanas. Raphael bemerkte, dass sich der Sturm in seine Richtung neigte. Vor ihm lag das Dorf Kallithea, die Straße, die Häuser vom Regen überglänzt. Da das Baumhaus und der Bachlauf. Vor einigen Stunden wäre hier kaum mehr als eine Spur aus Steinen gewesen. Jetzt gurgelte weißschäumendes Wasser über die Felsen. Raphael sprang über den Bach auf die andere Seite, krallte sich an den Grasbüscheln fest und suchte mit den Füßen Halt. Die Stofffetzen an seinen Sohlen waren durchnässt, rutschten auf den glitschigen Steinen weg. Raphael schüttelte sie ab und grub seine Zehen in die Erde. Keuchend schaffte er den Rest des Weges hinauf zum Unterstand, und schon auf halbem Weg wusste er, dass dort im Schatten Männer saßen. Der Gestank nach alten Kleidern und ungewaschenen Körpern biss ihm in die Nase. Aber da war auch der Geruch von Feuer, und der ließ Raphael schneller laufen.

Der Mann am Eingang hielt ihn auf, musterte ihn und knurrte dann etwas in seinen Bart. Raphael quetschte sich an ihm vorbei und fand das Feuer, hielt seine Hände über die Flammen und sah in die Runde. Fünf Männer hockten und lagen auf Strohballen und auf der Erde. Das Feuer gab kaum Wärme und Licht, und so konnte Raphael die Gesichter nur schlecht erkennen.

»Die Deutschen sind da«, sagte Raphael.

»Wissen wir«, brummte einer, den alle Herkules nannten.

»Sie bringen die Italiener weg.«

»Haben wir bemerkt.«

»Sie verladen sie auf Schiffe und …«

»Was willst du?«, unterbrach ihn ein anderer.

»Du könntest ruhig ein bisschen freundlicher sein«, sagte Raphael zu dem Mann, den er nur unter dem Namen Agamemnon kannte. Agamemnon stammte nicht von der Insel. Er war ein Abgesandter der ELAS und führte hier das Kommando.

»Diese Feiglinge«, sagte Agamemnon. »Anstatt aufzustehen und sich uns anzuschließen, legen sie die Waffen nieder.« Er spuckte aus. »Aber ich habe gehört, auf Kefalonia gibt es ein paar, die nicht die Hosen voll haben.« Er strich sich den Bart glatt, brummte etwas Unverständliches und griff dann nach Raphael. »Du«, sagte er. »Du gehst nach Kefalonia. Ich ernenne dich hiermit zum Kapitän der Volksbefreiungsarmee und beauftrage dich, die antifaschistischen Kämpfer auf Kefalonia zu sammeln und anzuführen.«

## III

Zwar fühlte sich Raphael geehrt, aber er hatte nicht die blasseste Ahnung, was er tun sollte. Freilich, er musste einen Weg finden, um von Zakynthos nach Kefalonia zu kommen. Das war schwierig, aber machbar. Es gab im Norden, zum Beispiel in Agios Nikolaos, sicher einen Fischer, der ihn auf die andere Seite nach Kato Katelios bringen konnte. Bei ruhiger See war das eine Fahrt von eineinhalb Stunden, und nachts würde sie niemand bemerken. Aber wie sollte es dann weitergehen? Wo fand er italienische Soldaten, die sich dem Widerstand anschließen wollten, und woran erkannte er sie? Außerdem musste er sich noch einen Partisanennamen ausdenken. Er konnte unmöglich weiterhin Raphael Konstantini heißen.

Das Brot, das ihm Agamemnon als Wegzehrung mitgegeben hatte, verschlang Raphael schon auf den ersten Metern. Besser, man hatte das Essen im Magen als im Sack. So konnte es einem keiner mehr stehlen.

Die Straßen über die Hügelkette zwischen dem Meer und den Dörfern oben an den Hängen waren verlassen. Bis weit hinauf in den Norden begegnete Raphael niemandem mehr. Der Regen hörte bald auf, und die Sonne brachte die Wälder zum Dampfen. Dann, etwa auf der Hälfte seines Weges nach Agios Nikolaos, hörte Raphael ein Flugzeug. Leise, weit in der Ferne. Aber es kam schnell näher, und da war auch schon das Geräusch eines zweiten und eines dritten.

Noch konnte Raphael die Flugzeuge nicht sehen, doch er wusste, sie näherten sich von Osten, vom Festland. Daher war es sehr unwahrscheinlich, dass es sich um britische oder amerikanische Flieger handelte. Die klangen anders, und außerdem würden sie von Süden oder Südwesten kommen. Auf dem Festland hatten nur die Deutschen Stützpunkte.

Er wollte von den Piloten nicht gesehen werden, deshalb nahm er eine Abzweigung und ging, gedeckt durch die Kronen der Olivenbäume, weiter. Die Jagdflieger waren sicher nicht auf der Suche nach einzelnen Personen, aber es gab keinen Grund, sein Glück herauszufordern.

Die Flugzeuge stürzten aus den Wolken, gleichsam im freien Fall, fingen sich und klinkten die Bomben aus. Noch während sie hochzogen, detonierten unter ihnen die Sprengsätze.

Raphael war gut zwanzig Kilometer Luftlinie von den Einschlägen entfernt. Dennoch hielt er sich die Ohren zu, als eine Bombe nach der anderen explodierte. Es mussten Dutzende sein, und sie fielen so dicht, dass Raphael sie nicht alle zählen konnte.

Nach der ersten Angriffswelle kam schon die nächste. Die Jäger flogen in Formation und stürzten sich abermals wie Greifvögel auf ihre Ziele. Raphael sah aber nicht weiter zu, sondern beeilte sich. Er wollte noch heute Nacht übersetzen.

# IV

In Agios Nikolaos fand Raphael alle Häuser verlassen. Die Fensterläden waren geschlossen, die Türen versperrt, und nur ein paar Hühner scharrten auf der Straße entlang der Mole im Dreck. Die Fischerboote lagen vertäut an den Pollern, und die Stühle unter den Platanen standen verwaist.

Raphael stellte sich zwei Stühle so zurecht, dass er bequem saß und die Füße auf der Sitzfläche des anderen Stuhles ausstrecken konnte, und versuchte, ein wenig zu schlafen. Italiener gab es hier keine mehr. Der Wachposten am Hafen war verlassen, und auch draußen auf der kleinen Insel bei der Hafeneinfahrt war niemand zu sehen.

Um aufs Meer hinauszufahren, war es noch zu früh. Jetzt am Nachmittag war die Sicht ausgezeichnet, und selbst ein kleines Fischerboot würde nicht unbemerkt bleiben. Zumindest die Dämmerung musste Raphael abwarten. Dann würde er sehen, ob in einem der Tanks Treibstoff war und er einen Außenbordmotor in Gang setzen konnte. Bis dahin gab es nichts zu tun. Doch Raphael fand keine Ruhe. Kaum hatte er die Hände hinter dem Kopf verschränkt und die Augen geschlossen, rollte es wie Donner über das Meer. Diesmal waren es keine Flugzeuge. Der abgehackte Rhythmus, dazwischen das Wummern eines Mörsers, sagten Raphael, dass vom Boden aus geschossen wurde. Es hörte sich an, als hätten sich die Italiener doch noch zum Widerstand entschlossen.

»Du hast vielleicht Nerven, Bürschchen«, sagte jemand hinter ihm. Raphael sprang auf. Sein Herz raste, aber er hatte sich gleich wieder unter Kontrolle und hob die zu Fäusten geballten Hände.

»Na, nicht so heftig.« Nikolaos Sartopos lachte und entblößte dabei sein von Zahnlücken durchsetztes Gebiss. »Spar dir deine Kraft für die Nazischweine. Ich tu dir schon nichts.«

»Nikos, wieso schleichst du dich so an?«

»Ich und schleichen? Ich komme wie eine Herde wildgewordener kretischer Esel daher. Du musst mehr auf deine Deckung achten, Kleiner.« Nikos zupfte den Tabakbeutel aus seiner Brusttasche und drehte sich eine Zigarette. »Was machst du überhaupt hier?«

»Das könnte ich dich auch fragen.«

»Ah, du bist also vorsichtig geworden.« Nikos lachte. »Ich bin hier und dort. Wie es gerade kommt. Aber dich trifft man hier normalerweise nicht.«

Raphael sah hinaus aufs Meer.

»Du kannst es mir ruhig erzählen. Ich verrate dich schon nicht. Die Italiener haben mich eingesperrt, wenn du es wissen willst, und jetzt sind sie selbst dran. Geschieht ihnen recht.« Er hielt sich den Zeigefinger wie einen Pistolenlauf an die Schläfe. »Puff«, machte er. »Rate einmal, wo ich in Zeiten wie diesen den Tabak herhabe. Das errätst du nie.«

Raphael sagte immer noch nichts, aber er sah Nikos aufmerksam an.

»Ja, umgenietet haben sie den Italiener. Ich hab es gesehen aus der Deckung hinter dem Schilf, und dann haben sie ihn durchsucht, diese Schweine. Als ob es nicht genügt, jemanden zu erschießen, nein, die Säcke haben sie ihm umgedreht, die Schuhe ausgezogen und mitgenommen, aber im Hemd haben sie nicht nachgeschaut, innen, verstehst du, dort war eine Tasche und darin war der Tabak. Verdammte Nazischweine, den haben sie nicht gefunden.«

Raphael sah Nikos zu, wie er den gestohlenen Tabak rauchte. »Ich muss nach Kefalonia«, sagte er dann.

»Kefalonia. Mhmm.« Nikos nahm einen Zug von seiner Zigarette, sah durch zugekniffene Augen auf das Meer. »Das lässt sich machen. Hier ist das Boot von meinem Freund Kostas. Das mit dem roten Bug. Komm, wir sehen nach, ob Kostas genug Sprit im Tank hat.«

Ehe Raphael noch reagieren konnte, war Nikos schon auf dem Boot, schraubte den Tankdeckel ab und prüfte das Startseil. »Worauf wartest du? Wir sind startklar.«

»Aber ich dachte, wir warten die Dämmerung ab«, sagte Raphael.

»Unsinn. So ein kleines Boot kümmert doch niemanden.«

»Und die Flugzeuge?«

»Die können dich auch am Abend erwischen. Jetzt mach schon.«

Nikos riss am Startseil und mit einem Husten sprang der Motor an.

## V

Sie fuhren eng an der Küste entlang. Auf den Klippen saßen Möwen und beobachteten sie. In den Grotten vor dem Kap lagen zwei andere Boote vertäut. Nikos hob die Hand zum Gruß, aber die Männer, die dort eine Mönchsrobbe zerlegten, grüßten nicht zurück.

»Die werden uns etwas abgeben, wenn wir zurückfahren«, schrie Nikos in den Fahrtwind.

Der Bootsmotor übertönte alle anderen Geräusche. Raphael beobachtete den Himmel auf der Suche nach dem nächsten Flugzeuggeschwader.

Als sie um Kap Skinari bogen, vergaß Raphael die Flugzeuge. In der Ferne stieg eine Rauchsäule auf, und Raphael erkannte die letzten Reste eines Schiffes. Es sank schnell, und bald war nur mehr ein Schornstein zu sehen. Der Rauch kam von den Trümmern, die dort trieben, wo die Halbinsel Paliki die Einfahrt zum Hafen von Argostoli begrenzte.

Nikos' Gesichtszüge versteinerten, und er wandte seinen Blick ab. Es war klar, dass etwas sehr Schlimmes geschehen war, dass es Tote gegeben hatte. Ohne ein Wort zu sagen, ohne auch nur einen Blick auf Raphael zu werfen, änderte Nikos den Kurs. Er ließ die Anlegestelle Kato Katelios links liegen und umfuhr die Landspitze in weitem Bogen. Raphael fragte nicht. Er wusste, dass Nikos angesichts der brennenden Trümmer eine Entscheidung getroffen hatte.

Man konnte vermuten, dass auf der Insel Kämpfe ausgebrochen waren und dass die Parteien versuchen würden, die Häfen unter Kontrolle zu bringen. Kato Katelios war kein großer Hafen, nicht besonders wichtig, aber wenn die Befehlshaber nur einigermaßen fähig waren, hatten sie ein paar Leute mit einem Maschinengewehr dorthin geschickt.

So legten sie bei den Felsen südlich von Skala an, zogen das Boot an den Strand und gingen zu einem Bauernhaus ganz in der Nähe. Es machte den Eindruck, als wohne hier niemand, aber das konnte auch täuschen.

»Die werden uns abknallen, wenn sie uns hier finden. Wie auf dem Präsentierteller.« Nikos zeigte auf die Felder und den kleinen Olivenhain. »Vielleicht sollten wir zurück zum Boot und weiter nach Norden fahren.«

»Das Boot sieht man leichter als zwei Wanderer. Außerdem wird es bald Nacht«, sagte Raphael. »Wir gehen einfach Richtung Berge.«

»Wer hat dich eigentlich zum Anführer gemacht?« Nikos blieb stehen und zückte seinen Tabakbeutel.

»Agamemnon, wenn du es genau wissen willst. Ich bin jetzt Kapitän der Volksbefreiungsarmee.«

»Und ich bin dein Untergebener? Gefreiter Sartopos, oder was?« Nikos lachte. »Das schlag dir gleich wieder aus dem Kopf.«

»Du kannst ja hierbleiben«, sagte Raphael. »Ich hab dich nicht eingeladen.« Er ließ Nikos stehen.

»Jetzt sei nicht gleich beleidigt.« Nikos rührte sich nicht von der Stelle, kramte in seiner Hosentasche nach Streichhölzern. »Hör zu. Jetzt bleib halt stehen!«

Raphael drehte sich um.

»Einmal angenommen, wir bleiben zusammen und gehen gemeinsam in die Berge, dann hast weder du noch ich das Sagen. Ist das klar? Wir entscheiden gemeinsam.«

»Warum willst du überhaupt mit? Das interessiert dich doch in Wirklichkeit gar nicht.«

Sie gingen jetzt nebeneinanderher, und Raphael hielt einerseits Ausschau nach möglichen Feinden und andererseits nach etwas Essbarem.

»Wie kommst du darauf?«, fragte Nikos. »Natürlich interessiert mich das. Ich will die Italiener und die Nazis genauso loswerden wie dein verehrter Herr Agamemnon.«

»Und warum schließt du dich dann nicht der Volksbefreiungsarmee an?«

»Sehe ich aus wie ein Kommunist? Nein, ich bin Bauer.«

»Aber auch ein Bauer kann ein guter Kommunist sein. Ja, gerade ein Bauer. Lenin hat den Arbeiter- und Bauernstaat gegründet. Der Sozialismus hat seine Wurzeln im arbeitenden Volk, und dazu gehören Bauern ebenso wie Arbeiter und Beamte.«

»Wer hat dir denn diesen geschwollenen Blödsinn ins Gehirn geblasen? Also wirklich.«

»Na, stimmt es vielleicht nicht?«

»Nimm einen Granatapfel«, sagte Nikos und pflückte zwei Stück von einem Baum. »Wenn wir etwas zum Schießen hätten, könnte ich vielleicht einen Hasen erlegen.«

»Damit auch ja jeder hört, dass wir hier unterwegs sind.«

»Hast auch wieder recht. Aber eines muss ich dir schon sagen: Ein Bauer kann kein Kommunist sein. Das will dir nur dieser Agamemnon einreden. Oder ein anderer von diesen studierten Herren, die jetzt in die Berge gegangen sind.«

»Und ist das schlecht, dass sie unser Land verteidigen?«

»Nein«, sagte Nikos lang gedehnt. »Aber hast du dir einmal überlegt, was passiert, wenn sie gewinnen?«

»Dann werden wir einen Staat errichten, in dem Gleichheit, Freiheit und Brüderlichkeit herrschen. Das Unrecht wird beseitigt, und wir werden gemeinsam an unserer Zukunft arbeiten.«

»Du meine Güte. Ich hoffe, du glaubst diesen Unfug nicht, der dir gerade aus dem Mund gefallen ist.«

»Aber das ist doch wahr! Der Kommunismus verspricht das nicht nur. In der Sowjetunion ist das bereits Wirklichkeit.«

»Weißt du, ich bin, wie gesagt, ein Bauer. Ein bisschen dumm vielleicht, aber ich frage mich, warum es im Kommunismus anders sein soll? Wird es nicht Leute geben, die uns regieren?«

»Wahrscheinlich wird es so jemanden geben«, sagte Raphael.

»So jemanden wie Stalin vielleicht, einen Anführer. Das wird bei uns wohl Aris sein.«

»Ja, das nehme ich an.«

»Und dann wird es noch Minister geben und Beamte und Bürgermeister und ich weiß nicht was. Da gibst du mir doch recht?«

»Ich weiß nicht, worauf du hinauswillst.«

»Aber das ist doch ganz einfach. Es wird Leute geben, die Befehle erteilen, und andere, die gehorchen. Das war schon immer so, bei den Türken, unter dem König, den Engländern, selbst in der Republik. Die Adeligen und die hohen Herren schaffen an und kassieren. Wir schuften und verhungern. Daran wird der Kommunismus nichts ändern. Das kannst du mir glauben.«

»Wenn du so denkst, warum hilfst du mir dann?«

»Ha«, machte Nikos. »Das siehst du nicht? Die Kommunisten mögen ja vielleicht auch Arschlöcher sein. Aber im Moment haben wir es mit Mörderbanden zu tun. Ob die Kommunisten das Paradies bringen oder nur wieder dasselbe Schuften und Rackern, das werden wir noch sehen. Aber die Faschisten werden uns alle umbringen, wenn wir nichts dagegen unternehmen. Ich meine, du gehst ja auch zum Arzt, wenn du dir den Arm gebrochen hast, und sagst nicht, das lasse ich lieber bleiben, weil im Herbst könnte ich einen Schnupfen bekommen.«

## VI

In der Nacht schafften sie es in die Berge, ohne von Italienern oder Deutschen gesehen zu werden. Dort, irgendwo um den Ainos Oros, musste sich das Lager der Andartes befinden. Das hatte Agamemnon jedenfalls behauptet.

Die Ortsangabe war aber mehr als vage. Jeder Ziegenstall, jeder Felsüberhang kam als temporärer Stützpunkt infrage, und Raphael hatte weder Zeit noch Lust, die Hänge abzusuchen. Wenn er nicht zufällig über die Andartes stolperte, musste er wohl oder übel seinem eigenen Plan folgen und auf die Suche nach den Italienern gehen.

Raphael und Nikos kampierten auf der Westseite des Berges in einer Tannenschonung. Zu essen gab es nichts. Aber sie hatten einen Bachlauf gefunden, und so konnten sie wenigstens ihren Durst stillen. Die Hitze ließ erst gegen Mitternacht ein wenig nach.

Raphael döste unter weit ausladenden Ästen. Aber die Vorsichtsmaßnahme war unnötig. Die ganze Nacht über hatte sich nicht das Geringste getan. Deshalb sagte Raphael auch nichts, als sich Nikos eine Zigarette anzündete.

Noch vor der Morgendämmerung brachen sie auf. Sie wollten Richtung Argostoli, denn dort, rund um die Hauptstadt, hatten sich die Truppen gesammelt. Der Artilleriebeschuss gestern Nachmittag, das sinkende Schiff, das war der Auftakt zu den Kämpfen gewesen.

Sobald sich die Sonne zeigte, brummte auch schon das erste Jagdgeschwader über ihnen. Jetzt konnte Raphael die Hakenkreuze auf den Heckflossen erkennen. Die Maschinen flogen eine Schleife. Dort musste Argostoli sein. Dort fielen die Bomben.

Nach etwa zwei Stunden hörten sie den ersten Geländewagen. Er quälte sich über eine vom Regen ausgewaschene Piste steil hinauf. Aus ihrer Deckung sahen sie deutsche Soldaten, die sich an den Querstangen des Verdecks festhielten und fast aus ihren Sitzen geschleudert wurden, wenn die Reifen durch ein Schlagloch rumpelten.

Fünf Soldaten, mit Karabinern bewaffnet, sprangen ab und sicherten einen Aussichtspunkt. Binnen einer halben Stunde füllte sich das Plateau mit deutschen Truppen. Zelte wurden aufgeschlagen, ein Funkstützpunkt eingerichtet. Sanitäter legten Pritschen bereit, und einige Soldaten gingen in den Wald.

Raphael und Nikos robbten zurück, und als sie außer Sicht- und Hörweite waren, standen sie auf und liefen.

»Alles gut«, zischte Nikos, als sie einen Pfad erreichten, der über einen Steilhang führte. »Sie haben uns nicht gesehen.«

»Aber wenn die Deutschen hier sind, sind auch die Italiener in der Nähe. Vielleicht finden wir sie.«

»Dann kannst du es dir aussuchen, von wem du eine Kugel verpasst bekommst.«

»Das werden wir noch sehen. Wir kehren um und heften uns den Deutschen an die Fersen.«

»Du spinnst.« Nikos tippte sich mit dem Finger an die Stirn. »Ich meine, wir laufen doch vor ihnen weg.«

»Du kannst ja laufen, wohin du willst, aber ich bin gekommen, um zu kämpfen. Hast du nicht gesagt, die Nazis sind eine Krankheit?«

Nikos verdrehte die Augen und zuckte mit den Schultern. »Ja, zum Henker. Dann lass uns gehen.«

So leise, wie sie geflüchtet waren, näherten sie sich dem Stützpunkt der Deutschen wieder. Zweimal legten sie sich flach auf den Boden und warteten eine Patrouille ab, die in ein paar Metern Entfernung an ihnen vorbeizog. Bald hatten sie die Deutschen wieder im Blick. Zwar verstanden sie keinen der Befehle, es war aber auch so nicht schwer zu erraten, was die Soldaten vorhatten.

Eine Abteilung von etwa fünfzig Mann schulterte Rucksäcke und Waffen und versorgte sich mit Munition. Ein Funker prüfte seine Ausrüstung, und dann zogen sie los. Es ging querfeldein, zuerst Richtung Norden und später nach Nordwesten.

Raphael und Nikos folgten dem Trupp in einiger Entfernung.

Die Wehrmachtssoldaten marschierten nicht im Gleichschritt, sondern bewegten sich leise und in lockerer Formation. Bei Agios Eleftherios stießen weitere Abteilungen dazu, und es formierte sich ein Zug von gut vierhundert Mann.

Von der Anhöhe aus konnte man hinunter auf das Dorf Valsamata und die umliegenden Siedlungen sehen. Dort waren Truppenbewegungen zu bemerken. Italienische Soldaten sammelten sich am Dorfrand und brachten ihre Artillerie in Stellung.

Es war jetzt kurz vor Mittag, und die Hitze machte den Soldaten zu schaffen. Wasserflaschen wurden herumgereicht. Raphael und Nikos leerten ihre eigenen Vorräte und hofften, bald zu einem Bach zu gelangen.

Die Deutschen rückten vor, griffen die Italiener in Valsamata aber nicht an. Ihr Weg führte sie den Berghang entlang weiter nach Nordwesten. Immer mehr Soldaten stießen zu dem Tross, und so ging es auf Razata zu. Zwei Stunden nach Mittag machte der Zug vor einer Bergkuppe halt.

»Und was ist das jetzt?«, fragte Raphael Nikos, der neben ihm im Staub lag.

»Dort hinter dem Berg ist Faraklata. Vielleicht greifen die endlich einmal jemanden an. Das ist ja kein Schulausflug.«

»Besser, als sie schießen auf uns.«

Jetzt kam Bewegung in die Truppe. Befehle wurden ausgegeben. Einheiten formierten sich. Auf der Kuppe wurden Mörser in Stellung gebracht, und schon liefen an die dreihundert Soldaten los, überquerten die Anhöhe und drangen in das Dorf vor.

Ein paar Schüsse fielen. Dann war Ruhe. Die nächste Welle von Wehrmachtssoldaten machte sich auf den Weg. Die Mörser schwiegen.

Vorsichtig umrundeten Raphael und Nikos die Truppe und kamen in Sichtweite von Faraklata. An den Uniformen konnte Raphael die Soldaten gut auseinanderhalten. Etwa hundertfünfzig Italiener standen eingekesselt von Wehrmachtssoldaten. Sie legten ihre Waffen nieder und ließen sich abführen.

»Na, es ist wohl nicht weit her mit den Italienern«, zischte Nikos. »Was machen wir jetzt? Sollen wir einen Angriff wagen und die Schlappschwänze befreien, Capitano?«

Noch während sie beobachteten, wie die gefangenen Soldaten aus dem Dorf auf ein Feld eskortiert wurden, näherten sich weitere deutsche Einheiten, und Raphael und Nikos hatten Mühe, sich in den nächsten Wald zu schlagen, ohne bemerkt zu werden. Aber auch dort waren sie nicht sicher. Ein Fahrweg, der eng an den Bäumen vorbeilief, diente der Wehrmacht als Verbindungslinie nach Argostoli. Mehr und mehr Truppentransporte und Versorgungsfahrzeuge kamen hier entlang, und auch wenn die Soldaten dem Dickicht keine

Aufmerksamkeit zu schenken schienen, konnte doch jederzeit ein Wagen anhalten.

»Wir müssen hier weg«, sagte Nikos und zupfte Raphael am Ärmel.

»Nicht, bevor wir die Italiener gefunden haben.«

»Aber das haben wir doch längst. Sie sind dort drüben. Verhaftet und entwaffnet.«

»Ja, aber nicht alle. Irgendwo müssen noch ein paar kämpfen. Hörst du das?«

Aus der Ferne drang ein Rumoren.

»Das kann auch ein Sommergewitter sein«, sagte Nikos.

»Das geht aber schon den ganzen Tag so. Die Deutschen schießen, die Italiener schießen zurück.«

»Wir müssen wohl in diese Richtung.« Nikos zeigte nach Süden. Dort lag Argostoli, und von dort kam der Gefechtslärm.

## VII

Auf einem Feld, kaum einen Kilometer außerhalb von Faraklata, fanden sie drei tote Italiener. Von ihren Köpfen war nicht mehr allzu viel zu sehen. Selbst Raphael, der keine militärische Erfahrung hatte, konnte sich leicht ausmalen, was geschehen war. Die Deutschen hatten die Italiener gezwungen sich hinzulegen. Daraufhin waren drei Wehrmachtssoldaten vorgetreten, hatten den Liegenden die Gewehrläufe auf den Hinterkopf aufgesetzt und abgedrückt. Gehirnmasse, Knochenfragmente und Haare hatte die Wucht der Schüsse tief in den Erdboden gepresst.

Raphael drehte sich weg. Er spürte die Magensäure im Mund. Er spuckte aus und nahm einen Schluck aus der Feldflasche.

»Du musst dich daran gewöhnen«, sagte Nikos und hockte sich neben die erste Leiche. »Sie waren nachlässig, die Nazischweine. Haben die Toten nicht durchsucht.«

Er fand etwas Geld in der Hosentasche der Leiche und ein Pfefferminzbonbon in der Jacke. Das Bonbon warf er Raphael zu.

»Da, nimm. Vertreibt den schlechten Geschmack.«

»Das ist widerlich«, sagte Raphael und steckte das Bonbon ein.

»Ach was. Er wird es nicht mehr essen, und es ist ja nicht vergiftet oder so etwas.«

»Ich meine dich. Dass du die Leichen bestiehlst.«

»Sie haben nichts mehr von ihrem Geld und ihren Zigaretten, und wenn wir die Sachen nehmen, bekommen die Deutschen nichts.«

Sie schafften es nicht ganz bis Argostoli. Die Einfahrtsstraßen waren von deutschen Einheiten besetzt. An den Kreuzungen gab es Maschinengewehrnester, und selbst die Fahrzeuge der Wehrmacht wurden kontrolliert. So wichen sie nach Norden aus und kamen über einen Olivenhain zu einem Gefangenenlager. Stacheldraht lag in losen Schleifen auf dem Acker, und mit Ästen und Decken hatten die Italiener einige Unterstände gebaut. Bei den deutschen Posten am Eingang stand ein italienischer Offizier. Raphael erkannte ihn. Es war Maggiore Stefano Lazzari. Man hatte den Offizieren die Waffen nicht abgenommen. Lazzari trug seine Pistole immer noch am Gürtel.

Hier waren sie also gelandet, die italienischen Soldaten, die vor zwei Wochen noch durch die Straßen von Zakynthos spaziert waren und sich wie die Herren der Welt gefühlt hatten. Aber Raphael empfand keine Schadenfreude. Er sah nur mögliche Verbündete vor sich.

Sie umrundeten das Lager. Weitab des Eingangs gab es einen Bereich, der kaum bewacht wurde. Aber auch hier lag Stacheldraht auf dem Boden, und eine Wache patrouillierte jede halbe Stunde. Raphael wartete ab, bis die Wache hinter einer Baumgruppe verschwunden war, nahm Anlauf und hechtete über den Stacheldraht.

Im Lager fielen Nikos und Raphael nicht weiter auf. Viele Soldaten hatten ihre Uniformen abgelegt oder verkauft und trugen die verschlissenen Hemden und Hosen von Bauern. Sie waren unrasiert und hatten sich seit Tagen nicht gewaschen.

Zu essen gab es nichts. Das Wasser mussten die Soldaten von einem Brunnen außerhalb des Lagers holen. Unter Bewachung marschierten sie zu viert los und schleppten die Kanister über einen Hang zu ihren Kameraden.

Raphael fragte sich durch. Der ehemalige Inselkommandant Gianni hielt sich in einem Unterstand auf. Er trug nach wie vor seine Uniformjacke.

»Sie kennen mich vielleicht«, sagte Raphael.

Maggiore Lazzari packte Raphael und stieß ihn zu Boden.

»Seien Sie nicht so grob«, rügte ihn Gianni.

»Dieser Rotzlöffel hat unsere Panzer ruiniert, und er hat Handgranaten gestohlen und sie zu den Banditen gebracht.«

»Stimmt das?«, fragte Gianni.

»Grundsätzlich ist das nicht falsch«, antwortete Raphael und putzte sich den Dreck von der Hose.

»Und dieser Bauer«, Lazzari zeigte auf Nikos, »der ist ein Gewohnheitsverbrecher. Wenn man ihm die Hand gibt, zählt man nachher besser seine Finger, damit man sicher ist, dass noch alle da sind.«

»Ein Saboteur und ein Verbrecher also«, sagte Gianni. »Was verschafft mir das Vergnügen? Ihr seid doch sicher nicht hier eingebrochen, um nachzusehen, ob es uns gut geht.«

»Wir suchen Verbündete«, sagte Raphael. »Das Oberkommando der Volksbefreiungsarmee schickt mich mit dem Auftrag, italienische Verbände anzuwerben und sie gegen die Deutschen zu führen.«

»Du willst uns führen?« Gianni lachte.

»Wer die Armee anführt, ist doch nicht wichtig«, gab Raphael zurück. »Hauptsache, wir besiegen die Faschisten.«

»Du vergisst, dass auch wir Faschisten sind«, sagte Gianni.

»Ihr habt den Krieg verloren«, sagte Raphael. »Also, wenn ihr mit uns kämpft, gewinnen wir und nicht ihr. Das macht den Unterschied.«

»Gut gesagt. Aber ich muss ablehnen.« Gianni stand auf, um anzudeuten, dass die Unterhaltung beendet war. »Wir haben uns ergeben. Sich jetzt zu erheben und zu kämpfen, wäre unehrenhaft.«

»Aber andere Verbände kämpfen noch.«

»Dann musst du deren Kommandanten fragen. Wir warten hier nur noch auf unseren Transport zurück nach Italien.«

## VIII

Raphael und Nikos wollten weiter nach Norden. Dort sollten sich, so Gianni, noch ein paar Abteilungen der Divisione Acqui gegen die Deutschen zur Wehr setzen. Also marschierten sie den Weg zurück, den sie gekommen waren, und erreichten gegen Abend wieder Faraklata.

Die Wehrmacht hatte die italienischen Gefangenen mittlerweile auf einem Feld vor dem Dorf in einem Stacheldrahtverhau gesammelt. Die Waffen der italienischen Soldaten lagen verstreut neben der Straße, und gerade riefen die Wehrmachtssoldaten einen Gefangenen nach dem anderen auf. Die Italiener standen in einer Reihe vor dem Stacheldraht und mussten die Durchsuchung über sich ergehen lassen. Die Wehrmachtssoldaten griffen ihren Gefangenen in die Hosentaschen, stülpten sie um, und zwischendurch gab es immer wieder Schläge.

Als die Italiener dann halbnackt dastanden, sich die Blößen mit Händen bedeckten, gab ein Offizier den Befehl zum Abmarsch. Rechtsum und im Laufschritt, marsch. Von Faustschlägen und Tritten angetrieben, liefen die Italiener die Straße entlang und bogen rechts auf ein Feld ein. Raphael und Nikos folgten ihnen.

Der Marsch endete am Waldrand. Die Italiener mussten sich in einer Reihe aufstellen. Die Deutschen legten an und erschossen die Männer. Sie marschierten zurück, ohne sich um die Verwundeten zu kümmern.

Raphael wollte aufspringen und den Verletzten zu Hilfe eilen, aber Nikos hielt ihn zurück, denn jetzt kamen schon die Nächsten anmarschiert. Ein italienischer Soldat gestikulierte und hielt den Deutschen immer wieder seine weiße Armbinde mit dem roten Kreuz hin. Aber das interessierte niemanden. Er wurde genauso erschossen wie alle anderen.

Italienische Soldaten gingen wie Schlachtvieh zur Hinrichtung. Raphael konnte das nicht begreifen, und er fragte Nikos flüsternd, warum sich keiner zur Wehr setzte. Oft waren es nur fünf oder sechs Wehrmachtssoldaten, die bis zu dreißig Italiener abführten. Das konnte doch nicht so schwer sein, die zu überwältigen.

Nikos zuckte nur mit den Schultern und kroch nach hinten weg. Es hatte keinen Sinn, hier zu warten und dem Massaker zuzusehen. Sie konnten nichts tun.

»Komm jetzt«, zischte er, als Raphael zögerte.

Raphael warf ihm einen Blick zu. Vorn nahmen schon die nächsten Italiener Aufstellung. Schüsse, und dumpf fielen die Männer zu Boden.

»Wir müssen hier weg«, zischte Nikos, und erst jetzt konnte sich Raphael von dem Schauspiel lösen.

Sie mussten nicht weiter darüber reden. Auch Raphael war klar, dass seine Mission gescheitert war. Es gab hier nichts mehr zu tun. Sie suchten ihren Weg durch das Wäldchen Richtung Süden und kamen an die Rückseite eines Gartens. Dort lagen Sandsäcke verstreut, eine Batteriestellung der Italiener, wie sie gleich erkannten. Ein Soldat hing tot über dem Maschinengewehr. Der nächste, an den Haaren über die Barriere aus Sandsäcken gezerrt, sein Gesicht von Stiefeln zertreten, lag in einem Gemüsebeet. Vom Kopf des dritten Soldaten war kaum etwas zu erkennen. Die Deutschen hatten so lange auf seinen Schädel eingetreten, bis ihm die Augen aus dem Gesicht fielen und sein Kopf flach war wie eine zusammengestauchte Konservendose.

# Kapitel 10

## I

Als Anastasios Tetradis von der Finsternis des Hauses hinaus in die Nacht trat, überflutete ihn der Gesang der Zikaden. Das Licht des Viertelmondes erhellte den Weg entlang der Oleanderbüsche, aber die Bank draußen beim Kaninchenstall lag im Dunkeln. Zu dicht wölbten sich die Zweige der Akazien über das kleine Gebäude.

Die Kühle kam nun vom Meer bis hierher nach Gaitani, und der Abend war schon längst der Nacht gewichen. Es war die beste Zeit, um draußen zu sitzen und eine Pfeife zu rauchen. Das hatte Anastasios immer schon so gemacht. Seit er das Haus gekauft und mit seiner Frau Rubini hier eingezogen war. Lange war das her, eine Ewigkeit, wenn man es mit der Zeit nicht so genau nahm wie die Fremden, die mit ihren Gewehren durch die Stadt patrouillierten.

Die Pfeife in der hohlen Hand, machte sich Anastasios auf den Weg. Bei jedem Schritt lauschte er auf das Zirpen der Zikaden oder, um genau zu sein, auf eine einzelne Zikade. Sie saß im fünften Oleander, wenn man vom Haus aus zählte, und sie stieß in unregelmäßigen Abständen ein raues Zirpen aus. Dreimal schnell hintereinander, dann war wieder ein paar Sekunden Ruhe und dann wieder ein Zirpen und schließlich zehn Laute wie eine Salve aus einem Maschinengewehr. Seit Wochen saß die Zikade in diesem Oleanderstrauch und zirpte und rasselte. Jeden Abend wiederholte sich diese Szene. Anastasios trat vors Haus und machte sich auf den Weg zur Bank beim Kaninchenstall. Kaum näherte er sich dem Oleander, verstummte die Zikade.

Die ersten Male war ihm das gar nicht aufgefallen, aber dann ließ er sich auf ein Spiel mit dem unsichtbaren Insekt ein. So leise und sacht trat er auf, dass sein Schritt wie eine Feder auf dem Kies landete.

Heute probierte Anastasios einen neuen Trick aus. Schon drei Meter vor dem Oleanderstrauch bückte er sich und zog den Kopf ein. Dann kniete er sich hin, und mit der kalten Pfeife zwischen den Zähnen versuchte er, so lautlos wie möglich an der Zikade vorbeizukriechen.

Die Zikade sang. Ihr Zirpen klang kräftig und übertönte alle anderen Geräusche der Nacht. Nur noch zwei Meter, dachte Anastasios und schob sich ein paar Zentimeter vor. Die Zikade stieß drei Rufe aus und hielt inne. Auch Anastasios rührte sich nicht. Erst als die Zikade wieder mit ihrem Lied begann, bewegte auch er sich.

Heute würde er es schaffen. Nur noch ein paar Zentimeter. Die Zikade stieß ihren rasselnden Ruf aus, immer schneller und heftiger, und dann hörte Anastasios ein Kichern. Seine Bewegungen gefroren, und die Zikade verstummte mitten in einer Kadenz. Langsam drehte Anastasios den Kopf. Rubini stand am Hauseingang. Ihre Schultern bebten vor Lachen.

Noch war nichts verloren. Ein paar Sekunden, und die Zikade würde wieder beginnen. Aber da kam nichts. Eine Minute verging, eine zweite begann und verrann. Die Zikade schwieg.

»Rubini«, flüsterte Anastasios. »Du hast alles verdorben. So knapp war es. So knapp.«

Er hob eine Hand und zeigte ihr mit Daumen und Zeigefinger, wie knapp er verloren hatte. Dabei fiel ihm ein, dass sie seine Hand in der Dunkelheit wohl nicht sehen konnte, und rappelte sich auf.

Sie kam auf ihn zu, küsste ihn auf die Wange und ging wieder.

»Morgen vielleicht«, sagte sie und kicherte noch einmal, bevor sie im Hauseingang verschwand.

## II

Es machte ihm nichts aus, dass er schon wieder verloren hatte. Es gab noch viele Nächte, in denen er an der Zikade vorbeischleichen konnte. Nur das Gekicher seiner Frau störte ihn, dass sie ihn entdeckt hatte, vermutlich schon seit Tagen beobachtete, wie er jeden Abend einen anderen Trick versuchte, um die Zikade zu überlisten. Aber er war Rubini nicht böse. Er lächelte und stopfte den Tabak mit dem Daumen tiefer in den Pfeifenkopf. Er wartete. Auch hier hatte er keine Eile. Der Tabak duftete ein wenig nach Erde und nach der Trockenheit im August, wenn die Winde vom Meer her die Insel überfielen und auch das letzte Wasser aus dem Staub saugten.

Anastasios baute den Tabak mittlerweile selbst an. Nicht weil sein Tabak besser war, als der, den man in der Stadt bekam, sondern weil es seit zwei Jahren kaum noch Tabak zu kaufen gab. Auf dem Festland hatten die Deutschen alles beschlagnahmt. Sie rafften zusammen, was sie finden konnten. Die Oliven und das Olivenöl, die Weintrauben und sogar die Schafe, das Getreide und das Obst. Die deutschen Soldaten gingen von Dorf zu Dorf und konfiszierten, was auch immer sie finden konnten. Es würde sich also hier auf der Insel wenig ändern, jetzt wo die Deutschen die Italiener abgelöst hatten.

Die Zikade hatte ihren Gesang wieder aufgenommen, und Anastasios lehnte sich an die Wand des Stalls. Hinter ihm rumorte es. Die Kaninchen trommelten mit den Hinterläufen gegen das Holz. Vielleicht wollten auch sie zeigen, dass sie Anastasios bemerkt hatten. Er riss ein Streichholz an der Kante der Bank an und hielt es über die Pfeife.

Zuerst kringelten sich die Fäden nur ein wenig, dann sog Anastasios die Flamme in den Tabak, es knisterte, und die Glut breitete sich aus. Der erste Zug schmeckte würzig, kratzte aber auch ziemlich auf der Zunge. Der eigene Tabak war nicht so gut wie jener aus Thessaloniki oder Chalkidiki. Von dort kamen diese Orienttabake, deren Rauch sich im Mund anfühlte wie Seide. Aber da war nichts zu machen. Keinen Krümel konnte man bekommen. Anastasios schloss die Augen und versuchte, sich an den Geschmack zu erinnern.

Als die Italiener kamen, im Frühling vor zwei Jahren, hatte er noch einen ganzen Topf voll Tabak gehabt. Den besten, den man bekommen konnte. Avraam Matzas hatte ihm ein Viertelkilo davon verkauft. Ja, nicht nur verkauft. Der Mann war ein Genie, wenn es darum ging, verschiedene Tabaksorten zu mischen und aufeinander abzustimmen. Diesen wunderbaren Tabak, extra für ihn gemacht, gab es nirgendwo sonst als im Laden von Avraam Matzas.

Anastasios hielt den Rauch im Mund und schmeckte die Nuancen seines Krautes. Dann ließ er ihn langsam über die Lippen in die Nacht gleiten. Die Zikade sang. Sie raspelte und zirpte und feuerte ihr Stakkato in die Finsternis.

Oben war der Viertelmond ein Stück weiter gewandert. Ein paar Federwolken standen über den Olivenhainen. An den Rändern leuchteten sie, vom Mondlicht überglänzt. Weit und breit war sonst kein Licht zu sehen. Der Nachbar konnte sich das Petroleum für die Öllampen genauso wenig leisten wie Anastasios, und auch die Hütten weiter weg, die Straße entlang, lagen im Dunkeln. Wenn es gar nicht anders ging, konnte man die Lampen auch mit Olivenöl betreiben. Aber das Öl rauchte, und die Flamme lockte die Deutschen an. Schon deshalb saßen Anastasios und Rubini abends lieber im Dunkeln.

Er wollte verflucht sein, wenn die Deutschen sein Olivenöl bekamen. Die Amphoren hatte Anastasios im Ziegenstall eingegraben, hier gleich hinter den Kaninchen. Dort war es sicher, denn wer an das Öl wollte, musste an Pan vorbei, und der Ziegenbock mochte keine Fremden. Nicht einmal Rubini oder eines der Kinder konnte den Bockstall betreten, ohne attackiert zu werden.

Anastasios ging jeden Tag hin und redete mit dem Tier, streichelte den Ziegenbock zwischen den Hörnern und berichtete ihm von den Italienern und den Deutschen, von der Ernte und den anderen Tieren am Hof. Sie verband fast so etwas wie eine Freundschaft, und Anastasios glaubte fest daran, dass Pan ziemlich viel von dem verstand, was er ihm erzählte. Vor allem aber wusste der Ziegenbock, dass Anastasios ihn niemals schlachten würde.

## III

Die Zikaden hüllten die ganze Insel in ihren Gesang ein, und Anastasios saß wie unter einer Glocke aus Zirpen und Raspeln, aus nächtlichem Klang. So vergaß er für Minuten, was ihn bedrückte, und selbst die Angst vor den Deutschen rückte für eine Zeit in die Ferne. Sie würden früher oder später auch hier auftauchen. Noch waren sie in der Stadt beschäftigt, aber wenn ihnen dort die Arbeit ausging, würden sie kommen.

Er sog an seiner Pfeife und blickte hinauf in den Himmel. Die Wolken hatten sich ein Stück weit nach Westen bewegt. Der Große Wagen stand jetzt direkt über Anastasios. Das war ein gutes Zeichen, fand er. Die Griechen nennen dieses Sternzeichen die Große Bärin. Sie wandert immer im Kreis um den Kleinen Bären, um ihn vor den Angriffen der anderen Sternzeichen zu schützen, vor allem vor dem bösen Jäger Orion und vor den Kentauren.

Die Zikade im Oleanderstrauch drängte sich mit ihrem Lied in den Vordergrund. Das Ratschen und Zirpen übertönte alle anderen Tiere, und dann brach es mitten in einer wahnwitzig schnellen Kadenz ab. Anastasios senkte den Kopf. Der Rauch der Pfeife stieg ihm in die Augen, aber das merkte er kaum. Die Zikade hatte aufgehört zu singen, und die Zikaden in der Umgebung folgten ihr. Die Stille breitete sich aus wie die Wellen auf einem Teich.

Statt des Lärms der Zikaden meinte Anastasios, etwas anderes zu hören, ein Geräusch, das nicht hierhergehörte. Es war nicht das Rumoren der Kaninchen, und es waren auch nicht die Ziegen, die mit den Hufen scharrten. Da war etwas anderes, und es kam vom Rand der Büsche, dort zur linken Hand, wo die Kuhweide anfing.

Anastasios sperrte die Kühe im Sommer nicht ein, und es konnte gut sein, dass eines der Tiere einen nächtlichen Spaziergang machte. Eine Mutterkuh und ihr Kalb vielleicht, die wie er die Nacht genießen wollten. Aber Anastasios glaubte das nicht.

Das Geräusch war jetzt verstummt, und die Zikaden schwiegen trotzdem. Normalerweise ließen sie sich nicht lange irritieren. Ihre Zeit war kostbar, und ihr Lied war lang. Aber im Moment war kein Laut zu hören.

Anastasios hielt die Hand über seine Pfeife, damit man die Glut nicht sehen konnte. Vorsichtig stand er auf. Er lauschte. Es war etwas bei den Büschen, ganz sicher sogar. Vielleicht war es ein Marder, der es auf die Hühner abgesehen hatte.

Nun setzte Anastasios einen Fuß vor den anderen, ganz sacht, ganz leise, so wie er es in den letzten Wochen geübt hatte. Nur diesmal wollte er nicht die Zikade im Oleander überlisten. Er wollte mit den Schatten verschmelzen und durch das Gras huschen wie ein Geist.

Der Viertelmond schien immer noch hell, und nur unter den Bäumen war die Dunkelheit so dicht, dass sie Anastasios vor den Blicken der Eindringlinge verbergen konnte. Er war sich sicher. Dort unter dem Busch hockte ein Mensch, oder auch zwei. Deutsche Soldaten vielleicht. Die lauerten, kundschafteten den Hof aus, das Haus, die beiden Ställe, die Weide. Und sie warteten auf eine Gelegenheit loszuschlagen, aus der Deckung zu brechen, die Gewehre unter dem Arm. Anastasios sah sie beinahe vor sich, so deutlich stellte er sich ihren Angriff vor. Geduckt rannte er durch die Dunkelheit. Die deutschen Soldaten konnten sicher kaum mehr als einen Wechsel der Schatten wahrnehmen. Eine Fledermaus, ja, vermutlich hielten sie ihn für eine Fledermaus, die lautlos unter den Ästen dahinsegelte.

Schon war Anastasios an der Hausmauer. Die Tür stand offen. Drinnen die Finsternis und im Flur seine Gewehre. Die Schrotflinte war geladen. Seit Beginn des Krieges war sie immer geladen. Der Schaft des Gewehres fühlte sich glatt und kühl an. Anastasios nahm die Waffe an sich und ging durchs

Haus. Durch den Hinterausgang gelangte er auf einen Wiesenstreifen. Dahinter begann ein Olivenhain.

Ein leichter Wind frischte auf. Es musste schon bald Mitternacht sein. Das Land kühlte schneller ab als das Meer, und jetzt geriet die Luft in Bewegung. Die Blätter der Olivenbäume zeigten im Lufthauch ihre silbrige Unterseite. Die Wolken waren vom Himmel verschwunden. Das Mondlicht zeichnete blasse Lichtkegel zwischen die Äste.

Geduckt rannte Anastasios über die Wiese, warf sich neben einem Olivenbaum zu Boden. Er glaubte nicht, dass ihn jemand gesehen hatte, und nun lief er von Olivenbaum zu Olivenbaum, weit hinein in den Garten, dann bog er nach rechts ab. Noch ein paar Meter, und er stünde im Rücken der Soldaten.

Von hier aus konnte er sie nicht sehen. Ein Streifen Schilf trennte die Weide vom Olivenhain, und dahinter lag eine Senke, ein schmales Bachbett. Dort versteckten sich die Soldaten und spähten durch die Büsche.

Das Schilf raschelte, als Anastasios die ersten Halme beiseitebog. Die rauen Blätter rieben aneinander. Unter Anastasios' Schuhen zerbröselte ein trockener Stängel. Seine Bewegungen gefroren. Konnte das jemand gehört haben? Wenn man so feine Ohren hatte wie eine Zikade, dann sicher. Aber die deutschen Soldaten wussten bestimmt noch nicht, dass sie den Feind im Rücken hatten. Die Wand aus Schilf dämpfte alle Laute.

Dennoch ärgerte sich Anastasios und setzte die Schritte nun behutsamer. Mit der Spitze seines Schuhs schob er einen Schilfhalm beiseite, belastete den Fuß langsam und machte so einen Schritt nach vorn.

Es dauerte Minuten, bis er auf diese Weise den Schilfgürtel durchquert hatte. Vor ihm tauchte eine Gestalt aus der Dunkelheit. Es war ein Soldat. Auf dem Bauch liegend, hob er immer wieder den Kopf und sah durch die Äste in Richtung Hof. Aber eines war seltsam. Der Soldat hatte kein Gewehr bei sich, und auch die Pistolentasche an seiner Hüfte schien leer zu sein. Und er war allein.

Der Boden fiel hier leicht zum Bachbett ab. Auf der anderen Seite der Senke lag der Soldat. Ein Sprung, und Anastasios wäre bei ihm. Aber er zögerte. Ein Soldat allein, hier, weit weg von der Stadt. Das war verdächtig. Ein Soldat ohne Gewehr und ohne Pistole. Konnte es sein, dass sich seine Kameraden irgendwo in der Nähe versteckten, ihn vorgeschickt hatten, um die Lage auszukundschaften?

Möglich war es, aber Anastasios konnte es nicht überprüfen. Er stand vor der Wahl, den Soldaten jetzt und hier aufzuschrecken oder zu warten, ob Verstärkung kommen würde. Mit dem Gewehr an seine Seite gepresst, stand Anastasios im Schilf und rührte sich nicht. Die Zikaden schwiegen immer noch. Nur weit weg im Olivenhain und an der Straße sangen sie. Als hätte sich eine Kuppel aus Stille über Anastasios' Hof gestülpt.

Nach einer Minute, oder vielleicht waren es auch zehn, bewegte sich der Soldat. Anastasios verlor die Nerven. Er sprang mit einem Schrei aus dem Schilf und richtete die Schrotflinte auf den Soldaten.

»Liegenbleiben, du verdammter Bandit«, schrie Anastasios.

Der Mann zuckte zusammen und sprang in Panik in die Höhe. Er keuchte und starrte Anastasios an wie ein aufgeschrecktes Reh. Er redete sehr schnell. Anastasios verstand nicht, was er sagte, aber es klang nicht sehr bedrohlich.

»Was willst du hier? Auf die Knie.« Anastasios deutete mit der Waffe auf den Boden, und der Soldat verstand die Geste.

»Prego«, sagte der Soldat, und dann fiel ihm das Wort doch noch auf Griechisch ein. »Parakaló. Parakaló voítheia.« Bitte Hilfe.

»Du sollst unten bleiben. Hände in die Höhe«, schrie Anastasios, der gar nicht mitbekommen hatte, dass der Soldat versuchte, Griechisch zu sprechen. »Verstehst du nicht? Du sollst die Hände in die Höhe strecken.«

Anastasios deutete mit dem Gewehr nach oben, und jetzt stand der Soldat wieder auf.

»Du sollst niederknien, du Verbrecher.« Anastasios deutete mit der Waffe nach unten, und der Soldat kniete sich wieder hin.

»Ich sollte dich auf der Stelle über den Haufen schießen«, sagte Anastasios, aber als er sah, wie Tränen über die Wangen des Soldaten liefen, ließ er sein Gewehr sinken.

Das war doch nicht einmal ein richtiger Mann, der nun vor ihm kniete. Die Tränen zogen helle Furchen in ein Knabengesicht. Die Augen schimmerten im Nachtlicht, und Anastasios murrte etwas Unverständliches vor sich hin und legte das Gewehr weg.

»Komm her«, sagte er und streckte dem jungen Mann seine Hand entgegen. Er zog ihn hoch und nahm ihn in den Arm. Der dürre Körper des Soldaten zitterte. Anastasios hielt ihn fest und führte ihn über die Weide zum Haus.

# IV

»Sieh dir an, was für einen Vogel ich gefangen habe«, sagte Anastasios, als er mit dem Soldaten durch die Haustür kam. Er lächelte, aber das konnte Rubini in der Dunkelheit nicht sehen.

»Mach Licht«, sagte er. »Es ist ja finster wie in der Hölle.«

»Aber du sagst doch immer, wir sollen kein Licht machen, wegen der Soldaten.«

»Das ist etwas anderes. Eine Lampe nur. Wir müssen sehen, ob er verletzt ist.«

Ein Streichholz kratzte über einen Stein, und eine Flamme zischte auf. Rubini beugte sich über die Lampe und entzündete das Öl. Eine Rußfahne schlängelte sich in die Höhe, bis Rubini den Docht zurückschraubte und die Flamme stetig, wenn auch nicht sehr hell, brannte.

Rubini wischte dem jungen Soldaten das Gesicht sauber. Anastasios legte ihm einen Arm um die Schulter und sprach beruhigend auf ihn ein. Auf dem Revers des Soldaten war die italienische Flagge aufgenäht. Mit Schmutz verschmiert und zerfleddert, aber deutlich erkennbar.

»Italiano?«, fragte Anastasios und tippte dem Soldaten mit dem Zeigefinger an die Schulter.

Der Soldat nickte.

»Anastasios«, sagte Anastasios und klopfte sich an die Brust. »Und du?«

Rubini brachte Milch und einen Kanten Brot, stellte beides auf den Tisch und sah zu, wie ihr Mann versuchte, mit dem Soldaten zu reden.

»Anastasios«, wiederholte er und zeigte dann auf den Soldaten. »Rubini«, sagte Anastasios und zeigte auf seine Frau.

Der Soldat nickte.

»Ist er ein bisschen dumm, oder hat er seine Zunge verschluckt?«, fragte Anastasios seine Frau.

»Jetzt sei nicht so ungeduldig. Noch vor zehn Minuten hast du ihm ein Gewehr ins Gesicht gehalten. Der Junge muss zuerst einmal etwas essen.« Sie schob ihm den Teller mit dem Brot hin und schenkte Ziegenmilch in eine Tasse. »Trink«, sagte sie und nickte dem Soldaten zu.

Als der Soldat Rubini ansah, als hätte er sie nicht verstanden, nahm Anastasios ein Stück Brot und steckte es sich in den Mund, ein zweites drückte er dem Soldaten in die Hand. Erst jetzt überwand der junge Mann seine Scheu und begann zu essen.

»Wir müssen ihn verstecken«, sagte Rubini. »Die Deutschen werden kommen und den Hof durchsuchen.«

»Noch sind sie mit der Stadt beschäftigt«, sagte Anastasios.

»Aber da kannst du dir nicht sicher sein. Hättest du sonst das Gewehr geholt?«

»Auf einen Marder hätte ich geschossen.«

»Jedenfalls kann er nicht hier in der Küche schlafen.«

»Dann im Stall.«

»Dort werden sie zuerst suchen. Aber vielleicht beim Ziegenbock im Versteck.«

»Zum Olivenöl lass ich ihn nicht«, sagte Anastasios.

»Dann unter unserem Bett.«

»Unter dem Ehebett?«

»Warum nicht?«

»Ich meine, das ist unser Ehebett.«

»Wir haben schon vier Kinder.«

»Das meine ich nicht. Aber …« Anastasios meinte natürlich genau das. »Aber wir kennen doch noch nicht einmal seinen Namen.«

»Das werden wir gleich haben«, sagte Rubini. Sie tippte dem Soldaten auf die Schulter, und er sah auf. »Rubini«, sagte sie und zeigte dabei auf sich. »Und du?« Sie nickte ihm zu.

»Luigi«, sagte der Soldat zwischen zwei Bissen.

»Siehst du, jetzt kennst du seinen Namen«, sagte Rubini zu ihrem Mann und bemerkte gar nicht, dass Takis, ihr jüngster Sohn, in der Tür stand und die Szene beobachtete.

## V

Anastasios wischte sich den Schweiß von der Stirn und warf einen Blick auf die Schrotflinte, die er an die Wand des Ziegenstalls gelehnt hatte. Es roch nach Ziegendung und Stroh, und ein Zicklein stand keine zwei Meter von Anastasios entfernt und sah ihm dabei zu, wie er ein Loch grub. Das Loch war quadratisch und mittlerweile etwa einen Meter tief. Anastasios arbeitete schon seit der Dämmerung, denn er wollte die Kühle des Morgens nutzen, um die Arbeit hinter sich zu bringen. Noch einen Meter, und er war fürs Erste fertig.

In so einer Grube konnte man es eine Zeitlang aushalten. Es war kühl und dunkel, und in der Nacht durfte Luigi ins Freie. Aber tagsüber musste er hier im Ziegenstall bleiben.

Er konnte ja den Zikaden zuhören. Die sangen den ganzen Tag und die ganze Nacht. Nur in der Morgendämmerung wurden sie etwas leiser, um dann die ersten Sonnenstrahlen umso lauter und kräftiger zu begrüßen. Jetzt hörte Anastasios sogar die Zikade aus dem Oleanderstrauch bis hierher. Sie hatte ein besonders durchdringendes Organ. Dieses Raspeln und Zirpen bohrte sich einem in den Gehörgang und setzte sich dort fest.

Das Lied der Zikaden beruhigte Anastasios. Er passte seinen Rhythmus dem An- und Abschwellen des Gesangs an, und es schien ihm beinahe, als ob die Zikaden ihm zuflüsterten, er habe nichts zu befürchten, nichts Schlimmes würde geschehen.

Aber dann brach das Lied der Zikaden ab. Ohne nachzudenken, kletterte Anastasios aus der Grube, griff nach seinem Gewehr und trat hinaus auf die Weide. Stille. Nur das Äsen der Ziegen war zu hören. Ihre Mäuler schlossen sich um die Grashalme, ihre Zähne rupften an den Stängeln, und bald hob eine Ziege nach der anderen den Kopf und sah hinüber zum Bachlauf. Dort, wo der Bach eine Schleife machte und in den grün schillernden Schatten des Olivenhains verschwand, wippte das Schilf.

Kein Wind rührte sich. Die Vormittagssonne hatte die Insel fest im Griff, und das Leben tropfte gemächlich vor sich hin. Nichts bewegte sich schneller, als es musste. Außer diesem Schilf drüben beim Bach.

Anastasios klemmte sich das Gewehr so unter den Arm, dass er jeden Moment schießen konnte, und ging mit großen Schritten auf das Schilf zu. Diesmal dachte er gar nicht daran, sich anzuschleichen.

»Ella«, brüllte er, noch bevor er den Bach erreicht hatte. »Ella! Aufstehen, auf mit euch, ihr Halunken!«

Das Schilf bog sich zur Seite, und ein Kopf erschien. Auf dem Kopf saß eine Militärmütze, und daneben tauchte noch ein Kopf auf und noch einer. Sechs Männer in zerrissenen

Uniformen krochen aus dem Bachbett, stützten sich gegenseitig und versuchten, die Arme in die Höhe zu strecken.

An den Jacken erkannte Anastasios die italienischen Soldaten. Er zeigte mit dem Gewehr in Richtung Hof. Im Gänsemarsch trotteten sie vor ihm her. Ein paar hatten die Hände hinter dem Kopf verschränkt, die anderen waren zu erschöpft und konzentrierten sich darauf, nicht über ihre eigenen Beine zu stolpern.

Rubini kam ihnen entgegen. Sie hatte die Truppe vom Küchenfenster aus gesehen und brachte zwei Krüge mit Wasser. Luigi blieb beim Hauseingang stehen und schaute zu, wie seine Kameraden in den Hof marschierten.

Die Männer setzten sich ins Gras und tranken aus den Krügen. Als Luigi zu sprechen begann und Anastasios sein Gewehr zur Seite stellte, ließ die Zikade im Oleanderstrauch ein Zirpen hören. Nur ganz leise, und dann schwieg sie für fast eine Minute. Ein langes Raspeln war als Nächstes zu hören und darauf wieder lange nichts. Von einem Olivenbaum weit weg antwortete eine andere Zikade, und eine dritte, irgendwo in den Akazien beim Ziegenstall, räusperte sich. Dann zirpte wieder die Zikade im Oleander, und so begann das Lied von Neuem und wob sich weit hinauf in den wolkenlosen Himmel.

## VI

Der kleine Bach floss hinter dem Haus vorbei. Dort hatte Anastasios schon vor Jahren einen Damm gebaut, und jedes Jahr machte er das Becken, in dem sich der Bach staute, ein Stück größer. Dieses Frühjahr hatte er einen ausgehöhlten Akazienstamm so in die Dammkrone eingepasst, dass er das überfließende Wasser auffing und weitertransportierte. Jetzt brauchten Rubini oder die Kinder den Eimer nur unter das Ende des Rohres zu stellen und zu warten, bis er vollgelaufen war. Im Moment kam aber braunes Wasser aus dem Baumstamm. Die sieben Italiener hatten ihre Uniformen ausgezogen und badeten im Staubecken. Anastasios sah ihnen dabei zu. Das Gewehr lag über seinen Knien, griffbereit, falls ein Trupp Deutscher auftauchen sollte.

Es war ihm nicht wohl bei dem Gedanken, dass jemand das Planschen der Soldaten hören könnte. Im Haus standen noch zwei Gewehre, aber was konnten er und dieser Haufen ausgehungerter Männer schon gegen die Deutschen ausrichten? Nicht sehr viel vermutlich. Und selbst wenn sie den ersten Suchtrupp in die Flucht schlugen, es würden mehr von ihnen kommen, und sie würden das Haus stürmen, den Stall durchsuchen und erst aufhören, wenn niemand mehr am Leben war. Die Deutschen diskutierten nicht, die schossen und stachen zu und trampelten alles tot, was sie unter ihre Stiefel bekamen. Das hatte Anastasios gesehen, als er das letzte Mal in der Stadt gewesen war. Die vielen jungen Männer, die tot von den Bäumen hingen, die ausgebrannten Häuser. Die Italiener waren eine Plage gewesen, aber die Deutschen waren schlimmer. Sie waren eine Ausgeburt der Hölle, eine Horde von Teufeln und Dämonen, die über Griechenland hergefallen waren. So hatte Anastasios die Predigt des Bischofs jedenfalls verstanden, und selbst wenn Bischof Chrysostomos nicht so deutliche Worte gefunden hätte, wäre Anastasios der Unterschied zwischen den Italienern und den Deutschen aufgefallen. Spätestens, als die deutschen Soldaten ihre italienischen Kameraden durch die Straßen trieben, ihnen die Gewehrschäfte in die Nieren rammten.

Seitdem war er nur noch zweimal zur Sonntagsmesse in der Stadt gewesen, und dabei hatte er erfahren, dass die Deutschen die Italiener entwaffnet und nach Kefalonia gebracht hatten. Angeblich, um sie dort alle zu erschießen.

Es bestand jedenfalls kein Zweifel: Sollten die Deutschen die Soldaten bei ihm am Hof finden, war es um ihn und seine Familie geschehen, und je lauter die Männer im Wasser herumtollten, desto wahrscheinlicher war es, dass eine Patrouille auf sie aufmerksam wurde. Deshalb scheuchte Anastasios sie jetzt ins Haus.

Das Versteck war nun fertig ausgehoben und mit einer Falltür gesichert. Die Soldaten hatten Anastasios geholfen, so gut sie konnten. Den Boden legte Anastasios mit einer dicken Strohschicht aus, und er gab den Männern die zwei Gewehre mit, die er noch hatte. Sie sollten nicht gleich schießen, wenn jemand die Falltür öffnete. Erst wenn sie sich sicher waren, dass sie deutsche Soldaten vor sich hatten. Dann aber durften sie nicht zögern.

## VII

Am Nachmittag kehrte Ruhe ein. Die Soldaten schliefen in ihrem Versteck. Die Ziegen lagen im Schatten und dösten. Nur die Zikaden sangen weiter ihr Lied.

Rubini und Anastasios blieben in den Mittagsstunden in der Kühle des Hauses. Sie lagen nebeneinander in ihrem Ehebett, unter dem sich jetzt kein Soldat mehr versteckte, und sahen zu, wie ein Gecko über die Wand huschte, in der oberen linken Ecke des Raumes verharrte und dann kopfüber bis in die Mitte der Decke lief. Die Kinder spielten draußen. Sie hatten sich aus Steinen und Sand eine Burg gebaut, und soweit Anastasios das verstanden hatte, verteidigten sie diese Burg gegen die Hühner, die sie als ihre Feinde betrachteten. Das Spiel hätte wenig Sinn gehabt, wäre da nicht der große Hahn gewesen. Ein vielleicht fünf Kilo schweres Tier mit langen Schwanzfedern und fast zentimeterdicken Sporen an den Füßen. Er griff jeden an, der seinen Hühnern zu nahe kam, plusterte die Halsfedern auf und ließ den Kamm anschwellen. Die Kinder lachten ihn aus, wenn er so daherkam und sich größer machte, als er war. Sie wussten, wann sie ihm ausweichen mussten und wann sie ihn reizen durften. Trotzdem gab es manchmal Kratzer. Anastasios hörte seinen jüngsten Sohn Takis, wie er auflachte. Wahrscheinlich lief er gerade vor dem Hahn davon und versteckte sich hinter einem Strauch. Dann schloss Anastasios die Augen und schlief traumlos, bis Rubini ihn weckte.

Die Arbeit des späten Nachmittags ging Anastasios wie immer leicht von der Hand. Die Ziegen kamen einzeln in den Stall und stellten sich an, um eine nach der anderen die Schnauze in den Kübel mit kleingehackten Zweigen stecken zu dürfen, während Anastasios sie molk. Nur einmal gab es ein Gedränge, als sich eine junge Ziege vorschwindeln wollte und gleich von einer älteren mit einem Kopfstoß zurechtgewiesen wurde. Anastasios achtete gar nicht darauf. Er vergaß auch beinahe, dass sich ein paar Meter von ihm entfernt unter den Brettern sieben Männer befanden. Dann streifte er mit dem Gewehr über der Schulter durch den Olivenhain und begutachtete die Bäume. Es würde keine besondere Ernte geben. Aber das störte ihn nicht. Die Deutschen würden ohnehin das meiste Olivenöl stehlen. Der Wein entwickelte sich dafür ganz gut, und auch das Gemüse gedieh prächtig. Anastasios half seiner Frau dabei, die Pflanzen zu gießen, und so zwischen dem Salat und den Tomaten ging ihre Rede hin und her. Rubini sagte, sie hätte heute Nachmittag einen schlimmen Traum gehabt. Von den Deutschen hätte sie geträumt und von Blut, von einem Regen aus Blut. Aber sie sah darin kein böses Omen. Es war nur natürlich, dass sich die Angst in die Träume schlich. »Der Teufel kennt Hunderte Wege, um Furcht und Misstrauen zu säen«, meinte sie und küsste ihren Mann.

So neigte sich der Tag, und schon bald begann die Dunkelheit unter den Bäumen zu wachsen, streckte ihre Fühler aus, kroch durchs Gras, wand sich um die Sträucher und wuchs über Mauern und Wege, bedeckte Holz und Stein.

Die Wandlung des Tages in die Nacht floss an Anastasios vorbei, und er merkte kaum etwas davon. Erst nachdem er den Soldaten Essen gebracht hatte und sie schweigend in der beginnenden Kühle saßen, hatte er wieder Zeit für sich. Wie jeden Abend stand er vor dem Haus, die gestopfte Pfeife schon in der Hand und sah über die Wiese hinüber zum Stall. Die Zikade hockte wie immer im Oleander, und wie jeden Abend sang sie besonders laut und übertönte ihre Gefährtinnen. Doch diesmal wollte Anastasios nicht mit ihr spielen. Er war zu müde, und außerdem wollte er sich nicht vor den Soldaten lächerlich machen.

Also ging er einfach los und kümmerte sich nicht darum, als die Zikade verstummte. Sie wartete, bis er sich auf seine Bank gesetzt und seine Pfeife angezündet hatte, dann begann sie wieder zu singen.

Immer noch trauerte er seinem geliebten orientalischen Tabak nach. Wenn dieser Krieg nur endlich vorbei wäre und die Deutschen geschlagen, dann würde er in die Stadt spazieren, direkt in Avraam Matzas' Geschäft, und gleich ein ganzes Kilo bestellen. Wenn es das Geschäft dann noch gab und Avraam

Matzas am Leben war. Diese verfluchten Deutschen, dachte er. Konnten die nicht einfach nach Hause gehen und den Rest der Welt in Frieden lassen? Was wollten die überhaupt hier in Griechenland, auf Zakynthos? Die hatten hier doch gar nichts verloren.

Anastasios stieß den Rauch aus und sah zu, wie er sich in der Luft verlor. Er sollte sich nicht so viele Gedanken über Politik machen. Davon verstand er nichts, und wenn er ehrlich war, wollte er davon auch nichts wissen und nichts verstehen. Es genügte ihm völlig, wenn Bischof Chrysostomos sagte, dass es nicht richtig war, jemanden zu unterdrücken und zu töten. Das war eine einfache Wahrheit, und man musste kein großer Mann sein, um sie zu verstehen. Nein, dazu musste man nicht besonders schlau sein.

Die Dunkelheit wuchs, und Anastasios rauchte seine Pfeife so langsam wie möglich. Der Tag war anstrengend gewesen, und er hatte sich diese wenigen Stunden allein hier auf der Bank verdient. Er wollte an gar nichts denken, nur den Zikaden zuhören und den Himmel betrachten, wie nach und nach ein Stern nach dem anderen aufflammte und sich gleichzeitig das Blau in Schwarz wandelte. Die Zikade im Oleander raspelte ihr raues Lied heute besonders schnell, und eine Kadenz nach der anderen stieg in die Nachtluft. Anastasios hörte ihr ganz genau zu. Sie sang hell und dann wieder dunkel. Und gerade jetzt bemerkte Anastasios einen Schatten neben dem Oleanderstrauch. Etwas oder jemand bewegte sich dort, und die Zikade sang weiter.

Seltsam, dachte Anastasios, das kann nur ein Tier sein. Bei einem Menschen wäre die Zikade schon längst verstummt. Er sah, wie aus dem Schatten eine Gestalt auftauchte. Es war doch ein Mensch. Die Angst fuhr Anastasios in die Glieder.

Wie konnte das sein? Er legte seine Pfeife zur Seite und machte sich auf einen Angriff bereit. War das ein deutscher Soldat? Hatte der sich so leise angeschlichen, so kunstreich getarnt, dass nicht einmal die göttliche Zikade ihn bemerkte?

Aber nun erkannte Anastasios seinen Irrtum. Es war ein Mensch, da in der Dunkelheit auf dem Weg, aber ein sehr kleiner Mensch. Der Mond, der während des Tages ein Stück gewachsen war, trat hinter einer Wolke hervor und beleuchtete die Gestalt eines Kindes.

Mit ausgestreckten Armen kam Takis auf seinen Vater zugelaufen. Die Zikade hatte ihn passieren lassen, ohne ihr Lied zu unterbrechen.

Takis kletterte auf die Bank und kuschelte sich an seinen Vater. So saßen sie schweigend und sahen hinaus in die Nacht. Anastasios streichelte die Haare seines kleinen Jungen und versuchte, nicht an die Zukunft zu denken. Aber das schaffte er nicht. Immer wieder stieg in ihm ein Bild hoch: Deutsche Soldaten, die mit ihren Sturmgewehren in sein Haus eindringen, die Betten durchwühlen, die Kästen umwerfen. Deutsche Soldaten, die ihm ein Gewehr an den Kopf halten, während er im Hof kniet, die Hände hinter dem Rücken zusammengebunden.

Genau das würde geschehen. Es war unvermeidlich, denn die Deutschen würden nicht eher Ruhe geben, bis sie jeden flüchtigen Italiener aufgestöbert und gefangen hatten. Und wer auch immer den Feinden der Deutschen Unterschlupf gewährte, wurde selbst zum Feind der Deutschen.

»Du, Papa«, sagte Takis ganz leise. »Ich verstehe etwas nicht.«

»Was denn?«

»Aber du darfst mir nicht böse sein.«

»Ich bin dir doch nie böse. Außer, wenn du die Tür vom Hühnerstall offen lässt und der Marder unsere Hühner umbringt.«

»Aber das habe ich noch nie vergessen«, sagte Takis etwas lauter.

»Ich weiß, deshalb war ich dir auch noch nie böse. Also, was willst du mich fragen?«

»Die Männer im Ziegenstall«, begann Takis.

»Ja?«

»Ich glaube, die sind Italiener. Meinst du nicht auch?«

»Da hast du ganz recht. Das sind italienische Soldaten.«

»Aber haben wir nicht die Hühner vor den Italienern im Wald versteckt, und das Olivenöl, Papa? Hast du das Olivenöl nicht vergraben, als die Italiener kamen?«

»Das stimmt. Sie haben alles gestohlen, was man essen kann.«

»Aber wenn die unsere Hühner stehlen, dann sind die doch böse?«

»Ja, du hast recht.«

Takis schwieg eine Zeit lang, dann drehte er seinen Kopf, sodass er seinen Vater sehen konnte. »Aber jetzt helfen wir ihnen?«

Anastasios sog an seiner Pfeife. »Weißt du«, sagte er dann, »als die Italiener auf uns geschossen haben, waren sie unsere Feinde. Sie haben unsere Hühner gestohlen, und sie waren die großen Herren. Aber jetzt, was sind sie denn jetzt? Arme Hunde sind sie. Wenn sie sich in der Stadt sehen lassen, werden sie verhaftet und erschossen. Wir müssen denen helfen, die Hilfe brauchen. So einfach ist das.«

# Kapitel 11

## I

»Wenn dich jemand fragt, dann bist du ein einfaches griechisches Mädchen«, sagte Großmutter Aneta zu Esther. »Du weißt nichts von Juden auf der Insel, und du stellst dich blöd, wenn einer wissen will, wo die Synagoge ist.«

»Was interessiert das die Deutschen, ob ich Jüdin bin oder nicht? Das kann ihnen doch ganz egal sein«, antwortete Esther und schnallte sich den Rucksack um. Sie hatte gerade ein paar Eier in Zeitungspapier gewickelt, die schönsten Karotten ausgesucht und eingepackt und wollte aufbrechen, um rechtzeitig auf dem Markt zu sein.

»Das ist eine schwierige Frage. Sie mögen die Juden halt nicht. Ich weiß auch nicht genau warum. Wir müssen einmal den Rabbi fragen, was es damit auf sich hat«, sagte Aneta. »Halt dich einfach von den Soldaten fern. Die Deutschen sind schlimmer als die Italiener.«

Der Morgen wölbte sich blau über der Insel, und die Hitze des neuen Tages kroch schon aus den Schatten unter den Bäumen, als Esther von Lithakia aufbrach. Sie mied die Straße und den Strand, nutzte einen Trampelpfad, den sie seit Kindertagen kannte, und wich so den Lkws aus, die seit gut einer Woche von der Stadt aus ins Landesinnere vorstießen. Es waren Lastwagen voll mit Wehrmachtssoldaten.

Auf dem Markt traf sie eine alte Frau, die Kisten an eine Mauer schlichtete. Ein kleiner Junge kickte ein Stück Holz über den Platz. Sonst war niemand da. Esther sprach die Frau an und fragte sie, was geschehen sei.

»Nichts, es ist niemand gekommen. Ich packe meine Sachen und warte auf meinen Mann. Dann bringen wir die Kisten weg.«

»Gibt es irgendwo anders einen Markt?«

Die Frau zuckte mit den Schultern.

»Was mache ich jetzt mit meinen Eiern und meinen Karotten?«

»Aufessen am besten. Bevor die Deutschen sie stehlen.«

»Aber das kann doch nicht sein, dass es keinen Markt mehr gibt.«

»Versuch es bei den Fischern. Die dürfen jetzt wieder hinausfahren. Vielleicht tauscht einer mit dir.«

Esther schulterte ihren Rucksack und ging an der Hafenmeisterei vorbei und die Anlegestellen entlang. Doch die Fischerboote lagen verlassen.

Die Netze häuften sich auf der Mole. Also waren die Fischer in der Nacht draußen gewesen, hatten ihren Fang in den Hafen gebracht. Die Netze hatten sie aber noch nicht wieder aufgerollt. Doch kein Fischer würde sein Boot verlassen, ohne es für die nächste Ausfahrt vorzubereiten. Die Netze mussten durchgesehen werden, Wasser und Treibstoff geladen und der Rumpf auf Schäden überprüft werden.

Beim Hauptplatz gab es einen Menschenauflauf, und Esther strebte darauf zu. Die Soldaten beim Rathaus kontrollierten sie nicht. Esther drängte sich durch die Reihen und sah links und rechts bekannte Gesichter. Die Fischer erkannte sie am Geruch, aber es waren auch viele Händler und Handwerker hier. Bauern, die wie sie zum Markt gekommen und nun bei der Versammlung gelandet waren, hatten ihre Eselskarren vor dem Theater abgestellt, ihre Körbe und Säcke an die Säulen der Arkaden des Rathauses gelehnt. Zwischendrin sah Esther Popen und Mönche in schwarzen Kutten, und am anderen Ende des Platzes konnte sie den Bart von Rabbi Ganis erkennen.

Zwei Männer kletterten auf eine hölzerne Transportkiste. Einer trug eine Wehrmachtsuniform, der andere Zivil. Der Wehrmachtsoffizier brüllte etwas auf Deutsch, dann gab es eine kurze Pause, und der Mann in Zivil brüllte auf Griechisch: »Erinnert euch an das Jahr 1712!«

»An das Jahr 1712 erinnert sich hier kein Schwein«, sagte ein Fischer. »Da war doch noch niemand am Leben.«

»Das Jahr 1712 markiert einen glorreichen Höhepunkt in der Geschichte der Insel. Nie zuvor und auch niemals danach haben sich die Bewohner der Insel so mutig gegen die jüdische Gefahr aufgelehnt. Wie ein Mann!«

Der Zivilist reckte ebenso wie der Offizier seine Rechte in die Höhe.

»Wie ein Mann standen die Bürger und Bauern auf und jagten die abscheuliche Brut zum Teufel.«

»Jetzt bin ich aber einmal gespannt, was die Deutschen mir über meine Insel erzählen«, sagte der Fischer und spuckte aus.

»Es war in der Karwoche des Jahres 1712, als ein kleines Mädchen aus der Stadt verschwand. Keine fünf Jahre alt war das Mädchen, so zart und lieb wie ein Engel. Man fand sie am Karsamstag tot im Meer. Bei Porto Davia trieb der kleine Körper im Wasser. Völlig ohne Blut in den Adern, aber mit Wunden an Händen und Füßen. Es war bald klar, dass die kleine Märtyrerin gekreuzigt worden war.«

»Du.« Der Fischer stieß einen Mönch mit dem Ellbogen an. »Sag einmal, stimmt das?«

»Erstunken und erlogen«, sagte der Mönch.

»Ganz sicher?«

»Es war bald klar, dass die Juden hinter dieser Sache steckten«, brüllte der Mann auf der Kiste. »Die blutsaugenden, gierigen Juden!«

»Das haben damals die Venezianer erzählt«, sagte der Mönch halb nach hinten gewandt.

»Sie haben dem kleinen Mädchen das Blut abgezapft«, fuhr der Mann auf der Kiste fort, »und es für ihre Matze, ihr ungesäuertes Brot, verwendet. Denn eines ist klar, die Juden können nur dann Pessach feiern, wenn sie dafür ein Kind schlachten und ihrem eselsköpfigen Satan opfern.«

Der Mönch schüttelte den Kopf.

»Ist das denn wirklich wahr?«, wollte der Fischer wissen und auch andere sahen nun den Mönch an.

»Nein, es ist nicht wahr. Die Geschichte wurde hier erzählt, früher, aber wahr ist sie nicht«, sagte der Mönch.

Der Fischer nickte und hob dann seine Faust. »Lügner«, brüllte er und einige stimmten ein. »Lügner! Das würden die Juden nie tun.«

Schneller als Esther reagieren konnte, teilte sich die Menschenmenge, und drei Soldaten stürzten sich auf den Fischer. Ein Gewehrkolben sauste durch die Luft und traf ihn an der Schläfe. Der bewusstlose Mann wurde davongezerrt.

»Jetzt ist Ruhe«, brüllte der Zivilist auf der Kiste. »Wir werden hier keinen Aufruhr dulden.«

Esther zitterte. Die Soldaten hatten brutal zugeschlagen, hatten alle anderen zur Seite gedrängt und nicht darauf geachtet, ob sie jemanden verletzten. Sie hatte versucht auszuweichen, aber da war kein Platz gewesen, und ein Soldat war ihr mit seinen Stiefeln auf die nackten Füße getreten. Sie wagte jetzt gar nicht, nach unten zu sehen. Es fühlte sich an, als seien ihre Zehen nur mehr ein roter, schmerzender Brei.

»Die Bürger dieser Insel haben sich an den verschlagenen Juden gerächt«, brüllte der Mann in Zivil. »Sie haben die Juden herausgetrieben aus ihren Häusern und ihren Synagogen und haben sie zu Tode geprügelt. Furchtbar war die Rache für das kleine Mädchen, das die Juden hingeschlachtet haben. Und von diesem Tag an mussten die Juden in ihrem Ghetto bleiben. Das soll uns nun als gutes Beispiel dienen. Die deutsche Besatzung unter Hauptmann Alfred Lüth verfügt hiermit: Von nun an sind alle jüdischen Häuser mit dem gelben Judenstern zu kennzeichnen. Wer gegen diese Anordnung verstößt, hat die schlimmstmöglichen Konsequenzen zu erwarten.«

## II

Schon aus hundert Meter Entfernung sah Esther, dass mit dem Haus ihrer Großeltern etwas nicht stimmte. Die Haustür war geschlossen, und auf dem Türblatt klebte ein gelber Stern. Die Deutschen waren hier gewesen.

Sie lief und warf den Rucksack beiseite, stürmte über die Terrasse und polterte in die Küche. Ihre Mutter saß am Tisch, hatte die Hände in den Schoß gelegt und sah ins Leere. Großmutter Aneta öffnete ihre Arme und fing Esther auf.

»Es ist alles gut«, sagte Aneta. Aber es sah gar nicht danach aus.

Großvater saß wie immer in einem Sessel und döste, aber auf dem Boden zu seinen Füßen hockte Esthers Bruder Schlomo und heulte. Über sein Gesicht zog sich ein roter Striemen, und auch seine Hände waren ganz zerkratzt und bluteten.

»Er hat versucht, die Soldaten aufzuhalten«, sagte Aneta.

»Mein armer Junge«, sagte Esthers Mutter und schlug die Hände vors Gesicht. »Mein armer Mann, mein armer Junge.«

»Es ist noch keine Stunde her«, sagte Aneta. »Sie sind hereingestürmt und haben deinen Vater gepackt und abgeführt. Einfach so. Wir wissen nicht, was mit ihm ist.«

Esther brauchte nicht mehr zu hören. Sie wand sich aus der Umarmung und lief davon. Den Rucksack, der auf dem Weg liegen geblieben war, nahm sie wieder auf, und schon war sie zwischen den Olivenbäumen verschwunden.

Es gab viele Möglichkeiten, wohin die Soldaten ihren Vater gebracht haben konnten. Sie wollte darüber gar nicht nachdenken, doch die Bilder in ihrem Kopf ließen sich nicht vertreiben: Ihr Vater, erschossen von einem Soldaten. Ihr Vater, erhängt. Ihr Vater, zu Tode geprügelt.

Ihr standen Tränen in den Augen, und sie sah kaum, wohin sie lief. Sie trat auf eine Bruchkante und verlor das Gleichgewicht, rutschte, fiel und landete am Strand.

»Bist du verrückt? Du hast mich erschreckt«, sagte Demetrios.

Esther drehte den Kopf. Sie sah die Beine des Jungen. Sie setzte sich auf und klopfte sich den Sand ab.

»Du musst schon schauen, wo du hintrittst«, sagte Demetrios. »Hast du dir wehgetan?«

»Geht schon.« Sie stand auf und griff nach ihrem Rucksack. Die Eier waren wahrscheinlich zerbrochen.

»Was machst du hier?«, fragte Esther, während sie den Rucksack öffnete und nach den Eiern suchte. »Die Soldaten werden dich einfangen, wenn du so allein hier herumstreunst.«

»Ach«, sagte Demetrios verächtlich. »Die erwischen mich nicht, und außerdem haben sie was anderes zu tun. Ich komme jetzt schon seit einer Woche her und habe noch keinen von denen gesehen.« Er zog an der Schnur, die er um einen Ast gewickelt hatte. »Die Fische beißen hier ganz gut.« Mit dem Kinn zeigte er auf den Schilfstreifen, der den Strand begrenzte. Dort im Schatten lagen drei Fische.

»Wenn du willst, machen wir ein Feuer. Du gibst ein Ei her und dafür gebe ich dir einen Fisch ab.«

»Sie sind alle noch ganz. Hab sie gut eingewickelt«, sagte Esther und überreichte Demetrios ein dick in Zeitungspapier verpacktes Hühnerei.

»Dann sind wir also im Geschäft.«

Demetrios legte die Spule in den Sand, beschwerte sie mit einem Stein und machte sich daran, trockenes Holz zu sammeln. Seit dem Krieg kamen zwar immer mehr Leute an den Strand, um Treibgut zu suchen, aber an dieser Stelle hatten die italienischen Soldaten eine Art Privatstrand errichtet, mit Liegen und Sonnenschirmen, und deshalb hatten die Bewohner der Insel diesen Fleck gemieden.

Äste und Abschnitte von Baumstämmen waren am Rand zu einem Haufen aufgeschichtet, und Demetrios suchte sich, was er brauchte, zerbrach ein paar Zweige und legte sie zurecht. Dann holte er seine Zunderschachtel aus der Hosentasche, und es dauerte nicht lange, bis die Funken ins trockene Schilf sprangen und die ersten Flammen aufzüngelten.

Die Fische steckte Demetrios auf Äste und drückte Esther einen davon in die Hand.

»So werden sie am besten. Ich fange dann noch ein paar zum Mitnehmen«, sagte er. »Aber verrate den Platz ja niemandem. Sonst ist es bald vorbei mit den Fischen.«

»Wenn ich manchmal einen bekomme«, sagte Esther und sah zu, wie das Feuer stärker wurde, die Flammen die Haut des Fisches versengten. »Du weißt doch immer, was auf der Insel so passiert«, sagte sie nach einer Weile. »Hast du gesehen, wohin sie meinen Vater gebracht haben?«

»Deinen Vater? Hab ich nicht gesehen. Ich bin seit heute früh hier.«

»Mhmm«, machte Esther und drehte den Fisch über dem Feuer.

»Aber ich kann mich einmal umhören. Du sagst, die Deutschen haben ihn geholt?«

Esther nickte.

»Wenn er nichts ausgefressen hat, musst du dir keine Sorgen machen.«

»Das kann man bei den Deutschen nie wissen.«

»Ja, aber es wird schon nicht so schlimm sein.«

Sie aßen den Fisch, und Demetrios durchlöcherte das Ei an beiden Seiten und trank es aus. Dann nahm er die Spule wieder auf und begann, den Strand entlangzuwandern.

Seit Langem wieder einmal satt, blieb Esther neben dem Feuer sitzen, lehnte sich zurück und schloss die Augen. Ein Ei war ein geringer Preis für einen Fisch und für das Gefühl, für eine Zeit in Sicherheit zu sein. Das Gefühl täuschte, und das wusste Esther. Jederzeit konnte ihr etwas Schlimmes zustoßen, und ihr Vater war vielleicht schon tot, aber mit vollem Magen fiel es ihr leichter, diese Gedanken zu verdrängen.

Die Augenlider wurden ihr schwer, und es gab keinen Grund, sie offen zu halten. Also überließ sich Esther der Müdigkeit, und das Glucksen der Wellen wiegte sie in den Schlaf. Sie erwachte erst, als die Dämmerung fiel und ein kühler Wind vom Meer her aufkam. Aber die Brise, die ihre Schläfen umspielte, war nicht der Grund dafür, dass sie aus dem Schlaf auftauchte und die Augen öffnete.

Zuerst war es nur ein Surren wie von einer Mücke, das sich in Esthers Unterbewusstsein breitmachte. Von Minute zu Minute wurde es lauter und schwoll zu einem Grollen an, und dann schrie alles in Esther Gefahr und Flucht.

Es waren deutsche Flugzeuge, die sich von Norden her näherten. Die Kämpfe auf Kefalonia dauerten an, und die Jagdbomber hatten einen Angriff hinter sich. Esther sah die Silhouetten groß gegen den mit Wolken betupften Himmel. Nun mischte sich in das Dröhnen ein Pfeifen, ein anschwellender Ton, der Esther auf die Füße brachte. Sie konnte nicht erkennen, was es war, aber ihre Angst sagte ihr, dass jetzt etwas Schreckliches geschehen würde.

Esther spürte die Detonation als dumpfen Schlag in der Magengegend, und im nächsten Moment bebte die Erde. Feuer prasselte auf, und eine zweite Explosion schoss einen Ball aus Rauch und Asche in die Luft.

Wieder rannte Esther. Diesmal zurück zu ihrem Haus. Den Kopf zwischen die Schultern gezogen, die Knie rasten wie Pleuelstangen auf und nieder, und die Luft zischte durch Nase und Mund. Das Feuer schlug aus dem hinteren Teil des Hauses. Dort war nichts mehr außer schwarzer Leere. Die Mauern eingestürzt, die Fenster geborsten und das Glas weit im Umkreis verstreut. Esthers Mutter Sultana schrie und ging auf die Knie. Als Esther sie in den Arm nahm, begann sie zu weinen. Sultana war bis auf einen Riss auf der Wange unverletzt. Aber was war mit Esthers Großmutter und ihrem Großvater? Sie machte sich von ihrer Mutter los und ging ins Haus. Der vordere Raum war beinahe unversehrt. Der Stuhl des Großvaters war leer, und auf dem Tisch häufte sich Mörtel, der von der Decke gebröckelt war. Aber dahinter, im Schlafzimmer, erwartete Esther ein rauchendes Loch. Die Betten hatten sich in der Explosion aufgelöst, und die Druckwelle hatte die Strohsäcke zerfetzt. In den Trümmern bemerkte Esther einen Arm. Er war von Steinen bedeckt, und nur die Finger der Hand ragten hervor. Esther begann zu graben, und dabei streiften ihre Hände den Arm. Da wusste sie, dass ihre Großmutter tot war.

## III

Esthers Mutter war kaum ansprechbar, ihr Vater verschwunden, und der Großvater saß in seinem Schaukelstuhl unter den Platanen. So blieb Esther nichts anderes übrig, als sich um das Begräbnis zu kümmern.

Rabbi Jesaja Ganis war gerade in ein Gespräch mit Bürgermeister Karrer vertieft, als Esther sein Büro betrat. Sie hörte, wie Karrer den Rabbi warnte, selbst zum deutschen Kommandanten zu gehen und sich über die Ausgangssperre zu beklagen.

»Es hat keinen Sinn«, sagte Karrer. »Sie erregen nur unnötige Aufmerksamkeit, und Hauptmann Lüth gibt nicht so einfach nach.«

»Aber es ist verrückt«, beharrte Rabbi Ganis. »Wie soll das funktionieren? Wenn die Juden zwischen siebzehn Uhr abends und sechs Uhr früh in ihren Häusern bleiben müssen, wie sollen die wandernden Händler und die Kesselflicker ihrer Arbeit nachgehen? Das schafft doch niemand, wenn er im Norden der Insel ist, vor fünf wieder zu Hause zu sein. Das geht einfach nicht.«

»Die Männer müssen ja nicht unbedingt sagen, dass sie Juden sind.«

»Aber wenn die Deutschen das überprüfen?«

»Ja, das kann passieren. Dann sehen wir weiter. Ich werde mit Lüth reden. Sagen Sie ihren Leuten, sie sollen vorsichtig sein.«

Rabbi Ganis seufzte, nachdem Bürgermeister Karrer gegangen war, und sank auf seinem Sofa zusammen. Es dauerte fast eine Minute, bis er seinen Blick hob und Esther ansprach.

»Hast du das gehört? Kein Ausgang zwischen siebzehn und sechs Uhr, und den Solomos-Platz dürfen wir gar nicht mehr betreten. Aber deshalb bist du wahrscheinlich nicht hier.«

Schon am selben Nachmittag kamen zwei Frauen aus der Stadt, luden den Leichnam der Großmutter auf einen Karren und verschwanden wieder. Sie versprachen, alle nötigen Vorkehrungen zu treffen, die Tote zu waschen und dabei die rituellen Vorschriften zu beachten. Morgen würde Rabbi Ganis das Kaddisch über dem Grab sprechen.

Esther wusste nichts weiter zu tun, als ihrer Mutter Tee zu kochen. Sie flößte ihr das Getränk langsam ein, und darüber wurde es Abend. Ihr Großvater hatte von alldem wenig mitbekommen. Als sie ihm etwas von dem Kräutereintopf brachte, aß er, ohne etwas zu sagen.

In dieser Nacht schlief Esther im Freien. Sie holte sich eine Decke aus der Küche und legte sich unter die Platane gleich neben den Stuhl des Großvaters. Während sie die Sterne durch die Zweige hindurch beobachtete, hörte sie ihre Mutter schluchzen.

Obwohl sie erschöpft war, wollte der Schlaf nicht kommen. Die Explosion hallte in ihr nach, und es war ihr, als könne sie verbranntes Fleisch riechen. Sie dachte an ihre Großmutter, die jetzt im Haus des Rabbis lag und darauf wartete, in ein Erdloch versenkt zu werden.

Dann glitt sie doch in den Schlaf, und erst die Vögel in der Morgendämmerung weckten sie. Sie ging hinters Haus und ließ die Ziege aus dem Stall, molk ein paar Schlucke Milch in einen Emaillebecher, trank aus und machte sich auf den Weg.

Es war noch lange nicht sechs Uhr, also galt noch die Ausgangssperre, aber das kümmerte Esther nicht. Sie wollte rechtzeitig zur Beerdigung in der Stadt sein. Sollten die deutschen Soldaten machen, was sie wollten. Sollten sie sie doch verhaften. Die Italiener hatten sie auch eingesperrt, mehr als einmal. Außerdem kannte kaum jemand die Schleichpfade durch die Olivenhaine, durch die Schilfgürtel und das Dickicht der Wälder.

Als Esther in der Stadt ankam, legten gerade die ersten Fischerboote an. Sonst war noch niemand zu sehen. Das wunderte sie, denn um diese Zeit waren sonst jedenfalls die Milchmädchen schon unterwegs und klopften an die Türen. Auch die Brennholzverkäufer stapften normalerweise mit ihren Reisigbündeln am Rücken durch die Gassen.

Dafür hingen an jeder Hausecke rote Plakate. Darauf stand, dass die Ausgangsbestimmungen für Juden ab nun streng kontrolliert würden und dass jüdische Familien dazu verpflichtet seien, einen Zettel mit den Namen der Bewohner an der Innenseite der Haustür anzubringen. Deutsche Soldaten würden das in den nächsten Tagen kontrollieren. Esther riss das Plakat von der Wand, knüllte es zusammen und kickte es weg.

## IV

Nach dem Begräbnis lud der Rabbi Esther zu sich ein. Seine Frau buk gerade eine Chortopita, und Esther bekam ein großes

Stück. Sie zögerte nicht und verschlang es, ohne innezuhalten. Dann wischte sie sich über den Mund und wollte sich schon bedanken und verabschieden, als ein Soldat in den Raum trat.

Er grüßte militärisch und stellte sich vor. Esther verstand kein Wort. Sie konnte noch nicht einmal sagen, welche Sprache der Soldat verwendete. Es klang wie ein Bellen, scharf und unfreundlich. Mit den Armen deutete er auf die Kommode in der Küche und riss die Türen selbst auf, als er merkte, dass niemand seinem Befehl folgte.

Esther wartete nicht ab, wie sich die Situation weiterentwickelte. Langsam und leise drückte sie sich die Wand entlang, glitt in den Flur hinaus und lief davon. Der Soldat hatte ihr mehr Angst eingejagt als jeder andere Mensch jemals zuvor.

Die Knie schlotterten ihr immer noch, als sie schon den Solomos-Platz erreicht hatte. Sie durfte den Platz nicht betreten, das fiel ihr noch rechtzeitig ein, und sie nahm eine Seitengasse zum Hafen. Dort hatten die Fischer ihre Holzpulte aufgestellt und warteten auf Kundschaft. Diesmal roch es ganz anders als ein paar Tage zuvor. Kein abgestandener Fischgestank, keine Verwesung. Die Fische glänzend nebeneinander aufgelegt, die Muscheln noch überspült vom Wasser des Meeres. Esther hätte sofort einen Fisch gekauft, wenn sie denn auch nur ein paar Drachmen gehabt hätte.

Sie dachte an Demetrios. Ihm konnte sie sicher wieder etwas aus dem Garten anbieten, ein paar Eier vielleicht oder etwas Milch. Dann würde er ihr einen Fisch überlassen, auch zwei, wenn sie gut verhandelte. Vermutlich hätten auch die Männer auf den Booten nichts gegen einen kleinen Tauschhandel einzuwenden gehabt, aber Esther wagte es nicht, sie anzusprechen. Mit ihren Bärten und den vom Meer glänzenden Augen, den starken Armen, schienen sie ihr fremd und auch ein wenig gefährlich. Deshalb betrachtete sie die Boote nur aus der Ferne und ging nicht hinaus auf die Mole.

Erschöpft setzte sich Esther auf den Boden und lehnte sich an eine Straßenlaterne. Sie schreckte hoch, als sich eine Hand auf ihre Schulter legte.

Demetrios lachte und klatschte in die Hände.

»Du kleiner Teufel.« Esther rang nach Atem.

»Keine gute Idee, hier auf der Straße zu schlafen. Das haben die Deutschen nicht so gern.«

»Ich schlafe nicht.«

»Na, was denn dann? Sonst hättest du mich gehört.« Er lachte wieder und setzte sich neben Esther.

»Hast du eine Lachwurzel geschluckt?«, fragte Esther.

Demetrios kicherte und schüttelte sich.

»Du riechst nach Fisch.«

»Ja klar, ich habe auf einem Boot geholfen«, sagte Demetrios. »Wir waren die ganze Nacht draußen.« Er grinste. »Ich glaube, ich werde einmal Fischer.«

»Ich dachte immer, du willst Priester werden?«

»Schon, aber wenn der Bischof nicht zurückkommt …«

»Kannst du trotzdem immer noch Priester werden, oder etwa nicht?«

»Ach ja«, sagte Demetrios. »Ich habe deinen Vater gefunden.«

»Und? Wie geht es ihm? Wo ist er?«

»Er ist in Xirokastello, zumindest war er vor dem gestrigen Abend noch dort, und er lebt.«

»Weiter?«

»Viel mehr gibt es nicht zu sagen. Die Deutschen haben die Männer eingefangen. Mein Vater ist auch dabei.«

»Ist mein Vater verletzt? Weißt du, wann die Deutschen ihn wieder gehen lassen?«

»Keine Ahnung. Verletzt ist er, glaube ich, nicht. Aber wie lange er durchhält, ist halt die Frage. Die Männer müssen jeden Tag von Sonnenaufgang bis hinein in die Nacht arbeiten. Sie schaufeln und schaffen Steine fort. Eine breite Straße bis nach Gerakas soll das werden, habe ich gehört. So breit, dass Geländewagen und Laster darauf fahren können.«

»Das kann ja nicht ewig dauern, so eine Straße zu bauen.«

»Das nicht, aber wer weiß, was den Deutschen dann einfällt. Das sind Schweine, das sagen alle. Die Fischer reden hinter vorgehaltener Hand, aber das sollte ich dir gar nicht sagen.«

»Rede«, sagte Esther im Befehlston.

»Das sind aber keine guten Nachrichten.«

»Mir egal. Ich will es hören.«

»Wenn es so ist wie auf dem Festland, dann reicht den Deutschen ein falsches Wort, und sie erschießen dich einfach.«

## V

Esther wollte aufbrechen, wollte nach Hause und ihrer Mutter die Nachricht bringen, dass ihr Vater noch am Leben war. Gefangen zwar, aber lebendig. Doch nun donnerte ein Lkw die Straße entlang. An der Motorhaube flatterten Hakenkreuzfähnchen, und auf der Ladefläche standen zwei Männer, deren Hände an die Überrollkonstruktion gefesselt waren.

Einen der Männer kannte Esther. Es war Miltos, ein Arbeiter aus den Weinbergen. Er lebte mit seiner Familie in Lithakia, nicht weit von Esthers Haus. Sein Sohn kam oft, um mit Esthers Bruder zu spielen.

So verwarf Esther ihren Plan und folgte dem Lkw. Er hielt auf dem Platz vor dem Rathaus. Miltos und der andere Mann wurden von der Ladefläche gestoßen, und ein Mann in Wehrmachtsuniform stieg auf die Transportkiste. Sein Dolmetscher folgte ihm.

»Ruhe«, brüllte der Dolmetscher und die Leute rundherum verstummten. Hier und da gab es noch Bewegung, aber als die Soldaten mit den Gewehren im Anschlag vortraten, hörte auch das auf. Der Deutsche sagte etwas. Seine Stimme war rau und laut. Dann kam der Dolmetscher an die Reihe.

»Die beiden Männer wurden dabei ertappt, wie sie am Hauptplatz von Kypseli ein patriotisches Lied sangen. Deshalb werden sie zum Tode verurteilt.«

»Halt«, kam es vom Eingang des Rathauses. Bürgermeister Karrer kämpfte sich durch die Reihen. »Das geht so nicht«, sagte er und kletterte zu Hauptmann Lüth auf die Transportkiste. »Übersetzen Sie«, sagte er zum Dolmetscher. »Es muss ein ordentliches Gerichtsverfahren stattfinden. Zeugen müssen gehört werden, und dann erst darf ein Urteil gefällt werden.«

Alfred Lüth hörte sich die Übersetzung an. »Die Männer werden sofort hingerichtet«, sagte er dann.

»Ich protestiere aufs Schärfste«, beharrte Karrer. »Ich will wenigstens wissen, was genau man ihnen vorwirft.«

»Patriotische Lieder. Griechische Lieder. Das genügt vollkommen«, sagte Lüth.

»Woher wissen Sie, dass es patriotische Lieder waren?«

»Ich habe es selbst gehört«, sagte der Dolmetscher.

»Was haben Sie gesungen?«

»Die Nationalhymne. Sie haben gesungen: Oh Freiheit, oh große Freiheit.«

»Und das haben Sie gehört?«, fragte Karrer.

»Ja, klar und deutlich«, antwortete der Dolmetscher.

»Das haben Sie dann den Deutschen gemeldet?«

»Dem Herrn Hauptmann persönlich«, sagte der Dolmetscher.

»Ich möchte dennoch mit den Männern sprechen.«

Loukas Karrer wartete keine Antwort ab, stieg von der Kiste und war schon bei Miltos, noch bevor der Dolmetscher fertig übersetzt hatte.

Hauptmann Lüth folgte Karrer, packte ihn an der Schulter. Karrer schlug die Hand des Deutschen weg und funkelte ihn böse an.

»Habt ihr gesungen?«, fragte er die Männer.

Miltos sah zur Statue des Dichters Dionysios Solomos hinauf.

»Die Hymne des freien Griechenlands? Das Lied unseres Solomos?«

Miltos nickte.

Karrer wollte sich jetzt Hauptmann Lüth zuwenden, aber der sprach mit Soldaten am Rand des Platzes, und nun ging alles sehr schnell.

Ein Geländewagen fuhr vor, Soldaten sprangen heraus, hievten zwei Fässer in die Höhe und stellten sie vor die Gefangenen hin. Bürgermeister Karrer hatte keine Gelegenheit, Lüth aufzuhalten oder noch einmal mit ihm zu reden. Schon war Lüth wieder auf der Transportkiste, und der Dolmetscher verkündete das Urteil.

»Die beiden Aufrührer werden hingerichtet«, brüllte er.

Je vier Soldaten packten Miltos und seinen Kameraden, hoben sie hoch und steckten sie, die Füße voran, in die Fässer. Die Männer schrien, und Miltos zerriss in seiner Verzweiflung sogar die Kette, mit der seine Hände auf dem Rücken gefesselt waren. Zwei Soldaten packten ihn und hielten ihn fest.

Esther war die ganze Zeit über in der Menge gestanden und verstand nicht, warum Miltos so schrie, was ihn so sehr verletzte, dass seine Augen vor Schmerz hervorquollen.

»Es ist Kalk«, sagte Demetrios, der nun hinter ihr auftauchte. »Fässer voll ungelöschtem Kalk. Das ätzt dir das Fleisch von den Knochen.«

## VI

Später, als Esther schon lange gegangen war, die Menschenansammlung sich zerstreut hatte und außer den beiden Toten in den Fässern niemand mehr auf dem Platz war, kam Demetrios noch einmal zurück. Er wusste nicht so recht, warum er in der Dämmerung über den Platz schlendern wollte. Vielleicht waren es die Toten, die faszinierend und schrecklich zugleich auf ihn wirkten und ihn diesen Umweg machen ließen.

Seit die Deutschen auf der Insel waren, verschwanden die Leute, so schnell sie konnten, von der Straße. Das Theatercafé hatte geschlossen, und nur manchmal sah Demetrios eine Gruppe von Soldaten in der Sonne sitzen, rauchen und Bier trinken. Früher, also noch vor kaum drei Monaten, waren jeden Vormittag viele Leute an den Tischen gesessen, Rechtsanwälte, die ihre Geschäfte abwickelten, Graf Alexander Roma, der sich mit Freunden traf, der Bürgermeister, der plaudernd von einem Tisch zum anderen wechselte.

Heute Abend waren hier nur die Toten und die Statue des Dichters Dionysios Solomos. Jedenfalls bis eine Gruppe Männer von der Bischofskirche her auf den Platz kam. Einer trug eine Leiter über der Schulter. Demetrios versteckte sich hinter der Dichterstatue, um sie zu beobachten.

Der Mann legte die Leiter an einer Hausecke an und stieg hoch. In seiner Hose steckte ein Schraubenschlüssel, den holte er hervor und begann, die erste Schraube von einer Tafel zu lösen. Von Hausecke zu Hausecke pilgerten die Wehrmachtssoldaten mit ihrer Leiter. Überall entfernten sie die Straßenschilder und schraubten neue an.

Als sie mit ihrer Arbeit fertig waren, begutachteten sie ihr Werk, nickten und gingen davon. Demetrios stellte sich wenige Momente später unter eines der neuen Schilder und las. Da stand jetzt nicht mehr Piazza Benito Mussolini, sondern Adolf-Hitler-Platz.

# Kapitel 12

## I

Das Jackett hing an seinen Schultern wie ein leerer Kartoffelsack. In den letzten Monaten hatte Loukas Karrer einige Kilo verloren, und das merkte er jetzt ganz besonders, als er zum ersten Mal in diesem Jahr seinen Winteranzug trug.

Er war noch nie besonders eitel gewesen, aber gerade heute störte es ihn, weil er hinunter zur Mole musste und alle Leute ihn beobachten würden. Ein Bürgermeister, der daherkam wie ein ausgehungerter Bauer, machte kein gutes Bild, und es trug sicher auch nicht dazu bei, seine Autorität gegenüber den Deutschen zu stärken.

Karrer bürstete sich ein paar Fusseln vom Jackett, richtete vor dem Spiegel seine Krawatte und atmete tief durch. Die Inselzeitung mit dem Datum 24. November 1943 titelte heute: »Bischof Chrysostomos kehrt zurück!« Karrer nahm das Blatt und las: »Unser ehrwürdiger Vater, der Mildtätige, der sein Volk mit Zärtlichkeit liebt, ist der Verfolgung entkommen. Nun wird er uns in den schweren Zeiten des Krieges wieder führen und leiten.«

Von seinem Fenster aus sah Karrer deutsche Soldaten, die mit aufgepflanzten Bajonetten eine Menschenmenge in Schach hielten. Aus den Gassen strömten noch mehr Menschen, und jetzt setzten die Glocken der Bischofskirche ein. Am Horizont erschien die Silhouette eines Schiffes. Loukas

Karrer überprüfte sein Spiegelbild, trank den letzten Schluck Tee aus der Tasse auf seinem Schreibtisch und machte sich auf.

Es dauerte noch fast eine Stunde, bis das Schiff anlegte und der Landungssteg auf der Mole aufschlug. Mönche stimmten einen feierlichen Gesang an, aber der ging in den Hochrufen der Menschen unter. Bürgermeister Karrer stand mittlerweile neben Hauptmann Lüth direkt an der Anlegestelle und beobachtete die Soldaten mit wachsendem Unbehagen. Zuerst hatten sie die Männer und Frauen nur mit ausgestreckten Armen aufgehalten, dann hatten sie ihnen mit Bajonetten gedroht, und nun teilten sie Faustschläge aus, und die ersten Frauen gingen blutüberströmt in die Knie.

»Es wäre doch angemessen, wenn Sie Ihren Soldaten befehlen würden, sich etwas zurückzuhalten«, sagte Karrer zu Lüth.

»Wieso?« Lüth sah sich demonstrativ um und setzte einen erstaunten Gesichtsausdruck auf.

»Sehen Sie die verwundeten Frauen nicht? Es ist doch eines Soldaten nicht würdig, auf Frauen und Kinder loszugehen.«

»Wenn sich das Pack an die Anweisungen hält, geschieht ihm nichts«, sagte Lüth. »Es ist doch eigentlich Ihre Aufgabe, dafür zu sorgen, dass sich die Leute benehmen.«

Karrer kam zu keiner Erwiderung, denn oben an der Reling erschien Bischof Chrysostomos, und die Menschen jubelten, rissen die Arme hoch, und aus den Hochrufen wurde Gesang. Karrer erkannte die Melodie, noch bevor die ersten Worte zu hören waren. Sein Herz krampfte sich zusammen. Die Menschen sangen die griechische Hymne, die Hymne an die Freiheit.

Lüth schien davon nicht beeindruckt.

Chrysostomos breitete die Arme aus, als wollte er das ganze Volk umarmen, dann schritt er erhobenen Hauptes an Land und stimmte mit ein in den Gesang. Er ging an Hauptmann Lüth vorbei und begrüßte Bürgermeister Karrer. Er nahm Karrers ausgestreckte Hand in seine Rechte und umschloss sie dann mit seiner Linken.

»Wir haben harte Zeiten vor uns«, sagte er vorgebeugt, dicht an Karrers Ohr.

Erst dann drehte er sich zu Hauptmann Lüth und gab ihm die Hand. Der Dolmetscher übersetzte Lüths Willkommensgruß, und Chrysostomos erwiderte diesen höflich, merkte aber gleich an, dass er jetzt keine Zeit für offizielle Angelegenheiten habe, für Politik und was damit zusammenhänge. Als Bischof sei er vor allem der geistige Führer der Menschen, und weil sie nun seit Monaten ohne seinen Zuspruch und seine Hilfe auskommen mussten, sei es seine erste Pflicht, das zu ändern. Auch drängten die Umstehenden nach vorn und durchbrachen die Reihen der Soldaten, sodass Bischof Chrysostomos und Hauptmann Lüth bald durch fünfzehn oder zwanzig Männer und Frauen getrennt waren.

Chrysostomos versuchte, sie lächelnd abzuwehren, schaffte es aber kaum, sich auf den Beinen zu halten. Männer gingen vor ihm auf die Knie, und schon war er umringt von Menschen, die seine Hände küssten, den Saum seines Umhangs, und einige legten sich auf den Boden und küssten Chrysostomos' Füße.

## II

Später saß Karrer am offenen Fenster seines Büros und rauchte eine Zigarette. Der Wind hatte aufgefrischt, aber er hatte auch die Wolken vertrieben, und so genoss Karrer die Strahlen der Sonne auf seinem Gesicht.

Dieser Mittwochnachmittag würde nicht ohne weiteren Zwischenfall verstreichen, dachte er. Die Ankunft des Bischofs hatte die Menschen in Aufregung versetzt, und sicher gab es irgendwo ein paar übermütige Burschen, die sich einbildeten, Chrysostomos könne sie vor den Deutschen beschützen.

Die Deutschen mochten ihre Gründe haben, warum sie Chrysostomos aus dem Gefängnis in Athen entlassen hatten. Sein Widerstand gegen die Besatzung zählte aber bestimmt nicht dazu. Möglicherweise meinten sie, der Bischof würde aus Dankbarkeit kooperieren.

Karrer bezweifelte das, aber was wusste er schon? Er hatte Chrysostomos kaum eine Minute lang gesehen, und vielleicht hatten die Schergen in Athen den Willen des Bischofs gebrochen.

Die Zigarette neigte sich dem Ende zu, und Karrer stippte sie in den Aschenbecher, den er am Fensterbrett stehen hatte. Auf dem Schreibtisch lagen Akten, die er bearbeiten sollte. Genehmigungen, die er unterschreiben musste, weil es die Deutschen so wollten. Dabei hatte seine Unterschrift keine Bedeutung. Egal, ob er seinen Namen darunter setzte oder nicht, die Deutschen würden die Bauernhöfe plündern und die letzten Lebensmittel konfiszieren. Dazu brauchten sie keinen Vorwand und auch nicht seine Zustimmung.

Er würde die Papiere heute nicht unterschreiben. Vielleicht morgen, oder auch gar nicht. Es kümmerte niemanden. Vor dem Spiegel versuchte er, seinen Anzug zurechtzuzupfen. Der Hosenbund rutschte ihm über die Hüften, und er zurrte den Gürtel bis zum letzten Loch zu. Das Sakko schlotterte um seine Arme.

Am besten wäre es hinauszugehen, die Tür hinter sich zuzumachen und nie wieder zurückzukommen. Ein Boot ans Festland würde sich organisieren lassen. Jeder Fischer würde ihn und seine Frau mitnehmen. Dann einen Bus über den Peloponnes nach Athen.

Karrer hatte eine Wohnung in Athen. Dort, unter den vielen Menschen, konnte er verschwinden und den Krieg überdauern. Ungesehen, anonym und nicht ständig im Visier der Nazis. Diese Aussicht erschien ihm in diesem Moment sehr verlockend. Sollten sich doch die anderen mit diesen Barbaren herumschlagen.

Ein kurzes Klopfen an der Tür. Lüths Dolmetscher steckte seinen Kopf herein.

»Kommen Sie«, sagte er.

»Worum geht es?«

»Der Hauptmann möchte Sie dabeihaben.«

»Wo will er mich dabeihaben?«

»Fragen Sie nicht. Kommen Sie einfach mit.«

Karrer seufzte und schob seinen Krawattenknoten etwas höher, dann folgte er dem Dolmetscher.

## III

Sie hielten vor dem Klostereingang. Zwei Soldaten sprangen aus dem Wagen und stellten sich neben die Tür. Sie schlugen die Hacken zusammen, als Hauptmann Lüth sie passierte. Der Torwächter hatte erst gar nicht protestiert, sondern war hinter seinem Pult hervorgeschossen und an den Soldaten vorbei ins Innere des Klosters gelaufen. Wenn er dienstbeflissen ist, dachte Karrer, dann informiert er den Bischof. Sonst verkriecht er sich in seiner Zelle.

Oben am Treppenabsatz beugte sich eine Gestalt über die Brüstung, verschwand dann, und als Karrer und Hauptmann Lüth den Eingang zum großen Saal erreichten, kamen ihnen schon fünf schwarz gekleidete Mönche entgegen und verstellten ihnen den Weg.

Lüth bellte etwas, und der Dolmetscher bat höflich darum, man möge ihnen den Weg frei machen. Die Mönche blieben ungerührt stehen. Ihr Anführer fragte Lüth, was er hier wolle, und bekam zur Antwort, dass eine Unterredung mit dem Bischof anstünde. Der Mönch schüttelte den Kopf. Davon wisse er nichts. Aber er werde nachfragen lassen.

Er schickte einen der jüngeren Mönche weg. Derweilen verfinsterte sich Lüths Gesichtsausdruck, und er sprach aufgeregt mit seinem Adjutanten. Der nickte nur und hob eine Augenbraue. Nach einer Minute kam der junge Mönch zurück, in seinem Schlepptau Dionysios Stravolemos, der Sekretär des Bischofs.

»Da muss ein Missverständnis vorliegen«, sagte Stravolemos. »Der Bischof gewährt heute keine Audienz, und um genau zu sein, kann ich Ihnen gleich mitteilen, dass der Bischof Sie diese Woche auf keinen Fall mehr empfangen kann. Wenn Sie möchten, vereinbaren wir einen Termin für nächste Woche.«

Der Dolmetscher übersetzte, und Lüth trat zwei Schritte vor, bis er mit der Brust Stravolemos beinahe berührte.

»Ich bitte nicht um eine Audienz«, knurrte er. »Ich verlange, den Bischof zu sehen.«

Der Dolmetscher übersetzte wortreich, sodass ihm Lüth auf die Schulter griff und sagte: »Übersetzen Sie, was ich gesagt habe, nichts sonst.«

Der Dolmetscher nickte und redete weiter.

Dionysios Stravolemos hörte sich den neuen Übersetzungsversuch an und schüttelte den Kopf. Er quittierte die Szene mit einem kurzen »Ochi«, drehte sich um und ging.

Lüth war für Sekunden irritiert. Dann packte er einen Mönch bei den Schultern, drängte ihn zur Seite und folgte Stravolemos. Er rief ihm etwas hinterher, aber Stravolemos reagierte nicht. Die Mönche fuchtelten aufgeregt mit den Armen, schnatterten durcheinander und wussten nicht, wie ihnen geschah, als sie von den Soldaten angerempelt wurden. Loukas Karrer beeilte sich, eine Lücke in dem Getümmel zu finden und dem Hauptmann zu folgen.

Im nächsten Saal war Endstation. Vor einem golddurchwirkten Mosaik stand Bischof Chrysostomos in vollem Ornat. Der schwarze Hut und der Bischofsstab gaben ihm etwas Unnahbares, und selbst Lüth, der bis jetzt forsch vorwärtsgestrebt war, hielt einen Respektabstand ein. Karrer kniete vor Chrysostomos nieder und küsste ihm die Hand.

»Was soll dieser Aufruhr?«, fragte Chrysostomos und bot Lüth und Karrer Platz an. Er selbst ließ sich in etwa drei Meter Entfernung in einem Ohrensessel nieder. Ein Mönch brachte ihm eine Tasse Kaffee, ignorierte aber die Gäste.

Lüth ließ eine Tirade vom Stapel. Seine Sätze klangen wie Salven aus einem Maschinengewehr. Der Dolmetscher verpackte das Ganze in Höflichkeitsfloskeln, aber auch so war klar, dass Lüth gekommen war, um die Fronten abzustecken.

Chrysostomos nickte, als er dem Dolmetscher zuhörte.

Hauptmann Alfred Lüth stellte sich als der militärische Befehlshaber über die Insel Zakynthos vor und erklärte, dass Bürgermeister Loukas Karrer für die zivile Verwaltung zuständig sei. Die deutsche Wehrmacht habe in Zusammenarbeit mit Gestapo und SS beschlossen, ihn, Bischof Chrysostomos, aus der Haft zu entlassen. Dies sei geschehen, um das Vertrauen der Bevölkerung in die deutsche Besatzung zu stärken. Die Deutschen, so Lüth, hielten die Griechen für ein wichtiges Kulturvolk. Immerhin hätten die Griechen die Fundamente der abendländischen Zivilisation gelegt, und die Deutschen seien nun ihre legitimen Erben, die ein neues, goldenes Zeitalter begründen würden.

Chrysostomos nickte, als er die Übersetzung hörte, nippte von seinem Kaffee, sagte aber nichts. Sein Schweigen fiel niemandem auf, weil Lüth gleich weiterredete. Er erklärte, wie sehr er persönlich die griechische Kultur schätze und auf eine gute Zusammenarbeit hoffe. Sein wichtigstes Anliegen sei es, ein gedeihliches Miteinander der griechischen Bevölkerung und der deutschen Besatzung zu gewährleisten. Denn die Deutschen seien ja nicht als Feinde gekommen, ganz im Gegenteil. Sie seien da, um den Griechen die Hand zu reichen, um gemeinsam an der glorreichen Zukunft Europas zu arbeiten.

Loukas Karrer saß mit verschränkten Armen und lauschte den Ausführungen Lüths. Dieser Sermon von den Wurzeln der europäischen Kultur und Zivilisation erinnerte ihn an Inselkommandanten Gianni. Der hatte genau dieselben Argumente vorgetragen. Die Italiener, die Faschisten als Wiedergeburt des antiken Griechenland. Und wohin hatte ihn das gebracht? Die Deutschen hatten ihn auf Kefalonia hingerichtet.

»Stimmen Sie dem nicht zu?«, wandte sich der Dolmetscher an Karrer.

»Was? Dass die Deutschen die Griechen retten?«, fragte Karrer zurück.

»Dass wir in einer gemeinsamen Kultur verbunden sind.«

»Das weiß ich nicht«, sagte Karrer. »Ich kenne die Deutschen doch nicht.«

Lüth beugte sich vor und griff nach Karrers Arm. Er sagte etwas, und der Dolmetscher übersetzte: »Seien Sie beruhigt. Das hier ist der Anfang einer großartigen Zeit für Ihre Insel.«

Dann wandte sich Lüth wieder an den Bischof und erzählte von den Soldaten in seiner Einheit. Es seien ein paar sehr gebildete darunter. Die hätten in der Schule Altgriechisch gelernt, und sie würden jetzt Sprachkurse für ihre Kameraden anbieten.

»Das finde ich ganz hervorragend«, sagte Chrysostomos auf Deutsch. Alle Blicke ruhten nun auf ihm. »Aber Sie irren sich, Hauptmann Lüth, wenn Sie glauben, die Griechen seien die Vertreter der hehren Kultur. Von überragendem Geist und ästhetischem Sinn. Nein. Wie Ihr großer Philosoph Friedrich Nietzsche schon schrieb: ‚In Griechenland waren die tiefen, gründlichen, ernsten Geister die Ausnahme: Der Instinkt des Volkes ging vielmehr dahin, das Ernste und Gründliche als eine Art von Verzerrung zu empfinden.' Wenn ich mich recht entsinne.«

»Sie sprechen Deutsch?«, fragte Lüth erstaunt.

»Nun, ich habe in München studiert und wohl auch das eine oder andere Buch eines deutschen Philosophen gelesen«, sagte Chrysostomos. »Sie sind mir also herzlich als Gesprächspartner willkommen. Nur, beim nächsten Mal seien Sie bitte so höflich, sich zuvor anzumelden. Wenn es nun also nichts

Dringendes mehr zu besprechen gibt, würde ich mich gern zurückziehen.«

Lüth stand auf und verbeugte sich leicht. »Ich bitte um Entschuldigung für mein Eindringen, aber es war nicht respektlos gedacht. Ich wollte Ihnen meine Aufwartung machen.«

»Es ist gut«, sagte Chrysostomos. »Herr Bürgermeister. Wollen Sie mir bitte in mein Büro folgen?«

Karrer stand ebenfalls auf, sah zu, wie Lüth und seine Entourage abzogen, und folgte dann dem Wink des Bischofs. In seinem Büro bot Chrysostomos dem Bürgermeister Platz an und ließ auch gleich Kaffee und Paximadia kommen.

»Jetzt haben die Deutschen etwas, worüber sie nachdenken können«, sagte Chrysostomos und nahm sich ein Paximadi. »Sie wissen jetzt, dass ich nicht gleich zeige, wer ich bin und was ich kann. Aber sie wissen nicht, was ich vor ihnen verberge.«

»Sie haben tatsächlich in München studiert?«, fragte Karrer.

»Einige Jahre sogar. Und Sie werden es nicht glauben, ich habe sogar ihren Führer getroffen. Damals freilich war er noch kein Führer.«

Es war im Jahr 1922, und in diesem Frühling interessierte sich in München kaum jemand für Adolf Hitler. Das war umso bemerkenswerter, da im bayrischen Landtag gerade heftig über eine mögliche Ausweisung Hitlers aus Deutschland wegen Landfriedensbruch diskutiert wurde. Aber die Menschen auf der Straße waren von einer ganz anderen Geschichte besessen. In Hinterkaifeck, einem Dorf in Oberbayern, hatte ein unbekannter Täter eine sechsköpfige Familie mit einer Hacke erschlagen.

»Das Böse ging um. So sagte man«, erzählte Chrysostomos. »Und ich muss sagen, ich fragte mich damals auch, was das für ein Mensch sein muss, der einem zweijährigen Kind den Kopf mit einer Axt spaltet. Ist das wirklich nur menschliche Bosheit, Rachsucht und Verzweiflung? Oder steckt mehr dahinter? Als junger Student der Theologie und Philosophie kann man sich das schon fragen, nicht wahr?«

Es waren der Ortsvorsteher Lorenz Schlittenbauer und zwei andere Bauern, die die Leichen am 4. April fanden. Zu diesem Zeitpunkt waren die sechs Bewohner des Hofes schon seit fünf Tagen tot. Die Zeitungen stürzten sich auf den Fall, und bald erschienen Artikel über eine mögliche Verstrickung Schlittenbauers. Angeblich sollte er eine Affäre mit einer der Ermordeten gehabt haben. Die fünfunddreißigjährige Viktoria Gruber sei schon viele Jahre seine Geliebte gewesen, und nun, da Viktorias Vater damit drohte, die Angelegenheit öffentlich zu machen, sei Schlittenbauer in Panik verfallen und habe die Familie mit Stumpf und Stiel ausgerottet.

Andere schrieben, Viktoria Gruber sei vielleicht nicht gerade eine Hure gewesen, aber getrieben hätte sie es mit jedem, sogar mit ihrem eigenen Vater, und der Täter könne niemand anderes gewesen sein als Viktorias Mann. Der habe endlich genug gehabt von der Blutschande, die seine Frau mit ihrem Vater trieb, und habe gleich die ganze Bagage erschlagen.

»Sie fragen sich, warum ich Ihnen von diesem Kriminalfall aus Deutschland erzähle? Ein Fall, der nie aufgeklärt wurde und um den sich heute, zwanzig Jahre später, niemand mehr kümmert«, unterbrach Chrysostomos seine Erzählung. »Aber ich musste ganz unwillkürlich an diese Morde denken, als ich Hauptmann Lüth gegenübersaß.«

»Glauben sie, dass Lüth etwas damit zu tun hat?«

»Oh nein.« Chrysostomos winkte ab. »Soweit ich weiß, taucht sein Name nirgends in Verbindung mit den Morden auf. Ich habe ihn auch noch nie zuvor gesehen. Aber bei seinem Anblick erinnerte ich mich an meine Zeit in München, an die Morde und an die Gespräche mit Adolf Hitler.«

»Sie kennen Hitler persönlich?«

»Er trieb sich in den Studentencafés herum, obwohl er selbst nicht studierte, und verwickelte alle möglichen Leute in Diskussionen. Er war damals schon der Anführer der NSDAP und eine politische Kraft. Jeder kannte ihn, und mich kannte natürlich niemand.« Chrysostomos schmunzelte. »Ich muss sagen, ich fand ihn ein bisschen seltsam, so steif und ungelenk, aber nicht unsympathisch.«

Chrysostomos besuchte des Öfteren das Hofbräuhaus und hörte dort Hitlers Reden. Die Philosophie hinter dem Nationalsozialismus schien ihm schon als Student nicht besonders anspruchsvoll, um nicht zu sagen, in jeder Hinsicht verfehlt und dumm.

»Doch das störte seine Zuhörer nicht«, fuhr Chrysostomos fort. »Es war seine Aura, die die Menschen faszinierte. Er hätte auch seinen Einkaufszettel vorlesen können, und sie hätten ihm zugejubelt. Was mich interessierte, war, ob er im persönlichen Gespräch vielleicht etwas gewandter war, klüger argumentierte, und so machte ich mich auf, um nach Adolf Hitler zu suchen.«

Chrysostomos fand ihn in einem Studentencafé. Dort stach er mit seinem schwarzen Talar ebenso aus der Menge, wie Hitler mit seinem neuen Anzug und seinem akkurat gestutzten Schnauzbart. Als Chrysostomos an den Tisch herantrat, verstummten die Gespräche. Alle sahen ihn an.

»Ich stellte mich vor, und Hitler bot mir Platz an. Er war sehr interessiert an der orthodoxen Kirche. Nun, jedenfalls fragte er mich aus, und ich kam gar nicht dazu, meinerseits auch nur eine Frage zu stellen. Aber aus seinen Fragen konnte ich schon ein bisschen von seinem Wesen erahnen. Sehr zielstrebig und konzentriert war dieser junge Mann. Vorsichtig, aber als er merkte, dass ich harmlos war, auch gleich zupackend und vereinnahmend. Er wollte mich für sich gewinnen. Ein weiterer Verbündeter ist immer gut. Und ich ließ mich darauf ein.«

An diesem Abend und an vielen folgenden traf sich Chrysostomos mit Hitler und seinem engsten Gefolge. Bei einer Gelegenheit zeigte ihm Hitler sogar Aquarelle, die er gemalt hatte, Entwürfe für Postkarten. Hitler erzählte, früher habe er sich mit Kunst über Wasser gehalten, aber die wahre, die völkische Kunst würde heute nicht mehr geschätzt. Deshalb wäre er gescheitert.

»Die Bilder waren nicht einmal schlecht gemalt«, sagte Chrysostomos. »Gleichzeitig aber nichtssagend und leer. Sie gefielen mir nicht, und ich denke, das liegt an dem, was in Hitler wuchs und zu dieser Zeit schon zur Blüte gelangt war.«

»Das Böse?«, fragte Karrer.

»Ja. Das Böse. Ich weiß, Sie sind ein Mann von Bildung und stehen solchen religiösen Begriffen skeptisch gegenüber. Aber ich habe kein anderes Wort dafür.«

»Erzählen Sie weiter.«

»Hitler sprach auch über die sechs Morde in diesem oberbayrischen Dorf. Sehen Sie dieses Bauernhaus, fragte er mich, als er mir eine seiner Skizzen zeigte. Das könnte das Haus sein, in dem die sechs Leichen gefunden wurden. Das jagte mir einen Schauer über den Rücken, und es war mir, als könne ich durch die Fenster ins Innere sehen, wo die Körper lagen, blutüberströmt.«

»Aber das war auf dem Bild nicht zu sehen?«

»Nein, natürlich nicht. Das Bild zeigte einen Bauernhof, mit einem von der Zeit und vom Wetter eingedrückten Dach, nichts weiter. Aber Hitlers Schilderung war so suggestiv. Was er danach sagte, ist das eigentlich Wichtige.«

Chrysostomos nahm einen Schluck von dem mittlerweile kalten Kaffee. Durch das lange Stehen war er bitter geworden, und der Bischof verzog das Gesicht. »So schmeckt wohl auch die Wahrheit, die ich damals gekostet habe. Hitler sagte, er sehe in den Morden kein Verbrechen. Die Familie sei durch Blutschande verdorben. Vielleicht sei auch ein jüdischer Einschlag vorhanden. Das sei sehr wahrscheinlich, da die Familie für ihren Geiz bekannt gewesen sei.«

Karrer schüttelte den Kopf.

»Ja genau«, sagte Chrysostomos. »Solche Volksschädlinge mit der Axt zu töten, sei eine Heldentat, und sollte der Täter jemals gefunden werden, würde Hitler ihm einen Orden verleihen, sobald er die Macht in Deutschland errungen habe.«

»Aber das hat er nicht wirklich getan.«

»Der Täter wurde nie gefasst. Aber glauben Sie mir, es gibt unter den Deutschen viele, die zu so einer Tat fähig sind und sie auch begehen. Sie alle werden von Hitler bewundert und mit Orden bedacht. Und wenn ich mich nicht sehr täusche, ist Hauptmann Alfred Lüth darauf aus, eine besonders hohe Auszeichnung zu bekommen.«

## IV

»Du bist die Zuflucht der Schwachen, die Zuflucht der Armen in ihrer Not, du bietest ihnen ein Obdach bei Regen und Sturm und Schatten bei glühender Hitze. Denn der Sturm der

Gewaltigen ist wie ein Regenguss im Winter, wie die Hitze im trockenen Land.«

Der Mönch klappte die Bibel zu und beendete seine Lesung aus dem Buch Jesaja. Loukas Karrer schmunzelte und warf einen Blick auf seine Frau. Auch um ihren Mund spielte ein Lächeln. Sie und alle anderen hier hatten wohl verstanden. Der Hirte war zurück, und was auch immer sich die Deutschen von der Befreiung des Bischofs versprechen mochten, sie würden sich noch wünschen, ihn in einer Zelle in Athen vergessen zu haben.

Die Sonntagsmesse dehnte sich in den Vormittag. Chrysostomos ließ Ikonen durch die Menge tragen, und die Menschen knieten nieder und küssten die Bilder. Die Predigt war gespickt mit Anekdoten aus der Kerkerhaft, und der Bischof scherzte über die Ungläubigkeit seiner kommunistischen Mitgefangenen. Gott habe ihn aus dem Gefängnis befreit, einige Kommunisten auch, daran sehe man, dass Gottes Barmherzigkeit unendlich sei.

Wie barmherzig Gott aber mit jenen verfahren werde, die Unschuldige, ja Kinder und alte Frauen einsperrten, sie hungern ließen und als Zwangsarbeiter nach Deutschland verschickten, das könne er nicht mit Sicherheit sagen. Die Höllenqualen und die Armeen der Teufel und Dämonen seien keine läppischen Hirngespinste. Sie seien Realität, und die Kreaturen der Hölle hätten den Auftrag, das Böse zu rächen und sich am Ende selbst zu verschlingen. Satan werde die Seelen der Mörder und Folterer auf seine rasiermesserscharfe Gabel spießen und mit ihnen in die tiefsten Tiefen der Unterwelt entschwinden.

Die Bilder schienen Karrer etwas volkstümlich geraten, aber so musste das wohl sein, wenn man auch die Bauern, die Feldarbeiter und die Händler erreichen wollte. Die Hölle würde über die Nazis hereinbrechen, das war die Botschaft. Doch bevor Gott diese Barbaren mit seinem Zorn niederstrecke, gebe es für die Menschen noch einiges zu tun. Wie die Deutschen die Ausgeburt des Schreckens waren, so mussten die anderen ihren Beitrag zum Heilsplan des Herrn leisten. Karrer schien das eine sehr einfache Art, die Welt zu sehen, aber sie traf die Wahrheit doch ziemlich genau, und schon eine halbe Stunde nach der Messe stand ihm in Lüths Adjutant eine Ausgeburt des Bösen in seinem Büro gegenüber. Es sei in den Bergen zu einem Überfall durch Banditen gekommen, erklärte der Adjutant, und Hauptmann Lüth habe umgehend Sühnemaßnahmen angeordnet.

»Was habe ich darunter zu verstehen?«, fragte Karrer den Dolmetscher. Er fand es zunehmend mühsam und irritierend, sich eines Übersetzers bedienen zu müssen. Aber weder Lüth noch sein Adjutant sprachen Französisch, Italienisch oder Englisch, von Griechisch ganz zu schweigen.

Nach einigem Hin und Her konnte Karrer die Geschichte rekonstruieren: In einem nicht näher benannten Bergdorf war bei einer Razzia ein Maschinengewehr gefunden worden. Der Adjutant konnte oder wollte nicht sagen, ob es sich um ein italienisches oder ein deutsches Fabrikat handelte. Auch wollte er nicht sagen, wie das Dorf hieß, noch ob außer dem Maschinengewehr weitere Waffen sichergestellt worden waren. Nein, einen Schusswechsel habe es nicht gegeben. Das Maschinengewehr war unter einem Misthaufen versteckt gewesen.

Wie die Wehrmachtssoldaten auf die Idee gekommen waren, einen Misthaufen zu durchsuchen, verriet der Adjutant nicht. Sie hatten es jedenfalls getan. Dann hatten sie fünfzig Dorfbewohner verhaftet. Mit ihrer Beute und ihren Gefangenen befanden sie sich nun auf dem Weg in die Stadt.

Hauptmann Lüth befahl dem Bürgermeister, sich in spätestens einer Stunde im Gefängnis einzufinden, damit er als ziviler Verwalter und Zeuge den Sühnemaßnahmen beiwohnen könne. Der Adjutant bot Karrer an, ihn in seinem Wagen mitzunehmen. Auf dem Weg zum Wagen begegneten ihnen ein paar Kinder. Karrer erkannte Demetrios und winkte ihn zu sich.

»Lauf und sag dem Bischof Bescheid, er soll ins Gefängnis kommen.«

## V

Der breite Hauptgang des Gefängnisses, hoch und dennoch muffig und düster, war Karrer immer schon zuwider gewesen. Als junger Mann hatte er das Gefängnis nur einmal von innen gesehen. Er war nach einer Zechtour betrunken am Markusplatz liegen geblieben, und um ihm eine Lehre zu erteilen, hatte ihn der damalige Polizeichef in die Ausnüchterungszelle gesteckt. Seit er das Amt des Bürgermeisters bekleidete, waren ihm diese Wände allerdings vertrauter geworden, als ihm lieb war.

Hauptmann Lüth lehnte am Eingang zu einer Zelle und zündete sich gerade eine Zigarette an. Er blickte auf, warf das brennende Streichholz weg.

»Sie müssen nur noch die Papiere unterschreiben, dann können wir anfangen.« Er wies mit der Zigarette auf ein Tischchen im Gang.

Bürgermeister Karrer straffte sich, nahm ein Blatt und las den Exekutionsbefehl. Die Männer sollten als Abschreckung für die Banditen hingerichtet werden. Angesetzt war die Erschießung für heute um fünfzehn Uhr. Es war also kaum noch eine Stunde Zeit. Lüth hatte bereits unterschrieben. Links unten war noch eine Zeile für Karrers Unterschrift frei.

»Ich unterschreibe das auf gar keinen Fall«, sagte Karrer. »Wenn Sie die Männer erschießen wollen, dann müssen Sie die Verantwortung dafür tragen.«

»Es ist nur eine Formalität«, sagte der Dolmetscher.

»Nein, es wäre meine Unterschrift unter ein Todesurteil.« Karrer verschränkte die Arme vor der Brust. »Das können Sie nicht von mir verlangen.«

»Es muss alles seinen geordneten Gang gehen«, sagte Lüth. »Sie müssen die Hinrichtung zur Kenntnis nehmen und sind dazu verpflichtet, die Bevölkerung zu informieren.«

»Das mache ich nicht«, sagte Karrer.

»Die Männer werden so oder so erschossen. Der Sühnebefehl kommt von ganz oben. Sie können es nicht verhindern.«

Karrer trat einen Schritt vor, sodass er besser in das Innere der Zelle sehen konnte. Dort hockten sie am Boden, eng aneinandergedrängt, manche zitterten, einige sahen trotzig drein, andere hatten sich an die Wand gelehnt und schienen zu schlafen.

»Ich fordere Sie ein letztes Mal dazu auf, die Papiere zu unterschreiben«, sagte Lüth.

Karrer schüttelte den Kopf.

»Dann lasse ich die Männer jetzt abführen und auf dem Adolf-Hitler-Platz, direkt vor dem Rathaus, erschießen.«

»Das würden Sie doch auch tun, wenn ich unterschreibe.«

»Wenn Sie die Zusammenarbeit verweigern, wird das ernste Konsequenzen haben.«

»Was wollen Sie den Menschen denn noch antun? Mehr als erschießen, zu Tode schinden und verhungern lassen könnt selbst ihr Deutschen nicht.«

»Beim nächsten Mal stelle ich vielleicht kleine Kinder an die Wand«, sagte Lüth.

Karrer wandte sich zum Gehen.

»Und bei der Gelegenheit«, Lüth hob seine Stimme, »werde ich gleich reinen Tisch machen. Ich habe hier noch einen Gefangenen, der sein Leben verwirkt hat.«

Karrer blieb stehen und drehte sich um.

»Ein gewisser Nikolaos Sartopos.«

»Was soll er verbrochen haben?«

»Wir haben ihn mit Sprengstoff erwischt.«

Karrer kam wieder zurück zu Lüth und dem Tisch mit den Erschießungsbefehlen.

»Ich bin sicher, dafür gibt es eine einfache und harmlose Erklärung«, sagte Karrer.

»Für den Diebstahl von Heereseigentum? Wohl kaum. Allein darauf steht der Galgen.«

»Lassen Sie mich mit ihm reden.«

»Wozu? Er wird mit den anderen erschossen. Ein mildes Urteil, denn normalerweise würde ich ihn aufhängen lassen. Zur Abschreckung sollte ich seine Leiche an euer so verehrtes Solomos-Denkmal hängen und dort lassen, bis die Möwen den letzten Fetzen Fleisch von diesem bolschewistischen Dickschädel gezerrt haben.«

»Sie halten Nikolaos Sartopos für einen Kommunisten? Das ist ja lachhaft.«

»Er macht mit den Banditen gemeinsame Sache, und Sie werden ganz sicher nicht mit ihm sprechen. Ich bin mir nämlich nicht mehr so sicher, wie vertrauenswürdig Sie eigentlich sind.«

Karrer sah Hauptmann Lüth schweigend an. Mittlerweile sollte Bischof Chrysostomos schon längst hier sein.

»Gehen Sie mir aus dem Weg«, sagte Lüth und drängte Karrer zur Seite. »Ich warte nicht länger. Ihre Unterschrift ist nicht mehr nötig.«

Er sagte etwas zu seinen Männern, das der Dolmetscher nicht übersetzte. Soldaten brachten ihre Gewehre in Anschlag und traten in die Zelle. Die Männer wurden mit Fußtritten nach draußen befördert. Aus einer Zelle weiter unten im Gang stürzte Nikolaos Sartopos kopfüber auf den Steinboden. Der Soldat hinter ihm senkte seinen Karabiner und stieß Sartopos mit der Gewehrmündung an. Ohne weiter auf den Bürgermeister zu achten, setzte sich der Tross in Bewegung.

## VI

Als Bürgermeister Karrer am Solomos-Platz eintraf, hatte sich schon eine Menschenmenge vor dem Rathaus versammelt. Etwas mehr als hundert Leute, schätzte Karrer, darunter auch einige Juden, denen das Betreten des Platzes eigentlich schon seit mehr als einem Monat untersagt war.

Aus den Gassen und vom Markusplatz her kamen immer mehr Menschen, und die Soldaten bildeten eine Doppelreihe, um sie in Schach zu halten. Drüben bei der Kirche Agios Nikolaos an der Mole bemerkte Karrer ein paar schwarze Kutten. Er fragte sich, was den Bischof aufhielt. Es eilte nun wirklich, denn Hauptmann Lüth und der allgegenwärtige Dolmetscher bestiegen die Kiste, und die Verlesung des Urteils begann.

Eine schwarze Gestalt hastete über den Platz, die Kutte wehte dem Mann um die Beine. Es war nicht Bischof Chrysostomos, so viel konnte Karrer sehen. Der Bart war nicht weiß, sondern rötlich braun, und als der Mann näher kam, erkannte Karrer Pater Giorgos.

»Sie müssen die Sache aufhalten«, sagte Pater Giorgos, noch bevor er Karrer erreicht hatte. »Wir haben Demetrios gleich weitergeschickt zum Haus des Bischofs außerhalb der Stadt. Aber bis jetzt haben wir noch keine Nachricht.«

»Ich werde nicht mehr viel machen können«, sagte Karrer.

»Versuchen Sie es.«

»Ich weiß nicht, was ich noch tun soll.« Karrer zuckte mit den Schultern. »Ich …« Er brach ab, richtete seinen viel zu weiten Anzug und schloss für einen Moment die Augen. Ja, er hatte schon alles versucht, aber es standen fünfzig, nein, einundfünfzig Menschenleben auf dem Spiel. Deshalb konnte er nicht aufgeben.

»Hauptmann Lüth«, rief er über den Platz. »Warten Sie! Sie können das Urteil nicht einfach so vollstrecken.«

Lüth sah ihn von seiner Kiste herunter fragend an.

»Die Männer haben Anspruch auf geistigen Beistand«, sagte Karrer.

»Sie haben Anspruch auf rein gar nichts«, erwiderte Lüth.

»Wenn Sie die Männer nicht beten lassen, wird das die Bevölkerung verärgern«, sagte Karrer. »Da kann ich dann auch nicht mehr viel machen. Lassen Sie die Mönche von da drüben, von der Kirche kommen.«

Lüth stieß ein paar scharfe Sätze aus, die der Dolmetscher nicht übersetzte. Es war auch so deutlich, wie wenig ihm diese Unterbrechung gefiel. Trotzdem nickte er und winkte die Mönche heran. Er blieb auf der Kiste stehen und sah zu, wie die Männer niederknieten, sich bekreuzigten und die Hände falteten.

Das Gebet zog sich in die Länge. Immer von Neuem stimmte Pater Giorgos einen Psalm an und hob seine Hände, um Gottes Segen auf die zum Tode Verurteilten herabzubeschwören. Von Bischof Chrysostomos war immer noch nichts zu sehen, und Lüth wurde unruhig. Er verschränkte die Arme vor der Brust, ging drei Schritte bis zum Ende der Kiste, drehte wieder um. Dann sah er hinunter zu Karrer, der so tat, als bemerke er die Blicke nicht.

»Wie lange noch?«

»Die orthodoxe Liturgie ist für ihre Ausführlichkeit bekannt«, sagte Karrer. »Ein Gottesdienst kann Stunden dauern.«

»Aber ein einfaches Gebet doch nicht.«

»Nun, die Gefangenen empfangen das Sakrament der Buße, und dafür ist es nötig, sich gründlich mit dem Beichtvater zu besprechen. Denn nur wenn der Beichtvater von der aufrichtigen Reue seines Schützlings überzeugt ist, darf er das Sakrament spenden.«

»Mir ist es ganz gleich, was die Männer angestellt haben. Sie werden zur Abschreckung erschossen. Meinetwegen können sie auch unschuldig sein, das kümmert mich nicht.«

»Aber die Kirche kümmert es sehr wohl.«

»Sie wollen mich doch bloß hinhalten.«

»Was für einen Sinn hätte das? Sie haben deutlich gemacht, dass mein Einwand kein Gewicht hat.«

Mitten im Gespräch sah Karrer, wie ein Esel in vollem Galopp um die Ecke bog und Bischof Chrysostomos die größten Schwierigkeiten hatte, sich auf dem Rücken des Tieres zu halten. Seine Verrenkungen und sein verbissener Gesichtsausdruck hätten bei jeder anderen Gelegenheit komisch gewirkt, aber diesmal lachte niemand, auch nicht, als Chrysostomos vor dem Bürgermeister vom Esel rutschte und auf den Hintern fiel.

»Sie dürfen die Männer nicht erschießen«, sagte Chrysostomos auf Deutsch, während er sich von Bürgermeister Karrer auf die Beine helfen ließ.

»Ah, auf Sie haben also alle gewartet«, sagte Lüth. »Mein hochverehrter Herr Bischof, was kann ich für Sie tun?«

»Sie wollen diese Männer erschießen, weil ein Maschinengewehr in ihrem Dorf gefunden wurde? Das ist doch die pure Willkür.«

»Nein, das ist der Sühnebefehl von General Keitel. Den haben alle Wehrmachtseinheiten ausnahmslos zu befolgen.«

»Wenn ich mich nicht irre, bezieht sich dieser Befehl aber nur auf Sühnemaßnahmen, die dann zu setzen sind, wenn ein deutscher Soldat verwundet oder getötet wird.«

Lüth sah Chrysostomos erstaunt an.

»Das ist doch so, oder etwa nicht?«

»Es liegt im Ermessen des Befehlshabers«, sagte Lüth. »Und in diesem Fall ist eine abschreckende Maßnahme dringend erforderlich. Die Bergregion dieser Insel ist von Kommunisten verseucht, und diese Hinrichtung ist der erste Schritt.«

»Sie sagen also, diese Männer seien Kommunisten?«

»Sartopos ist es ganz bestimmt, und die anderen haben die kommunistischen Banditen gedeckt. Damit ist jetzt Schluss.« Lüth sprang von der Kiste und ging auf die betenden Männer zu. »Diese Heuchler!« Er trat dem Ersten gegen die Seite, sodass dieser sich stöhnend am Boden wand.

»Glauben die wirklich, ich nehme ihnen ihre Reue und ihren christlichen Glauben ab? Keine Sekunde. Sie sind Aufständische, und mit denen ist im Sinne des Sühnebefehls zu verfahren.«

»Aber das ist doch alles völlig unbewiesen. Das Maschinengewehr könnte ohne das Wissen der Männer dort versteckt worden sein. In einem Misthaufen, bedenken Sie das doch.«

»Dass ich nicht lache. Hinterhältig ist das, sonst nichts.« Lüth machte vor Nikolaos Sartopos halt. Er zog seine Pistole. »Dieser Mann hier wurde mit Sprengstoff erwischt. Ich diskutiere mit Ihnen, verehrter Bischof, gar nicht mehr. Sprengstoff aus Wehrmachtsbeständen.« Er hob die Pistole und zielte auf Sartopos' Kopf.

»Nicht«, sagte Karrer und trat neben den Bischof.

»Sie können mich nicht daran hindern«, sagte Lüth und justierte seine Waffe. Der Lauf zeigte nun genau auf Nikolaos Sartopos' linke Schläfe.

»Ich bin für die Menschen verantwortlich«, sagte Chrysostomos. »Ich bestehe darauf, an ihre Stelle zu treten.«

Lüth ließ die Waffe sinken. »Was haben Sie gesagt?«

»Erschießen Sie mich, wenn Sie schon jemanden hinrichten müssen. Aber lassen sie die Männer gehen.«

»Sie sind verrückt.«

»Nein, überhaupt nicht. Sie wollen die Menschen dazu bringen, Sie zu fürchten? Gut. Dann erschießen Sie mich. Etwas Schlimmeres können Sie den Bewohnern der Insel nicht antun.«

»Wirklich? Glauben Sie mir, Sie haben keine Ahnung, wozu ich fähig bin.«

Er hob die Waffe erneut, zielte auf Nikolaos Sartopos' linke Schläfe und drückte ab. Sartopos' Kopf wurde nach rechts geschleudert. Knochensplitter flogen über den Platz. Der Mann sackte zusammen.

»Die anderen können gehen«, sagte Lüth, machte kehrt und stieg in seinen Geländewagen.

# Kapitel 13

## I

Als Nikos auf dem Steinboden gekniet war, hatte Raphael noch gedacht, die Sache würde gut ausgehen. Wenn die Italiener so etwas veranstaltet hatten, war das nichts weiter als eine Drohgebärde gewesen. Aber Lüth hatte abgedrückt.

Egal, ob Raphael die Augen schloss oder offen hielt, er sah noch jetzt, Stunden später, wie Nikolaos Sartopos' Schädel explodierte. Wie Blut und Knochen und Gehirn durch die Luft flogen und auf Bischof Chrysostomos landeten.

Der Mann, mit dem er noch vor ein paar Wochen in Kefalonia nach Widerstandskämpfern gesucht hatte und der ihm dort das Leben gerettet hatte, der war jetzt tot, und das wollte Raphael nicht hinnehmen.

Dass er daran nichts ändern konnte, das hatte er erst auf seinem Weg aus der Stadt über die Hügel hinauf in den Norden begriffen.

Diese eine Handlung, der Finger, der sich um den Abzug krümmte, das konnte Raphael nicht rückgängig machen. Niemand konnte das, nicht einmal Lüth, der abgedrückt hatte. Eine Erkenntnis, die, so banal sie war, sich steinschwer in seiner Brust festsetzte, und diese Last wurde er auch nicht los, als er durch Olivenhaine lief und über Steinmauern kletterte.

Aber was zunächst Angriffslust war, der Drang, Lüth an die Kehle zu springen, auf ihn einzuprügeln, ihn mit seiner eigenen Waffe zu erschießen, wandelte sich in Raphael, je weiter er nach Norden kam. Es hatte keinen Sinn und führte zu nichts, außer zum eigenen Tod, wenn man auf einen mächtigeren Gegner losging, blindlings und ohne Plan. Das brachte am Ende den Sieg des Gegners und nicht seine Unterwerfung. Deshalb war er auf dem Weg in den Norden zu den Andartes und zu Agamemnon, ihrem Anführer.

Wie er gehört hatte, befand sich das Hauptquartier derzeit irgendwo in den Hügeln um Volimes, der unzugänglichsten Gegend der Insel. Agamemnon und seine Leute hatten sich dorthin zurückgezogen, um abzuwarten, wie die Deutschen sich verhalten würden. Doch jetzt gab es keinen Zweifel mehr, dass die Deutschen schlimmer waren als die Italiener.

## II

Das Gesicht der Wintersonne zugewandt, hörte sich Agamemnon Raphaels Bericht an, brummte zwischendurch und schwieg auch, nachdem Raphael zu Ende war, noch eine ganze Weile. Auf seiner Stirn wölbten sich zwei große Falten, und sein Bart sträubte sich am Kinn.

»Was wirst du jetzt machen?«, fragte Raphael.

»Nachdenken. Das siehst du ja.«

»Aber wenn du mit Nachdenken fertig bist, was dann?«

»Das werde ich dann wissen.« Er setzte sich zurecht, stützte die Ellbogen auf die Oberschenkel und sah Raphael an. »Glaubst du wirklich, dass das so eine gute Idee ist, in die Stadt einzumarschieren? Die Deutschen bewaffnet mit was weiß ich was? Überall Gewehre und Handgranaten. Was wissen wir wirklich? Wie stark sind die deutschen Truppen, welche Mannschaften sind das? Von wem werden sie befehligt und wie sind diese Leute einzuschätzen?«

»Das habe ich dir gesagt. Dieser Lüth ist ein Verrückter, der Menschen auf dem Hauptplatz hinrichtet.«

»Umso wichtiger, dass wir vorsichtig sind. Wenn er wirklich so ein Verrückter ist, wie du sagst, ist nichts ausgeschlossen. Er könnte auf Frauen und Kinder schießen lassen. Könnte die Stadt in die Luft jagen, und das wollen wir nicht. Nein, wir verfolgen eine andere Strategie.«

Wieder schwieg Agamemnon. Hinter ihm, in dem Verschlag, der irgendwann einmal ein Haus gewesen sein mochte und jetzt kaum noch als Stall taugte, machten ein paar Männer Feuer und schleppten einen Kessel mit Wasser durch die Tür ins dunkle Innere. Sie trugen auch Bündel aus Kräutern und Gräsern, und einer hatte Wurzeln ausgegraben und setzte sich jetzt auf die Bank vor dem Haus, um seine Beute mit einem Messer zu säubern und zuzurichten.

»Wenn du das dann alles weißt«, setzte Raphael fort, »wirst du wenigstens dann etwas unternehmen?«

»Wir machen doch schon die ganze Zeit etwas«, sagte Agamemnon. »Du bist ein kleiner Feuerkopf, weißt du das? Wir versorgen unsere Genossen auf dem Festland mit Informationen, und die geben die Nachrichten an die Alliierten weiter. Es ist wichtig, dass unsere Genossen in der Sowjetunion genau darüber informiert sind, wie die Faschisten aufgestellt sind, wo sie ihre Truppen haben und was sie planen. Das ist viel wichtiger, als ein paar von ihnen zu erschießen.«

»Das verstehe ich nicht«, sagte Raphael und sah sehnsüchtig zu dem Mann mit den Wurzeln hinüber. So ein Eintopf mit wilden Kräutern würde ihm jetzt guttun.

»Du bist doch eigentlich ganz schlau«, sagte Agamemnon. »Du gehst heute Abend mit Elias auf Patrouille. Dann wirst du schon sehen, was ich meine. In der Zwischenzeit kannst du den Männern beim Kochen helfen. Die geben dir sicher etwas ab.«

## III

Beinahe vergaß Raphael über dem geschäftigen Hin und Her in der Hütte, über der Diskussion, welche Wurzeln den nun essbar und welche bitter seien, warum er überhaupt in die Berge gegangen war. Erst als das Essen über dem Feuer kochte, hatte er wieder Zeit, sich umzusehen und sich zu fragen, warum die Männer nicht endlich losschlugen.

Er sah sie sich an, wie sie auf dem Boden hockten. Einige gleich neben dem Feuer, wartend, bis das Essen fertig war. Andere lagen draußen auf der Wiese, putzten ihre Waffen oder versuchten, ihre Kleidung zu flicken. Kaum einer sagte etwas, und wenn, dann waren es nur halbe Sätze über das Wetter oder darüber, dass es schon wieder nur Kräuter und Wurzeln gab.

Einige der Andartes kannte Raphael. Es waren die Söhne von Bauern aus den Dörfern im Süden der Insel. Auch ein paar Kaufmannssöhne waren dabei, ein paar Schmiede und Studenten, die eigentlich in Athen die Universität besuchen sollten. Sie trugen jetzt neue Namen, und Raphael bemühte sich, die irgendwie aufzuschnappen, denn jedes Mal, wenn er jemanden mit seinem richtigen Namen ansprach, wurde er zurechtgewiesen.

»Nikolaos? Hier gibt es keinen Nikolaos. Ich heiße Odysseus«, fuhr ihn Nikolaos Katevatis an, der an einer Jacke aus Schaffell nähte. Raphael konnte sich nicht an diesen Namen und schon gar nicht an diesen Anblick gewöhnen. Nikolaos Katevatis, Sohn eines angesehenen Kaufmanns, selbst sehr erfolgreich im Handel mit Olivenöl, hier bei den Andartes, dreckig und ausgehungert.

Odysseus legte sein Schaffell beiseite und stocherte in der dünnen Suppe. Sein Gesicht verriet das Ausmaß seines Widerwillens. So eine Brühe hätte er vor der Besatzung nicht einmal den Schweinen vorgesetzt. Raphael schaufelte die Suppe in sich hinein, und er konnte Nikolaos, Verzeihung, Odysseus nicht verstehen. Das war sicher nicht die beste Suppe, die er jemals gegessen hatte, aber auch nicht die schlechteste. Die Andartes könnten ihre Kochkünste leicht verbessern, wenn sie etwas Salz aus den Salinen von Alikes holen würden. Kein großer Aufwand, da war man in gut eineinhalb Stunden, wenn man sich sputete, und das Salz hätte die Kost der Andartes wirklich erheblich verbessert. Vielleicht sollte er mit Agamemnon darüber reden oder mit Odysseus. Odysseus würde den Vorschlag sicher unterstützen, so wie sich seine Gesichtszüge bei jedem Löffel vor Ekel verzogen.

Direkt neben Odysseus saß ein Mann, dem das Essen besser zu schmecken schien. Er sah auch nicht wie die Begeisterung selbst aus, aber immerhin aß er, ohne sich besonders um den Geschmack oder die Zusammensetzung seines Essens zu kümmern. Er winkte Raphael zu sich.

»Du bist mir zugeteilt«, sagte der Mann. »Ich heiße Elias.« Er streckte Raphael die Hand entgegen. »Wir brechen in einer halben Stunde auf und machen eine Runde.«

»Wohin geht es?«

»Wirst du schon sehen. Und jetzt schau, dass du irgendwo ein Gewehr oder eine Pistole herbekommst, geladen und funktionstüchtig, wenn es irgendwie möglich ist. Das ist kein Sonntagsausflug, den wir hier veranstalten.«

Raphael suchte nach Agamemnon, aber er konnte ihn nicht finden, und so wandte er sich an den Erstbesten, den er beim Unterstand stehen sah. Ob es hier ein Gewehr gebe, das er sich ausleihen könne für eine Patrouille? Der Mann runzelte die Stirn und verschwand dann wortlos in der Düsternis der Hütte. Keine zehn Sekunden später drückte er Raphael ein Gewehr in die Hand.

»Du musst hier ziehen. An diesem Haken«, sagte der Mann. »Damit schiebst du eine Patrone in den Lauf. Dann musst du nur noch abdrücken. Zielen schadet auch nicht. Bei der alten Mistknarre hilft es aber wahrscheinlich auch nicht viel. Meistens steckt die Patrone fest. Wenn das passiert, drehst du das Gewehr um.« Er nahm Raphael die Waffe wieder ab. »So musst du es halten, am Lauf. Dann holst du aus und ziehst deinem Gegner eine über. Das heißt, wenn du noch kannst. Hast du das verstanden?«

Raphael nickte und ging, ohne nach weiterer Munition zu fragen. Er gesellte sich wieder zu Elias, und auch Odysseus hatte seine Suppe hinuntergewürgt und stand in seiner Schaffelljacke bereit zum Abmarsch. Schweigend brachen sie auf und wanderten über den steilen Hügel, an dessen Fuß ihr Unterschlupf stand, Richtung Osten. Die Landschaft wölbte sich hier weglos über von Erdbeben aufgeworfenen Gesteinskanten, senkte sich immer wieder zu tiefen, oft kaum mannsbreiten Klüften, die man durchklettern musste, wenn man nicht kilometerweit den Berg hinauf- und hinunterwollte. Der Thymian, der hier in großen Büscheln wuchs, war ausgedörrt und seine Blätter fast so scharf wie der Stechginster. Raphael spürte, wie ihm das Gestrüpp die Beine zerkratzte. Elias bog die Äste einer Tanne von sich weg und ließ sie los, bevor Raphael die Stelle passiert hatte. Vor Schmerz und Schreck schrie Raphael auf.

»Wirst du das lassen«, zischte Elias. »Wenn die Deutschen das hören, sind wir tot.«

Raphael wischte sich die Tränen und den Dreck aus dem Gesicht und holte den Abstand zwischen sich und den anderen auf. Diese Patrouille gefiel ihm nicht, nicht nur, weil Elias wortkarg war. Sie mussten leise sein, durften nicht auf ausgetretenen Pfaden gehen, von denen es hier ohnehin keine gab. Das verstand er sehr gut, aber er hatte bei alledem ein ungutes Gefühl. Als ob sich etwas furchtbar Schlimmes anbahnen würde. Selbst die Natur wollte ihn zurückhalten. Die Zweige, die ihm ins Gesicht schlugen, und jetzt die Steine hier in dem trockenen Bachbett, die sich spitz aufstellten und ihm in die Sohlen stachen. Er schüttelte den Gedanken ab und hielt sich dicht an Elias. Sie querten eine weitere Senke und stiegen dann neben einem Felsabbruch ein Stück nach oben, bis sie eine Kante erreichten und dort auf einem Plateau Rast machten.

Die Feldflasche, die Raphael trug, enthielt nur Wasser, aber alle tranken davon und sahen dabei auf die Küstenlinie hinunter. Dort schlängelte sich eine Schotterstraße die Klippen entlang und im Norden konnten sie Agios Nikolaos sehen. Kap Skinari blieb im Dunst verborgen und außerdem setzte schon die Dämmerung ein und so entschwand die Südküste von Kefalonia bald ihren Blicken.

Etwas weiter südlich lag Alikes. Raphael wollte Elias schon darauf aufmerksam machen, dass sie ganz leicht, ohne Mühe, ein Kilo Salz holen könnten und die Suppe dann nicht mehr so fad schmecken würde. Doch jetzt hob Odysseus den Arm und zeigte in die Tiefe. Dort glomm ein Licht auf, winzig, und dann war es auch schon wieder verschwunden.

»Zwei«, sagte Odysseus und Elias nickte.

»Denen sind wir überlegen«, sagte Raphael und packte sein Gewehr.

»Bleib sitzen«, sagte Elias.

»Aber …«

»Zwei haben wir gesehen. Aber weißt du, wie viele wir nicht gesehen haben?« Elias schwieg einen Moment. »Eben. Und deshalb warten wir. Dort unten könnten drei Männer sein, aber auch dreißig. Wir wissen es nicht. Außerdem ist es nicht unsere Aufgabe, irgendjemanden anzugreifen.«

So saßen sie in der Kälte dieser Winternacht und je später es wurde, desto sehnsüchtiger sah Raphael auf das schlecht genähte Schaffell, das sich Odysseus um die Schultern gelegt hatte. Denn auf dieser ausgesetzten Plattform über dem Meer zog ein beständiger Wind von den Sanddünen her, und langsam, von Minute zu Minute über Stunden hinweg nahm er einem alle Wärme aus dem Fleisch, und bis auf die Knochen drang die Kälte.

Die Luft schmeckte nach Salz, und oben am Himmel flackerten die Sterne, und der Mond, obwohl noch nicht völlig gerundet, tauchte die Hügel in graues Licht und ließ die Bäume wie dunkle Fackeln scheinen.

Außer dem Wind, der manchmal Gräser gegeneinander rieb und Blätter wippen ließ, war nichts zu hören. Nicht einmal Odysseus oder Elias bewegten sich, und so saß auch Raphael still und beobachtete die Nacht. Immer wieder flackerte ein kleines Licht unten bei den Deutschen auf, und im Mondlicht konnte Raphael auch bald das lange Rohr der Fliegerabwehrkanone und die Sandsäcke ausmachen. Die Deutschen hatten sich über den Klippen von Xigia einen Horst errichtet und spähten über das Ionische Meer bis hinüber nach Kefalonia im Norden und der Küste des Peloponnes im Osten. Der Platz war gut ausgesucht. Die englischen Aufklärer wählten meistens eine Anflugschneise, die von hier aus zu beobachten war, und wenn die Deutschen Glück hatten, flogen die Engländer so tief, dass man sie mit der Flak erwischen konnte.

Elias stieß Odysseus an und weckte ihn. »Du schnarchst«, sagte Elias. »Du bist so laut, dich hört man noch in Patras.«

»Ja, und wenn schon«, brummte Odysseus. »Vielleicht weckt mein Schnarchen Griechenland endlich auf.«

»Bloß nicht«, sagte Elias. »Wenn die Griechen erwachen, dann zerfleischen sie sich gegenseitig. Deshalb ist es umso erstaunlicher, wenn du in meiner Gegenwart schläfst. Ich bin jetzt dein Feind.«

»Schwachsinn«, sagte Odysseus. »Mir ist es völlig egal, was irgendwer in Athen oder sonst wo beschließt. Die Exilregierung in Kairo ist meines Erachtens ein Haufen Feiglinge. Wären sie es nicht, würden sie sich nicht in Ägypten verstecken, sondern hier mit uns kämpfen.«

»Aber du weißt schon, dass ich Kommunist bin und die Leitung der EAM beschlossen hat, euch von der anderen Seite, von der konservativen EDES, zu bekämpfen?«

»Du bist vielleicht Kommunist, aber du bist kein Idiot«, sagte Odysseus. »Und das mit der einen und mit der anderen Seite war mir immer schon egal. Weil mein Vater Gutsbesitzer ist und ich Kaufmann, kann ich deshalb nur zur EDES gehören? Was ist das für ein Unfug? Stammt Aris, euer Anführer, nicht auch aus gutem Haus? Sein Vater ist Rechtsanwalt, wenn ich mich nicht täusche. Wir kämpfen für ein freies Griechenland. Genauso wie unsere Vorfahren im 19. Jahrhundert gekämpft haben. Aber wenn dir dein Kommunismus wichtiger ist als die Freiheit Griechenlands, kannst du mich ja erschießen.«

Elias lachte, und das klang wie Bellen, und einige Augenblicke später flammte ein Scheinwerfer auf, der den Hang bestrich. Odysseus, Elias und Raphael flüchteten und warfen sich in ein steil ausgeschnittenes Bachbett, bevor der Scheinwerferkegel über sie hinwegstrich.

»Das passiert, wenn du mich nicht schlafen lässt«, sagte Odysseus und lachte.

»Sei still.« Elias robbte ein Stück vor und lugte über die Kante des Bachbetts. »Da kommen vier Mann den Hang herauf.«

»Und jetzt? Knallen wir sie ab?«, fragte Odysseus.

»Die finden uns doch nie. Wir gehen den Bach entlang bergauf und verschwinden«, sagte Elias und begann den Aufstieg.

Raphael schüttelte den Kopf, bis er merkte, dass ihn in der Dunkelheit niemand sehen konnte. Also räusperte er sich.

»Was?«, kam es von Odysseus.

»Das Bachbett ist keine gute Idee.«

»Warum, wenn ich fragen darf? Hier sind wir vor den Blicken der Deutschen geschützt.«

»Ja, aber ein falscher Tritt, und die Steine kullern hinunter wie eine Lawine, und dann weiß jeder, wo wir sind.«

»Anderer Vorschlag?«

Raphael zuckte mit den Schultern, und selbstverständlich konnte auch das niemand sehen. »Keine Ahnung«, sagte er. »Aber vielleicht sollten wir in Deckung bleiben, und die Deutschen sehen uns nicht.«

»Du willst nicht schießen?«, sagte Odysseus.

»Nein, will ich nicht.«

»Im Krieg bleibt einem aber nichts anderes übrig.«

Raphael antwortete nicht, packte sein Gewehr fester und wartete auf Elias' Anweisungen. Aber Elias schwieg, duckte sich tiefer, als er die Stimmen der Deutschen hörte.

Es dauerte eine halbe Stunde, bis sich die Deutschen aus ihrer unmittelbaren Nähe entfernten. Soweit Raphael es hören konnte, suchten sie den Hang weiträumig, allerdings nicht besonders gründlich, ab. An die Abbruchkante und damit zum Bachlauf stießen sie nicht vor.

Als Raphael sein Gewehr an sich nahm und aufstehen wollte, winkte Elias ab. Mit heftigen Armbewegungen zeigte er Raphael und Odysseus, dass sie in Deckung bleiben sollten. Er selbst kroch ein Stück weit das Bachbett hinauf und lugte über die Kante. Ein rascher Blick den Berg hinauf und hinunter, und Elias zog sich zurück. Geduckt kam er zu Raphael und Odysseus, die am Grund des Grabens hockten.

»Sie sind weg«, sagte Elias leise. »Es sieht jedenfalls so aus. Aber ich traue ihnen nicht, diesen Deutschen. Könnte gut sein, sie verstecken sich und warten, bis wir herauskommen.«

»Na gut, und jetzt?«, fragte Odysseus. »Sollen wir hierbleiben oder was?«

»Damit sie uns in der Morgendämmerung noch besser sehen? Nein. Wir gehen den Hügel hinauf und verschwinden in den Bergen«, sagte Elias.

Raphael war damit gar nicht einverstanden, aber er schwieg. Jemandem wie Elias widersprach man nicht. Er kam aus Athen, hatte mit Aris gekämpft. Raphaels Zögern blieb unbemerkt, und er schloss schnell zu Elias auf. Der Bachlauf wurde bald schmäler und die Wände niedriger. Schon nach hundert Metern bot er keinen Schutz mehr gegen Blicke, die über den Berghang strichen. Die nächste Deckung, ein Gestrüpp am

Rande einer zerfallenen Mauer, befand sich etwa dreihundert Meter weit entfernt. Der Mond stand schon tief am Himmel, war aber immer noch so hell, dass die Bäume Schatten warfen.

So warteten sie zu dritt in der Senke des Bachbetts auf eine Wolke, die den Mond verdeckte, und dann rannten sie. Elias trat einen Stein los. Der Stein sprang von einem Grasbüschel hoch und setzte dann einen weiteren Stein in Bewegung. Die kleine Lawine kam schnell zum Stillstand. Zweimal blieb Raphael stehen und sah sich um. Die Ruhe machte ihn misstrauisch, und er vermutete einen Hinterhalt der Deutschen. Dort drüben bei den Fichten konnten sie lauern oder weiter unten, wo sich die Erde zu einem Hügel wölbte, in der Finsternis des nächsten Baches oder vielleicht sah er sie nur nicht, weil sie in ihren feldgrauen Uniformen flach am Boden lagen, keine zwanzig Meter entfernt. Jedenfalls fühlte er ihre Präsenz. Dieses Kribbeln im Nacken, dieses Ziehen den Rücken entlang bis in die Beine hinunter, das hatte Raphael auch auf Kefalonia gespürt, das kannte er von all den Tagen und Nächten, in denen er sich vor den italienischen Soldaten versteckt hatte. Es war jemand in der Nähe, daran gab es keinen Zweifel.

## IV

Auf dem Weg zurück ins Lager verflüchtigte sich das Gefühl, beobachtet zu werden, allerdings hatte Raphael zunehmend den Eindruck, die wirkliche Gefahr ginge nicht von den Deutschen aus, sondern viel eher von seinen beiden Begleitern.

Seit sie sich weit genug von ihrem Posten entfernt hatten, um einigermaßen sicher zu sein, dass die Deutschen sie nicht mehr hören konnten, lagen sich Elias und Odysseus in den Haaren. Was vor ein paar Stunden als kleiner Schlagabtausch begonnen hatte, wuchs sich mit jedem Meter mehr und mehr zu einem Streit aus und war nun knapp daran, in einem Faustkampf zu enden. Worum es bei der Auseinandersetzung ging, erschloss sich Raphael erst nach und nach. Er wusste, dass Odysseus, also Nikolaos Katevatis, zur Ethnikos Dimokratikos Ellinikos Syndesmos, also zur EDES gehörte, einer Widerstandsgruppe angeführt von Napoleon Zervas, die sich ungefähr im September, zur Zeit als die Italiener abzogen, mit den Briten verbündete, um gegen die ELAS, die griechische Volksbefreiungsarmee unter dem Kommando von Aris Velouchiotis zu kämpfen. Angeblich um eine kommunistische Diktatur in Griechenland zu verhindern.

»Weißt du, mein lieber Katevatis«, sagte Elias. »Ich kann das ja grundsätzlich verstehen. Ihr Reaktionäre habt Angst um euren Besitz und eure Privilegien. Schon klar. Aber können wir das nicht klären, wenn wir die faschistischen Mörderbanden aus dem Land gejagt haben?«

»Aber dann ist es vielleicht zu spät. Wenn dein Aris in Athen einmarschiert und die Akropolis besetzt.«

»Dass ich nicht lache. Du und deine Freunde stecken mit den Deutschen unter einer Decke. Die EDES und euer Anführer, der sich allen Ernstes Napoleon nennt, ihr habt euch mit dem Feind verbündet.«

»Das nimmst du sofort zurück«, schrie Odysseus, und Raphael sah, wie er sein Gewehr hochnahm, als wolle er auf Elias anlegen.

»Das wagst du nicht«, sagte Elias. »Wenn du mich erschießt, kannst du dir auch gleich selbst eine Kugel in den Kopf jagen.«

»Aus jetzt«, sagte Raphael und trat zwischen die beiden. »Hier wird niemand einfach so erschossen. Wir sind eine Armee und keine Räuberbande. Also wenn hier jemand erschossen wird, werden das Agamemnon und ein Kriegsgericht entscheiden.«

»Was mischst du dich überhaupt ein?«, fuhr ihn Odysseus an. »Du bist doch nur ein dahergelaufener Rotzbengel. Und jetzt geh mir aus dem Weg, damit ich diesem Kommunisten, diesem Sowjetknecht die Fresse einschlagen kann.«

»Du bleibst, wo du bist«, sagte Raphael. »Ich bin Kapetanios der griechischen Volksbefreiungsarmee.«

»Du? Das ich nicht lache!«

»Da kannst du lachen, wie du willst. Ich war auf Kefalonia, als die Deutschen die Italiener umgebracht haben.«

»Und wo hast du deine Männer, Kapetanios Raphael? Du hast doch noch nicht einmal einen Partisanennamen.«

»Partisanennamen, bah. Ich habe Wichtigeres zu tun, als mir einen Namen auszudenken. Sartopos ist tot. Ermordet von Hauptmann Lüth. Er hat ihn auf dem Solomos-Platz erschossen, und ich werde das nicht einfach so hinnehmen. Deshalb bin ich hier. Deshalb habe ich nach euch gesucht, damit ihr etwas unternehmt. Eure Streitereien um was auch immer interessieren mich keinen feuchten Dreck, und jetzt reißt euch zusammen.«

»Gut gesprochen«, sagte Elias und klopfte Raphael auf die Schulter. »Das mit Sartopos übernehmen wir.«

»Ihr redet doch nur«, erwiderte Raphael. »Am Ende muss ich mich selbst darum kümmern.«

»Zuerst müssen wir klären, wie die Andartes auf der Insel zu dem Bürgerkrieg auf dem Festland stehen«, sagte Elias.

»Auf dem Festland? Was interessiert mich das?«, fragte Raphael. »Und was für ein Bürgerkrieg? Ich verstehe euren Streit überhaupt nicht. Das ist doch ganz einfach. Auf der einen Seite sind die Faschisten, und auf der anderen sind wir. Wir wollen die Faschisten nicht, also müssen wir sie vertreiben.«

»Ach, bist du naiv«, sagte Odysseus und klopfte Raphael auch auf die Schulter. »Sei mir nicht böse, ja?«

»Ich bin dir nicht böse, aber du hast mir Angst gemacht. Wenn Griechen auf Griechen losgehen, dann können wir einpacken.«

»Aber genau das passiert auf dem Festland, im Epirus, und wir müssen jetzt darüber reden, wie wir uns verhalten«, sagte Elias.

## V

Tatsächlich erhob sich in den nächsten Stunden ein allgemeines Palaver am Stützpunkt der Andartes. Jemand hatte in der Nacht von Kefalonia einen Sack Mehl auf die Insel geschmuggelt. Der Pope von Volimes hatte einen Teil davon auf seinen Esel verladen und zu den Andartes gebracht. Auf heißen Steinen am Rand des Lagerfeuers war er gerade dabei, Fladen zu backen. Das Mehl sah eher aus wie Sägespäne, und so schmeckten die Fladen auch, aber Raphael griff zu und aß zum ersten Mal seit langer Zeit, bis er satt war.

Während er kaute und schluckte und zwischendurch in die Runde sah, wurde ihm langsam klar, worum es in der Debatte ging.

Seit dem Sommer schon versprachen die Briten, sie würden die Inseln in der Ägäis angreifen und die Deutschen von dort vertreiben. Sie starteten dieses Unternehmen Mitte September, also gerade zu der Zeit, als die Italiener die Waffen streckten. So ging die Sache zunächst auch gut. Aber als die

Deutschen eine Gegenoffensive in Gang setzten, mussten die Briten sich zurückziehen. Also versuchten die Briten einen anderen Plan. Sie wiesen ihre Verbindungsoffiziere im italienisch besetzten Gebiet an, möglichst viele Italiener dazu zu bringen, zu den Andartes überzulaufen, und zwar zu den konservativen Andartes der EDES unter der Führung von Napoleon Zervas.

»Es ist klar, was das Ziel der Briten ist«, sagte Elias. »Sie wollen Zervas und die EDES benutzen, um die ELAS zu bekämpfen, weil sie eine kommunistische Übermacht in Griechenland fürchten.«

»Aber die Kommunisten sind eben viel stärker, und wenn wir nichts dagegen unternehmen, wird uns die Sowjetunion verspeisen wie einen Frühstückshappen«, sagte Odysseus.

»Wie oft muss man es eigentlich noch sagen?« Agamemnon teilte neue heiße Fladen aus. »Ja, wir von der ELAS sind die stärkste Widerstandsgruppe in Griechenland. Aris und auch alle anderen haben schon im Sommer versichert, dass es nach dem Krieg freie, demokratische Wahlen geben soll. Aber wenn die EDES und die Briten gewinnen, haben wir wieder das feige Pack der Exilregierung am Hals. Die sitzen fein in Kairo und schauen uns zu, wie wir unser Leben riskieren, und wenn alles vorbei ist, dann kommen sie zurück, und wir haben wieder einen König.«

»Oder eine Königin«, warf jemand ein. »Prinzessin Alice ist immerhin in Athen geblieben und tut, was sie kann, um die Menschen zu beschützen.«

»Wirklich?«, sagte Agamemnon. »Die Verrückte? Aber die ist unser kleinstes Problem. Im Epirus ist schon vor einem Monat der Bürgerkrieg ausgebrochen. Diese Idioten schießen aufeinander, und ich habe gehört, dass sich Zervas sogar mit den Deutschen verbündet und ihnen Gefangene ausliefert.«

Agamemnon hob abwehrend die Hände. »Ich habe gesagt, ich habe es gehört. Das heißt nicht, dass ich das auch glaube. Aber Griechen schießen auf Griechen. Auch wir haben den Befehl von Aris persönlich, alle Andartes der EDES zu entwaffnen und zu verhaften.«

Agamemnon hatte kaum fertig gesprochen, als alle durcheinanderredeten.

»Haltet die Klappe«, brüllte er, und es wurde leiser, sodass er weiter reden konnte. »Ich habe diesen Befehl seit Oktober, also seit mehr als zwei Monaten, und ich habe nichts gesagt, weil ich gehofft habe, dass alle vernünftig sind und wir das nicht diskutieren müssen. Aber wenn wir solche Hitzköpfe wie Odysseus unter uns haben, dann müssen wir uns fragen, wie wir uns verhalten.«

»Eure Leute haben unsere Leute angegriffen. So hat es doch erst angefangen«, sagte Odysseus.

»Du meinst diese Räuberbande unter Grigoris Sourlas?«, fragte Agamemnon. »Die wurden von der ELAS entwaffnet und nach Hause geschickt, weil sie sich eben nicht wie eine reguläre Einheit verhalten, sondern die Bewohner der Dörfer in Thessalien terrorisiert haben.«

»Aber da hat es angefangen«, insistierte Odysseus. »Und nur deshalb hat Zervas ein paar Tage später befohlen, die ELAS-Verbände im Epirus anzugreifen.«

»Wir können uns das jetzt tagelang gegenseitig vorhalten«, mischte sich Elias ein. »In Wirklichkeit war keiner von uns bei irgendeinem dieser Kämpfe dabei. Wir haben keine Ahnung, warum dieser Kapetanios etwas entschieden hat. Es kann uns auch völlig egal sein. Hier geht es nur darum, wie wir hier auf der Insel die Sache regeln wollen. Ob wir uns gegenseitig bekämpfen oder aber zusammenhalten und die Faschisten zum Teufel jagen.«

Raphael hörte sich die Debatte zuerst mit Interesse und dann mit zunehmender Gleichgültigkeit an. Für ihn ergab die Diskussion keinen Sinn. Man hatte einen sehr mächtigen Feind, und den wollten sowohl die EDES wie auch die ELAS loswerden. Was also gab es zu überlegen? Wenn man sich gegenseitig totschießen wollte, konnte man das immer noch tun, wenn man die Deutschen endlich vertrieben hatte.

Sein Gewehr hatte er noch nicht zurückgegeben. Es lehnte ein paar Meter entfernt an einem Felsen. Geladen war es auch noch immer, und im Moment achtete auch niemand auf ihn. Raphael brach den Brotfladen entzwei, den er sich gerade geholt hatte, steckte einen Teil in seine Umhängetasche, die andere Hälfte aß er und ging auf sein Gewehr zu. Er sah sich nicht um, nahm das Gewehr und marschierte den Hang hinauf, den er vor ein paar Stunden erst heruntergekommen war.

Im Tageslicht schien ihm der Weg nicht so weit, wie in der Nacht. Er konnte die Berge Kefalonias in der dunstigen Ferne sehen, und Richtung Osten dehnte sich das Meer beinahe schwarz unter dem bewölkten Himmel.

An so einem Tag war mit Luftangriffen kaum zu rechnen. Dennoch würden die Deutschen den Posten bei Xigia besetzt halten. Man konnte ja nicht wissen, ob die Briten nicht doch einen Aufklärer schickten, oder gerade wegen des schlechten Wetters eine Bomberstaffel, die es auf die Hafenanlage in Patras abgesehen hatte, wo angeblich deutsche U-Boote vor Anker lagen. Es bestand also kein Zweifel, dass Raphael dort in Xigia in der Flakstellung deutsche Soldaten treffen würde, und es bestand auch kein Zweifel, dass er sie alle erschießen würde. Jedenfalls so viele er erwischen konnte, bevor ihn eine Kugel traf und er nicht länger kämpfen konnte. Die Frage, wer den gerechten Kampf kämpfte und welche politische Einstellung man haben musste und ob nach dem Krieg eine Monarchie oder eine Diktatur kam, interessierte Raphael nicht. Er war gekommen, weil die Nazis seinen Freund Nikolaos Sartopos auf dem Solomos-Platz erschossen hatten und man das nicht einfach hinnehmen durfte.

Gut, Nikolaos war kein Andartis gewesen, zumindest hätte er sich selbst nicht so bezeichnet. Aber er hatte wie die Männer in den Bergen gegen die Faschisten gekämpft. Mehr sogar, wenn man ehrlich war. Die Erkundungsmission nach Kefalonia war ihr längster gemeinsamer Einsatz gewesen. Doch auch später hatte sich Nikos tagelang im Hafen herumgetrieben, als hätte er nichts Besseres zu tun und sei so etwas wie ein Landstreicher. In Wirklichkeit aber hatte er die Deutschen beobachtet, und jeden Abend hatte er an Raphael berichtet. Den Sprengstoff aus dem Armeelager in Keri hatte Nikos gestohlen, um ihn den Andartes zu bringen. Im Grunde war diese Aktion Raphaels Idee gewesen. Er hatte bemerkt, wie Armeelaster immer wieder über die bergige Straße in den Südwesten der Insel fuhren, und er hatte sich gefragt, was sie dort wohl verloren hatten.

»Das werden wir schon herausfinden«, hatte Nikos gesagt. »Lass mich nur machen. Ich besuche ein paar Freunde dort in Keri, die werden sicher wissen, was gespielt wird.«

Jetzt, auf seinem Weg über die Hügel konnte Raphael Nikos in seinem Kopf hören. Dieses leichte Schnarren in der Stimme, wenn er sich selbst Mut zuredete, weil er wusste, dass die Sache ganz schön gefährlich werden konnte.

Nikos fand heraus, dass die Deutschen mit ihren Lastern nicht nur bis Keri fuhren. Sie hatten eine neue Straße angelegt, die entlang der Steilküste bis zu einem Bunker reichte. Von diesem Bunker wussten nicht einmal die Einwohner von Keri, denn am Beginn der Straße standen Tag und Nacht Wachen.

»Ich habe sie aber ausgetrickst«, meinte Nikos' Stimme. Raphael erinnerte sich an das Grinsen und an Nikos' Stolz, als er ihm einen Rucksack mit Handgranaten überreichte. Nikos erzählte, wie leicht es gewesen war, über die Klippen unentdeckt zu dem Bunker zu gelangen. Man befand sich sozusagen die ganze Zeit über im Rücken der Deutschen und die beobachteten nur die Straße, so als ob niemand durch den Wald oder über die Felsen kommen könne. Durch den Wald war es zugegebenermaßen schwierig, weil die Deutschen dort alles mit Stacheldraht gesichert hatten, aber die Felsen waren ein Kinderspiel.

Die Begeisterung hatte Raphael angesteckt, und er hatte sich ausgemalt, was man mit dem gestohlenen Sprengstoff anstellen konnte. Vielleicht war dieser schlecht bewachte Bunker sogar der Schlüssel zur Befreiung der Insel.

Agamemnon wollte zu dem Plan damals nichts Konkretes sagen. Aber den Sprengstoff und die Handgranaten nahm er. Deshalb, fand Raphael, hatte Agamemnon auch eine Verpflichtung, Nikos' Tod zu rächen. Doch wenn Agamemnon sich weigerte, dann erledigte Raphael das eben im Alleingang.

Als er auf der kleinen Plattform ankam, auf der sie die Nacht verbracht hatten, setzte er sich und sah hinunter auf die Flakstellung. Zwei Männer kauerten hinter den Sandsäcken und beobachteten mit ihren Feldstechern das Meer. Dass hinter ihnen etwas Interessantes oder Gefährliches passieren könnte, daran dachten sie offenbar nicht.

Es war leicht, sich anzuschleichen. Raphael hielt sein Gewehr schussbereit unter dem Arm. Um sicher zu sein und auch wirklich zu treffen, brauchte er aber eine Deckung, ein Gebüsch oder einen Stein, hinter dem er sich verstecken konnte. Schon roch Raphael die Schwefelquelle, die hier bei Xigia aus dem Felsen trat und eine gelbe Spur bis hinunter zum Meer zog. Er war nahe genug.

Einer der Deutschen drehte sich um und hob die Hände. Er sagte etwas. Raphael nahm an, dass der Mann Deutsch sprach, aber es kümmerte ihn nicht. Er war gekommen, um ein paar Deutsche zu erschießen.

Er hielt das Gewehr im Anschlag, vor sich den Deutschen, der die Arme in die Höhe streckte. Raphael hatte den Finger am Abzug. Langsam krümmte er ihn und wartete auf den Knall, den Rückstoß. Wartete darauf, dass der Deutsche hinfiel und tot war.

Der zweite Deutsche hatte jetzt auch mitbekommen, dass etwas nicht stimmte, und als er seinen Kollegen mit erhobenen Armen sah, tat er es ihm gleich. Als er bemerkte, dass Raphael zwar zielte und sie in Schach hielt, aber nicht gleich schießen würde, nahm er eine Hand herunter, fuhr damit in die Brusttasche seines Hemdes und holte ein Zigarettenpäckchen hervor. Das streckte er Raphael entgegen.

Raphael schüttelte den Kopf und konzentrierte sich. Er musste nur abdrücken. Der Lauf des Gewehrs zeigte genau auf die Brust des ersten Deutschen. Selbst jemand wie er, der keine große Erfahrung mit Waffen besaß, musste dieses Ziel treffen. Dann einen kleinen Schwenk nach links und noch einmal abdrücken. Repetieren vorher nicht vergessen.

Es ist ganz einfach, sagte sich Raphael. Drück endlich ab! Das ist die Rache für Nikos. Jeder würde das so machen. Wirklich jeder.

Der Deutsche auf der linken Seite hatte seinen Arm schon wieder gesenkt. Diesmal klopfte er sich auf die Brust und sagte: »Karl. Karl Ibach.« Das wiederholte er ein paarmal, bis Raphael begriff, dass »Karl« der Name des Mannes war. Karl Ibach hieß der Deutsche also, den er in wenigen Momenten erschießen würde.

Raphael zielte noch einmal. Über Kimme und Korn sah er die linke Hälfte der Brust des Mannes, der sich Karl nannte. Der Finger am Abzug krümmte sich ein Stück, verstärkte den Druck. Er ging die Folge der Handbewegungen noch einmal im Stillen durch. Es war immerhin das erste Mal, dass er einen Menschen tötete.

Dann ließ er das Gewehr sinken. Nicht ganz, nur so weit, um zu zeigen, dass er jetzt nicht schießen würde, aber seinen Entschluss jederzeit ändern könnte.

»Gehen wir«, sagte er und deutete mit dem Gewehrlauf den Hang hinauf. So gingen sie also, die zwei Deutschen voraus und Raphael mit dem Gewehr hinterher. Irgendwo auf den Hügeln fiel ihm ein, dass er die Soldaten gar nicht entwaffnet hatte, dass ihnen die Handgranaten noch immer vom Gürtel baumelten und die Pistolen in ihren Halftern steckten. Auch hatten die Deutschen nach und nach die Arme sinken lassen. Es war ein langer Weg und niemand konnte die Hände eine so lange Zeit nach oben strecken.

Der zweite Deutsche hieß Friedrich, Friedrich Kaiser. Das erfuhr Raphael, als Karl sich zu ihm umdrehte und auf Friedrich zeigte und dabei seinen Namen nannte. Wieder bot er Raphael Zigaretten an, und wieder lehnte Raphael ab. Das war sicher nur ein Manöver der Deutschen, um ihn zu überwältigen und zu entwaffnen. Sobald er nach einer Zigarette griff, würde dieser Karl auf ihn losgehen.

Seine Hände hielten das Gewehr immer noch schussbereit. Diesen Deutschen war nicht zu trauen, auch wenn sie nicht nach ihren Handgranaten griffen und ihm immer wieder Zigaretten anboten. Raphael rief laut, als sie oben am Hang über dem Stützpunkt der Andartes ankamen. Er habe Gefangene gemacht, und die seien gefährlich. Es sollten ein paar Männer heraufkommen und ihm die deutschen Soldaten abnehmen.

An der Spitze der Truppe erschien Agamemnon über der Hügelkuppe. Seine Pistole aus dem Halfter gezogen, stürmte er auf die Deutschen zu, die vor Schreck die Arme wieder in die Höhe rissen. Die Entwaffnung ging schnell. Zwei Andartes pflückten die Handgranaten von den Gürteln und bemächtigten sich der Pistolen. Dann trat Elias vor und fragte sie auf Englisch, wer sie seien und welcher Einheit sie angehörten. Elias übersetzte, dass sie zwei Soldaten aus dem VII. Bataillon 999 seien. Das bedeutete, sie waren gar keine richtigen Soldaten, sondern politische Gefangene oder Kriminelle, die man zum Wehrdienst gezwungen hatte. Bei Karl und Friedrich handelte es sich um politische Häftlinge, Kommunisten, die ohnehin zu den Andartes überlaufen wollten.

Die Andartes beratschlagten kurz und entschieden, dass sie diese Angelegenheit erst ausführlich besprechen mussten, bevor sie eine Entscheidung treffen konnten. Raphael drückte Elias das Gewehr in die Hand und wandte sich zum Gehen.

»Möchtest du nicht bleiben und hören, was die Deutschen zu sagen haben?«

»Ich gehe zurück in die Stadt«, sagte Raphael.

»Warte einen Moment, wirklich nur eine Minute.«

Elias sprach mit Karl und es dauerte ein bisschen länger, bis sie sich verständigt hatten. Elias kam lächelnd zu Raphael zurück.

»Also diese beiden sind nicht die einzigen Politischen. Es sind sogar eine ganze Menge deutscher Kommunisten auf der Insel. Du gehst jetzt zurück in die Stadt.«

»Das habe ich doch gesagt.«

»Ja, und dort suchst du den Bataillonsstab auf, du weißt schon, oben auf der Festung. Da gibt es einen Mann namens Alfred Bamberg, der ist Schuhmacher und Kommunist. Geh zu ihm und erzähle, was hier vorgefallen ist.«

## VI

Einen Tag später war Raphael zurück in der Stadt. Das Meer, von einem scharfen Wind angestachelt, klatschte gegen die Uferbefestigung an der Mole. Dort stand Raphael eine Zeitlang, weil er sich nicht entschließen konnte, den Solomos-Platz zu überqueren. Denn dort vor dem Rathaus, das ahnte er, befand sich immer noch der Blutfleck.

Seine Wanderung in den Norden war gescheitert, sagte sich Raphael, während ihm die Gischt ins Gesicht fuhr. Ein paar Kommunisten hatte er gefunden. Schön, aber das war keine Rache für den Tod von Nikos Sartopos. Er hätte schießen sollen, dann wäre wenigstens einer von den Deutschen tot. Aber so …

Er ging ein paar Schritte auf die Stelle zu, an der Nikos gestorben war. Noch immer konnte er das Blut sehen. Bald würde ein Regen kommen und es vom Pflaster waschen. Dann würde nichts mehr an Nikos erinnern.

Es mochte gut sein, dass seine Aktion dazu beitrug, die Insel schneller von den Nazis zu befreien. Jetzt konnten sie direkt erfahren, was die Faschisten vorhatten und sie vielleicht sogar von innen heraus bezwingen, wenn die deutschen Kommunisten mithalfen.

Aber das brachte Nikos nicht zurück, und es besänftige auch nicht Raphaels Zorn. Er beugte sich zu dem Blutfleck auf dem Pflaster hinunter. Ein Fächer aus dunklen Strichen, die auf das Theatercafé auf der anderen Seite des Platzes wiesen. So hatte Nikos die Kugel getroffen, und so war er hingefallen. Raphael setzte sich neben den Blutfleck und begann zu weinen. Mit untergeschlagenen Beinen hockte er dort, ignorierte die Leute, die über den Platz gingen, und seine Tränen fielen zu Boden. So saß er vielleicht zehn Minuten, vielleicht auch fünfzehn oder zwanzig. Er merkte nicht, wie Nieselregen einsetzte und sein Hemd allmählich nass wurde. Erst als sich jemand neben ihm auf dem Boden niederließ, sah er von den blutigen Spuren am Pflaster auf. Es war Esther. Sie hatte einen Korb mit Wurzelgemüse dabei und zog ein Taschentuch aus ihrem Ärmel und gab es ihm. Dann setzte sie sich ganz nahe zu ihm und legte ihm einen Arm um die Schultern.

# Kapitel 14

## I

Die Tür krachte mit der Schnalle gegen die Wand. Loukas Karrer sah auf und rückte seine Brille zurecht. Hauptmann Alfred Lüth marschierte ins Büro, neben ihm sein Adjutant und dahinter drei weitere Soldaten.

»Kann ich Ihnen helfen?«, fragte Karrer und lehnte sich in seinem Sessel zurück. Er kannte Lüths Auftritte mittlerweile und erschrak kaum noch, wenn Stiefel über den Parkettboden donnerten.

Lüth überreichte ihm ein Schriftstück. Karrer nahm es und hielt es vor sich hin. Die Brille passte ihm schon lange nicht mehr, aber er hatte keine Zeit, sich eine neue zu besorgen. So drehte er den Kopf und hielt das Blatt schräg, bis er die Schrift lesen konnte.

Er habe in seiner Funktion als Bürgermeister und ziviler Verwalter der Insel dem militärischen Befehlshaber Hauptmann Alfred Lüth binnen zweiundsiebzig Stunden eine Liste mit den Namen und Aufenthaltsorten sämtlicher jüdischer Einwohner der Insel auszuhändigen.

»Das ist völlig unmöglich«, sagte Karrer und legte das Schriftstück weg.

»Ich frage Sie nicht, ob Sie das wollen oder können. Es ist ein Befehl, dem unverzüglich und ohne Widerrede Folge zu leisten ist«, sagte Lüth.

»Wie Sie meinen«, entgegnete Karrer. »Aber Sie könnten mich auch auffordern, mir Flügel wachsen zu lassen und die Insel jeden Tag im Flug zu umkreisen. Ich kann beides nicht.«

»Was soll daran so schwer sein? Sie müssen nur die Namen auf einen Zettel schreiben.«

»Ha«, machte Karrer. Er fischte sein Zigarettenetui heran, öffnete es und bot Lüth eine Zigarette an. Lüth lehnte ab. »Wenn das so einfach wäre«, sagte Karrer und stippte sich eine Zigarette aus dem Etui. Er versuchte, sie anzuzünden, ohne zu zittern.

»Ich diskutiere mit Ihnen nicht darüber«, sagte Lüth. »Entweder Sie bringen mir bis übermorgen die Liste, oder Ihre Weigerung hat ernste Konsequenzen.«

»Das heißt?«

»Wir werden die Juden schon finden. Aber wenn wir sie selbst suchen müssen, werden nicht viele von ihnen überleben.«

»Es ist überhaupt nicht nötig, die Juden zu registrieren. Sie sind Bürger der Insel, wie die Griechen auch, ja im Grunde sind sie Griechen.«

»Wer ein Jude ist und wer nicht, bestimmen immer noch wir«, sagte Lüth.

»Sie sind Griechen jüdischen Glaubens. So wie ich ein Grieche orthodoxen Glaubens bin.«

»Da irren Sie sich, verehrter Bürgermeister. Das ist keine Frage der Religion. Es ist eine Frage der Rasse. Diskutieren Sie nicht mit mir. Befolgen Sie meine Befehle.«

»Aber ich kann Ihnen unmöglich meine Nachbarn und Freunde ausliefern. Das werde ich nicht tun.«

Lüth trat zwei Schritte vor, sodass er nun direkt vor Karrer stand. Die Männer sahen einander in die Augen. Karrer wusste, dass Lüth es darauf angelegt hatte, ihn einzuschüchtern. Aber er hielt dem Blick des Hauptmanns stand.

»Wissen Sie, was vor ein paar Tagen in Kalavrita geschehen ist?«, fragte Lüth.

»Nein, mich haben diesbezüglich noch keine Nachrichten erreicht«, antwortete Karrer.

»Wir haben dort alle Männer hingerichtet. Wir haben insgesamt fünfundzwanzig Dörfer niedergebrannt. Das ist in Kalavrita geschehen. Und mehr noch. Wir haben sechshundertfünfundneunzig Griechen erschossen. Männer hauptsächlich, aber es waren auch Frauen und Kinder dabei. Und wissen Sie, warum?«

»Nein, ich habe keine Ahnung.« Karrer bemühte sich, mit fester Stimme zu sprechen.

»Ich werde es Ihnen sagen.« Lüth trat zurück, zog seine Pistole und setzte sie Karrer an die Stirn. »Ich werde es Ihnen sagen«, brüllte er. »Weil wir ein Maschinengewehr entdeckt haben! Was, glauben Sie, stellen wir mit Ihrer Insel an, wenn Sie mir nicht gehorchen?«

Lüth marschierte aus dem Büro. Sein Adjutant wartete, bis der letzte Soldat an ihm vorbei war, dann knallte er die Tür hinter sich zu.

Karrer wollte sich die Zigarette in den Mund stecken, aber jetzt zitterten seine Hände so stark, dass sie zu Boden fiel. Er öffnete das Fenster. Er sah die Soldaten, die vor dem Rathaus Wache standen und ein paar Mönche trugen einen Tisch aus der Kirche Agios Nikolaos. Diese Menschen und ihre Handlungen wirkten für Karrer unwirklich. Dann trat Hauptmann Lüth ins Freie, bellte einen Befehl, und eine Gruppe von Soldaten setzte sich in Bewegung. Ein Wagen fuhr vor und Lüth stieg ein.

Zurück an seinem Schreibtisch schaffte es Karrer, sich die Zigarette anzuzünden und den Befehl noch einmal durchzulesen. Die Namen aller Juden binnen zweiundsiebzig Stunden. Karrer wusste, was das zu bedeuten hatte. Er tötete seine Zigarette ab, warf sich sein Jackett über und verließ das Rathaus.

Er drehte sich auf dem Weg Richtung Markusplatz mehrmals um. Es folgte ihm niemand. Trotzdem bog er an der römisch-katholischen Kirche nach rechts ab und entfernte sich so von seinem eigentlichen Ziel. Eine Treppe führte hier steil bergauf zum englischen Friedhof. Karrer geriet außer Atem. Am schmiedeeisernen Tor des Friedhofs rastete er, betrachtete die Grabsteine und wünschte sich die Zeit der englischen Okkupation zurück. »Von mir aus auch die Italiener«, sagte er leise vor sich hin und ging weiter.

Jetzt war er sich sicher, dass ihm niemand folgte, und er wählte den Weg, der im Norden zurück in die Stadt führte. Auf Höhe der Festung bog er ab und erreichte das ehemalige Judenghetto, klopfte an die Tür des Rabbis und wartete nicht, bis ihm jemand öffnete.

Rabbi Jesaja Ganis kam ihm schon im Flur entgegen, wirkte erstaunt über den Besuch des Bürgermeisters und geleitete seinen Gast in die Küche.

»Es wäre besser, wir könnten unter vier Augen reden«, sagte Karrer und begrüßte Ganis' Frau. »Je weniger Leute davon wissen, desto besser.«

»Also gehen wir in die Synagoge«, schlug Rabbi Ganis vor und nahm seinen Hut. »Was gibt es denn so Geheimnisvolles?«, fragte er, als sie über die Straße gingen.

»Noch nicht. Es könnte jemand hören.«

Die Tür der Synagoge schloss sich hinter ihnen.

»So«, begann Bürgermeister Karrer. »Es ist nun eingetreten, was wir befürchtet haben.«

Rabbi Ganis setzte sich. »Wie lange haben wir Zeit?«

»Zweiundsiebzig Stunden.«

»Und dann?«

Karrer zuckte mit den Schultern.

»In Thessaloniki hat der Rabbi mit den Deutschen zusammengearbeitet«, sagte Rabbi Ganis. »Und was hat ihm das gebracht? Er ist jetzt tot, oder etwa nicht?«

»Wenn wir uns also weigern, was kann im schlimmsten Fall passieren?«

»Keine Ahnung«, sagte Karrer. »Wahrscheinlich können wir noch ein paar Tage herausschlagen, aber irgendwann müssen wir ihm die Namen geben oder uns auf ein Massaker gefasst machen.«

»Unser Schicksal liegt in Ihrer Hand«, sagte Rabbi Ganis. »Wir werden tun, was Sie uns raten. Wenn die Juden sterben müssen, damit die Menschen auf dieser Insel überleben, dann werden wir uns nicht wehren.«

»Davon kann überhaupt keine Rede sein«, sagte Karrer. »Wir müssen zusammenhalten, und deshalb bin ich hier. Wenn Lüth zu Ihnen kommt, dann verweisen Sie ihn an mich. Sagen Sie, Sie haben keine Kompetenz in dieser Frage. Sie haben keine Ahnung, wie viele Juden es gibt. Sie sind hier nur für die Seelsorge zuständig.«

Rabbi Ganis nickte. »Es ist eine Zeit des Schmerzes«, sagte er.

## II

Die Suppe dampfte in der Kälte, und Loukas Karrer konnte kaum die Nudeln erkennen, die darin schwammen. Das kümmerte ihn auch nicht, denn er aß mechanisch und ohne Appetit. Sein Blick streifte in der Wohnung herum, dann hinaus auf die Bäume vor dem Fenster.

»Schmeckt es dir nicht?«, fragte seine Frau. »Oder ist dein Kopf so voller Gedanken, dass du die Suppe kaum anrührst?«

»Das Essen ist ausgezeichnet«, sagte Karrer.

»Rede mit mir. Vielleicht hilft es.«

»Reden allein wird gar nichts nützen.«

»Aber ein Anfang kann es sein. Wenn du nicht sagst, was los ist, kann dir niemand helfen.«

»Ah, ich glaube, wir sind nun am Ende unserer Weisheit angelangt.«

»Versuch es.«

Er erzählte ihr von Lüths Ultimatum und von seinem Gespräch mit Rabbi Ganis. Als er zusammenfasste, was er heute erlebt hatte, klang alles noch viel hoffnungsloser als in seinen stillen Gedanken.

»Es ist klar, worauf das hinausläuft«, sagte er abschließend. »Egal, wie man die Sache betrachtet, wie man sie wendet und dreht. Es wird zu einem Massaker kommen.«

»Das kann man jedenfalls nicht ganz ausschließen«, sagte Lilly Karrer. »Aber es muss noch andere Möglichkeiten geben. Wie viele Juden leben überhaupt auf der Insel?«

»Das weiß ich tatsächlich nicht so genau, aber so um die zweihundert werden es schon sein. Die meisten wohnen hier in der Stadt. Aber es gibt auch welche in Lithakia und in anderen Orten im Süden. In den Bergen, glaube ich, findet man höchstens den einen oder anderen Kesselflicker, der dort unterwegs ist. Das macht es den Nazis leicht.«

»Zweihundert sind nicht sehr viele, oder?«

»Zu viele, um sie unter unserem Bett zu verstecken.«

»Ja, das allerdings, aber frag doch einmal den Bischof, ob er vielleicht genug Betten hat, unter denen die Juden Schutz finden könnten? Du bist die Zuflucht der Schwachen, die Zuflucht der Armen in ihrer Not. Hat er das nicht in seiner Predigt gesagt?«

»Du bist ein Genie«, sagte Karrer, sprang auf, küsste seine Frau und lief aus dem Haus.

Der Bischof war in seinem Büro damit beschäftigt, sich einen Überblick über die Ereignisse seit seiner Inhaftierung zu verschaffen. Die Ländereien des Bistums und der Klöster mussten einer genauen Revision unterzogen werden. Die Olivenernte war im Gang, und wie es aussah, wollten die Deutschen die Kriegstradition fortsetzen und alles beschlagnahmen. Bischof Chrysostomos tüftelte an einer Strategie, um das zu unterlaufen.

»Sie kommen mir gerade recht«, sagte er zu Karrer. »Erzählen Sie einmal, wie Sie es anstellen, die Deutschen zu betrügen. Wir wollen ihnen doch nicht unsere gesamte Ernte ausliefern.«

»Wenn wir es vermeiden können«, sagte Karrer. »Es ist nicht leicht. Man muss ihnen zuvorkommen und die Oliven in der Nacht ernten. Aber das ist gefährlich. Wenn eine deutsche Patrouille davon Wind bekommt, gibt es Tote.«

»Das sind ja schöne Aussichten. Aber ich fürchte, es gibt ein dringenderes Problem. Das sehe ich Ihnen doch an. Sie sind sicher nicht gekommen, um mit mir Kaffee zu trinken.«

Zum dritten Mal an diesem Tag erzählte Karrer von Lüths Ultimatum und seiner Ratlosigkeit. Bischof Chrysostomos stützte seinen Kopf in die Hände, während er zuhörte.

»So etwas habe ich befürchtet. In Athen ist die Registrierung schon im Gange, und Thessaloniki ist bereits judenfrei, wie das die Nazis ausdrücken«, sagte Chrysostomos. »Und wir machen uns keine Illusionen darüber, was mit den Juden passieren wird, nicht wahr?«

»Nein, keinesfalls«, sagte Karrer. »Aber was machen wir dagegen?«

»Sie machen erst einmal gar nichts. Vor allem machen Sie keine Liste.«

## III

Von seinem Fenster aus konnte Karrer sehen, wie Chrysostomos vor dem Rathaus ankam. Er war zu Fuß, und hinter ihm folgte ein ganzer Pulk schwarzer Gestalten. Sicher zehn Priester und Mönche begleiteten ihn. Direkt an seiner Seite hatte er Pater Giorgos und seinen Schwager Dionysios Stravolemos.

Sie hatten vereinbart, dass Chrysostomos unangemeldet bei Hauptmann Lüth auftauchen würde. Ein paar Minuten später sollte Karrer zu ihnen stoßen. Er rauchte noch fertig, tötete die Zigarette sorgfältig im Aschenbecher ab und ging dann in Hemdsärmeln hinunter.

»Ich kann wirklich nichts machen«, sagte Lüth, als Karrer schließlich das Büro betrat. »Mir sind die Hände gebunden.

Der Befehl kommt von ganz oben.« Dann, an Karrer gewandt: »Ich erkläre dem Bischof gerade, dass auch ich, ja gerade ich als Militär, der Befehlskette verpflichtet bin und ausführen muss, was man mir befiehlt.«

»Wir müssen nicht so tun, als wüssten wir nicht, was mit den Juden geschieht«, sagte Chrysostomos. »Sie sind dann dafür verantwortlich, dass man mehr als zweihundert Menschen ermordet.«

»Da irren Sie sich. Das liegt nicht in meiner Verantwortung. Ich führe nur Befehle aus.«

»Oh, ich weiß«, antwortete Chrysostomos. »Pflichterfüllung ist eine der größten deutschen Tugenden. Aber ist es nicht so, dass Ihr Führer große Stücke auf Friedrich Nietzsche hält?«

»Nietzsche sagt, dass der stolze Gehorsam von edlem Blut zeugt«, meinte Lüth.

»Mag sein. Nietzsche sagt aber auch, dass nichts schneller zum Idiotismus führe als die unbedingte Pflichterfüllung«, entgegnete Chrysostomos.

»Wenn wir uns schon auf solch philosophischen Ebenen bewegen,«, sagte Lüth, »dann werde ich Ihnen jetzt einmal etwas über Gehorsam und Pflicht erzählen, Ihnen beiden. Und hören Sie ganz genau zu. Sie wollen Ihre Juden retten? Fein. Ich verstehe das nicht. Aber wenn Sie meinen, Sie müssen das tun, dann werden Sie auch die Konsequenzen tragen.«

»Ich werde es nicht zulassen, dass Sie die Juden nach Auschwitz schicken«, unterbrach ihn Chrysostomos. »Sie gehören zu meiner Herde, und ich bin der Hirte, der sie beschützt.«

»Sind sie denn alle zum Christentum konvertiert, Ihre Juden? Das nützt ihnen gar nichts.«

»Jeder auf dieser Insel gehört zu meiner Herde. Auch Sie, Hauptmann Lüth, und es ist meine Verantwortung, dass niemandem Böses geschieht.«

»Es interessiert mich nicht, was Sie für Ihre Aufgabe halten«, brüllte Lüth los. »Der Führer befiehlt, alle Juden einzusammeln und nach Polen zu schicken. Genau das werde ich tun. Das ist mein stolzer Gehorsam, meine Ehre und meine Treue!«

## IV

Nervös und ohne Schlaf hatte Karrer die Nacht über den Akten verbracht. Hatte sich einen Überblick darüber verschafft, wie viele Juden es auf der Insel geben könnte. Ganz genau hatte er es nicht herausgefunden, aber es waren auf jeden Fall mehr als zweihundertsiebzig. Diese Zahl hatte er Chrysostomos übermittelt, und Chrysostomos hatte Nachricht geschickt, dass das wohl mehr oder weniger den Gegebenheiten entsprechen mochte, aber es jetzt nicht von Belang sei, ob sie zweihundertsiebzig oder zweihundertachtzig Menschen vor Lüth verbergen mussten. Sie brauchten viel dringender einen Plan.

So trafen sie einander in dieser Nacht. Chrysostomos, in den Lumpen eines Tagelöhners, den Bart unter einem verschlissenen Mantel verborgen, kam etwa gegen halb drei Uhr früh durch den Hintereingang ins Rathaus.

Jetzt am lichten Vormittag war Chrysostomos längst wieder verschwunden, und Karrer gähnte, als er sich am Fenster streckte und über den Solomos-Platz blickte. Zwischen der Kirche Agios Nikolaos und dem Theater, tauchte jemand auf, den er gut kannte und sehnlichst erwartete. Lilly Karrer trug den schweren Korb über dem Arm und beäugte die Soldaten, die mit ihren Wagen an der Mole parkten. Sie ging mit kleinen, schnellen Schritten auf das Rathaus zu.

Karrer empfing sie auf dem Treppenabsatz, umarmte und küsste sie. Dann im Büro deckte sie den Korb auf und stellte ihm den Eintopf auf den Schreibtisch.

»Ich war draußen in den Weinbergen«, sagte sie.

»Das sollst du doch nicht tun. Es ist zu gefährlich«, sagte Karrer und begann zu essen. »Die Deutschen sind überall.«

»Aber dann hätte ich den Hasen nicht bekommen, der jetzt in deinem Eintopf steckt. Panagiota hat ihn mir geschenkt.«

»Aha«, machte Karrer, der mit seinen Gedanken schon wieder ganz woanders war.

»Eigentlich wollte ich mit dir reden. Aber ich sehe, du bist sehr beschäftigt. Was hat der Bischof gesagt?«

»Wir sind zu einer Entscheidung gekommen«, sagte Karrer. »Wir haben die halbe Nacht geredet und wir glauben, es gibt nur eine einzige Möglichkeit.«

Als Lilly hörte, was Chrysostomos und ihr Mann beschlossen hatten, schlug sie die Hände vors Gesicht und begann zu weinen.

»Was uns bleibt, ist die Unterwerfung oder der Kampf«, sagte Karrer und nahm seine Frau in den Arm. Er wollte noch etwas Tröstliches sagen, aber es fiel ihm nichts ein.

Es klopfte, und ein Bote stand in der Tür. Er begrüßte Lilly nur mit einem Kopfnicken. Die Militärverwaltung der Insel ordnete die Abgabe aller Feuerwaffen binnen einer Woche an. Es werde ab morgen neun Uhr die Möglichkeit geben, die Waffen direkt beim Rathaus abzuliefern.

»Teilen Sie dem Hauptmann mit, dass das so nicht funktionieren wird«, sagte Karrer zu dem Boten und ließ das Blatt auf seinen Schreibtisch gleiten. »Man kann den Männern die Jagdgewehre nicht einfach abnehmen. Sie brauchen sie, um Hasen und Tauben zu schießen.«

Der Bote war noch keine zehn Minuten weg, als Lüths Adjutant wütend in Karrers Büro stürmte. Der Dolmetscher hatte Mühe, mit ihm Schritt zu halten.

»Das Ultimatum ist noch nicht zu Ende«, sagte Karrer, bevor der Adjutant seinen Mund aufmachen konnte.

»Jedes Mal, wenn ein Befehl ergeht, haben Sie etwas auszusetzen«, schrie der Adjutant. »Die Waffen sind abzuliefern. Das ist eine Anordnung, und Sie haben das nicht zu hinterfragen!«

»Es gibt sinnvolle Anordnungen und solche, die für Unruhe und vielleicht sogar für Mord und Totschlag sorgen.«

»Also, was sind Ihre Einwände?«

»Die Männer brauchen die Waffen, um Wild zu schießen.«

»Inakzeptabel«, bellte der Adjutant.

»Die Leute werden der Aufforderung nicht folgen.«

»Wir durchsuchen die Dörfer und erschießen jeden, den wir mit einer Waffe erwischen.«

»Eben. Das ist genau, was ich befürchte. Geben Sie den Männern wenigstens Gelegenheit, die Waffen anonym abzuliefern.«

»Wozu das?«

»Damit sie ihr Gesicht wahren können. Ein Mann ohne Gewehr ist ein Schwächling.«

»Das ist doch nur wieder einer Ihrer Vorwände.«

Hinter dem Adjutanten tauchte ein Junge auf. Es war Demetrios. Karrer winkte ihn nach vorn.

»Was gibt es, Demetrios? Hast du Nachricht von Bischof Chrysostomos?«, fragte der Bürgermeister.

»Er ist auf dem Weg«, sagte Demetrios.

»Gut, dann können wir das Problem gleich aus der Welt schaffen.«

Sie mussten nicht lange auf Chrysostomos warten. Er kam über die Treppe, stützte sich auf seinen Bischofsstab und erfasste die Runde mit schnellem Blick.

»Ich bin doch nicht zu spät?«, fragte er und hörte sich dann an, worum es ging. Dabei fixierte er den Adjutanten, und ohne seinen Blick abzuwenden, sagte er: »Natürlich können die Männer ihre Waffen in die Kirchen bringen. Das wäre in jeder anderen Situation ein Frevel. Man trägt in der Kirche keine Waffen. Aber dieses Mal will ich eine Ausnahme machen. Die Kirchen werden ab heute Abend geöffnet sein. Nun aber lasst mich mit dem Bürgermeister allein. Wir erwarten Hauptmann Lüth in einer halben Stunde, um die Angelegenheit mit den Juden zu regeln.«

## V

Diesmal schickte Hauptmann Lüth einen Boten vor, um an Karrers Tür zu klopfen. Zwei Soldaten mit Gewehren postierten sich zu je einer Seite des Schreibtisches, und erst dann trat der Hauptmann ein. Er grüßte militärisch und setzte sich, ohne aufgefordert worden zu sein, auf den Stuhl vor dem Schreibtisch.

»Ich habe gehört, Sie wollen die Frist nicht voll ausschöpfen«, sagte Lüth. »Das freut mich, und es freut mich besonders, dass Sie, verehrter Bischof, hier anwesend sind. So ist sichergestellt, dass unsere heutige Entscheidung auch von allen Menschen auf der Insel akzeptiert wird.«

Der Bischof, der neben dem Schreibtisch stand, holte einen Zettel aus der Tasche und bot ihn dem Hauptmann mit ausgestrecktem Arm an.

»Hier sind Ihre Juden«, sagte Chrysostomos und zog seine Hand zurück, als Lüth den Zettel fest zwischen Zeigefinger und Daumen hatte.

Hauptmann Lüth faltete den Zettel auseinander und warf einen Blick darauf. Für ein paar Sekunden herrschte Stille. Im Gesicht des Hauptmanns furchten sich Zorn und Wut um die Mundwinkel, und als Lüth den Kopf hob, erschrak Chrysostomos vor dem Furor, der sich in seinen Augen zeigte.

»Das«, fauchte Lüth. »Das ist nicht Ihr Ernst!« Er knallte den Zettel auf den Schreibtisch und beugte sich zu Bürgermeister Karrer vor. Dann nahm er den Zettel wieder auf, tat so, als würde er ablesen. »Liste der Juden: Erzbischof Chrysostomos von Zakynthos und Bürgermeister Loukas Karrer«, brüllte er. »Hier stehen nur Ihre beiden Namen!« Er knüllte den Zettel in seiner Faust zusammen und warf ihn Karrer ins Gesicht.

»Sie können mich gern verhaften«, sagte Chrysostomos. »Sie können mich erschießen. Aber wenn Ihnen das nicht genügt, so gehe ich mit meinen Juden nach Auschwitz. Ich werde sie anführen, wenn wir in die Vernichtung schreiten.«

Der Adjutant zog seine Pistole, fuchtelte damit herum und richtete sie dann auf Chrysostomos' Brust. Aber Lüth war schnell bei ihm und schlug den Arm mit der Waffe weg.

»Nein«, sagte er. »Den Gefallen tun wir Ihnen nicht. Sie werden sehen, was es bedeutet, sich gegen das Deutsche Reich zu stellen.«

»Ich bitte Sie noch einmal«, sagte Chrysostomos. »Im Namen der Menschlichkeit, der christlichen Nächstenliebe, machen Sie eine Ausnahme und verschonen Sie die Juden von Zakynthos.«

»Sehen Sie sich vor«, sagte Lüth und drohte mit der Faust. »Sie haben soeben den Untergang dieser Insel besiegelt, und ich werde dafür sorgen, dass Sie jeden Moment davon miterleben. Sie beide werden die Letzten sein, die in den Trümmern dieser Stadt sterben.«

# Kapitel 15

## I

Die Zettel hingen an den Bäumen entlang der Straße. Männer mit Megafonen fuhren in Geländewagen durch die Dörfer und verkündeten die Befehle der Militärverwaltung. Hauptmann Lüth habe per Erlass verfügt, dass alle Schusswaffen bis Sonntag abzuliefern seien. Man könne seine Gewehre und Pistolen entweder direkt beim Rathaus oder in der Klosterkirche in der Stadt abgeben.

Esther hörte das Krächzen des Megafons und musste sich anstrengen, um die Botschaft zu verstehen. Aber die Mühe hätte sie sich sparen können. Sie wusste bereits, was hier verkündet wurde. Seit gestern sprach kaum jemand über etwas anderes. Über die Juden und ihr Schicksal hingegen wollte niemand reden. Selbst ihre Mutter, die normalerweise immer einen Plan hatte, schwieg. Was sollten sie tun, wenn eines Morgens die Deutschen vor ihrem Haus standen? Sollten sie jetzt schon Vorbereitungen treffen, um in die Berge zu fliehen? Sollten sie abwarten, fragen, was Rabbi Ganis dazu zu sagen hatte? Sultana gab ihrer Tochter keine Antwort. Sie schien ganz darauf konzentriert, Rüben klein zu schneiden und sie in einem Topf anzubraten.

Im Haus gab es eine alte Schrotflinte. Das Ding lag, schon seit Esther denken konnte, und vermutlich noch viele Jahre länger, oben am Dachboden, rostig, der Lauf vom Salzwind des Meeres zerfressen. Wahrscheinlich explodierte die Flinte in der Hand, wenn man versuchte, sie abzufeuern. Dennoch war es keine gute Idee, das Gewehr auf dem Dachboden zu lassen. Bei einer Durchsuchung würde es gefunden werden, und ob es tatsächlich als Waffe zu gebrauchen war oder nicht, kümmerte die Deutschen sicher nicht. Sie würden einfach alle erschießen.

Weil ihre Mutter nichts von dem Gewehr wissen wollte, und ihr Großvater sich nicht einmal daran erinnerte, nahm Esther die Sache selbst in die Hand. Sie holte die Schrotflinte und wischte den Staub und die Spinnweben vom Lauf, schulterte sie und marschierte los.

Auf dem Weg begegnete ihr ein Trupp deutscher Soldaten. Sie widerstand nur knapp dem Drang, sich in den Straßengraben zu werfen. Heute würde sie niemand aufhalten, weil sie ein Gewehr trug. Die Soldaten grüßten und marschierten vorbei. Trotzdem schlug Esthers Herz heftig vor Angst. Dann erreichte sie die Stadt. Sie passierte das Kloster und den Sitz des Bischofs und erreichte die Agios-Dionysios-Kirche. Vor dem Portal standen zwei Wehrmachtssoldaten. Sie nahm ihren Mut zusammen und huschte mit dem Gewehr über der Schulter an den Wachen vorbei.

Rechts brannten Kerzen in einem Sandbeet, und eine Frau kniete vor einer Ikone, küsste sie, stand auf, bekreuzigte sich und verließ die Kirche. Nun war Esther allein. Am Ende des Mittelgangs lehnten Gewehre in einer Garbe aneinander. Daneben am Boden einige Pistolen und zwei Revolver, alle verbogen, rostig.

Esther stellte die Schrotflinte zu den anderen Waffen, wollte sich schon abwenden, als ihr Blick auf ein Gewehr mit ölig glänzendem Lauf fiel. Sie streckte die Hand danach aus, sah sich um, ob sie jemand beobachtete. Aber hier war niemand, die zwei Soldaten standen draußen, die Kirche war leer. Die Waffe lag schwer in ihren Händen. Es war ein Karabiner, das erkannte Esther. Der Schaft war schön gearbeitet, und es sah so aus, als hätte der Besitzer das Gewehr gut gepflegt. Esther zielte über Korn und Kimme. Der Lauf war nicht verzogen.

Dieser Karabiner durfte nicht in die Hände der Deutschen fallen. Esther musste das Gewehr irgendwie aus der Kirche schaffen und zu den Andartes bringen.

Sie versuchte es beim Seitenausgang, aber der war versperrt, und durch den Haupteingang konnte sie das Gewehr wegen der Wachen nicht ins Freie bringen. Also musste sie das Gewehr verstecken.

Ihr erster Blick fiel auf die Ikonostase, die Wand mit den Ikonen an der Stirnseite der Kirche. Esther wusste, dass sich dahinter Räume befanden, in denen die Priester die Messe zelebrierten und die heiligen Handlungen verborgen vor den Blicken der Gläubigen vollzogen. Aber auch wenn die Räume den Gläubigen verboten waren, die Priester und Mönche frequentierten sie täglich, und ein Gewehr würde dort kaum unbemerkt bleiben.

Doch gleich neben dem rechten Seitenausgang öffnete sich eine Tür zum Reliquienschrein des heiligen Dionysios von Zakynthos. Der silberne Sarkophag verschwand im Halbdunkel, und nur einige Reflexe auf den Ornamenten verrieten, dass dort im Schatten die Überreste des Inselheiligen lagen.

Obwohl sie keine Christin war, hatte sie oft genug gesehen, wie der Schrein aus dem silbernen Sarkophag gehoben und ins Freie getragen wurde. Die Scharniere öffneten sich lautlos. Der Deckel klappte normalerweise ohne Geräusch nach oben. Nur die Aussicht, gleich einer mumifizierten Leiche ins Gesicht zu schauen, ließ sie zögern. Aber sie hatte in den letzten Monaten Schlimmeres gesehen. Männer mit Drahtseilen an den Ästen von Olivenbäumen erhängt, die Zunge blau aus dem Mund gequollen, die verätzten Leichen der Männer, die man in Kalkfässer getaucht hatte.

Vorsichtig schob Esther zuerst den linken und dann den rechten Bolzen zur Seite. Tatsächlich war nicht das leiseste Geräusch zu hören. Die Klappe war schwer, aber Esther konnte sie gerade so mit einem Arm offen halten. Sie legte das Gewehr in den Sarkophag. Metall klickte hell auf Glas. Sonst blieb alles still.

## II

Das Gewehr an der Seite des heiligen Dionysios war erst ein halber Sieg. Esther musste die Waffe zu den Andartes bringen, und da fiel ihr Raphael ein. Wenn jemand wusste, wie man mit den Kämpfern Kontakt aufnehmen konnte, dann er. Ja, sie hatte sogar den Verdacht, dass er einer von ihnen war. Er sprach nicht darüber, aber was sollte es sonst bedeuten, wenn er oft tagelang in den Bergen verschwand.

In den letzten Wochen hatten sie einander oft getroffen. Esther war sogar schon dreimal bei Raphael zu Hause gewesen, und das, obwohl sie weder verlobt noch einander versprochen waren. Der Krieg hatte die Sitten gelockert, und niemand fragte mehr danach, was die Kinder so taten, ob die Jugendlichen nächtens durch die Gassen schlichen und sich in den Gärten trafen.

Flugzettel lagen auf der Straße verstreut. Auf dem Blatt war ein Mann mit riesiger Hakennase abgebildet. Er stopfte sich Geld in die Taschen, und die Überschrift ließ keinen Zweifel daran, dass es sich um die Karikatur eines gierigen Juden handelte.

Darunter stand ein Aufruf an alle »aufrechten und fleißigen Griechen«: Sie mögen ihr Schicksal selbst in die Hand nehmen und sich vom Joch der jüdischen Ausbeuter befreien. Wer einen Juden bei der Militärverwaltung anzeige, bekomme eine Belohnung in Form von Essenszuteilung und Geld. Esther zerriss das Flugblatt.

Die Tür zur Wohnung der Konstantinis stand offen, und von drinnen war Hämmern zu hören. Schnell schlug der Hammerkopf auf das Blech, trieb daraus Becher, Eimer und Rohre. Esther hatte Raphael dabei zugesehen, wie unter seinen Händen neue Formen entstanden. Auch heute saß er auf dem Boden der Küche, ein Stück Blech auf den Knien, und hämmerte vor sich hin. Als er sie sah, hörte er auf.

»Nicht, mach ruhig weiter«, sagte Esther.

»Aber dann können wir uns nicht unterhalten.«

»Es ist vielleicht besser, wenn es nicht jeder hört, was ich dir zu sagen habe.«

»Meine Mutter ist gerade weggegangen. Angeblich gibt es irgendwo Kartoffeln zu kaufen. Ich glaube das ja nicht, aber was weiß man?«

Esther setzte sich neben Raphael auf den Boden. Seine Nähe beruhigte sie ein wenig, aber immer noch spürte sie, wie ihre Hände leicht zitterten.

»Was machst du überhaupt hier? Warst du nicht schon längst in den Bergen?«, fragte sie.

»Die Deutschen haben meinen Vater jetzt auch zur Zwangsarbeit geholt, und gleichzeitig wollen sie aber Eimer und Rohre für die Wehrmacht. Sie schicken die Sachen sogar nach Deutschland.«

»Aber du warst doch schon bei den Andartes.«

»Die Faschisten haben meinen kleinen Bruder gezwungen, hier am Boden zu sitzen und Becher zu hämmern. Die sind verrückt, die Nazis. Hast du gehört, was sie mit uns Juden vorhaben?«

Esther nickte.

»Deshalb kann ich nicht einfach verschwinden«, sagte Raphael.

»Der Bischof wird es nicht zulassen«, sagte Esther.

»Vielleicht nicht. Aber was machst du, wenn sie in dein Haus stürmen und dir ein Gewehr an den Kopf halten? Dann will ich zumindest da sein, um meiner Mutter beizustehen.«

Während sie am Boden saßen, sich unterhielten und Raphael ab und zu ein paar Hammerschläge auf das Blech fallen ließ, kam Raphaels Mutter nach Hause. Sie hatte wirklich vier Kartoffeln ergattert. Es hatte sie einen ganzen Sack mit Wildkräutern und zwei Blechschüsseln gekostet.

»Wie geht es deiner Mutter?«, fragte sie Esther, während sie Wasser aufsetzte, um die Kartoffeln zu kochen.

Esther erzählte, wie sie die letzten Tage überstanden hatten. Sie hatte das Zimmer, in das die Bombe gefallen war, ausgeräumt. Das Loch, das früher einmal eine Türe gewesen war, hatte sie mit Schilf verschlossen. Ihre Mutter hatte dem allen teilnahmslos zugesehen.

»Ich glaube, sie hat aufgegeben. Von Vater haben wir schon seit Wochen nichts gehört, und es ist zu gefährlich, nach Süden zu gehen, um nachzusehen, ob er noch lebt.«

»Kannst du denn nichts machen?«, fragte die Mutter Raphael.

Er verzog das Gesicht. »Dort kommt man nicht durch. Im Süden haben sie bei Argassi eine Straßensperre errichtet, die man nur schwer umgehen kann.«

»Du siehst aus, als könntest du etwas auf die Rippen vertragen«, sagte Raphaels Mutter zu Esther. »Bleib noch da. Ich habe ein bisschen Olivenöl. Das geben wir auf die Kartoffeln, und dann isst du mit uns.«

»Aber das kann ich nicht machen«, wehrte Esther ab.

»Unsinn, du gehörst ja schon so gut wie zur Familie.«

Esther sah, wie Raphael die Farbe ins Gesicht schoss.

»Jetzt stell dich nicht so an«, sagte seine Mutter. »Es ist doch nichts dabei. Ich freue mich, wenn Esther meine Schwiegertochter wird. In diesem Männerhaushalt kann ich eine Tochter gut gebrauchen.« Sie lachte und verschwand für ein paar Momente, um in der Speisekammer herumzukramen.

»Siehst du das auch so?«, fragte Esther.

»Kommt darauf an, wie du das siehst«, sagte Raphael. »Ich finde jedenfalls, wir passen schon ganz gut zusammen.«

»Ist das ein Heiratsantrag?«

»Das eher nicht«, sagte Raphael. »Das sollte wohl etwas feierlicher und romantischer sein.« Er grinste sie an und war froh, als seine Mutter wieder auftauchte.

»So, hier haben wir es. Kartoffeln mit Olivenöl und Salz und ein bisschen Oregano«, sagte Raphaels Mutter.

Stiefel polterten in der Gasse. Etwas Schweres schlug gegen die Tür. Raphaels Mutter packte die Flasche mit dem Olivenöl und versteckte sie unter dem Bett. Raphael sprang auf und stellte sich schützend vor Esther. In diesem Moment waren die Deutschen auch schon in der Küche und brüllten. Niemand verstand, was sie sagten oder wollten. Ihr Anführer deutete mit dem Gewehr nach hinten, aber weder Raphael noch Esther wussten, was das zu bedeuten hatte. Erst als er mit der Faust gegen die Tür donnerte und dazu »Saujuden« schrie, dämmerte es Raphael. Dort hing keine Liste mit den Namen der jüdischen Bewohner. Diese Anweisung hatte Raphael ignoriert, so wie die meisten Juden der Stadt. Man musste ja geradezu verblödet sein, um sich selbst als Jude zu erkennen zu geben. Deshalb schüttelte Raphael jetzt auch den Kopf und sagte auf Deutsch: »Nicht Jude«, und zeigte dabei auf seine Brust. Es war wenigstens den Versuch wert, dachte er.

Der Soldat zog seine Pistole und richtete sie auf Esther. Dabei sagte er wieder etwas auf Deutsch.

»Ich verstehe kein Wort«, sagte Raphael. »Der Idiot wird uns noch erschießen, weil er nicht begreift, dass nicht jeder auf dieser Welt Deutsch kann.«

Der Deutsche deutete auf die Becher und Eimer, die neben dem Herd standen. Raphael hatte sie wie zum Verkauf aufgereiht. Ein anderer Soldat trat vor und schnappte sich die Eimer. Ein dritter sammelte Becher und Rohre ein.

»Das machen die jedes Mal so«, sagte Raphael leise. »Ich weiß doch, dass sie kommen, um die Sachen abzuholen. Warum sie mir dabei ein Gewehr ins Gesicht halten müssen, verstehe ich nicht.«

## III

Die Deutschen waren noch kaum verschwunden, als schon der Nächste an die Tür klopfte. Es war Rabbi Ganis, der vorsichtig eine Stufe nach der anderen erklomm, immer links und rechts schauend.

»Sie können hereinkommen«, rief ihm Raphael zu. »Die Soldaten sind weg.«

»Ich wollte nur sehen, ob alles in Ordnung ist. Soweit heutzutage irgendetwas in Ordnung sein kann«, sagte der Rabbi.

»Sie haben nur die Eimer und solche Sachen mitgenommen«, sagte Raphael.

»Keine Verletzten?«, fragte Rabbi Ganis.

»Nur mein Stolz«, antwortete Raphael. »Am liebsten würde ich ihnen die Zähne ausschlagen und sie von der Insel verjagen.«

»Na, da werden wir noch ein wenig warten müssen«, sagte der Rabbi. »Ah, Esther ist auch hier. Das freut mich, dass ich dich wieder einmal sehe.«

»Es ist ein weiter und gefährlicher Weg von Lithakia«, sagte Esther.

»Ich mache dir keinen Vorwurf. Es ist schwer in diesen Zeiten, ja.«

»Aber Sie scheinen recht sicher zu sein, dass die Deutschen verlieren«, sagte Esther.

»Ja, das bin ich«, antwortete der Rabbi. »Sie werden verschwinden, und wir werden überleben.«

»Aber das können Sie nicht wissen«, sagte Esther.

»Dem Rabbi widerspricht man nicht«, meldete sich Raphaels Mutter, die gerade wieder die Flasche mit dem Olivenöl unter dem Bett hervorholte. »Dem Höchsten sei es gedankt, haben sie das Essen auf dem Herd übersehen. Willkommen Rabbi Ganis, wollen Sie uns beim Essen Gesellschaft leisten?«

»Oh, nein danke, auf gar keinen Fall«, wehrte Rabbi Ganis ab. »Esthers Einwand scheint mir berechtigt. Woher nehme ich meine Gewissheit? Vom Allmächtigen, könnte ich antworten, und dann würde Esther so ein skeptisches Gesicht machen, wie jetzt eben.« Er lächelte Esther an. »Natürlich ist es der Herr, der mir Mut und Stärke gibt. Aber der Unnennbare zeigt sich manchmal in seltsamer Gestalt. Ihr kennt doch alle die Geschichten aus der Thora, wo der Höchste in Gestalt eines Engels herniedersteigt. Moses und Abraham erscheint er als Feuer. Und so hat der Ewige viele Wege, sich den Menschen zu offenbaren. Hier auf dieser Insel tut er das manchmal in Form eines Bischofs, und vor Jahrhunderten zeigte er sich in Form eines kleinen Jungen. Er ist es, der mich so sicher macht, dass uns nichts Schlimmes widerfahren kann. Ich werde euch die Geschichte dieses kleinen Helden erzählen.«

Irgendwann gegen Ende des 15. Jahrhunderts kamen die ersten Juden auf die Insel Zakynthos. Sie siedelten hier, weil sie unter der Herrschaft der Venezianer mehr Schutz genossen als in Spanien, wo Ferdinand und Isabella daran gingen, mit den Mauren auch die Juden zu vertreiben. Zweihundert Jahre lebten die Juden unter den Venezianern, als 1664 der Papst verfügte, dass es sich nicht schicke, wenn Juden und Christen in ein und derselben Straße, ja vielleicht sogar im selben Haus wohnten. So mussten die Juden nun auch auf Zakynthos in einen abgegrenzten Bereich der Stadt ziehen, in das sogenannte Ghetto.

Aber diese Aussonderung war den Venezianern nicht genug. Die Juden mussten gelbe Flecken auf ihre Kleidung nähen, damit man sie von Weitem erkannte. Der Besitz von Grund und Boden war ihnen untersagt. Sie mussten Sondersteuern abliefern und waren auch sonst den Schikanen der Behörden ausgeliefert.

»Aber immerhin«, sagte Rabbi Ganis und hob dabei einen Zeigefinger. »Wir waren im Ghetto geschützt. Wenn die Tore geschlossen waren, konnte keiner hinein oder hinaus. Also waren wir des Nachts sicher vor Räubern und Dieben, vor Leuten, die Juden hassten und uns ermorden wollten. Allerdings, auf Zakynthos bestand diese Gefahr nicht. In der ganzen langen Geschichte dieser Insel gab es kaum jemanden, der den Juden Böses wollte.«

So kam es gegen Ende des 18. Jahrhunderts, als sich die venezianische Herrschaft dem Ende zuneigte, zu einer bemerkenswerten Episode. Gleich gegenüber dem Tor zum Ghetto lebte damals ein neunjähriger Junge. Sein Name war Ugo Foscolo, und in späteren Jahren sollte er zu einem der berühmtesten Schriftsteller italienischer Sprache werden. Seine Theaterstücke atmeten den Geist der Revolution. Seine Ideen rührten an den Grundfesten von Herrschaft und Hierarchie, und viele fragten sich, wo dieser Feuerkopf sich entzündet hatte.

Die Antwort findet man in den Gassen von Zakynthos. Als Kind sah Foscolo jeden Tag, wie am Morgen die Tore des Ghettos geöffnet und am Abend wieder verrammelt wurden. Er fragte sich, wozu das gut sein sollte, und als er erfuhr, welche Last die Juden zu tragen hatten, wie sehr ihre Freiheit beschnitten war, empörte er sich.

Der kleine Ugo Foscolo war der Anführer einer Kinderbande. Da gab es einen Burschen, der ein paar Jahre älter, aber nur halb so klug wie Ugo war, und die Zwillinge einer befreundeten Familie. Sie waren alle von Adel, bis auf den Sohn eines Händlers, aber der war wegen des Reichtums und des unerschöpflichen Warenlagers seines Vaters in die Runde aufgenommen worden.

Jenes Warenlager war auch das erste Ziel der wilden Kerle. Dort holten sie sich Hämmer und Spitzhacken und marschierten los auf das Ghetto der Juden. Ugo Foscolo befehligte die Truppe. Es sei wichtig, sagte er, zuerst die Angeln der Tore zu bearbeiten, denn nur so könnten sie in kurzer Zeit den Eingang zum Ghetto zerstören und die Juden befreien.

Der Aufmarsch der Bande erregte zuerst Belustigung. Die Männer und Frauen lachten über den heiligen Ernst, mit dem die Burschen ans Werk gingen. Als sie aber merkten, dass der Eifer Früchte trug, riefen sie nach den Wachen.

Venezianische Soldaten stürmten den Platz, und als die Jungen sahen, wie schwer bewaffnete Männer auf sie zukamen, nahmen sie Reißaus. Nur Ugo Foscolo nicht. Er kümmerte sich nicht um die Soldaten und schwang weiter seine Spitzhacke. Mit Gewalt wurde er von der Mauer weggezerrt, in Ketten gelegt und abgeführt.

»An der Synagoge könnt ihr eine Inschrift lesen«, schloss Rabbi Ganis seine Erzählung. »Dort steht: Die Juden von Zakynthos gedenken dem neunjährigen Ugo Foscolo, der sich für religiöse Toleranz einsetzte. Seit diesem Tag sind die Tore des Ghettos geöffnet, und wir leben in Frieden und Freundschaft.«

»Bis die Deutschen kamen«, sagte Esther.

»Aber der Bischof und der Bürgermeister werden uns beschützen«, sagte Rabbi Ganis.

»Wir werden uns selbst helfen müssen«, sagte Esther. »Es wird nicht immer einen Ugo Foscolo geben, der den Kopf für uns hinhält.«

## IV

Esther zog Raphael mit sich. Es war schon dunkel, und in den Gassen patrouillierten Soldaten. Sie durften sich nicht blicken lassen, denn den Juden war es schon seit Wochen verboten, sich nach Einbruch der Dämmerung im Freien zu zeigen.

»Wenn sie uns anhalten, sagen wir, wir sind auf dem Weg in die Kirche, und das ist nicht einmal gelogen«, flüsterte Esther und drückte sich in einen Hauseingang. Keine zwanzig Meter entfernt querten Soldaten die Gasse.

»Und bevor wir in die Berge gehen, möchte ich meinen Vater sehen«, sagte sie, rannte los, huschte die Straße hinunter und verschwand in einem Innenhof.

Raphael hatte Mühe, ihr zu folgen. Er war gegen diesen abendlichen Ausflug gewesen, hatte darauf gedrängt, noch zu warten und das Gewehr vorerst in der Obhut des Heiligen zu belassen. Aber Esther wollte unbedingt heute noch los.

»Er ist in Xirokastello«, meinte Esther, als Raphael sie eingeholt hatte. »Das schaffen wir in zwei Stunden, nicht wahr? Und wenn der Mond scheint, dann finden wir auch das Lager der Deutschen.«

»Aber das ist zu gefährlich.«

»Ich will meinen Vater sehen«, wiederholte Esther, und Raphael wusste, dass jeder Einwand sinnlos war.

In der Dämmerung dehnten sich die Schatten, vereinten sich miteinander und löschten alle Farben und alle Formen aus. Geschützt von der wachsenden Dunkelheit gingen Esther und Raphael Richtung Süden. Sie mieden die Straße, wählten die Ziegenpfade und nur den Kindern bekannte Schleichwege durch die steinige Ödnis.

Der Skopos ragte dunkel und schroff vor ihnen auf, und sie überlegten, auf welcher Seite sie den Bergstock umrunden sollten. Linker Hand befand sich die Straße, die nun von den Deutschen weiter ausgebaut wurde und in deren Nähe sich sicher auch das Lager der Arbeiter befand. Dort allerdings vermuteten sie Wachen, Straßensperren und Patrouillen. Auf der rechten Seite des Berges, wo die Steilwände in die Bucht von

Laganas blickten, mochten die Wege gefährlicher sein, dafür waren sie dort vor den Soldaten sicher.

Esther entschied sich trotz der Straßensperren für den Weg auf der linken Seite. Sie mussten eben vorsichtig sein und sich in Sicherheit bringen, wenn sie deutsche Soldaten sahen. So suchten sie einen Weg zwischen den Dörfern. Argassi umgingen sie und über Kalliteros gelangten sie zu einem Höhenrücken, der sie auf den Gipfel des Skopos führte.

Dort gab es keine Soldaten, keine Bauernhöfe, nur ein paar Unterstände für die Ziegen hatte man aus Steinen gebaut. Doch seit die Deutschen alles beschlagnahmten, was sie in die Hände bekamen, gab es keine Ziegen oder Schafe mehr, die Esther oder Raphael aufschrecken konnten.

In der Stille der Nacht erklommen sie den Skopos und lagerten in der Morgendämmerung an den Mauern des Klosters Panagia Skopiotissa. Sie hörten die Mönche beten und warteten, bis das Tor geöffnet wurde. Dann erbaten sie sich einen Schluck Milch und berichteten als Gegenleistung von den Ereignissen in der Stadt.

Die Mönche warnten sie. Es sei keine gute Idee, sich den Bautrupps zu nähern. Sie selbst hätten es immer wieder versucht, um den Männern Wasser und Essen zu bringen. Aber die Soldaten seien unfreundlich, würden in jeder Geste, und sei sie noch so harmlos, gleich einen Akt des Aufruhrs erkennen. Es wäre also besser, wenn sie wieder umkehren und in die Stadt zurückgehen würden. Doch Esther schüttelte den Kopf und marschierte los. Die Felsen versperrten den Blick auf das Meer, aber sie wusste, dieser Fußweg führte hinunter nach Xirokastello, und wenn sie vorsichtig waren, dann konnten sie es schaffen. Raphael blieb nichts anderes übrig, als ihr zu folgen.

Durch Olivengärten, über steinige Abbrüche, vorbei an Häusern, die verlassen schienen, gingen sie bergab. Vom Meer her hörten sie das Tuckern eines Motors. Weit draußen war ein Fischerboot unterwegs, steuerte auf den Hafen der Stadt zu.

Von ihrer Position weit oben am Berg sahen sie Lkws auf der Straße Richtung Argassi. Die Motorhauben reflektierten das Licht der Morgensonne. Auf den Ladeflächen standen und saßen Soldaten. Sie kamen, um ihre Kollegen abzulösen.

Die Lkws verschwanden in einer Straßenbiegung, tauchten Minuten später wieder auf und hielten auf Xirokastello zu. Dort unten waren schon jetzt Männer an der Arbeit. Der Staub wolkte auf unter den Schlägen der Spitzhacken. Steine und Dreck krachten in die Schubkarren. Männer ächzten, wenn sie Felsbrocken aus dem Weg wuchteten.

Esther konnte ihren Vater aus dieser Entfernung natürlich nicht identifizieren, aber sie glaubte, die Linie seiner Schultern zu erkennen, seinen Gang, jetzt durch die Last der Erde verlangsamt. Nur mit Mühe hielt sie sich zurück, rannte nicht los, quer über die Weiden und durch die Gärten. Das wäre dumm gewesen, und man hätte sie wohl gleich entdeckt. Nein, behutsam wie auf Katzenpfoten wollte sie sich anschleichen. Raphael, dicht hinter ihr, hatte es aufgegeben, sie zu warnen. Sie näherten sich der Baustelle, und jeden Moment konnten Soldaten zwischen den Bäumen auftauchen.

Schon hörten sie, wie sich die Soldaten unterhielten. Es gab Streit, wie so oft, das erkannte Esther am Tonfall. Sie hatte festgestellt, dass man kein Wort Deutsch verstehen musste, um zu wissen, ob die Soldaten nur einfach so plauderten, ob sie sich stritten oder kurz davor standen, einander an die Kehle zu gehen.

Die Soldaten stießen einen Mann zu Boden. Sein Hemd war zerrissen, er hatte eine Schramme im Gesicht. Neben ihm stand ein Soldat, der etwas auf Griechisch sagte. Er verwendete dieses eigentümliche Griechisch, das Esther und Raphael schon öfter von den Deutschen gehört hatten. Man verstand prinzipiell, was sie wollten, aber es klang falsch. Wie Rabbi Ganis erklärt hatte, sprachen die Deutschen das Griechisch der Antike. Man dürfe in keinem Fall darüber lachen, hatte der Rabbi betont. Das wäre unhöflich und darüber hinaus auch noch gefährlich. Man konnte nie wissen, wann und warum es einem Deutschen einfiel, seine Pistole zu ziehen.

Der Soldat beugte sich zu dem Liegenden und sagte: »Du wirst sterben, wenn du nicht nachgibst.« Der Liegende sah ihn an und schüttelte den Kopf.

»Ich verstehe nicht, was dein Problem ist. Die anderen arbeiten auch, und die Straße wird euch allen nutzen. Nicht nur uns Deutschen.«

Der Grieche rappelte sich auf, klopfte sich den Staub von seiner zerrissenen Kleidung. Er wischte sich übers Gesicht, zuckte zusammen, als er dabei die Schramme an seiner Wange berührte.

»Hast du dich jetzt beruhigt?«, fragte der Deutsche.

»Ich werde nicht für euch arbeiten«, sagte der Grieche.

»Aber Kostas, so heißt du doch? Du musst doch nur ein bisschen mithelfen. Die anderen machen das doch auch.«

Kostas antwortete nicht. Er sah sich die Männer an, als müsste er sich ihre Gesichter einprägen. Dann spuckte er ihnen vor die Füße.

Ein Soldat machte einen schnellen Schritt nach vorn, aber ein anderer hielt ihn zurück. »Sie werden dich schlagen«, sagte der Deutsche und zeigte auf seine Gefährten. Kostas zuckte mit den Schultern.

»Willst du nicht nachgeben?«

Kostas antwortete nicht.

»Dann kann ich nichts mehr für dich tun.« Der Deutsche trat zurück und gab seinen Kameraden ein Zeichen.

Die Schläge kamen schnell und heftig. Sie traten ihn gegen die Knie, und als er am Boden lag, gegen Brust und Kopf. Das dauerte höchstens eine Minute. Daraufhin griffen sie nach Kostas' Armen, hoben ihn hoch und schleiften ihn einen Weg entlang.

Esther und Raphael folgten ihnen geduckt und leise. Die Soldaten hielten an und ließen Kostas zu Boden fallen. Einer schüttete ihm einen Eimer Wasser über den Kopf. Sie zerrten ihn wieder hoch, drückten ihm eine Schaufel in die Hand. Er solle graben, hier an dieser Stelle.

Kostas warf die Schaufel weg. Ein Faustschlag traf ihn am Kinn, und er ging wieder zu Boden. Mit Fußtritten brachten ihn die Soldaten dazu aufzustehen. Schwer atmend lehnte er sich an einen Baum.

»Du sollst graben«, sagte der Deutsche, der Altgriechisch sprach. Kostas sah von ihm weg.

Der Deutsche packte ihn am Hemdkragen, schleifte ihn zur Schaufel und ließ ihn dort fallen. »Grab endlich«, brüllte der Deutsche, aber Kostas rührte sich nicht. Der Soldat nickte den anderen zu. Sie hoben Kostas hoch. Er hing jetzt zwischen ihnen, und einer begann, ihn zu ohrfeigen. Einmal links, einmal rechts, bis die Schramme auf der Wange aufplatzte und das Blut übers Gesicht und den Hals auf Kostas' Brust lief. Dann ließen sie ihn los. Er kroch von ihnen weg, aber ein Soldat setzte Kostas seinen Stiefel in den Nacken, gab ihm einen Tritt in die Seite, sodass sich Kostas vor Schmerz krümmte.

»Wirst du jetzt graben?«, fragte der Deutsche. »Fang besser gleich damit an, sonst dauert das noch ewig.«

Kostas sah ihn aus zugeschwollenen Augen an. Er stemmte sich hoch, kassierte einen weiteren Tritt, fiel wieder hin. So ging das eine Zeitlang. Dann drückten ihm die Soldaten die Schaufel in die Hand. Kostas hielt sich daran fest, schwankte.

»Grab«, sagte der Deutsche. »Grab jetzt.«

Esther musste sich beherrschen, um nicht aufzuspringen. Raphael bemerkte ihre Wut und griff nach ihrem Arm.

»Nicht«, zischte er. »Sonst bringen sie uns auch noch um. Dem kannst du nicht mehr helfen.«

Kostas begann zu graben. Die Soldaten feuerten ihn an. Esther und Raphael wollten dieses Schauspiel nicht mitansehen, aber sie wagten es nicht, sich zurückzuziehen. Ein brechender Zweig, ein Scharren ihrer Füße auf dem Boden hätte sie verraten können.

Nach über einer Stunde hatte Kostas eine flache Grube ausgehoben. Das war genug, fanden die Soldaten. Er musste die Schaufel abgeben, und nun stellten sie ihn am Rand der Grube auf.

»Bleib so stehen«, sagte der Deutsche.

Sie zogen alle ihre Pistolen und schossen. Kostas sank tot in das Grab, das er selbst geschaufelt hatte.

## V

Am nächsten Tag waren Esther und Raphael auf dem Weg nach Norden. Sie hatten in der Nacht das Gewehr aus der Kirche geholt, und nun trug es Esther in einen Fetzen gewickelt über dem Rücken. Der scharfe Wind striegelte ihr Haar und rauschte ihr in den Ohren. Es war ihr ganz recht, dass Raphael ein Stück hinter ihr blieb. Sie hatten wieder oben an der Mauer des Klosters die Nacht verbracht. Esther hatte ein paar Stunden geschlafen, aber sie glaubte nicht, dass Raphael ein Auge zugemacht hatte. Vielleicht sollte sie ihn um seine Schlaflosigkeit beneiden. Im Traum hatte sie die Hinrichtung wieder und wieder erlebt. Die Kugeln schlugen in Kostas' Brust, sein Körper kippte nach hinten. Doch das Schlimmste war der Moment, in dem er die Schaufel fester fasste und zu graben begann.

Die Müdigkeit drückte ihr auf die Augenlider. Ihr Magen rebellierte. Seit vier Tagen war sie nun auf den Beinen, und der Riemen des Gewehrs schnitt wie ein Messer in ihre Schulter. Esther ließ sich fallen, breitete die Arme aus und rührte sich erst, als Raphael sich neben sie setzte.

»Wie weit ist es noch?«, fragte sie.

»Keine Ahnung. Wenn wir Glück haben, sind sie bei den schwarzen Höhlen. Wenn nicht, müssen wir sie suchen.«

»Dazu habe ich keine Kraft mehr, und du siehst auch nicht aus, als ob du noch lange durchhältst.«

»Nein«, sagte Raphael und streckte sich ebenfalls der Länge nach hin. »Wenn ich nicht bald etwas zu essen bekomme …«

Nach einigen Minuten setzte sich Esther auf. Sie drehte den Kopf nach rechts und nach links. »Hörst du das?«, fragte sie.

»Was?«

»Schhh. Sei leise.«

Fern, weit oben auf den Hängen, lösten sich kleine Steine, sprangen hoch und landeten auf dem Fußweg.

»Es kommt jemand.«

»Andartes?«, flüsterte Raphael.

Esther zuckte mit den Schultern. Sie drehte sich, ging in die Hocke und nahm das Gewehr.

»Nicht«, flüsterte Raphael, aber sie sah ihn nur strafend an. Wozu hatten sie das Gewehr, wenn sie es nicht benutzten?

Am besten wäre es gewesen, die Flucht anzutreten. Doch dazu war es zu spät. Sie hätten zu viel Lärm gemacht. Deshalb deutete Esther auf eine halb zerbröckelte Trockenmauer in der Nähe. Dahinter konnten sie Schutz suchen. Raphael nickte und schlich, halb geduckt, unter den Bäumen auf die Mauer zu.

Der erste Schuss pfiff durch die Zweige. Esther warf sich zu Boden. Über ihr barst die Rinde des Olivenbaums, und ein Regen aus Holz und Blättern ging auf sie nieder. Dann kam das Gegenfeuer. Eine Granate schlug in der Nähe der Trockenmauer ein. Raphael hechtete hinter einen Baum und hob die Hände schützend über seinen Kopf. Steinsplitter schlugen rund um ihn ein.

»Bleibt in Deckung«, rief jemand auf Griechisch.

Seine Warnung wurde von der anderen Seite mit einem Kugelhagel beantwortet. Das Feuer ging über Esther und Raphael hinweg, und sie konnten sich robbend hinter der Mauer in Sicherheit bringen.

»Ergebt euch«, brüllte jemand auf Griechisch. Ein anderer sagte etwas leiser: »Du Idiot, die verstehen uns doch nicht.«

Eine zweite Granate schlug direkt vor der Trockenmauer ein. Esther schrie auf, und schon hörte sie, wie Gewehrkugeln in die Steine fuhren. Raphael packte sie am Arm, und im nächsten Moment liefen sie.

Durch die Büsche sahen sie die Deutschen. Es waren sechs oder sieben Mann, alle mit Gewehren und Granaten. Sie drangen Meter für Meter vor, deckten das Gelände mit Gewehrsalven ein und warfen Granaten ins Gebüsch.

Durch Esthers Schrei aufgeschreckt, suchten sie das Gelände zwischen den Bäumen ab, erspähten die Fliehenden und lenkten das Feuer in ihre Richtung. Esther hielt immer noch das Gewehr in Händen, drehte sich um und wollte auf die Deutschen anlegen. Doch Raphael zog sie zu Boden und zerrte sie weg. Wo sie gerade noch gehockt hatten, stob die Erde auf.

»Sie schießen auf uns«, sagte Esther entrüstet.

»Ja, allerdings«, erwiderte Raphael und zog sie mit sich. »Jetzt komm schon.«

Esther widersetzte sich. Sie ging in die Hocke und legte das Gewehr an. Als Raphael wieder nach ihr greifen wollte, wehrte sie ihn ab.

»Du wirst noch erschossen«, sagte er und duckte sich neben sie.

Die deutschen Soldaten kamen jetzt in ihre Richtung. Sie feuerten auf Esther und Raphael, und eigentlich hätten sie schon längst einen Treffer landen müssen, aber die Kugeln gingen an ihnen vorbei. Der erste Soldat wankte, stützte sich an einem Baumstamm ab. Er hob das Gewehr, zielte und schoss hoch über Esther und Raphael hinweg.

»Sie sind betrunken«, sagte Raphael.

Esther legte an und zielte. Aber noch bevor sie abdrücken konnte, blühte ein roter Fleck auf der Brust des deutschen Soldaten. Er schien den Treffer nicht zu bemerken. Der zweite Schuss ging in seine rechte Schulter. Esther hielt das Gewehr immer noch auf den Mann gerichtet, aber sie drückte nicht ab. Auch der dritte Schuss kam nicht von ihr. Erst nach der vierten Kugel ging der Mann in die Knie.

Eine Granate explodierte, und fast gleichzeitig riss jemand Esther hoch. Sie wusste nicht, was mit ihr geschah. Hatte die Druckwelle sie erwischt? Splitter? Eine Kugel? Sie spürte nichts. Dann fiel sie in Ohnmacht.

## VI

Stimmen drangen durch ihre Bewusstlosigkeit und weckten sie. Als sie die Augen aufschlug, setzte auch der Schmerz ein. Ihre Arme, ihr Rücken. Sie wagte nicht, sich zu bewegen. Es fühlte sich an, als hätte sie eine riesige Wunde, die sich vom Hals bis zu den Hüften zog.

»Bleib ruhig liegen«, sagte Raphael. »Wenn du willst, bringe ich dir Wasser.«

Esther nickte vorsichtig, und während Raphael weg war, ging sie nach und nach alle ihre Glieder durch, ihre Zehen und Finger, Arme und Beine. Es war noch alles da, und wenn sie den Kopf hob, konnte sie sehen, dass sie nur am linken Arm einen Verband trug.

Raphael brachte ihr das Wasser, stützte ihren Kopf, während sie trank. Er selbst hatte eine Beule am Kopf, und unter seinem Hemd sah Esther einen langen Riss, der aber nur oberflächlich zu sein schien.

»Wir haben Glück gehabt«, sagte Raphael »Die Andartes waren rechtzeitig da.«

»Ich hätte den Deutschen erwischt«, sagte Esther.

»Das glaube ich dir sogar«, sagte Agamemnon. Er beugte sich über Esther, und sie hatte Mühe, die Augen und den Mund in diesem Gewirr aus Haaren und Bart zu erkennen.

»Gutes Gewehr, das du uns gebracht hast«, sagte Agamemnon. »Dafür haben wir sogar Munition. Kluges Mädchen, braves Mädchen.«

»Ich will kämpfen«, sagte Esther und packte Agamemnon am Arm.

»Du bist ein Mädchen.« Agamemnon strich ihr über die Stirn. »Wir brauchen Kämpfer, verstehst du? Kochen können wir selbst.«

»Ich koche auch nicht.« Esther setzte sich auf. »Ich kann schießen, und ich kann rennen. Schneller als ich ist keiner deiner Männer. Darauf wette ich.«

»Wie du schießen kannst, haben wir gesehen. Wenn wir nicht gekommen wären, wärst du jetzt tot.«

»Ich kann es lernen.«

»Nein«, sagte Agamemnon. »Du kannst andere Dinge tun. Du tust andere Dinge. Bring noch ein Gewehr, bring Handgranaten und Sprengstoff. Das hilft uns.«

»Aber ich will kämpfen. So wie Raphael.«

»Auch Raphael wird nicht kämpfen. Er ist viel zu schwach, und ich habe keine Zeit und viel zu wenig Essen, um ihn zu mästen. Nein. Er wird mit dir zurück in die Stadt gehen und dort für uns arbeiten.«

»Was sollen wir tun? Soldaten zählen?«

»Gar keine schlechte Idee«, meinte Agamemnon.

»Warum soll ich nicht kämpfen? Ich bin für die Andartes im Gefängnis gesessen, habe gestohlen und man hat auf mich geschossen. Warum soll ich nicht kämpfen?«, beharrte Esther.

»Aber du kämpfst doch, die ganze Zeit schon«, sagte Agamemnon.

Esther schüttelte den Kopf, sagte aber nichts. Sie würde die Angelegenheit jetzt nicht weiter verfolgen. Mit Agamemnon war nicht zu reden, und ihr Kopf schmerzte. Als sie sich aufsetzte, spürte sie einen leichten Schwindel.

Als die Granate explodiert war, Esther erinnerte sich, hatte ein Andartis sie gepackt, und sie waren gemeinsam gestürzt. Mit dem Kopf voran auf einen Stein.

Später, als Esther und Raphael sich erholt hatten, begleitete sie ein Trupp ein Stück weit Richtung Süden. Dann, auf der Höhe von Kypseli, trennten sich ihre Wege. Die Andartes wollten der Stadt und damit den Lagern der Wehrmacht nicht näher kommen. Das Krankenhaus der Deutschen in Tsilivi war nur ein paar Kilometer entfernt. Es wurde gut bewacht, und die Patrouillen streiften weit umher. Zu gefährlich für eine Abteilung der Befreiungsarmee, aber für zwei Jugendliche kein großes Problem. Das sollte ihr neuer Auftrag sein. Wenn sie das Krankenhaus ausgekundschaftet hatten, sollte einer von ihnen wieder hinauf in die Berge gehen. Vorher aber sollten sie sich noch bei Graf Roma melden. Vielleicht hatte er eine Nachricht für die Andartes, vielleicht aber auch Nachschub an Munition.

# Kapitel 16

## I

Bürgermeister Karrer drehte seinen Kopf in die Wintersonne und schloss die Augen. Er nahm sich vor, nicht einzuschlafen, aber wenn Bischof Chrysostomos nicht bald etwas sagte, würde genau das passieren. Der Brief des Erzbischofs Damaskinos von Athen lag zwischen ihnen auf der Bank. Es waren ermutigende Worte, auch wenn Karrer bezweifelte, dass sie viel bewirken würden.

»Es ist mehr oder weniger, was ich Lüth schon gesagt habe«, begann Chrysostomos. »In unserem nationalen Bewusstsein sind alle Kinder der großen Mutter Griechenland gleichwertige Mitglieder der griechischen Nation. Egal, welcher Religion sie auch immer angehören mögen.«

»Ja, aber die Deutschen sehen das anders. Für sie ist das Judentum keine Religion, sondern eine Rasse. Wie auch immer sie darauf kommen«, sagte Karrer und wischte sich mit der Hand übers Gesicht, als könnte er so die Müdigkeit vertreiben.

»Sie sind verrückt, und deshalb kann man sie auch nur mit verrückten Mitteln schlagen«, sagte Chrysostomos. »Die Deutschen beeindruckt der Brief sicher nicht.«

»Nun vielleicht doch«, sagte Karrer. »Immerhin haben alle unterschrieben, die in Athen Rang und Namen haben.«

»Wissenschaftler, Schriftsteller, Kirchenmänner …« Chrysostomos winkte ab. »Das ist den Nazis doch egal. Was Intellektuelle zu sagen haben, hat Hitler schon in den Zwanzigerjahren in München nicht interessiert. Schmarotzer und Kommunisten, entartet und volksfremd hat er sie genannt. Nach den Juden hasst er die Künstler und die Intellektuellen am meisten. So ein Brief spornt die Nazis nur an.«

»Was also dann?«

»Wir machen es wie Erzbischof Damaskinos. Wir schlagen die Deutschen mit ihren eigenen Waffen und machen aus Juden Christen. Wir brauchen nur neue Geburtsurkunden und Taufscheine.«

»Das können wir versuchen«, sagte Karrer.

»Aber rechnen Sie nicht damit, dass das so glattgeht«, sagte Chrysostomos. »Ich habe Nachricht aus Athen. Noch ein Brief des Erzbischofs, aber kein offizieller.«

In diesem Brief berichtete Erzbischof Damaskinos seinen Amtskollegen, was sich in Athen zutrug. Anfang Oktober 1943, also vor etwas mehr als zwei Monaten, hatte der SS-Generalleutnant Jürgen Stroop das Kommando übernommen. Sein vordringlichstes Anliegen schien die Registrierung der jüdischen Bevölkerung. Er setzte den Judenrat unter Druck und verlangte eine Liste aller Juden, die im Stadtgebiet von Athen lebten. Die Aktion scheiterte. Kaum eintausendzweihundert Menschen meldeten sich. Stroop tobte und drohte. Er vermutete den Erzbischof hinter dem Boykott und stellte ihn zur Rede. Wenn Damaskinos nicht sofort für die Registrierung der Juden sorgte, würde Stroop ihn höchstpersönlich erschießen.

»Wissen Sie, was Damaskinos geantwortet hat?«, fragte Chrysostomos und schmunzelte. »Er sagte: Die angemessene Art der Hinrichtung für einen griechischen Bischof ist das Erhängen.«

Karrer sah Chrysostomos einen Moment lang verständnislos an. Dann fiel ihm ein, worauf Damaskinos anspielte. Beim Ausbruch des griechischen Unabhängigkeitskrieges 1821 hatte sich der damalige Patriarch von Konstantinopel Gregor V. auf die Seite der Aufständischen gestellt. Er wurde am Ostersonntag nach der Messe von Janitscharen verhaftet, gefoltert und später erhängt.

»Wir werden Damaskinos und die Athener aber noch übertreffen«, sagte Chrysostomos. Er fischte einen weiteren Zettel aus seiner Robe. »Diese Anordnung kann sich unser verehrter Hauptmann Lüth meinetwegen einrahmen. Aber niemand wird ihr Folge leisten. Ich habe schon mit Rabbi Ganis gesprochen. Er versichert mir, dass morgen kein einziger Jude vor dem Rathaus auftauchen wird. Kein Einziger.«

»Dann hoffen wir, dass das gut geht«, sagte Karrer, schloss die Augen und genoss die zarte Wärme der Wintersonne.

## II

Die Hände auf die Brüstung gestützt, stand Bürgermeister Karrer am Balkon des Rathauses und sah auf das Meer hinaus. Die Morgendämmerung hob sich, und die Fischer legten einer nach dem anderen im Hafen an. Am Solomos-Platz, Karrer weigerte sich, den Platz auch nur in Gedanken als Adolf-Hitler-Platz zu bezeichnen, standen Wachen. Lüths Wagen parkte vor dem Rathaus, und wahrscheinlich schaute auch der Hauptmann gerade aus dem Fenster seines Büros einen Stock tiefer. Was er sah, gefiel ihm sicher nicht besonders. Deshalb erwartete Karrer jeden Moment Lüths Auftritt.

Lüth hatte gestern Vormittag eine Kundmachung herausgegeben, Flugzettel verteilen lassen und wie üblich Fahrzeuge mit Lautsprechern in die Dörfer geschickt. Alle Juden, egal welchen Geschlechts oder welchen Alters, hätten sich heute um acht Uhr am Adolf-Hitler-Platz einzufinden. Sie würden gesammelt und mit Schiffen auf das Festland gebracht. Jeder Jude dürfe ein Gepäckstück mitnehmen.

Das Schiff für die Juden lag im Hafen bereit. Es hatte Proviant für die Soldaten und Waffen und Munition auf die Insel gebracht. Jetzt sollte es mehr als zweihundert Menschen mitnehmen und nach Athen bringen. Wohin die Reise von dort aus ging, war kein Geheimnis.

In den letzten Monaten hatte Karrer oft darüber nachgedacht, warum die Deutschen so versessen darauf waren, alle Juden, die sie nur irgendwo finden konnten, umzubringen. Es konnte nicht bloß der alte Antisemitismus sein, der allenthalben in Europa grassierte. Sonst hätten sie sich damit begnügt, hier eine Synagoge zu verwüsten und dort ein paar Familien zu vertreiben. Das hatte es in Europa immer schon gegeben. Selbst auf Zakynthos, wenn auch die meisten Übergriffe von Fremden verübt worden waren. Besonders berühmt war eine Episode aus dem Jahr 1661: Damals drangen zwei Kaufleute aus Patras in die Synagoge ein. Sie waren betrunken, wankten zwischen den Sitzreihen und konnten vom Rabbi nur mit Mühe daran gehindert werden, den Thoraschrein aufzubrechen.

Sie veranstalteten ein solches Geschrei, dass die Leute auf der Gasse auf den Tumult aufmerksam wurden. Männer packten die Kaufleute und hielten sie fest. Es waren Christen, die gerade im Judenviertel Besorgungen erledigt hatten. Sie fragten die Betrunkenen, was ihnen einfalle, so zu randalieren und ein Gotteshaus zu entehren.

Einer der Kaufleute antwortete, sie seien gekommen, um den Eselskopf zu sehen, den die Juden anbeteten. Er stimmte ein Spottlied an, in dem es darum ging, dass jüdische Mädchen christliche Männer heiraten sollten, damit sie nicht länger vor dem Kopf eines Esels knien müssten. Die betrunkenen Kaufleute wurden der Legende nach mit Fußtritten zum Hafen befördert, und man legte ihnen nahe, die Insel künftig zu meiden.

So leicht würden sie die Deutschen allerdings nicht loswerden. Sie mussten warten, bis die Alliierten endlich von Süden her angriffen. Erst dann konnte die Volksbefreiungsarmee mehr tun, als kleine Gebiete zu erobern und den Deutschen da und dort eine Niederlage zuzufügen. So beschämend es auch war, aber diesmal konnten sich die Griechen nicht selbst befreien.

Hauptmann Lüth klopfte nicht. Höflichkeit war nicht mehr nötig. Jeder wusste, woran er beim anderen war.

»Es ist niemand gekommen«, sagte Lüth, und sein Dolmetscher stolperte hinter ihm her. »Kein einziger Jude ist aufgetaucht.«

»Liegt das vielleicht daran, dass Sie ein Betretungsverbot für den Solomos-Platz verhängt haben?«

»Was?«

»Soweit ich weiß, dürfen Juden den Solomos-Platz nicht betreten.« Karrer suchte auf seinem Schreibtisch, hob einen Papierstapel hoch, zog dann ein zusammengefaltetes Blatt hervor. Er faltete es auseinander und las vor: »Den Juden ist ab sofort die Benutzung öffentlicher Straßen zwischen acht Uhr abends und neun Uhr morgens untersagt. Gänzlich verboten ist Juden das Betreten des Markusplatzes und des Adolf-Hitler-Platzes.« Er legte das Blatt vor sich auf den Schreibtisch und sah Lüth an.

»Aber das gilt doch nicht, wenn ein Befehl zum Sammeln ergeht.«

»Woher sollen die Leute das wissen?«

»Das erklärt sich doch von selbst.«

»Eigentlich nicht. Und außerdem, was glauben Sie, was das für Leute sind?«

»Juden natürlich.«

»Selbstverständlich Juden. Aber glauben Sie, das sind Dummköpfe?«

»Ich verstehe die Frage nicht.«

»Vielleicht denken Sie noch einmal darüber nach. Die Leute wissen, was ihnen bevorsteht. Warum sollen sie freiwillig zur Schlachtbank gehen?«

»Dann werden wir sie eben holen.«

Lüth machte kehrt und ging. Sein Dolmetscher folgte ihm wie ein Hündchen an der Leine.

## III

Auf der Straße traf Karrer Demetrios. Der Junge kam ihm entgegen und streckte die Arme aus. »Herr Bürgermeister, gehen Sie nicht weiter.« Demetrios blieb keuchend vor ihm stehen. Hinter ihm in den Gassen war ein Tumult zu hören. »Sie stürmen die Häuser und schlagen die Menschen. Ich laufe zum Bischof.«

»Tu das«, sagte Karrer und beschleunigte seinen Schritt. Er kam um die Ecke und sah, wie Soldaten eine Tür eintraten.

Als sie wieder herauskamen, hielt Karrer sie auf. Sie verstanden ihn nicht und drängten ihn zur Seite. Dabei traf ihn ein Ellbogen im Gesicht. Karrer duckte sich. Ein Soldat trat nach ihm, aber Karrer rettete sich in den Hauseingang.

Die Tür zur Wohnung der Familie Matzas war aufgebrochen. Die Soldaten hatten in vier oder fünf Minuten alle Schränke umgeworfen, die Betten und Tische zertrümmert. Stühle lagen zerbrochen in Kränzen aus Scherben. Der Wasserkessel war aus dem Herd gerissen. Als hätten die Soldaten dahinter oder darunter ein Versteck vermutet.

Aus dem Nebenhaus kamen Schreie. Karrer rannte los, als er einen Soldaten sah, der ein Mädchen an den Haaren über die Straße zerrte. Er holte aus und verpasste dem Soldaten eine Ohrfeige, wurde fast im gleichen Augenblick gepackt und krachte mit dem Rücken gegen eine Hausmauer.

»Aufhören«, schrie er. »Das sind griechische Bürger!«

Die Soldaten zerrten auch einen Mann und eine erwachsene Frau aus dem Haus. Der Dolmetscher schrie auf die Leute ein, sie sollten mit der Sprache herausrücken, wohin die jüdische Familie von nebenan geflüchtet sei.

»Wer den Juden hilft, wird selbst bestraft«, sagte der Dolmetscher. »Sie werden euch den Schädel einschlagen, wenn ihr nicht redet.«

Der Mann fiel auf die Knie und faltete die Hände. Sein Mund verzerrte sich. Er wollte etwas sagen, aber er konnte nicht. Tränen liefen ihm über die Wangen.

»Hört auf«, sagte Karrer und ging auf den Dolmetscher zu. »Erklären Sie den Soldaten, dass ich das nicht dulde.«

»Sie haben hier gar nichts zu bestimmen«, sagte der Dolmetscher.

»Sagen Sie diesen Schlägern«, Karrer zeigte auf die Soldaten, »sagen Sie ihnen, ich werde sie melden. Ich glaube nicht, dass Hauptmann Lüth diese Aktion angeordnet hat.«

Der Dolmetscher lachte, übersetzte, und dann lachten auch die Soldaten.

## IV

»Weiß der Bischof schon Bescheid?«, fragte Karrer, als er in das Vorzimmer stürmte. »Dort draußen ist die Hölle los.«

»Er erwartet Sie schon«, sagte Dionysios Stravolemos. »Ich bringe gleich Kaffee. Wir werden uns von diesen Barbaren nicht aus der Ruhe bringen lassen.«

Karrer wollte ihm antworten, dass diese Gelassenheit völlig fehl am Platz war und man sich beeilen sollte, etwas zu unternehmen, und Kaffee so ziemlich das Letzte war, was er im Moment brauchte. Aber Stravolemos war schon verschwunden.

Der Bischof saß im schwarzen Habit hinter seinem Schreibtisch, neben ihm seine Schwester Vasiliki. Beide waren mit Schreibarbeiten beschäftigt. Als Karrer sah, wie Vasiliki einen Stempel auf ein Blatt Papier drückte, konnte er seine Wut kaum zügeln.

»Was um alles in der Welt machen Sie? Da draußen werden Menschen zusammengeschlagen. Vielleicht Schlimmeres. Und Sie sitzen hier und bearbeiten Akten? Das darf doch nicht wahr sein!«

»Beruhigen Sie sich«, sagte Bischof Chrysostomos.

»Aber sie schlagen Menschen auf der Straße zusammen. Wenn Sie das gesehen hätten …«

»Ja, Demetrios hat berichtet«, unterbrach ihn Chrysostomos. »Und wenn ich es gesehen hätte, wäre ich so aufgeregt wie Sie gerade. Aber wir müssen einen kühlen Kopf bewahren. Wir können gegen die Razzia nichts tun. Sie können bei Lüth protestieren, vielleicht sollten Sie das sogar tun. Aber er wird Sie auslachen.«

»Ich kann ihn wohl kaum erschießen«, sagte Karrer. »Auch wenn ich große Lust dazu hätte.«

»Wenn Sie ihn töten, schicken die Nazis den Nächsten. Das bringt uns nicht weiter.«

»Akten zu bearbeiten aber auch nicht.«

»Oh doch. Wir stellen Taufscheine aus. Es ist gar nicht so einfach, sich so viele Namen auszudenken.«

Karrer trat näher, und nun kam Dionysios Stravolemos mit einem Tablett voller Kaffeetassen zurück.

»Stärken Sie sich«, sagte Dionysios. »Wir haben einen langen Tag vor uns. Und eine lange Nacht.«

»Allerdings«, sagte Vasiliki und stempelte den nächsten Taufschein. »Die Taufscheine allein werden natürlich nicht reichen. Wir brauchen auch noch Geburtsurkunden, und jetzt kommen Sie ins Spiel, Herr Bürgermeister.«

»Ja, wir haben das besprochen«, sagte Karrer und nippte von dem heißen Kaffee. »Aber das wird nicht viel helfen. Jedenfalls ist unsere Situation doch wohl kaum mit der in Athen vergleichbar. Dort mag es genügen, den Juden neue Papiere zu geben. Aber hier … Dazu ist die Stadt zu klein. Die Deutschen wissen, wo jüdische Familien wohnen.«

Chrysostomos nahm eine Urkunde in Augenschein. Er schmierte etwas Asche über den oberen Teil und blies den Rest des Drecks dann weg.

»Wir haben keine Vorbereitungen getroffen«, sagte Karrer. »Und dazu ist es jetzt zu spät.«

»Wir schicken die Juden auf Herbergssuche«, sagte Chrysostomos. »Wenn sie neue Papiere haben und außerhalb der Stadt unterkommen, haben sie eine Chance.«

Karrer nahm einen ersten Stapel gefälschter Urkunden entgegen und machte sich auf den Weg zurück in sein Büro. Die Razzia war immer noch im Gang. Soldaten führten Zivilisten ab, und einmal beobachtete er eine Familie, die mit Taschen bepackt vorbeihuschte.

An der Anlegestelle für die Fischerboote lehnten ein paar Männer an den Laternen, rauchten und unterhielten sich. Als Karrer näher kam, verstummten sie. Ein Mann ging zu seinem Boot, zupfte eine Plane zurecht. Unter der Plane standen Koffer.

Er nickte den Fischern zu und spazierte weiter. Wie es aussah, halfen die Leute sich selbst. Es brauchte keine Anweisungen, keine übergeordnete Stelle, um die Juden aus der Stadt zu bringen.

## V

Im Rathaus herrschte Aufruhr. Verhaftete saßen auf den Bänken vor den Büros der Deutschen und beschwerten sich, als Bürgermeister Karrer die Treppe heraufkam. Es sei eine Schweinerei, sie einfach so von der Arbeit wegzuholen. Niemand habe ihnen gesagt, worum es gehe. Was sich diese Deutschen überhaupt einbildeten, anständige Bürger so zu schikanieren.

Am liebsten wäre Karrer gleich jetzt, ohne sich anzumelden, in Lüths Büro marschiert, aber das war mit einem Stapel gefälschter Dokumente unter dem Arm keine gute Idee. So ging er einen Stock höher und verstaute die Unterlagen in seinem Schreibtisch. Die Arbeit, die nun anstand, erledigte er besser nicht hier, sondern zu Hause. Noch besser in der Sommervilla draußen in Akrotiri. Zuerst musste er aber seinen Protest bei Lüth deponieren.

Als Karrer das Büro des Hauptmanns betrat, saß Graf Alexander Roma vor Lüths Schreibtisch. Wie sich schnell herausstellte, hatte man den Grafen verhaftet, weil er mit seinem Spazierstock einen Wehrmachtssoldaten im Gesicht verletzt hatte.

»Es mag ja unter Deutschen so üblich sein, dass man Frauen an den Haaren über die Straße schleift, ihnen die Blusen zerreißt und sie dann halbnackt dastehen lässt«, sagte Graf Roma. »Aber in einem zivilisierten Land wie Griechenland macht man so etwas nicht.«

»Sie haben sich der Staatsgewalt widersetzt. Ich könnte sie sofort erschießen lassen«, sagte Lüth.

Graf Roma verzog angewidert das Gesicht. »Sie scheißen doch auf das Gesetz.«

Karrer schnappte nach Luft. Nie zuvor hatte er gehört, dass Alexander Roma ein Schimpfwort gebraucht hätte.

»Man muss die Dinge beim Namen nennen«, sagte Roma an Karrer gewandt. »Die Nazis prügeln sich durch die Stadt. Wie hat unser großer Dichter Kavafis geschrieben? Die Barbaren kommen nicht. Nun, da hat er sich geirrt.«

»Diese Situation haben Sie sich selbst zuzuschreiben«, sagte Lüth. »Ich mache Sie, Herr Bürgermeister, und den Bischof dafür verantwortlich. Jeder gebrochene Knochen, jede Wunde geht auf Ihr Konto.«

»Ich bin verantwortlich?«, fragte Karrer. »Sie belieben wohl zu scherzen.«

»Ganz und gar nicht. Sie haben sich meiner Anordnung widersetzt. Sie haben mir keinen einzigen, ich betone, keinen einzigen Juden genannt, geschweige denn ausgeliefert. Ich war zu diesen scharfen Maßnahmen gezwungen.«

»Gezwungen?« Karrer atmete durch und begann dann mit zitternder Stimme erneut zu sprechen. »Sie, verehrter Hauptmann Lüth, sind doch ein menschliches Wesen. Und deshalb verfügen Sie über einen freien Willen. Es liegt also ganz bei Ihnen, wie Sie reagieren. Sie haben den Soldaten befohlen, die Häuser zu durchsuchen, die Menschen zu schlagen und zu verhaften. Das sind die Taten Ihrer Männer, und dafür sind nur Sie verantwortlich.«

»Was hätte ich Ihrer Meinung nach tun sollen? Zusehen, wie Sie meine Autorität untergraben?«

»Wer seine Autorität mit Gewalt durchsetzen muss, hat keine«, sagte Karrer.

»Ich habe den Befehl.« Lüth erhob sich und warf sich in die Brust. »Und ein Befehl ist zu befolgen. Das ist die höchste Tugend des deutschen Soldaten.«

»Sie könnten den Befehl verweigern, weil er unmenschlich und grausam ist«, sagte Karrer. »Ich möchte gern wissen, was die Juden Ihnen getan haben. Ihnen persönlich.«

»Sie vergiften den Volkskörper. Es ist eine hygienische Maßnahme, sie auszurotten. Dafür sollten uns alle Völker Europas dankbar sein.«

»Kommen Sie, Roma«, sagte Karrer und streckte seinen Arm aus. »Hier ist alle Mühe vergebens.«

Lüth sah ihnen nach und protestierte nicht.

# VI

Lilly Karrer klapperte in der Küche mit Tassen und Tellern, während ihr Mann und Graf Roma im Wohnzimmer die Urkunden vor sich ausbreiteten. Sie sortierten die gefälschten Taufscheine und entschieden sich, mit den Familien im ehemaligen Ghetto zu beginnen. Dort würden die Deutschen zuerst suchen.

»Wir werden dafür die ganze Nacht brauchen«, sagte Roma.

»Das ist erst der Anfang«, antwortete Karrer. »Chrysostomos schickt Demetrios oder Pater Giorgos mit Nachschub.«

»Viel ist es nicht«, sagte Lilly und brachte ein Tablett mit Wein und Keksen ins Wohnzimmer. »Die letzten Vorräte sozusagen. Ich frage mich ehrlich, wie wir diesen Winter überleben sollen.«

»Etwas Olivenöl wird für uns abfallen«, sagte Graf Roma.

»Wenn wir es den Deutschen stehlen«, sagte Lilly. »Die sind schlimmer als die Italiener. Die stehen neben den Bäumen und warten, bis die Oliven reif sind, damit wir ja keine einzige unterschlagen können.«

»Das wird noch ein furchtbares Problem werden«, sagte Loukas Karrer. »Wenn wir die jüdischen Familien erst einmal aus der Stadt haben, dann müssen sie irgendwo unterkommen, und wo immer das auch sein mag, dort müssen sie etwas zu essen bekommen.«

Alexander Roma hob die Augenbrauen.

»Mich würde nicht wundern, wenn uns ein Hungerwinter wie 1941/42 unter den Italienern bevorstünde. Vielleicht noch schlimmer«, sagte Karrer.

»Viel habe ich nicht mehr«, sagte Roma. »Aber das Wenige kann ich gern hergeben. Wir werden versuchen, Lebensmittel vom Festland herüberzuschmuggeln.«

»Eine gefährliche Sache«, sagte Lilly.

»Verhungern oder erschossen werden. Keine besonders angenehme Wahl«, sagte Roma. »Aber die Zeiten sind eben heldenhafte, und Helden sterben.«

»Da haben Sie recht«, sagte Lilly. »Aber wir sind keine Helden, und deshalb werden wir überleben.«

Loukas Karrer kopierte die Namen von den Taufscheinen auf die Geburtsurkunden, schob die fertigen auf einen Stapel zusammen.

»Unterschreiben müssen wir die Urkunden noch«, sagte er. »Möglichst unleserlich. Die Deutschen werden das wohl hoffentlich nicht mit den Akten aus dem Rathaus vergleichen. Dann nämlich fliegen wir auf.«

»Ich kann die Unterschrift Ihres Vorgängers ganz gut fälschen«, sagte Roma. »Geben Sie her.«

Karrer sah ihn fragend an.

»Na«, machte Roma. »Glauben Sie, ich hätte die Genehmigung für den Ausbau meines Hafens im Süden jemals bekommen, wenn ich auf die Zustimmung dieses alten Sturkopfs gewartet hätte?«

»Sie sind ein gefährlicher Gegner.« Karrer lächelte.

»Nicht gefährlich genug für die Deutschen, fürchte ich.«

Sie arbeiteten gemeinsam bis weit nach Mitternacht, dann schlief Graf Roma auf dem Sofa ein und auch Lilly zog sich zurück. Karrer saß noch eine Weile allein über den Papieren, ohne viel zu tun. Sein Blick wanderte hinaus in die Nacht.

Wenn die Journalisten der BBC recht hatten, dann hatte Hitler den Krieg so gut wie verloren. Der Führer wusste es bloß noch nicht, und die Länge des Gemetzels bemaß sich vor allem an seiner Begriffsstutzigkeit. Wenn er bald einsah, dass seine Sache verloren war, wenn seine Generäle ihn zur Aufgabe zwangen, konnte im Frühjahr alles vorbei sein. Die Wehrmacht würde ihre Sachen packen und abziehen. Die jüdischen Familien hätten auf dem Land überwintert, und man könnte wieder daran gehen, ein normales Leben zu führen.

Sollte Hitler aber nicht einsehen, wie hoffnungslos ein weiterer Kampf wäre, konnte sich das Sterben hinziehen. Dann würde der Frühling blutig ins Land gehen und der Sommer wohl auch. Diese Uneinsichtigkeit würde nicht nur an den Fronten Leben kosten, sondern auch hier auf der Insel.

Karrer seufzte und stand auf. Es war eigenartig, aber bis zu dieser Nacht war ihm nie aufgefallen, wie eng die Dinge auf dieser Welt miteinander verzahnt waren, wie alles mit allem zusammenhing. Wenn ein Mann in Berlin nicht endlich zur Vernunft kam, würden hier, Tausende Kilometer entfernt, noch mehr Menschen sterben.

## VII

Es war noch früh, als Loukas Karrer und Alexander Roma von Akrotiri aufbrachen. Sie wollten den deutschen Soldaten zuvorkommen und möglichst schnell alle Familien besuchen, um ihnen die neuen Dokumente zu bringen.

Die Familie Konstantini wohnte gleich neben der Synagoge. Die Deutschen hatten das Haus gestern durchsucht. Die Möbel lagen kreuz und quer, und die Betten waren durchwühlt. Karrer und Roma wussten nicht, ob die Einwohner verhaftet waren oder nicht. Jedenfalls fanden sie im Haus niemanden.

Ein paar Meter weiter wohnte die Familie Tsezanas. Die Tür stand auch hier offen, und als Karrer eintrat, lauschte er eine Weile, ob sich im Inneren des Hauses etwas rührte. Erst in der Küche fand er den Hausherrn David Tsezanas.

»Entschuldigen Sie mein Eindringen«, sagte Karrer und verbeugte sich.

»Herr Bürgermeister?« Tsezanas hob den Kopf und sah ihn aus verschlafenen Augen an. »Setzen Sie sich doch. Ich muss einen Moment eingenickt sein. Verzeihen Sie.«

»Aber nicht doch.«

»Kann ich Ihnen etwas anbieten?«

»Nein, vielen Dank. Bitte bleiben Sie sitzen, ich habe etwas Wichtiges mit Ihnen zu besprechen.«

»Was kann so wichtig sein, dass der Bürgermeister höchstpersönlich zu Besuch kommt?«

»Ihr Leben und das Leben Ihrer Familie. Um es ohne Umschweife zu sagen.«

»Dann ist es so weit.«

»Ja, Sie müssen von hier weg. Haben Sie Freunde außerhalb der Stadt, bei denen Sie für eine Zeit unterkommen können?«

»Wir haben viele Freunde. Aber das wird nicht nötig sein. Wir haben ein Haus in Gaitani, ein kleines zwar, aber immerhin, und einen Olivenhain.«

»Gut, ich schlage vor, sie machen sich auf den Weg. Noch heute. Hier habe ich neue Dokumente für Sie. Sie heißen jetzt …«, Karrer warf einen Blick auf die Geburtsurkunde. »Ihr Name ist jetzt Adamantios Papadopoulos.«

»Das ist sehr treffend.« David Tsezanas lachte. »Papadopoulos bedeutet so viel wie Sohn des Priesters. Danken Sie dem Bischof, wenn Sie ihn sehen.«

»Bitte lernen Sie die Namen schnell, und sprechen Sie sich auch untereinander nur mehr mit diesen neuen Namen an.«

»Das werden wir. Ich habe die ganze Nacht damit verbracht, die Unterlagen zu sortieren.« David Tsezanas zeigte auf den Tisch. »Ich werde alles in die Synagoge bringen und dort verstecken. Dann nehmen wir ein paar Sachen und verschwinden.«

Als Karrer wieder ins Freie trat, kam ihm Alexander Roma entgegen. Auch er hatte Taufscheine und Geburtsurkunden verteilt und die Leute instruiert. Sie setzten ihre Besuche fort, und erst kurz vor Mittag schaffte es Karrer in sein Büro.

Hauptmann Lüth saß hinter Karrers Schreibtisch und wippte mit dem Sessel vor und zurück. Er hielt ein Blatt Papier in der Hand und sah nur kurz auf, als Karrer das Büro betrat.

»Ich habe auf Sie gewartet«, sagte Lüth und stand ächzend auf. »Nehmen Sie Platz. Es ist ja Ihr Büro.«

Karrer zwängte sich an Lüth vorbei und setzte sich. Es war ihm unangenehm, einen Stuhl zu benutzen, auf dessen Sitzfläche er noch Lüths Körperwärme spüren konnte.

»Ich weiß ganz genau, was Sie da machen«, sagte Lüth. »Sie werden damit nicht durchkommen. Ja, ich habe das Schiff für die Juden wieder zurückgeschickt. Aber das heißt nicht, dass nicht jederzeit ein neues kommen kann. Hier.« Er reichte Karrer das Blatt, das er die ganze Zeit in der Hand gehalten hatte. »Das ist eine neue Verordnung, und wenn auch nur einer dagegen verstößt, das schwöre ich Ihnen, wird es Tote geben.«

Karrer stand auf, um den Zettel entgegenzunehmen, und stellte sich ans Fenster, während er las. Hauptmann Alfred Lüth verfügt hiermit Folgendes: Wer einem Juden Unterschlupf gewährt, ihm bei der Flucht hilft, Essen gibt oder die

Arbeit der Wehrmacht bei der Suche nach versteckten Juden behindert, wird mit dem Tod bestraft.

»Sie entscheiden sich also für diesen Weg«, sagte Karrer und ließ das Blatt sinken. »Nun gut, dann weiß ich, woran ich bin.«

»Das ist keine Frage der Entscheidung. Das ist eine Notwendigkeit. Ich werde diesen Befehl ausführen, egal, was Sie oder der Bischof auch immer dagegen unternehmen. Und seien Sie gewarnt. Ihr Amt schützt Sie nicht. Wenn ich sehe, dass Sie einem Juden helfen, dann baumeln Sie am nächsten Ast.«

## VIII

Lüth hatte das Büro kaum verlassen, als es klopfte. Karrer hob den Kopf und bat den Besucher herein. Es war Demetrios. Er hatte eine Mappe mit Taufscheinen bei sich und brachte Nachricht vom Bischof.

Es sei nun besonders wichtig, den Nachrichtenfluss zwischen dem Büro des Bürgermeisters und dem Bischof aufrechtzuerhalten. Karrer solle sorgsam unter seinen Mitarbeitern wählen und jene, denen er vertraue, in die Aktion einweihen. Denn mit dem Ausstellen der Urkunden sei es ja nicht getan. Man müsse den Familien auch dabei helfen, aus der Stadt zu fliehen. Pater Giorgos werde sich in den nächsten Stunden bei ihm melden. In der Zwischenzeit solle Karrer die Geburtsurkunden ausfüllen und, so er Zeit dazu habe, die Dokumente zu den Familien bringen.

Die Müdigkeit machte sich langsam bemerkbar, und Karrer schickte seinen Sekretär zum Theatercafé, um Kaffee zu holen. Falls es dort etwas zu essen gebe, solle er auch gleich etwas mitbringen.

Dann sah er die Taufscheine durch. Chrysostomos war gründlich, und er hatte bessere Quellen als das Bürgermeisteramt. An jedem Bündel Taufscheine hing eine Liste mit den jüdischen Namen und eine Adresse. Karrer verbrannte die Listen im Aschenbecher auf seinem Schreibtisch, sobald er ihren Inhalt auswendig konnte.

Als der Abend kam, brach er wieder auf. Sein erstes Ziel war abermals das Haus neben der Synagoge. Diesmal fand er den jüngsten Sohn der Familie. Chaim Konstantini hockte auf den Stufen zum Eingang und spielte mit einem Kreisel.

»Ist dein Vater zu sprechen?«, fragte Karrer.

Der Junge lief ins Hausinnere. Karrer folgte ihm, und in der Küche traf er die Mutter und den älteren Bruder. Sie packten gerade Kleidung in Bündel, und auf dem Tisch lag Schmuck und ein wenig Geld.

»Die Nachricht des Bischofs hat uns erreicht«, sagte Raphael. »Wir werden noch diese Woche verschwinden.«

»Die neuen Papiere werden euch fürs Erste schützen«, sagte Karrer und legte sie auf den Tisch. »Die echten Dokumente könnt ihr in der Zwischenzeit mir geben. Ich bewahre sie für euch auf.«

Raphael hatte die Dokumentenmappe schon eingepackt und suchte sie jetzt im Gepäck. »Pater Giorgos holt uns ab«, sagte er. »Ich weiß gar nicht, wie wir Ihnen und dem Bischof danken können.«

»Dankt uns noch nicht«, sagte Karrer. »Noch seid ihr nicht in Sicherheit. Ich muss weiter.« Er deutete auf die Akten unter seinem Arm. »Wo ist dein Vater?«

»Den haben sie eingezogen, die Deutschen.«

»Oh«, machte Karrer. »Das tut mir leid.«

»Ich glaube nicht, dass das ein großes Problem ist«, sagte Raphael. »Niemand wird verraten, dass er Jude ist.«

»Das hoffen wir einmal«, sagte Karrer und machte sich auf, um die nächste Familie zu besuchen.

Auch bei den Fortes waren alle damit beschäftigt, ihre Habseligkeiten zusammenzupacken. Eine ungleich größere Familie als die Konstantinis, erstreckte sich hier der Tumult über zwei Häuser. Kinder quengelten, Männer stemmten Koffer über schmale Stiegen, und die Frauen holten die versteckten Vorräte hinter den Schränken und Betten hervor. Zunächst bemerkte niemand die Anwesenheit des Bürgermeisters. Erst als er Samolino Fortes, das Oberhaupt der Familie, in einem Nebenraum aufspürte, schenkte ihm endlich jemand Aufmerksamkeit.

»Ich weiß nicht«, sagte Samolino Fortes. »Es blutet mir das Herz, wenn ich diese Stoffballen zurücklasse.« Er strich mit der Hand darüber, schlug eine Ecke um. »Das ist der letzte Vorrat, Herr Bürgermeister. So ein feiner Tweed. Ich würde Ihnen gern einen Anzug daraus machen lassen.«

»Das können Sie, wenn alles vorbei ist«, sagte Karrer. »Aber jetzt ist es viel wichtiger, dass Sie und die Ihren von hier verschwinden, und das möglichst schnell und lautlos.«

»Lautlos? Das wird schwierig.« Samolino Fortes lachte, aber sein Lachen ging schnell in Weinen über. »Verzeihen Sie, Herr Bürgermeister.« Er wischte sich die Tränen von den Wangen. »Aber ich verstehe es nicht. Was haben wir den Deutschen getan? Das ist doch völlig verrückt! Wissen Sie, mein Neffe, der hat einen Freund, den Lefteris, Sie kennen ihn. Der studiert in Deutschland. Hat dort studiert, muss man sagen.«

»Ist das nicht der Sohn von Petros Logothetis?«

»Ja, genau der. Der ist erst vor ein paar Tagen zurückgekommen. Hat sein Diplom gemacht und alles. Fragt sich, was das wert ist in einer Zeit wie der unseren. Wissen Sie, Herr Bürgermeister, er hat uns gesagt, wir sollen so weit weglaufen, wie wir nur können. So weit, dass uns kein Deutscher je einholen kann.«

»Das wird leider nicht möglich sein. Noch nicht.«

»Ja, ich weiß. Aber man fragt sich schon, ob es überhaupt einen Sinn hat, sich zu verstecken.«

»Wie meinen Sie das?«

»Lefteris hat erzählt, was die Deutschen mit den Juden machen. Sie treiben sie zusammen. So, wie sie es auch hier versucht haben. Nur in Deutschland klappt das besser als auf Zakynthos. Da kommen die Leute, stellen sich auf und warten, bis sie dran sind. Danach werden sie in Züge verladen. Ja, verladen, hat Lefteris gesagt. In Viehwaggons werden sie hineingestopft. Und wo sie landen, das kann man sich denken.«

Samolino Fortes zitterte, als er die neuen Dokumente für seine Familie entgegennahm. Er verstaute sie in einer Ledertasche, die er sich gleich um die Mitte band. Dann erschien Pater Giorgos und mahnte zum Aufbruch. Esel standen bereit, und Demetrios und seine Bande packten mit an. Lange stand Karrer noch auf der Hauptstraße des ehemaligen Ghettos und sah zu, wie sich Haus um Haus leerte. Rabbi Ganis versperrte das Tor der Synagoge und barg den Schlüssel in seinen Gewändern. Dann reichte er Karrer die Hand. »Nächstes Jahr in Jerusalem«, sagte er und verschwand in der Düsternis der anbrechenden Nacht.

# Kapitel 17

## I

An jenem Morgen hatte sich Raphael vorgenommen, wieder zur Festung zu gehen und dort mit diesem Schuhmacher zu reden und zu hören, ob es Neuigkeiten gab, die er den Andartes in den Bergen überbringen konnte. Bei ihrer ersten Begegnung hatte Raphael nur seine Nachricht aufgesagt und war wieder gegangen. Es hatte ihn nicht gekümmert, wer der Mann war und was er tat. Damals hatte ihn nur der Tod von Nikos Sartopos und die Rache interessiert. Mittlerweile hatten sie ein paarmal miteinander geredet. So gut das eben ging, wenn man über keine gemeinsame Sprache verfügte. Doch der Schuhmacher, dieser Alfred Bamberg, bemühte sich, Griechisch zu lernen, und seine Fortschritte waren beachtlich. Er war Kommunist und stammte aus Berlin, hasste Hitler und wusste, wann die nächste Razzia anstand.

So trank Raphael eine Tasse von der dünnen Suppe, die vom Vortag übrig geblieben war, und machte sich auf den Weg. Auf der Gasse kam ihm Demetrios entgegen. Er trug ein Bündel mit Papieren unter dem Arm. Sie grüßten einander im Vorbeigehen. Raphael fragte nicht, und Demetrios hatte es eilig.

Seine neuen Dokumente und die seiner Mutter und seines Bruders hatte Raphael in eine Ledermappe gesteckt und in seinem Rucksack verstaut. Was er gestern zum Bürgermeister gesagt hatte, war möglicherweise eine etwas zu optimistische Einschätzung der Lage. Sie konnten natürlich verschwinden, jederzeit sogar. Aber um einen guten Unterschlupf zu finden, benötigte er doch sicher mehr als eine Woche.

Die Stadt war voller Soldaten. Rund um den Markusplatz bildeten sich Trupps von etwa zehn bis fünfzehn Mann. Waffen wurden ausgegeben, und Geländewagen standen vor der katholischen Kirche. Raphael erkannte niemanden, aber er hielt sich auch nicht lange auf, sondern nahm die Straße Richtung Norden und schlug sich bald in die Büsche.

Über den Fußpfad gelangte er weiter den Hügel hinauf und konnte in einer Kehre den östlichen Teil der Stadt überblicken. Vom Gefängnis weit draußen bis herein zum Rathaus war Militär unterwegs. Zwischen den feldgrauen Uniformen machte Raphael immer wieder schwarze Gestalten aus, manchmal auch mehrere auf einem Fleck. Das war die SS.

Es braute sich etwas zusammen, etwas Großes. Aber was wirklich vor sich ging, welche Einheiten warum wohin beordert wurden, das konnte Raphael nicht erkennen. Wie es sich genau verhielt, konnte ihm nur der Schuhmacher Alfred Bamberg sagen.

Das Tor zur Festung war unbewacht. Ein seltsamer Umstand, wie Raphael fand, denn sonst standen hier immer zwei Soldaten links und zwei rechts. Sie kümmerten sich nie um Raphaels Kommen und Gehen. Für sie war er einer der Jungen, die sich für ein bisschen Geld oder Essen als Botengeher für die Wehrmacht hergaben.

Auch im Inneren der Ummauerung war kaum jemand zu sehen. Ein Wagen stand bei den alten Gefängniszellen, und bei der kleinen Küche auf der rechten Seite trieben sich drei oder vier Männer herum. Dorthin strebte Raphael und sah schon im Näherkommen Bambergs Halbglatze aus der Düsternis des Gewölbes leuchten.

»Kalimera«, begrüßte er Raphael und streckte ihm die rechte Hand entgegen. Gleich schob er Raphael einen Teller mit Brot und Käse hin, und als er Raphaels Gesichtsausdruck sah, erklärte er ihm radebrechend, dass der Käse aus einem geheimen Lager der Italiener stammte. Dort gab es unglaubliche Mengen an Lebensmitteln. Mehlsäcke, Reis, getrocknetes Fleisch, Konserven. Man könnte die ganze Insel mindestens ein Jahr lang davon ernähren.

»Und warum macht ihr das nicht?«, fragte Raphael.

»Sie machen es nicht«, sagte Bamberg und warf einen Blick auf seine Kameraden. »Sie machen es nicht, weil sie Faschisten sind.«

Während Raphael aß, fiel ihm ein, was er angesichts des Tellers voller Käse und Brot ganz vergessen hatte.

»Was geht hier eigentlich vor?«, fragte er. »Die ganze Stadt ist voller Soldaten.«

»Razzia«, sagte Alfred Bamberg und tat sich schwer damit, Raphael zu erklären, was genau geplant war. Aber als Raphael das Wort »Juden« hörte, legte er Brot und Käse weg und fragte nach. Allmählich, unter Einsatz von Händen und Füßen und Satzfragmenten aus vier Sprachen, bekam Raphael heraus, was die deutschen Truppen vorhatten: Die Razzia zielte zuerst auf die Juden in der Stadt. Das ehemalige Ghetto sollte durchkämmt werden. Der Befehl lautete, jeden zu verhaften, der wie ein Jude aussah. Darüber musste Raphael lachen. Von den Flugzetteln wusste er, wie sich die Deutschen einen Juden vorstellten, und selbst wenn man die Übertreibung der Karikatur abzog, gab es auf der Insel nur einen, der so aussah, und zwar der Pope von Volimes.

## II

Mit aller Kraft, die ihm nach dem rasenden Lauf von der Festung in die Stadt noch geblieben war, brüllte Raphael: »Die Faschisten kommen.« Immer wieder schrie er diesen Satz, während er durch die Straßen lief.

Jeder wusste, was damit gemeint war. Türen schlugen, Kinder plärrten, weil sie an den Armen aus den Häusern gezerrt wurden. Mancher warf sich einen Rucksack über, und die Frauen flüchteten mit prall gefüllten Handtaschen.

Familien huschten an Raphael vorbei, der seinen Lauf jetzt beendet hatte und durch die Straße, in der die Synagoge stand, auf sein Haus zustrebte.

Es musste schnell gehen. Aber die drei, vier Minuten hatte er, die er brauchte, um wieder zu Atem zu kommen. Er überlegte, wie er nun am besten vorging. Sie könnten, wie die meisten anderen, alles liegen und stehen lassen und davonlaufen. Sich für ein paar Tage im Schilf oder in irgendeinem Olivenhain verstecken. Möglich, dass man dann wieder zurückkonnte. Solange er noch kein Quartier im Inneren der Insel gefunden hatte, wäre das die beste Lösung.

Denn bei den Deutschen wusste man nie. Was, wenn sie das ehemalige Ghetto in Brand setzten? Was, wenn sie Granaten in die verlassenen Häuser warfen? Das Risiko erschien Raphael zu groß. Außerdem standen die Rucksäcke und Taschen im Hausflur bereit. Sie mussten sie nur nehmen und durch die Hintertür verschwinden.

Seine Mutter erwartete ihn an der Haustür. Der kleine Chaim schmiegte sich an ihre Beine, und beide sahen Raphael fragend an. Die Straße hinunter schwang die Tür des Rabbis auf und Jesaja Ganis kam wenige Augenblicke später mit seiner ganzen Familie die Straße herauf.

»Danke, Raphael«, rief der Rabbi und winkte ihm, als er in eine Seitengasse einbog und verschwand.

»Das beantwortet meine Frage«, sagte Raphaels Mutter. Sie holte die Taschen und Rucksäcke. »Wohin?«, fragte sie ihren Sohn.

Überlegte man sich die Sache genau, und Raphael hatte diese Situation unzählige Male im Geist durchgespielt, dann boten sich eigentlich nur zwei Fluchtwege: Entweder man ging nach Norden Richtung Gaitani oder man wandte sich Richtung Süden und versuchte, an Xirokastello vorbei zu den Ländereien des Grafen Roma zu gelangen.

Raphael schlug mit seiner Familie den Weg nach Norden ein. Das Inselinnere wurde zwar nicht vollständig, aber doch weitgehend von den Andartes beherrscht, und dort fand sich sicher auch ein Unterstand oder eines der Baumhäuser in den Olivengärten, in dem sie Unterschlupf finden konnten. Außerdem wollte er so schnell wie möglich nach Lithakia, um Esther zu warnen. Auch wenn die Razzia zunächst nur dem Stadtgebiet galt, würde es nicht dabei bleiben. Hier waren so viele Soldaten, so viele SS-Abteilungen, das reichte für die ganze Insel.

## III

Der Pfad am Fuße des Festungshügels war bevölkert von Männern und Frauen, die oft zwei Mäntel übereinander trugen und die Taschen mit Lebensmitteln und Schmuck ausgestopft hatten. Kinder schleppten Koffer, die beinahe so groß waren wie sie selbst. Auf diesem Weg war kein Weiterkommen, und so suchte Raphael nach einer Abkürzung.

Die einfachste Möglichkeit bestand darin, sich quer durch die Büsche zu schlagen und die Straße weiter unten zu benutzen. Aber dort fuhren Mannschaftswagen der Wehrmacht.

Raphael fand sich damit ab, dass sie bis Gaitani keine Möglichkeit hatten, die Kolonne zu überholen oder zu umgehen. Wie alle anderen waren sie in dem Treck gefangen. Das machte ihn nervös, weil er sich kaum vorstellen konnte, dass ihre Flucht unbemerkt blieb. Die Deutschen würden nach ihnen suchen.

Als er sich vordrängen wollte, um mit Rabbi Ganis zu sprechen, hielt ihn eine Junge auf und schrie ihn an, er solle sich doch wie alle anderen auch schön einordnen. Raphael überlegte für den Bruchteil einer Sekunde, ob er eine Diskussion beginnen sollte, entschied sich dagegen und ging weiter.

Rabbi Ganis trug einen schwarzen Rock, und so stach er aus der Menge der Flüchtenden heraus. Als Raphael zu ihm aufgeschlossen hatte, legte ihm der Rabbi eine Hand auf die Schulter.

»Das ist aber kein Wettrennen«, sagte der Rabbi.

»Da bin ich mir nicht so sicher«, antwortete Raphael. »Wenn die Deutschen uns so sehen, aufgefädelt, einer hinter dem anderen, werden sie nicht lange überlegen, und dann wird das eine Hetzjagd.«

»Was schlägst du vor?«, fragte Rabbi Ganis.

»Wir müssen uns so schnell wie möglich aufteilen. Es gibt hier Richtung Norden drei Dörfer, die man rasch erreichen kann und in denen die Wehrmacht zwar manchmal auftaucht, aber auch nicht sehr oft. Sie haben Angst vor den Andartes.«

»Du meinst also, ein Teil soll nach Vanato, ein Teil nach Kalipado und der Rest nach Sarakinado gehen?«

»Die Jungen, wenigstens einige, sollen versuchen, sich nach Süden durchzuschlagen. Man kann über die westliche Seite des Skopos leicht nach Vasilikos, ohne dass die Deutschen davon etwas merken.«

»Wir brauchen Hilfe«, sagte der Rabbi.

»Allerdings, und deshalb laufe ich jetzt. Kümmern Sie sich um meine Mutter und meinen kleinen Bruder?«

»Wo sind sie denn?«

»Weiter hinten.«

»Lauf nur, ich schicke meinen Ältesten. Der wird sie beschützen. Wir gehen weiter in den Norden«, sagte Rabbi Ganis. »Zu den Weinbergen des Bürgermeisters, dort finden wir Unterschlupf.«

So lief Raphael los und verließ bald den Pfad, sprang über Felsen und suchte seinen Weg zwischen den Bäumen durch das Schilfgestrüpp und gelangte zu den Sümpfen von Laganas.

Dort wollte er von den Schleichwegen auf die Küstenstraße wechseln, weil er annahm, die Deutschen seien noch in der Stadt mit ihrer Razzia beschäftigt und würden sich dann langsam in die umliegenden Dörfer vorarbeiten. Doch schon nach wenigen Minuten auf der Straße musste Raphael Deckung suchen, weil er den Motor eines Lastwagens hörte. Aus dem Schilfversteck heraus sah er, dass der Laster mit zurückgeschlagenen Planen fuhr. Auf den Sitzreihen zählte Raphael sechzehn Soldaten.

Der Transport war Richtung Westen unterwegs, in Richtung Lithakia. Raphael wartete den Mannschaftswagen ab, sprang über die Straße und hastete zum Strand hinunter.

Wenn er überhaupt eine Chance hatte, vor den Soldaten bei Esther zu sein, dann nur auf diesem Weg.

Die Lungen brannten von der kalten und feuchten Luft, und die Erschöpfung breitete sich in seinem Brustkorb aus. Die Augen zu Schlitzen zusammengepresst, lief er weiter und bezwang mit seinem Willen die Schmerzen. So schnell war er noch nie gerannt, noch nie so lange über den harten Sand des Ufers gesprintet. Manchmal sank einer der Füße ein Stück ein, dann taumelte Raphael, und ein Knie knickte ein, aber mit einem Ruck hob er sich wieder ins Gleichgewicht und rannte weiter.

Vor ihm lag die kleine Bucht, in der sich die italienischen Soldaten mit ihren Freundinnen gesonnt hatten. Über die kaum sichtbaren Tritte in der steilen Düne kletterte Raphael und raste am Gemüsegarten vorbei auf das Haus zu.

Die Tür stand offen. Es war niemand zu sehen. Er hoffte, den Soldaten zuvorzukommen, und als er Esthers Mutter unter der Platane sitzen und Bohnen auslösen sah, verfiel er in Trab. Es war noch nichts Schlimmes geschehen.

»Was läufst du denn so? Du schnaufst ja wie ein alter Esel beim Pflügen«, sagte Sultana Amar, als sie Raphael bemerkte.

»Ihr müsst …« Er konnte nicht weitersprechen. Hinter seinem Gaumen am Eingang zur Kehle schwoll etwas an, stach und pochte. Raphael stützte die Hände auf die Oberschenkel.

»Setz dich nieder«, sagte Sultana. »Ich hole dir etwas zu trinken.«

Aber Raphael streckte einen Arm aus und hielt Sultana fest. Er schüttelte den Kopf.

»Du machst mir Angst«, sagte Sultana.

»Ihr müsst fliehen, sofort«, brachte Raphael heraus, und ein paar Atemzüge später hatte er sich gefangen und erzählte, welches Unheil gerade auf sie zurollte.

»Aber Esther ist nicht hier«, sagte Sultana. »Sie ist hinaufgegangen, um Kräuter zu suchen, hinauf Richtung Lagopodo und Machairado.«

»Gut«, sagte Raphael. »Dann folgen wir ihr. So schnell es nur irgendwie geht.«

## IV

Sultana packte einen Sack mit Kleidern und gab Raphael die Dokumente, damit er sie in seinem Rucksack verstaute. Kaum zehn Minuten nach Raphaels Ankunft brachen Sultana, Raphael und der Großvater auf und gingen quer durch die Olivenhaine Richtung Norden.

Als sie in die Nähe der Straße kamen, blieben sie unter den Bäumen stehen, sodass sie sich jederzeit hinter den Stämmen verstecken konnten, und lauschten nach Motorengeräuschen, nach Füßen, die im Takt marschierten – kurz nach allem, was nicht hierhergehörte.

Bis auf den Wind in den Blättern war es still, und so wechselten sie schnell die Straßenseite und liefen geduckt über die Wiese, bis sie wieder im Schutz eines Olivenhains angekommen waren. Vor ihnen lag ein Hügel, schütter mit Gebüsch bewachsen, dazwischen Hirtenpfade. Von Esther war nichts zu sehen.

»Sie ist weiter hinaufgestiegen«, sagte Sultana. »Hier war es ihr wahrscheinlich zu gefährlich, so direkt neben der Straße.«

»Das ist es auch«, sagte Raphael. »Besonders heute.«

Aus der Ferne drang das Aufheulen eines Motors zu ihnen.

»Sie werden auch in die Berge fahren«, sagte Raphael. »Lagopodo und die umliegenden Dörfer sind nicht sicher. Gehen wir.«

Sie behielten die Straße noch eine Zeitlang im Blick, bogen dann aber ab, um eine Tannenschonung zu erreichen und von dort weiter auf einen in Terrassen aufgeteilten Hang zu kommen. Hier leuchtete die frisch umgebrochene Erde braunrot, und daneben wuchsen Bohnen und Rüben. Es war ein verborgener Platz, von der Straße nicht zu erahnen, und deshalb hatten sich die Bauern in der Umgebung geeinigt, die Felder für die Zeit des Krieges und der Besatzung zu teilen und gemeinsam zu bewirtschaften. So konnten sie wenigstens einen Teil ihrer Ernte vor den Deutschen retten.

Raphael hatte gehofft, dass Esther sich in diesen von Bäumen umkränzten Bereich zurückgezogen hatte, aber sie war nicht hier, und er konnte auch keine Spuren entdecken, die auf sie hinwiesen. Wenn sie aber nicht in diese Richtung gegangen war, dann war sie sehr wahrscheinlich durch die Olivenhaine gegangen.

Das war ein gefährlicher Weg, denn er führte fast auf seiner ganzen Länge die Straße entlang, und jeder Wanderer, aber auch jeder in einem Fahrzeug, einem Mannschaftswagen zum Beispiel, konnte den Fußpfad gut einsehen.

Was würden die Soldaten wohl machen, wenn sie ein Mädchen mit einem Korb neben der Straße entdeckten? Würden sie weiterfahren oder doch stehen bleiben und das Mädchen verfolgen, vielleicht gleich, ohne zu fragen, schießen.

Die ersten Bruchmauern der Weiden um Lagopodo kamen in Sicht, als Raphael und Sultana aus dem Olivenhain traten. Die Wiese dehnte sich über mehrere kleine Kuppen und fiel nach gut fünfhundert Metern im Osten steil ab. Von Esther war noch immer nichts zu sehen.

»Vielleicht ist sie im Dorf«, sagte Raphael.

»Was soll sie dort? Die Wiese ist voller Kräuter. Man braucht sich nur zu bücken und …«

»Dann ist sie nach Hause zurück.«

»Nein, das glaube ich nicht«, sagte Sultana. »Da hätten wir sie doch gesehen.«

»Das muss nicht sein. Wir waren auf den Feldern, und in der Zeit könnte sie auf der anderen Seite an uns vorbeigegangen sein.«

Dort auf der Wiese unter Lagopodo trennten sie sich. Sultana und der Großvater strebten bergauf. Raphael hatte ihnen geraten, nicht in Lagopodo haltzumachen, sondern weiter ins Innere der Insel vorzudringen. Bis zu den Höhlen bei Giri war es ein fast vierstündiger Marsch. Aber dort würden die Deutschen mit großer Sicherheit nicht hinkommen. Wenigstens nicht heute und auch in den kommenden Tagen nicht. Dafür mussten sie zuerst den Widerstand der Andartes überwinden.

## V

Raphael trottete die Straße entlang. Seine Beine bewegten sich. Die Füße stießen sich vom Schotter ab, kamen wieder am Boden auf, machten einen Schritt nach dem anderen. Aber Raphael spürte es kaum. Die Riemen des Rucksacks drückten auf seine Schultern. Trotz des kühlen Windes sammelte sich der Schweiß auf Raphaels Stirn.

So lief er den Berg hinunter, hielt links und rechts Ausschau nach Esther. Vielleicht ging sie dort irgendwo oder hockte zwischen den Büschen auf der Suche nach Kräutern. Vielleicht war sie aber auch schon weit voraus, beinahe wieder zu Hause und gerade dabei, den Soldaten in die Arme zu laufen.

Die Straße wand sich in Serpentinen, und zuerst folgte Raphael ihrem Verlauf, aber je näher er Lithakia kam, desto ungeduldiger wurde er. Deshalb schnitt er den Weg ab und sprang wie ein wildgewordener Ziegenbock über Büsche und schlängelte sich wie im Flug an Baumstämmen vorbei. Immer mehr wuchs in ihm die Überzeugung, dass sich Esther schon längst in Lithakia befand und ihr Zusammentreffen mit den Soldaten unmittelbar bevorstand.

Die Welt rauschte an ihm vorbei, und mit seinen Gedanken war er seinen Schritten schon weit voraus. Er hörte den Motorenlärm erst, als der Laster um die Kurve bog und direkt vor ihm stehen blieb.

Auf dem Fahrersitz erkannte Raphael einen Soldaten. Wehrmachtshemd, die Ärmel hochgekrempelt, die Kappe weit in den Nacken geschoben. Für Augenblicke bewegte sich niemand. Der Dieselmotor tuckerte, der Wind legte sich, und dann ging die Beifahrertür auf, ein dünnes Bein erschien und bald eine Hand.

»Esther?«, fragte Raphael.

»Alles in Ordnung«, antwortete sie und sprang vom Trittbrett auf die Straße. »Billy hat mich noch rechtzeitig gefunden.«

Als Raphael jetzt noch einmal auf den Fahrer sah, erkannte er ihn. Es war Willi Binz, einer der Wehrunwürdigen, die mit den Andartes zusammenarbeiteten.

»Ich war schon fast wieder zu Hause«, sagte Esther. »Da hab ich den Laster gehört und mich versteckt. Aber dann …« Sie zeigte auf Binz, der jetzt auch aus dem Laster stieg. »Er hat mich mitgenommen, weil es nur Stunden dauern kann, hat er gesagt, bis die Deutschen kommen und alle Juden mitnehmen. Ich habe den gelben Stern zwar heruntergenommen, aber die wissen trotzdem, dass wir Juden sind.«

Raphael umarmte sie und stieg mit in den Wagen, und dann fuhren sie, zuerst ganz langsam und mit jedem Meter schneller, die Straße nach Lagopodo hinauf.

## VI

Vasiliki Stravolemou stand hinter dem Vorhang und beobachtete die Soldaten auf der Straße. Sie klopften nicht, sondern traten die Türen ein. Wen sie in den Häusern auch fanden, zerrten sie ins Freie und ließen ihn mit dem Gesicht zur Wand knien. Unter ihnen waren auch Vasilikis Nachbarn, die Familie Messina. Die SS durchsuchte die Häuser. Vasiliki verstand nicht, was sie wollten, aber als der erste SS-Mann mit einem siebenarmigen Leuchter auf der Straße erschien, wusste sie es.

Die SS-Männer schrien die Knienden an. Auf Deutsch, dachte Vasiliki. Das verstand außer Vasiliki hier niemand. Sie schrien, und wenn jemand seinen Kopf hob und antworten wollte, schlug der SS-Mann mit seinem Knüppel zu. Diesmal ging Vasiliki nicht dazwischen. Sie hatte gelernt, dass die Deutschen keine besondere Rücksicht auf Frauen nahmen.

Als alle knieten, hörten die SS-Leute auf, auf die Leute einzuprügeln. Einer nach dem anderen wurde hochgezerrt und an die Wand gestellt. Ein Dolmetscher, Vasiliki kannte ihn, fragte nach den Ausweispapieren. Elias Messina war der Erste. Er griff in seine Brusttasche und zog das in Leder eingeschlagene Dokument hervor, präsentierte es den SS-Männern.

Die beratschlagten sich mit dem Dolmetscher. Der zuckte mit den Schultern und zeigte auf das Dokument. Das wiederholte sich noch einige Male, bis sie alle fünfzehn Familienoberhäupter befragt und kontrolliert hatten. Alle hatten Papiere in der Hand, die bewiesen, dass die Männer, Frauen und Kinder vor ihnen Christen waren. Eindeutig und ohne jeden Zweifel.

Die SS-Männer holten die beschlagnahmte Menora, einige Kippot und sogar einen Tallit, einen Gebetsmantel, aus dem Haus. Diese Dinge hielten sie den Männern vor, und der Dolmetscher forderte sie auf zu erklären, wie diese jüdischen Ritualgegenstände in christliche Häuser kämen. Vasiliki hatte mittlerweile das Fenster einen Spalt geöffnet und hörte die Unterhaltung. Die Frauen hielten sich im Hintergrund, aber die Männer lachten der SS ins Gesicht und sagten, es sei doch wohl erlaubt, die heiligen Gegenstände von Freunden aufzubewahren. Die Juden, sagten sie, die seien schon über alle Berge, und die Deutschen müssten sich sputen, wenn sie sie noch einholen wollten.

Der Anführer der SS-Abteilung brüllte etwas, und der Dolmetscher übersetzte seine Drohung. Die Sache sei noch nicht vorbei, und er werde Erkundigungen einholen und dann wiederkommen. Er wisse genau, dass sie alle Juden seien, dreckige Juden, und am liebsten würde er sie dazu zwingen, die Hosen auszuziehen. Dann würde man schon sehen, wer beschnitten war und wer nicht. Doch so weit kam es nicht. Der SS-Mann beließ es bei der Drohung, und der Trupp marschierte weiter.

# VII

Gegen Nachmittag ebbte die Razzia in der Stadt ab. Die Mannschaftswagen fuhren in die benachbarten Dörfer, und zurück blieb nur eine Wache vor dem Rathaus. Vasiliki ignorierte sie, und auch die Wache hatte kein Interesse an der Frau mit Kopftuch, die an ihr vorbeiging. Hätten sie etwas genauer hingesehen, wären den Soldaten vielleicht die derben Schuhe aufgefallen, und möglicherweise hätten sie sich gefragt, was diese Frau in ihrer großen, prall gefüllten Umhängetasche mit sich trug.

Auf dem Weg hinauf zur Festung begegnete ihr niemand. Sie hielt sich von der Zufahrtsstraße zum Stützpunkt der Wehrmacht fern und begann den Abstieg über einen Waldweg, der sie Richtung Tsilivi führte. Das war gefährliches Terrain, denn dort gab es ständige Patrouillen, und die Straßenkreuzungen waren mit Maschinengewehrnestern besetzt. Immer wieder stießen die Andartes nach Tsilivi vor, um die Deutschen aus diesem Dorf zu vertreiben.

Vasilikis Ziel lag aber weiter im Inneren der Insel. Quer durch Gärten, Felder entlang und immer wieder im Schutz der Olivenbäume wanderte sie durch die Talsenke und begann bald den Aufstieg nach Tragaki.

Das große, dunkle Gebäude am Eingang des Dorfes, von Platanen beschattet, hatte seine Türen in eine gähnende Finsternis geöffnet. Drinnen rumorte es, und als Vasiliki ihren Kopf in die Dunkelheit steckte, nahm sie drei Männer wahr, die dort auf dem Holzboden Getreide droschen.

Die Männer bemerkten Vasiliki nicht, und sie ging weiter die Straße hinauf, die immer steiler und steiler wurde, bis sie in den kleinen Dorfplatz mündete. Dort saßen ein paar ältere Männer und spielten mit ihren Komboloi. Als sie Vasiliki bemerkten, rasselten die Komboloi in ihren Händen, weil sie mit einem Mal ihr Spiel unterbrachen. Dann aber, Sekunden später, ging das Klacken der Kugeln wieder los. Sie kannten Vasiliki, die Schwester des Bischofs, die Frau des Lehrers, der jetzt nicht mehr Lehrer sein durfte. Ja, sie wussten Bescheid.

Niemand sagte etwas. Wenn Vasiliki Auskunft haben wollte, dann würde sie schon fragen. Aber Vasiliki hatte schon gesehen, was es zu sehen gab, und ging weiter zu einem Haus, das etwa in der Mitte des Dorfes lag. Dort klopfte sie und öffnete die Tür, ohne eine Antwort abzuwarten.

In der Küche, die gleichzeitig als Wohnraum diente, saßen eine Frau und ein Mann am Tisch und zupften Kräuter. Eine Schüssel mit drei geschälten Kartoffeln stand neben ihnen.

»Vasiliki«, begrüßte sie der Mann und stand auf. Die Frau umarmte Vasiliki und bot ihr Tee an.

»Ihr könnt euch denken, warum ich hier bin. Evros«, sprach Vasiliki den Mann an. »Wie viele Leute könnt ihr aufnehmen? Sind schon welche hier?«

Der Mann brummte vor sich hin.

»Evros, jetzt rede schon«, sagte seine Frau.

»Lass ihm Zeit, Lilia«, sagte Vasiliki. »Er will etwas sagen, weiß aber nicht wie.«

»Ich weiß schon, wie ich es dir sage. Aber ich muss mich schämen für mein Dorf.«

»So sag schon.«

»Es gibt eben ein paar, die sich Sorgen machen, dass die Deutschen kommen und das Dorf niederbrennen.«

»Das werden sie so oder so tun, wenn es ihnen einfällt«, sagte Lilia.

»Ja, ganz meine Rede. Wir sind uns einig«, sagte Evros.

»Eigentlich ist es nur einer, der sich fürchtet«, sagte Lilia. »Der alte Timos. Du weißt schon, der wohnt ganz draußen am Ende des Dorfes, wo die Ziegenweide beginnt.«

»Ist er zu Hause?«, fragte Vasiliki.

»Aber klar. Der geht nirgends hin, wenn es nicht unbedingt sein muss«, sagte Lilia.

»Mir kannst du jedenfalls eine Familie schicken.« Evros stach das Messer mit der Spitze voran in die Tischplatte. »Immerhin bin ich der Ortsvorsteher. Timos kann sich nicht gegen mich stellen.«

»Nein, lass mich zuerst mit ihm reden.« Vasiliki stand auf. »Dauert höchstens eine Stunde. Wenn in der Zwischenzeit Flüchtlinge auftauchen, nehmt sie halt zu euch.«

Den alten Timos nannten viele auch Eisenkopf, weil er sich nicht umstimmen ließ, wenn er sich etwas in seinen Sturschädel gesetzt hatte. Er wollte keine Flüchtlinge aufnehmen, gut, musste er auch nicht. Doch er sollte wenigstens stillhalten und nichts verraten, falls die Deutschen ins Dorf kamen.

Vasiliki fand ihn in seinem Garten, wo er den Rand eines Beetes mit der Hacke bearbeitete. Er sah erst auf, als Vasiliki direkt vor ihm stand. Sein Gesicht verzog sich zu einem Lächeln. Die Augen zu Schlitzen verengt, schaute er Vasiliki von unten herauf an und hob die rechte Hand mit ausgestrecktem Zeigefinger.

»Hab ich mir gedacht, dass du oder dein Mann vorbeikommt. Oder vielleicht Pater Giorgos, ha!« Dann setzte er seine Arbeit fort. Aber bevor Vasiliki etwas sagen konnte, meinte er: »Hat dich der Evros geschickt? Denke ich mir. Weil er meint, ich wäre dagegen, die Juden aufzunehmen.«

»So ungefähr hab ich das gehört«, sagte Vasiliki.

»Komm, setzen wir uns.«

Timos stellte die Hacke weg und wies auf eine Bank, die rund um einen Olivenbaum gebaut war.

»So«, sagte er, als er saß und seinen Tabakbeutel aus der Jacke zog. »Ich werde dir verraten, warum ich das zu Evros gesagt habe.«

»Die Juden brauchen unsere Hilfe«, sagte Vasiliki.

»Weißt du, Evros geht mir auf die Nerven.« Timos stopfte seine Pfeife und probierte, ob sie auch gut zog. »Seit er Dorfvorsteher ist, führt er sich auf, wie ich weiß nicht was. Er kommandiert die Leute herum: Du machst das und du jenes. Diskussion gibt es keine.«

»Das mag ja sein«, fiel ihm Vasiliki ins Wort. »Aber jetzt geht es um etwas Wichtigeres. Die Juden sind auf der Flucht.«

»Hör zuerst zu. Als vor einer Woche oder zwei Wochen die Nachricht kam, dass die Juden aus der Stadt müssen, hat Evros eine Versammlung abgehalten, am Dorfplatz drüben, wo diese Taugenichtse sitzen und mit ihren Komboloi spielen. Na fein, hab ich mir gedacht. Gehe ich hin und hör mir das an. Dort steht dann Evros und befiehlt, wir müssen jüdische Familien aufnehmen. Befiehlt. Das ich nicht lache. Von diesem Jungen lass ich mir doch nichts sagen. Ich kenne ihn, da hat er noch in die Windel geschissen – und jetzt den großen Herrn spielen? Nein, nein.«

»Aber die Juden …«, versuchte es Vasiliki erneut.

»Ja, schon gut, die Juden. Das erzähle ich dir gleich. Also hab ich ihm gesagt, dem Evros, dass er mir nichts zu sagen hat. Er nicht und auch sonst niemand, und ich habe gesagt, dass es gefährlich sein kann, wenn wir die Juden verstecken. Stell dir vor, die Deutschen kommen in unser Dorf und finden einen Juden bei mir am Küchentisch. Was glaubst du, machen die dann? Fragen die höflich, ob sie den Juden mitnehmen dürfen, oder schießen die mir einfach ein Loch in den Kopf und zünden mein Haus an? Was meinst du?«

»Aber das wird nicht passieren.«

»Woher weißt du das, ha? Natürlich kann das passieren. Alles Mögliche kann passieren. Nun. Das habe ich gesagt. Mehr nicht. Das war vielleicht eine Aufregung. Das kannst du dir nicht vorstellen. Alle haben sie durcheinandergeschrien und mit den Fingern auf mich gezeigt. Deshalb bin ich gegangen. Was werde ich mit solchen Dummköpfen reden?«

»So«, sagte Vasiliki und drehte sich so, dass sie Timos in die Augen schauen konnte. »Du willst also niemanden vor den Deutschen beschützen.«

»Kind, sag einmal, bist du auch so dumm wie Evros und die anderen?«

»Ich will nur wissen, wie du zu der Sache stehst.«

»Wenn du mich ausreden lässt, werde ich es dir sagen.«

»Also bitte.«

»Die«, Timos zeigte Richtung Dorf. »Die haben mich angeschrien. Ich konnte gar nicht mehr erklären, worum es mir ging. Ich wollte nämlich fragen, ob wir uns des Risikos bewusst sind und ob wir bereit sind, dieses Risiko einzugehen. Ich meine, es ist doch schon ein paar Gedanken wert, ob man sein Leben aufs Spiel setzt oder nicht.«

»Und?«

»Na, nichts und. Ich habe nachgedacht und bin zu dem Schluss gekommen, dass wir den Juden unbedingt helfen müssen. Das sagt doch auch dein Bruder, der Bischof, dass ein

Christenmensch einem, der in Not gerät, helfen muss. Sonst kommt man möglicherweise in die Hölle. Und das möchte ich eigentlich nicht, denn dort begegnet man sicher wieder den Nazis.«

# Kapitel 18

## I

»Es gibt nicht mehr Juden und Griechen, nicht Sklaven und Freie, nicht Mann und Frau, denn ihr alle seid einer in Jesus Christus. So heißt es im Brief an die Galater«, sagte Pater Giorgos und segnete die Gemeinde.

Anastasios Tetradis bekreuzigte sich und küsste das Amulett, das er um den Hals trug. Er hatte Angst, aber das wollte er sich nicht anmerken lassen. Das hätte so ausgesehen, als sei sein Gottvertrauen erschüttert, aber das stimmte nicht. Tatsächlich zweifelte er keinen Augenblick an Gottes Allmacht und an seiner Barmherzigkeit. Nur ob Gott im richtigen Augenblick seine heilsame Aufmerksamkeit gerade auf ihn, Anastasios Tetradis, richten und ihn vor den Kugeln der Deutschen bewahren würde, da war sich Anastasios nicht ganz sicher. Hieß es in der Bibel nicht auch: »Wer sich in Gefahr begibt, der kommt darin um?« Und in Gefahr begab er sich, oder besser, er steckte schon mittendrin. Aber was sollte man machen? Man konnte doch nicht wegsehen. Man konnte doch unmöglich zulassen, dass die Deutschen hergingen und Leute ermordeten. Schon gar nicht, wenn diese Leute Freunde waren.

Als Avraam Matzas an seine Tür klopfte, das war nun fast fünf Wochen her, damals hatte Anastasios nicht gezögert. Natürlich konnte die Familie bei ihm Unterschlupf finden. Seine Frau Rubini bereitete ein Festmahl, oder was in diesen finsteren Zeiten als Festmahl galt. Es gab sogar ein kleines Stück Fleisch für jeden.

Dann allerdings mussten seine Freunde in das Versteck im Stall des Ziegenbocks, denn im Haus war es nicht sicher. Die Deutschen waren überall, und sie durchsuchten nicht nur die Häuser, sondern auch die Ställe und Scheunen.

Nun war es Zeit, aufzubrechen und Pater Giorgos zu helfen, noch mehr Familien zu retten. Heute würde sie ihr Weg in die Stadt führen, ins ehemalige Ghetto, wo immer noch jüdische Familien unter christlichen Namen lebten.

»Komm, Anastasios«, sagte Pater Giorgos und streckte ihm die Hand hin. »Jetzt sind wir gestärkt durch Gottes Beistand.«

Sie hatten keinen besonders langen Weg von Gaitani in die Stadt, aber es dauerte doch viel länger, als Anastasios gedacht und gehofft hatte. Bei jedem zweiten Haus machte Pater Giorgos halt, grüßte über den Zaun oder warf einen Blick in die Küche, um zu fragen, ob alles in Ordnung sei.

Dort vorn wohnten nun die Tsezanas. Nur, so hießen sie gar nicht mehr. Anastasios zerbrach sich den Kopf, kam aber nicht auf den neuen christlichen Familiennamen. Neben ihnen hatten die Fortes ihr Ferienhaus bezogen. Auch sie lebten hier unter anderem Namen. Das alles war ein furchtbares Durcheinander, und Anastasios hatte schon längst den Überblick verloren.

Ein paar Häuser die Straße hinunter waren die Sakis eingezogen. Es war ein kleines Haus mit drei Räumen, noch kleiner als das von Anastasios. Hinter dem Haus erstreckte sich ein schmaler Streifen mit Olivenbäumen. Anastasios wusste, dass die Familie für Karrer arbeitete und einen Weinberg im Norden der Insel bestellte. Dort gab es ein paar Unterstände für Ziegen. Notfalls konnte man die Menschen dorthin bringen.

In dieser abgelegenen Gegend würden die Deutschen nicht als Erstes suchen.

Pater Giorgos drückte Anastasios den Zügel des Esels in die Hand. »Geh ruhig weiter«, sagte er. »Ich hole dich ein. Ich möchte nur sehen, wie es den Leuten geht.«

Anastasios trottete weiter und der Esel hinter ihm drein. Sie kamen in die Vorstadt, und der Esel beschloss, dass das Schilf hier besonders schmackhaft war, und legte eine Pause ein. Anastasios störte das nicht. Er hing seinen Gedanken nach und fragte sich, wohin das alles noch führen würde. Rubini sagte immer, er solle sich nicht den Kopf über Sachen zerbrechen, die weit über seinen Verstand gingen. Es genügte vollkommen, wenn der Bischof und der Bürgermeister die Dinge durchschauten. Für Rubini war allein wichtig, was jeder Christenmensch wusste und beherzigen sollte: Liebe deinen Nächsten wie dich selbst und füge niemandem Schaden zu. Punkt.

Rubini hatte sicherlich recht, dennoch hätte Anastasios gern mehr gewusst. Er wollte Pater Giorgos über den Krieg befragen, wenn Zeit dazu war. Jetzt aber musste er den Esel zum Weitergehen bringen und sich schleunigst Richtung Stadt bewegen.

Eine halbe Stunde später stand er vor dem Haus der Familie Messina und klopfte. Tief aus dem Inneren kam eine Stimme, die ihn einlud, hereinzukommen. Den Esel band er an einen Haken an der Wand und tätschelte ihm die Stirn.

»Ich komme schon«, sagte er. »Anastasios Tetradis«, stellte er sich vor, als er die Küche betrat und gleichzeitig die Kappe vom Kopf zog. »Pater Giorgos schickt mich.«

Elias Messina streckte Anastasios die Hand entgegen. »Freut mich«, brummte er. »Jetzt ist es wohl so weit, was?«

»Ja, es wird sich nicht anders machen lassen. Sie haben es aber ohnehin lange ausgehalten.«

»Der christliche Name hilft«, sagte Elias. »Stavridos, ein eigenartiger Name. Aber die Deutschen haben es geschluckt. Tun es noch.«

»Aber Pater Giorgos meint …«

»Er wird schon recht haben, der Pater«, fiel ihm Elias ins Wort. »Aber meine Tochter ist noch am Solomos-Platz. Dort gibt es eine Lebensmittelausgabe der Deutschen.«

»Und dort traut sie sich hin?«

»Sie heißt jetzt Varvara Stavridou. Eine waschechte Griechin, das kann ich mit Brief und Siegel bezeugen.«

»Ich werde lieber nach ihr sehen«, sagte Anastasios. »Woran erkenne ich sie?«

»Halte nach einer hübschen, jungen Frau Ausschau, die das beste Tuch trägt.«

## II

Wie so oft in diesen Tagen war das Getümmel am Adolf-Hitler-Platz groß. Anastasios erlaubte sich einen kurzen Blick auf das Straßenschild hoch oben an der Hausmauer. Für ihn blieb das der Dionysios-Solomos-Platz. Egal, was das Militär oder sonst wer dazu sagte. Dann drängte er sich durch und suchte nach einer jungen Frau, die besonders teuer gekleidet war.

Der Hinweis war besser, als Anastasios gedacht hatte. Gut gekleidete Frauen gab es nur wenige, und sogar er konnte den Unterschied zwischen Lumpen und teurem Stoff erkennen. Da war die Frau des Bürgermeisters. Die trug ein Kopftuch, das in der spärlichen Frühlingssonne schimmerte. Dann sah er eine alte Frau, die eine bestickte Jacke anhatte, und eine Frau mit glatten Gesichtszügen, dunklem Haar und einer Bluse aus, ja, Anastasios wusste nicht, woraus die Bluse war, aber sie schien wie von selbst zu strahlen. Das musste Varvara Stavridou sein.

Sie trug einen Korb unter dem Arm und eine Tasche in der anderen Hand. Augenscheinlich hatte sie ihre Einkäufe beendet und machte sich auf den Weg nach Hause. Anastasios steuerte auf sie zu, wollte sie ansprechen, aber etwas hielt ihn davon ab.

Er war nicht der Einzige, der die junge Frau beobachtete. Schräg gegenüber stand ein Deutscher, kein gewöhnlicher Soldat, dazu hatte er zu viel Blech und Glitter auf Schultern und Ärmeln. Ein Offizier, Anastasios war sich sicher.

Der Offizier folgte der jungen Frau in einiger Entfernung, und Anastasios folgte dem Offizier. Varvara Stavridou war vorsichtig. Sie ging zuerst zum Hafen hinunter. Bei den Fischerbooten verweilte sie etwas. Ein paarmal drehte sie sich auch um, als ahnte sie etwas.

Was würde geschehen, wenn der deutsche Offizier Varvara bis zu ihrem Haus nachging, wenn er bemerkte, dass die Familie gerade dabei war, die Koffer zu packen? Der Esel vor der Haustür, die aufgestapelten Bündel im Vorhaus, der versperrte Laden. Da würde doch jeder Mensch sofort seine Schlüsse ziehen. Anastasios musste sich schnell etwas einfallen lassen, sonst waren alle Vorbereitungen zur Flucht vergebens.

Mittlerweile war Varvara weitergeschlendert. Sie schien es gar nicht eilig zu haben. Doch ihre Haltung zeigte Anastasios, dass sie sehr genau wusste, was hier los war. Sie bewegte sich wie ein Huhn, das den Habicht oben am Baum schon bemerkt hat und nun schnell, leise und unauffällig in Deckung geht.

Etwa auf der Hälfte des Weges vom Solomos-Platz zur Kirche des Heiligen Dionysios bog Varvara rechts ab, ging durch eine schmale Gasse und verschwand dann links in Richtung der Seifenfabrik. An diesem Punkt verlor Anastasios sie aus den Augen. Der Offizier hielt auf den Eingang eines verfallenen Hauses zu und sprang über einen heruntergestürzten Balken ins Innere. Das Haus war von einer englischen Bombe getroffen worden. Die Briten flogen gelegentlich Angriffe gegen den Flughafen in Akrotiri, und dabei landete manch nicht so präzise gezielter Sprengkörper in der Stadt. Anastasios wagte es nicht, dem deutschen Offizier zu folgen. Deshalb wartete er an einer Hausecke und spähte die Gasse hinauf und hinunter. Obwohl in dieser Straße die Inselverwaltung für die Ionischen Inseln lag und sich auch sonst ein Geschäft an das andere reihte, war heute niemand zu sehen. Nicht einmal die alten Männer, die sonst in der Frühlingssonne saßen und mit ihren Komboloi klapperten, hielten ihre Sessel besetzt. Sie alle waren bei der Lebensmittelausgabe am Solomos-Platz.

Es war also keine gute Idee, hier herumzustehen. Anastasios versuchte, nicht aufzufallen, und so ging er zurück. Er wollte die nächste Gasse linker Hand nehmen, um zum Haus von Elias Messina zu kommen. Doch nun tauchte der Offizier wieder auf. Von oben bis unten voller Staub, stolperte er aus dem zerbombten Haus, fluchte, bemerkte dabei Anastasios und kam auf ihn zu.

»Du«, sagte er, und Anastasios erschrak.

»Ja?«, sagte Anastasios.

»Hast du ein Mädchen gesehen? Mit Korb, mit Mehl?«

»Nein«, antwortete Anastasios, der kaum ein Wort verstand, so heftig war der Akzent des Deutschen.

»Was tust du hier?«

»Ich weiß nicht.«

»Du weißt nicht, was du hier tust? Bist du ein Aufständischer, ein Bandit?«

»Aber nein«, sagte Anastasios und konnte gar nichts gegen das Zittern seiner Stimme machen. »Ich bin doch nur ein Bauer.«

»Und du hast kein Mädchen gesehen?«

»Nein.«

»Dann verschwinde hier.«

Der Offizier schubste Anastasios und hob die Faust, um nach ihm zu schlagen. Anastasios rannte davon.

## III

Über Umwege lief Anastasios zum Haus der Messinas zurück. Der Esel stand immer noch vor der Tür und sah Anastasios ein wenig vorwurfsvoll an. Ja, er hätte ihm einen Eimer Wasser besorgen können, aber jetzt würde es nicht mehr lange bis zum Aufbruch dauern.

»Du hast den Deutschen abgehängt«, sagte Anastasios, als er in die Küche trat und dort Varvara mit dem Korb voller Vorräte fand.

»Er hat sicher gemerkt, dass ich Jüdin bin«, sagte Varvara.

»Aber woher soll er das wissen?«, wandte ihr Vater ein.

»Ganz sicher ist er sich vielleicht nicht«, gab Varvara zu. »Aber das wird ihn nicht hindern, nach mir zu suchen. Wir müssen so schnell wie möglich weg. Oder wie sehen Sie das, Herr Tetradis?«

»Herr Messina, ah, entschuldigen Sie, Herr Stavridos,« sagte Anastasios. »Ihre Tochter hat ganz recht, und ich hoffe, es ist noch nicht zu spät. Diese Leute sind imstande, uns die Schädel einzuschlagen.«

Hinter dem Haus gab es einen Pfad, der zur alten venezianischen Festung hinaufführte. Auf halber Höhe etwa zweigte ein Fußweg nach Westen ab. Wenn man ihm folgte, traf man im Hinterland von Gaitani wieder auf einen Fahrweg und konnte von dort ins Innere der Insel flüchten.

Pater Giorgos kam über diesen Pfad ins Haus und wurde erst bemerkt, als er schon in der Küche stand. Er trug eine Umhängetasche mit Brot und Olivenöl, ein Geschenk als Wegzehrung für die Flucht.

»Wir müssen sofort aufbrechen«, sagte er statt einer Begrüßung. Er streckte Elias Messina die Hand hin und sah sich um. »Irgendwer hat Verdacht geschöpft. Draußen wimmelt es vor Soldaten.«

Varvara sah ihn erschrocken an.

»Hast du etwas damit zu tun?«, fragte er sie.

»Es könnte sein, dass der deutsche Offizier, der ihr gefolgt ist, nun eine Razzia veranstaltet«, sagte Anastasios und erzählte, was er beobachtet hatte.

»Dann dürfen wir nicht warten«, entschied Pater Giorgos. »Die Kinder gehen zuerst. Varvara, du passt auf sie auf. Geht schnell und bleibt in Deckung. Das Haus der Familie Sakis ist sehr klein, aber ihr werdet dort im Nebengebäude Unterschlupf finden. Das Tor steht offen. Davor ist eine Ziege angebunden. Ihr könnt es nicht verfehlen. Versteckt euch im Heu und macht keinen Lärm. Dann wird alles gut.«

Anastasios sah den Pater fragend an. Der Plan erschien ihm jetzt nicht mehr so sicher wie noch heute früh. Ohne etwas zu sagen, verließ Anastasios die Küche und trat hinaus auf die Straße. Vom Solomos-Platz her war leise die Menschenmenge zu hören, die dort um Lebensmittel anstand. Lauter und viel näher krachte eine Tür gegen Stein, sodass es Anastasios durch und durch ging. Sein Blick suchte hastig nach dem Verursacher des Geräusches. Der Lärm kam aus einem Haus, keine fünfzehn Meter die Gasse hinunter. Der Esel legte die Ohren an und sah in dieselbe Richtung.

Ein Sessel purzelte aus einem Fenster, zerschellte am Pflaster. Ein Schrei, und da lief ein Mann in Unterhemd und mit bis zu den Knien baumelnden Hosenträgern auf die Straße, hinter ihm ein Soldat mit gezogener Pistole.

Anastasios wirbelte herum, hielt sich die Hände vors Gesicht und verschwand wieder im Haus. Er wollte nicht sehen und nicht hören, wie der Mann erschossen wurde. Doch der Knall blieb aus.

Als er in der Küche ankam, rief Anastasios: »Macht euch auf! Alle. Die Deutschen sind hier!«

Elias Messina griff nach dem Beutel mit dem Geld und den Wertsachen, stopfte ihn sich unter den Hosenbund und warf sich eine Jacke über. Seine Tochter schulterte einen Seesack und schlüpfte in ihre Sandalen. Sie packte ihre kleine Schwester am Kragen und drückte ihr eine Tasche in die Hand. Schon waren sie draußen im Garten und in der Hecke verschwunden.

»Anastasios hat recht«, sagte Pater Giorgos. »Sie müssen sofort aufbrechen. Alle. Wenn Sie den Deutschen in die Hände fallen, ist das Ihr sicherer Tod.« Er schob Elias Messina und seine Frau aus dem Haus. »Lassen Sie alles liegen und stehen. Ihr Leben ist wichtiger. Das andere kann man später holen oder ersetzen.«

In der Zwischenzeit hatte Anastasios die Koffer in der Diele geschultert und vors Haus getragen. Gerade schnürte er sie am Packsattel des Esels fest, als ein paar Häuser weiter ein scharfes Prasseln anhob. Aus den zerbrochenen Fenstern wehten Rauchfahnen.

Soldaten kamen auf Anastasios zu, und hinter sich in der Diele des Hauses merkte er eine Bewegung. Das war Pater Giorgos. Anastasios winkte ihm, er solle schnell verschwinden. Selbst blieb er beim Esel stehen, kontrollierte die Schnüre und Seile und drehte sich erst zu den Soldaten um, als sie kaum noch fünf Schritte entfernt waren.

Der erste Soldat sagte etwas. Es klang wie eine Frage. Anastasios zuckte mit den Schultern, er verstand kein Wort. Dann versuchte es ein zweiter Soldat in gebrochenem Griechisch, und Anastasios hörte ihm aufmerksam zu. Natürlich wollte der Soldat wissen, was er hier verloren hatte. Anastasios beschloss, sich dumm zu stellen, und antwortete, das sehe man doch, er lade Gepäck auf einen Esel.

Dann wollte der Soldat wissen, wem das Gepäck gehöre und wohin er es bringen solle. Zwei gefährliche Fragen, die Anastasios lieber nicht beantworten wollte. Er zuckte abermals mit den Schultern, nahm den Strick und machte sich auf den Weg.

Die Soldaten griffen dem Esel ins Halfter. Er solle jetzt sofort sagen, wohin er gehe.

»Exo Chora«, antwortete Anastasios. Er fand das insofern eine gute Antwort, weil sie präzise und vage zugleich war. Exo Chora war ein Dorf an der Westküste der Insel. Aber es konnte auch einfach »aus der Stadt hinaus« bedeuten. Wem das Gepäck gehörte, sagte er nicht. Und als er noch einmal danach gefragt wurde, antwortete er, er verstehe nicht, was sie von ihm wollten, und man solle doch einen armen Bauern, der seiner Arbeit nachgehe, in Ruhe lassen.

Seine Panik war so groß, dass Anastasios sich zusammenreißen musste, um nicht davonzulaufen. Es war gefährlich, die

Soldaten zum Narren zu halten. Sie konnten ihn verhaften, ja, sie konnten ihn hier an Ort und Stelle erschießen.

»Ich weiß nicht«, sagte Anastasios. »Ich gehe nach Hause.«

Ein Soldat packte ihn an der Schulter. Anastasios blieb aber nicht stehen, und so rutschte die Hand ab. Hinter ihm sprachen die Soldaten miteinander, aber niemand hielt ihn auf. Er brachte ein paar Meter zwischen sich und die Soldaten, streichelte dem Esel über die Wange und ging etwas schneller. Mit Mühe bezwang er den Drang, dem Esel auf die Kruppe zu schlagen und loszulaufen, zu laufen, bis er die Stadt hinter sich gelassen hatte.

## IV

Es vergingen Wochen, und der Frühling blühte auf den Wiesen über dem Meer. Anastasios setzte sich am Nachmittag manchmal in die Sonne und rauchte seine Pfeife. Avraam Matzas leistete ihm für gewöhnlich Gesellschaft. Sollte jemand fragen, dann war Avraam ein Tagelöhner aus Kefalonia, der Anastasios im Olivenhain half. Immerhin stand schwere Arbeit an. Der Boden unter den Bäumen musste gepflügt werden. Zwischendurch rasteten sie sich aus. Da konnte doch niemand etwas dagegen haben.

Avraam half Anastasios tatsächlich, wo er nur konnte. Die schwere Arbeit war ungewohnt, aber er hielt tapfer durch, stemmte Körbe voll Dung auf den Eselswagen und dirigierte die geliehenen Ochsen, die Anastasios vor den Pflug gespannt hatte.

Wenn Demetrios durchs Dorf lief, dann blieb Avraam allerdings in seinem Versteck im Stall des Ziegenbocks. Denn Demetrios' Auftritt war das vereinbarte Zeichen für anrückende Soldaten. Dann mussten sich die jüdischen Gäste in Erdkeller verkriechen, sich unter Dielen legen oder wie die Familie Messina in den Stall laufen und sich hinter die Heuballen hocken und hoffen, dass die Soldaten faul und dumm waren.

## V

Anastasios ging nach wie vor jeden Freitag auf den Markt. Das machte er nicht, um dort zu kaufen oder zu verkaufen. Es gab höchstens einmal ein paar Eier oder etwas Gemüse, und wer es wagte, etwas auf die Pulte zu legen, musste damit rechnen, dass es von den Deutschen konfisziert wurde. Der Markt diente nur mehr als Umschlagplatz für Gerüchte und Informationen. Unter den Vordächern der Marktstände hatte sich schon eine Gruppe gebildet, als Anastasios ankam.

Männer boten einander Zigaretten an, und jemand kochte Kaffee. In den Zigaretten war schon lange kein Tabak mehr. Getrocknete Kräuter waren das Beste, was man bekommen konnte, und der Rauch kratzte im Hals. Dank Avraam hatte Anastasios aber noch einen schönen Vorrat an Pfeifentabak, und den rauchten sie gemeinsam auf.

Stefanos Rapsomanikis begrüßte Anastasios mit Handschlag. Sie waren schon lange gute Freunde, und obwohl sie nicht im selben Dorf wohnten, halfen sie einander bei der Arbeit aus. Rapsomanikis bewirtschaftete einen großen Olivenhain für die Familie Logothetis in Vasilikos auf der südlichen Halbinsel.

»Diese Deutschen sind eine Plage«, sagte Stefanos. »Du weißt ja, dass sie bei uns eine Straße bauen. Von Xirokastello über Vasilikos bis nach Gerakas. Eine breite Straße.« Er deutete es mit seinen Armen an. »Damit sie mit ihren Panzern dorthin fahren können.« Er schüttelte den Kopf. »Und dann sitzen sie in ihren Bunkern in Gerakas und schauen aufs Meer hinaus. Ich habe es selbst gesehen. Drei Bunker haben sie gebaut. Gleich nebeneinander. Verstehe das, wer wolle. Als hätte nicht ein Betonloch gereicht.«

»Wenn es nur das ist ...«, mischte sich Konstantinos Kasoura ein.

Anastasios erkannte ihn. Sie waren damals nach dem Fußballspiel, nach der Geschichte mit dem abgebrochenen Ohr, eine Nacht lang gemeinsam im Gefängnis gesessen.

»Was meinst du?«, fragte Stefanos.

»Bist du der Einzige, der es noch nicht gehört hat?«

»Was denn?«

»Sie machen jetzt ernst, die Deutschen«, sagte Konstantinos und zog an seiner selbstgebastelten Zigarette. »Ich habe gehört, dass sie ihre schlimmsten Schergen schicken, um die Juden zusammenzutreiben. Von Ioannina weiß ich es ganz genau.«

»Aber bei uns werden sie das nicht machen«, sagte Anastasios.

»Dabei wäre ich mir nicht so sicher«, sagte Konstantinos. »So weit ist Ioannina auch wieder nicht weg. Angeblich haben sie die Juden aus den Bergdörfern in die Stadt hinuntergetrieben. Und dann, letzte Woche, haben sie sie abgeholt.«

»Das wird bei uns nicht passieren«, sagte Anastasios. »Der Bischof und der Bürgermeister werden das verhindern, und außerdem, wie wollen die Deutschen die Juden denn finden? Die sind nicht so blöd, sich zusammentreiben zu lassen wie Schafe.«

»Na ja«, meinte Stefanos Rapsomanikis. »Ich will deinen Optimismus ja nicht zerstören, Anastasios. Aber in einem hat Konstantinos schon recht. Die Deutschen machen wirklich auf scharf. Erst letzte Woche waren sie bei mir, haben alles auf den Kopf gestellt. Sie haben sogar das Versteck gefunden, in dem ich die Fortes untergebracht hatte. Wenn Demetrios nicht schneller gewesen wäre, dann hätten wir jetzt das Schlamassel.«

»Wo sind sie jetzt?«, fragte Anastasios.

»Keine Ahnung.« Stefanos zuckte mit den Schultern. »Sie sind gerannt, durch die Büsche, hinauf in die Hügel. Demetrios war bei ihnen. Aber ihr kleines Kind haben sie bei uns gelassen. Der Zwerg ist gerade einmal sechs Monate alt. Moses heißt er, und jetzt lebt er halt bei uns, solange das mit den Deutschen so geht.«

»Sag ich ja«, meinte Konstantinos. »Und das ist erst der Anfang. Dieser Lüth hat gesagt, er lässt jeden aufhängen, der einem Juden auch nur ein Stück Brot gibt.«

»Der soll ruhig reden«, sagte Anastasios.

»Fast zweitausend Menschen haben die Deutschen in Ioannina auf Lastwagen verladen«, sagte Konstantinos. »Glaubst du, für die sind die zweihundert oder dreihundert Juden auf unserer Insel ein Problem?«

»Du redest ja so, als ob du die Deutschen bewunderst«, sagte Anastasios.

»Aber nein. Schweine sind das, und bevor ich denen irgendetwas verrate, beiße ich mir die Zunge ab. Außerdem«, jetzt grinste Konstantinos, »außerdem habe ich selbst ein paar Juden im Keller. Ich rede mich doch nicht um Kopf und Kragen. Ich sage nur, dass wir vorsichtig sein müssen und es vielleicht nicht reicht, die Juden bei uns zu Hause zu verstecken.«

»Daran hab ich auch schon gedacht«, sagte Anastasios. »In den Olivenhainen können wir sie in den Unterständen unterbringen. Wir brauchen die nur zur Ernte, und dort kann man jetzt im Frühjahr und Sommer ganz gut leben. Je weiter oben in den Bergen, desto besser.«

»Das sollten wir dem Bürgermeister sagen«, meinte Stefanos. »Wahrscheinlich ist er selbst schon auf die Idee gekommen, aber es kann ja nicht schaden.«

Das Gespräch drehte sich dann um ganz andere Dinge. Stefanos fragte Anastasios, ob er noch irgendwo ein oder zwei Säcke Oliven herumstehen hätte. In den letzten Jahren hatten sie sich angewöhnt, einen Teil der Ernte abzuzweigen und möglichst kühl zu lagern. Dann konnten sie die Säcke heimlich zu versteckten Pressen bringen und so das Öl vor der Beschlagnahmung retten. Das war eine doppelt riskante Angelegenheit. Die Oliven schimmelten leicht, und dann waren sie höchstens noch Schweinefutter, und wenn man sich erwischen ließ, lebte man nicht lange genug, um seine Dummheit zu bereuen.

Allerdings waren Anastasios die Oliven schon längst ausgegangen. Die Ernte war schlecht gewesen und die Deutschen gründlich. So hatte er kaum etwas zur Seite geschafft, und das Wenige war schon verbraucht.

Auf dem Nachhauseweg hörte Anastasios Schritte hinter sich. Jemand rannte wie verrückt, und als er sich umdrehte, sah er Demetrios auf sich zukommen.

»Was rennst du denn so?«, fragte er den Jungen.

Demetrios blieb vor ihm stehen, ließ die Arme hängen und keuchte.

»Na, jetzt verschnauf halt einmal«, sagte Anastasios.

»Keine Zeit«, stieß Demetrios hervor. »Sie kommen.« Er rang nach Luft und konnte nicht weitersprechen.

»Wer kommt?«, fragte Anastasios. Aber Demetrios zeigte nur mit ausgestrecktem Arm hinter sich. Dort erhob sich eine Staubwolke über der Straße. Anastasios verstand. »Dann lauf«, sagte er und begann selbst zu rennen.

Demetrios war schneller, aber Anastasios nahm all seine Kraft zusammen. Es ging um Leben oder Tod. Wenn er zu langsam war, würden diese Bestien seinen Freund Avraam und seine ganze Familie verhaften und wegbringen. Das durfte er nicht zulassen, und wenn er die Deutschen mit eigenen Händen erwürgen und erschlagen musste.

Er kam nur Minuten vor den Deutschen an. Auf den ersten Blick wirkte das Dorf wie immer. Ein paar Leute kramten hinter ihren Häusern herum. Ziegen grasten auf der Wiese, und da und dort sah man Kinder spielen. Aber die Nachricht vom Nahen der Deutschen war angekommen. Dort bei den Sakis stand das Scheunentor offen, und der Hund lag ausgestreckt davor. Normalerweise wurde das Tor nur geöffnet, wenn man Heu für die Schafe brauchte. Die Schafe weideten aber weitab, und niemand arbeitete in der Scheune. Das konnte nur bedeuten, dass die Familie Messina geflüchtet war. Das Versteck hinter den Heuballen war zu unsicher, wenn ein Trupp Deutscher im Anmarsch war.

Als er in die Nähe seines Hauses kam, fegte Rubini gerade den Weg zum Ziegenstall. Das machte sie sonst nie. Die Ziegen waren ausgebüxt und fraßen drüben am Wasserlauf vom Schilf. Nur der Ziegenbock rumorte noch in seiner Box und verbreitete einen infernalischen Gestank.

»Wo sind sie?«, fragte Anastasios flüsternd.

»Dort, wo keiner sie suchen wird. Interessanterweise stinkt der Ziegenbock seit heute Vormittag. Gerade als du gegangen warst. Ist das nicht die falsche Zeit?«

»Ja, allerdings«, sagte Anastasios. »Sie sind also unten im Loch?«

Der Lastwagen hielt, und Soldaten sprangen ab. Sie schwärmten aus und betraten jeweils zu viert die Grundstücke. Sie fragten nicht, scheuchten die Menschen auf die Straße. Dort warteten andere Soldaten, die mit den Gewehren im Anschlag die Leute in Schach hielten.

In der Küche ging ein Stuhl zu Bruch. Rubini erschrak, als sie hörte, wie Blechtassen aus einem Regal gefegt wurden und eine nach der anderen auf dem gestampften Lehmboden aufschlug.

»Wir haben fast kein Geschirr mehr«, sagte sie leise. »Und wenn diese Idioten fertig sind, haben wir gar keines mehr.«

»Ich besorge dir neues, wenn der Krieg vorbei ist«, sagte Anastasios.

»Vorher hat es auch keinen Sinn«, gab ihm Rubini recht. »Sie kommen nur und zerschlagen es. Wie dumme kleine Kinder, die nicht wissen, was sie damit anfangen sollen.«

»Ich glaube, es ist schlimmer.«

»Wie meinst du das?«

»Sie zerschlagen es aus Bosheit.«

Eine Explosion, so heftig, dass sich einige zu Boden warfen, dann loderte drüben bei den Sakis Feuer auf. Die Scheune stand in Flammen.

Ein Offizier brüllte die Leute an. Sie sollten die Juden sofort ausliefern. Obwohl sein Griechisch schlecht war, verstanden alle, was er wollte.

Niemand rührte sich. Nicht einmal die Sakis, die alle in einer Reihe dastanden und zusahen, wie ihre Scheune samt dem Heu und der Geräte verbrannte.

»Wo sind die Juden?«, brüllte der Offizier und packte Anastasios am Kragen. Er zog ihn zu sich heran und brüllte ihm direkt ins Gesicht. Speichel landete auf Anastasios' Wangen und Lippen. Er sagte nichts.

Die Durchsuchung ging weiter, und überall wurden Tische zerschlagen, Strohsäcke ins Freie gezerrt und aufgeschnitten. Bei Anastasios' direkten Nachbarn schlugen sie mit großen Hämmern auf den gemauerten Herd ein und trugen die eiserne Herdplatte davon. Dann steckten sie auch dieses Haus in Brand.

Anastasios versuchte, die Soldaten, die sich auf seinem Grundstück herumtrieben, im Auge zu behalten. Es waren mittlerweile acht oder neun. Das Haus hatten sie durchsucht. Die Strohsäcke im Freien in Brand gesteckt. Anastasios hoffte, sie würden sein Haus verschonen. Jetzt machten sie sich auf, um den Ziegenstall zu inspizieren. Mit aufgepflanzten Bajonetten stocherten sie im Heu herum und fanden nichts. Die Ziegen beobachteten die Durchsuchung mindestens so aufmerksam wie Anastasios. Fremde Männer machten sich in ihrer Behausung zu schaffen, und die Menschen waren in Aufruhr. Es stimmte etwas nicht, und die älteste Ziege, jene, die die Führung übernahm, wenn der Bock nicht dabei war, näherte sich den Soldaten sogar bis auf ein paar Schritte, zog die Oberlippe zurück und witterte. Was sie roch, gefiel ihr nicht, und sie trabte zurück zu ihrer Herde.

Nun war hier nur mehr der Verschlag, in dem der Ziegenbock stand und seit heute Morgen vor sich hin stank. Unter seinen Füßen, verdeckt von Stroh und Erde, befand sich die Familie Matzas. Die Soldaten näherten sich, doch als sie den Bock rochen, wichen sie zurück. Sie hielten sich die Hände vors Gesicht, aber das half nicht viel. Der beißende Gestank nach Urin und Moschus setzte sich in den Nasenflügeln fest, kroch hinunter und breitete sich am Gaumen aus. Zwei besonders Mutige schafften es, das Tor zu öffnen, und so standen sie dem Ziegenbock gegenüber. Der musterte sie mit seinen gelben Augen, drückte sein Hinterteil nach unten, sodass sein Penis zwischen seinen Vorderläufen erschien, und pisste den Soldaten auf die Hosen. Sie schlugen das Tor zu, versuchten, sich den Urin von der Kleidung zu wischen, verteilten den Gestank aber nur und kamen fluchend zurück zu den anderen.

## VI

Nachdem die Deutschen abgezogen waren, liefen alle los, schnappten sich Eimer und Becher und holten Wasser aus dem Bach. Die Scheune der Familie Sakis war nicht mehr zu retten, aber das Feuer in der Küche konnte man löschen. Zwei Häuser brannten völlig aus, und bei einem weiteren konnte man gerade noch verhindern, dass der Dachstuhl in Flammen aufging.

Der jüngste Sohn der Familie Sakis versuchte mit einer Schaufel, die er kaum heben konnte, ein Loch im Olivenhain auszuheben. Die anderen Kinder kamen, um ihm zu helfen. Er saß dann daneben und weinte und sah zu, wie die anderen Kinder die harte Erde aufkratzten und nach und nach eine flache Mulde entstand. Er weinte und hielt dabei den Kopf seines toten Hundes. Die Deutschen hatten ihn erschossen, weil er sie angeknurrt hatte, als sie die Scheune in Brand steckten.

Nach Stunden saßen die Frauen und Männer, rußig und mit Dreck verschmiert, vor Anastasios' Haus, und erst jetzt merkte er, dass sich unter ihnen viele der versteckten Juden befanden.

Sie hatten sich den Wasserträgern und Feuerkämpfern angeschlossen. Avraam Matzas lachte Anastasios an.

»Jetzt werden wir wohl aufbrechen müssen«, sagte Avraam.

»Wohin willst du?«

»Irgendwohin nach Norden. Dort werden sie uns nicht finden.«

»Aber warum? Sie haben das Dorf durchsucht, so schnell kommen die nicht mehr zurück«, sagte Anastasios.

»Aber ihr werdet die Häuser selbst brauchen. In den ausgebrannten kann man doch nicht mehr wohnen.«

»Ah, lass gut sein«, sagte Anastasios. »Das kriegen wir schon wieder hin. Ein paar Steine, ein paar Bretter und ein bisschen Kalk und die Dächer, na ja, die werden wir auch irgendwie flicken. Ihr bleibt hier. Das ist doch klar.«

Rubini kam mit einem Eimer Wasser und gab den Männern Fetzen, mit denen sie sich waschen konnten. Eine andere Frau brachte Seife, und allmählich kamen unter dem Schmutz und dem Staub wieder Gesichtszüge hervor.

Sie sahen einander an und merkten, dass einer fehlte. Mikos Sakis war verschwunden. Die Männer suchten in den Häusern, riefen nach ihm und zogen immer weitere Kreise über die Felder und Wiesen. Aber Mikos antwortete nicht, und es war auch keine Spur von ihm zu entdecken. Es gab nur eine Erklärung: Die Deutschen hatten ihn mitgenommen.

Warum sie das getan hatten, ob sie ihn verhören wollten oder ihn eines Verbrechens anklagten, das wusste selbstverständlich niemand zu sagen. Gesehen hatte auch keiner etwas, und es war jetzt schon gut vier Stunden her, seit die Deutschen wieder abgezogen waren.

»Hört einmal her«, sagte Anastasios so laut, dass die Gespräche verstummten. »Wir können hier bis zum Morgengrauen reden und warten und werden doch nicht herausfinden, was mit Mikos geschehen ist. Jemand muss in die Stadt gehen, zum Rathaus, vielleicht zum Gefängnis.«

Rundum wurde gemurmelt, aber niemand meldete sich.

»Das werde ich übernehmen«, sagte Anastasios. »Ihr räumt hier weiter auf, und ich gehe.«

Es war ihm ganz recht, dass er von dem Chaos und der Aufregung wegkam. Seinen Teil hatte er geleistet, nun sollten die anderen den Rest erledigen. In der Zwischenzeit würde er sich am Hafen umhören, und wenn er Glück hatte, hatten die Fischer etwas gesehen. Wenn nicht, würde er schon auf andere Weise dahinterkommen, was mit Mikos geschehen war.

Der Weg lag in der Abenddämmerung, und vom Meer her frischte es auf. Für Ende März war es kühl, und Anastasios wünschte, er hätte seine Jacke mitgenommen. In Hemdsärmeln fröstelte es ihn, sobald die Sonne verschwunden war.

Im Hafen traf er ein paar Fischer, die gerade beim Ablegen waren. Sie hatten sich etwas verspätet und hatten kein Ohr für Anastasios. Sie warfen die Leinen aufs Deck und machten sich auf, hinaus in die Nacht. Statt einer Antwort auf seine Frage zeigte einer nur Richtung Rathaus. Anastasios verstand das als Hinweis und beeilte sich.

Wenn sich am Solomos-Platz etwas tat, dann aller Wahrscheinlichkeit nach nichts Gutes. Als Anastasios näher kam, sah er schon die Menschenmenge. Um den Eingang des Rathauses scharrten sich einige Hundert Leute, und es hatte den Anschein, als wären sie nicht freiwillig hier. Soldaten mit Gewehren standen vor ihnen und zielten auf die erste Reihe.

Das Podium in der Mitte des Platzes, die alte umgedrehte Kiste, war von Hauptmann Lüth und seinem Dolmetscher besetzt.

»… damit sich die Kunde auf der ganzen Insel verbreitet«, waren die ersten Worte, die Anastasios verstand. »Jedes Zuwiderhandeln, jede auch noch so kleine Hilfe für die Feinde des Deutschen Reiches wird streng geahndet.«

»Um was geht es?«, fragte Anastasios den Mann, der neben ihm stand.

»Sie haben einen erwischt, der den Juden geholfen hat«, sagte der. »Sie haben uns hierher getrieben, aus den Häusern, aus der Werkstatt, damit wir mitansehen, was mit so einem passiert.« Er zeigte auf ein Holzgerüst, das neben dem Podest errichtet worden war. Ein Galgen.

»Dieser Mann«, tönte der Dolmetscher und zeigte auf Mikos Sakis. »Dieser Mann hat Juden versteckt, und er hat deutsche Soldaten angegriffen, als diese ihre Pflicht erfüllen wollten. Dafür wird er nun hängen!«

Anastasios sah sich um. Das durfte nicht sein. Es musste doch jemand kommen und dieses Schauspiel beenden. Sie konnten Mikos doch nicht einfach so umbringen. Er hatte nichts getan. Jedenfalls nichts, was ihm die Deutschen beweisen konnten. Wenn er Juden versteckt hatte, und das hatte er, dann so geschickt, dass die Deutschen auch in hundert Jahren nicht dahintergekommen wären.

Anastasios' Blick wanderte hoch zum Balkon vor dem Büro des Bürgermeisters. Aber da war niemand. Auch drüben bei der Kirche Agios Nikolaos sah Anastasios keine Geistlichen, keinen einzigen Mönch, keinen Bischof, niemand.

»Wie in der Verordnung der Festungskommandantur festgelegt, wird jeder mit dem Tode bestraft, der einem Juden Unterschlupf bietet. Mit dem Tode wird auch jener bestraft, der die deutsche Wehrmacht daran hindert oder zu hindern versucht, Juden aufzuspüren und zu verhaften«, sagte der Dolmetscher. »Mikos Sakis aus dem Dorf Gaitani ist in beiden Anklagepunkten schuldig. Das Urteil wird sofort vollstreckt.«

Soldaten hoben Mikos hoch und schleiften ihn zum Galgen. Ein weiterer Soldat legte ihm die Schlinge um den Hals und zog sie zu. Dann warteten sie einen Moment, als könnte es sich Hauptmann Lüth in letzter Sekunde noch anders überlegen.

Doch Lüth rührte sich nicht. Sie ließen Mikos Sakis los, und er fiel. Das Seil straffte sich, fing den Körper auf, und im selben Moment begann Mikos zu zappeln. Der Fall war nicht tief genug, sein Genick nicht gebrochen. Mikos würgte, und seine Zunge quoll aus dem Mund. Es dauerte lange, bis der Körper ruhig dahing. Minuten, in denen Mikos gegen das Ersticken kämpfte, sich verrenkte und allmählich an Kraft verlor.

Anastasios wandte seinen Blick nicht ab. Bis zum letzten Moment sah er dem Todeskampf zu, und als die Leute den Platz schon verließen, blieb er stehen, als müsse er Wache halten für seinen toten Nachbarn. Deshalb sah er auch, wie etwa eine Stunde nach der Hinrichtung ein Soldat kam und dem Toten ein Schild umhängte: »Den Judenfreund Mikos Sakis hat seine gerechte Strafe ereilt. Wer Juden hilft, wird hängen.«

# Kapitel 19

## I

Draußen auf dem Querbalken des Galgens saß eine Möwe und wetzte ihren Schnabel am Holz. Loukas Karrer stand mit in den Hosentaschen versenkten Händen am Fenster und schaute zu. Vier Wochen hing die Leiche von Mikos Sakis nun schon am Solomos-Platz, und der Verwesungsgeruch füllte die Stadt. Bis in die kleinsten Gassen hinein stank es nach faulem Fleisch, nach den Gedärmen, die aus dem aufgetriebenen Bauch herausgeplatzt waren.

Lüth weigerte sich, den Körper abnehmen und bestatten zu lassen. Erst wenn er von selbst herunterfiel, konnte man ihn beiseiteschaffen. Und damit niemand auf die Idee kam, dem nachzuhelfen, hatte Lüth Wachen postiert.

Der Soldat stand ein paar Meter vom Galgen entfernt. Er hatte sich ein Tuch um Mund und Nase gebunden. Hauptmann Lüth würde ihn dafür sicher bestrafen, das wusste Karrer. Ein deutscher Soldat hatte sich seiner Aufgabe ohne Zögern und ohne Widerrede zu stellen. Seine Pflicht erfüllte er stets mit Freude und Eifer.

Karrer hatte sich schon vor einiger Zeit eine der täglichen Ansprachen Lüths vom Dolmetscher übersetzen lassen. Er wollte wissen, was Lüth seinen Soldaten predigte, was er ihnen jeden Morgen vor dem Rathaus einbläute. Dabei schien Lüth der Gestank nichts auszumachen. Wenn er den Verwesungsgrad der Leiche begutachtete, hätte man meinen können, er sehe sich einen Steinhaufen an. So ungerührt ließ ihn der Körper, der nun langsam, aber sicher auseinanderzufallen begann.

Der rechte Arm hing schwer herab, nur von einigen Sehnen gehalten. Die Zehen, nackt und schwarz, gaben die Knochen frei. Die Ratten hatten den Galgen erobert und wühlten im Bauch des Gehängten. Obwohl sich kein Wind regte, schwang der Körper leicht hin und her. Es gab Gerüchte, der Tote würde die Pest in die Stadt ziehen. Das war Unfug, aber die Typhusfälle im oberen Teil der Stadt konnten gut mit dem Toten am Galgen zusammenhängen. Außerdem demoralisierte die Leiche die Menschen. Schon deshalb musste sie verschwinden. Aber mit Lüth war nicht zu reden. Seit mehr als einer Woche empfing er niemanden, und auch das machte Karrer zunehmend nervös.

Die Razzien in den Dörfern gingen weiter. Jeden Tag erreichten Karrer Nachrichten von niedergebrannten Häusern, von Menschen, die weiter hinauf in die Berge flüchteten und sich dort vor den Deutschen versteckten. Doch Juden hatte Lüth noch keinen einzigen gefasst.

Karrer hielt den Anblick des Gehenkten nicht länger aus. Die Zigarette hatte er zu Ende geraucht, und es war Zeit aufzubrechen. Chrysostomos hatte einen Boten geschickt. Der Bischof erwartete Karrer in einer halben Stunde in seinem Büro. Worum es ging, hatte Chrysostomos dem Boten nicht verraten. Aber die Angelegenheit sei von großer Tragweite.

Als Karrer ins Freie trat, schlug ihm der Gestank ins Gesicht und unwillkürlich hob er die Hand vor den Mund. Erst als er schon ein Stück die Mole entlanggegangen war, atmete er wieder freier.

Von den Booten her umwehte ihn nun der Geruch nach totem Fisch, aber das war Karrer allemal lieber als die Dünste des faulenden Fleisches am Galgen. Die Fischer grüßten ihn, hoben die Köpfe und hielten für Sekunden in ihrer Arbeit inne.

Die Verkaufspulte an der Mole waren längst leer. Eine Katze lief Karrer ein Stück hinterher und miaute, als sie ihn eingeholt hatte. Als Karrer stehen blieb, schlängelte sich die Katze zwischen seinen Beinen, machte dabei einen Buckel und begann zu schnurren.

Es war keine Zeit, streunende Katzen zu streicheln, aber das kümmerte Karrer nicht. Das Fell knisterte unter seinen Fingern, und dann stieß die Katze mit ihrer feuchten, rauen Nase gegen die Innenfläche seiner Hand und streckte sich. Für eine Minute oder auch zwei hockte Loukas Karrer an der Mole und lächelte, während die Katze ihn umschmeichelte.

## II

Sobald der Mönch im Vorzimmer Karrer kommen sah, sprang er auf und lief den Gang hinunter, sicher auf dem Weg in die Küche, um Kaffee zu kochen.

Am Tisch saßen Bischof Chrysostomos und sein Schwager Dionysios Stravolemos. Die Tischplatte war weitgehend leer. Nur ein paar Zettel lagen in Chrysostomos' Reichweite und das silberne Kruzifix, das in den letzten Wochen den gefälschten Geburtsurkunden Platz gemacht hatte, stand wieder in der Mitte des Tisches.

»Wir haben ein Problem«, sagte Chrysostomos, noch bevor sich Karrer gesetzt hatte. »Wir haben verlässliche Nachricht, dass Hauptmann Lüth abgelöst wird.«

»Dann können wir endlich die Leiche von Mikos Sakis vom Galgen schneiden«, sagte Karrer. »Das sind doch gute Neuigkeiten.«

»Ja, das ist der gute Teil, möglicherweise«, sagte Stravolemos. »Aber die Deutschen ziehen Lüth nicht ab, ohne für einen Nachfolger zu sorgen.«

»Und genau hier beginnt unser Problem«, sagte Chrysostomos. »Wir kennen seinen Namen und wir wissen, welche Mission er verfolgt. Er heißt Anton Burger und ist nur aus einem einzigen Grund in Griechenland. Er soll alle Juden zusammentreiben und deportieren.«

Der Kaffee wurde gebracht, und Karrer nahm sich ein Paximadi, tunkte es ein und biss davon ab. Er wusste nicht, was er auf diese Ankündigung sagen sollte. Deshalb kaute er sein Paximadi und trank den Kaffee in kleinen Schlucken.

»Burger ist gerade auf Korfu«, unterbrach Stravolemos das Schweigen. »Und wenn er dort fertig ist, kommt er zu uns.«

Auf Korfu führte Oberst Emil Jäger das Kommando über die Wehrmacht. Wie Lüth war er im Herbst 1943 nach der Kapitulation der Italiener auf die Insel gekommen und hatte schnell und effektiv seinen Herrschaftsbereich abgesteckt. Anders als Hauptmann Lüth ging Oberst Jäger aber nie auf Konfrontationskurs mit den Einwohnern. Er sprach zum Beispiel gleich zu Beginn der Machtübernahme mit dem jüdischen Gemeindevorsteher Aaron Armando und sah, dass die Juden hier nicht anders als die Griechen lebten. Es gab keinen Unterschied, außer dass die Juden die Synagoge und die Christen die Kirche besuchten.

Als im Winter 1943 die ersten Befehle aus Thessaloniki kamen, Jäger möge die Juden registrieren und zum Abtransport bereit machen, weigerte er sich. Mehrmals schickte er

Depeschen an die SS in Thessaloniki und Athen, in denen er erklärte, dass jede Absonderung der Juden zu Unruhen auf der Insel führen würde. Er legte dar, wie sehr die Arbeit der Wehrmacht von der Duldung und Mitwirkung der Bevölkerung abhängig sei. Eine Deportation der Juden würde jegliche Achtung zerstören, die die Griechen der Wehrmacht derzeit noch entgegenbrächten.

»Die Nazis ließen sich das lange gefallen«, sagte Stravolemos. »Aber jetzt ist Schluss damit. Jäger wurde abberufen, und nun hat die SS auf Korfu das Sagen. Burger gab den Befehl, dass sich alle Juden um sechs Uhr früh auf dem Hauptplatz einzufinden hätten.«

»Aber niemand ist hingegangen?«, sagte Karrer.

»Oh, ganz im Gegenteil. Sie kamen alle. Eintausendsechshundertundfünfzig, um genau zu sein. In ihren Sonntagskleidern, mit Koffern und Taschen. Zum Abmarsch bereit.«

»Und was haben die anderen Leute gemacht?«, fragte Karrer.

»Die haben zugesehen. Da war überall Gestapo und SS und die Wehrmacht mit Maschinengewehren. Hätte sich jemand widersetzt, hätte es ein Gemetzel gegeben.«

»Und dieser Burger kommt jetzt nach Zakynthos?«, fragte Karrer.

»Es ist nur eine Frage der Zeit«, sagte Stravolemos.

## III

In den zwei Wochen nach der Besprechung mit dem Bischof und Stravolemos achtete Karrer besonders auf Veränderungen im Rathaus und, soweit er das mitbekam, in der Festung oben am Hügel von Bochali.

Lüth musste wissen, dass seine Ablöse bevorstand. So etwas blieb in einer Armee nicht verborgen. Er gab allerdings nicht zu erkennen, ob er das als Strafe empfand oder ob er froh darüber war, diese Insel hinter sich lassen zu können. Karrer fragte ihn nicht danach. Er hätte dazu auch keine Gelegenheit gehabt, denn immer noch verweigerte Lüth jedes Treffen und jedes Gespräch. Unter den Soldaten sprach sich die Geschichte bald herum, und so kam es mehrmals täglich zu kleineren Verstößen, die Lüth zwar mit viel Geschrei, aber wenig Sanktionen bedachte. Das mochte so sein, weil die Soldaten wirklich nachlässiger wurden, ihre Stiefel nicht mehr auf Hochglanz polierten, die Mützen nicht vorschriftsmäßig trugen und was dergleichen mehr war, oder aber diese Kleinigkeiten erregten mit einem Mal Lüths Aufmerksamkeit, wo er sonst weggesehen und geschwiegen hatte.

Für Loukas Karrer waren das anstrengende Vormittage im Büro. Es gab nicht viel zu tun, aber jedes Mal, wenn Lüths Gebrüll anhob, ging es Karrer durch und durch, und er hatte das Gefühl, sein Innerstes würde sich vor Angst zusammenkrümmen.

Dieser Zustand verschwand nicht. Selbst zu Hause, egal ob in der Stadtwohnung oder in der Villa in Akrotiri, die Beklemmung wich nie. Im Schlaf, wenn Karrer denn schlief, zuckten seine Beine so sehr, dass seine Frau zum ersten Mal in ihrem Eheleben die Chaiselongue im Terrassenzimmer dem Bett vorzog.

Das ging nun schon seit zwei Wochen so, und Lilly Karrer tat der Rücken weh. Sie weckte ihren Mann zeitig und stellte ihm Kaffee auf den Tisch.

»Aus den italienischen Armeebeständen«, sagte sie. »Der Bischof hat mir gestern ein Paket geschickt mit der Nachricht, irgendein Pater, Giorgos heißt der, habe ein Versteck der Italiener gefunden.«

»Wäre es nicht besser, die Sachen in die Berge zu bringen? Die Leute dort brauchen es dringender.«

»Es ist nur ein ganz kleines Paket. Kaum der Rede wert.« Lilly setzte sich ans andere Ende des Tisches und brach eine Scheibe Zwieback in der Mitte durch. »Ich mache mir Sorgen um dich«, sagte sie und biss ein Stück ab. »Du schläfst kaum und wenn …« Sie ließ den Satz unvollendet.

»Es vergeht Tag um Tag«, sagte Karrer und nippte von seinem Kaffee. »Nacht um Nacht, und ich kann nichts tun. Das ist das Problem. Er wird kommen. Irgendwann in den nächsten Tagen, Wochen. Ich habe keine Ahnung. Aber er wird hier auftauchen, und dann sind alle tot.«

»Du sprichst von diesem Burger?«

»Ja, natürlich. Ich jammere dir das doch schon die ganze Zeit vor. Aber davon wird es nicht besser.«

»Was sagt Lüth dazu?«

»Nichts. Er spricht nicht mit mir. Seit er herausgefunden hat, wer hinter der Flucht der Juden steckt, hat er kein einziges Wort mit mir gewechselt. Er schickt vielleicht einen Adjutanten mit einer hingekritzelten Nachricht. Mehr aber schon nicht.«

»Möchtest du nicht doch eine Scheibe Zwieback?«, fragte Lilly und schob ihrem Mann den Teller hin. »Du lebst auch nicht von Luft allein, und du wirst noch gebraucht.«

Etwas zögerlich nahm er den Zwieback, kaute langsam und sah dabei ins Leere.

»Ich muss dir etwas Wichtiges sagen«, begann Lilly.

»Ja?«

»Ich habe gerade gesagt, dass du noch gebraucht wirst.«

»Das weiß ich, ich werde auf mich aufpassen. So wie immer. Das weißt du doch.«

»Ja, aber.« Lilly zögerte. Sie ging in Richtung Küche.

»Was wolltest du sagen?«

»Möchtest du noch einen Kaffee?«

»Sollten wir damit nicht sparsam sein?«

»Wenn man jeden Tag erschossen werden kann? Nein, ich glaube nicht.« Lilly versuchte ein Lachen, aber es klang eher wie ein gequältes Husten.

In das Schweigen, das nun entstand, brach das Scheppern der Terrassentür. Demetrios kam schwer atmend zum Stehen und hob eine Hand, um anzudeuten, dass er gleich etwas sagen werde, nur noch nicht jetzt.

»Setz dich hin«, sagte Karrer und rückte dem Jungen einen Sessel zurecht. »Nimm dir von dem Zwieback und dann erzähl, was der Bischof dir aufgetragen hat.«

Lilly kam mit dem heiß dampfenden Kaffee aus der Küche zurück. »Du möchtest sicher etwas trinken«, sagte sie zu Demetrios und schenkte ihm Fruchtsaft ein.

»Sie sollen sofort, unverzüglich ins Büro des Bischofs kommen«, sagte Demetrios und trank den Fruchtsaft in einem Zug aus.

»Warum ich das soll, hat er vermutlich nicht gesagt.«

»Nein, aber er sagt, Sie sollen nicht zu Fuß gehen, sondern den Wagen nehmen. Ausnahmsweise. Denn es ist wirklich eilig.«

Loukas Karrer stellte seine Kaffeetasse ab, schlüpfte von den Hausschuhen in seine Lederschuhe und nahm im Gehen noch den Rock vom Kleiderständer.

»Du wolltest mir etwas sagen?« Er küsste seine Frau.

»Das kann warten«, sagte Lilly und sah ihrem Mann nach, wie er gemeinsam mit Demetrios über die Terrasse hinunter zum Wagen lief. Sie blieb an der Terrassentür stehen, bis der Wagen außer Sichtweite war. Er verschwand um die nächste Kurve, aber das Gefühl, es würde etwas Schreckliches geschehen, wich nicht von Lilly.

## IV

Als Karrer das Büro des Bischofs betrat, bot sich ihm ein Anblick, den er seit Langem vermisst hatte. Die Köpfe zusammengesteckt, die Bärte berührten einander, so saßen Bischof Chrysostomos und Rabbi Ganis da und lachten.

»Deine Witze sind doch einfach die besten«, sagte Chrysostomos und sah auf. »Herr Bürgermeister, kommen Sie und setzen Sie sich zu uns. Wir brauchen Sie hier ganz dringend.«

»Es ist eine sehr wichtige Sache«, sagte Rabbi Ganis und das Lächeln verschwand von seinem Gesicht. »Unsere Tage auf dieser Insel sind gezählt.«

Karrer setzte zu einem Einwand an, aber Rabbi Ganis hob abwehrend die Hand.

»Egal, wie es ausgeht. Entweder wir sterben alle in Auschwitz, oder wir gehen nach Israel. Es ist die Zeit gekommen. Daran habe ich keinen Zweifel.«

»Warum dieser Schritt?«, fragte Karrer. »Wir helfen einander doch.«

»Das ist wahr«, sagte Rabbi Ganis. »Aber wie wird das weitergehen? Hitler und seine Schergen sind doch nur der Gipfel.

Die wollen uns gleich ganz ausrotten, alle auf einmal, vergasen und dann verbrennen.«

»Aber«, setzte Karrer an.

»Ich weiß, was Sie sagen wollen. Aber nicht hier auf unserer Insel. Ja, mag sein. Mag aber auch sein, die nächsten Judenhasser sind schneller, besser ausgerüstet und noch entschlossener. Was dann? Was wir brauchen, ist ein eigener Staat mit einer eigenen Armee und eigenen Waffen.«

»Jesaja hat recht«, sagte Chrysostomos. »Es führt kein Weg daran vorbei, so schlimm ich das auch finde. Seit 1489 leben Juden auf Zakynthos.«

»Nein, schon viel länger. Du kennst doch die kleine Marmortafel am Friedhofseingang. Dort steht gut leserlich die Zahl 1281«, wandte Rabbi Ganis ein.

»Was aber noch nichts beweist. Die Tafel könnte sonst wie dorthin gekommen sein. Aber in Urkunden und Dokumenten …«

»Es ist gut«, sagte Rabbi Ganis. »Wie lange auch immer. Es ist eine sehr lange Zeit. Eine Zeit, in der die Juden oft glücklich waren und sehr selten Angst hatten. Aber nun bricht eine neue Zeit an. Das Volk Israel wird heimkehren.«

Chrysostomos nickte. Karrer sah ihm an, dass ihn dieser Moment aufwühlte. Es war das Zittern des Bartes, vielleicht auch das Schimmern der Augen, die sich mit Tränen füllten. Rabbi Ganis hatte ausgesprochen, was sie alle geahnt hatten. In Wirklichkeit war es sogar unvermeidlich. Nach den Nationalsozialisten, wann auch immer das sein mochte, konnte niemand einfach so weitermachen, schon gar nicht die Juden. Wenn die absolute Vernichtung nicht nur denkbar, sondern auch planbar und durchführbar war, dann war es nur eine

Frage der Zeit, bis den Nazis jemand nachfolgte und zu Ende brachte, was sie angefangen hatten.

Karrer zog sein Zigarettenetui aus der Innentasche seines Sakkos und beschäftigte sich lange mit der Auswahl einer Zigarette, die er langsam herausnahm, mit dem Filter auf den Tisch stippte und anzündete. Der Gedanke beunruhigte ihn. Er musste sich konzentrieren, um nicht zu zittern. Mit den Nazis war die Sache nicht ausgestanden. Sie waren nicht der Endpunkt einer Entwicklung. Die Verwüstung, das Morden war nicht das Schlimmstmögliche. Es war nur ein Punkt in der Geschichte.

»Jedenfalls geht es um die Thorarolle in der Synagoge«, sagte Rabbi Ganis und unterbrach damit Karrers Gedanken.

»Bitte, was haben Sie gesagt?«, fragte Karrer.

»Die Thorarolle. Wir müssen sie aus der Synagoge holen, und wir dachten, wir nutzen dafür die Karfreitagsprozession in der kommenden Nacht. Da sind die Deutschen beschäftigt«, fuhr Rabbi Ganis fort.

»Und da kommen Sie ins Spiel, Herr Bürgermeister«, sagte Chrysostomos. »Sie müssen die Deutschen ablenken.«

Loukas Karrer sah Chrysostomos zuerst verständnislos an. Aber dann war es ihm klar. Es ging um die zweite Karfreitagsprozession. Wie üblich fand die erste Karfreitagsprozession gegen zwei Uhr nachmittags statt. Der Bischof zog von Agios Nikolaos an der Mole bis zur Bischofskirche und von dort in großem Bogen Richtung Markusplatz und dann zurück an den Ausgangspunkt. Die zweite Prozession aber begann an der Kathedrale und führte am Hafen entlang durch die ganze Stadt. Ein Spektakel aus Fackeln und Leuchten, schweren, nach Weihrauch duftenden Stoffen und dem Vortragekreuz. Wenn die Nacht lau war, was zu dieser Jahreszeit durchaus vorkam, breitete sich nach der Prozession das Fest von Straßenzug zu Straßenzug aus, und der erste Tsipouro wurde ausgeschenkt, Schafe und Ochsen auf lange Spieße gesteckt, und bald wehte nicht mehr der Weihrauchduft durch die Gassen, sondern der Geruch nach Gebratenem.

»Hören Sie uns noch zu, Herr Bürgermeister?«, fragte Rabbi Ganis, der bemerkt hatte, wie sich Karrer in seine Gedanken verspann.

»Aber ja«, sagte Karrer. »Also die nächtliche Prozession.«

»Sie müssen dafür sorgen, dass Lüth und seine Soldaten an der Prozession teilnehmen. Als Ehrengäste und zum Schutz«, sagte Chrysostomos.

»Ich weiß nicht«, sagte Karrer. »Ich an seiner Stelle würde das merkwürdig finden, wenn mich der Bürgermeister um Soldaten anbettelt. Außerdem wird er doch vermutlich von selbst auf die Idee kommen, den Umzug zu überwachen.«

»Ja, das ist es eben. Sie müssen ihm klarmachen, dass die Soldaten nicht so sehr als Ordnungsmacht, sondern als Teil der Prozession anwesend sein sollen.«

»Ich werde es versuchen«, sagte Karrer. »Vorausgesetzt, Lüth redet mit mir.«

## V

Am Karfreitag um zwei Uhr Nachmittag befand sich Loukas Karrer direkt hinter dem Bischof, neben ihm seine Frau. In der Reihe dahinter stand der Hafenmeister mit dessen Frau. Dann erst kam Lüth, und ihm zur Seite sein Adjutant.

Die Idee war Karrer gekommen, als ihn Lüth schon etwas länger als eine Dreiviertelstunde angeschrien hatte. Bis zu diesem Moment vor zwei Tagen hatte Karrer angenommen, ein Mensch könne etwa zehn Minuten auf einen anderen Menschen einbrüllen. Danach ging ihm die Energie aus. Doch er hatte sich geirrt.

Hauptmann Lüth begrub Karrer unter einem Schwall aus Frustration und Wut, und um alle Verfehlungen, Unbotmäßigkeiten und offenen Gesetzesbrüche der letzten Wochen aufzuzählen und dabei der Empörung Ausdruck zu verleihen, die in ihm gewachsen war, reichten zehn Minuten nicht.

Als Lüth endlich leiser wurde und zuerst nur für Sekunden verstummte, aber bald ganz schwieg, lehnte sich Karrer ein Stück vor und lud ihn ein, als Ehrengast an den beiden Karfreitagsumzügen teilzunehmen.

Es sei üblich, dass der höchste militärische Befehlshaber an der Spitze der Prozession mitging. Da er das nun einmal sei, wäre es schön, wenn er das so einrichten könne. Seine Teilnahme würde auch die Verbundenheit und Einigkeit der militärischen, weltlichen und geistlichen Führung der Insel demonstrieren. Das war es gewesen. Er hatte Lüths Eitelkeit geschmeichelt, und es hatte funktioniert.

Sie alle hielten Kerzen in der Hand, und als sich die Prozession in Bewegung setzte, kam ein Mönch und zündete die Kerzen an. Er blieb am Eingang zur Kirche Agios Nikolaos an der Mole stehen, bis der letzte Teilnehmer mit einer brennenden Kerze vorbeizog. Dann schloss auch er sich an. Die Tore hinter ihm blieben offen.

Langsam, in kleinen Schritten bewegte sich die Prozession vorwärts. Große, duftende Wolken aus Weihrauch drängten sich zwischen die Reihen, und schon nach ein paar Metern begann die Stadtkapelle zu spielen. Karrer hörte die Posaunen deutlich heraus. Das hieß, die Brüder Tsezanas standen dort in den Reihen und spielten. Sie waren aus ihrem Versteck gekommen, um an der Karfreitagsprozession teilzunehmen und unter den Augen der Deutschen durch die Stadt zu marschieren.

Die Menschenmenge schob sich nur langsam vorwärts. Immer wieder blieb Chrysostomos stehen, und er selbst oder ein Mönch rezitierte ein Gebet, eine Stelle aus dem Neuen Testament, oder eine Ikone wurde herumgereicht. Die Männer am Straßenrand zogen die Hüte vor den Heiligenbildern und bekreuzigten sich. Jetzt gerade kamen zwei Mönche mit einer Ikone, und die Frauen knieten nieder und küssten das Bild. Erst als alle im Umkreis damit fertig waren, ging es ein paar Meter weiter.

Die deutschen Soldaten standen einzeln oder zu zweit an den Hausecken. Weiter die Straße entlang bildeten sie sogar ein Spalier, soweit Karrer das sehen konnte. Auf dem kurzen Weg zwischen der Kirche Agios Nikolaos an der Mole und der Bischofskirche standen vielleicht hundert bis hundertfünfzig Soldaten der Wehrmacht. Das war ein guter Anfang. In der Nacht würden es noch mehr sein, denn dann führte die Prozession durch die ganze Stadt.

Lilly Karrer nestelte an ihrem Kopftuch und beugte sich dabei zu ihrem Mann. »Eines habe ich noch nicht verstanden«, flüsterte sie. »Warum um alles in der Welt muss das gerade heute stattfinden. Könnten wir nicht warten, bis die Deutschen abziehen? Wenn es denn schon sein muss.«

»Die Deutschen haben die Synagoge bis jetzt verschont«, flüsterte Karrer zurück. »Aber es gibt keine Garantie, dass das auch so bleibt. Schon gar nicht, wenn dieser Burger kommen sollte. Dann haben wir andere Sorgen als eine Schriftrolle. Dann wird es mit ziemlicher Sicherheit Tote geben.«

Die Stadtkapelle spielte einen langsamen Marsch, und die Prozession schob sich ein paar Meter weiter. Die Litaneien der Mönche woben sich in die Musik, und aus den Seitengassen drängten Menschen.

Auf diese Weise wand sich der Zug durch die Stadt, tauchte ein in das Häusergewirr hinter dem Solomos-Platz und strebte langsam, aber stetig der Bischofskirche zu. Dort auf dem kleinen Vorplatz staute es sich. Bischof Chrysostomos stand mit dem Rücken zum Eingangstor der Kirche und wies den Mönch mit dem Vortragekreuz an, sich einen Weg zu bahnen.

Im Licht der Nachmittagssonne leuchtete das Schild am Kopfteil des Kreuzes ein paarmal auf, während der Mönch nach vorn drängte und ihm zwei seiner Kollegen links und rechts zur Seite standen. Auf diese Weise bildete sich ein Gang, durch den Bischof Chrysostomos dem Gedränge entging.

Auf dem Weg zurück wiederholten sich die Verehrung der Ikonen, die Lieder und Gebete. Aber alle Blicke hingen nun am Kreuz, das dem Zug vorausging. Der Stamm war gut drei Meter hoch und bestand aus durch das Alter geschwärztem Holz. Weit oben befand sich der Querbalken, der armdick und kantig im Stamm steckte.

Karrer erinnerte sich gut an die Karfreitagsprozessionen seiner Kindheit. Schon da und Hunderte Jahre zuvor war dieses mächtige Kreuz durch die Stadt getragen worden. Der gekreuzigte Jesus hing mit nach oben hin gestreckten Armen am Querbalken. Sein Kopf war geneigt und die Hüfte eigentümlich verdreht, was wohl auf die übereinander gestellten Füße zurückzuführen war. Sie waren mit einem einzigen Nagel durchbohrt und ans Holz geheftet.

Dieser Anblick hatte Karrer immer schon erschüttert. Nicht so sehr auf theologischer Ebene vielleicht. Die Theologie überließ er gern Bischof Chrysostomos. Aber wenn man auch nur ein bisschen darüber nachdachte, musste es einem doch seltsam erscheinen, dass dieser Gekreuzigte im Mittelpunkt einer Religion stand. So sollte ein Erlöser aussehen? Geschunden, hilflos, sterbend?

Sie waren wieder am Solomos-Platz angekommen. Die Mönche trugen die Ikonen zurück in die Kirche, und die Stadtkapelle hatte weit entfernt beim Rathaus Aufstellung genommen. Sie wurde vorerst nicht mehr gebraucht.

Rund um den Bischof sammelte sich die schwarze Masse der Mönche und Popen. Sie flankierten ihn und schufen ihm Platz, während er sich mit dem Kreuz in den Händen Schritt für Schritt zur Mitte des Platzes hinbewegte.

Karrer schätzte das Kreuz auf mindestens dreißig bis vierzig Kilo, und deshalb war er erstaunt, mit welcher Leichtigkeit Chrysostomos das Kreuz hochhob. Chrysostomos packte es mit der rechten Hand direkt unter den Füßen des Gekreuzigten, und mit der anderen Hand griff er weit unten am Stamm zu. Er kletterte auf die Kiste, die seit dem Beginn der Besatzung am Solomos-Platz stand. Hinter ihm hing der verwesende Leichnam von Mikos Sakis am Galgen.

Mit dem Kreuz in Händen drehte sich Chrysostomos zu dem Gehenkten um. Er verbeugte sich leicht und begann das Ritual. Mit weit ausgestreckten Armen senkte Chrysostomos das Kreuz in alle vier Himmelsrichtungen und sprach dabei die Segensformel. Jedes Jahr war Karrer von Neuem erstaunt über die Kraft, die Chrysostomos hier aufbrachte. Doch anders als in den vielen Jahren davor, ruhte sein Blick nicht nur auf dem Bischof.

Der Gestank der Leiche mischte sich mit dem Weihrauch, und Karrer sah gleichzeitig den Gekreuzigten und den Erhängten. Die Leiche am Galgen begann sich zu drehen. Dafür war vielleicht Chrysostomos' Auftritt verantwortlich. Ein Windhauch, ausgelöst von seinen Gewändern oder dem Kreuz. Auch jetzt, während Chrysostomos die Erdteile mit dem Kreuz segnete, wühlten Ratten im Bauch von Mikos Sakis.

In diesem Moment fiel die Sonne noch einmal auf das Schild am Kopf des Kreuzes. Karrer sah die Schrift für ein paar Augenblicke ganz deutlich. Dort stand »Jesus von Nazareth, König der Juden«, und zwar auf Griechisch, Lateinisch und Hebräisch.

## VI

Den Abend verbrachten Loukas Karrer und seine Frau in der Stadtwohnung. Dort hatten sie keine Vorräte an Lebensmitteln, nur eine Dose mit Kräutertee und ganz hinten im Schrank ein kleines Glas, dessen Boden mit ein paar Millimetern Honig bedeckt war. Damit war entschieden, was es zum Abendessen gab.

»Du musst dir überhaupt keine Sorgen machen«, sagte Karrer und hielt seine Tasse mit beiden Händen.

»Wie kommst du darauf, ich würde mir Sorgen machen?«

»Das sehe ich dir doch an.«

»Na gut, dann erkläre mir, warum ich ganz gelassen hier sitzen soll, während mein Mann an einem Komplott gegen die Faschisten beteiligt ist.«

»Aber das bin ich doch längst, und du auch.«

»Ja, aber das ist etwas anderes. Ich glaube nicht, dass Lüth besondere Nachsicht üben wird, wenn er dich in der Synagoge erwischt.«

»Das mag gut sein«, sagte Karrer und nahm einen kleinen Schluck von seinem Tee. »Aber Lüth ist im Grunde der bellende Hund, der nicht beißt. Das können wir von Burger nicht sagen, und der ist schon zu uns unterwegs. Also ist das die letzte Chance.«

»Du kannst am Solomos-Platz ganz deutlich sehen, wie Lüth nur bellt und nicht beißt«, entgegnete Lilly. »Die Leiche von Mikos Sakis, ich will gar nicht daran denken.« Sie ging im Zimmer auf und ab, eine Hand immer in die Hüfte gestützt.

Karrer beobachtete sie dabei und sagte eine Weile nichts. Der Tee wurde allmählich kalt, und draußen senkte sich die Dämmerung. Es war noch lange Zeit bis zur zweiten Prozession. »Ich werde mich hinlegen«, sagte er und trank den Tee aus. »Es wird gut sein, wenn ich ausgeschlafen bin.«

»Du hast also keine Angst?«

»Selbstverständlich habe ich Angst«, antwortete Karrer. »Große Angst. Wir könnten erschossen oder wie Sakis gehängt werden.«

»Aber warum dann? Der Plan ist doch viel zu gefährlich. Könnte nicht einer von uns irgendwann bei der Synagoge vorbeigehen und die Thorarolle holen?«

»Ich weiß nicht.« Karrer sah seiner Frau weiter dabei zu, wie sie von einem Ende des Zimmers zum anderen lief. »Wir haben uns entschieden, als wir Lüth die Liste mit unseren Namen überreichten. Von da an gab es kein Zurück mehr, und das ist ein weiterer Schritt, und wir werden noch einige solcher Schritte zu gehen haben.«

»Man kann aber auch stehen bleiben.«

»Wie man an dir wunderbar sehen kann. Wenn du so weitermachst, haben wir bald ein Loch im Boden.«

»Das ist nicht lustig.« Lilly Karrer blieb stehen.

»Ja, das weiß ich«, sagte ihr Mann. »Was ich aber nicht weiß, warum du mit einem Mal nicht mehr hinter mir stehst.«

»Aber das tue ich doch. Immer.«

»Warum hast du dann Bedenken? Es ist doch nicht gefährlicher, als gefälschte Geburtsurkunden auszuteilen. Wahrscheinlich viel weniger gefährlich.«

»Ja, aber damals war es auch noch anders«, sagte Lilly und wandte sich von ihrem Mann ab.

»Anders? Ich kann nicht erkennen, inwieweit es jetzt anders ist.«

»Natürlich nicht.«

»Also, dann sag mir, was sich geändert hat.«

Sie drehte sich wieder zu ihm um. »Weißt du«, sagte sie und ging auf die Knie, hielt seine Hände in den ihren fest. »Es ist kein guter Zeitpunkt, das weiß ich. Aber das war es in den letzten Jahren nie.«

Loukas Karrer wollte seiner Frau aufhelfen. Es gefiel ihm nicht, dass sie vor ihm kniete. Doch sie ließ es nicht zu, hockte sich hin und sah zu ihm auf.

»Ich weiß, es ist selbstsüchtig, aber ich will unser Kind aufwachsen sehen. Ich will dabei sein, wenn es das erste Wort sagt. Ja, ich will, dass es geboren wird und wir nicht vorher von diesen Wahnsinnigen erschossen werden.«

## VII

Am Solomos-Platz war es beinahe taghell, so viele Fackeln und Kerzen wurden von den Männern herumgetragen. Wie schon am Nachmittag formierte sich auf der einen Seite der Kirche Agios Nikolaos die Stadtkapelle, und auf der anderen Seite nahmen die Honoratioren Aufstellung. Loukas Karrer reihte sich vor dem Hafenmeister ein und stellte mit einem Blick über die Schulter fest, dass Hauptmann Lüth ebenfalls seinen Platz eingenommen hatte.

Diesmal folgte die Prozession nicht dem verschlungenen Weg durch die Stadt, sondern bog zur Mole hin ab und streckte sich bald über die Uferbefestigung. Wie schon am Nachmittag kamen sie aber nur schleppend voran. Aus dem Schatten traten immer wieder Menschengruppen, um die Ikonen zu küssen oder sich vom Bischof segnen zu lassen.

Die Kapelle spielte Märsche und populäre Lieder. Die Gassenhauer waren ungewöhnlich, und Chrysostomos hatte das nur zugelassen, um die Prozession in die Länge zu ziehen. Sie brauchten jede Minute für ihren Plan. Für gewöhnlich marschierte die Kapelle, während sie musizierte, aber nicht heute. Erst wenn das Stück zu Ende war und Chrysostomos ein Gebet gesprochen hatte, ging es weiter.

Karrer lächelte und merkte, wie lange er schon nicht mehr gelächelt hatte. Dann sah er sich um. Lüth war weiter zurückgefallen, unterhielt sich mit jemandem, der wie Graf Roma aussah. Das war einigermaßen bemerkenswert, hatten sie doch kaum eine gemeinsame Sprache. Lüths Griechisch war nicht anders als erbärmlich zu nennen, und Roma hatte sich seit Beginn der Besatzung höchstens ein paar deutsche Satzfragmente angeeignet. Karrer drückte seine Kerze dem Hafenmeister in die Hand und verschwand in die Dunkelheit.

Auf dem Weg durch die Gassen begegnete ihm niemand. Nicht ein versprengter Passant, und jetzt, wenige Schritte vor der Synagoge, spähte Karrer noch einmal nach links und rechts. Falls doch ein Trupp Soldaten auftauchte, konnte er immer noch einfach weitergehen. Aber alles blieb ruhig.

Hinter der angelehnten Tür wartete Rabbi Jesaja Ganis.

»Jetzt sind wir vollzählig«, sagte er. »Zehn Männer aus der Gemeinde sind nötig, um einen Gottesdienst zu feiern. Und das wird der letzte in dieser Synagoge sein. Es ist gut, dass Sie gekommen sind.«

Karrer wollte einwenden, dass er nicht hier war, um am Pessachfest teilzunehmen. Einzig und allein wegen der Thorarolle war er gekommen. Er wollte sich versichern, ob alles gut ging, ob man die Rolle schon geborgen und eingepackt hatte. Doch es blieb ihm keine Zeit, etwas zu sagen. Rabbi Ganis füllte den Becher mit Wein und sprach dann den Segen darüber. »Bereite das Mahl des Heiligen Königs. Das ist die Mahlzeit des Heiligen, gesegnet sei der Allerhöchste und Seine Schechina.«

So faszinierend Karrer dieses Ritual auch fand, so nervös machte ihn Rabbi Ganis' Gelassenheit. Er schien keine Eile zu haben, als er jetzt eine Wurzel in eine Schüssel mit Salzwasser tauchte. Der Rabbi erklärte, die Bitterkeit des Salzes sei das Symbol für die schwere Arbeit der Israeliten, die sie in der ägyptischen Gefangenschaft leisten mussten. Dann brach er das ungesäuerte Brot und sagte, dies sei das Zeichen für die Eile beim Aufbruch aus Ägypten.

»Das ist das Brot unserer Väter. Sie aßen es in Armut in der ägyptischen Sklaverei. Wer hungrig ist, der komme und esse«, sagte Rabbi Ganis, deckte die Matzebrote wieder zu und füllte den Becher zum zweiten Mal mit Wein.

Am liebsten hätte Karrer ihm den Becher weggenommen und das Ritual abgebrochen. Sie mussten alle so schnell wie möglich aus der Synagoge verschwinden. Die Prozession dauerte höchstens noch eine Stunde, wahrscheinlich weniger. Dann begann das Fest zur Auferstehung Christi. Bänke und Stühle würden auf die Straßen gestellt. Wer noch ein Lamm oder eine Ziege hatte, hatte sie geschlachtet, und sicher fanden sich noch ausreichend Vorräte an Wein und Tsipouro. In diesem Trubel konnte er ganz leicht untertauchen, aber Rabbi Ganis würde in seiner Aufmachung jedem sofort auffallen, schon gar, wenn er die Thorarolle unter dem Arm trug. Außerdem würden die Soldaten ihre Rundgänge durch die Stadt wieder aufnehmen. Es war eine Frage von Minuten, bestenfalls einer Viertelstunde, bis sie herausfanden, was in der Synagoge vor sich ging.

Eine helle Stimme ertönte. Karrer erkannte sie. Jetzt sprach der zwölfjährige Sohn des Rabbis irgendwo im Dunkeln.

»Wodurch unterscheidet sich diese Nacht von allen übrigen?«, fragte der Junge. »In allen anderen Nächten essen wir Gesäuertes und Ungesäuertes. Aber in dieser Nacht essen wir nur Ungesäuertes. In allen Nächten essen wir Kräuter verschiedener Art, aber in dieser Nacht essen wir nur die bitteren.«

Die Stimme war so eindringlich und gleichzeitig unwirklich, dass Karrer förmlich sah, wovon sie erzählte. Es war die Geschichte vom Auszug der Israeliten aus Ägypten. Von Moses, der zum Propheten wurde und Gottes Stimme in der Wüste hörte. Von der Weigerung des Pharaos, die Israeliten aus ihrer Knechtschaft zu entlassen, und den sieben Plagen, die Gott den Ägyptern schickte, um sie zu bestrafen und zu zwingen, die Israeliten ziehen zu lassen.

Karrer lauschte dem Vortrag fasziniert, doch gleichzeitig wühlte in ihm die Nervosität. Mehrmals versuchte er, das Ziffernblatt seiner Armbanduhr zu lesen, aber dazu war es zu dunkel in der Synagoge. Seinem Gefühl nach musste die Prozession schon vorbei sein, und es konnte nicht mehr lange dauern, bis die ersten Soldaten wieder unterwegs waren.

Rabbi Ganis erhob sich und schenkte zum dritten Mal Wein in den Becher. »Gesegnet seist du, oh Herr, du bist der König des Universums, unser Vater, unser Schöpfer und Erlöser. Du hast uns Gutes erwiesen jeden Tag und wirst uns Gutes tun in den Tagen, die noch kommen«, sagte Rabbi Ganis. »Wohlwollen, Liebe und Barmherzigkeit empfangen wir von dir. Friede und Segen und Rettung. Der Barmherzige gebe uns Nahrung und führe uns in unser Land. Reichen Segen möge der Barmherzige über dieses Haus bringen. Der Barmherzige möge uns den Propheten Elias senden, damit er uns Nachricht und Trost zuteilwerden lasse.«

Dann nahm er ein geschliffenes Glas und füllte auch dieses mit Wein. Das Glas war für den Propheten Elias bestimmt. Man lud ihn ein und hoffte, er möge erscheinen und das Kommen des Messias ankündigen.

Der Sohn des Rabbis öffnete die Tür der Synagoge. Er blieb dort stehen und schaute in die Gasse, als ob er jemanden erwarte. »Überschütte die Völker, die dich verleugnen mit Zorn und lösche die Königreiche aus, die deinen Namen nicht ehren«, sagte der Sohn des Rabbis. »Dein Grimm und dein Zorn soll sie erfassen, und sie sollen hinweggefegt werden vor deinem Antlitz.«

Karrer beugte sich vor, als könne er so besser hören, was sich draußen auf der Straße tat. Doch außer der Stimme des Jungen war da nichts.

Wie es das Ritual erforderte, schloss der Sohn des Rabbis die Tür wieder. Nun sprach Rabbi Ganis die Lobpreisungen. Dabei fixierte sein Blick den Becher, der für den Propheten Elias bereitstand, und dann, mitten in der Litanei, hörte er auf.

Etwas krachte gegen die Tür der Synagoge, und es hallte dumpf im Bethaus wider. Noch einmal, und nun scharrte das Türblatt über den Boden, der Vorhang schwang zur Seite.

Karrer hatte sich in dem Strom der Worte verloren, aber jetzt riss ihn der Lärm aus seiner Kontemplation. Er blickte auf und sah in die schreckgeweiteten Augen des Rabbis. Alle hielten inne, und niemand wagte es, etwas zu sagen.

Ein Mann stand schwarz gegen die helle Öffnung der Tür.

»Trink, Elias. Der Wein steht für dich bereit.« Rabbi Ganis hob den Becher hoch und ging auf die Gestalt zu. »Es ist vielleicht der letzte Wein, den wir in der Verbannung trinken«, sagte er, und der Mann dort am Eingang nahm den Becher mit beiden Händen entgegen.

»Du bist es, Elias«, rief der Rabbi. »Trink und verkünde das Kommen des Messias.«

Der Mann trank und reichte den Becher wieder an den Rabbi zurück. Nun war er zu Atem gekommen und konnte sprechen.

»Flieht, ihr Narren«, schrie er. Es war der Dichter Giorgos Kotzioulas, der, immer noch schwer atmend, dastand und nach Worten rang. »Sie kommen«, sagte er. »Lüth hat das Spiel durchschaut. Sie werden euch alle töten.« Dann drehte er um und lief davon.

Rabbi Ganis hielt den fast leeren Becher immer noch. Nun setzte er ihn an die Lippen und trank ihn aus.

»Nächstes Jahr in Jerusalem«, hauchte er und fiel in Ohnmacht.

# Kapitel 20

## I

Lüths Abreise war ein unspektakuläres Ereignis. Ein Schiff legte an, und Alfred Lüth wartete an der Mole, bis der Landungssteg vor ihm aufschlug. Dann ging er und verließ die Insel für immer. Loukas Karrer beobachtete den Vorgang von seinem Bürofenster aus. In jeder Hand einen Koffer, so balancierte Lüth über den schmalen Landungssteg hinauf. Oben erwartete ihn ein Soldat in dunkler Uniform. Sie grüßten einander militärisch, daraufhin verschwand Hauptmann Lüth aus Karrers Blickfeld.

Wenige Minuten später betrat SS-Obersturmführer Anton Burger den Landungssteg und ließ sich von zwei SS-Männern sein Gepäck hinterhertragen.

Hätte Karrer die Neuigkeit nicht zufällig in den Gängen des Rathauses aufgeschnappt, er hätte die Ablöse Lüths gar nicht mitbekommen, wäre unvorbereitet und verdutzt vor dem neuen Kommandanten gestanden und hätte sich jetzt erst, im Angesicht der Gefahr, wappnen müssen. So aber hörte er, wie das Tor des Rathauses aufgestoßen wurde und Burger und sein Gefolge eintraten.

Nach der Eile zu schließen, die Burger an den Tag legte, konnte es nicht allzu lange dauern, bis er einen Boten schickte oder gleich selbst bei Karrer auftauchte. Aber es dauerte doch eine ganze Weile, fast eine Stunde, bis ein Adjutant Karrer in gebrochenem Griechisch in das Büro des Inselkommandanten bat, oder befahl, je nachdem, wie man das Gestammel auslegen wollte. Trotz der Hitze zog Karrer sein Jackett an, band sich eine Krawatte um und stieg die Treppe zum Büro des Inselkommandanten hinunter. Schon als er sein Büro verließ, fiel ihm die veränderte Atmosphäre auf. Die Soldaten unterhielten sich in gedämpftem Ton, sie trödelten nicht wie sonst, sondern huschten durch die Gänge.

Der Adjutant überholte Karrer und öffnete die Tür zum Büro. Noch ein paar Schritte, und Karrer stand SS-Obersturmführer Anton Burger gegenüber. Die glatt rasierten Wangen, die Augen klar. Keine Falten der Grausamkeit um die Mundwinkel, nicht einmal ein zynischer Zug um die Lippen. Karrer ging auf Burger zu und streckte ihm die Hand entgegen. Burger verweigerte den Handschlag und grüßte stattdessen militärisch. Als Karrer ihn auf Griechisch ansprach und auf der Insel willkommen hieß, merkte er gleich, dass Burger kein Wort verstand. Trotzdem redete Karrer weiter und lächelte dabei.

Ein Soldat trat vor und unterbrach ihn. Er sei der Dolmetscher, und es wäre besser, wenn Karrer in kürzeren Abständen innehalten würde, damit er das Gesagte übersetzen könne. Mit einem Kopfnicken trat Karrer das Wort an den Dolmetscher ab und hörte gespannt zu, was der zu Burger sagte. In der Zeit der deutschen Besatzung hatte Karrer nicht genug Deutsch gelernt, um feststellen zu können, ob der Dolmetscher genau und richtig übersetzte, aber er verstand doch so viel, um sagen zu können, wenn bei der Übersetzung etwas grundlegend Falsches herauskam. Wie sich in der nächsten Minute zeigte, war es unerheblich, was Karrer sagte und der Dolmetscher übersetzte. Burger wischte die Begrüßung mit einer forschen Handbewegung zur Seite und setzte zu einer Erwiderung an.

Er sprach nur ein paar Sätze. Dann durfte der Dolmetscher übersetzen.

»Wenn Sie sich meinen Befehlen fügen«, sagte Obersturmführer Burger, »wird das alles reibungslos vonstattengehen. Denken Sie gar nicht erst daran, sich zu weigern oder gar Widerstand zu leisten.«

»Das werden wir natürlich tun«, antwortete Karrer. »Wir haben auch bis jetzt hervorragend mit der militärischen Führung zusammengearbeitet.«

Als Burger die Übersetzung hörte, lachte er.

»Wir sind von der SS, nicht von der Wehrmacht. Mit uns können Sie diese Spielchen gleich vergessen. Wir wissen genau, was Sie hier abgezogen haben«, übersetzte der Dolmetscher.

»Ich fürchte, Herr Obersturmführer ist falsch informiert«, sagte Karrer. »Es gibt keinen einzigen Grund zur Sorge oder Kritik.«

Noch während Burger die Übersetzung hörte, antwortete er. Der Dolmetscher verstummte. Karrer hörte eine lauter werdende Folge von Sätzen, eine Rede, die sich zum Geschrei steigerte.

»Der Herr Obersturmführer hat gerade erklärt, dass er sich nicht auf der Nase herumtanzen lässt wie Hauptmann Lüth und dass er weder vor Ihnen noch vor dem Bischof die geringste Angst hat. Falls Sie Zweifel an seiner Entschlossenheit hegen sollten, soll ich Sie an das Schicksal der Juden von Korfu erinnern, oder Rhodos oder Thessaloniki.«

»Vielen Dank«, sagte Karrer. »Aber was diese Vorfälle anbelangt, brauche ich keine Auffrischung meines Gedächtnisses. Übersetzen Sie das besser nicht«, sagte Karrer. »Sagen Sie ihm, ich habe sehr gut verstanden. Sagen Sie ihm auch, dass wir selbstverständlich in allen Belangen mit der militärischen Führung kooperieren.«

Burger hörte zu und stippte sich eine Zigarette aus der Packung, zündete sie mit einem silbernen Feuerzeug an. Nachdem er einen Zug genommen hatte, blies er den Rauch in Richtung Karrer. »Sie haben es jetzt mit der SS zu tun«, sagte er. »Thessaloniki. Fünfzigtausend Juden in drei Wochen. So macht man das. Und glauben Sie mir, so werde ich das auch hier machen.« Er nahm einen tiefen Zug aus der Zigarette und wartete, bis der Dolmetscher fertig war. Er dämpfte die Zigarette aus, und mit der nächsten Bewegung löste er den Knopf am Pistolenhalfter.

Loukas Karrer schwieg und beobachtete Burger, wie man eine Schlange beobachtet, die gerade dabei ist, ein Kaninchen zu töten. Und Karrer wusste, dass er in diesem Spiel das Kaninchen war.

So überraschte es ihn auch nicht, als Burger die Waffe auf ihn richtete. Der Lauf zielte auf seine Brust und ein Schuss aus dieser Entfernung war möglicherweise nicht unmittelbar tödlich, aber Karrer glaubte nicht, dass er irgendeine Chance hätte, diese Verletzung zu überleben.

»Hören Sie gut zu, Herr Bürgermeister«, sagte Burger und der Dolmetscher übersetzte beinahe simultan. »Bringen Sie mir eine Liste aller Juden. Und zwar bis morgen früh um acht Uhr. Sollten Sie sich weigern, werde ich Sie und Ihre Familie persönlich zur Verantwortung ziehen. Dann wird es einen toten Bürgermeister geben, und Ihr Nachfolger wird sicher viel kooperativer sein.«

## II

Später wusste Karrer gar nicht, wie er das Büro des Inselkommandanten überhaupt verlassen hatte. Erst als er auf dem Solomos-Platz stand, die Soldaten vor sich, die die längst verlassenen Maschinengewehrnester wieder mit Sandsäcken bestückten, kam er zu sich. Für einen Moment drehte er sich um, sah am Rathaus hoch zum Fenster seines Büros, dann ging er. Auf seinem Weg den Hafen entlang nahm er kaum etwas wahr. Den Blick starr geradeaus gerichtet, so marschierte er an den Fischerbooten vorbei, hörte die Grüße der Männer wie von fern. Er dachte über Lüth und seinen Nachfolger nach. War es möglich, dass Burger nur jetzt am Anfang so harsch war? Würde er sich nach ein paar Wochen möglicherweise ändern und seinen Dienst ebenso nachlässig versehen wie Hauptmann Lüth in den letzten Wochen als Inselkommandant?

Karrer wusste selbst in diesem Taumel aus Angst, dass das eine falsche Hoffnung war. Anton Burger und Alfred Lüth mochten zwar demselben Staat dienen, damit endete ihre Ähnlichkeit aber auch schon. Lüth war ehrgeizig gewesen, aber er war nicht so brutal und zielstrebig wie Burger. Außerdem bestand der große Teil von Lüths Mannschaft ja aus sogenannten Wehrunwürdigen. Kriminelle, gelegentlich auch verstockte Eigenbrötler, aber auch aus ehemaligen politischen Gefangenen. Kommunisten, Mitglieder von christlichen Sekten, die zunächst den Wehrdienst verweigert hatten, doch vor die Wahl gestellt, eine Kugel in den Kopf zu bekommen oder die Uniform der Wehrmacht anzuziehen, sich für die Chance zu überleben entschieden hatten. Karrer sah aufs Meer hinaus.

Rechter Hand die Halbinsel von Vasilikos. Die steile Küste, von Felsen durchsetzt, zog sich Richtung Süden und wurde flacher und breiter. Seinen Blicken verborgen, befand sich in einer Bucht weit unten ein schmaler Sandstrand, und noch weiter Richtung Süden lag der Hafen des Grafen Roma.

Während Karrer die Küstenlinie betrachtete, fiel ihm ein, wie viele Männer bei den Bauarbeiten für die Straße nach Vasilikos gestorben waren. Einige aus Erschöpfung, andere von den Deutschen erschossen oder zu Tode geprügelt. Auch in den Dörfern im Norden hatte es bei jeder Razzia Tote gegeben. Viele Tote, und dann noch die Hinrichtungen. Die Männer in den Kalkfässern und natürlich Mikos Sakis, der immer noch am Galgen vor dem Rathaus hing.

Nein, Hauptmann Alfred Lüth gehörte nicht zu den Guten.

So die Dinge in Gedanken abwägend, erreichte Karrer das Kloster. Der Portier sprang von seinem Stuhl auf und öffnete die Tür. Ein junger Mönch lief voraus, wohl um Karrers Ankunft zu melden. Als er im Vorraum zum Büro des Bischofs stand, kam ihm Dionysios Stravolemos, der Sekretär des Bischofs entgegen.

»Ich muss den Bischof sprechen«, sagte Karrer. »Jetzt, sofort.«

»Ja«, sagte Stravolemos. »Aber zuerst setzen Sie sich bitte hin. Sie sehen aus, als hätten Sie den Teufel gesehen.«

»Vielleicht habe ich das.« Karrer nahm das Glas, das ihm Stravolemos reichte und trank den Tsipouro in einem Zug. Der Schnaps blies den Nebel seiner Gedanken davon und ließ Karrer zwar immer noch benommen, aber klarer zurück. Die Überlegungen der letzten halben Stunde erschienen ihm jetzt müßig.

»Sie haben schlimme Nachrichten, nicht wahr?«, fragte Chrysostomos und geleitete Karrer zum Besprechungstisch. »Setzen Sie sich und holen Sie Luft. Trinken Sie einen Kaffee, und dann erzählen Sie.«

Karrer schilderte die Begegnung mit Burger. Das dauerte nicht sehr lange, aber während dieses Berichtes verfinsterte sich Chrysostomos' Gesicht zusehends. Die Falten über der Nase schnitten tiefer in die Haut, und die Augenbrauen sträubten sich.

»Ich habe gehofft, dass uns das erspart bleibt«, sagte der Bischof. »Aber wir müssen uns wohl oder übel auch dieser Prüfung stellen.« Dann fügte er schnell hinzu: »Ich muss mich dieser Prüfung stellen. Sie und Ihre Frau werden genau jenem Plan folgen, den wir für diesen Fall entworfen haben.«

»Aber ich könnte hierbleiben und nur meine Frau …«

»Nein«, unterbrach ihn Chrysostomos. »Sie können hier nichts mehr ausrichten, und es hat keinen Sinn, sich zu opfern. Ihre Frau und Ihr Kind brauchen Sie. Es genügt, wenn ich ausharre. Es wird nicht mehr allzu lange dauern, glaube ich. Ein paar Wochen noch, dann ist dieser Spuk vorbei, und die Kreaturen des Satans kriechen wieder zurück in die Unterwelt.«

»Das hoffen wir. Aber wir wissen es nicht.«

»Es würde mich sehr wundern, wenn wir das nächste Weihnachtsfest unter deutscher Besatzung begehen«, sagte Chrysostomos. »Die Andartes melden, dass eine britische Invasion kurz bevorsteht, und diesem Ansturm werden die Deutschen nicht gewachsen sein. Sie sind schwach, und Burger ist ihre letzte Kampflinie. Ich glaube, sie wollen nur noch so viele Juden wie möglich mit sich in den Abgrund reißen.«

»Aber warum?«

»Sie sind besessen von dieser Idee, dass die Juden an allem schuld sind. Viele von ihnen, vielleicht auch Burger, sind davon überzeugt, die Welt zu retten, wenn sie die Juden ermorden. Sie halten sich für das Werkzeug Gottes, wo sie doch nichts weiter als Dämonen sind. Aber das muss Sie im Moment nicht interessieren. Gehen Sie nach Athen. Kümmern Sie sich um Ihre Frau. Was hier noch zu tun ist, das erledige ich allein.«

»Er könnte auch Sie erschießen.«

»Ja, natürlich«, sagte Chrysostomos. »Wenn er das tut, wird der nächste Bischof kommen. Erschießt er auch den, dann wird sich ein dritter finden, der ihm die Stirn bietet. Wir haben nichts zu verlieren und sind in Gottes Hand. Aber Sie haben andere Aufgaben. Sie müssen überleben.«

## III

In ihrer Villa in Akrotiri holten Lilly und Loukas Karrer die gepackten Rucksäcke aus der Abstellkammer. Lilly ging noch einmal durchs Haus, sah durch die Terrassentür ins Freie. Dort unten im Vorgarten umschlang die rote Bougainvillea den Brunnen. Lilly würde den Anblick vermissen.

Für einen Moment gesellte sich Karrer zu ihr, ließ seine Hand auf ihrer Schulter ruhen, dann ging er weiter, kontrollierte den Sekretär, ob alle Fächer verschlossen waren. Als würde das etwas nützen, wenn die Deutschen das Haus anzünden, dachte er und kontrollierte die Abdeckung der Schreibplatte trotzdem noch einmal.

»Wenn alles gut geht, sind wir bald wieder zurück«, sagte er und steckte den Schlüssel zum Sekretär ein. »Wir sollten langsam aufbrechen.«

Lilly atmete tief durch, schulterte den Rucksack und folgte ihrem Mann. Sie hatten diese Situation oft genug durchgespielt. Wie würden sie reagieren, wenn die Deutschen ihr Leben bedrohten? Und zwar nicht einfach so, wie es unter Lüth manchmal vorgekommen war, sondern mit der Absicht, diese Drohung auch wahr zu machen.

Wenn es so weit war, und das war es jetzt, durften sie nicht zögern. Die Deutschen handelten schnell und erbarmungslos. Deshalb war es schon ein Risiko gewesen, den Bischof zu informieren. Diese halbe Stunde konnte über ihr Leben entscheiden.

Sie schlugen den Weg nach Nordwesten ein. Zuerst folgten sie ein Stück weit der Straße, bogen aber bald auf einen Feldweg ein. Zwischen Akrotiri und Tsilivi fuhren den ganzen Tag Mannschaftswagen und Transporter der Wehrmacht hin und her. Der Flughafen und das Krankenhaus waren die wichtigsten Stützpunkte der Wehrmacht außerhalb der Stadt, und schon deshalb war es für Karrer und seine Frau keine gute Idee, zu lange auf der Straße unterwegs zu sein. Noch waren sie SS-Obersturmführer Burger einige Schritte voraus, aber sie wussten nicht, ob Burger nicht schon längst einen Haftbefehl gegen sie erlassen hatte.

Deshalb marschierten sie einen alten Hirtenpfad entlang nach Nordwesten. Ihr erstes Ziel waren die Dörfer Vanato, Arkadioi und Kalipado, die am Eingang zum Hügelland ein Dreieck bildeten. Dort befand sich der äußerste Stützpunkt der Andartes, und wenn die Karrers Glück hatten, trafen sie dort auf Kämpfer, die sie in den Norden nach Agios Nikolaos brachten. Andernfalls würden sie sich selbst entlang des Hügelkamms durchschlagen, zuerst Richtung Tragaki, dann weiter nach Kypseli und Katastari, bis sie auf diesem steinigen, mühseligen Weg den nördlichsten Hafen der Insel erreicht hätten.

Daran dachte Loukas Karrer, während sie einen Schilfstreifen durchquerten und auf eine kleine Siedlung stießen. Drei Häuser und die Ställe für das Vieh. Der Weiler hatte nicht einmal einen Namen. Ein Mann grüßte mit erhobenem Arm. Karrer grüßte zurück. Vermutlich kannten sie einander, ziemlich sicher sogar, aber Karrer konnte das Gesicht des anderen aus der Entfernung nicht sehen.

Dann kamen sie an einem Weingarten vorbei. Auf den niedrigen Weinstöcken, sie reichten Karrer kaum bis an die Knie, reiften die ersten Trauben. Im Gehen aßen sie die Früchte, und Karrer genoss die Säure, die sich in seinem Mund ausbreitete.

Das Gehen auf der Insel hatte ihm immer schon Freude gemacht, und selbst jetzt, als die Gurte des Rucksacks einzuschneiden begannen, fand er diesen wolkenlosen Tag Ende Mai wie für eine Wanderung gemacht. Der Wind strich schon seit Stunden leicht und in Stößen über sie hinweg. Stützte ihnen den Rücken und griff ihnen unter die Arme. Karrer beobachtete seine Frau, die ein paar Schritte vor ihm ging. Die Hitze zeichnete große Schweißflecken auf Lillys Rücken, und Karrer wusste, dass sie in den letzten Tagen viel zu wenig gegessen hatte.

Gleich vor ihnen, am Ende des Weinberges, wand sich eine Schotterstraße hinauf zu den Bergdörfern, und Karrer überlegte, ob es wohl klug wäre, ihr zur folgen. Aber zunächst sollten sie eine Rast einlegen. Der Weg war noch weit, und sie waren beide nicht ganz auf der Höhe. Das schlechte Essen, die kleinen Rationen, die Aufregung und vor allem Lillys Schwangerschaft – es war Zeit für eine Pause.

»Wenn du dich hinsetzen willst, gehen wir in den Olivenhain«, sagte Karrer und reichte ihr die Wasserflasche. »Wir haben jede Menge Zeit.«

»Es geht schon. Ich bin schwanger, nicht aus Zucker … Ist etwas?«, fragte Lilly.

»Ruhig«, sagte er. »Da … Hörst du das? Da kommt ein Fahrzeug.«

Karrer führte seine Frau von der Straße in den lichten Hain. Die Bäume waren noch nicht sehr alt, und zwischen ihnen wuchs hohes Gras. Gedeckt von den langen Halmen verschwanden Loukas Karrer und seine Frau. Sie waren nicht allein, hier zwischen den Olivenbäumen. Drüben, ein paar Meter den Hang hinauf, wölbte sich etwas Braunes. Auf den ersten Blick sah es aus wie der Rücken eines Schweines. Gleich daneben tauchte ein Arm aus dem Gras auf und eine Kappe mit einem verblassten roten Stern. Karrer ging tiefer in Deckung und zog seine Frau mit sich. Sie waren in einen Hinterhalt geraten, und er wettete, dass das Fahrzeug, das jetzt laut den Hügel heraufschnaufte, Ziel der Attacke sein würde.

Er zuckte zusammen, als er eine fremde Berührung spürte. Dann ein leise gezischtes »Bleiben Sie liegen« und alles war still, und nur eine Zikade erhob vorsichtig ihre Stimme.

Im nächsten Moment tauchte der Wagen auf. Von seiner Position aus sah Karrer das graue Dach des Lasters. Es war ein Transporter der Wehrmacht, und wenn die Deutschen ihre Taktik nicht geändert hatten, saßen zwei Soldaten im Führerhaus, und mindestens vier bewachten, was auch immer sich auf der Ladefläche befand.

Der erste Schuss ging im Dröhnen des Dieselmotors unter. Der zweite brach in das Keuchen des sterbenden Motors, und der dritte fiel schon in die Stille hinein. Nackte Arme, Messer und Gewehre bewegten sich auf die Straße zu. Von dort kam das Schlagen einer Tür, Rufe, die erste Salve, die kopfhoch in die Bäume fuhr.

Eine zweite Salve zielte etwas tiefer.

Lilly hielt sich die Hände über den Kopf und drückte sich fest auf die Erde. Schreie vom Lastwagen, ein Gurgeln und Röcheln, ein Moment Stille und zwei weitere Schüsse.

»Ihr könnt kommen«, rief ein Mann auf Griechisch, und Karrer hob vorsichtig den Kopf.

»Wir haben sie erledigt. Es droht keine Gefahr mehr«, rief der Mann. »Herr Bürgermeister. Keine Angst, es ist alles in Ordnung.«

Die Windschutzscheibe des Wagens war an zwei Stellen geborsten. Die toten Soldaten hingen in ihren Sitzen. Die Plane am Heck des Wagens war zur Seite geschlagen, und einer der Andartes zog gerade eine Leiche von der Ladefläche.

»Der Wagen ist heil geblieben«, sagte der Andartis und ging mit ausgestreckter Hand auf Karrer zu.

»Agamemnon«, stellte er sich vor. »Wir haben Sie hoffentlich nicht zu sehr erschreckt. Aber wir müssen den Nazis zeigen, dass jetzt Schluss ist mit den Spielchen. Wenn die Deutschen ins Innere der Insel wollen, müssen sie sich den Weg freischießen.«

»Was immer schwieriger wird«, sagte ein anderer Andartis und zeigte auf das Maschinengewehr auf der Ladefläche. »Wenn wir noch ein paar von den Dingern erbeuten, stürmen wir die Stadt.«

»So weit ist es noch nicht«, sagte Agamemnon. »Aber lange dauert es nicht mehr. Es ist die Zeit gekommen, diese Bestien davonzujagen. Hinein ins Meer, damit sie ersaufen. Ich will ihre Leichen nicht auf meiner Insel haben.«

Vorerst wurden die toten Deutschen in den Olivenhain getragen. Hinter den Bäumen, außer Sichtweite, legten die Andartes die Körper in eine flache Grube. Sie würden später zurückkehren und die Kadaver einsammeln, sie mit dem Lastwagen wegbringen und über die Steilküste im Westen ins Meer werfen.

Jetzt aber wischte einer der Kämpfer die Sitze sauber und bot Lilly Karrer den Platz auf der Beifahrerseite an. Der Bürgermeister und seine schwangere Frau sollten nicht allein und ungeschützt durch die Bruthitze wandern. Schon hustete sich der Motor ins Leben zurück.

# Kapitel 21

## I

Der Sturm packte die Leiche mit Zähnen und Klauen und zerrte an ihr, schaukelte sie hin und her und versuchte, ihr ein Bein auszureißen. Eine Möwe hielt sich im Wind und setzte zur Landung an. Aber Mikos Sakis' Rockschöße flappten hoch und schlugen nach dem Vogel. Dann hob die Leiche sogar einen Arm und zeigte für einen Moment mit ausgestreckter Hand auf das Meer hinaus.

Diese Geste beantwortete der Sturm mit einem neuen Angriff, drehte den Körper herum, und mit einem leisen Knacksen, unhörbar im Heulen des Unwetters, löste sich Wirbel von Wirbel. Die Haut am Hals riss auf, und Mikos Sakis' sterbliche Überreste fielen zu Boden.

Erst am folgenden Tag, als sich der Sturm zu einer steifen Brise gemildert hatte, entdeckten die Soldaten die Leiche am Fuß des Galgens. Sie machten Meldung, aber ihr Vorgesetzter wagte keine eigene Entscheidung, und als ein Adjutant Obersturmführer Alois Burger die Neuigkeit überbrachte, quittierte dieser die Nachricht nur mit einem »Habe ich schon gesehen« und las dann weiter im Tagesbefehl, der gerade eingegangen war.

So blieb Mikos Sakis' Leiche unter dem Galgen liegen, die Kleider durchnässt vom Regen, die Haare zerzaust, die Augen ausgehackt von den Möwen, und da und dort sah man die vertrocknete Haut durch das Hemd schimmern.

Anastasios Tetradis stand vor der Leiche und schien gar nicht zu merken, wie sein Haar von wütenden Windstößen gestriegelt wurde. Selbst als ein Soldat an ihn herantrat und ihn in ungelenkem Griechisch aufforderte, den Platz sofort zu verlassen, reagierte Anastasios nicht. Der Soldat, unsicher, was er nun tun sollte, blieb neben Anastasios stehen, und so sahen sie beide die Leiche an.

Nach Minuten drehte sich Anastasios weg und ging, ohne ein Wort zu sagen. Der Bischof hatte ihn zu sich gerufen. Er sollte aber nicht ins Kloster oder in die Dionysios-Kirche kommen, sondern ihn vor dem Rathaus treffen. Demetrios hatte ihm Bescheid gesagt, und Anastasios hatte sich trotz des Sturmwinds und Regens gleich auf den Weg gemacht. Nun sah Anastasios, wie Bischof Chrysostomos, den Hut mit einer Hand am Kopf festhaltend, gegen den Wind geduckt am Kai auftauchte.

Anastasios kniete nieder und küsste den Ring des Bischofs. Der Bischof fasste ihn an der Schulter und zog ihn hoch. »Keine Zeit, mein lieber Anastasios, keine Zeit für Formalitäten«, sagte er. »Du musst mich begleiten, und wenn wir hier fertig sind, musst du laufen und die Kämpfer in den Bergen verständigen.«

Anastasios nickte und folgte Chrysostomos, der die Wache vor dem Rathaus ignorierte, den Arm des Soldaten beiseitedrückte und mit fliegenden Schritten die Treppe hinauflief. Alois Burger unterhielt sich mit einem Beamten und fuhr hoch, als Chrysostomos in sein Büro stürmte. Schon plusterte er sich auf, um loszubrüllen, überlegte es sich aber anders.

»Wir sind hier ohnehin fertig«, sagte er und bedeutete dem Beamten, dass er nun entlassen sei. Mit einer Handbewegung bot er Chrysostomos Platz an, würdigte Anastasios aber keines

Blickes. »Was kann ich für Sie tun?«, fragte er und setzte sich, schlug die Beine übereinander und steckte sich eine Zigarette an.

»Ich habe einen Auftrag für Sie«, sagte Chrysostomos.

»Sie haben einen Auftrag für mich?«, fragte Burger. »Es geht wohl um die Leiche da draußen. Da muss ich Ihnen leider sagen …«

»Aber nein«, fiel ihm Chrysostomos ins Wort. »Sie können den Toten liegen lassen, bis die Hunde den letzten Knochen abgenagt haben. So weiß wenigstens jeder, dass Anstand und Zivilisation auf dieser Insel abgeschafft sind und die Barbarei herrscht. Das können Sie also halten, wie Sie wollen. Nein, Sie müssen eine Nachricht an Adolf Hitler übermitteln.«

»Wie bitte?« Burger sprang auf.

»Ich glaube, ich habe mich verständlich ausgedrückt. Ich brauche jemanden, der ein Funkgerät oder meinetwegen einen Telegrafen bedienen kann und eine Nachricht von mir an Ihren Führer Adolf Hitler übermittelt.«

»Sind Sie jetzt vollkommen übergeschnappt? Ein Telegramm an den Führer? Wollen Sie ihn zum Tee einladen?«, brüllte Burger.

»Gar keine schlechte Idee«, sagte Chrysostomos. »Aber er hat sicher Wichtigeres zu tun, als unsere alte Bekanntschaft aufzufrischen.« Er reichte Burger das Blatt Papier, das er bis jetzt gefaltet in seiner Hand gehalten hatte.

»Das ist nicht Ihr Ernst«, sagte Burger, nachdem er die Nachricht gelesen hatte. »Sie bitten den Führer höchstpersönlich, Ihre Juden zu verschonen?«

»Ja«, sagte Chrysostomos.

»Das ist doch eine Farce! Der Führer soll Ihre Juden schonen. Ihre Juden, die wie vom Erdboden verschluckt sind.

Wenn Sie also den Führer bitten, Ihre Juden zu schützen, dann wissen Sie sicher auch, wo sie sind?«

»Ich habe keine Ahnung«, sagte Chrysostomos.

»Und dann schreiben Sie doch allen Ernstes, die Juden seien Griechen wie alle anderen auch, und als Griechen gehörten sie zu den Mitgliedern Ihrer Kirchengemeinde. Wer soll Ihnen denn diesen Unsinn glauben?«

»Adolf Hitler«, sagte Chrysostomos.

»Und was machen Sie, wenn ich die Nachricht nicht übermittle?«

»Nun, der Funkdienst Ihres Heeres ist sicher die schnellste Methode. Aber wenn Sie sich weigern, werde ich andere Wege finden. Ich habe erfahren, was ihr Deutschen mit den Juden in Polen macht. In Auschwitz. Über diesen Weg kommen nicht nur Nachrichten zu mir, ich kann auch welche ins Deutsche Reich schicken. Und wenn Hitler erfährt, dass Sie sich geweigert haben, eine persönliche Botschaft von einem seiner Freunde zu übermitteln, werden wir ja sehen, was passiert.«

»Was haben Sie denn gehört, was wir mit den Juden in Auschwitz machen?«

»Sie ermorden sie.«

»Ja, und genau das werden wir auch mit den Juden von Zakynthos tun.«

»Dann werde ich als Erster das Schiff besteigen, das die Juden fortbringt. Aber bevor es so weit kommt, werden Sie dieses Telegramm an Ihren Führer abschicken.«

»Meinetwegen«, sagte Burger nach einer Weile. »Ich werde es veranlassen.«

»Ich werde es überwachen«, sagte Chrysostomos.

»Sie trauen mir nicht?«

»Wie könnte ich?«

»Dann kommen Sie. Wir erledigen das auf der Stelle.«

In einem Raum im Erdgeschoss saß ein Mann mit Kopfhörern vor einem Funkgerät und notierte Nachrichten. Er stand auf, als Burger eintrat, und salutierte. Als Burger ihm erklärte, was er zu tun habe, sah er verwirrt drein, stellte aber eine Verbindung zum Oberkommando der Wehrmacht her und gab den Brief Wort für Wort durch.

»Sind Sie jetzt zufrieden?«, fragte Burger.

»Erst wenn ich eine positive Antwort habe«, antwortete Chrysostomos.

»Da können Sie warten, bis die Welt in Trümmer fällt«, sagte Burger und lachte.

»Das tut sie doch schon längst«, antwortete Chrysostomos und ging.

## II

Anastasios Tetradis war vor Angst starr neben dem Bischof gesessen und hatte nicht verstanden, worum es in dem Gespräch gegangen war. Nur so viel wusste er, dieser Mann in Naziuniform war böse.

Bischof Chrysostomos legte Anastasios den Arm um die Schulter, als sie aus dem Rathaus traten und in Richtung Kloster gingen. »Fürchte dich nicht«, sagte er. »Burger ist ein Teufel. Aber wir stehen unter Gottes Schutz. Und der Teufel vermag nur so viel, wie ihm Gott erlaubt. Ich habe dich hergebeten, damit du den Kämpfern in den Bergen berichten kannst. Wirst du diesen Weg für mich gehen?«

Anastasios nickte.

»Der Brief wird nicht viel bringen«, sagte Chrysostomos. »Er ist kaum mehr als ein Ablenkungsmanöver. Ich werde dir jetzt ganz genau erklären, wie die Lage ist, und du wirst meine Botschaft Agamemnon überbringen, oder wenn du ihn nicht finden kannst, einem anderen der ELAS-Andartis.«

Auf dem Weg den Hafen entlang erzählte Chrysostomos, dass dies nicht sein erster Besuch bei Burger gewesen war. Schon gestern hatte Burger ihn zu sich befohlen. Die Details der Unterhaltung, so meinte Chrysostomos, spielten keine Rolle. Burger war ein Barbar und sein Benehmen dementsprechend.

SS-Obersturmführer Burger war dazu entschlossen, die Juden zu finden und nach Auschwitz zu deportieren. Daran konnte kein Zweifel bestehen. Er hatte genügend Männer mitgebracht, um sein Ziel zu erreichen, selbst wenn ein Teil des wehrunwürdigen Festungsbataillons den Gehorsam verweigern sollte.

»In diesem Fall würde er seine eigenen Männer erschießen lassen«, sagte Chrysostomos.

»Der Mann ist doch verrückt«, meinte Anastasios.

»Mag sein, aber er ist auch entschlossen. Und das ist eine besonders gefährliche Mischung. Wir können nicht mit Sicherheit vorhersagen, was Burger als Nächstes tun wird, aber ich glaube, er wird versuchen, ins Inselinnere vorzustoßen. Er vermutet, dass wir die Juden dort in den Bergen versteckt haben.«

»Zum Teil«, sagte Anastasios. »Aber viele sind auch in Gaitani.«

»Ja, das ist gut so. Gar nicht gut hingegen ist, dass einige in ihre Häuser in der Stadt zurückgekehrt sind.«

»Das ist aber keine besonders kluge Idee.«

»Nein, wahrlich nicht. Deshalb ist es umso wichtiger, dass unser Plan funktioniert. Na ja, Plan ist vielleicht etwas übertrieben.« Chrysostomos versuchte ein Lächeln. »Die Deutschen werden in die Berge vordringen. Mein Vorschlag an die Andartes ist, sich möglichst auf keinen Kampf einzulassen. Das wird ihnen nicht gefallen. Sie werden jedes mögliche Argument vorbringen, warum sie doch kämpfen müssen. Lass das alles nicht gelten, Anastasios. Es ist wichtig, dass die Andartes ohne Verluste so nahe wie möglich an die Stadt herankommen. Denn hier wird sich alles entscheiden.«

Anastasios nickte. Sie waren bei der Kirche des heiligen Dionysios angekommen, und Bischof Chrysostomos segnete ihn. Einen Moment verharrten sie noch so, die Gesichter einander zugewandt, ohne etwas zu sagen. Dann hob Chrysostomos die Hand zum Gruß, drehte sich um und verschwand zwischen Kirche und Kloster.

## III

Anastasios ging nach Gaitani und sagte seiner Frau Bescheid. Rubini bekreuzigte sich, als sie hörte, was der Bischof von ihrem Mann verlangte, packte ihm eine Brotscheibe ein und ließ ihn ziehen. »Bring den Frieden mit«, sagte sie.

Anastasios brummte etwas Unverständliches und küsste seine Frau. Er wusste nicht, ob sein Gang in die Berge etwas bewirken würde, aber es war auch nicht alle Hoffnung verloren. Noch lange nicht. Irgendwer in den Bergdörfern, vielleicht schon in Tragaki oder Kypseli, konnte ihm sagen, wo sich die Andartes versteckt hielten. Dann würde er weitersehen.

Zuerst musste er an den Deutschen vorbei, die auf der Straße nördlich von Gaitani patrouillierten. Dahinter, in den Olivenhainen, den schmalen Feldern in den Hügeln, begann das Reich der Andartes, und jeden Moment konnte ein Trupp zerlumpter Gestalten aus dem Dickicht auftauchen und zu schießen beginnen. Wenn die Widerstandskämpfer auch kaum ein heiles Hemd hatten, so hatten sie doch in den letzten Monaten eine ganze Menge an Gewehren und Handgranaten erbeutet. Sogar aus dem Lager beim Gefängnis war Munition verschwunden, und die Nazis hatten die Kinder der Stadt verdächtigt, für die Diebstähle verantwortlich zu sein.

Ein Lastwagen brauste an Anastasios vorbei. Die Plane über der Ladefläche schlug im Fahrtwind, und für einen Moment sah er die Soldaten, die dort saßen, Gewehre zwischen den Beinen, die Köpfe gesenkt. Dann blies ihm der Fahrtwind den Staub ins Gesicht, und er schloss die Augen. Kurz vor Vanato, Anastasios hatte schon seit einer halben Stunde keinen Deutschen mehr gesehen, begegnete er einem Mädchen mit einem Rucksack. Es war Esther, und er wunderte sich, dass sie hier auf offener Straße ging.

»Aber die Deutschen wagen sich doch nicht mehr bis hierher«, sagte Esther und lachte. »Vielleicht kommen sie bis Gaitani, und im schlimmsten Fall fahren sie noch ein Stück weiter. Aber hier sind wir sicher. Und wenn nicht, habe ich meinen Rucksack.«

»Was ist mit deinem Rucksack?«

»Er ist voller Handgranaten.«

»Wie kommt ein Mädchen wie du zu einem Rucksack voller Handgranaten?«

»Das ist ganz leicht. Ich habe sie in Keri geholt.«

»Und quer über die Insel getragen? Hast du keine Angst?«

»Vor den Deutschen? Natürlich habe ich Angst, aber die Männer in den Bergen brauchen doch Waffen und Essen.«

Sie waren von der Straße in einen Olivenhain abgebogen und folgten nun einem Pfad, der über eine Hügelkuppe aufwärts führte.

»Du weißt also, wo die Kämpfer sind«, sagte Anastasios.

»Sie sind nicht immer am gleichen Ort. Aber ich finde sie schon.«

Sie wanderten hinauf nach Tragaki. Die Leute gingen ihrer Arbeit nach und grüßten sie im Vorbeigehen. Niemand zog den Kopf ein oder verschwand im Haus.

»Wir haben schon seit Wochen keinen Deutschen mehr gesehen«, sagte eine alte Frau, die ihnen ein Stück Brot und etwas Käse anbot. »Es hat einen Kampf gegeben.« Sie zeigte vage in Richtung Meer. »Dort haben sie geschossen, und dann war Ruhe. Wie ist es denn in der Stadt?«

Anastasios erzählte von den Durchsuchungen, von den nächtlichen Patrouillen und dem neuen Inselkommandanten. Es herrsche eine große Aufregung in der Stadt. Als ob die Deutschen den Umschwung des Schicksals schon ahnten.

»Diese Nachricht muss zu den Andartes«, sagte Anastasios. »Der Bischof schickt mich.«

Die Frau verstummte, und Anastasios dachte schon, er hätte sie beleidigt oder sie glaube ihm nicht, dass er im Auftrag des Bischofs unterwegs war.

»Du kannst mir glauben«, sagte er. »Der Bischof schickt mich, und es ist wirklich wichtig. Aber ich darf dir nichts weiter sagen.«

»Dann musst du nur deiner kleinen Begleiterin folgen«, sagte die Frau. »Die weiß schon, wo sie suchen muss.«

## IV

»Sind es viele, die in die Berge gegangen sind?«, fragte Anastasios, als sie das Dorf verließen und wieder querfeldein wanderten.

»Es sind viele. Du wirst sehen.«

»Ja, hoffentlich, weil in den letzten Tagen habe ich nicht viel von den großen Widerstandskämpfern bemerkt«, sagte Anastasios. »Schaut so aus, als haben sie die Hosen voll, seit dieser neue Nazi aufgetaucht ist.«

»Aber das stimmt doch gar nicht«, erwiderte Esther.

»Wo waren die heldenhaften Kämpfer, als dieser Burger, oder wie der heißt, vor zwei Tagen alle Leute in Lithakia verhaftet hat, nur weil er sich einbildet, die würden das Olivenöl aus der Mühle stehlen? Dabei ist schon seit Wochen, wenn nicht Monaten, kein einziger Tropfen mehr da.«

»In Lithakia?«

»Ganz genau«, sagte Anastasios. »Die Soldaten sind in irgendwelche Häuser marschiert und haben irgendwelche Leute verhaftet. Und gerade gestern sind sie durch Gaitani gefahren, Gott sei's gedankt, haben sie nicht angehalten, diese Tiere. Aber in Sarakinado, keine drei Kilometer entfernt, haben sie das ganze Dorf auf den Kopf gestellt. Häuser angezündet, weil sie glaubten, so würden die Juden, die sie nicht finden können, verbrennen. Und wenn wir schon dabei sind. Damals, als die Deutschen nach Gaitani kamen, da war noch dieser andere Deutsche der Anführer, da hat sich von den feinen Herren Widerstandskämpfern auch niemand blicken lassen.«

»Anastasios, ganz ehrlich«, Esther war vorausgegangen und drehte sich jetzt um. »Wenn es nach mir ginge, dann würde ich alle Männer sammeln, egal ob von der ELAS oder von der EDES. Ich würde sie zusammentrommeln und dann würden wir losschlagen und so lange kämpfen, bis entweder die Nazis oder wir tot sind.«

»Und warum machen die das nicht?«, fragte Anastasios.

»Weil nicht ich das Sagen habe, sondern Agamemnon und Katevatis.« Esther schüttelte sich vor Wut. »Anstatt diese Barbaren von der Insel zu jagen, diskutieren sie darüber, ob der Kommunismus oder die Monarchie die bessere Staatsform ist. Können die das nicht auf nachher verschieben? Aber wenigstens schießen sie nicht aufeinander.«

»Schießen?«

»Ja, es heißt, auf dem Festland, vor allem im Epirus, kämpfen Griechen gegen Griechen, während die Deutschen die Juden deportieren und das Land ausplündern.«

Anastasios schnalzte mit der Zunge.

»Du wirst es gleich selbst hören«, sagte Esther und drückte Anastasios ihren Rucksack in die Hand. Sie lief ein Stück voraus und verschwand in einer Senke. Als Anastasios aufgeholt hatte, stand Esther neben einem Schafstall und stocherte in der Asche eines Lagerfeuers.

»Sie sind nicht weit«, sagte sie. »In den Büschen hängen Hemden zum Trocknen. Besser, wir warten bis zum Abend. Wenn bis dahin keiner auftaucht, suchen wir weiter.«

Doch schon lange bevor die Dämmerung fiel, raschelte es in den hohen Gräsern. Anastasios hob den Kopf. Es war nichts zu sehen. Kein Halm bog sich, kein Blatt bewegte sich. Dann entdeckte er ein kleines, schwarzes Loch mitten im Gebüsch. Es war der Lauf eines Gewehres.

Anastasios streckte langsam die Hände über den Kopf und versuchte gleichzeitig aufzustehen. Das misslang ihm, und er rutschte seitlich weg, musste die Hände herunternehmen und sich abstützen, um nicht kopfüber den Hang hinunterzupurzeln.

»Tetradis«, kam es aus dem Gebüsch. »Du kannst dich wieder beruhigen.«

Es waren fünfzehn Kämpfer, die nach und nach aus verschiedenen Richtungen beim Schafstall eintrafen. Jeder trug eine Waffe, manche ihre eigene Flinte, mit der sie in Friedenszeiten auf Taubenjagd gegangen waren. Andere hatten sich Gurte mit Patronen um den Leib geschnallt und hielten die Maschinenpistolen, die sie den Italienern und Deutschen abgenommen hatten, schussbereit.

»Wir haben schon seit Wochen nicht mehr gekämpft«, sagte Katevatis, als sie später am Feuer saßen und eine Flasche Schnaps die Runde machte. »Die Deutschen haben die Hosen gestrichen voll.«

»So?«, machte Anastasios.

»Ich glaube, wir können ruhig warten, bis die Deutschen von selbst verschwinden. Das kann nicht mehr lange dauern.«

»Das glaubt ihr wirklich?«, fragte Anastasios.

»Es ist doch offensichtlich«, antwortete Katevatis. »Sie haben den Anführer ausgetauscht, diese Barbaren. Das ist das erste Zeichen für den Rückzug.«

»Also das kann man auch anders sehen«, meinte Anastasios und erzählte von den Überfällen der letzten Tage.

Katevatis saß da und stocherte im neu entfachten Feuer. Als er aufsah, sprach Anastasios weiter. »Es ist schlimmer geworden«, sagte er. »Dieser Burger ist gefährlich. Das sagt nicht nur der Bischof. Das kann man leicht selbst sehen.«

»Was ist mit dem Bürgermeister?«, fragte Katevatis.

»Das hast du noch nicht gehört? Burger hat ihm gedroht, und zwar so, dass man es auch glauben muss. Deshalb sind der Bürgermeister und seine Frau nach Athen geflohen.«

»Geflohen? Dann ist es ernst.«

»Worauf du dich verlassen kannst«, sagte Anastasios. »Ihr müsst euch in Bewegung setzen und bereitmachen. Und zwar alle. Das sage nicht ich, das lässt euch der Bischof ausrichten.«

»Alle? Auch die anderen?«

»Welche anderen«, fragte Anastasios zurück.

»Agamemnon mit seinen Kommunisten.«

»Und was seid ihr dann für welche?«

»Bürgerlich und monarchistisch«, sagte Katevatis.

»Und was macht das für einen Unterschied angesichts der Nazis? Wenn die uns erwischen, dann sind wir alle tot.«

»Aber man darf den Kommunisten niemals …«

»Eigentlich bin ich nur ein kleiner Bauer«, unterbrach ihn Anastasios. »Ich weiß schon, und du bist der Bürgersohn, bald Rechtsanwalt wie dein Vater. Aber im Moment ist das egal. Der Bischof lässt euch ausrichten, dass ihr euch bereitzuhalten habt. Wenn es zum Kampf kommt, erwartet er von euch allen Mut und alle Kraft, die ihr aufbringen könnt. Ihr sollt näher an die Stadt herankommen.

Ihr könnt ja in Vanato warten, und die Kommunisten, oder wer auch immer, bringen sich bei Kalipado in Stellung. Hast du mich verstanden?«

Katevatis senkte den Blick und nickte.

»Dann geh ich jetzt und such die Kommunisten«, sagte Anastasios. Esther packte ihren Rucksack und folgte ihm.

## V

Anastasios erwachte und spürte, wie sich sein Magen zusammenkrampfte. Die Blätter, auf denen er lag, waren hart und stachen ihm in den Rücken. Seine Schuhe, oder was davon noch übrig war, verloren die Sohle, und die Morgensonne brannte ihm ins Gesicht.

Mit einem Ächzen wälzte sich Anastasios aus der Kuhle, in der er die Nacht verbracht hatte, und sah sich um. Weiter unten in dem zerfallenen Stall kampierten die Andartes der ELAS, der griechischen Volksbefreiungsarme, und daneben in den grünen Zelten, dort waren die Deutschen. Auch alles Kommunisten.

Gestern hatte er ihnen ganz lange zugehört, als sie alle gemeinsam am Lagerfeuer gesessen hatten. Es hatte eine Debatte darüber gegeben, ob man mit den anderen Andartes zusammenarbeiten oder sie angreifen sollte. Auf dem Festland hatten sich die Kampfhandlungen zwischen der kommunistischen ELAS und der konservativen EDES zum Bürgerkrieg ausgewachsen. Auf der Insel ging man sich seit Wochen aus dem Weg.

»Kann man die Frage, ob wir lieber den Kommunismus oder die Monarchie haben möchten, ein bisschen verschieben?«, hatte Anastasios in die Diskussion eingeworfen. »Ich meine, wenigstens so lange, bis wir die Faschisten los sind.«

Er hatte böse Blicke geerntet und dann den Mund gehalten. Darüber ärgerte er sich jetzt, als er sich den Staub von der zerrissenen Hose wischte und aufstand. Er war vielleicht nicht so ein feiner Herr wie Katevatis und nicht so gebildet wie Agamemnon, der angeblich in Athen Recht studiert hatte, und auf keinen Fall war er so wortgewandt wie Giorgos Kotzioulas, der Dichter, aber auf den Kopf gefallen war er auch nicht. Also ja, er hätte auf seinem Standpunkt beharren sollen, aber jetzt war es zu spät.

Dennoch, völlig gescheitert war seine Mission nicht. Er hatte die Nachricht des Bischofs überbracht, und das hatte der Diskussion eine neue Richtung gegeben. Sie debattierten nicht mehr darüber, wie man die EDES-Andartes angreifen und vernichten konnte. Sie besannen sich tatsächlich ihrer eigentlichen Aufgabe.

Anastasios streckte sich und gähnte. Bevor er sich auf den Rückweg machte, wollte er sich versichern, ob Agamemnon sich die Sache wohl nicht noch einmal anders überlegt hatte. So stieg er den Hang hinunter und freute sich, als er das Feuer vor dem Stall sah. Raphael hockte dort und schichtete Äste auf die Glut, blies hinein, und die kleinen Zweige prasselten auf.

»Sind die Männer abmarschbereit?«, fragte Anastasios.

»Die meisten sind noch unten beim Bach und waschen sich.«

»Waschen, ja, die haben es auch dringend notwendig«, meldete sich eine weibliche Stimme vom Stall her. Sekunden später tauchte Esthers Kopf aus dem Schatten. »Das ist ein Stall, gut und schön, aber muss man darin hausen wie die Tiere?«

»Müssen wir nicht«, gab Raphael zurück.

Esther kam ans Feuer und brachte den eisernen Dreifuß und den Topf mit. Sie stellte beides über die Flammen, und bald begann das Wasser darin kleine Blasen zu schlagen.

»Tee?«, fragte Esther und teilte die Tassen aus. »Honig gibt es keinen, und sonst sind wir auch am Ende unserer Vorräte.«

»Nur noch ein paar Wochen«, sagte Anastasios. »Dann sind wir die Deutschen los.«

»Das höre ich jetzt schon fast ein ganzes Jahr«, sagte Esther.

Die ersten Andartes kamen den Hang herauf, die meisten mit nacktem Oberkörper. Die Rippen zeichneten sich deutlich ab, und bei einigen wölbten sich die Wirbel des Rückgrats unter der Haut. Das ist keine Armee, mit der man einen Krieg gewinnt, dachte Anastasios, aber er sagte nichts.

# Kapitel 22

## I

Als Vasiliki die Augen öffnete, merkte sie, dass sie allein im Bett lag. Das Laken auf der Seite ihres Mannes war kühl, die Konturen des Körpers aus der Matratze verschwunden. Für ein paar Minuten blieb Vasiliki liegen und sah an die Decke. Dort in der linken Ecke lauerte ein Gecko auf Moskitos oder auf einen Falter. Vasiliki hatte es schon vor Jahren aufgegeben, die Geckos aus dem Haus zu vertreiben.

Sie zwang sich, die Beine aus dem Bett zu heben. Es fiel ihr von Tag zu Tag schwerer. Sie dachte an den Weg zur Schule, an die Klassenräume, aus denen zuerst die jüdischen Kinder und jetzt nach und nach auch die anderen verschwanden. Alle hatten Angst vor den Deutschen, und seit der neue Kommandant auf der Insel war, wurde es schlimmer und schlimmer.

Es war noch ein wenig Glut im Ofen. Vasiliki legte nach und wartete, bis das Wasser kochte. Sie ging den heutigen Schultag durch, und ihr letztes bisschen Mut verflüchtigte sich. Sie ahnte, wie lange sich dieser Vormittag dehnen und wie sehr sich die Angst vor einer Razzia in der Schule langsam, aber sicher in ihrem Bauch ausbreiten würde.

Wahrscheinlich geschah gar nichts. Aber die Soldaten kamen oft am frühen Vormittag und besetzten den Schulhof. Meistens standen sie nur herum und beobachteten die Kinder, oft genug kamen sie aber auch ins Gebäude, durchsuchten die Büros, konfiszierten Hefte oder Aktenordner.

Heute fürchtete sich Vasiliki mehr als sonst. Ihr Mann Dionysios war, ohne sie zu wecken, gegangen, hatte nicht einmal eine Nachricht hinterlassen. Es musste ein dringender Auftrag des Bischofs gewesen sein, sicher war es auch gefährlich. Vasiliki trank ihren Tee und packte ihre Umhängetasche. Es hatte keinen Sinn, hier zu warten. Wenn ihr Mann ihr eine Nachricht schicken wollte, dann würde der Bote sie in der Schule finden.

Die letzte Kühle der Morgendämmerung hing noch zwischen den Häusern, als Vasiliki ins Freie trat. Sie sperrte die Tür hinter sich ab. Das hatte sie vor dem Krieg nie getan. Aber seit die Italiener angefangen hatten, die Häuser nach Lebensmitteln zu durchsuchen, drehte sie den Schlüssel um und steckte ihn ein. Das hatte gegen die Italiener manchmal geholfen. Viel öfter allerdings hatten sie die Tür eingetreten und Mehl, Zucker und Olivenöl gestohlen, oder konfisziert, wie sie das nannten. Doch gegen die Deutschen half eine verschlossene Tür rein gar nichts. Sie prüften nicht, ob die Tür unversperrt war, rannten gleich dagegen, schlugen mit Gewehrkolben die Fenster ein und verschafften sich so Zugang zu den Häusern. Trotzdem sperrte Vasiliki ab. Wenn auch nur aus Trotz und als Zeichen, dass sie nicht aufgegeben hatte.

Vasiliki lauschte. In der Gasse, in Richtung der Synagoge, waren seit ein paar Wochen immer wieder Geräusche zu vernehmen. Türen, die ins Schloss fielen. Töpfe, die über Herdplatten gezogen wurden. Sesselbeine auf Steinböden und manchmal auch ein Husten.

Gelegentlich sah Vasiliki jemanden über die Straße laufen, meistens waren es Kinder. Aber in den Häusern wohnten auch wieder alte Leute. Großmütter, die nicht länger in zugigen

Schuppen leben wollten, alte Männer, die das Rheuma aus den Bergen zurück in die Stadt trieb.

Das war nicht besonders klug. Hier in den eigenen Häusern, den eigenen Betten lebte es sich sicher komfortabler als in den Bergen, es war aber auch wesentlich gefährlicher. Die Deutschen nahmen zwar an, dass alle Juden ins Inselinnere geflüchtet waren, trotzdem gab es Streifen, die fast stündlich jede Straße der Stadt kontrollierten.

Eine Wehrmachtsabteilung und ein unvorsichtiges Kind, ein alter Mann, eine alte Frau, die ihren Hustenreiz nicht unterdrücken konnte, und schon würde es wieder losgehen. Bei jedem Haus die Türe eingetreten, die Zimmer durchsucht, die Menschen an den Haaren herausgezerrt. Dieses Szenario hatte Vasiliki der alten Großmutter der Tsezanas ausführlich geschildert, als sie die Frau auf der Treppe vor der Haustür sitzen gesehen hatte. Sie hatte es auch dem alten Matzas gesagt, der sich in einem Zimmer hinter dem Tabakladen verschanzt hatte. Doch geholfen hatte es nichts. Immer mehr kamen mit ihrem Bündel über der Schulter zurück. Sie glaubten, wenn die Deutschen sie bis jetzt nicht erwischt hatten, dann würden sie es wohl auch in den wenigen Wochen bis zum Ende des Krieges nicht schaffen.

Es halfen kein gutes Zureden, keine Schreckensbilder, die Vasiliki vor ihnen ausbreitete. Die Leute wollten ihre Häuser nicht aufgeben. Wollten ihre letzten Vorräte, versteckt unter den Dielenbrettern, nicht zurücklassen.

Vasiliki fuhr sich durchs Haar, atmete erschöpft aus und ging die Straße hinunter, um in gut hundert Metern links abzubiegen und dann weiter Richtung Meer zu spazieren. Aber so weit kam sie nicht. Schon als sie kaum die Hälfte der Gasse hinter sich gebracht hatte, wischte ein Schatten am Rand ihres

Blickfelds vorbei. Vasiliki drehte sich und sah einen Haarschopf, der in einem der schmalen Gänge zwischen den Häusern verschwand.

»Esther?«, rief sie und folgte der Gestalt.

Esther trat aus dem schmalen Durchlass. Ihr Gesicht war voller Kratzer und ihr Hemd kaum mehr als ein Fetzen, der nur noch vom Kragen zusammengehalten wurde.

»Kommst du jetzt auch in die Stadt zurück?«, fragte Vasiliki. »Das ist keine gute Idee.«

»Nein.« Esther schüttelte den Kopf. »Ich bin nur die Kundschafterin. Für die Andartes«, fügte sie hinzu, als Vasiliki sie verständnislos ansah.

Noch bevor Vasiliki antworten konnte, hörten sie Stiefelschritte. Gemeinsam drückten sie sich in den Spalt zwischen den beiden Häusern und sahen kaum eine Minute später eine Patrouille vorbeimarschieren. Die Soldaten schienen nicht auf der Suche zu sein, sie strebten rasch die Straße entlang und blickten dabei weder links noch rechts.

Nachdem die Gefahr vorbei war, traten beide wieder vor.

Esther zuckte mit den Schultern. »Ich soll nur berichten, was los ist«, sagte sie.

»Wem sollst du das berichten?«

»Den Andartes. Agamemnon. Die ganze Truppe wartet in Vanato. So wie es der Bischof haben wollte.«

»Dann komm mit. Wenn du wirklich wissen willst, was vor sich geht, dann musst du mit meinem Bruder reden.«

»Mit dem Bischof?«

»Ich habe nur den einen Bruder.«

»Aber ich habe doch …« Esther verstummte und zog Vasiliki mit sich. Die Soldaten kehrten im Laufschritt zurück, und

Esther und Vasiliki duckten sich erneut in den kaum mannsbreiten Durchgang zwischen den Häusern.

Im nächsten Moment krachte etwas Schweres gegen eine Tür. Die Soldaten trampelten durch den Vorraum. Schreie, Befehle, und immer wieder splitterte Holz, barst Glas und schepperte Metall auf den Boden.

Vasiliki und Esther liefen durch die Gärten hinter den Häusern, fanden einen breiteren Durchgang und trafen so wieder auf die gepflasterte Straße. Aus gut hundert Meter sahen sie, wie die Soldaten das Haus verließen und die nächste Tür eintraten. Etwas weiter die Straße hinauf tauchte eine weitere Abteilung auf.

## II

Vor den Soldaten flüchteten sie in eine Gasse hinunter zum Meer. Alle paar Schritte drehte Esther den Kopf, um zu sehen, ob ihnen jemand folgte. Sie waren außer Atem, als sie die breite Straße entlang des Hafens erreichten. Vasiliki stützte die Hände in die Hüften und wandte sich nach links und nach rechts. Selbst die Fischerboote lagen verlassen. Bei den Anlegeplätzen dümpelte ein einsames Ruderboot in der schwachen Brandung, und beim Kafenion bei der Hafenmeisterei saß nur der Wirt selbst auf einem Stuhl an der Wand und rauchte.

Für drei, vier Atemzüge verharrte Vasiliki, dann winkte sie Esther, und sie gingen zum Kloster, das kaum drei Minuten Fußweg entfernt lag.

Der Mönch an der Pforte nickte Vasiliki zu und ignorierte Esther. Er stand nicht auf, um ihnen den Weg zu versperren oder auch nur zu fragen, wem er sie ankündigen solle. Schon auf der Treppe, die zum Empfangssaal führte, bekam sie eine Ahnung, warum der Mönch am Eingang sich so seltsam verhielt.

Es war ruhig. Keine Stimmen, kein Rücken von Tischen und Sesseln, keine Mönchskutten, die an Wänden scheuerten. Normalerweise versammelten sich an diesem Vormittag jede Woche die Popen, die Äbte der Klöster und viele andere hier im großen Saal, um über ihre Probleme, ihre Wünsche und die Notwendigkeiten des alltäglichen Lebens zu beraten. Freilich tauchten nicht jede Woche alle auf, aber es waren doch immer so viele, um den Saal zu füllen und die Gänge zu verstopfen. Heute standen die Sessel unbenutzt. Keine Wasserkaraffen, keine Kaffeetassen wurden herumgereicht, und niemand versuchte, sich laut Gehör zu verschaffen.

Esther hatte das Kloster noch nie betreten. Für sie war die Abwesenheit der Geistlichen ein Glück, denn so konnte sie die golddurchfluteten Mosaike betrachten. Rundum zogen sich Szenen, in denen Engel ihre Flügel ausbreiteten und Menschen vor ihnen knieten, Paläste wuchsen aus den Hügeln, und Palmen beschatteten Karawanen auf Kamelen und Pferden.

»Steh nicht herum«, sagte Vasiliki. »Wir haben dafür keine Zeit.«

Vasiliki öffnete eine Tür, und Esther huschte mit ihr in den Raum. Dort saß ein Mann an einem Schreibtisch und schrieb. Esther erkannte ihn nicht gleich, aber als er den Kopf hob, sah sie, dass es Dionysios Stravolemos war.

Dionysios sah die beiden verwundert an. Vasiliki strebte an seinem Schreibtisch vorbei und hatte schon den Knauf zur Bürotür ihres Bruders in der Hand, als sie sich besann.

»Seit wann bist du eigentlich schon hier?«, fragte sie ihren Mann.

Dionysios legte die Stirn in Falten. »Lange«, sagte er. »Demetrios hat mich geweckt. Hast du gar nichts gehört?«

»Was ist los? Auf der Straße sind überall Soldaten.«

»Aha«, machte Dionysios.

»Hast du dafür eine Erklärung?«

»Demetrios hat mich aufgeweckt, weil ein Mönch oben in Bochali bemerkt hat, dass sich Militär sammelt, und zwar nicht nur ein paar Männer, sondern Hunderte. Da bin ich selbst hinaufgestiegen zur Festung und habe mir das angeschaut.«

»Du hättest mich wecken können.«

»Damit du mitgehst? Nein. Mir ist lieber, nur einer von uns bringt sich in Gefahr. Dann bin ich hierhergekommen. Dein Bruder war schon wach.«

Vasiliki klopfte dreimal und öffnete die Tür zum Büro einen Spalt. Chrysostomos lächelte, streckte die Arme nach ihr aus und kam auf sie zu.

»Du musst dir keine Sorgen machen«, sagte er und umarmte seine Schwester.

»Aber irgendetwas stimmt doch nicht.«

»Ja, das ist wohl wahr«, sagte Chrysostomos und gab Esther die Hand. »Du bist ein seltener Gast. Aber es sind auch seltsame Zeiten.«

»Weißt du, was in der Stadt los ist?«, fragte Vasiliki.

»Wir haben eine leise Ahnung davon«, sagte Chrysostomos. »Es ist ja nicht so, als ob SS-Obersturmführer Burger seinen Tagesbefehl mit mir teilt. Aber vielleicht weiß Esther, was sich nun zusammenbraut.«

»Nein.« Esther schüttelte den Kopf. »Ich habe nichts herausgefunden. Nur vielleicht, dass sich auf dem Weg in die Stadt auch viele Soldaten befinden.«

»Und wohin sind die unterwegs?«, fragte Chrysostomos.

»Ins Judenviertel. Wenn ich mich nicht täusche.«

»Ja, das ist zu befürchten«, sagte Chrysostomos und wandte sich an Vasiliki. »Wie geht es in der Schule? Findet dort heute Unterricht statt?«

»Eigentlich schon«, sagte Vasiliki. »Aber wie es aussieht, wird wohl niemand dort auftauchen. Ich sehe nach.«

Sie wandte sich zum Gehen, aber Chrysostomos hielt sie auf.

»Die Kinder sind in einer halben Stunde auch noch dort, oder nicht? Wenn es sein muss, bring sie hierher. Das Kloster werden die Deutschen schon nicht stürmen«, sagte er. »So machen wir das. Und du, Esther, wartest bitte noch einen Moment. Demetrios kommt gleich von einer langen Erkundung zurück. Ich will hören, was er zu sagen hat. Dann kannst du laufen, um den Andartes Bescheid zu sagen.«

Esther wollte widersprechen, aber Bischof Chrysostomos hatte die Tür schon hinter sich zugezogen.

»Warte einfach ein bisschen«, sagte Dionysios. »Demetrios ist spätestens in einer halben Stunde zurück.«

Eine halbe Stunde, das erschien Esther eine unendlich lange Zeit, in der die Soldaten die halbe Stadt verwüsten konnten. Sie musste aufstehen und rennen, so schnell sie konnte, um Agamemnon zu informieren. Die Andartes mussten losschlagen. Am besten jetzt, in dieser Minute.

»Wie schlimm ist es da draußen?«, fragte Dionysios seine Frau.

»Soldaten auf der Straße, Soldaten die Türen aufbrechen.«

»Bei uns?«

Vasiliki nickte.

»In unserer Gasse?«

Vasiliki nickte erneut.

»Dann ist also eingetreten, wovor wir uns so sehr fürchten.«

Esther verstand nicht, was er damit meinte, und sie wagte nicht zu fragen. Genauso wenig wie sie den Mut hatte, aufzustehen und loszulaufen, obwohl sie wusste, dass es die einzige richtige Entscheidung war. Stattdessen blieb sie auf ihrem Stuhl sitzen und hielt sich mit den Händen am Rand der Sitzfläche fest. Ihr linker Fuß begann vor Nervosität zu wippen.

»Sind die Andartes bereit?«, fragte Dionysios.

Esther sagte nichts.

»Sind die Kämpfer aus den Bergen bereit, Esther?«, wiederholte er die Frage.

»Sie sind in den drei Dörfern. Das ist nicht weit«, sagte Esther.

Dionysios stand auf, ging drei Schritte auf die Bürotür des Bischofs zu, zögerte.

»Ich weiß es auch nicht«, sagte Vasiliki. »Vielleicht ist es eine Falle.«

»Oder wir schlagen zu früh los, dann kennen die Deutschen unseren Plan und die Stärke der Andartes.«

»Oder zu spät, und es sind schon alle auf Schiffe verladen oder tot.«

»Wir müssen mit Chrysostomos sprechen«, sagte Dionysios und öffnete die Tür.

Die Kutte des Bischofs schwang um seine Beine. Chrysostomos beugte sich vor und streckte die Hand aus. Dort auf dem Stuhl saß Demetrios, und der Bischof strich ihm gerade übers Haar und reichte ihm dann ein Glas mit Wasser.

Demetrios' Gesicht war unter den getrockneten Spritzern aus Schlamm kaum zu erkennen. Sein Haar war voller Staub und seine Arme und Beine sahen aus, als sei er in eine Dornenhecke gefallen. Allein der Anblick ließ Esther zusammenzucken.

»Demetrios, wo kommst du denn her? Bist du jetzt ein Geist, der ungesehen an uns vorbeifliegt?«, sagte Vasiliki.

Demetrios kicherte und schüttelte den Kopf, sodass der Staub aus seinen Haaren herausgeschleudert wurde und auf Chrysostomos' Kutte landete.

»Er kennt den Geheimgang«, sagte Dionysios. »Ist es nicht so?«

»Natürlich«, sagte Chrysostomos. »Es ist doch lästig, wenn er immer beim Portier vorbei muss, und es ist in Zeiten wie diesen auch gefährlich.«

Esther lauschte dem Gespräch mit wachsender Ungeduld. Die Zeit lief ihnen davon. Der Weg nach Vanato zu den Andartes dauerte eine Stunde. Wenn sie rannte, wirklich schnell rannte, schaffte sie es vielleicht sogar in vierzig Minuten.

»Ich war ganz im Norden, bei Kap Skinari, und von dort bin ich dann die Küste entlang zurück«, sagte Demetrios.

»Er war alles in allem fast eine Woche unterwegs«, sagte Chrysostomos.

»Die Deutschen sammeln ihre Truppen«, fuhr Demetrios fort. »Sie haben alle Soldaten aus den Bunkern, aus den Unterständen, und wo die sonst noch herum sind, zurück in die Stadt gerufen, oder nach Tsilivi. Dort sind jetzt so viele, dass sie Häuser beschlagnahmen und in den Gärten kampieren.«

»Das ist aber nicht das Werk der Andartes?«, fragte Dionysios. »Ich meine, die Andartes haben die Deutschen nicht von der Küste vertrieben, oder? Das würde mich sehr wundern.«

»Die Andartes haben damit nichts zu tun«, sagte Chrysostomos. »Jedenfalls soweit wir wissen. Demetrios, erzähl bitte weiter.«

»Nachdem ich mich in Tsilivi umgesehen hatte, dachte ich mir, ich gehe gleich in die Festung und sehe nach, was sich dort so tut.«

»Das ist aber ziemlich gefährlich«, sagte Dionysios. »Das Risiko wärst du besser nicht eingegangen. Wer weiß, was passiert, wenn man dich entdeckt.«

»Ach, um mich kümmert sich doch keiner. Schon gar nicht bei dem Durcheinander. Soldaten aus Tsilivi sind in die Festung hineinmarschiert. So viele, dass kaum Platz für sie war. Das hat überhaupt nicht aufgehört. Aber das ist nicht das Wichtigste, das ich dort gesehen habe.«

»Das ist keine Lagerfeuergeschichte«, sagte Vasiliki. »Spann uns nicht auf die Folter.«

»Es gibt dort ein paar Soldaten, die haben sich mit den Andartes verbündet, und mir sagen diese Deutschen auch Bescheid, wenn etwas geplant ist, damit ich es euch melden kann. Aber niemand hat etwas verraten. Ich meine, ich war doch erst letzte Woche dort oben in der Festung und habe mit dem Schuhmacher, dem Alfred Bamberg, gesprochen. Aber über diesen Aufmarsch hat er nichts gesagt.«

Esther kannte Alfred Bamberg. Er war ein ruhiger Mann, der zwischen ausgelatschten und aufgeplatzten Stiefeln und großen Lederbahnen in seiner Werkstatt saß und versuchte, die vom Krieg erschöpften Schuhe zu flicken, neu zu besohlen und die ausgerissenen Ösen zu ersetzen. Oft spannte er die Schuhe auf einen Amboss, den er in der Festung gefunden hatte, und nagelte die Sohlen fest an das Obermaterial, zog eine eingefettete Ahle durch die vorgestanzten Löcher und polierte die Schuhe zum Schluss mit Wachs.

Bei dieser Arbeit hatte Esther ihm einige Male zugesehen. Nämlich jedes Mal, wenn Raphael keine Zeit hatte, auf einem

Botengang war, sich mit den Andartes weit bis in den Süden der Insel vorwagte, um dort Patrouillen der Wehrmacht aufzulauern. Dann ging Esther in die Stadt. Niemand hielt sie auf, weil niemand glaubte, dass eine Jüdin mitten hinein in die Festung der Faschisten marschieren würde, um dort von einem Kommunisten die neuesten Informationen über die Pläne der SS und der Wehrmacht zu erfahren.

»Vielleicht hat sich Burger das erst vor ein paar Tagen ausgedacht«, sagte Dionysios. »Oder er hat einen Befehl aus Athen bekommen.«

»Aber das ist ja noch gar nicht das Seltsame«, fuhr Demetrios fort. »Ich wollte den Bamberg fragen, was los ist, und habe ihn gesucht. In der Werkstatt, wo er immer sitzt, war er nicht. In der Küche auch nicht, und in den Schlafsaal bin ich nicht hineingekommen, so viele Soldaten waren da.«

»Du hast ihn aber gefunden?«, fragte Vasiliki.

»Hab ich. Im Gefängnis. Dort haben sie alle …, wie heißt das noch gleich?«

»Wehrunwürdigen«, half Chrysostomos.

»Ja, die Wehrunwürdigen haben sie alle eingesperrt.«

»Das heißt, die Nazis haben etwas Großes vor. Etwas, wo ihnen die Wehrunwürdigen nicht in die Quere kommen sollen«, sagte Dionysios.

»Über solche Sachen weiß ich nichts«, sagte Demetrios. »Aber ich habe den Bamberg gefunden und die anderen auch. Im Gefängnis natürlich, habe ich ja schon gesagt. Es waren so viele in einer Zelle, dass sich keiner niedersetzen konnte. Der Bamberg stand gleich am Gitter, und wir haben geredet. Er meint, die ganze Aufregung hat nur ein Ziel. Die Nazis wollen die Juden zusammentreiben und von der Insel bringen.«

Esther konnte ihre Ungeduld nicht länger zähmen. Obwohl sie vor Bischof Chrysostomos nicht nur Respekt, sondern tatsächlich Angst hatte, räusperte sie sich. Als sich Vasiliki daraufhin zu ihr umdrehte erstarrte Esther.

»Möchtest du etwas sagen?«, fragte Vasiliki.

Esther schluckte und bekam aber kaum ein Krächzen zustande. Jetzt sah auch Bischof Chrysostomos zu ihr hin. Sie senkte den Kopf.

»Ich sehe dir doch an, dass du etwas auf dem Herzen hast«, sagte Chrysostomos und kam auf sie zu.

»Es ist …« Esther verstummte, versuchte, sich im Kopf die Wörter zurechtzulegen, und konnte es nicht. Sie schloss die Augen, sodass sie weder den Bischof noch sonst jemanden sah, und versuchte es erneut. »Es wird etwas Schreckliches geschehen«, sagte sie so schnell, dass man sie kaum verstand. »Ich glaube, ich sollte laufen und die Andartes holen.«

Für ein, zwei Momente sagte niemand etwas. Esther hielt die Augen geschlossen und wartete.

»Du hast recht«, sagte Chrysostomos. »Auch wenn wir nicht mit letzter Sicherheit wissen, was die Deutschen vorhaben, so müssen wir jetzt dennoch handeln. Also, ich habe nur ein paar Fragen an dich. Sind die Andartes in den drei Dörfern?«

Esther nickte.

»ELAS und EDES?«

»Ja«, sagte Esther.

»Was glaubst du, werden sie vernünftig sein?«

»Sie meinen, ob Agamemnon und Katevatis Frieden geschlossen haben?«

»Ein Waffenstillstand würde mir schon genügen«, sagte Chrysostomos.

»Als ich gegangen bin, war alles friedlich.«

»Dann los. Aber sag ihnen, sie sollen nicht direkt in die Stadt kommen. Sie sollen versuchen, ob sie bis Xifitas vordringen können. Von dort sind es höchstens zehn Minuten bis zum Rathaus. Wenn das nicht geht, sollen sie lieber in Gaitani haltmachen.«

## III

Im Schatten eines Hausdaches sah Esther einen Jungen. Die Beine ragten in den Sonnenschein und die Arme hatte er hinter dem Kopf verschränkt. Er schien zu dösen, drehte aber sein Gesicht in Esthers Richtung, und nun erkannte sie ihn. Sie rannte die letzten hundert Meter, sodass sie außer Atem, aber lachend bei Raphael ankam und sich neben ihm auf den Boden sinken ließ.

»Es bleibt keine Zeit«, sagte Esther. »Die Soldaten sind schon in der Stadt.«

»Dann gehen wir.« Raphael half ihr auf. »Aber leicht wird das nicht.«

Kaum waren sie um die nächste Straßenbiegung, standen sich zwei Männer gegenüber und brüllten aufeinander ein. Der großgewachsene Kerl mit dem dreckigen Hemd gehörte zur ELAS. Er war ein Vertrauter von Agamemnon, und Esther hatte ihn ein paarmal gehört, als er über die Befreiung der Bauern und Arbeiter durch die Andartes gesprochen hatte.

Auf der anderen Seite hatte sich einer mit mächtig breiten Schultern und tiefer Stimme aufgebaut. Auch ihn hatte Esther schon öfter gesehen. Er gehörte zu Nikos Katevatis und seinen Leuten. So wie Katevatis war auch er Sohn eines Rechtsanwalts oder eines Arztes, Esther erinnerte sich nicht mehr so genau.

Worum es in dem Streit ging, konnte Esther leicht an den Wortfetzen erkennen, die aus dem Gebrüll zu ihr wehten. Es ging um die Weltrevolution auf der einen Seite und die Rückkehr des Königs auf der anderen.

Für Esther ergab das alles wenig Sinn, und jetzt war sicher der falsche Zeitpunkt, um sich anzuschreien. Sie trat zwischen die Männer und breitete die Arme aus.

»Seid still«, brüllte sie. »Geht auseinander!«

Sie ließen die Arme sinken, verstummten.

»So, und jetzt will ich Agamemnon sprechen und Nikos Katevatis«, sagte Esther.

»Was glaubst du eigentlich, wer du bist?«, kam es von den Männern.

»Ich bin Esther Amar. Der Bischof schickt mich, und mein Auftrag ist dringend und wichtig.«

Die Straße hinunter in einem Garten regte sich etwas. Unter einer Pergola mischten sich Schatten, trennten sich wieder, und dann traten Agamemnon und Katevatis ins Licht.

»Berichte«, sagte Agamemnon kurz, als er Esther erreicht hatte, und nachdem die Botschaft übermittelt war, klopfte er ihr auf die Schulter.

»Nikos«, sprach er seinen Begleiter an. »Wollen wir streiten oder Faschisten jagen?«

Katevatis holt Luft, setzte zu einer Erwiderung an, ließ es aber bleiben.

»Dann ist doch alles klar. Wir brechen auf.«

Anders als von Esther befürchtet, brauchten die Männer nur ein paar Minuten, um ihre Rucksäcke zu schultern, Gewehre und Munition zu verstauen und in lockerer Marschordnung anzutreten. Eine Vorhut von drei Mann lief voraus und überwachte die Straße.

## IV

Esther und Raphael ließen die Andartes bald hinter sich und machten sich auf den Weg zurück in die Stadt. Sie versprachen, die Andartes spätestens heute Abend, aber wahrscheinlich früher in Xifitas aufzusuchen und ihnen von der Lage in der Stadt zu berichten.

Sie selbst wählten den Pfad am westlichen Abhang unter der Festung. Weder die Italiener noch die Deutschen hatten diesem Schleichweg je besondere Beachtung geschenkt, was doch seltsam war, wenn man bedachte, wie leicht und vor allem ungesehen man so in die Stadt gelangen konnte. Sie liefen unter den Bäumen, bis sie zum Fußweg kamen, der hinauf zur Festung führte. Jetzt befanden sie sich etwa auf der Höhe der Synagoge, die höchstens dreihundert Meter Luftlinie von ihnen entfernt war.

Als sie an der Wegkreuzung anhielten und auf die Stadt hinunter sahen, konnten sie in den Straßen Soldaten erkennen. Manche waren nur zu zweit, meistens waren es aber fünf Leute, die an Türen rüttelten und in die Häuser eindrangen.

»Ich gehe zurück«, sagte Raphael. »Die Andartes müssen sofort kommen.«

»Nein. Nicht so schnell«, widersprach Esther.

»Aber sie bringen die Leute doch um.«

»Das glaube ich nicht. Demetrios hat erzählt, dass sie alle Juden zusammentreiben und auf ein Schiff verladen wollen. Die töten jetzt und hier wahrscheinlich niemanden. Auch wenn ich das nicht verstehe, warum man die Leute dazu erst nach Polen bringen muss.«

»Ist nicht unser Problem«, sagte Raphael. »Also, dann zum Bischof.«

Durch die Stadt zu gehen, war gefährlich, und dennoch stiegen Esther und Raphael den Pfad hinunter und gelangten über eine schmale Gasse und einen Durchgang zwischen zwei Häusern in die Straße, in der die Synagoge lag.

Soldaten, SS-Männer, Offiziere und einfache Mannschaft drängten sich zwischen den Häusern. Fensterscheiben klirrten, und Splitter verteilten sich auf dem Pflaster. In den Gebäuden gelegentlich ein Schrei, ein Stöhnen.

Esther und Raphael querten die Straße, ohne angehalten zu werden. Nur ein Wehrmachtsoffizier, kenntlich an seinen in der Sonne blitzenden Kragenspiegeln, rempelte sie an, sodass sich Raphael an einer Mauer abstützen musste. Aber alle waren mit anderen Dingen beschäftigt, und niemand achtete auf zwei Jugendliche, die sich nur verirrt hatten, ihren Fehler einsahen und das Weite suchten.

Ein Motorrad knatterte durch eine Gasse, die so eng war, dass die Lenker beinahe die Mauern der Häuser streiften. Schreie und wieder das Splittern von Glas. Raphael sah, wie ein Soldat mit dem Gewehrkolben gegen die Tür seines Hauses schlug. Am liebsten wäre er aufgesprungen, losgelaufen, um den Deutschen aufzuhalten.

»Das ist …« Esther fasste seinen Arm, und Raphael verstummte. Vor ihnen polterte jemand gegen eine Tür und sprengte sie mit den Schultern auf. Esther und Raphael schafften es gerade noch, sich in eine Nische zu drücken, da schrie ein Kind, so laut, als würde man ihm die Haut abziehen. Der Soldat hatte das Kind am Arm gepackt, schleifte es hinter sich her. Er kam auf Esther und Raphael zu, bemerkte sie aber nicht, weil er nur stur aufs Pflaster starrte.

Zunächst blieb es in dem Haus still, aber gerade als Esther und Raphael weitergehen wollten, erhob sich ein Gezeter, das sich steigerte und steigerte und in einem Schrei mündete. Dann ein Knall und Stille. Kaum eine Minute später zogen zwei Soldaten eine alte Frau an ihren Haaren aus dem Haus und verschwanden mit ihr in der nächsten Gasse. Nun begann die Frau wieder zu heulen und wurde abermals bewusstlos geschlagen.

Erst als die Gruppe außer Sichtweite war, wagten sich Esther und Raphael weiter vor.

»Vorher waren sie noch hier«, sagte Raphael und ging auf das Haus seiner Eltern zu. Die Tür hing schief in den Angeln. Die Fenster waren zerborsten, die Tische zerschlagen, die Herdstelle mit einem großen Hammer zertrümmert.

»Ich frage mich, was sie davon haben«, sagte Esther. »Das ist doch ganz schön viel Arbeit, eine Wohnung so zuzurichten.«

Raphael zuckte mit den Schultern. »Was haben sie davon, Kinder und alte Frauen über die Straße zu zerren? Das ergibt alles keinen Sinn.«

»Ja, es ist eigentlich auch egal. Sie machen es, und wir werden sie aufhalten.«

»Werden wir das?«

»Wir müssen«, sagte Esther.

Esther sah die Straße hinauf und hinunter. Nirgends rührte sich etwas, aber vom Markusplatz her drang ein Rauschen. Nicht das Rauschen des Meeres, sondern von Stimmen und Schritten, von Motoren und Rädern. Es schwoll an und verebbte beinahe vollständig, und dann wurde es wieder lauter.

Sie liefen los und schon auf der Hälfte der Strecke sahen sie die grauen Uniformen der Wehrmacht. Die Soldaten standen so dicht, dass Esther weder den Brunnen in der Mitte des Platzes noch die Eingänge zu den Häusern auf der anderen Seite sehen konnte.

»Das hat keinen Sinn«, sagte sie und blieb stehen.

»Versuchen wir es außen herum«, schlug Raphael vor und zeigte auf den Hang, der zur Festung führte.

Ohne ein weiteres Wort bog Esther ab, und sie rannten über eine Treppe hinauf zur äußersten Häuserzeile. Dahinter dehnte sich Gestrüpp, und kleine Feigenbäume bildeten den Übergang zu einem Kiefernwald.

Durch das hüfthohe Gras drangen sie bis zum englischen Friedhof vor.

Am Markusplatz hatte sich eine große Menge Soldaten versammelt, und beim Eingang zum Solomos-Platz stand ein Geländewagen mit laufendem Motor und im Halbkreis waren SS-Männer. Sie umstellten eine Gruppe von Frauen, Männern und Kindern. Das waren die versteckten Juden aus dem Ghetto.

Es war Zeit, sich zu trennen. Raphael sollte zurück zu den Andartes, um sie zu alarmieren und über die Lage zu berichten, und Esther wollte den Markusplatz weiträumig umgehen, wenn nötig bis hinaus zum Gefängnis, um dann von hinten an den Solomos-Platz heranzukommen, den Glockenturm bei der Kirche Agios Nikolaos zu besteigen und das Geschehen von dort zu beobachten.

Raphael widersprach ihr: »Was hast du davon? Wenn dich einer da oben sieht …«

»Hält er mich wahrscheinlich für eine Schaulustige.«

»Möglich. Aber warum willst du das Risiko eingehen?«

»Ich weiß nicht«, sagte Esther. »Vielleicht nur, damit es jemanden gibt, der bezeugen kann, was die Deutschen hier tun.«

## V

Die Rückseite der Kirche Agios Nikolaos lag im Schatten. Der Lärm am Solomos-Platz wurde durch die Mauern gedämpft, und Esther gelangte ungesehen bis an den Glockenturm. Der ragte kaum höher als der First der Kirche und war nur durch eine Quermauer mit dem Hauptgebäude verbunden.

Esther setzte einen Fuß auf die unterste Stufe. Die nächste Stufe war hoch und so schmal, dass Esther kaum auf Zehenspitzen darauf stehen konnte. Sie zog sich am Eisengeländer nach oben und duckte sich, als sie merkte, wie ihr Kopf über die Mauer lugte. So gekrümmt, kroch sie weiter und wäre beinahe gegen eine der Glocken gestoßen, so sehr musste sie sich konzentrieren, um nicht abzustürzen.

Als sie den obersten Punkt erreicht hatte, zog sie den Kopf ein und spähte über den Platz. Es war genauso, wie sie es befürchtet hatte: Von den Soldaten in Schach gehalten, standen und hockten da ungefähr fünfzig Personen, die Arme schützend über die Kinder haltend.

Im Moment geschah wenig mehr. Auf dem Balkon des Rathauses, schräg gegenüber Esthers Beobachtungsposten, standen zwei Männer. Einer von ihnen rauchte. Das war mit Sicherheit SS-Obersturmführer Burger. Das erkannte Esther einerseits an seiner Uniform, andererseits wusste sie ganz genau, wie er sich bewegte. Die Art wie er den Arm hob, wie er die Zigarette zum Mund führte, das hatte sie in den wenigen Wochen, die Burger auf der Insel war, oft genug gesehen. Jedes

Mal, wenn er etwas verkündete, wenn er die Kiste in der Mitte des Platzes bestieg und sich dort breitbeinig aufbaute, steckte er sich eine Zigarette an und rauchte mit großer Geste.

Esther wendete den Blick und beobachtete nun den Hang unter der Festung. Dort sollten die Andartes auftauchen. Raphael musste sie schon längst erreicht haben. Aber es rührte sich nichts.

Es konnte doch nicht sein, dass die Andartes es sich anders überlegt hatten? Esther schüttelte den Kopf. Agamemnon hatte entschlossen geklungen, und auch Katevatis hatte nicht den Eindruck gemacht, als würde er sich fürchten.

Jetzt tat sich etwas auf dem Platz, und Esther sah, wie ein Soldat zwei Schritte machte. Er riss einem der Gefangenen die Jacke vom Leib. Der Soldat schnauzte den Mann am Boden an, und dann waren dort schon andere Soldaten, die den Mann niederrangen und ihn mit dem Gesicht nach unten am Boden fixierten. Die Soldaten durchsuchten den Mann, fanden nichts und beförderten ihn mit Fußtritten wieder auf die Beine.

Burger warf seine Zigarette vom Balkon und stützte sich mit den Händen an der Balustrade ab. Der andere Mann kam ebenfalls nach vorn. In seiner rechten Hand trug er ein Megafon. Dann begann Burger zu brüllen.

Zuerst begriff Esther nicht, warum er so schrie. Solange er Deutsch sprach, konnte ihn doch niemand verstehen. Aber dann merkte sie, dass das gar nicht stimmte. Denn bis auf die fünfzig Gefangenen befanden sich nur Deutsche auf dem Platz.

Für die Gefangenen übersetzte der Mann neben Burger. Er hob das Megafon, räusperte sich und wartete, bis Burger fertig war. »Stellen Sie sich in einer Reihe auf«, kam es krächzend aus dem Megafon.

Die Gefangenen machten keine Anstalten, dem Befehl Folge zu leisten. Sie standen weiter da und sahen ängstlich auf die Soldaten, die sich ebenfalls nicht von der Stelle rührten. Einige sahen zu Burger hoch, und der schrie einen Befehl.

Die Soldaten schulterten die Gewehre und gingen auf die Gefangenen los, packten sie, rempelten sie an und zerrten die Kinder an den Armen, und mit viel Geschrei und Schlägen entstand so etwas wie eine Reihe.

»Durchzählen«, kam es vom Balkon des Rathauses.

Das übernahmen die Soldaten. Es waren dreiundfünfzig Menschen, etwa die Hälfte davon Kinder.

»Sie sind hiermit verhaftet«, sagte der Dolmetscher mit blecherner Stimme. »Sie werden noch heute mit einem Schiff von der Insel gebracht. Setzen Sie sich auf den Boden und verhalten Sie sich ruhig.«

Esther sah aufs Meer hinaus. Zwei größere Schiffe waren in Sichtweite: Die Fähre, die jeden Tag zwischen der Insel und dem Festland verkehrte, und eines mit graugrünen Flanken und einem Aufbau, der kaum etwas anderes sein konnte als eine Fliegerabwehrkanone. Beide Schiffe steuerten auf die Insel zu. Die Fähre konnte aber mit dem Kriegsschiff nicht mithalten.

Wenn Esther nicht alles täuschte, dann war das Kriegsschiff vielleicht noch eineinhalb Stunden vom Hafen entfernt. Das war mehr als genug Zeit für die Andartes, um hier aufzuräumen. Aber sie mussten bald damit beginnen.

Drüben auf dem Balkon des Rathauses stand Burger immer noch an der Balustrade. Er hatte sich eine neue Zigarette angesteckt und rauchte mit der ihm eigenen Affektiertheit. Für eine Weile beobachtete er die Szene auf dem Solomos-Platz. Dann nahm er dem Dolmetscher das Megafon aus der Hand.

»Soldaten!« Er beugte sich noch weiter vor. »Ihr habt gute Arbeit geleistet. Ihr alle. Ihr habt die Volksschädlinge aus ihren Verstecken getrieben, habt die Insel von einem Teil des schrecklichen Übels befreit. Denn die Juden sind der Untergang der deutschen Kultur, der europäischen Kultur. Was wir hier tun, ist nichts weiter, als Zecken und Skorpionen den Garaus zu machen.« Er hielt inne. »Aber unser Ziel ist noch nicht erreicht. Schon morgen werden wir aufbrechen und uns die restlichen Juden holen.«

Die Soldaten antworteten mit Geschrei und hochgereckten Armen. Burger genoss den Anblick. Als das Gejohle abebbte, drehte sich Burger zum Gehen, so sah er Bischof Chrysostomos nicht, der eiligen Schrittes die Mole entlangkam.

»Warten Sie«, rief Chrysostomos und beeilte sich. Sein langer Bart sträubte sich vor Aufregung, und jeden Schritt punktierte der Bischof mit dem Klacken seines Stabes auf dem Pflaster.

»Wie kommen Sie dazu, die Leute zusammenzutreiben wie Vieh?«, rief er und blieb vor dem Rathaus stehen. Die Soldaten hatten ihm und seinen Mönchen Platz gemacht.

Burger hielt mitten im Schritt inne und drehte sich wieder um. »Das geht Sie gar nichts an«, sagte er. »Aber wenn Sie es wissen wollen, ich mache meine Arbeit.«

»Diese Menschen stehen unter meinem Schutz.« Chrysostomos zeigte auf die Gefangenen. »Sie können sie nicht einfach verhaften.«

»Sie sehen doch, dass ich das kann.«

»Das sind Griechen. Sie gehören zu meiner Gemeinde.«

»Diese Leute sind Juden, und ich habe den Auftrag, sie einzusammeln und zu verschicken. Alles andere kümmert mich nicht.«

»Das sind aber meine Juden«, sagte Chrysostomos. »Wenn Sie diese Menschen nach Auschwitz schicken, dann gehe ich mit ihnen. Ich werde der Erste sein, der an Bord des Schiffes geht.«

»Da kann ich Sie nicht aufhalten«, sagte Burger. Er wartete nicht auf eine Antwort, sondern verschwand ins Rathaus.

Bischof Chrysostomos verharrte noch ein paar Augenblicke, dann ging er los, stieß die Tür des Rathauses auf und schon bald war seine Stimme zu hören. Er brauchte kein Megafon, damit man ihn auch am anderen Ende des Solomos-Platzes verstand.

Das Schiff hatte sich bis auf etwa fünf Meilen genähert, schätzte Esther. Wenn nicht bald etwas geschah, dann waren die Anstrengungen der letzten Monate umsonst. Wenigstens für die dreiundfünfzig Menschen am Solomos-Platz.

Wo blieben nur die Andartes? Esther fragte sich, warum die so lange brauchten. Es war gut möglich, dass sie gerade in diesem Augenblick über die künftige Staatsform, die Vorzüge des Kommunismus und darüber, ob Stalin auch Griechenland unterwerfen wollte, debattierten. Möglicherweise waren das wichtige Fragen, aber nicht jetzt, nicht in diesem Moment.

Den Anblick der Kinder, die weinend neben ihren Müttern und Großmüttern saßen, konnte Esther kaum ertragen. Nun hörte sie einen Schuss, fast gleichzeitig explodierte eine Granate.

Am hohen Mittag des 17. August 1944 stürmten die Andartes den Dionysios-Solomos-Platz. Die überraschten Wehrmachtssoldaten ließen die Gefangenen am Boden sitzen und liefen davon. Erst als vom Rathaus her ein scharfer Befehl kam, gingen sie zum Gegenangriff über. Unter den Armen und Beinen der Soldaten duckten sich die Gefangenen und suchten in den Seitenstraßen Schutz. Einige schafften es bis zur Kirche Agios Nikolaos, drückten das Tor auf und verschwanden in der Finsternis.

Von der Stiege des Rathauses kam Maschinengewehrfeuer. Der Schütze kümmerte sich nicht darum, ob er auch eigene Leute traf. Erst eine Handgranate beendete das Rattern und hob den Körper des Mannes in die Luft und ließ ihn blutend auf die Stufen des Rathauses fallen. Die Andartes hatten sich in den Arkaden des Theaters und hinter dem Solomos-Denkmal verschanzt. Nun kamen sie wieder hervor und feuerten auf die Wehrmachtssoldaten, die sich nur kurz vom Tod des MG-Schützen irritieren ließen. Sie schossen zurück und waren den Andartes sehr schnell überlegen. So fiel der erste Andartis, weil ihn eine Kugel in den Oberschenkel traf. Noch im Fallen allerdings warf er den Deutschen eine ihrer eigenen Handgranaten zu. Er rollte sich zusammen und überlebte die Detonation. Unter den Wehrmachtssoldaten gab es zwei Tote. Diese kleinen Siege nützten den Andartes nichts. In den folgenden Minuten wurden vier von ihnen in Kopf und Brust getroffen, und das war für Agamemnon genug, um das Zeichen zum Rückzug zu geben. Die Gefangenen waren entkommen. Wohin und wie weit, ließ sich im Moment nicht sagen. Aber die Andartes hatten ihre Aufgabe erfüllt, und bevor es noch mehr Tote gab, war es an der Zeit, das Weite zu suchen.

Doch drüben bei der Kirche erwachte das Maschinengewehrnest zum Leben. Irgendwer hatte es geschafft, sich dorthin zu schleichen, und nun nahm er die Andartes ins Visier. Der Mann schoss nicht wahllos, sondern suchte sich ein Opfer, legte an und nach einer Salve, höchstens zwei, lag der Andartis tot am Boden.

Katevatis hob sein Gewehr und legte an. Er stellte einen Fuß vor den anderen, knickte leicht in der Hüfte ein und zielte. Der Schuss fuhr in einen Sandsack, und nun blieb Katevatis nichts anderes übrig, als zu rennen.

Jemand warf eine Handgranate, aber sie kam gut fünf Meter vor dem Maschinengewehrnest auf und richtete keinen Schaden an. Esther ärgerte sich auf ihrem Aussichtspunkt, dass sie keine Granate dabeihatte. Sie müsste sie nur fallen lassen. Doch wie alle anderen zog auch sie sich zurück, und kaum fünf Minuten später war das Gefecht vorbei.

# Kapitel 23

## I

Auf dem Weg durchs Dorf grüßte Anastasios nach links und rechts. Überall sammelten sich die Familien und machten sich bereit, um in die Stadt zu gehen und am großen Umzug zu Ehren der Gottesmutter Maria teilzunehmen.

Freilich, das Festmahl musste entfallen. Selbst wenn man im Stall noch ein Zicklein hätte oder einen versteckten Vorrat an Bohnen und Mehl, nur ein Narr würde diese Schätze vor den Deutschen ausbreiten. Es musste beim Umzug und den Gebeten bleiben.

Anastasios freute sich auf die bunten Fahnen, auf die betenden Mönche und vor allem auf Bischof Chrysostomos und seine Predigt. Aber es war ihm nicht wohl bei dem Gedanken, mit seiner Frau und den Kindern in die Stadt zu gehen. Schon gar nicht, wenn alle anderen das auch taten. Was wusste man schon, welche Teufeleien sich die Nazis einfallen lassen würden? Außerdem klebte ihm das frisch gewaschene Hemd am Rücken. Er konnte spüren, wie sich der Schweiß ausbreitete. Hätte er bloß die Jacke nicht angezogen. Doch ohne die Jacke konnte jeder das Loch an der Seite des Hemdes sehen, und das wollte Anastasios nicht. Also hatte er die Jacke angezogen.

»Es wird schon nichts passieren«, sagte Rubini, die neben ihm ging.

»Das kannst du nicht wissen.«

»Die Gottesmutter wird uns beschützen.«

»Mhmm«, machte Anastasios und kratzte sich am Kopf. Er wollte seiner Frau nicht widersprechen. Es stimmte sicher, was sie sagte, aber hieß es nicht auch, man solle sein Glück nicht herausfordern?

Auf dem Weg schlossen sich ihnen immer mehr Leute an. Als Anastasios den großen Turm des Klosters sah, waren sie gut hundert Leute. Die Kinder rannten zwischen den Erwachsenen herum, spielten Fangen und lachten. Es hätte ein wunderbarer Festtag sein können, wenn da nicht der Geländewagen der Deutschen gestanden hätte, daneben fünf Soldaten, einer mit einer Maschinenpistole, die anderen mit Gewehren und aufgepflanzten Bajonetten.

Anastasios wich auf die andere Straßenseite aus, und die Menschen rund um ihn machten es ihm nach. Das gefiel den Soldaten nicht, und sie sperrten hinter Anastasios die Straße. Als sich Anastasios umdrehte, sah er, dass sein jüngster Sohn auf der anderen Seite der Sperre stand.

»Takis komm her«, rief Anastasios.

Aber die Soldaten hielten den Jungen auf und stießen ihn zurück.

»Takis, lauf«, rief Anastasios, und der Junge drehte sich aus dem Griff des Soldaten und rannte los.

Die Soldaten machten zwei, drei Schritte, um Takis zu verfolgen, merkten aber, dass der Junge zu schnell war und sie die Kontrolle über die Sperre verlieren würden, wenn sie ihm folgten.

Die Sperre hielt aber ohnehin nicht. Die Unsicherheit bei Takis' Flucht genügte, um Raum zu schaffen für einen Arm, für ein Bein, das sich zwischen die Soldaten schob, und keine Minute später strömten die Menschen an ihnen vorbei, ignorierten die Gewehre und die Handgranaten. Anastasios wartete auf seinen Sohn, der einen großen Bogen um die Häuserzeile gelaufen war und jetzt auf ihn zukam. Er klopfte Takis auf die Schulter und sie gingen gemeinsam weiter Richtung Kirche.

»Hoffentlich lassen sie uns jetzt in Ruhe«, sagte Rubini und gab Takis einen Kuss auf die Stirn.

»So viel Glück werden wir nicht haben.« Anastasios sah sich um. »Dort stehen schon die Nächsten, und ich wette, dass wir die Deutschen heute nicht mehr loswerden.«

## II

Vor der Kirche des heiligen Dionysios standen die Menschen dicht an dicht, drängten zum Eingang, und als Anastasios mit seiner Familie dort ankam, gab es kein Vorankommen mehr. Anastasios reckte den Hals, um zu sehen, was vor sich ging, konnte aber wenig erkennen. Nur dass sehr viele Menschen gekommen waren, viel mehr als sonst zu so einer Gelegenheit. Das mussten sicher mehr als tausend Köpfe sein, die auf das Erscheinen des Bischofs warteten.

Die Prozession begann, wenn das große Kreuz im Tor der Kirche erschien und sich der Zug der Mönche in Bewegung setzte. So war es immer gewesen, aber Anastasios zweifelte, ob es auch in diesem Jahr so sein würde.

Bischof Chrysostomos und die Mönche warteten sicher schon in der Kirche und würden jeden Augenblick auftauchen. Aber drüben an der Hafeneinfahrt marschierte gerade das Militär auf. Nicht fünf oder sechs Soldaten, das waren vierzig und mehr. Mitten unter ihnen ihr Kommandant SS-Obersturmführer Anton Burger.

Anastasios erinnerte sich gut an den Tag, an dem er Burger gegenübergestanden war. Doch er begriff bis heute nicht, was es mit diesem Brief auf sich hatte, den Bischof Chrysostomos damals nach Deutschland schicken ließ. Ein Brief an Adolf Hitler.

Ob wohl jemals eine Antwort gekommen war? Anastasios nahm sich vor, Pater Giorgos danach zu fragen, wenn er ihn das nächste Mal traf.

Jetzt wurde er langsam nervös, denn die Deutschen hatten sich in einer Reihe aufgestellt. Jeder von ihnen trug ein Gewehr, hatte eine Hand am Schaft seiner Waffe.

Die Menge war zu groß, um sich schnell genug zu zerstreuen. Jede Warnung und der darauffolgende Aufruhr würden den Deutschen nur einen Vorwand liefern. So blieb Anastasios still und bemühte sich, nicht in Richtung der Soldaten zu sehen. Er wollte sich nicht vorstellen, was geschehen konnte. Wenn die Soldaten anlegten und schossen, dann käme es zu einem schlimmeren Massaker als jenem am Solomos-Platz, als die Andartes die Juden befreit hatten.

Die Menge wich vom Eingang der Kirche zurück, und Anastasios sprang vor Schreck in die Höhe, weil er glaubte, die Deutschen würden zum Angriff übergehen. Aber das waren keine Soldaten. Der hohe Hut, der über den Köpfen der Menschen zu schweben schien, zeigte Anastasios ganz deutlich, dass Chrysostomos ins Freie getreten war und die Prozession nun beginnen konnte. Doch Chrysostomos blieb auf den Stufen stehen und breitete die Arme aus. Er winkte die Leute zu sich. Anastasios und seine Familie nutzten eine Lücke und kamen so kaum zehn Meter von Chrysostomos entfernt zu stehen.

»Wir feiern heute die Entschlafung der Gottesmutter Maria«, begann Chrysostomos. »Die reine Jungfrau ist nicht gestorben, sondern hinübergegangen in das Himmelreich. Diesem Mysterium gedenken wir. Aber im Angesicht des Bösen«, Chrysostomos zeigte auf die Soldaten, »können und wollen wir die Prozession nicht halten. Die Anwesenheit der Faschisten würde die heilige Handlung schänden, und das dürfen wir nicht zulassen. Aber ich werde hier zu euch sprechen und mit euch beten. Ich werde …«

Chrysostomos verstummte, und sein Blick ging weit über die Menschenmenge bis zu jener Stelle, an der sich Anton Burger breitbeinig aufgebaut hatte. Es öffnete sich eine Gasse, durch die Burger mit wütendem Gesicht und abgehackten Bewegungen auf Chrysostomos zusteuerte. Der Dolmetscher hatte Mühe, Schritt zu halten und stolperte kurz vor der Kirchentreppe. Ein Mann aus der Menge streckte seinen Arm aus und fing den Dolmetscher auf.

»Was kann ich für Sie tun?«, fragte Chrysostomos auf Griechisch. Er wollte, dass jeder hier der Unterhaltung folgen konnte.

»Sie verunglimpfen das Deutsche Reich, die Wehrmacht und die SS! Das wird Konsequenzen haben«, antwortete Burger. »Aber deshalb bin ich gar nicht hier. Ich dachte mir, an so einem schönen Tag, wenn so viele hier versammelt sind, da kann doch nicht nur der Bischof eine Ansprache halten.«

»Sie stören eine heilige Handlung. Sie haben keinen Respekt vor der Gottesmutter und auch nicht vor den Menschen.«

»Die Gottesmutter …« Burger drängte Chrysostomos zur Seite. »Euer Aberglaube interessiert mich nicht. Ich bin hierhergekommen, um der Bevölkerung von Zakynthos ein Ultimatum zu stellen: Ich will morgen um acht Uhr früh alle

Juden auf dem Adolf-Hitler-Platz sehen. Jeden einzelnen, egal ob Mann, Frau oder Kind. Jeder darf einen Koffer oder eine Tasche mitnehmen. Mehr nicht.« Chrysostomos hob die Hand, um die Aufmerksamkeit auf sich zu lenken, aber Burger sprach weiter: »Sollte auch nur ein Jude fehlen, dann wird es euch leidtun, jedem von euch. Denn dann werden Soldaten die Stadt durchkämmen, die Dörfer, jeden Ziegenstall werden sie auf den Kopf stellen und mir jedes Kind unter vierzehn Jahren bringen. Und dann werde ich meine Pistole ziehen.« Er tat es auch jetzt. »Dann werde ich mir ein Kind nehmen und ihm in den Kopf schießen. Das werde ich alle zehn Minuten wiederholen. Alle zehn Minuten ein Kind. Bis alle Juden abmarschbereit dastehen.«

Es dauerte eine Weile, bis Burger durch die Gasse wieder zurück bei seinen Soldaten war. In dieser Zeit sagte niemand ein Wort. Niemand rührte sich.

»Wir werden nicht nachgeben«, brach Bischof Chrysostomos das Schweigen und alle wandten sich ihm zu. »Wenn wir sterben müssen, werden wir sterben. Aber der Tod hat keinen Stachel. Nicht für den Gerechten, nicht für jenen, der auf Gottes Pfaden geht.« Chrysostomos atmete tief durch und faltete die Hände. Er betete still und erst danach sprach er weiter: »Ich sage euch, wir dürfen keinen Schritt zurückweichen. Selbst wenn dieser Teufel«, er zeigte auf Burger, »seine Drohung wahr macht und Kinder erschießt, eure Kinder, selbst dann dürfen wir keinen einzigen unserer verfolgten Brüder, keine einzige unserer Schwestern verraten.

Wir alle sind in Gefahr. Egal ob ihr Juden versteckt oder nicht. Egal ob ihr den Andartes Essen bringt oder nur ängstlich in euren Häusern hockt. Die Deutschen werden jeden Einzelnen von euch ermorden. Sie werden einen Grund finden, und ihr könnt euch nicht retten, indem ihr mit ihnen zusammenarbeitet. Aber wenn wir zu Gott beten und auf ihn vertrauen, werden wir leben.« Chrysostomos ballte die Fäuste. »Mit Gottes Hilfe werden wir die Nazis von unserer Insel verjagen«, sagte er. »Mit Gott werden wir siegen. Und jetzt lasst uns beten.«

## III

Am nächsten Morgen, etwas vor acht Uhr, trieben sich einige Schaulustige in der Nähe des Solomos-Platzes herum. Sie blieben unter den Arkaden oder standen zwischen der Kirche Agios Nikolaos und der Bibliothek. Ein paar, unter ihnen auch Anastasios, hatten sich an der Mole versammelt, dort wo man über eine Holztreppe hinuntersteigen konnte, um zu baden.

Doch schwimmen wollte hier niemand. Alle warteten, was in den nächsten Minuten auf dem völlig leeren Solomos-Platz geschehen würde. Es war kein einziger Jude gekommen, kein Mann, keine Frau, kein Kind.

Anastasios überraschte das nicht weiter. Aber er wollte doch sehen, wie die Nazis darauf reagierten. Denn im Falle, Burger würde seine Drohung wahr machen und Soldaten ausschicken, um die Kinder einzufangen, mussten die Familien alarmiert werden.

Schon gestern Nachmittag und bis in die Nacht hinein war Anastasios, waren viele von Haus zu Haus gegangen, bis hinauf nach Tragaki, dort wo mit großer Sicherheit kein Deutscher einen Fuß hinsetzen würde. Zu jedem Haus, das in Gefahr war, waren sie gegangen und hatten von Burgers Drohung berichtet.

Anastasios hatte sich bemüht, keinen Zweifel an Burgers Entschlossenheit aufkommen zu lassen. Er würde die Kinder holen, und er würde nicht zögern, sie zu erschießen. Jetzt, Stunden später, fühlte er sich ausgelaugt.

Die Uhr am Rathaus zeigte genau acht. Nichts geschah. Die Soldaten am Eingang rührten sich nicht. Niemand erschien oben am Balkon und warf einen Blick auf den leeren Platz. Keiner trat vor die Tür und fragte sich, wo all die Juden geblieben waren.

Es dauerte noch fünfzehn Minuten, bis die Tür zum Balkon aufging und die Gestalt von Anton Burger sichtbar wurde. Wie so oft stand er ganz vorn an der Balustrade und stützte sich mit den Händen ab. Der Dolmetscher neben ihm blieb etwas zurück und verschränkte die Arme vor der Brust.

Beinahe gleichzeitig kam eine Abordnung schwarz gekleideter Mönche das Ufer entlang. An ihrer Spitze Bischof Chrysostomos.

Burger rief etwas auf Deutsch.

»Sie können sich ihre Drohungen sparen«, gab Chrysostomos zurück und kam vor dem Rathaus zu stehen. Mit seinem Stock und seinem schwarzen Hut sah er nicht nur aus, wie eben ein Bischof aussieht, sondern hatte auch etwas von einem Zauberer.

»Ich werde umgehend den Befehl erteilen, dass die Stadt zu durchsuchen ist«, sagte Burger. »Fangen wir gleich mit der Schule an. Dort arbeitet ja Ihre Schwester.«

»Das sollten Sie lieber unterlassen«, rief Chrysostomos zurück.

»Wie viele Juden werden das sein, auf dieser Insel?«, fragte Burger. »Zweihundert, dreihundert, mehr? So viele Kinder werde ich erschießen.«

»Es geht Sie überhaupt nichts an, wie viele Juden auf unserer Insel leben.« Chrysostomos gab seinen Stab einem Mönch und fuhr mit der Hand in die Innentasche seines Umhangs.

»Was erlauben Sie sich?«, brüllte Burger. »Die Juden gehen mich nichts an? Die Juden?« Er beugte sich weit über die Balustrade.

»Seien Sie vorsichtig«, sagte Chrysostomos. »Sonst fallen Sie noch.«

Burger stieß sich von dem Geländer ab und verschwand im Inneren des Rathauses. Chrysostomos und seine Begleiter mussten nicht lange warten. Schon donnerten Stiefel über die Treppe, und dann riss Burger das Tor auf.

Die Hitze trieb ihm den Schweiß auf die Stirn. Unter den Armen blühten dunkle Flecken, und das Keuchen klang so, als hätte Burger der kurze Sprint über die Maßen angestrengt.

»Was sagen Sie?« Burger kam ganz nahe an Chrysostomos heran. Ihre Nasen berührten einander fast.

»Die Juden gehen Sie nichts mehr an«, sagte Chrysostomos, ohne auch nur einen Zentimeter zurückzuweichen.

»Das haben Sie nicht zu entscheiden.«

»Ja, da haben Sie recht. Das hat ein anderer für uns entschieden.« Chrysostomos hielt ein Stück Papier zwischen seine und Burgers Nase. »Hier, lesen Sie.«

Burger nahm den Zettel, drehte sich weg und las. »Woher haben Sie das?«, fragte er dann.

»Ich habe meine Kanäle. Ich habe Ihnen doch gesagt, dass ich Ihre Hilfe nicht unbedingt brauche, um ein Telegramm nach Berlin zu schicken. Ich brauche Ihre Hilfe auch nicht, um eines zu empfangen.«

»Adolf Hitler persönlich schreibt Ihnen ein Telegramm?«

»Warum nicht? Wir kennen einander. Da ist es nicht weiter ungewöhnlich.«

»Die Juden der Insel Zakynthos stehen unter dem alleinigen Schutz von Bischof Chrysostomos. Das soll Adolf Hitler verfügt haben?« Burger hielt ihm den Zettel hin.

»Nun, es steht in diesem Telegramm.«

»Ich bin mir nicht sicher, ob ich das glauben soll«, Burger las das Telegramm erneut. »Ich bin mir nicht sicher«, wiederholte er, packte den Zettel fester und ging.

## IV

An diesem Tag und auch an den folgenden blieb es ruhig. Von der Festung aus sicherten Patrouillen die Umgebung der Stadt. Transporte fuhren zwischen dem Hauptquartier und dem Krankenhaus in Tsilivi hin und her. Aber es gab keine Suchaktion, keine Razzia.

Der Wind der letzten Wochen legte sich. Die letzte Brise verlor sich zwischen den Schilfhalmen, die Anastasios, die Pfeife im Mund, beobachtete. Neben ihm lag Avraam Matzas im Gras und rauchte ebenfalls. Hier hinter dem Haus waren sie vor Blicken geschützt, und wenn Soldaten das Haus stürmen sollten, würde Anastasios sagen, dass der Mann mit dem langen Bart, ein entfernter Cousin aus einem Bergdorf sei. Die Deutschen behaupteten zwar, sie könnten einen Juden am Gesicht erkennen, aber das war Unfug. Sie konnten einen Juden genauso wenig von einem Griechen unterscheiden wie Anastasios einen Deutschen von einem Österreicher.

Aber mit einer wütenden Horde Nazis war heute nicht zu rechnen, und morgen und übermorgen auch nicht. Die Hitze lastete auf den Menschen und Tieren. Auch die Pflanzen schienen unter der flirrenden Luft wie erstarrt. Erst spät in der Nacht, schon an der Grenze zum Blau der ersten Morgendämmerung, strich manchmal die Ahnung eines Windhauchs aus den Wäldern herab an die Küste.

Anastasios war seit dem Morgen, als sich Burger und Chrysostomos auf dem Solomos-Platz gegenüberstanden, nicht mehr in der Stadt gewesen. Manchmal fuhr ein Lastwagen durchs Dorf, auf der Ladefläche Soldaten, die sich an den schmalen Sitzbrettern festhielten. Dann durchzuckte Anastasios der Schreck und sein Atem stockte. Jeden Moment konnten sie stehen bleiben, vom Wagen springen und die Häuser durchsuchen.

Die Schäden der letzten Razzia waren noch nicht vollständig behoben. Die Scheune bei den Sakis beugte sich verkohlt und zerschlagen Richtung Erde. Die Dachstühle waren notdürftig repariert, die Herdstellen neu aufgemauert.

Der Mittag neigte sich, aber die Hitze nahm immer noch zu. Über dem Schilf kochte die Luft, und Anastasios bemerkte, dass Avraam eingeschlafen war, und seine Pfeife neben ihm auf der Erde lag. Sie wollten später am Abend, in der Nacht, durch den Olivenhain spazieren, um nach den Früchten zu sehen. Zwar war diese Hitze für Ende August nicht ungewöhnlich, aber Anastasios machte sich dennoch Sorgen, ob die Früchte auf den Zweigen vertrocknen oder gar von den Bäumen abgeworfen würden. Bei diesem Rundgang konnten sie auch ein Stück weiter gehen, den Schilfgürtel entlang zu einem kleinen Feld, auf dem Anastasios Tabak angebaut hatte.

Auch wenn sie mitten im Krieg steckten, oder an seinem Ende, wie Avraam hoffte und Anastasios nicht glauben wollte, so konnten sie doch ihre Ideen und Träume weiterverfolgen.

Außerdem gab es kaum noch Tabak zu kaufen, und so war es ein Segen, dass ihnen der Anbau gut gelang. So verschliefen Anastasios und Avraam die Nachmittage, während ihre Frauen die Hausarbeit erledigten und die Kinder ganz still am Bachlauf spielten.

In dieser gespannten Ruhe verging der August. Doch dann merkte Anastasios, wie sich die Dinge langsam wandelten. Die Transporte zwischen Tsilivi und der Stadt wurden häufiger. Die Soldaten, die durchs Dorf kamen, waren meist im Laufschritt unterwegs und kümmerten sich nicht um die Einwohner.

Anastasios wurde von Tag zu Tag unruhiger, und gegen Ende der letzten Augustwoche entschloss er sich, aufzubrechen und in Erfahrung zu bringen, was auf der Insel vor sich ging. Er wollte in die Stadt und vielleicht auch hinauf auf die Festung.

Seine Frau war dagegen.

»Die Dinge geschehen, egal, ob du von ihnen weißt oder nicht«, sagte Rubini, als sie auf der Bank beim Kaninchenstall saßen.

»Das mag sein«, entgegnete Anastasios. »Aber wenn ich Bescheid weiß, dann können uns die Ereignisse nicht überraschen.«

»Aber es ist gefährlich.«

»Wie man es nimmt. Es kann immer etwas passieren. Natürlich. Aber auch wenn ich vor dem Haus stehe und die Straße beobachte, könnte mich ein Deutscher erschießen.«

»Das ist nicht dasselbe«, sagte Rubini. »Nimm doch wenigstens jemanden mit.«

»Aber wen denn? Wohl nicht Takis oder einen anderen von den Jungen.«

»Ich gehe mit.« Avraam kam aus dem Kaninchenstall.

»Das kannst du doch nicht machen«, sagte Anastasios. »Wenn sie dich erwischen ...«

»Wer soll mich erwischen? Ich rasiere mir den Bart ab und dann geht es auch schon los.«

»Das ist eine ausgezeichnete Idee«, sagte Rubini, und damit war die Sache entschieden.

## V

Ohne Bart sah Avraam sehr seltsam aus, fand Anastasios, aber er sagte nichts, weil er seinen Freund nicht verärgern oder beunruhigen wollte. Anastasios hatte Sorge, jemandem könnte auffallen, dass Avraam frisch rasiert war, dass er es nicht gewohnt war, so herumzulaufen.

»Ich war schon lange nicht mehr in der Stadt«, sagte Avraam, als sie Gaitani verlassen hatten. »Seit letztem Dezember.«

»Du hast nichts versäumt«, sagte Anastasios.

»Das ist nicht wahr, aber nett, dass du das sagst.«

Sie marschierten durch Kidoni auf die Stadt zu, und auf diesem kurzen Wegstück wurden sie von drei Mannschaftstransporten überholt. Die Fahrzeuge waren hoch beladen mit Waffen und Planen, mit Metallkisten und Stangen.

»Die werden doch nicht ...« Avraam wagte nicht, auszusprechen, was er sich dachte.

»Nein, ganz sicher nicht«, sagte Anastasios. »Die verlegen nur Truppen. Damit sie etwas zu tun haben. Das machen sie immer wieder.«

Je näher sie der Stadt kamen, desto mehr Militär war auf den Straßen. Aber um Avraam oder Anastasios kümmerte sich niemand.

Entlang der Mole stapelten sich Säcke, Kisten, runde Tanks aus Metall. Ausrüstungsgegenstände, mit Tauen verzurrt, lagerten neben den Netzen der Fischer. Die hatten sich im Kafenion bei der Hafenmeisterei eingefunden und rauchten dort ihre geschmuggelten Zigaretten. Anastasios und Avraam gesellten sich zu ihnen, bestellten Kaffee und steckten sich ihre Pfeifen an.

Zwei Schiffe lagen vertäut im Hafen, und ein drittes konnte Anastasios schon draußen am offenen Meer sehen. Vermutlich kam es von Patras am Peloponnes. Dort hatten die Deutschen einen wichtigen Stützpunkt.

Bei den Schiffen im Hafen war der Landesteg ausgeklappt, und bei einem lag die Ladeklappe auf der Mole auf. Ein Transportschiff. Ein Geländewagen fuhr über die Klappe ins Innere des Schiffes, ein gepanzertes Fahrzeug folgte ihm. Auf dem anderen Schiff befand sich ein Kran, nach und nach wurden die Kisten, die Ballen und was sonst noch bereitlag, in das Seil eingehakt und auf das Schiff befördert.

»Sie verziehen sich?«, fragte Anastasios.

»Das wollen wir hoffen«, sagte der Wirt und brachte eine Runde Tsipouro. »Der geht aufs Haus. Aber richtig gefeiert wird erst, wenn sie wirklich weg sind.«

»Wie lange geht das schon so?«

»Ein paar Tage. Die Schiffe kommen immer wieder und laden Geräte ein und nehmen Soldaten mit. Eine Freude, dazusitzen und zuzusehen.«

»Das glaube ich dir, aber ob die Deutschen wirklich verschwinden, oder nur die Truppen auswechseln, wissen wir nicht.«

»Ach, jetzt sei einmal etwas zuversichtlicher.« Der Wirt setzte sich zu seinen Gästen und trank ein Glas Schnaps.

»Sie können ihre Drohung immer noch wahr machen und unsere Kinder erschießen«, meinte Anastasios.

»Jetzt sag nicht so etwas.«

»Wahr ist es trotzdem. Egal ob ich es sage oder nicht. Dieser Burger, was glaubst du, warum die Nazis ausgerechnet ihn geschickt haben? Weil er so nett ist? Das glaube ich nicht.«

»Aber sie gehen«, sagte der Wirt und zeigte auf die Lastwagen, die gerade über die Ladeklappe ins Innere des Schiffes fuhren.

»Kann gut sein«, lenkte Anastasios ein. »Ich sage nur, wir sollten uns nicht zu früh freuen.«

Für eine Weile saßen die Männer schweigend und sahen den Soldaten zu, wie sie das Schiff beluden. Pferde klopften mit ihren Hufen einen dröhnenden Marsch auf die Ladeklappe, ein Motor wurde gestartet, hustete und kam in Gang. Oben auf Deck tauchten Soldaten auf, verschwanden wieder. Ein Seil fiel über die Reling und klatschte gegen den Rumpf des Schiffes. Ein Soldat holte das untere Ende des Seils heran und verknotete es an einer Kiste. Die Kiste wurde hochgehoben, schlug gegen die Bordwand.

Anastasios stopfte seine Pfeife mit dem Daumen etwas nach und zog sanft den Rauch ein. Er kniff die Augen zusammen und spähte hinauf zum Aufbau des Schiffes. Dort sah er einige Männer in schwarzen Uniformen. Die waren von der SS. Die Frage war, ob die gerade ankamen oder sich auf den Weg machten, um von der Insel zu verschwinden.

Während Anastasios überlegte und die Vorgänge am Schiff beobachtete, bemerkte er gar nicht, wie sich in seinem Rücken eine kleine Menschenansammlung bildete. Die Leute standen am Vorplatz der Dionysios-Kirche, und das Rauschen ihrer Gespräche wurde lauter und weckte so Anastasios Aufmerksamkeit.

Es waren beinahe ausschließlich Männer, die sich auf dem Platz drängten. Zwei oder drei wagten sich vor an die Mole, aber der Rest blieb zwischen den Bäumen am Vorplatz stehen. Wie nervöse Pferde traten sie von einem Bein auf das andere.

»Willst du denen nicht auch einen Tsipouro spendieren?«, fragte Anastasios den Wirt.

»Erst wenn die Deutschen weg sind.«

Aus der Menge löste sich ein Junge, dünn, mit schlaksigen Beinen und Armen, und rannte auf das Kafenion zu.

»Der Bischof«, stieß Demetrios hervor, als er bei Anastasios und dem Wirt ankam, »lässt ausrichten, ihr sollt euch alle nach Agios Nikolaos begeben. Aber leise und unauffällig.«

»Was sollen wir denn im Norden der Insel?«, fragte der Wirt.

»Ein Schiff wird kommen«, sagte Demetrios, »und es bringt den Bürgermeister zurück.«

## VI

Die Nachricht von der Ankunft des Bürgermeisters sprach sich auf der Insel schnell herum. Als Anastasios, Demetrios und die Männer aus dem Kafenion über die Bergstraße Richtung Norden gingen, schlossen sich ihnen immer mehr Menschen an. Aus den Dörfern, von den verstreuten Höfen kamen sie und reihten sich ein. Sie flüsterten und fragten, ob es wirklich wahr sei, ob die Deutschen tatsächlich das Weite suchten.

Auch die Andartes hörten von dem Fußmarsch und schickten Raphael als Kundschafter. Er sah schon aus weiter Entfernung, von der Kuppe eines Hügels aus, dass Anastasios den Zug anführte. Esther stieß zu ihm, und sie wanderten dann ein langes Stück parallel zu der immer länger werdenden Schlange von Menschen.

»Glaubst du, dass es wahr ist?«, fragte Esther.

»Ich hoffe es«, sagte Raphael.

»Ja, ich auch, aber das sagt nicht viel. Die Menschen sind verzweifelt.«

»Wir werden es bald wissen. Wenn es nicht stimmt, dann wird es sicher noch einmal ziemlich ungemütlich.«

»Sie werden angreifen. Wenn sie nicht verschwinden, werden sie uns töten.«

»Werden sie versuchen. Sie werden vielleicht sogar die Kinder erschießen. Ein paar jedenfalls«, sagte Raphael.

»Hast du gehört, was Kotzioulas gestern erzählt hat?«

»Der übertreibt doch. Warum sollten die Deutschen jetzt, wo sie geschlagen sind, Häuser anzünden und Menschen erschießen?«

»Aber du hast doch gerade gesagt, dass sie vielleicht die Kinder erschießen, bevor sie endgültig gehen.«

»Du hast recht. Das habe ich gesagt.« Raphaels Gesichtsausdruck verdüsterte sich.

Sie gingen schweigend weiter, bogen bald nach Osten hin ab und trafen den Zug der Bauern, Fischer und Handwerker auf der Höhe von Alikanas. Auf einer felsigen Anhöhe machten Anastasios und seine Begleiter Rast und sahen hinaus auf das Meer. Die Landspitze von Kyllini am Peloponnes im Osten verschwand beinahe im Flirren der Hitze, und im Norden ragten die Berge von Kefalonia aus dem Meer.

»Es ist vorbei«, sagte Anastasios. »Das könnt ihr den Andartes ausrichten.«

»Ich glaube das erst, wenn der letzte Deutsche die Insel verlassen hat«, antwortete Raphael. »Außer Billy und den anderen, die zu uns übergelaufen sind, natürlich.« Raphael überlegte. »Mir wäre fast lieber, Billy bliebe und Katevatis und seine Bande würden mit den Deutschen verschwinden.«

»Jetzt fang nicht du auch noch an«, sagte Esther.

»Na, es ist schon gut«, sagte Raphael. »Mir wäre es noch lieber, wenn sie sich nicht streiten würden.«

»Streit oder nicht«, sagte Anastasios. »Die Andartes sollen alle nach Agios Nikolaos kommen. Nicht nur, um den Bürgermeister zu begrüßen. Ich fürchte, wir werden den Schutz brauchen.«

## VII

Im Hafen von Agios Nikolaos hatten sich an die fünfzig Männer eingefunden. Etwa die Hälfte gehörte zu Agamemnons Leuten, die anderen standen unter dem Kommando von Katevatis. Esther beobachtete die Gruppen aus einiger Entfernung. Sie wollte nicht zwischen die Fronten geraten, wenn die Hitzköpfe aufeinander losgingen.

»Es wird nichts passieren«, sagte Raphael.

»Wenn du davon so überzeugt bist, stell dich doch auf den Steg dort drüben genau zwischen sie, und dann werden wir schon sehen.«

»Ich bin doch nicht verrückt. Die haben Gewehre!«

Esther zog nur die Augenbrauen nach oben, sagte aber nichts.

»Ja, du hast ja recht,« sagte Raphael.

Das Schiff war nur ein schmaler Schatten auf dem glitzernden Wasser. Es kam näher, so viel konnte Raphael erkennen. Mit einem Atemzug fiel die Aufregung über ihn her. Seine Halsschlagader pochte, und seine Hände begannen zu zittern. Er wollte nicht hier warten, bis das Schiff anlegte. Egal, was die Andartes auch vorhatten, er wollte am Steg stehen, wenn Bürgermeister Karrer an Land ging. So nahm er Esthers Hand und zog sie mit sich.

Am Steg lehnte Giorgos Kotzioulas an einem Pfosten und lächelte, als er Demetrios bemerkte.

»Na, du alter Kämpfer«, sagte er zu dem Jungen und schlug ihm auf die Schulter. »Jetzt haben wir es bald geschafft. Die Deutschen, diese Hunde, jetzt laufen sie davon.«

»Das ist aber nicht euer Verdienst«, sagte Demetrios.

»Nicht?« Kotzioulas sah den Jungen erstaunt an.

»Na, ihr habt vielleicht am Hauptplatz eingegriffen ...«

»Vielleicht?«

»Gut, da habt ihr etwas geleistet, ihr Kämpfer. Aber sonst waren es wohl alle anderen. Alle, die keine Waffe in die Hand genommen und den Deutschen doch widerstanden haben.«

»Diese Flausen hat dir der Bischof in den Kopf gesetzt. Aber mit Beten allein rettet man die Welt nicht. Dazu braucht es schon Männer, die anpacken. Hätten die Andartes nicht gekämpft und gemeinsam mit den Briten die Deutschen geschlagen, könntet ihr die Juden noch bis in alle Ewigkeit in euren Kellern verstecken. Wir haben Griechenland befreit!«

Ihre Unterhaltung wurde unterbrochen vom Signal des Schiffes. Die Männer standen auf, reckten ihre Gewehre in die Luft und schrien. Einige feuerten ihre Waffen ab, und Raphael zuckte zusammen, duckte sich und erwartete den Einschlag einer Kugel.

Kotzioulas lachte, doch Esther sah grimmig drein.

»Das ist nicht lustig«, sagte sie. Aber ihr Ärger fiel in sich zusammen, als sie die schmale Silhouette am Bug des Schiffes sah. Es war Bürgermeister Loukas Karrer, und daneben tauchte seine Frau auf. Sie hielt ihr Kind im Arm.

Als das Schiff anlegte, drängten alle auf den Steg, und Kotzioulas hatte Mühe, dem Bürgermeister und seiner Frau Platz zu verschaffen. Die Männer wichen nur Schritt für Schritt zurück. Einige streckten die Arme aus, um den Bürgermeister zu berühren, ganz so, als müssten sie sich auf diese Weise versichern, dass er wirklich wieder auf der Insel angekommen war.

Karrer winkte Demetrios, der an der Mole stehen geblieben war, zu sich. Anastasios ergriff die Gelegenheit und bahnte sich mit dem Jungen einen Weg.

»Dich schickt doch sicher der Bischof«, sagte Karrer.

»Ich soll Ihnen ausrichten, dass er Sie auf dem Solomos-Platz erwartet.«

»Auf dem Solomos-Platz?«

»Er ist schon seit Stunden dort. Er sagt, er will mit eigenen Augen sehen, wie sich die Deutschen davonschleichen.«

## VIII

Die Küste entlang wanderten sie Richtung Mikro Nisi und Xigia, wo die schwefelhaltigen Quellen die Steine gelb färbten und das Wasser fast kochend aus dem Boden strömte. Dort mussten sie eine Rast einlegen, und die Andartes schwärmten aus, um irgendwo einen Esel aufzutreiben, denn Lilly Karrer war erschöpft von der langen Reise und konnte nicht mehr weiter. Das Kind quengelte und brauchte Ruhe, und so entschied man sich, sich zu trennen.

Lilly und das Kind warteten bei Xigia auf einen Esel, und vielleicht, so meinte einer der Andartes, trieb man auch einen Wagen auf. Dann könne sich Lilly hinlegen, und man würde sie ganz bequem zu ihrer Villa nach Akrotiri bringen.

Loukas Karrer küsste seine Frau und führte dann die Männer und Frauen weiter nach Süden. Sie kamen zu den Salzbecken von Alikes, und nun schwoll ihr Zug Kilometer um Kilometer weiter an, und da und dort begannen die Menschen zu singen. Weintrauben wurden herumgereicht, und einer brachte eine Flasche Wein mit, ein anderer holte noch schnell Gläser aus seinem Haus, bevor er sich anschloss. So gelangten sie am Nachmittag nach Tsilivi. Dort lud sie ein Mann in die Pergola seines Hauses ein und setzte ihnen mit Wasser gestreckten Wein vor. Er erzählte vom Aufruhr am Morgen und davon, dass er seither keinen Deutschen mehr gesehen hatte.

»Mit dem Lastwagen sind sie los. Alle, glaube ich. Sonst herrscht hier immer Betrieb. Dort hinten ist ja das Militärkrankenhaus«, sagte er. »Aber seit Stunden ist hier kein Wagen mehr durchgekommen. Eigentlich bin ich ja neugierig, was los ist, aber irgendwie traue ich mich nicht nachzusehen.«

»Dann komm doch mit uns«, sagte Kotzioulas. »Machen wir einen kleinen Umweg, und sehen wir nach.«

Jetzt gingen sie die Straßen des Dorfes entlang. Als sie beim Krankenhaus ankamen, standen die Türen offen. Das Gebäude war verlassen. Ein paar Betten standen herum, die Matratzen zerrissen. Die Stühle in den Büros lagen teils zerschlagen ineinander verkeilt. Die Medizinschränke waren ausgeräumt, und auf dem Boden lagen Spritzen und Tabletten.

»Sie sind auf und davon«, sagte Kotzioulas.

»Ja, sie sind auf und davon«, sagte auch der Mann, der sie bewirtet hatte.

Karrer lächelte und nickte, schüttelte dem Mann die Hand. »Jetzt glaube ich es auch, dass die Deutschen das Weite suchen.«

Er erzählte auf dem Weg Richtung Bochali von den Wochen in Athen. Dort waren die Deutschen noch immer an der Macht. Sie beherrschten die Straßen, die Büros, und selbst auf der Akropolis stand eine deutsche Wache. Aber bei aller Gewalt, die die Deutschen sonst überall verbreiteten, war es in Athen vergleichsweise sehr ruhig.

Auch auf dem restlichen Weg begegnete ihnen kein Deutscher. Die Menschen in den Ortschaften von Tsilivi bis nach Bochali waren schon auf den Beinen, als der Zug mit dem Bürgermeister an der Spitze eintraf. Gemeinsam wanderten sie die Bergstraße hinauf und verweilten zwischen den Hügeln, von wo man schon auf die Stadt hinuntersehen konnte. Dort liefen gerade die letzten Schiffe mit Hakenkreuzfahnen aus dem Hafen aus.

## IX

Die Andartes marschierten in militärischer Formation in die Stadt ein, feuerten mit ihren Gewehren in die Luft und winkten den Menschen am Straßenrand zu. In den schmalen Gassen dehnte sich der Zug in die Länge, und am Markusplatz sammelten sich die Kämpfer und jubelten. Unter ihnen waren auch die deutschen Wehrunwürdigen, die jetzt Agamemnon und Katevatis umarmten und in Tränen ausbrachen.

Loukas Karrer und in seinem Gefolge Anastasios und Esther und Raphael und Giorgos Kotzioulas drückten sich an den Hauswänden entlang und umgingen so die Andartes. Sie trafen am Ende des Markusplatzes auf Bischof Chrysostomos. Er ging auf Karrer zu und umarmte ihn. Er küsste ihn auf beide Wangen, und erst dann ließ er ihn wieder los.

»Wir haben es geschafft«, sagte der Bischof und lachte. »Sie sind weg. Sehen Sie das Schiff dort?« Er wies aufs Meer hinaus. »Da fahren die letzten Deutschen. Kommen Sie, Bürgermeister. Das müssen wir feiern.«

So spazierten sie Richtung Meer und kamen bald nicht weiter, denn auf dem Solomos-Platz standen die Menschen dicht an dicht. Etwas weiter unten schuf sich ein Mann in weißer Schürze Raum. Er kämpfte sich mit Ellbogen und Schreien durch die Menge, und hinter ihm kamen Burschen, die Fleischteile auf den Armen trugen.

»Das ist das letzte Schaf, das ich übrig habe«, brüllte er.

Die Menge teilte sich für den Bischof und den Bürgermeister, und gerade als sie das Café beim Theater erreichten, hatte der Kellner Tisch und Stühle aufgestellt und stand mit gezücktem Block da, um die Bestellung aufzunehmen.

»Das sieht aus, als hätten alle nur darauf gewartet«, sagte Karrer.

»Mit Verlaub, Herr Bürgermeister, so ist es«, antwortete der Kellner. »Und wir haben auch den besten Cognac für Sie und den Bischof, ganz so wie in alten Zeiten. Und dazu vielleicht einen Kaffee und etwas Süßes?« Er wartete die Antwort gar nicht ab, sondern verschwand zwischen den Tischen.

»Es wird dauern«, sagte Chrysostomos. »Auch wenn jetzt alle aufgeregt sind und Theater spielen. Aber es wird dauern …«

Karrer nickte dem Kellner zu, der zwei Gläser mit Cognac brachte. »Auf unsere Insel«, sagte er und prostete dem Bischof zu.

»Ich habe gehört, Sie haben die Juden gerettet, indem Sie Adolf Hitler einen Brief geschrieben haben«, sagte Karrer. »Das ist ein bemerkenswerter Einfall.«

»Und der Bischof hat sogar eine Antwort erhalten«, sagte Kotzioulas. »Hitler hat die Juden der Insel dem persönlichen Schutz von Bischof Chrysostomos unterstellt.«

Chrysostomos lächelte.

»Oder stimmt das etwa nicht?«, fragte Kotzioulas.

»Ich habe einen Brief an Hitler geschrieben«, sagte Chrysostomos. »Das ist wahr. Und ich habe Burger gesagt, ich hätte eine Antwort von Hitler erhalten. Auch das ist wahr. Aber ich habe Burger angelogen. Hitler hat die Nachricht wahrscheinlich nie erhalten, und wenn, hat er sie ignoriert.«

»Doch Burger hat es geglaubt?«, fragte Kotzioulas.

»Hat er«, bestätigte Chrysostomos. »Ja, hat er«, und dann lachte er.

Wenig später brauste weit hinten Applaus auf. Vom Markusplatz her drang Gesang, und eine Schneise öffnete sich in der Menschenmenge. Alle reckten die Köpfe. Auch Bürgermeister Karrer stand auf, und nun sah er, wie jemand in die Höhe gehoben wurde. Zuerst dachte er, es sei ein Pater, denn der lange Bart und das schwarze Gewand sahen ganz so aus. Doch dann kam die Menge näher, und Karrer erkannte Rabbi Jesaja Ganis, der lachend auf Händen getragen nach allen Seiten winkte. Er kam gar nicht bis zu Bürgermeister Karrer und dem Bischof, schon mitten am Platz, gleich bei der Statue des Dichters Solomos, setzte man ihn ab, und die Menschen umringten ihn, fragten ihn, ob es ihm gut gehe und wo die anderen blieben.

Einige Juden waren schon am Nachmittag aus den Dörfern zurückgekehrt. Viele verharrten noch in Deckung, weil sie dem Frieden nicht trauten. Aber jene, die es gewagt hatten, wurden mit Hochrufen und einem Glas Tsipouro begrüßt. Es sah so aus, als hätte jeder Haushalt mindestens eine Flasche Schnaps und eine Ziege oder ein Schaf irgendwo gehortet.

Anastasios hatte sich in der Menge treiben lassen. Von der Anlegestelle im Norden bei Agios Nikolaos bis hierher in die Stadt war er an Demetrios' Seite immer dicht hinter dem Bürgermeister gegangen, aber jetzt mischte er sich unters Volk. Weiter oben, am Markusplatz, hatte sich eine Musikkapelle eingefunden. Es waren Männer der Stadtkapelle, die von irgendwoher ihre alten Instrumente geholt hatten. Einer stand mit einer verbeulten Tuba da, und Erkanas Tsezanas spielte auf einer Geige, die ein faustgroßes Loch in der Decke hatte.

Trotz der vielen Leute hatte sich rund um den Brunnen ein freier Fleck gebildet. Jetzt tanzten die jungen Leute. Gern hätte Anastasios mit Rubini getanzt, und er überlegte kurz, ob er loslaufen und sie holen sollte, aber dann blieb er noch einmal stehen. Esther tanzte mit Raphael. Es gefiel Anastasios, wie sie sich drehten, wie sich ihre Beine zur Musik bewegten. Was für eine Tragödie, wenn so etwas Schönes durch die Deutschen vernichtet worden wäre.

Dann aber machte er sich auf, um seine Frau zu holen. Sie sollte nicht allein zu Hause sitzen und auf ihn warten, während er hier feierte. Auf seinem Weg kam er beim Tisch des Bürgermeisters vorbei.

Der Bürgermeister winkte gerade den Besitzer des Cafés zu sich.

»Hören Sie«, sagte der Bürgermeister. »Die Rechnung geht auf mich. Schenken Sie an alle Menschen hier aus, und ich komme morgen und bezahle. Wenn der Wein ausgeht, schicken wir jemanden nach Akrotiri, der eine Ladung aus dem Keller holt.«

Am Tisch des Bürgermeisters und des Bischofs fiel eine zweite Flasche Cognac dem Gespräch zum Opfer. Neben Karrer und Chrysostomos saßen Graf Roma und Giorgos Kotzioulas.

»Könnt ihr euch noch erinnern, wie die Italiener dem Dichter ein Ohr abgeschossen haben?«, fragte Roma.

»Damals tranken wir das letzte Mal zusammen Cognac«, sagte Kotzioulas.

»Und du hast etwas von einem Heldenepos erzählt. Erinnerst du dich noch?«

»Es ist soeben fertig geworden«, sagte Kotzioulas.

»Dann lass hören.«

»So endet also der große Gesang, der von den ruhmreichen Taten der Griechen erzählt. Zu ihren Schützlingen sprach Pallas Athene, lasst ab vom Streit und haltet ein im Krieg, kein Leid wird euch mehr widerfahren. Kehrt zurück zum Herd und zum schlecht bestellten Acker, auf dass ihr nun eure Hände rührt im Werk des Friedens. So sprach die Göttin zu den glücklich geretteten Griechen, und diese folgten ihr freudig.«

# X

Am Rand des Platzes verebbte der Lärm, aber auch jetzt, als der Mond schon blass wurde und der neue Tag sich bereit machte, sangen die Menschen noch und feierten. Sie hatten Stühle und Tische aus den Wohnungen auf den Solomos-Platz getragen, hatten versteckte Würste hervorgekramt, das letzte Säckchen mit Mehl dieser Nacht der Befreiung geopfert.

Trotz des Kommens und Gehens, des Singens und Trinkens bemerkte keiner Demetrios, der durch den Schatten huschte und sich am Hintereingang des Rathauses zu schaffen machte. Die Tür schwang auf, und der Schatten verschmolz mit der Dunkelheit im Inneren, aber schon Minuten später schob sich das obere Ende einer Leiter in die vom Mond erhellte Gasse. Demetrios verschloss die Tür hinter sich und schleppte die Leiter am Rathaus vorbei zur Bank. Dort blieb er stehen und sah zur Hausecke hinauf. Er nahm die Leiter fester in die Hand, schwenkte sie und stellte sie aufrecht an die Hauswand. Den Schraubenzieher zwischen den Zähnen, kletterte er hoch und schraubte die Tafel ab, ließ sie fallen und sah ihr nach, wie sie mit einer Ecke voran am Pflaster aufschlug.

Dann griff er nach hinten und holte aus dem Hosenbund eine andere Tafel hervor. Die schraubte er fest und wischte sie mit einem Tuch sauber. Als er zufrieden war, kletterte er von der Leiter und machte sich auf zur nächsten Ecke des Platzes. Dann trug er die Leiter wieder zurück ins Rathaus und verschwand. Seine Arbeit war getan, und nun konnte er endlich ausruhen nach den langen Jahren des Krieges.

Als das Fest endgültig verebbte und die Letzten nach Hause gingen, stützte sich der eine oder andere an die Hauswände und sah betrunken vom Wein und von der neuen Freiheit zum Himmel hinauf. Dabei erspähten die Nachtschwärmer an den vier Ecken des Platzes frisch polierte Straßenschilder. Da stand nicht mehr Adolf-Hitler-Platz, sondern wieder: Πλατεια Διονυσιου Σολωμου – Platia Dionysiou Solomou.

# Epilog

## I

Das Wasser bildete konzentrische Kreise und schwappte an den Brunnenrand. Einmal, zweimal und ein drittes Mal. Dann zitterte es kurz, und alles war vorbei. Loukas Karrer stand über den Brunnen gebeugt. Er wusste, was das zu bedeuten hatte.

An diesem Morgen, dem 12. August 1953, war Karrer von der Terrasse seiner Villa in Akrotiri hinuntergestiegen zu dem Brunnen mit der leuchtend roten Bougainvillea, um den Glaskrug mit kaltem Wasser zu füllen. Die Hitze hatte die ganze Nacht über kaum nachgelassen, und schon jetzt, um acht Uhr, lag der Tag schwer und bewegungslos über der Insel. Nur das Wasser war in Bewegung.

Wieder bildete sich ein Kreis, wanderte den Rändern zu und verebbte. Das Wasser leckte an den Steinen, rieb sich an den Fugen. Karrer ließ den Krug am Brunnenrand stehen und ging zurück ins Haus. Er betrachtete die Fassade, suchte sie nach Rissen ab. Schon in den letzten Tagen hatte der Gott der Unterwelt die Trommel gerührt, und die Fischer erzählten von mächtigen Wellen, die sich draußen auf offener See aufbauten und immer größer wurden, bis sie sich endlich in der Weite des Meeres verloren.

Noch war keine dieser Wellen bis ans Ufer gedrungen, und Karrer hoffte, das würde auch so bleiben. Die Erde zitterte unter seinen Füßen, und er sah, wie Staubkörner in die Höhe katapultiert wurden. Das war der heftigste Erdstoß seit Tagen.

»Lilly, Lena«, rief er. »Kommt heraus!«

Seine Frau erschien auf der Terrasse. An der Hand hielt sie ihre kleine Tochter.

»Wir können nicht im Haus bleiben«, sagte er. »Setzen wir uns doch in den Garten.«

Hinter dem Haus, wo der Olivenhain begann, hatte Karrer einen Tisch und ein paar Sessel hingestellt. Abends wartete er dort oft, bis die Dämmerung immer dichter wurde und den Tag auslöschte.

Heute würden sie hier den Tag und die Nacht verbringen. Der Platz war weit genug vom Haus entfernt, um vor herabstürzenden Teilen sicher zu sein, und die Olivenbäume hielten den Erdbeben für gewöhnlich stand.

»Es wird schlimm«, sagte Lilly, als sie das Tablett abstellte. »Seit vier Tagen geht es jetzt schon so. Als würde sich tief unten in der Erde eine Faust ballen. Und wenn die zuschlägt …«

»Deshalb warten wir es hier ab«, sagte Loukas.

»Willst du die Leute in der Stadt nicht warnen?«

»Ja, das werde ich, wenn wir gefrühstückt haben.«

## II

Die Wäsche an der Leine vibrierte. Esther erschrak und versuchte, die Wäsche festzuhalten. Aber die Leine dehnte sich und zitterte, und als sich die Erde aufbäumte, riss sie, und die Wäsche segelte zu Boden.

Esthers Herz schlug schnell und heftig. Das war also das Zeichen, dachte sie, und in diesem Moment stürmte schon ihre Mutter mit einem Koffer in jeder Hand aus dem Haus.

»Wir müssen an den Strand«, rief Sultana. »Dort sind wir sicher.«

»Oder wir werden von einer Flutwelle verschluckt«, antwortete Esther. »Es ist doch besser, wir bleiben hier. Unter den Bäumen wird uns schon nichts passieren.«

»Sie werden über uns zusammenstürzen«, sagte Sultana und packte Esther am Arm. »Lass die Wäsche liegen und komm jetzt mit.«

»Am Strand ist es zu gefährlich«, sagte Esther und machte sich los. Sie bückte sich und sammelte die Wäsche ein. »Ich bleibe hier, und das solltest du auch tun.«

»Hallo«, kam es von der Straße.

Sie drehten die Köpfe. Aus dem Schilf tauchte ein Hut auf und verschwand wieder. Es war der Hut von Esthers Vater. Er hielt den Maulesel am Strick und lief, so schnell er konnte.

»Habt ihr es gespürt?«, rief er seiner Familie zu. »Es wird gleich fürchterlich losgehen. Die Tauben fliegen hoch, und die Falken kreisen weit oben am Himmel.«

Noch während er sprach, buckelte die Erde erneut und zog ihm den Boden unter den Füßen weg. Er stürzte, und beinahe wäre der Maulesel auf ihn draufgefallen. Erst im letzten Moment konnte sich Esthers Vater wegdrehen, und die Knie des Maulesels krachten in den Staub.

Der Erdstoß rüttelte einen Dachbalken locker, und mit Knirschen lösten sich ein paar Ziegel, rutschten die Schräge herab und zersprangen auf der Erde.

»Wir müssen hier weg«, sagte Esthers Vater.

»Aber deine Tochter meint, am Meer sei es zu gefährlich.«

»Aber was. Los jetzt, gehen wir!«

Esther zögerte noch immer. Die Wäsche über dem Arm, stand sie da und schaute ihrer Mutter und ihrem Vater zu, wie sie zwischen den Olivenbäumen Richtung Meer gingen.

»Jetzt komm schon«, rief ihr Vater, und endlich gab sie sich einen Ruck und folgte ihnen.

## III

Anastasios Tetradis stopfte sich seine Pfeife und ging nervös vor den Oleanderbüschen auf und ab. Es war seine dritte Pfeife heute, und er wusste nicht so recht, ob der Schwindel vom vielen Tabak oder vom Erdbeben kam. Seit vier Tagen spürte er dieses feine Zittern, und jetzt hatte ihn gerade ein Stoß erfasst, als ob ihn sein Ziegenbock getreten hätte. Aber der Ziegenbock war in seinem Stall, das wusste Anastasios, und er hörte es auch. Pan rumorte und meckerte. Er war ebenso aufgeregt wie sein Besitzer und hieb mit den Hufen gegen die Tür.

»Ruhig«, sagte Anastasios, viel zu leise, als dass der Ziegenbock ihn hätte hören können. »Es wird schon nichts geschehen.«

»Das sagst du so«, meinte Rubini, die auf der Bank beim Kaninchenstall saß und ihren Mann beobachtete.

»Die Kinder sind im Olivengarten«, sagte er. »Die sind in Sicherheit. Der Ochse steht drüben angebunden. Die Ziegen rühren sich nicht von der Stelle, und wir sind auch hier im Freien.«

»Aber wenn das Haus zusammenfällt?«

»Dann bauen wir es wieder auf. Die Nachbarn werden helfen, so wie wir ihnen geholfen haben, als die Deutschen da waren.«

Ein weiterer Erdstoß ließ Rubini auffahren. Jetzt kamen die Wellen schnell hintereinander. Anastasios hielt seine Frau fest und versuchte, das Gleichgewicht nicht zu verlieren. Aus dem Stall kam ein lang gedehnter Schrei. Dann splitterte Holz, und Anastasios dachte schon, Pan hätte sich aus seiner Box befreit. Aber die Tür zum Stall blieb zu.

Dann ebbte das Erdbeben ab, und aus dem Stall drang ein beleidigtes Meckern. Die Ziegen auf der Weide liefen zum Stall, und Anastasios folgte ihnen. Sie drückten ihre Schnauzen ans Tor und klagten leise. Pan antwortete ihnen, und seine Stimme klang ängstlich.

»Geht weg. Macht Platz, aber schnell.« Anastasios öffnete das Tor. Die Ziegen schlüpften an ihm vorbei und wären fast in die Grube gefallen, die sich vor ihnen auftat.

Pan stand mit den Vorderhufen in den Scherben einer Amphore. Lachen aus Olivenöl breiteten sich um ihn aus. Er hob den Kopf und sah Anastasios und die Ziegen an. Leise blies er den Atem durch die Nüstern aus, als seufzte er.

»Das habe ich ja ganz vergessen«, sagte Anastasios und lachte. »Die Bretter sind durchgemorscht, und dort unten«, er drehte sich zu seiner Frau um. »Da unten habe ich die Italiener versteckt und Avraam und seine Familie. Erinnerst du dich?«

»Todesangst habe ich ausgestanden«, sagte Rubini. »Die Deutschen hätten uns den Hals durchgeschnitten, wenn sie es gemerkt hätten, aber …« Sie war herangekommen und stand neben ihrem Mann. »Sieh dir sein Gesicht an.« Sie zeigte auf den Ziegenbock. »Als ob er in eine Zitrone gebissen hätte.« Sie lachte auf, doch das Lachen kippte in einen Schrei, denn schon bebte die Erde wieder, und mit Getöse stürzte der Stall über ihnen zusammen.

Hustend kam Anastasios wieder zum Vorschein, warf ein Brett zur Seite und griff in den Schutt hinein. »Rubini«, rief er. »Bist du das?« Er erwischte etwas Weiches, Haariges und zog daran. Aber was nun zum Vorschein kam, war der Kopf des Ziegenbocks, weiß überstäubt von Kalk aber mit funkelnd gelben Augen.

Einen Meter weiter regte sich etwas unter den verkeilten Balken. Diesmal war es Rubini, und neben ihr hob eine Ziege ihr Haupt. Beide kämpften sich frei und balancierten über Steine und Holz hinunter auf die Wiese. Die anderen Ziegen fand Anastasios Tage später tot, als er die Trümmer beiseiteräumte und aus ein paar heilen Brettern einen behelfsmäßigen Stall zimmerte.

## IV

Auf seinem Weg in die Stadt begegnete Loukas Karrer vielen Menschen, die mit ihren Koffern und Taschen im Freien saßen. Einige hatten sogar ihre Strohsäcke unter die Olivenbäume gelegt und hockten nun dort, ängstlich um sich schauend, ob irgendwo ein Zweig zitterte.

»Hört das denn nie wieder auf?«, fragte ein Mann, der gerade dabei war, aus Stangen und Zweigen einen Unterstand zu bauen.

»Jedes Erdbeben geht irgendwann zu Ende«, antwortete Karrer.

»Aber das hier dauert jetzt schon fast eine Woche, und ich glaube, dass es schlimmer wird.«

»Ja, damit haben Sie vermutlich recht«, sagte Karrer.

»Die Oliven fallen von ganz allein von den Bäumen.« Der Mann zeigte mit dem Kinn an den Straßenrand. Dort breitete sich unter den Bäumen ein Teppich aus Blättern und unreifen Oliven aus. »Die Ernte können wir vergessen«, sagte der Mann.

»Wir werden auch das überstehen«, sagte Karrer, klopfte dem Mann auf die Schulter und setzte seinen Weg fort.

Als er auf dem Hügel von Bochali angekommen war, machte er Rast. Die Hitze zwang ihn unter die Bäume neben der kleinen Kirche. Dort, auf einer Bank, saß er dann und blickte hinunter auf die Stadt.

Ganz im Osten waren viele Dächer eingestürzt. Im Westen, wo sich das Gefängnis befand, konnte Karrer eine Gruppe ausmachen, die mit Eseln zur Mole unterwegs war.

Noch während er dasaß und beobachtete, keuchte eine Familie über den Fußweg herauf. Bepackt mit Säcken und Körben machten sie neben dem Bürgermeister halt. Es war die Familie Tsezanas. Zwei der jungen Männer trugen Musikinstrumente. Es waren die älteren Söhne, die in der Stadtkapelle spielten.

»Wir sind also zum zweiten Mal auf der Flucht«, sagte einer der Musiker. Es war Erkanas, wenn sich Karrer nicht irrte. »Aber diesmal können wir uns nicht in einer Höhle verstecken, wie damals vor den Deutschen. Eine Höhle wäre wohl zu gefährlich.«

»Ich an eurer Stelle würde gar nicht mehr weitergehen«, sagte Karrer. »Hier ist es so sicher wie überall. Ihr müsst nur im Freien bleiben.«

»Und Sie, Herr Bürgermeister?«, fragte Erkanas.

»Ich bin kein Bürgermeister mehr, schon lange nicht.«

»Für uns werden Sie es immer bleiben.«

»Ich bin ganz froh, dass ich es nicht mehr bin«, sagte Karrer und stand auf. Er machte ein paar Schritte von seinem Platz unter den Platanen weg, als ihn ein heftiger Erdstoß von den Beinen riss.

## V

Esther hob die Hände über den Kopf und duckte sich, aber es war zu spät. Ein Splitter traf sie an der Wange, irgendetwas riss ihr die Haut von den Unterarmen. Sie fiel hin und sah eine Wasserwand auf sich zukommen. Der Sand wogte auf und ab. Ein Krachen, und Felsen stürzten ins Meer. Wasser brach über die Menschen herein und zog sie hinaus in die Bucht. Esther hörte ihre Mutter schreien, und ihr Vater war gleich neben ihr, packte sie und hielt sie fest. Die Strömung umschlang ihre Beine. Sie wurde fortgetragen von den Wellen, herumgeschleudert und ausgespuckt. So fand sie sich auf einer Sandbank wieder, gut hundert Meter vom Strand entfernt.

Der Sand unter ihr vibrierte. Im nächsten Moment verlor sie jeden Halt, und sie wusste nicht, ob sie selbst durch die Luft segelte oder dieser riesige Felsbrocken. Groß wie eine Kirche war er, und er schwebte, stand still, und dann fiel er, und auch Esther fiel.

## VI

Die Steinplatten an der Mole rieben sich aneinander. Sie rumorten, und dann sprangen sie mit einem Knall in Stücke. Der Boden wölbte sich, drückte die Platten nach oben, und im gleichen Augenblick spülte ein Brecher über die Anlegestelle. Ein Boot wurde längsseits an die Mauer gedrückt, der Rumpf splitterte, und Metall und Holz pfiffen wie Schrapnelle durch die Luft. Loukas Karrer rannte parallel zum Ufer. In die Stadt wagte er sich nicht mehr. Dort stürzten die Häuser ineinander. Ziegelstaub stand als rote Wolke über dem Markusplatz, und von überall her hörte er Schreie.

Dann war es still. Nur da und dort knackte etwas. Holz vielleicht oder eine Steinmauer, die noch stand und sich zur Seite lehnte. Karrer griff sich ans Herz.

Die Wellen kamen immer noch hoch und mit weißen Gischtsäumen bekränzt über die geborstene Mauer der Mole. Brecher um Brecher donnerte heran, und auf dem Weg zur Kirche des heiligen Dionysios fegte das Meer Karrer noch einmal von den Beinen. Bald aber sah er die Kirche, und sie schien keinen großen Schaden genommen zu haben.

Glasscherben lagen am Platz davor. Das Erbeben hatte die Fenster zerstört, und das Eingangstor hing schief in den Angeln. Aber sonst war alles heil geblieben.

Aus dem Inneren der Kirche hörte Karrer ein Schnaufen, und als er eintrat, sah er Bischof Chrysostomos zwischen den Stühlen und Bänken. Er stellte die Stühle wieder auf und betete dabei leise vor sich hin.

»Der Heilige hat wenigstens die Kirche beschützt«, sagte Karrer.

»Und viele, die zu ihm beten«, sagte Chrysostomos und streckte Karrer die Hand entgegen. »Ich dachte mir schon, dass Sie auf dem Weg sind.«

»Leider zu spät, um die Menschen zu warnen«, sagte Karrer. »Hören Sie das?« Von draußen kam ein Knacken und Knistern.

»Das klingt nicht gut«, meinte Chrysostomos und trat gemeinsam mit Karrer ins Freie. Aus dem Trümmerfeld schoss eine Feuersäule auf und dann noch eine. Gasgeruch waberte über den zerstörten Häusern.

»Die Gasleitungen«, sagte Karrer. »Das kann niemand löschen.«

Das Feuer fraß sich durch die Hohlräume unter dem Schutt und nährte sich am Holz der Dachbalken, fand zersplitterte Türen und Bettgestelle und verwandelte selbst die Steine zu Staub. Die Menschenkette, die sich bald bildete und Eimer um Eimer Wasser aus dem Meer schöpfte und weiterreichte, konnte den Brand nicht löschen.

Erst zwei Tage später starben die Flammen, und nur noch Rauch stieg aus der Stadt auf und schwebte wie ein Geist über den Trümmern.

## VII

Loukas Karrer und Bischof Chrysostomos waren nicht vor der Feuerwand zurückgewichen. Sie hatten das Schlimmste abgewartet und begannen, die Rettung zu organisieren. Bei ihrem Rundgang durch die verwüstete Stadt zogen sie Menschen unter den Trümmern hervor, bahnten sich einen Weg über Gassen, die von Glasscherben und Eisenteilen übersät waren. Der Solomos-Platz war der einzige Fleck, auf dem kein Schutt lag. Nur die Statue des Dichters Dionysios Solomos war umgekippt und lehnte nun mit den Füßen nach oben am Sockel.

Zwei Gebäude standen noch. Das Rathaus und die Nationalbank gleich daneben hatten das Beben fast unversehrt überstanden. Die Fenster waren zerborsten, die Türen teils in der Mitte gespalten, aber als Karrer das Rathaus betrat, sah er, dass sogar die Stiege in den ersten Stock noch stand. Im Erdgeschoss, gleich neben dem Hintereingang, lag jenes Zimmer, in dem sich seit der Besatzungszeit das Funkgerät und der Telegraf befanden. Die Tür klemmte, und Karrer musste sie mit seinem Körpergewicht aufzwingen. Ein Teil der Decke war eingestürzt, und auf dem Tisch lagen Mörtelbrocken.

Das Funkgerät gab keinen Ton von sich. Die Stromversorgung war unterbrochen.

»Und was machen wir jetzt?«, fragte Chrysostomos.

»Wir schauen nach, ob die Deutschen doch noch für etwas gut waren«, sagte Karrer und öffnete einen Kasten neben dem Funkgerät. »Keine Ahnung, ob die Batterie noch funktioniert, aber versuchen wir es.« Er hob die Autobatterie heraus, staubte sie ab und suchte nach den Anschlüssen. »Wenn ich es falsch mache, verschmort das Funkgerät, und wir haben keine Verbindung zur Außenwelt.«

»Dann hoffe ich, Sie wissen, was Sie tun.«

»Ich habe damals zugesehen«, sagte Karrer und legte die Kabel an die Pole.

Die Kontrollleuchten am Funkgerät gingen an.

»Na bitte«, sagte Karrer und nahm das Mikrofon in die Hand. Er drückte die Sendetaste. »Hier spricht Zakynthos, hört mich jemand?«

Rauschen.

»Hier spricht Loukas Karrer aus Zakynthos. Hört mich jemand?«

Wieder kam nur Rauschen und zwischendurch ein Knacken.

Karrer versuchte eine andere Frequenz und dann noch eine, bis er eine Antwort erhielt.

»Wir haben das Beben gespürt«, sagte der Mann am anderen Ende. »Und wir sind schon auf dem Weg zu Ihnen.«

Karrer sah Bischof Chrysostomos an. »Gehen wir zum Hafen«, sagte er und stand auf. »Wir müssen das Schiff einweisen. Der Hafenboden hat sich sicher an einigen Stellen gehoben.«

Als sie an der Mole anlangten, waren dort schon einige Fischer, die ihre Boote begutachteten. Viel war nicht mehr übrig. Ein paar Planken, die im Wasser dümpelten, ein Bug, der in einem Kieshügel steckte. Zwischen den aufgeplatzten Steinplatten ragte ein Anker hervor.

»Die Hafeneinfahrt hat sich fast geschlossen«, sagte ein Fischer und zeigte auf die Überreste des kleinen Leuchtturms. »Weiter als bis hierher kommen die nicht.«

Während sie dastanden und sich unterhielten, tauchte das Schiff auch schon auf. Es war ein Kriegsschiff, und als Karrer den grauen Rumpf immer größer werden sah, beschlich ihn eine alte Furcht: So waren auch die Deutschen gekommen.

Fischer liefen über die Mole, um dem Matrosen am Bug mit Handzeichen anzuzeigen, dass das Schiff nicht in den Hafen einfahren konnte. Das Schiff ankerte außerhalb des Hafens und ein Boot wurde zu Wasser gelassen. Am Bug stand ein Offizier, der militärisch grüßte, als sich das Boot der Mole näherte. Kaum hatten sie angelegt, kniete der Offizier vor Bischof Chrysostomos nieder und küsste ihm die Füße. Chrysostomos beugte sich vor und half dem Mann auf. Sie umarmten einander, und noch ehe Karrer etwas sagen oder tun konnte, war der Offizier bei ihm und schloss ihn in die Arme.

»Du bist doch …«, setzte Karrer an.

»Ja, bin ich. Ich bin hier geboren, und nach dem Krieg, nachdem ihr uns alle gerettet habt, bin ich mit meiner Familie nach Israel ausgewandert«, sagte Raphael. »Ich fühle mich geehrt, dass ich euch helfen darf.«

»Es ist Gottes Fügung«, sagte Bischof Chrysostomos.

# Dank

Die Geschichte der Rettung der Juden von Zakynthos begleitet mich schon eine ganze Weile. Als ich 2012 auf Einladung meiner Schwester Melanie Kuehs zum ersten Mal die Insel besuchte, hörte ich die Anekdote über den Bürgermeister und den Bischof, die dem deutschen Kommandanten die Liste mit ihren beiden Namen übergaben. Ich bewunderte den Mut der Inselbewohner, ihre Klugheit und ihren Einsatz für ihre Mitbürger. Schon damals dachte ich daran, darüber zu schreiben, aber ich machte mir keine Vorstellung, wie schwierig sich die Recherchen gestalten würden.

Es sind so gut wie keine Dokumente und Aufzeichnungen aus dem Zweiten Weltkrieg über Zakynthos erhalten. Alles ging beim Erdbeben 1953 verloren. Die Erzählung von den heldenhaften Taten der Bewohner der Insel wurde nur mündlich weitergetragen, und als ich auf die Geschichte stieß, war kaum jemand mehr da, der davon erzählen konnte.

Mit Hilfe der Stadtverwaltung von Zakynthos unter dem damaligen Bürgermeister Pavlos Kolokotsas war es aber möglich, an viele Informationen und an wichtige Zeitzeugen heranzukommen. Besonders möchte ich mich bei Athina Kardari und Maria Zougra bedanken, die meine Frau und mich durch das historische Zakynthos geführt haben.

Vor allem bin ich Lena Karrer, der Tochter von Lilly und Loukas Karrer, sowie ihrem Mann Lazaros Kriezis dankbar für das lange und ausführliche Gespräch, das wir in Athen führen konnten. Dadurch bekam ich einen Einblick in Wesen und Charakter von Loukas Karrer, der mir sonst wohl verwehrt geblieben wäre.

Mein besonderer Dank gilt auch Bischof Chrysostomos II., der so freundlich war, seine Erinnerungen an seinen Vorgänger mit mir zu teilen.

Ein ganz großer Dank geht auch an Samuel Mordos, der großzügig Teile seines Buches und seiner Recherchen über die Juden von Zakynthos ins Englische übersetzte und mir zur Verfügung stellte. Ohne diese Hilfe wäre der Roman in seiner jetzigen Form nicht möglich gewesen.

Als der griechische Filmemacher Tonis Lykouressis von meinem Vorhaben hörte, ließ er mir seinen Dokumentarfilm »Song of Life« über die Rettung der Juden von Zakynthos zukommen.

Marcia Ikonomopoulos, Direktorin des Museums Kehila Kedosha Janina in New York, hat sich selbst sehr lange mit dieser Rettungsgeschichte befasst und mir ein paar wichtige Details für meine Recherchen geliefert. Ebenso verdanke ich Sheila Cohen Albala Matza, der Tochter eines der geretteten Juden von Zakynthos, die in Israel lebt, einige Informationen zu den historischen Hintergründen. Auch Wolfgang Löhnert von der Sommerakademie Zakynthos hat im Gespräch immer wieder entscheidende Hinweise gegeben.

Für die ausgezeichnete Zusammenarbeit möchte ich mich bei Niki Uzelac und dem Verlagsteam des Dachbuch Verlages bedanken.

Ich danke meiner Frau Ingrid, die auch dieses Buch und mich von der Idee bis zum gedruckten Roman begleitet hat. Unsere gemeinsamen Reisen nach Griechenland waren voller Anstrengungen und schöner Momente. Die Arbeit am Manuskript hat sehr lange gedauert, und die Unterstützung meiner Frau war in dieser Zeit essenziell für das Gelingen des Projekts.

Die Arbeit an diesem Buch wurde durch ein Projektstipendium und ein Reisestipendium des Bundes sowie durch ein Finalisierungsstipendium des Landes Kärnten unterstützt.

LAND KÄRNTEN
Kultur